中国现代文学史（第三版）

ZHONGGUO XIANDAI WENXUESHI

程光炜 刘勇 吴晓东 孔庆东 郜元宝 著

北京大学出版社
PEKING UNIVERSITY PRESS

图书在版编目(CIP)数据

中国现代文学史(第三版) / 程光炜等著. —北京：北京大学出版社，2011.10
(博雅大学堂·中国语言文学)
ISBN 978-7-301-19490-4

Ⅰ.①中… Ⅱ.①程… Ⅲ.①中国文学—现代文学史—高等学校—教材
Ⅳ.①I209.6

中国版本图书馆 CIP 数据核字(2011)第 185685 号

书　　　名	中国现代文学史(第三版) ZHONGGUO XIANDAI WENXUESHI (DI-SAN BAN)
著作责任者	程光炜　刘　勇　吴晓东　孔庆东　郜元宝　著
责 任 编 辑	张雅秋
封 面 设 计	奇文云海
标 准 书 号	ISBN 978-7-301-19490-4/I·2387
出 版 发 行	北京大学出版社
地　　　址	北京市海淀区成府路 205 号　100871
网　　　址	http://www.pup.cn　新浪微博：@北京大学出版社
电 子 信 箱	编辑部 wsz@pup.cn　总编室 zpup@pup.cn
电　　　话	邮购部 010-62752015　发行部 010-62750672 编辑部 010-62757065
印 刷 者	三河市北燕印装有限公司
经 销 者	新华书店
	650 毫米×980 毫米　16 开本　26.5 印张　444 千字 2011 年 10 月第 3 版　2024 年 12 月第 13 次印刷
定　　　价	86.00 元

未经许可，不得以任何方式复制或抄袭本书之部分或全部内容。
版权所有，侵权必究
举报电话：010-62752024　电子信箱：fd@pup.pku.edu.cn
图书如有印装质量问题，请与出版部联系，电话：010-62756370

目录

第三版前言/1
第二版前言/2

绪　论/1
　第一节　文学启蒙的意义/1
　第二节　对启蒙的冷静反观/5
　第三节　国家现代化及文学的新要求/10
　第四节　现代化的中断与变异：中国现代文学前、后期的形成/13

上编　（1917—1937.6）

第一章　中国现代文学的发生/19
　第一节　"发生"的概念/19
　第二节　近代知识界的形成/21
　第三节　白话的兴起/25
　第四节　近代诗文界的革命/32

第二章　文学革命与白话文学/37
　第一节　文学革命/37
　第二节　新文学初期的理论建设/41
　第三节　文学社团与创作倾向/45
　第四节　早期白话文学创作/49

第三章　中国现代文学的先驱者——鲁迅/53
　第一节　鲁迅出现的意义/53
　第二节　《呐喊》《彷徨》和《故事新编》/58
　第三节　《野草》和《朝花夕拾》/65
　第四节　杂　文/70

目录

第四章　多种小说形式的探索/79
- 第一节　郁达夫与"自叙传"抒情小说/79
- 第二节　"五四"时期的抒情小说/84
- 第三节　乡土小说的流脉/88
- 第四节　"为人生"的小说/91

第五章　现代散文的建立和发展/97
- 第一节　"随感录"所开创的杂文/97
- 第二节　周作人与美文的倡导/101
- 第三节　朱自清、冰心等人的散文/104
- 第四节　报告文学的兴起与演变/108

第六章　新诗流派的多样化探寻/111
- 第一节　"凤凰之再生"——郭沫若和《女神》/111
- 第二节　小诗派与"湖畔诗人"/114
- 第三节　"戴着脚镣跳舞"——新月派诗人的追求/118
- 第四节　冯至及其他诗人/123

第七章　现代话剧的孕育与进展/128
- 第一节　文明戏与爱美剧/128
- 第二节　丁西林与早期独幕剧/131
- 第三节　田汉、洪深与浪漫戏剧/134
- 第四节　夏衍与戏剧民族化的努力/138

第八章　曹禺与现代话剧艺术/142
- 第一节　命运悲剧——《雷雨》/144
- 第二节　《日出》《原野》及其他/148
- 第三节　文明的挽歌——《北京人》/152
- 第四节　曹禺的戏剧观及其影响/155

第九章　时代激流中的左翼文学/157
- 第一节　红色年代的先锋旗帜/157
- 第二节　激昂的左翼诗歌/163
- 第三节　浪漫化的革命小说/169
- 第四节　转向写实的左翼小说/172

第十章　现代派文学思潮/176
- 第一节　李金发与象征派诗人/176

目录

  第二节 戴望舒与现代派诗人/180
  第三节 "新感觉派"小说的都市幻影/186
  第四节 现代话剧的先锋实验/189
第十一章 茅盾、巴金及现代长篇小说/193
  第一节 茅盾:冷峻理性的小说大家/193
  第二节 巴金:燃烧青春与生命的作家/204
  第三节 "大河小说":现代长篇的新尝试/209
第十二章 老舍与现代市民小说/215
  第一节 老舍的文学史地位及创作生涯/215
  第二节 京味文化的缔造者/217
  第三节 老舍笔下的市民世界/220
  第四节 老舍小说的艺术成就/223
第十三章 沈从文及京派小说家/228
  第一节 "乡下人"与"城里人"/228
  第二节 用诗构筑的生命牧歌/230
  第三节 京派文化与京派作家/234
  第四节 废名的田园小说/239
第十四章 礼拜六派的通俗小说/242
  第一节 雅俗格局的演变/242
  第二节 一枝独秀的民初五年/244
  第三节 面向现代观念的调整/249
  第四节 与新文学比翼齐飞/254

下编（1937.7—1949）

第十五章 战争时代文学的书写和选择/259
  第一节 战争背景下的文学思潮及论争/259
  第二节 文学创作的基本格局/265
第十六章 东北作家群及流亡文学/271
  第一节 东北作家群:文学与文化的双重意蕴/271
  第二节 萧军、萧红的创作/276
  第三节 端木蕻良、骆宾基、舒群、白朗等人的创作/285

目录

第十七章 张爱玲、钱锺书及沦陷区作家 /289
　第一节　张爱玲与乱世传奇 /289
　第二节　钱锺书的《围城》/298
　第三节　沦陷区的文学叙述 /302

第十八章 艾青与七月诗派 /307
　第一节　艾青诗歌的发展 /307
　第二节　土地的歌者 /309
　第三节　艾青诗学的意义 /311
　第四节　田间和七月派诗人 /314

第十九章 穆旦与西南联大诗人群 /319
　第一节　大时代背景下的校园诗 /319
　第二节　穆旦：新诗现代性的冲突与整合 /323
　第三节　联大时期的诗学与创作 /328

第二十章 国统区的历史剧和讽刺喜剧 /332
　第一节　《屈原》及历史剧创作 /332
　第二节　讽刺喜剧的潮流 /338

第二十一章 国统区的长篇小说 /342
　第一节　40 年代小说概貌 /342
　第二节　老一代作家的创作 /346
　第三节　路翎和七月派小说 /351
　第四节　风采各异的新生代 /354

第二十二章 都市通俗文学的新局面 /357
　第一节　走向新文学的张恨水 /357
　第二节　后期浪漫派：现代化的通俗小说 /360
　第三节　武侠小说的繁荣 /366
　第四节　其他类型的深化 /369

第二十三章 赵树理：文学转型的一个标志 /373
　第一节　"文艺大众化"的继续与进展 /373
　第二节　变化的意义 /380

第二十四章 戏剧、诗歌的新天地 /383
　第一节　基本的发展与风貌 /383
　第二节　《白毛女》与民族新歌剧 /386

第三节 以《王贵与李香香》和《漳河水》为代表的叙事诗/389

第二十五章 小说和散文的创作/392

第一节 孙犁：追求诗意的抒写者/392

第二节 "土改史诗"和"新英雄传奇"：长篇小说的新视野/400

第三节 其他作家的创作/406

第二版后记/409

第三版前言

今年初春,因与原出版社合同期满,经各位同仁协商,决定把《中国现代文学史》(第三版)交由北京大学出版社出版。北京大学出版社为国内文史类著作出版中心之一,它在各大学的教师和学生中建立的声誉,有利于本教材与广大读者的进一步交流。

由北大出版社出版的《中国现代文学史》(第三版),大的格局未变,作者只对它的一部分内容做了一些修改和增订。同时,编选了《中国现代文学经典阅读》作为它的配套教材一并推出。在《中国现代文学经典阅读》中,为便于学生了解现代文学作品研究的历史和现状,在每篇作品后面安排了一些文字,作为简单的"延伸阅读",目的是交代学术界30年来对于该作品的主要研究成果、这方面的重要著作和论文,与此同时,对作品稍微做一些解读。这样可以浓缩几十年的研究状况,理出一些线索,让学生在学习本课程时能够建立起基本的知识视野;如果学生想做进一步研究,这个"延伸阅读"显然也是进入研究领域的途径之一。另外,鉴于近年来中国现代文学研究史观和方法的不断变化,作者在修订本教材时对文学思潮、现象和流派包括作家的认识,做了一点儿修正,希望它们能够回归原初的存在状况,评价的尺度、分寸尽量平实和公正。

1999年本教材刚刚启动时,杨联芬、张泉、沈卫威等教授参与了编写工作。因考虑到人员更为紧凑集中,有利于以后的修订,他们在第二版时不再担任编写任务。本教材出版第一版时,被教育部列为"面向21世纪课程教材";第二版又被确定为"普通高等教育'十一五'国家级规划教材"。2010年,它作为"大陆学者丛书"之一在台湾出版。从2000年至今,在中国大陆总共重印了十次,被数十所大学定为本科生教材和研究生参考教材。在之前的中国人民大学出版社出版期间,责任编辑陈泽春、李颜、翟江红等老师,都为它付出了辛勤的劳动,在此一并感谢。

2011年9月7日
程光炜

第二版前言

这部《中国现代文学史》从2000年出版至今,已重印过七次,受到这门专业课的授课老师和学生的欢迎。到目前,它成为教育部直属重点大学和其他兄弟院校中文系重要的本科生教材和考研参考书之一。一些港台和国外的大学也把它列为教学参考书目。这次重新编写的第二版又被教育部列入"普通高等教育'十一五'国家级规划教材"。该书的初版本,有近十所高校、科研院所的学者参与编写。第二版则改由中国人民大学、北京大学、复旦大学和北京师范大学五所高校的学者承担。重写部分占全书篇幅的三分之一以上,在重写作家作品的分配上,仍然考虑到编写者各自的研究专长和他们在某一领域里的学术积淀,尽可能地体现其学术水准和叙述特色。因特殊原因,初版本的第一章、第二章的作者不变。

《中国现代文学史》是二十年来本学科"重写文学史"的成果之一。在此期间,曾有《现代文学三十年》《二十世纪中国文学史》等多种文学史著作出版,另有一些文学史著作也在计划出版之中。这些情况,都说明中国现代文学这一学科本身的活力和文学史观方面的变化。社会变迁和历史意识的调整,促使人们对中国现代文学的发生、资源、社团杂志和发展规律的认识变得更为丰富和复杂,对它的"重评",不光在一般平面上展开,而且也在多种侧面上立体地展开,以至可以说中国现代文学的"外部研究",越来越受到了研究者的关注。今天看来,中国现代文学史,显然不单纯是一部"作家作品史",同时也是文学观念的发展史、社团杂志史、外国文学的影响和接受史。在文学史重新建构的过程中,除了作家、作品和批评等传统的研究范畴,作家与都市、社团、媒体的互文关系,以及对文学与社会事件、转型之间关系的"重审",也应该更积极和有效地进入研究者的视野。从已经取得的研究成果看,某一文学现象的形成过程,并不只是来自"文学内部"因素的激发,同时也与文学的"外部因素"有显而易见的互文作用;某一流派的孕育过程,除其观念、审美维度的刺激,同样受制于文学制度、出版、圈子意识等因素的诱导与推动。这都是今日的研究者已经看得比较清楚的"文学事实"。正由于如此,"重编"后的中国文学史,必然会对原先的思路和设计有所调整,将一些文学现象加以反思和"重评",而对另一些"评价过高"的作家作品,则采用压缩、平实处理的方式,使其能够实现历史的"复原",还其本来面貌。当然,一些相当复杂的文学现象、论争和纠纷,鉴于材料限制,鉴于历史成见的干扰,也鉴于当事人社会关系的存在,仍然不能做出真正符合历史真实的评价,对它们的深入认识和把握,需要在更长远的历史时空中经过沉淀后才能获得。本教材还认真吸收了近年学术界的最新成果和编写者本人的研究心得,这无疑有利于叙述空间的扩展,也有利于进一步呈现过去文学史较少涉及的一些问题。

本教材坚持一贯的叙述风格,即不是居高临下的叙述姿态,那种带有"教训"意味的为文风格,而是以一种与学生平等"对话"的方式来展开对各种文学现象、创作和作品的细致叙述,以一种力图逼近文学史真实的态度,跟阅读者一起"重回"文学史"现场",在掌握必要的知识的同时,获得文学的美的享受。

第二版编写的具体分工是:

程光炜(中国人民大学):绪论、第十五章、第十八章、第十九章、第二十一章、第二十四章

郜元宝(复旦大学):第三章、第十七章、第二十三章、第二十五章

吴晓东(北京大学):第四章、第六章、第十章、第十二章、第十三章

孔庆东(北京大学):第五章、第九章、第十四章、第二十二章

刘勇(北京师范大学):第七章、第八章、第十一章、第十六章、第二十章

孙民乐(中国人民大学):第一章、第二章

全书大纲基本未动,只对部分章节的标题和个别内容作了一些调整,目的是对历史采取一种平实的态度。在重新编写本书的过程中,郜元宝和吴晓东正在韩国、日本讲学,他们在那里写出初稿,回国后经过修改最后定稿。全书最后的注释校对、内容审定仍由程光炜负责。

绪　论

在20世纪中国社会痛苦焦虑、忧患不断的历史进程中,贯穿着一个"走向现代化"的总主题。这必然会深刻影响到"中国现代文学"(1919—1949)的基本面貌和走势,赋予它现代化的文化内涵及其历史性格。正是因为1937年抗战的突然爆发,一度中止了中国社会现代化的进程,把这个有纪年含义的历史符号带入到20世纪民族的集体记忆之中,对文化结构和心理产生了根本性影响。中国现代文学的研究格局似乎可以考虑作这样的调整:从"五四"新文化运动到抗战爆发,构成了中国现代文学的前半期;抗战爆发到中华人民共和国建立,则形成了它的后半期。中国现代文学始终是以20世纪中国的命运为前提、为指归的,它既是社会大振荡、大阵痛和大调整的产物,也是中西文化大撞击和大渗透的产物。正像社会历史转变的性质经常会呈现出复杂的形态一样,中国现代文学现代化主题的延伸与变化,在不同的发展阶段,必然会呈现出丰富多变的历史面貌。

第一节　文学启蒙的意义

○启蒙的历史依据　○在传统中国与现代中国之间　○"现代化"内涵的扩大

20世纪中国社会的大变革,是从"中国中心论"的彻底破灭开始的。1840年的鸦片战争成为这场全民族总危机的导火线,它后来又把中国带入到灾难深重的甲午战争中。民族危机感对20世纪中华民族的文化心理产生了不可估量的巨大影响,造成了现代/传统、新/旧意识形态和价值观的对立,在一部分敏感的知识分子中,则导致了激切变革的时代要求。它在思想理论上的重要收获是严复译的《天演论》;在社会体制方面的激进表现,是充满启蒙色彩的戊戌变法。与其说是它把达尔文的进化论引向了包括陈独秀、胡适、鲁迅、周作人在内的现代文学开拓者的文化和历史的视野,不如说是赋予了中国现代文学最初的"现代化"的文学概念,从而奠定了现代文学的思想基础。在戊戌变法以及"诗界革命""小说界革命"和"白话文运动"的主要组织者康有为、梁启超、谭嗣同、黄遵宪等人的身上,兼有思想启蒙与文学启蒙的双重色彩。可举为用思想启蒙的巨大车轮带动文学启蒙典范的,应推梁启超写于1901年的《新民说》和另一篇重要文章《论小说与群治之关系》,他明确提出:"欲新一国之民,不可不先新一国之小说。故欲新道德,必新小说;欲新宗教,必新小说;欲新政治,必新小说;欲新风俗,必新小说;欲新学艺,必新小说;乃至欲新人心,欲新人格,必新小说。"梁启超的突出贡献在于,他把新文学提到了挽救民族危亡的历史高度,将后者置于政治、道德、宗教、人心、风俗和人格变革等社会改革的广阔背景当中,把文学的现代化与社会、民族的现代化紧密地联系在一起,这一思想对中国现代文学史的发展产生了深远影响。但也应看到,梁启超君主立宪的保守观念,以及由此产生的功利主义文学观,也为后来现代文学的深刻矛盾与危机,留下了隐患。

  文学启蒙的工作意味着,人们将要在传统中国与现代中国之间做出自己的严峻选择。最初力倡文学现代化的,是陈独秀和胡适。1915年9月,陈独秀在《敬告青年》这篇《新青年》杂志实际的发刊词中,从中西文化比较的角度,抨击了传统的文化观念,提出"自主的而非奴隶的""进步的而非保守的""进取的而非退隐的""世界的而非锁国的""实行的而非虚文的""科学的而非想象的"六项主张。稍后,他又和胡适分别在《文学革命论》《文学改良刍议》等文中,以"口语的""言之有物的"而非"退隐的""山林的"等措辞,对现代与传统的文学观进行了二元对立式的划分,锋芒直接指向"文以载道"的文学传统,要求文学从对传统文化的依附地位中解放出来,这在当时无疑有极重大的意义。如此激烈否定传统、推崇现代性的文学品格,在中国数千年的文学史上是划时代的,在近现代世界史上也是极为少见的现象。严格地说,陈、胡的言论只是上一阶段谭嗣同、严复、梁启超历史工作的继续。这实际透露出了一个重要信息:晚清以降的文学启蒙,已开始由笼统的倡导推进到实际运作的阶段,文学现代化的理性思维正逐渐为思虑成熟的文学策略所替代。在以改良主义思想家梁启超、康有为开始的文学变革和以鲁迅、周作人为代表的"五四"文学的现代潮流之间,陈独秀和胡适扮演了推波助澜和舆论推动的角色。事实上,作为现代中国知识分子群体中的一员,他们两人不可能完全脱离中国的文化传统。胡适中年以后的"《红楼梦》研究""《水经注》研究",陈独秀在晚年勉力进行的文字学研究,都充分证明了这种传统文化影响的存在。问题的复杂性还在于,尽管现代/传统的对立被一部分思想先驱看做了"东西文化之一大分水岭"①,它的目的是通过对旧传统采取过激的"评判的态度",来"重新估定一切价值"②,但20世纪中国的民族危机感,不只是来自现代/传统这种对立的关系,而且也来自对文学启蒙本身的深刻怀疑。在激烈的反传统态度中,一开头便明确包含或潜埋着对士大夫固有传统的体认。比如,文学启蒙的目的重在国民性的改造,从而最后改变中国的政局和社会面貌,这恰好说明它仍未脱离"以天下为己任"的愤世忧国的文化传统;相反,倒是在更深刻的悖论中显现了文学启蒙中现代化主题的内在复杂性和现代性。

把文学启蒙思潮中的现代化内涵继续扩充并极大地深化了的,是鲁迅和周作人。虽然他们二人的思路是循着民族、国家的现代化和人的现代化两个方面展开的,但显然这种思考的重心更偏重于后者,即个人的现代化。1907年至1908年,鲁迅在《中国地质略论》和《摩罗诗力说》中,鲜明地表露出希望民族、国家实现现代化的态度,但又为之怀着深沉的隐忧:"中国人"会不会被从"世界人"中挤出。③ 几乎在此前后,他在论文《文化偏至论》《破恶声论》中,又以施蒂纳、叔本华、基尔凯郭尔和尼采的"个人"学说为哲学背景,把"人各有己,朕归于我"作为通向"人国"的途径,否定了一切外在于人的物质和精神的"专制"形式:道德、伦理、国家以及"世界人"和"国民"等类属概念。周作人的《平民文学》和《人的文学》,对鲁迅的上述思想做出了理论上的呼应。虽然和鲁迅一样,周作人热忱地关注着对国民的思想启蒙,但认为,个人精神世界的建设更为迫切和必要。周氏兄弟在此基础上提出的改造国民灵魂的重要命题,极大地突出了中国文学中"个人现代化"的内涵和意义,使之成为它后来发展中的核心概念之一。因此就不难理解,尽管鲁迅始终是从"知识分子"和"农民"的角度思考改造国民灵魂的问题的,但无论在孔乙己、魏连殳还是在祥林嫂、阿Q身上,他思考最深、忧愤最广的仍然是个人生存的"危机"。虽然在文学发展的不同时期,这一命

---

① 陈独秀:《吾人最后之觉悟》,载《青年杂志》,第1卷第6号。
② 胡适:《新思潮的意义》,《胡适文存》,第4卷,1022—1023页,上海,亚东图书馆,1926。
③ 参见《鲁迅全集》,第1卷,357页,北京,人民文学出版社,1991。

题在演进之中也产生过种种变异,在不同营垒和文化背景的作家之间出现过诸多争论,但基本思想却支配并影响了20世纪中国现代文学总体的发展。"五四"文学革命乃至抗战爆发前的各种文学思潮,着重强调的是文学与社会改造的密切联系,文学在国家现代化进程中的思想启蒙作用。鲁迅的"我的取材,多采自病态社会的不幸的人们中,意思是在揭出病苦,引起疗救的注意"①的文学观,实际不仅在"五四"时期的创造社作家,同时在30年代的革命作家那里也得到自觉的呼应。在创造社作家"为艺术而艺术"的口号中,包含着对文学的"社会影响"的重视。虽然革命文学对文学的社会作用不免有浮夸之辞,某些作品还有公式化、概念化的倾向,违背了文学创作的规律,但它的内核仍保留了改造国民性的色彩,比如张天翼、丁玲、叶紫就把文学启蒙的对象集中于下层社会,把唤起大多数下层人民的觉醒作为文学的基本任务。在30年代,另外一些自由主义作家坚持与政治保持有距离的文学观,认为"中国社会闹得如此之糟,不完全是制度问题,是大半由于人心太坏"②,却不赞成"文学为艺术而艺术"的主张。在他们关于"怡情养性"、赞美"原始人性"以及回归自然的文学趣味和审美倾向中,依然保持着改造国民灵魂的内涵,同现代文学的基本信念是并行不悖的。以前大多数研究者较多注意到左翼文学与自由主义文学思想上的分歧,对他们同样坚持文学启蒙的共同倾向却未给予足够的重视;尤其是用现成的政治性结论替代了对复杂文学现象细致的考察和辨析,这就容易游离中国现代文学思想启蒙的发展主线,最终陷入认识论的误区。值得注意的是,由于过去我们沿用了思想史界关于中国现代史的研究思路,把中国现代文学发展的基本规律概括为"启蒙与救亡的双重变奏"③,这虽然在文学研究的一定阶段有其合理性,但实际上,启蒙与救亡本来已经包含了20世纪中国社会现代化的思想内蕴,它们是现代化总目标下的基本的张力,却不能说是唯一的矛盾。同样,通过文学本体论排斥文学的文化因素来达到文学研究纯洁化的目的,是另一个今天需要省思的误区。这是因为,作为一个内涵繁复的概念,现代化本身并不是统一的,其中充斥着矛盾和悖论。由于中国现代文学的命名所遵循的是与轮回、循环的历史观念相对立的一种特殊的时间观念,一种直线向前、不可重复的历史时间意识,这种时间观念以现代/传统、新/

---

① 鲁迅:《呐喊·自序》,《鲁迅全集》,第3卷,512页,北京,人民文学出版社,1991。
② 朱光潜:《谈美开场话》,《谈美》,上海,开明书店,1932。
③ 李泽厚:《启蒙与救亡的双重变奏》,载《走向未来》,1986年创刊号。

旧甚至文学/政治二元对立的思维模式来处理中国现代文学这个个案,以进化论的历史观念为研究的基础,于是在建构一个独立的文学领域或系统的同时,增加了它本身的历史排斥性的功能,从而将大量的不符合这种时间意识和观念模式的其他文学实践排斥了出去。因为较多考虑自身的文学性而牺牲、省略和放弃了文化研究的复杂性,研究界对1937年以后即现代文学后半期的认识和评价出现分歧,几乎是不可避免的。作为中国社会现代化进程中的一个重要挫折,抗战爆发严重挫伤了一个民族现代化的梦想,同时使民族主义情绪的普遍高涨成为现代文学这一时期发展中的显著特征。在这一情况下,文学的启蒙对象及其目标必然会发生相应的变化:由抽象的个人转向具体的社会大众;个人的现代化开始让位于国家和民族的现代化。

第二节 对启蒙的冷静反观

○周氏兄弟精神世界中充满矛盾的两条思路 ○现代化主题的矛盾与张力 ○题材的多样化选择 ○文学形式的变革实践

周氏兄弟精神世界的丰富和复杂即在于,它不只是来自传统/现代的尖锐对立,以及由此引出的对传统文化的激烈批判,而且也来自对现代本身的深刻怀疑。1927年,鲁迅明确有过他的进化论思路"从此轰毁"的表示。其实,他早期和前期的思想中不单存在进化论的思路,同样也存在着反进化论、反现代的思路。以"立人"为核心,寄希望于人民群众的社会自觉和人类历史必然的进化发展,在此基础上形成了鲁迅"关于现实的人及其历史发展"的历史观,于是有了"任个人而排众数""尊个性而张精神"①的明确观点。他曾说:"我对于'人人都是人类的相待,不是国家的相待,才得永久的和平,但非从民众觉醒不可'这意思,极以为然,而且也相信总要做到。"②同时,却对启蒙的实际作用充满深刻疑虑:"要适如其分,发展各各的个性,这时候还未到来,也料不定将来究竟可有这样的时候。"③并一再感叹"举天下无违言,寂寞为政,天地闭矣";"而今之中国,则正一寂寞境哉"。④ 以至

---

① 鲁迅:《文化偏至论》,《鲁迅全集》,第1卷,46页,北京,人民文学出版社,1991。
② 鲁迅:《〈一个青年的梦〉译者序》,《鲁迅全集》,第11卷,354页,北京,人民文学出版社,1991。
③ 鲁迅1925年3月18日致许广平信,《鲁迅全集》第11卷,20页,北京,人民文学出版社,1991。
④ 鲁迅:《破恶声论》,《鲁迅全集》,第8卷,北京,人民文学出版社,1991。

在晚年,对团体的活动和意义始终怀着很深的不信任感。周作人早先也是思想启蒙界的"凌厉浮躁"的先觉者,将人的觉醒自觉与民族的觉醒联系起来;然而就在"五四"时代,他的《小河》一诗就已透露出一种"古老的忧惧",从对民众精神解放可能性的怀疑,转换为对自身的"幻灭",由此发现了思想启蒙这一预设本身的可疑:"现代中国上下的言行,都一行行地写在二十四史的鬼账簿上面。"①综观他们的思想,可以发现启蒙与反启蒙的两种思路是互相矛盾,同时悖论地并存着的。他们一方面认为人类历史是一个曲折发展的进化过程,另一方面又认为这个过程不过是一种"偏至"的过程而已,进化的每一阶段又形成对人的严重压抑;一面说青年胜于老年,显露了乐观的历史信念;另一面则把中国的历史描绘成永无止境的两种奴隶时代的循环相续,从而把历史循环不仅看做一种历史性现象,而且似乎就是一种历史的宿命。

人们之所以把鲁迅、周作人称为启蒙思想者,基本根据当然是他们,尤其是鲁迅毕生坚持的"立人"和改造国民性的思想信念,包括对科学、民主的信念。但是,周氏兄弟思想中与众不同的"个人"概念却使得这一思想追求同时具有反启蒙的特征。这无疑增加了中国现代文学中现代化主题内涵的复杂性,也使人们对这一命题的理解变得愈加复杂了;另一方面,现代化命题对中国现代文学的反观,则进一步突破了狭义文学史的历史框架,使之与政治、经济、哲学和文化发生了更深刻、密切的联系。它们在中国现代文学的主题、题材、文学形式、文学风格和作家的审美旨趣等方面,得到了充分的体现。具体表现在以下方面。

主题的矛盾与张力

个人与社会、个人与传统、个人与西方文化的冲突、阶级冲突等等,构成了中国现代文学一系列重要的文学主题。值得注意的是,因为现代文学对待现代化的态度远不是统一的,主题的呈现往往充满了矛盾,乃至有颇大的差异。如果不把现代文学简单地等同于新文学,而是包括了其他非主流叙事的文学形态,如都市通俗小说、知识分子自我审省小说等等,便会发现,在坚持思想启蒙的主流文学叙事之外,事实上一开始就并行着对启蒙表示怀疑、对现代化怀有深刻不信任的多种叙事态度。拿"五四"时期来说,在以外国文学为蓝本、以青年学生为主要读者的新文学之外,另一种基本承袭了

---

① 周作人:《伟大的捕风》,《看云集》,上海,开明书店,1932。

古典文学、通俗文学的历史脉络，主要是以城市市民为读者对象的鸳鸯蝴蝶派文学，呈现出空前活跃的局面。这类静态的而非动态的社会变革的市井人生悲欢及其心态，不仅与当时揭露尖锐、触目的人生问题的文学主题形成鲜明反差，客观上对现代化的文学母题也表现出相当程度的麻木和冷漠。其实即使在新文学的内部，如在鲁迅这样著名的进化论者和新文化英雄的文学世界里，也是既充满了对以阿Q为代表的国民性激烈的批判，对个人精神世界现代化的热烈祈望，也渗透着对现代化蓝本的不信任态度，比如《野草》等。启蒙与反启蒙的反差，还表现在30年代初的小说繁荣之中：一方面是唱出封建大家庭挽歌的巴金的《激流三部曲》，表现了中国社会现代化种种冲突的茅盾的《子夜》等作品；另一方面，对现代文明持怀疑态度的沈从文的湘西系列小说，老舍对传统市民社会极其矛盾的态度，也应是其中值得注意的回应。实际上，周作人早先在热烈推崇新文学主张时，就已敏感到现代化主题的这种自身矛盾和复杂性，他说："我们不必记载英雄豪杰的事业，才子佳人的幸福，只应记载世间普通男女的悲欢成败。因为英雄豪杰才子佳人，是世上不常见的人；普通的男女是大多数，我们也便是其中的人，所以其事更为普遍，也更为切己。"①正因为现代化主题在中国现代文学发展中的不平衡性、自我的矛盾性，在抗日民族解放战争乃至其后的解放战争时期，塑造"民族新人"典型虽然成为不同政治倾向、不同文化背景的作家的共同追求，批判阻碍民族进步的精神痼疾一再受到关注，但同时，张爱玲小说对社会日常生活的精细刻画，钱锺书旨在反观知识分子生存怪圈的《围城》等，仍然是上述主流叙事之外的另一种值得深思的声音。它们和同一时期涌现的言情、侦探、武侠小说一起，构成中国现代文学后半期文学主题中的"复调现象"。这说明，鉴于中国社会现代进程的历史曲折性和复杂性，各种文学主题做出自己不同的回应是十分正常的，而这又恰恰证明了中国现代文学的发展并不只是一个线性的时间观念，它的历史动力也不单单来自现代化与传统的冲突对立，而是包括了现代化自身丰富和复杂的矛盾性内涵。

题材的多样化选择

现代文学主题实际存在的多样性，决定了文学题材上的多方面选择。由于知识分子在中国民族现代化过程中的特殊作用，以及农民的觉醒事实已构成能否实现现代化的重要前提，因此，知识分子与农民的命运及其互动

---

① 周作人：《平民的文学》，《每周评论》，第5期，1919年1月。

关系,受到作家们持久而深入的关注,由此形成中国现代文学的两大基本题材:知识分子题材与农村题材。然而,现代文学的题材范围又是极为广阔的,中国社会的各个阶层在现代化进程中的思想、命运、形象与心理情绪都无一例外地被摄入作家们的艺术视野。正如鲁迅所说:"古之小说,主角是勇将策士,侠盗赃官,妖怪神仙,佳人才子,后来则有妓女嫖客,无赖奴才之流。'五四'以后的短篇里却大抵是新的智识者登了场。"①事实上确实如此。在"五四"文学中,一方面"新的智识者"以及被他们所审视的农民"登了场";另一方面诚如鲁迅所言,"古之小说"意义上的人物形象,如侠盗赃官、妖怪神仙、佳人才子、妓女嫖客和无赖奴才之流,仍然是其他作家包括新文学作家表现的对象。从周瘦鹃、包天笑到张恨水,"才子落难、小姐搭救"的才子佳人的题材模式在他们的作品中一再被演绎,甚至在一部分"革命加恋爱"的左翼小说中,也保留着这一方面的痕迹。在大多数作家那里,揭露国民性的弱点(知识分子的自我反省、农民精神的种种缺点)的题材常常居于突出的地位,具有强烈的批判性与理想色彩相交织的特点。但在沈从文、废名、萧红(后期)、师陀等人的小说世界里,则多是侠盗义士的古道热肠、妓女嫖客(如水手)之间的生死相与,是激烈的社会冲突之外的田园牧歌,以及处于现代化都市中人的古老而绵长的乡愁。文学题材的多样选择还表现在知识分子和农村两大基本题材中。以农村题材为例,一面是以鲁迅为代表的批判农民精神缺陷的具有反思色彩的乡村小说,如鲁迅本人的《阿Q正传》《风波》等。它在现代文学的后半期又被发展为"改造农民"的小说题材,代之而起的是思想落后的农民形象,如赵树理的《小二黑结婚》、丁玲的《太阳照在桑干河上》、周立波的《暴风骤雨》中的诸多人物典型。但令人触目的是,同样是鲁迅开启先河的"回乡"题材,也贯穿在从早期乡土小说、京派小说乃至解放区小说的历史发展脉络中。在中国乡村现代化的总背景中,一批由乡村到都市的知识分子作家对乡村社会表现出了悖论性的双重态度:批判的眼光与回乡的情结相伴随,热烈的希冀与深刻的困惑相交错、相纠结,从而显示出中国现代知识分子在民族、国家现代化问题上精神世界的二重性。这种二重性,不仅表现在两大基本题材的多样性和广泛性上,而且也表现在同一题材处理视角的差别上。这就是说,现代文学的题材不是封闭的、单一的,而是处于一种开放的和不断交替变化的状态当中。

---

① 鲁迅:《〈总退却〉序》,《鲁迅全集》,第4卷,621页,北京,人民文学出版社,1991。

文学形式的变革实践

现代文学形式的变革,与中国作为一个现代民族国家的建立的历史要求有直接关系,但它却与文学语言的民族个性产生了直接或间接的矛盾。中国现代文学现代化的特征,最突出也最集中地体现在文学形式(叙事态度、语言实践)的剧烈变革中。现代文学形式变革的实践,是建立现代民族国家的重要组成部分,然而变革的实践势必折射着民族、民众的心理情绪,说到底依然是一个文化的问题,因此,文学形式变革的实践很大程度上又是民族国家的自主性的体现。在现代文学的前半期,例如晚清社会,已经有许多激进的革命者讨论过废除汉字、采用世界语或西方拼音文字的问题。新文化运动中重要的口号是"文学的国语"和"国语的文学",也有人提出"理想的白话文"①。既然文学形式的变革包含有启蒙的任务,而启蒙的对象——文化程度很低的普通民众对这种实际是"欧化"的白话文在多大程度上能够接受,却实在值得怀疑。二三十年代文学与民众之间的隔膜尽管多少在通俗文学中有所弥补,但"懂与不懂"仍是一个长期争论的问题。抗战的爆发,更加凸显了在前半期就已存在的民族国家现代性与民族国家自主性的基本矛盾。尽管"民族形式"讨论尤其是《在延安文艺座谈会上的讲话》发表之后的现代文学在形式上向着群众化、民族化的方向大大推进了,这一变化同样是在民族、国家现代化(农村新人的出现实际说明了村社社会现代化的步骤)的总目标下实现的,然而,它也带来了对后来现代文学发展影响深远的一系列问题:"普及"与"提高"的矛盾,"改造农民"和"改造知识分子"过程中现代性与封建性的冲突,文学形式尤其是语言实践极端的民族化、群众化,实际已偏离了中国现代文学前半期确定的现代化的目标。中国现代文学形式变革中这一悖论性的关系,不仅是现代文学的先驱者们所始料不及的,也是它的后继者们始料不及的,但却是中国现代文学发展中一个重要的不容回避的课题。这显然告诉人们,在现代文学史上发生的诸多论争和矛盾,表面上看是由于中国社会政治、经济发展的不平衡等因素造成的,但实质上,作为中国现代文学真正母题的现代化问题,才是其中的关键性因素。一代又一代作家在思想与文学追求上产生的尖锐冲突和深刻困惑,无一不以这样或那样的方式与它发生内在而深刻的关联。

---

① 参见傅斯年:《怎样做白话文》,《中国新文学大系·理论建设集》,上海文艺出版社,1980。

第三节　国家现代化及文学的新要求

○"国家"核心概念的频繁使用　○现代文学内部的变迁　○30年代中期后形成的三个审美空间

20世纪的中国社会发生过两次严重的民族危机——19世纪、20世纪之交西方列强的瓜分和20世纪30年代末的抗日战争。它们使来自不同历史阶段和文化背景的中国人强烈意识到：国家的现代化是中华民族摆脱灾难、振兴自强的唯一途径。在近百年的历史空间里，人们不约而同和频繁地使用着"国家"这个核心性概念。1902年，梁启超在《论小说与群治之关系》中提出："欲新一国之民，不可不先新一国之小说。"14年后，陈独秀在论及国家觉醒的重要性时着重强调："不出于多数国民之运动，其事每不易成就；即成就矣，而亦无与于国民根本之进步。"①在谈到新文化运动后的复古尊孔等倒退现象时，李大钊也表示："我很替中华民国担忧。"②鲁迅、周作人兄弟是从"立人"的角度看待国民性问题的。正如前面所述，在他们看来，个人的现代化始终是与国家现代化问题紧密相关的。1925年，在各种主义竞相蜂起、出现进一步分化迹象之际，鲁迅曾提醒人们："以后最要紧的是改革国民性，否则，无论是专制，是共和"，是"全不行的"。③"五四"学生运动所最关切的，仍然是"中国存亡"④的问题。应该说，在30年代中期以前中国现代文学的发展中，个体反抗和群体理想是两种最具影响力的人生行为模式，它们之间的关系是极其复杂而多变的。如果说，这一阶段两种行为模式的互动乃至争论，多半停留在理论及观念的层面，还不至于对社会的各个方面产生实质性的影响，那么，抗战爆发后因国家现代化危机所引起的一系列思想论争，如"与抗战无关论"的大讨论，"民族形式"的讨论，乃至后来毛泽东的《在延安文艺座谈会上的讲话》，则使国家生存及与现代化之间的矛盾变成头等重要的问题。在个体反抗与群体理想之间的取舍上，天平发生了有意思的倾斜：后者的空间进一步扩展，前者的空间逐渐收缩。正如毛

---

① 陈独秀：《一九一六年》，《青年杂志》，第1卷第5号。
② 李大钊：《圣人与皇帝》，《李大钊文集》，下卷，95页，北京，人民出版社，1984。
③ 鲁迅：《答有恒先生》，《鲁迅全集》，第11卷，31页，北京，人民文学出版社，1991。
④ 《"五四"北京学界全体宣言》，转引自李泽厚：《中国现代思想史论》，14、15页，北京，东方出版社，1987。

泽东指出的:"'五四'运动的成为文化革新运动,不过是中国反帝反封建的资产阶级民主革命的一种表现形式。""中国资产阶级民主革命的过程……已经过了鸦片战争、太平天国战争、甲午中日战争、戊戌维新、义和团运动、辛亥革命、'五四'运动、北伐战争、土地革命战争等好几个发展阶段。今天的抗日战争是其发展的又一个新的阶段";"这种民主革命是为了建立一个在中国历史上所没有过的社会制度"。① 尽管国家现代化的实质含义在不同阶段和不同的知识者那里,是不尽相同的,但耐人寻味的是,这些角度不同的有关国家现代化的论述恰恰反映了人们一个共同的社会理想:一个中国历史上所没有过的现代化国家。它之所以成为中国现代文学历史发展中的一个基本矛盾,或基本课题,是不令人感到奇怪的。

但仅仅从国家现代化的角度考察中国现代文学内部的变迁是远远不够的。这是因为,现代文学的变迁既是国家意识形态及文化变迁的一个组成部分,又反映了文学观念变化的要求;国家的现代化从总体上而言,既对现代文学的发展有历史的规定性和推动作用,二者之间往往又是互动的,甚至后者有时预示了国家现代化的某种前景以及潜在的危机。因此,我们需要观察的恰恰是现代化作为一种历史叙事是如何进入文学的历史、变换文学的主题、重新规划文学的形式的。1915年前后,在美国康奈尔大学与胡适讨论文字问题的大多是科学家,问题的讨论从文字转向文学,正是世界范围内科学运动的结果。事实上,在现代文学先行者的眼里,国家的现代化从某一角度看首先是语言的科学化,科学化一方面是一个形式的问题,"死文字和活文字"的问题②,另一方面,则反映了"非科学"与"科学化"的对立。胡适的《文学改良刍议》、陈独秀的《文学革命论》中提出的语言科学化问题,不仅凸显在现代文学的初期阶段,实际也凸显在现代文学后来不同的发展时期。正像鲁迅、周作人改造国民性的文学观念,为中国现代文学提供了关于人的现代化的文学主题一样,以"现代"的眼光发现人、表现人的世界,并赋予它以符合现代人审美趣味的现代语言形式,是中国现代作家在中国社会大振荡和大变革背景下文学变革愿望的集中反映。30年代中期以后,虽然文学主题和形式仍在延续着"五四"时期的文学传统,如国统区的小说、戏剧、诗歌等,它甚至还凸显在1942年以前延安和根据地的文学创作中,但随着中国现实环境和文化环境的急剧调整,现代文学与民族文学传统的继

---

① 毛泽东:《五四运动》,《毛泽东选集》,第2卷,545—546页,北京,人民出版社,1991。
② 参见《胡适口述自传》,146页,上海,华东师范大学出版社,1993。

承与被继承关系、旧形式利用等问题开始凸显出来。老舍是国统区内运用大鼓词等旧形式表现抗战主题的一个突出的例子。赵树理自愿"做一个地摊的文学家"的个体愿望,出现在时代对文学的民族化要求之前,让人多少感到有些不解;但后来发展成"赵树理方向",却是符合历史本身的逻辑的。更引人注目的是解放区知识分子出身的作家身上出现的民族化、民间化创作倾向。贺敬之、丁毅的歌剧《白毛女》,丁玲、周立波的长篇小说《太阳照在桑干河上》和《暴风骤雨》,等等,其意义也许不在于从民族性的角度勾画了一幅现代化国家的新蓝图,而是在此情况下,国家现代化的概念内涵更加复杂和丰富了。

大体说来,在30年代中期以后形成的现代文学的三个审美空间,即沦陷区文学、国统区文学、解放区文学中,鉴于各种原因,不约而同地出现了新变化和新要求;沦陷区文学因为地域(四个沦陷区)、文化背景(十里洋场与文化古都)上的差异,其色调驳杂而不统一。与华北沦陷区相比,身处上海沦陷区的作家张爱玲和钱锺书的小说更能反映出一种审美眼光的调整:作家对社会日常生活的精细观察及其表现,体现了对主流叙事的嘲讽和怀疑;在他们的小说创作中,"五四"以来欧化的小说叙事框架被突破,中国古典小说的叙事技巧被重新发掘和娴熟地加以利用。与此同时,中国作家"蛰居时期"的特殊文化心态,也为20世纪中国现代知识分子的精神史增添了值得深思的内容。国统区文学在抗战前期的基调是呐喊。1941年以后,随着新文学主流反封建色彩的逐渐减弱,中年期的沉思色调得到了增强。新诗文学观念和眼光日益世界化,通俗小说则进一步走向了新文学,形式的追求日渐现代化。在解放区文学中,文学的民族形式问题成为作家和理论家注意的焦点,现代文学开始了与民族的主体——农民的第一次"对话"。民间文学的价值被提到前所未有的高度。40年代中期以后,"文学与建国"——这一国家现代化的文学主题在国统区和解放区两大区域受到足够的重视。朱自清有一段话在当时颇具代表性:"我们现在在抗战,同时也在建国;建国的主要目的是现代化,也就是工业化。……我们迫切的需要建国的歌手。我们需要促进中国现代化的诗。有了歌咏现代化的诗,便表示我们一般生活也在现代化。"[①]而在解放区,农民形象突破了"五四"以来被同情、被审视的文学形象,他们不仅仅被作为文学的新主角,而且也是被作为未来国家的主人公来塑造的——现代文学的现代化主题开始显示了它深远

[①] 朱自清:《诗与建国》,《新诗杂话》,44—45页,北京,三联书店,1984。

而切实的内容。值得注意的是,由于政治、文化、地理等方面的复杂原因,解放区文学这时也开始疏离世界文学的潮流,它使现代文学由此从现代化转向民族化与政治化相结合的历史道路,从而预示了新中国成立后文学的某种危机。从力主"拿来主义"始,以充满青春气息的文化胸襟加入世界文学的潮流,到褊狭地理解现代化的主题终,中国现代文学走过了自己一段曲折而漫长的道路。

第四节　现代化的中断与变异:中国现代文学前、后期的形成

○现代化的主要特征之一是"分化"　○"中断"的关键因素:抗日战争的全面爆发　○矛盾的急剧变化　○观念的调整　○现代化问题的观察与追问

正如前面所说,现代化问题是伴随着近代中国的民族危机感而发生的,也是伴随着中国社会的进一步半封建半殖民地过程而进入中国人的文化、历史视野的。晚清以降,现代化主题是在个人觉醒和民族振兴这两条基本脉络中交替发展与演进的。鲁迅和周作人对现代化的反思达到了前所未有的历史深度,从而深刻揭示了个人现代化与国家现代化之间的悖论关系,以及这一命题的宿命感:"实在乃真是漆黑的宿命论也。"[①]周氏兄弟对中国社会及历史处境的深刻洞察,在思想文化的深层次上证实了现代化主题在中国现代文学历史发展中的命运。表面地看,个人现代化与国家现代化的矛盾是在1927年前后公开化的,于是有所谓的"文学革命"和"革命文学"的分歧之说。虽然现代化过程的主要特征之一是分化,国家与社会共同体的分化,不同利益集团的分化,不同文化集团的分化,知识领域的分化等等,但实际上,以鲁迅为代表的"五四"作家、左翼作家和自由主义作家是同属于中国进步文学的阵营的。30年代初,不同文学主张的作家集团之间,甚至发生了文学观念、创作风格和文学形式等方面的"交换现象",例如鲁迅对马克思主义文艺观所产生的兴趣,"左联"文学创作中的现代派技巧及先锋性姿态等等。这些复杂现象都说明,尽管现代文学中个人现代化与国家现代化之间存在着矛盾,存在着孰先孰后、孰优孰劣的争论,但从总体上说,它并未根本地改变现代文学的基本格局。真正导致中国社会现代化进程中断

[①]　周作人:《日本的衣食住》,《国闻周报》,1935(6)。

与变异,以致改变了中国现代文学的基本格局和走向的,是1937年抗日战争的全面爆发。它的表现主要在以下几个方面。

矛盾的急剧变化

民族内部的矛盾上升为民族矛盾,矛盾的性质发生了根本变化。它造成中国社会现代化进程的突然中断,并彻底改变了中国人对现代化问题的基本看法。鲁迅1925年所做的"以后最要紧的是改革国民性"的历史判断,显然不再适合山河破碎、国家危在旦夕的紧迫现实;倒是郭沫若的"不是我,而是我们"的诗人式的呐喊,最容易成为那个时代的主调。在抗战这场如此严峻、艰苦、你死我活的民族大搏斗中,它要求于文学和作家的当然不是自由民主等启蒙宣言,也不会鼓励个人自由、人格尊严之类思想在这个特殊历史空间里发展,相反,它突出的是一切服从抗战,是统一的民族意志和钢铁般的集体力量。任何个人的权利、个性的自由、个体的独立尊严等等"五四"运动以来的文学主张,相形之下,都变得渺小而不切实际。

观念的调整

既然民族矛盾凸显为时代的最大矛盾,中国现代文学的基本观念就会发生由西方化(现代化)向本土化(民族化)的转换,并引起艺术思维方式、文学观念、风格和形式等方面的一系列大幅度调整。例如巴金、茅盾早期的小说多半是从西方价值观的视角看待个人生存的悲剧的,后来又由此产生了以封建大家庭和民族资本家为对象的社会剖析;到了《寒夜》和《腐蚀》,人生的悲剧不再直接缘发于个人与封建礼教传统的激烈冲突,而是缘发于民族矛盾之下的伦理学危机和人的精神的萎缩。又例如,国统区先是出现了标榜为外来艺术形式的"街头诗""街头剧""朗诵诗"的创作,但接着在解放区进行了吸收民族、民间艺术形式的又一轮尝试。这一民族化文学的新潮流,被胡风形象地概括为"民族的、大众的"文学倾向①,它后来又被总结为"喜闻乐见的民族形式",并在更大更深阔的领域里推广。这就是说,1937年以后的文学发展从总体上看,是个人叙事让位于民族叙事,个人的现代化让位于救亡保种的民族化。起于晚清梁启超等改良派思想家,然后在周氏兄弟手里趋于成熟的中国现代文学的现代化主题及其文学形式的探索,至此发生了根本性的变化。

---

① 参见《大众化运动一瞥》,《胡风评论集》(中),北京,人民文学出版社,1984。

现代化问题的观察与追问

抗战不仅中断了现代文学对现代化问题的思考,而且促使其发生了复杂的变异,在此基础上形成中国现代文学后半期的最大特色。如前所述,抗战爆发后的现代文学格局中出现了各具特色的三个文学空间(沦陷区文学、国统区文学、解放区文学)。与前期现代文学基本是在批判封建主义旧文学,吸收、借鉴西方文学,借以同世界文学保持同步的基础上形成自己的总体特点不同的是,后期现代文学的思想特色与艺术追求可以说是多元的、复调性的。在后期现代文学的发展进程中,既有在黑暗与光明两大时代之间的抗争与诉求,同时又充满各种难以言说的困惑与矛盾。以往文学史把沦陷区文学、国统区文学、解放区文学的基本特色概括为自吟的、反抗的和歌颂的,有其历史的合理性,但显然没有把更为复杂和矛盾的文学内部机制考虑在内。既然现代化过程的特征是分化,那么中国现代文学对现代化问题的观察和思考自然会包含了存有差异的文化价值追求,体现为不尽相同的历史叙事——这不单发生在同一个文学空间,而且也可能发生在同一个作家的创作之中。例如,国统区文学的基调可以说是歌颂抗战、批判社会黑暗,但在这里,人们亦听到了不同的回响:沈从文未完成的长篇小说《长河》对现代文明(现代化)的痛切反思,路翎的《财主底儿女们》和《郭素娥》等对个人现代化主题的再度呈现,以及穆旦诗歌对这一命题更具超越性的省思等等。在沦陷区文学内部,既有东北作家群对"沦亡感"的情感倾诉,又有上海、华北沦陷区作家笔端的浅唱低吟,但同时也有苏青的《结婚十年》那种对"五四"运动妇女解放、个性自由这一母题的直接回应。周作人在这一时期所写的文章和小品,则又曲折地折射出某种文化遗民的复杂心态。这就是说,20世纪上半叶后一阶段中国社会的命运、思想、感情、心理的变化,都进入了现代作家的思想视野和艺术表现领域,在此基础上形成了中国现代文学后半期"复调"与"对话"的基本特征。

现代化概念表征为未来已经开始的信念。而中国现代文学就发生在近百年来这个为未来而生存的时代,因此,现代化主题与现代文学的其他基本观念和突出特征即在于它们的过渡性和成长性。自从梁启超赋予中国现代文学以"文学救国"的浓重色彩,鲁迅赋予其"立人"的启蒙使命以来,它就一直在复杂而曲折的历史轨道中寻求自己作为现代民族文学的位置和特色。因此,中国现代作家自觉地将文学的内容和形式与时代联系起来,明显地给予现代文学一种明确的目的,即文学的创作是这样一种时代的工作,它本身是历史朝向未来过渡的一个重要部分。同时,它也是一个未完成的和将会不断发展的历史命题。

思考题
1. 怎样理解文学启蒙的意义和内在矛盾?
2. 简述国家现代化与文学变革的深层关系。

上 编

(1917—1937.6)

第一章　中国现代文学的发生

第一节　"发生"的概念

○以不同的形象进入历史叙述　○两种叙述的深刻差异　○现代文学"发生"的诸多条件

早在文学革命运动发生后不久的20世纪20年代初,这一时段的文学便以不同的形象进入了历史叙述。在胡适的《五十年来中国之文学》(1922)里,文学革命以其对白话文学的有意提倡,成功地将中国文学导入了白话文学的正轨,并以此而区别于此前45年中的近代文学变迁。胡适指出,"这五十年(1872—1922)是中国古文学的结束时期",也是白话文学获得最后胜利的时期。这个最后胜利的标志就是1916年以来的文学革命运动。胡适文学史叙述的特点在于,他将目光更多地投放在古文学内部的危机和变化方面,以进化论史观构造了一段"古文末运史"。在这种历史格局中,文学革命扮演了一个为古文学发丧送终的角色。有关白话新文学,胡适所言不多,但有一个内容却成了日后几乎所有新文学历史叙述的基本前提,这就是将新文学视为一种与中国古代文学截然异质的文学,并以此而建立起新、旧文学的分垒。在此后相当长的一个时期,众多有关新文学的历史叙述中,略有差异的只是新文学的具体断代的年限。胡适把1916年作为新文学的始端,此后的文学史叙述则逐渐滑向1919年的"五四"运动。

稍晚于胡适的《五十年来中国之文学》,梁启超在《五十年中国进化概论》(1923)中,同样借助进化论的资源将同一个历史时期描述为近代社会实践的重心频繁转移的过程,这就是由"器物"(洋务运动时期)、"制度"(戊戌变法时期)到"文化"(文学革命时期)变革的依次过渡。在这50年的中国进化历史中,文学革命既被纳入了近代变革的整体框架,成为历史连续性的一个环节,也显示了它的独异之处:在连续性的历史运动中毕竟开辟了一个新的实践领域。

表面看起来,除叙述视点上的差异外,这两种历史叙述之间似乎不存在根本的冲突,但稍加分析便不难发现其间的深刻差异。在梁启超的历史视域中,新文化运动只是近代一系列社会实践中的一个连续性的阶段,其间发生变化的只是实践的内容。他似乎忽略了在近代社会实践的转移中所存在的主体、性质的变异。胡适自有他的清醒,但他一方面在新与旧、活与死之间做出断然裁决,因之无法对白话文学做出发生学的解释;另一方面则又极力模糊时代的界限,同时也放弃了历史学的解释原则,以所谓文学进化的必然趋势,构造理论化的白话文学史。这使他的文学史叙述在"发生"解释方面趋于武断,在"结构"解释方面因失去基本的依托而流于空泛。周作人清楚地意识到胡适对新文学历史解释的缺陷,他在《中国新文学的源流》(1932)中,尝试拉近晚清以来的文学革新运动与新文学的距离,但也因此而削弱了对新文学结构变异的分析和解释,最终得出了"古文和白话没有严格界限"的结论,新文学的新质自然也就无法得以呈现。

50年代与60年代之交,严格的社会分期为现代文学史叙述断定了性质和时限。一方面,鸦片战争以后的近代文学作为它的先导和过渡,为之准备了白话工具和部分思想资源;另一方面,现代文学作为中国现代社会复杂的阶级关系在文学上的反映,为之打上了鲜明的时代印记和精神印记,使之具有了无须论证的全新性质。

80年代,尤其是在中期以后,随着"20世纪中国文学"概念的提出,文学史叙述上下接通的动机已日渐明显。但如何处理新与旧、连续与断裂以及文学史叙述中的"发生"(历史)解释和"结构"(性质)解释问题,起码并未在理论上得到完全解决。这既有一般文学史理论的问题,也有一个多世纪以来中国文学的特殊原因。这里显然无意于探究这类理论问题,而只不过是要对本章"发生"概念做出必需的解释。

一般认为,中国现代文学揭开了中国文学的全新一页,并以它的鲜明个性标界出两个泾渭分明的文学史时期。但中国文学的现代发生并非从天而降,它无疑是要以近代中国一系列社会文化实践作为它必要的实践语境和应有的资源准备。事实上,现代文学革命的首倡者胡适等人在对中国近世文学变革和文学革命历史资源的梳理中,早已将晚清的语文革新运动和诗文界革命的实践收入视界内。尽管他们都不同程度地区分了两个历史时期的实践活动的不同性质,但"结构"解释中的差异判断并不必然排斥"发生"解释中对历史联系的强调和发现。如果说对新文学的结构分析可以得出这样的结论,即1917年开始的文学革命标志着中国古典文学的终结,那么,发生学的分析将显示:这一终结的起点和过程都展开在近代中国的历史实践之中。这已不是传统意义上的对中国现代文学与旨在谋求社会变革的政治实践之间历史关联的发现和说明,它已成为一种新的文学史叙述的方法论前提。在这个意义上,描述一种具有全新性质的文学的发生,并不意味着文学史材料的堆积,也不是要去对众多非确定性的事实做出历史因果的解释和判断。这里首先要追问的是:由结构分析所呈现出来的一种与传统文学截然异质的新文学的实践条件是什么?

这个条件的产生和成熟的过程就是新文学的发生。这个发生的条件包括新文学和文化实践的主体、方式和资源等一整套社会性的机制。因此,这里的"发生"概念既不是指起源或通常意义上的历史联系,也不在于为新文学的出现寻求一个事件性的界标。在某种意义上,它试图描述一种新文学结构性的发生,即在前新文学时期去发现某一种可能导向新文学的社会性体制和结构的初步诞生。在这种历史实践结构中,任何一种单一的因素都不可能完全解释新文学的出现,但新文学的出现却无疑需要汲取并转化其中各个方面的实践成果。

第二节　近代知识界的形成

○知识分子角色的转换　○近代报业的兴起　○学会的涌现

这里所说的知识界并不指涉一个天然的群体,也就是说,它并不是由知识者所天然形成的一个团体。它是指在近代中国的各种社会力量的作用下所形成的一个话语的空间,一个知识、文化、思想和实践的阵营和领域。作为话语实践的空间,知识界的形成固然首先包括人的聚合或是人的组织,但又远不止此。它起码还包括话语实践的资源、方式和媒介等一系列前提和条件。在这个意义上说,中国近代知识界的形成,不仅是中国现代文学发生的条件和背景,而且也同时为它准备了动力和资源。以下仅从三个方面描述近代知识界的背景因素和其基本构成。

知识分子角色的转换

清王朝的统治,经过"康乾盛世"后,显露了由盛转衰的迹象,嘉庆朝至鸦片战争前夕,积聚已久的各种矛盾日渐暴露。面对"衰世"的危机,传统知识分子阵营突起了一股社会批判思潮,锋芒所指,遍及政治、经济、军事、外交、学术、教育、士风等各个领域。至鸦片战争前后,这种关心国运、世事,寻求"复兴盛世"的批判力量,已在传统知识格局中形成了不小的声势。以龚自珍、魏源、林则徐、包世臣、姚莹、张际亮等为代表的社会批判力量,虽然仍以维护清王朝的统治为动机,但它无疑是近代思想解放的先声,它对中国近代思想的发展和知识界的形成产生了巨大深远的思想影响。仅以龚自珍而论,虽然他的"讥切时政,诋排专制"并未越出封建传统的疆界,但诚如梁启超所指出:"晚清思想之解放,自珍确与有功焉。光绪间所谓新学家者,大率人人皆经过崇拜龚氏之一时期。"①其实,梁启超之所以将"新学家"这一谱系追溯到龚自珍及其同代人,还在于他们之中的一部分人已在进行社会批判的同时,为国人打开了放眼西方的视域。早在鸦片战争之前20年,龚自珍就已提出了"颁制西洋奇器"的倡议。此后,西方的器物、政体及至风俗,都无不引起了这个思想群体的深切关注。他们在"师夷长技以制夷"的原则之下,精心地组织着这批新的知识资源。

在"中体西用"的思想背景中,30年的"求富求强"的洋务实践,最终证明在封建体制不发生变动的前提下,一切"富国"设计都不太可能奏效。这个失败的实践过程也正是中国近代知识分子痛苦裂变并重新寻找身份认同的过程。从19世纪七八十年代,直至戊戌变法运动,这个寻找的过程逐步确立了自己的现实判断和实践原则,这就是"变"和"新":变成法,新政治,新国民。与此同时,在甲午战争之后西方文化的冲击下,中国传统知识分子在一定程度上从封建政治体制中游离出来之后,开始了新一轮的分化。面对封建政体"大厦将倾"的局面,梁启超曾做出这样的描述:"敌无日不可以来,国无日不可以亡。数年以后,乡井不知谁氏之藩,眷属不知谁氏之奴,血肉不知谁氏之俎,魂魄不知谁氏之鬼。及今犹不思洗常革故,同心竭虑,摩荡热力,震撼精神,致心皈命,破釜沉舟,以自保于万一。而犹禽视息息,行尸走肉,毛举细故,瞻前顾后,相妒相轧,相距相离。譬犹蒸水将沸于釜,而

---

① 梁启超:《清代学术概论》,54页,上海,商务印书馆,1921。

鲦鱼犹作莲叶之戏;燎薪已及于栋,而燕雀犹争稻粱之谋,不亦哀乎!"①这种清醒本身就是一种新型知识者的标志。在自我意识上,他们已从一个往昔共命运的封建王朝中脱身而出,而他们此后"不恤首发大难"所参与的一切"尽变西法"的改革实践,已同龚自珍式的"为本朝瑰玮"的忠心之举判然有别,而成为真正意义上的现代知识分子传统的发端,并由此开启了一系列前后相承而又不断变化和拓展的现代知识实践。

近代报业的兴起

中国报业的兴起是随着知识分子的身份转换而发生的一个具有深远的历史意义的近代事件。正如同西方的"集纳主义"(journalism)为西方世界打开了或者说制造了近代的"社会"一样,报业的兴起在为近代中国带来了一个变动的社会的同时,也使某种程度上业已从经学体系中游离出来的知识者获得了一次真正意义上的"集纳"——一种新的知识视界、新的知识组织及传播形式的建立和在此基础上的集结。套用当时流行的话来说,它不仅使某些个体得以"去塞求通",而且确实达到了"群"的作用,凝结和统一了近代知识分子群体。在这个意义上,报业不但裸露了它的社会功能,也充分显示了它在思想和知识组织方面的强大威力。报业在知识和思想传播意义上也就是由知识分子所承担的"启蒙业"(business of enlightenment)。

从1873年到1894年的20多年里,是中国近代报业实践初步建立并日趋活跃的一个时期。这一实践形式改变了传统知识分子著书立说和书函往还的单向而又有限的思想交流和知识传播方式。尽管20多年里,清政府的报禁依旧很严,近代新型知识者的报业实践在数量上也相当有限,但作为一种实践形式和实践领域,它的开创意义是重大的。尤其是《循环日报》和它的主笔王韬,不仅有效地宣传了"变法自强"的政治主张,也对中国知识分子在其后相应的实践产生了深远的启示。

1895年5月,康有为和梁启超等在他们的变法运动中积极地承接并开拓了中国近代报业的实践。他们先后创办《中外纪闻》(1895年8月17日创刊于北京,初名《万国公报》)、《强学报》(1896年1月12日创刊于上海)、《时务报》(1896年8月9日创刊于上海)等。这些报业实践不只在变法活动中承担宣传的任务,而且本身也已成为维新知识分子的一种形象展示,成为维新运动的一个有待展开的主体实践部分。梁启超在《论报馆有

---

① 梁启超:《南学会叙》,《饮冰室合集·文集之二》,上海,中华书局,1936。

益于国事》①一文中,不但备述报业实践的诸多益处,而且也急切瞩望报业的未来:"……待以岁日,风气渐开,百废渐举,国体渐立,人才渐出,十年以后,而报馆之规模,亦可以备矣。"事实上,在1896年以后的两年中,由维新派或倾向维新运动的知识分子所主持的报刊已达二十余种,其中的《知新报》(1897年2月22日创刊于澳门)、《湘学报》(1897年4月22日创刊于长沙)、《国闻报》(1897年10月26日创刊于天津)、《湘报》(1898年2月21日创刊于长沙)等都产生了广泛的影响。

报业实践为近代知识传播和社会资源、思想资源的组织开辟了新的领域,它既是现代化的全民总动员的载体和工具,也是一个民族现代性实践的标志。中国近代报业的兴起在其后的政治和文化实践中被证明是中国现代性历史实践的一个重要开端。

学会的涌现

有的学者将戊戌时期中国近代学会的勃兴称为"学会运动"。这种说法的依据是,在这一时段内,以成立于1895年11月的北京强学会为开端,在此后的三年间先后组织的各种学会有六七十个之多,它们所倡导或标榜的内容几乎包括中学、西学的所有知识领域。② 这些学会分布于12个省份的约30个城市中,它们都以"讲求学术"为门径,为中国谋求着"强国""富国"的最初的现代化设计。

尽管这一时期的学会名目繁多、内容驳杂,而且形态各异,并且大部分学会因谋求政治变革心切,而忽略了学术的专业性,但"学会运动"不仅以它的众多实践为中国输入了具有近代性质的知识组织形式,还以它讲求新知和倡导教育的宗旨,开启了近代知识界的一些新的实践领域,这些领域包括兴办学堂、创立图书馆、购置科学仪器、出版学报和书籍等等。这在当时从政治、经济以及自然科学和社会科学方面,为中国近代知识分子提供了又一种公共的知识空间。而且,从历史的角度看,它无疑还是一个开端,此后它日渐成为中国近现代知识传统的一个部分。它参与创设了中国近现代知识分子社会实践和民族生活的"公共领域"。此后,这一近代的知识实践形式,在中国近现代的社会变革的背景之下,不但得以有效地延续,而且被不断地发扬光大。据不完全统计,仅在1899年至1911年间,各种公开性的结

---

① 《时务报》,第1册,1896-08-09。
② 参见张玉法:《戊戌时期的学会运动》,载《历史研究》,1998(5)。

社就多达六百余个。①

上述三个方面的变化，以其整体性的信息显示了中国近代知识界的形成。它既展现为历时性的实践领域的转换，而且又有多个实践领域的彼此交融互渗，而显现为一种结构性的关系。因此，它们都不只是一种实践形式而已，还同时是中国现代性实践的资源和动力。白话，这个启动中国现代新文学实践的重要因素，正是在这个时期由于上述各个领域的实践推进而必然呈现于中国近代背景之上的。

第三节　白话的兴起

　　○白话与近代以来的话语实践　　○语文革新思路的广泛展开　　○"拼音化"方案的推出

中国现代新文学是以白话为媒介并且是以"国语的文学，文学的国语"为指归的。但"白话"这个概念，起码在它最初出现时是很难找到它的现实对应物的。换一句话说，中国近现代文化实践中的"白话"这一概念，不应被视为一种历史的或语言的实存，它是近代以来一系列话语实践(discursive practice)的生成之物。历时地看，作为中国近现代一个重要的文化实践领域，白话来自维新背景下的域外语言文化的启示。人们后来在语言学领域为这个概念所确定的直接对应的对象，即自13世纪以来以北方话为基础而逐渐形成的一种汉语书面语形式②，在某种意义上和它的近代使用处于不同的领域，并且，可以说是存在着很大的语义差别的。也就是说，在中国近代的社会文化和知识语境中，"白话"并不是一个确定的语言学实体，而是社会文化实践所要寻找和建构的目标和对象：一种普及教育、开启民智的工具，一个富国强民的良方。这个目标经过一系列的转换和过渡，最终落定在"白话"这个概念上。

1887年5月，黄遵宪最后完成了全面记述日本自明治维新以来社会政治和文化变迁的《日本国志》的纂述。书中也记述了日本语言的近代变化，从借鉴日本维新经验的角度出发，著者在记录这些变化的同时，还时有对西

---

① 参见张玉法：《戊戌时期的学会运动》，《历史研究》，1998(5)。
② 参见周祖谟：《从"文学语言"的概念论汉语的雅言、文言、古文等问题》，见《文学语言问题讨论集》，18—29页，北京，文字改革出版社，1957。

方新知识的整理以及在此基础上的有限议论和发挥。其中,有下列一段关于语言文字的较为系统的表述①:

> 外史氏曰:文字者,语言之所从出也。虽然,语言有随地而异者焉,有随时而异者焉;而文字不能因时而增益,画地而施行。言有万变而文止一种,则语言与文字离矣。居今之日,读古人书,从以父兄师长,递相授受,童而习焉,不知其艰。苟迹其异同之故,其与异国之人进象胥舌人而后通其言辞者,相去能几何哉?

这段有关语言史的知识表述无疑是准确的,但著者的用意显然还不止于此,他接着援举近代西方的语言变迁为例,说明语言文字运行状况与人的智识状况的关系:

> 余闻罗马古时,仅用腊丁语,各国以语言殊异,病其难用。自法国易以法音,英国易以英音,而英、法诸国文学始盛。耶稣教之盛,亦在举《旧约》《新约》就各国文辞普译其书,故行之弥广。盖语言与文字离,则通文者少,语言与文字合,则通文者多,其势然也。

上述判断和推论显然超出了一般语言知识的范围,但这也许才正是作者的本意。黄遵宪继之将话题完全转到了中国的语言文字的历史和现况,他在书中这样写道:

> 泰西论者,谓五部洲中以中国文字为最古,学中国文字为最难,亦谓语言文字之不相合也。然中国自虫鱼云鸟屡变其体,而后为隶书为草书,余乌知夫他日者不又变一字体为愈趋于简、愈趋于便者乎?自《凡将》《训纂》逮夫《广韵》《集韵》,增益之字,积世愈多,则文字出于后人创造者多矣。余又乌知夫他日者不有孳生之字,为古所未见、今所未闻者乎?周、秦以下,文体屡变,逮夫近世,章疏移檄,告谕批判,明白晓畅,务期达意,其文体绝为古人所无。若小说家言,更有直用方言以笔之于书者,则语言文字几几乎复合矣。余又乌知夫他日者不更变一文体为适用于今、通行于俗者乎?嗟夫!欲令天下之农工商贾妇女幼稚皆能通文字之用,其不得不于此求一简易之法哉!

在黄遵宪的这段记述和相当有限的推论中,重要的不在于它包含了多么准确和重要的专门知识与专业判断,而在于它的这种语言观照方式背后

---

① 以下3段引文均见黄遵宪:《日本国志》卷三十三,上海,图书集成书局,1898。

那种寻找社会改良启示的思想视域。在这种背景下,所谓知识的整理已不可能是一种纯专业性的工作,它包含着更灵活的知识锻接并鼓励思想的生发。因此,这些知识整理常常会形成一些意图更为宏大的知识判断,并产生超乎知识本身的巨大影响,而这一可能性恰恰被此后的事实证明。在甲午战争前后近代中国社会越来越强烈的危机意识和越来越迫促的现代化变革的启蒙实践中,以下表述无疑具有不可抗拒的诱惑和启示:"语言与文字合,则通文者多";"欲令天下之农工商贾妇女幼稚皆能通文字之用,其不得不于此求一简易之法"。黄遵宪在这里所提供的这些有限的推断和微弱的暗示,此后竟以其超乎寻常的活力,涵摄各路信息并最终进入社会变革的前沿,成为中国现代性话语中相当重要的一脉。正因为如此,它在此后的中国近代的社会文化实践中得到了众多的回应。这些回应中有的虽然并不直接,但却共同参与了对这种"适用于今,通行于俗"的语言工具,或者更确切地说是对启蒙工具的寻找。

1892年4月,中国近代另一位启蒙思想家宋恕在他阐述维新变法的著作《六斋卑议》中,出于对中国语言文字和智识状况的认识,最早提出了"造切音文字"的主张。宋恕是一位见闻广博的学者,他"慨乎国内政俗,多矫激不平",而"思想往往趋于革新政治"。① 因此,他的语言革新的目的首先就在于"便幼学",在于让更多的人能"通文字之用",而最终的目的又在于它能解"民之疾困"。

同年,福建同安人卢戆章所编著的清末第一种切音字方案和切音学著作《一目了然初阶》(中国切音新字厦腔)在厦门出版。他在自序中说明了他创制切音字的目的,他说:"窃谓国之富强,基于格致;格致之兴,基于男妇老幼皆好学识理;其所以能好学识理者,基于切音为字;则字母与切法习完,凡字无师能自读;基于字话一律,则读于口遂即达于心;又基于字画简易,则易于习认,亦即易于捉笔,省费十余载之光阴,将此光阴专攻于算学、格致、化学以及种种之实学,何患国不富强也哉?"② 此外,他还将中国语言文字的状况,置于一个视野更为开阔的对比中,首先提出中国文字不应"自异于万国"的主张,表达了他的"思人风去变态中"的紧迫感和忧患意识。他说:"当今普天之下,除中国而外,其余大概皆用二三十个字母为切音字……故欧美文明之国,虽穷乡僻壤之男女,十岁以上,无不读书……何为

---

① 马叙伦:《六斋卑议》,书后,北京,文字改革出版社,1957。
② 转引自倪海曙:《清末汉语拼音运动编年史》,21页,上海人民出版社,1959。

其然也？以其切音字，字记一律，字画简易故也。"显然，切音字在卢戆章的眼里已成了一国"文明"的前提条件，靠着这种紧迫感和使命感，1893年他的又一部切音字书《新字初阶》在厦门出版。

甲午战争失败后，知识界在对现实的深入反省中，开始进一步将目光转向教育与国民整体素质的提高。在普及教育、开通民智的思想要求之下，汉字作为思想启蒙和文化传播工具的弊端更是暴露无遗。此后，"语文革新"作为一项重要的社会实践内容，在各个层面日渐引起人们更大的关注。1895年，康有为在他的"大同"世界的设计中，也勾画了一个世界语文大同的理想："全地语言文字皆当同，不得有异言异文。考各地语言之法，当制一地球万音室。"承接这一思想，1896年谭嗣同在他的《仁学》一书中也提出"尽改象形字为谐声，各用土语，互译其意"①的主张。他认为，中国国民愚于"三纲五伦"，而使"变法"的至理要道，"悉无从起点"。因此希望借地球之教的"合而为一"，而"尽改民主以行井田"，以达到地球之政"合而为一"的境界。而象形的汉字却成了这一宏伟蓝图之"梗"。也就是说，汉语言的象形文字已成了中国走向世界、迎纳世界的障碍，这在"大同"世界的宏伟构想中显然是不容姑息的大患。这是直接由中国近代政治变革的实践构想中推导出来的汉语语言变革的结论。在这里，语言变革成了整个社会变革程序中的重要一环。

在这同一时期，各种语文革新的思路和实践也在各地广泛展开。1896年，蔡锡永的《传音快字》在武昌问世，沈学的《盛世元音》也在这年8月的《申报》和12月的《时务报》上发表。他在自序中指出："今日之议时事者，非周礼复古，即西学更新；所说如异，所志则一，莫不以变通为怀……余则以变通文字为最先。"由此可见，他把文字放到了整个社会变革中的一个极为重要的位置："文字者，智器也，载古今言语心思者也。文字之难易，愚智之所由分也。"因此，"得文字之捷径，为富强之源头"。②

又一年以后，另一位近代政治改革的领袖梁启超在其所拟的变法纲领《变法通议》中称："古人文字与语言合，今人文字与语言离，其利病既缕言之矣。"③足见当时对言文分离问题的重视已相当普遍。梁启超说："今人出话皆用今语而下笔必效古言，故妇孺农氓，靡不以读书为难事……日本创伊

---

① 谭嗣同：《仁学》，61页，北京，中华书局，1958。
② 转引自倪海曙：《清末汉语拼音运动编年史》，42页，上海人民出版社，1959。
③ 梁启超：《变法通议·论幼学》，《饮冰室合集·文集之一》，上海，中华书局，1936。

吕波等四十六字母,别以平假名、片假名,操其土语以辅汉文,故识字、读书、阅报之人日多焉。今即未能如是,但使专用今之俗语,有音有字者以著一书,则解者必多,而读者当亦愈伙。自后世学子,务文采而弃实学,莫肯辱身降志,弄此楮墨,而小有才之人,因而游戏恣肆以出之,诲盗诲淫,不出二者,故天下之风气,鱼烂于此间而莫或知,非细故也。"①故他提出:"今宜专用俚语,广著群书:上之可以借阐圣教,下之可以杂述史事,近之可以渊发国耻,远之可以旁及彝情,乃至宦途丑态、试场恶趣、鸦片顽癖、缠足虐刑,皆可穷极异形,振厉末俗。其为补益,岂有量耶!"②俚语就这样被整合进了近代政治变革的纲领之中。康有为在其同年为上海大同书局所撰写的《日本书目志》中,则从通俗性和感化作用的角度着眼,对俗话小说大加提倡。他认为,"通于俚俗"的小说,是"易逮于民治,善入于愚俗,可增七略为八,四部为五,蔚为大国,直隶王风者"。

至此为止,在近代知识分子对启蒙工具的寻找过程中,拼音化一直被视为主攻的目标。而此时民间的白话报刊开始大量出现,更为这一实践的推进创造了新的契机。但康有为、梁启超对俗语、俚语社会功能的发现,已预示着一个新的实践方向的出现。1898年8月,戊戌变法的领袖之一、近代白话文运动的前驱裘廷梁在《中国官音白话报》上发表了二千五百余字的著名论文《论白话为维新之本》。此文第一次将上述关于语言变革的陈述系统地纳入了一个新的范畴:"白话",并将这一概念隆重地推上了中国政治变革的前沿和中心位置。裘文高张"崇白话废文言"的大旗,将文言与白话植入了二元对立的格局。裘廷梁认为,古代国家的命运掌握在帝王、官吏之手,因之而有亡国之君、亡国之相、亡国之官吏;现代国家的命运则与国民的智识状况密切相关。

> 是故古之善觇国者觇其君,今之善觇国者觇其民。入其国而智民多者,靡学不新,靡业不奋,靡利不兴;君之于民,如脑筋于耳目手足,此动彼应,顷刻而成。入其国而智民少者,靡学不腐,靡业不颓,靡利不湮;士无大志,商乏远图,农工狃旧习,盲新法;尽天下之民,去光就暗,蠢蠢如鹿豕;虽明诏频下,鼓舞而作新之,如击软棉,阒其无声,如震群聋,充耳不闻。
>
> 有文字为智国,无文字为愚国;识字为智民,不识字为愚民:地球万

---

① 梁启超:《变法通议·论幼学》,《饮冰室合集·文集之一》,上海,中华书局,1936。
② 同上。

国之所同也。独吾中国有文字而不得为智国,民识字而不得为智民,何哉?……此文言之为害矣。人类初生,匪直无文字,亦且无话,咿咿哑哑,啁啁啾啾,与鸟兽等,而其音较鸟兽为繁。于是因音生话,因话生文字。文字者,天下人公用之留声器也。文字之始,白话而已矣。……后人不明斯义,必取古人言语与今人不相肖者而摹仿之,于是文与言判然为二,一人之身,而手口异国,实为二千年来文字一大厄。

接着,文章历数了文言的为害并祈盼着白话可能带来的前景,文中对文言和白话的价值判断饱含激情:"二千年来海内重望,耗精蔽神,穷岁月为之不知止,自今视之,仅仅足自娱,益天下盖寡,呜呼,使古之君天下者,崇白话而废文言,则吾黄人聪明才力,无他途以夺之,必且务为有用之学,何至暗汶如斯矣。"在论证"崇白话废文言"的主张时,裘廷梁还列举了白话的八大优长:

一曰省目力:读文言日读一卷者,白话可十之,少亦五之三之,博极群书,夫人而能。二曰除骄气:文人陋习,尊己轻人,流毒天下;夺其所恃,人人气沮,必将进求实学。三曰免枉读:善读书者,略糟粕而取菁英;不善读书者,昧菁英而矜糟粕。……改用白话,决无此病。四曰保圣教:《学》《庸》《论》《孟》,皆二千年前古书,语简理丰,非卓识高才,未易领悟。译以白话,间附今义,发明精奥,庶人人知圣教之大略。五曰便幼学:一切学堂功课书,皆用白话编辑,逐日讲解,积三四年之力,必能通知中外古今及环球各种学问之崖略,视今日魁儒耆宿,殆将过之。六曰练心力:华人读书,偏重记性;今用白话,不恃熟读,而恃精思,脑力愈睿愈灵,奇异之才,将必迭出,为天下用。七曰少弃才:圆头方趾,才性不齐,优于艺者或短于文,违性施教,决无成就;今改用白话,庶几各精一艺,游惰可免。八曰便贫民:农书商书工艺书,用白话辑译,乡僻童子,各就其业,受读一二年,终身受用不尽……

他还以新、旧约在世界各地的"土白"翻译,使基督教在全球得以广泛传播,以及日本的近代语言变革为例,论证了白话对文化的发展和社会的进步所具有的巨大推动作用。由此,他得出一个鲜明的结论:

……愚天下之具,莫文言若;智天下之具,莫白话若。吾中国而不欲智天下斯已矣,苟欲智之,而犹以文言树天下之的,则吾前所云八益者,以反比例求之,其败坏天下才智之民亦已甚矣。吾今为一言以蔽之曰:文言兴而后实学废,白话行而后实学兴;实学不兴,是谓无民。

一年以后,另一位白话文的先驱陈荣衮也发表了《论报章亦改用浅说》①一文,明确主张报纸改用白话。他的观点与裘廷梁并无二致,他说:

> 今夫文言之祸亡中国,其一端矣,中国四万万人之中,试问能文言者几何? 大约能文言者不过五万人中得百人耳,以百分一之人,遂举四万九千九百分之人置于不议不论,而惟日演其文言以为美观,一国中若农、若工、若商、若妇人、若孺子,徒任其废聪塞明,哑口瞪目,遂养成不痛不痒之世界……
>
> 大抵变法,以开通民智为先,开民智莫如改革文言。
>
> 作报论者,亦惟以浅说为输入文明可矣。

虽然使用的概念并未统一,但他们的"阐述模式"和"推论策略"却是完全相同的。

确切地说,中国的古汉语作为"问题"出现,甚至要远早于黄遵宪《日本国志》的面世。这部分是缘于拼音文字对汉字的挑战。1605 年,意大利传教士利玛窦(Matteo Ricci)在北京出版的《西字奇迹》为用拉丁字母拼注汉语提供了第一份系统性的方案。1625 年,法国耶稣会传教士金尼阁(Nicolas Trigault)在利玛窦方案的基础上完成了用罗马字注音的汉字字汇《西儒耳目资》。拼音文字的简易方便因此而早就引起了中国语言学者的关注,但这些资源很难准确地纳入近代中国的思想知识谱系。我们可以确认,在众多拼音化的汉语文字改革方案中,不乏上述历史实践资源的有益启示。与这些历史实践性质不同的是,戊戌变法运动前后的语文革新实践在新的思想和现实背景下对这些资源进行了重新的组织和利用,使它与白话一起汇入了近代社会改造的启蒙实践之中。继福建的卢戆章、蔡锡勇之后,广东的王炳耀、浙江的劳乃宣等,也都开始了汉字的拼音化的尝试。戊戌变法的领袖人物之一王照,在变法失败后,则发愤要创造一种统一中国语言文字的官话字母,用两拼之法"专拼白话"。1900 年,他出版了《官话合声字母》一书,参照日本的假名,创制了一种以北京音为标准的、采用双拼制的"合声字母"。他在书的序言中郑重指出:

> 余今奉告当道者:富强治理,在各精其业各扩其职各知其分之齐氓,不在少数之英隽也。朝廷所应注意而急图者宜在此也。茫茫九州,芸芸亿兆,呼之不省,唤之不应,劝导禁令毫无把握,而乃舞文弄墨,袭

---

① 《知新报》,第 111 册,1900-01-01。

空论以饰高名,心目中不见细民,妄冀富强之效出于策略之转移焉,苟不当其任,不至其时,不知其术之穷也!

此时,甚至连晚清的古音韵学家劳乃宣这样的旧学统中的文人,在向清廷进献的《进呈简字谱录折》中,也达到了同样的认识:

> 今日欲救中国,非教育普及不可,欲教育普及,非有易识之字不可;欲为易识之字,非用拼音之法不可。

在这种时代意识背景下,白话所引领的语文革新实践得以迅速地向各个具体专门的实践领域延伸,形成了支脉繁多的近代知识实践的启蒙话语谱系。

第四节　近代诗文界的革命

○"诗界革命"的预期目标　○"新文体"的来源和多面影响　○"小说界革命"对思想启蒙和社会改良实践的凸显

20世纪30年代初,陈子展在《最近三十年中国文学史》一书中曾将"起自甲午,讫于癸亥"(1894—1923)的30年作为一个文学发展时期加以描述。他的这一断代分期显然有其写作时的语境规定,即倾向于在新旧对立的紧张格局中展开文学史叙事。而正如他所指出的,这个时期的最主要的特点就是"文学的各部分都显现着一种剧变状态",各种矛盾和冲突十分尖锐。然而,从晚清的"诗界革命""文界革命""小说界革命",直到现代新文化运动,在这持续的剧变之中,却也以其特别的方式积淀着一种属于它自己的文学传统,这又可能使这30年作为一个文学史的叙述段落而别有理据。

作为新文学的又一种重要的实践资源,晚清的文学革命运动表现为一系列相互关联、相互影响和渗透文学革新的思路与实践活动。其中最先产生较大影响的当是"诗界革命"。作为一个狭义的文学史范畴,"诗界革命"始于1895年秋冬之际①,倡导者为夏曾佑、谭嗣同和梁启超。据梁启超说,"诗界革命"最初所产生的"新诗",不过是"捋扯新名词以自表异",但"诗界革命"的推进显然不止于引"新名词"以入诗,梁启超后来曾在《夏威夷游

---

① 关于"诗界革命"的发起时间,学界看法略有不同。参见张永芳:《试论诗界革命评价中的几个问题》,《社会科学辑刊》,1989(5)。

记》和《饮冰室诗话》中对这一时期的诗歌实践作过反省,他说:"过渡时代,必言革命。然革命者,当革其精神,非革其形式。吾党近好言诗界革命。虽然,若以堆积满纸新名词为革命,是又满洲政府变法维新之类也。能以旧风格含新意境,斯可以举革命之实矣。"①他提出,真正的"诗界革命","不可不备三长:第一要新意境,第二要新语句,而须以古人之风格人之,然后成其为诗"②。而作为"诗界革命"的第一要义的"新意境"则"不可不求之于欧洲"。在梁启超看来,"欧洲之意境语句,甚繁富而玮异,得之可以陵轹千古,涵盖一切"。在这种理论导引下,1902年至1904年间《新民丛报》所辟的"诗界潮音集"一栏中刊登新派诗达五百余首,作者也有四十多人,将"诗界革命"推向了高潮。

1922年,现代文学革命的倡导者之一胡适在撰写《五十年来中国之文学》一文时,还曾提到晚近的另一笔文学遗产,那就是早在"诗界革命"倡行的二十多年前,由年仅20岁的黄遵宪所发出的一份"诗界革命宣言":"我手写我口,古岂能拘牵?"胡适对他"主张用俗语作诗"和"以古文家抑扬变化之法作古诗"都曾给予了很高的评价。其实,早在梁启超对"诗界革命"所进行的理论阐释中,已将黄遵宪和夏曾佑等并列为"近世诗家三杰"之一。如果将"诗界革命"视为晚清以来民族危机所促动的一场广泛的社会文化实践的一部分,自然不难发现其间所存在的相互承接、转换等历史关联。所以,很早就有论者指出:

> 尽管"诗界革命"没有达到他们预期的目的,然而这种求新的精神却一直影响到民国以来的新诗运动,他们开垦新诗界的经验被新文学运动的健将们接受了,尤其是黄遵宪作新派诗的几种方法,都随着时代加以发扬光大。他的"采纳方言俗谚",系持偶而为之态度,到新文学运动的时候,就变成一种坚决有力的主张——"不避俗字俗语",以白话代替文言;"用古文学伸缩离合之法以入诗",也一跃而为"作诗如作文",诗从此散文化了;至于"我手写我口"的精神,在黄遵宪的诗里表现得还不很清楚,原因是当时的社会还不许有"我"存在,思想情感都受着束缚,不允许随便发抒,直到新文化运动发生之后,几千年来丢掉了的"我",在新文化中找到了,然后才能作到"言之有物",然后才能作到"不摹仿古人",因此,"我"的情感才能在诗中"无关阑的泛滥",

---

① 梁启超:《饮冰室诗话》,51页,北京,人民文学出版社,1959。
② 梁启超:《夏威夷游记》,《饮冰室合集·文集之二十二》,上海,中华书局,1936。

"我"的思想,才能在诗中野马似的奔腾。这才真正实现了"我手写我口"的理想了。①

在时间上略后于"诗界革命"的是"文界革命"。"文界革命"这个概念最早是在梁启超写于1899年的《夏威夷游记》中出现的。他当时因阅读日本作家德富苏峰的《将来之日本》和《国民丛谈》等著作而受到启发,称:"德富氏为日本三大新闻主笔之一,其文雄放隽快,善以欧西文思入日本文,实为文界别开一生面者,余甚爱之。中国若有文界革命,当亦不可不起点于是也。"从德富苏峰等日本作家那里获致的启示,使梁启超"文界革命"的计划未至落空,这个革命的成果便是他经由《清议报》《新民丛报》等一系列报业的实践所成就的"新文体"。这种以"欧西文思"启发和激活汉语思维的写作,曾多少令梁启超感到满足:

> 启超夙不喜桐城派古文,幼年为文,学晚汉魏晋,颇尚矜炼,至是自解放,务为平易畅达,时杂以俚语韵语及旬国语法,纵笔所至不检束,学者竞效之,号新文体。老辈则痛恨,诋为野狐。然其文条理明晰,笔锋常带情感,对于读者,别有一种魔力焉。②

应该说,"新文体"的成就,其采源和影响是多面的。它本是近代报业实践的必然结果,早在1897年,谭嗣同就在《时务报》上发表的《论报章文体》中触及了报业的发展给写作带来的变化。梁启超后来在《饮冰室文集序》中对"新文体"的时代成因作了很好的说明,他说:"吾辈之为文,岂其欲藏之名山,俟诸百世之后也;应于时势,发其胸中所欲言,时势逝而不留者也,转瞬之间悉为刍狗。况今日天下大局日接日急,如转巨石于危崖,变异之速,匪翼可喻。今日一年之变率,视前此一世纪犹或过之。故今之为文,只能以被之报章,供一岁数月之遒铎而,过其时,则以之复瓿可也。"这同时也是对"新文体"文学史意义的最好说明,它充分显示了文章(文学)观念的潜在而深刻的变化。

同样作为一个狭义的文学史范畴,近代的"小说界革命"的公开亮相是在"诗界革命"已达于创作高潮的1902年。与"诗界革命"从朦胧中摸索逐渐获至清晰的实践线路不同,"小说界革命"似乎从一开始就被准确地纳入

---

① 质灵:《论黄遵宪的新派诗》,见《中国近代文学论文集·概论诗文卷》,543页,北京,中国社会科学出版社,1988。

② 梁启超:《清代学术概论》,77页,上海,商务印书馆,1921。

了政治变革和社会改良的实践课题之中。梁启超在《论小说与群治之关系》一文中断然指出:"欲新一国之民,不可不先新一国之小说。故欲新道德,必新小说;欲新宗教,必新小说;欲新政治,必新小说;欲新风俗,必新小说;欲新学艺,必新小说;乃至欲新人心、欲新人格,必新小说。"但事实很清楚,"小说界革命"能量的蓄积已非一日。从黄遵宪对"直用方言以笔之于书"的"小说家言"的看重,以及对"适用于今,通行于俗"的文体的呼唤,到康、梁对俚语、俗语和小说的巨大的社会功能的发现,其中早已蕴涵了"小说界革命"的种子。

1887年10月,严复和夏曾佑为《国闻报》合写的《本馆附印说部缘起》一文,更为小说的崛起提供了辩词:

> 举古人之事,载之文字,谓之书。书之为国教所出者,谓之经;书之实欲创教而其教不行者,谓之子;书之出于后人,一偏一曲,偶有所托,不必当于道,过而存之,谓之集;此三者,皆言理之书,而事实则涉及焉。书之纪人事者,谓之史;书之纪人事而不必果有此事者,谓之稗史;此二者并纪事之书,而难言之理则隐寓言焉。

这里不但将小说(稗史)与经史子集并举,而且认为:"说部之兴,其入人之深,行世之远,几几出于经史上,而天下之人心风俗,遂不免为说部所持。"文中还举域外的事例作为支持:"欧、美、东瀛,其开化之时,往往得小说之助。……文章事实,万有不同,不能预拟;而本原之地,宗旨所存,则在乎使民开化。"这显然同样是出于社会变革和思想启蒙的需要而对文类观念做出的相当重大的调整。而且,这篇为小说地位的提高所提供的证词,在其最关键的部分却是为"与口说之语言相近"的语言文字提供了一份有力的优势论证。文中认为,书籍传播范围的大小,最终"即以其与口说之语言相去之远近为比例"。如果文学传播功能的加强已果真成为一种时代的需要,那么,文学语言的变革,即"俗语文体"的建设便成为一种必然。这样一来,白话的提倡和小说的兴起便合二为一,在理论上互相印证,在实践上相互支持。梁启超等后来所进行的进化论的文学史阐释,对这一点做出了更为明确的说明:

> 文学之进化有一大关键,即由古语之文学,变为俗语之文学是也。各国文学史之开展,靡不循此轨道。中国先秦之文,殆皆用俗语,观《公羊传》《楚辞》《墨子》《庄子》,其间各国方言错出者不少可为佐证。故先秦文界之光明,数千年称最焉。寻常论者,多谓宋、元以降,为中国

文学退化时代。余曰不然。夫六朝之文,靡靡不足道矣。即如唐代,韩、柳诸贤,自谓起八代之衰,要其文能在文学史上有价值者几何?昌黎谓非三代、两汉之书不敢观,余以为此即其受病之源也。自宋以后,实为祖国文学之大进化。何以故?俗语文学大发达故。宋后俗语文学有两大派,其一则儒家、禅家之语录,其二则小说也。小说者,决非以古语之文体而能工者也。本朝以来,考据学盛,俗语文体,生一顿挫,第一派又中绝矣。苟欲思想之普及,则此体非徒小说家当采用而已,凡百文章,莫不有然。①

梁启超的这些表述,在现代文学革命时期甚至被胡适直接移植进自己的革命宣言中。但应注意到这样一个事实,近代的诗文界革命始终是在工具的意义上将文学纳入维新变革的整体社会实践中加以考虑的,因此,尽管它的革命实践几乎涉及所有的文学门类,但它的思维和战略却始终只在于谋求某一个文类(文体)改良或功能的拓展,以便在社会变革的实践中更有效地扮演一个宣传和鼓动的角色,没有一个具有现代意义的"文学"概念为之提供观念和理论的支持。这正是它不可能在更大的范围内和更深的程度上对中国文学施以影响的原因。

思考题

1."现代"概念的双重含义。
2.怎样理解中国现代文学的"现代性"?
3.简述现代文学"发生"的条件和环境。

---

① 饮冰等:《小说丛话》,《新小说》,第7号,1903。

第二章　文学革命与白话文学

第一节　文学革命

○《新青年》的"青年形象"与各种新式知识者向它的迅速集结　○破坏与建设的两个思想维度　○对文学革命的不同解释及其交锋

1915年9月15日，由陈独秀主编的《青年杂志》（自第2卷起改名为《新青年》）在上海创刊。在中国报刊发展史上，这份刊物显现了鲜明的特色和卓然的个性。首先，它的读者定位是"青年"，毅然地将老年中国和"陈腐朽败"之社会抛在了身后，在近代以来的一系列报刊业实践之后，也在同时展开的众多报刊宣传之中，确立了自己"新鲜活泼"的形象。其次，它迅速集结了当时的各种"新式"知识者，形成了一个新的实践阵营。再次，它的话语资源也不曾为那些急切地谋求社会政治变革的近代知识者所共享。具体地说，它以对"人权""科学"等新的观念的倡导，开启了中国知识界新一轮的文化实践，并成为中国现代新文化运动发端的一个显著标志。

《新青年》及其同人的文化实践从一开始就明晰地表现为破坏与建设这两个维度，即掊击旧（传统）文化，输入新（西方）文明。前者首先展开对中国思想传统的祖师爷孔子的重新评判，展开对封建礼教的抨击以及对中国传统文化和价值的重新估定。《新青年》不仅刊发了陈独秀、吴虞、易白沙等人猛烈攻击孔子学说和封建伦理的文章，还将问题的讨论引向了具体的社会和现实领域，如劳工、妇女、教育、文学，等等。这一系列的讨论在拓展新文化运动的实践空间的同时，也逐步形成并确立了"思想自由"的实践原则。在后一方面，即新文化的建设方面，主要体现为从西方输入文明的"欧化"战略和相应的西方思潮的引介实践。

上述的双向努力使《新青年》所标示的新文化运动的方向在当时中国的新旧知识界引起了广泛的关注。为此,陈独秀在《新青年》(《青年杂志》)的"问答栏"里就广泛的社会文化问题与来自各地的读者展开了对话和交流。在这个过程中,有关文学问题的讨论逐渐被提上了日程。1915年11月,《青年杂志》1卷3号刊出陈独秀的《现代欧洲文艺史谭》一文,这是《青年杂志》创刊以来第一篇直接、全面地描述文艺现象和探讨文艺问题的文章。作为对于欧洲文艺史的描述,此文提出了一种文艺进化的等级模式,即把欧洲近代文艺史描述为依次由古典主义、理想主义、写实主义到自然主义的进化过程。这一提法很快引起了读者的关注,此后,有关文学进化的等级和中国文学的未来发展方向问题在《新青年》所刊布的通信中又有了进一步的探讨。依据上述的文学进化模式,陈独秀的观点是:"吾国文艺犹尚在古典主义理想主义时代,今后当趋向写实主义。"①1916年10月,尚在美国留学的胡适致书《新青年》主编陈独秀,信中对陈独秀的文学发展观表示赞同,并同时将自己"年来思虑观察所得",具体概括为"文学改良"的八项主张。信中称:"今日欲言文学革命,须从八事入手。"这"八事"是:

　　一曰,不用典。

　　二曰,不用陈套语。

　　三曰,不讲对仗。文当废骈,诗当废律。

　　四曰,不避俗字俗语。不嫌以白话作诗词。

　　五曰,须讲求文法之结构。

　　此皆形式上之革命也。

　　六曰,不作无病之呻吟。

　　七曰,不摹仿古人,语语须有个我在。

　　八曰,须言之有物。

　　此皆精神上之革命也。

　　此信被立即发表于当月出版的《新青年》2卷2号。陈独秀在答信中除对五、八两项略表疑惑外,对其余六事,"无不合十赞叹",称之为"今日中国文界之雷音",并希望胡适能"详其理由,指陈得失,衍为一文,以告当世"②。这篇"详其理由,指陈得失"的文章,便是被胡适自称为文学革命"宣言"的

---

① 见陈独秀与张永言的通信,《青年杂志》,1卷4号。
② 《陈独秀书信集》,39页,北京,新华出版社,1987。

《文学改良刍议》。此文刊载于1917年1月出版的《新青年》2卷5号。紧接着,《新青年》2卷6号(1917年2月)发表了陈独秀的《文学革命论》,文中高张"文学革命军"的大旗,并将胡适奉为文学革命的"急先锋",由此遂将胡适的这篇有关文学改良的"未定草",推上了中国文学革命的前台。一场史称"文学革命"的运动也从此迅速展开。

1917年年初,也就是在文学革命业已拉开帷幕的时候,陈独秀被聘为北京大学文科学长,《新青年》编辑部也由上海迁往北京。此后,以当时倡导"思想自由"的北京大学为中心,文学革命的声势逐渐壮大,并进而形成了一个辐射全国的新文化运动。新文化运动的实践目的是除旧布新,因此,面对着传统文化尚存的强大优势,它的实践范围自然是十分广阔的。但在对传统文化进行全面批判和清理的过程中,启动白话文学实践,倡导文学革命精神,却很快成为其中一个具体、坚实而又有效的部分。

在《文学改良刍议》一文中,胡适从文学进化论的立场提出了文学变革的必要性。他认为,文学的发展必须适应社会和时代的要求,他以中外文学史史实论证了"一时代有一时代之文学"的文学发展观。在此基础上,他将"形式上的革命"作为文学变革的起点,认为文言作为文学的工具已经丧失了活力,因此只有首先解决"文字问题",即"用白话来做文学的工具",文学革命才能得以有序而又有效地进行。① 陈独秀在他的《文学革命论》中则提出了要宏阔得多的"三大主义"作为文学革命的目标和方向:"曰,推倒雕琢的阿谀的贵族文学,建设平易的抒情的国民文学;曰,推倒陈腐的铺张的古典文学,建设新鲜的立诚的写实文学;曰,推倒迂晦的艰涩的山林文学,建设明了的通俗的社会文学。"他对整个旧文学系统进行了更加彻底的批判和否定,指出:"际兹文学革新之时代,凡属贵族文学,古典文学,山林文学,均在排斥之列",因为"贵族文学,藻饰依他,失独立自尊之气象也;古典文学,铺张堆砌,失抒情写实之旨也;山林文学,深晦艰涩,自以为名山著述,于其群之大多数无所裨益也。其形体则陈陈相因,有肉无骨,有形无神,乃装饰品而非实用品;其内容则目光不越帝王权贵,神仙鬼怪,及其个人之穷通利达。所谓宇宙,所谓人生,所谓社会,举非其构思所及,此三种文学共同之缺点也。……今欲革新政治,势不得不革新盘踞于运用此政治者精神界之文学"。

继胡适、陈独秀之后,钱玄同、刘半农等先后加入了文学革命的阵营。

---

① 参见胡适:《我为什么做白话诗》,《新青年》,6卷5号。

钱玄同以语文学家的身份对中国旧文学和积淀着封建毒素的汉语言文字进行了猛烈的讨伐。刘半农则就白话的采用和中国文章体制的变革发表了自己的看法。1918年4月,胡适又发表了《建设的文学革命论》,进一步阐明了文学革命的宗旨、方法和途径。他以"国语的文学,文学的国语"作为建设新文学的唯一宗旨,将文学革命与现代民族语言的建设联系在一起,进一步凸显了它的现代性内涵。在新文学的具体建设方面,他提出了"工具、方法、创造"的三步程序,即先积聚白话资源、磨砺白话工具,然后是训练搜集文学材料,结构篇章和文学描写的技术与方法,只有具备了上述两个条件,才足以"创造"中国的新文学。胡适特别强调,在进行以上准备时,应当充分师法和取镜西洋文学。1918年12月,周作人发表的《人的文学》一文,进一步为新文学的建设提供了人道主义的精神取向。与此同时,陈独秀、李大钊以及北京大学学生傅斯年、罗家伦等也以《每周评论》《新潮》等报刊为阵地,积极倡导白话文和新文学思想,使文学革命的影响日渐深广。

在文学革命运动的展开过程中,新与旧、激进与保守的交锋构成了一个重要内容。可以说,文学和思想的论战始终没有完全停歇过。其中出于文学观念的根本对立而发生的两军对垒,在相当一段时间内成为新文学捍卫自身合法性的一项重要任务。新文化运动伊始,林纾作为晚清的古文家和颇有影响的翻译家,率先起而反对白话文。他在《致蔡鹤卿太史书》中对新文化运动的思想、行为予以攻击,称之"尽反常轨,侈为不经之谈"。但在当时的时代环境下,这一反对声音很快在新文化阵营的合力夹击下销声匿迹。

1922年9月,梅光迪、胡先骕、吴宓在南京创办《学衡》杂志,从美国学者白璧德的新人文主义立场出发,对新文化和新文学运动的激进倾向进行了批评,因此引发了新文化运动中的另一场重要论战。"学衡派"诸人对于新文化运动的批评不乏切中肯綮的意见。但因新文化运动所处的特定时代位置,这种批评和反批评终未能纳入一种正常的学理的讨论和思想的交流,而更多一些情绪和姿态的成分。

作为中国现代新文化实践的开端,文学革命运动的意义可以从以下两个方面加以把握。首先,诚如胡适在《建设的文学革命论》中提出的"国语的文学,文学的国语"的宗旨所显示的,它为白话最终成为中国现代民族语言奠定了基础。从中国文化现代转型的角度而言,这是意义十分重大的。从实践结果看,至1920年,作为现代"国语"的白话已纳入官方教育体制。1920年1月,北洋政府教育部颁令全国国民学校,一、二年级的国文教育统一采用语体文(白话)。这自然使文学革命获得了合法性,但更是现代中国民族文化转型的重大契机。

其次,它在完全改变了对待外来文化的态度的同时,也从根本上改变了民族文学的生产方式。文学革命打破了近代以来体用之争的思想樊篱,以前所未有的开放态度和极大热情吸收和引介外国现代文学和文化思想。《新青年》杂志在创刊伊始,就投入了对外国文学和现代思想的持续不懈的翻译和介绍活动。在《新青年》的带动下,新文化运动中的核心和外围刊物,如《新潮》《文学周报》,以及《少年中国》等,也都纷纷大量刊载翻译作品。《小说月报》还辟有"海外文坛消息""小说新潮"等多个栏目,有时甚至以"专号"的形式推出外来文学的动态、思潮,以及作家作品。上述情况除说明当时开放的文化态度和确实的外来影响之外,还预示着文学生产的一种体制性的变更,这就是它已经裸露在或者说置身于一种国际性的互动关系之中了。在文学革命运动之后的几年时间里,西方自文艺复兴运动以来的各种思想和学说,都不同程度地找到了机会,畅行于中国的文化领域。这种影响及其对现代中国的构造作用无疑是巨大的,只不过对这种影响的方式、后果及其意义仍有待于做出审慎的梳理和估价。

第二节 新文学初期的理论建设

○理论建设的三个部分　○胡适对文学形式的探索　○周作人对思想革命的倡导和推进

新文学的理论建设不仅是白话文学实践的一个重要部分,而且是它的先导和前提。前文业已指出,从发生学的角度来看,白话的文学可能性和实践的必要性,在其主要方面均不是由白话本身所提供的,而是近代以来知识实践和思想实践的一种产物。尽管胡适也强调文学革命和近代维新人物的语文革新之间的重要区别,但后者无疑是文学革命理论建设的最主要的资源之一。当然,文学革命要揭开中国文学全新的一页,不能不输入更新的实践资源,而且还必须具有全新的实践领域和实践方向,只有这样,它才不至于成为近代语文革新运动和诗文界革命在量上的增加和在时间上的简单延伸。

在上述意义上,白话文学理论建设的拓展清晰地呈现为三个部分:第一,是在具有现代意义的"文学"概念背景下,为白话做出重新定位,在一个新的理论空间赋予白话以文学的合法性。与近代语文革新运动和诗文界革命仅仅看重白话的简易性、通俗性的流行看法不同,它为白话文学合理性提供了新的论证,将白话作为文学的"工具",并从文学进化论的角度加以重新审视,确认其"正宗地位"。通过与业已成为"死文字"的文言的对比,使之理所当然地成为"将来文学必用之利器"。第二,是对白话文学形式的探索。它通过对旧文学表意规范和文类系统的批判,借助对西方文学的引介,初步确立了新文学的表现方法和文类系统。第三,是对白话文学精神的追寻。它同样是在对西方文学的接受和认同中逐步完成的,其核心部分就是关注社会、现实的"易卜生主义"和富于人道主义、个性主义色彩的"人的文学"。

理论建设的这三个部分既是阶段性的前后相续的过程,也是结构性的相互补充和支持的。文学革命初期理论建设的重心主要在于对白话价值的重新论证。稍后,便转入了白话文学形式的探索和文类系统的建构。自1918年4月始,《新青年》相继刊出了胡适的《建设的文学革命论》(4卷4号)、《易卜生主义》(4卷6号)和周作人的《人的文学》(5卷6号)等文章,不但改变了新文学理论建设的维度,而且使文学革命的理论实践真正完成了结构性的转换。

胡适对于白话文学合理性的论证思路十分简洁,他的观点基本可以概括为两条:第一,中国文学一向是朝着白话的路走的,只是由于许多的波折和障碍才没有完全走入正轨。第二,古文是死文字,白话才是今人使用的"活文字",才是今人表达情感、思想,进行文学创造的合用的工具。在对白话的文学价值的论证中,刘半农的《我之文学改良观》以及钱玄同、陈独秀、胡适的文章,从汉语文学的语言和文体发展的角度都表达了细致而具体的意见。傅斯年在《文学革新申议》一文中还对之进行了更为直接的论证,他认为:"一代文辞之风气,必随一代语言以为转变。今世有今世之语,自应有今世之文以应之,不容借用古者。"而且,从表达的效果看,白话也同样优于文言,因为"白话近真,文言易于失旨"。

在胡适的文学改良"八事"中,有三条是针对旧文学的表达方式和文言的表意手段的,这就是"不用陈套语""不用典"和"不讲对仗"。但这些表意手段的根源却在旧的文类规范。因此,以胡适的分析作为讨伐旧文学形式和旧文学语言的开端,在文学革命运动的最初一两年内,对于文学革命的讨论有很大一部分内容便展开在对旧文学形式系统即旧文类系统的批判清理上。与此同时,通过对处于传统文学系统边缘的文类的提倡(如小说,及对旧戏的批判改造)和对新的文类形式(尤其是新诗)的培植,而初步完成了新旧文类系统的转化和过渡。从文学革命运动的史实看,对旧文类系统的批判清理和新文类系统的逐步建立,经历了一个较长的过程。仅从《新青年》中的讨论看,从刊载《文学改良刍议》的2卷5期,到6卷3期(1919年8月),在长达两年多的时间里,有十数篇文章是关于新旧文类问题的。其中,刘半农的《我之文学改良观》(3卷3期)、《诗与小说精神上之革新》(3卷5期)、张厚载的《我之中国旧戏观》(5卷4期),周作人和钱玄同的《论中国旧戏之应废》(5卷5期)等对于旧文类的批判和清理,都产生了较大的影响;而胡适的《论短篇小说》(4卷5期)、周作人的《日本近三十年小说之发达》(5卷1期)、傅斯年的《戏剧改良各面观》(5卷4期)、知非的《近代文学上戏剧之地位》(6卷1期),以及俞平伯的《白话诗的三大条件》(6卷3期)等,对于新的文类及其规范的确立,都有广泛的启示。这些讨论文章初步形成了对旧文学文类系统的理论改造和观念更新,确立了以白话新诗、现代小说和戏剧为主干的新的文类系统。当然,这一任务并没有在此时期全面完成,作为现代文类系统的另一主要成员——对散文的探讨以及对现代小说形式的进一步规定直到20年代文学研究会成立之后才得以深入研讨。

胡适在《文学改良刍议》中虽然也提出了"废骈废律"和立白话为文学正宗的主张,但其中主要还只是对整个旧文学形式及其表意手段进行笼统的批判,目标尚未明确,讨论也不具体。陈独秀在其《文学革命论》中笼统地批判旧文学的同时,开始将目标集中在文学形式系统尤其是"应用之文"上,他指斥旧文学"悉承前代之蔽……求夫目无古人,赤裸裸的抒情写世,所谓代表时代之文豪者,不独全国无此人,而且举世无此想。文学之文,既不足观,应用之文,益复怪诞。碑铭墓志,极量称扬,读者决不见信,作者必照例为之"。接着,钱玄同在致陈独秀的信中①,不仅对胡适文学改良的大部分主张表示赞同,而且在新旧文类的问题上展开了较为细致的探讨。对胡适提出的"废律废骈"一说,钱氏认为:"今后之文学,律诗可废,以其中四句必须对偶,且须调平仄也。若骈散之事,当一任其自然。"这里,虽对骈体文的问题存在分歧,但对传统的近体律诗的意见一致。此外,他还就胡适所提出的旧小说的标本进行了讨论,并将这一讨论延及戏剧领域。他认为:"戏剧本是高等文学,而中国之旧戏,编自市井无知之手,文人学士不屑过问焉",因此,其"拙劣恶滥"可想而知。他虽然没有明确提出戏剧写作的具

---

① 《新青年》,3卷1号,1917年4月。

体形式要求，却无疑已将形式改革的视域进一步扩大了。

1917年5月，刘半农以《我之文学改良观》加盟文学革命。在此文中，他首先从语言作品语体功能上对文学（文学之文）和文字（应用之文）加以区分，他认为："凡科学上应用之文字，无论其为实质与否，皆当归入文字之范围"，而"可视为文学上有永久存在之资格与价值者，只诗歌戏曲小说杂文二种也"。根据这一观点，他对中国传统的庞杂的文类系统做了一次清理。他说："酬世之文（如颂辞、寿序、祭文、挽联、墓志之属）一时虽不能尽废，将来崇实主义发达后，此种文字废物，必在自然淘汰之列。"接着，他对各种文类的具体改革措施逐一作了论述。关于散文的改良，他要求在文类形式上要"破除迷信"，打破古代散文的"章法"。他认为："非将古人作文之死格式推翻，新文学决不能脱离老文学之窠臼。"他指责："古人所论作文，大都死守'起承转合'四字，与八股家'乌龟头''蝴蝶类'等名词，同一牢不可破。"按他的想象："吾辈心灵所至，尽可以随意发挥。万不宜以至活之一物，受此至无谓之死格式之束缚。"对于韵文的改良，他提出了三项任务：第一曰破除旧韵重造新韵；第二曰增多诗体；第三曰提高戏曲对于文学上之地位。尽管这些主张在后来的讨论和实践中多有修改，但至此新旧文类系统的对立格局，已初步显示于文学革命倡导者的视野之中。此后，胡适的《论短篇小说》，周作人的《日本近三十年小说之发达》等分别从正面建设的角度，为新文学的文类系统的建立提供了新的规范。

一定意义上说，新文化运动中广泛而深刻的思想革命已为新文学的建设提供了思想基础。但从新文学创作的具体效果看，它的精神取向的确定则直接来自胡适的《易卜生主义》和周作人的《人的文学》等文章的影响。早在《文学改良刍议》一文中，胡适就呼唤"实写今日社会之情况"的"真文学"。《易卜生主义》一文更直接地倡导"写实派的文学"，提倡个性的独立与发展和文学的社会批判精神。这些主张不但引发了此后数年间"问题文学"的创作热潮，而且也造成了中国现代文学中挥之不去的"问题情结"。

在1918年底到1919年间，周作人先后发表了《人的文学》《思想革命》和《平民文学》等文章，为新文学的发展和建设提供了又一重要的精神资源。在《人的文学》一文中，周作人认为，新文学的本质就是对"人"的重新发现，它的根本目标在于能使人性得以健全发展。因此，新文学必须本着人道主义的精神，去观察、记录和研究"人生诸问题"。他反对"兽性的余留""古代的礼法"及一切"违反人性的不自然的习惯制度"，要求作家以严肃的态度去反映底层社会的"非人生活"，并在对这种不人道、不理想的生活的反映中，寄寓改造社会的愿望，展示"理想的生活"。《思想革命》主张新文学必须有新思想，强调在新文学的建设中，思想的革命比语言文字的革新更为重要。此后，周作人又在《平民文学》一文中，对新文学进行了更加具体的界说。他指出，新文学就是"平民的文学"，就是要用普通的文体实写大众生活的真情实状，记载"世间普通男女的悲欢成败"，写出"真挚的思想与事实"。周作人的理论为新文学在主体精神、描述对象与描写方法，以及意义取向等方面奠定了基本的格局。

第三节　文学社团与创作倾向

○各种社团的涌起及其主张　○外来文学的影响　○呈现出不同的审美倾向

进入20世纪20年代，新文学的影响和实践范围进一步拓展。其中一个最明显的标志就是新文学倡导时期的泛泛的思想和文化宣传转化为具体而专门的文学实践。1921年1月，由郑振铎、沈雁冰、叶绍钧、许地山、王统照、耿济之、周作人、郭绍虞等发起的文学研究会，在北京正式成立。同年6月，创造社也在日本东京成立，其最早的成员包括郭沫若、成仿吾、郁达夫、张资平、田汉、穆木天、陶晶孙、何畏等。这两个社团在文学组织、文学生产以及创作倾向等方面，都对新文学早期的创作面貌和后来的发展取向产生了巨大而深远的影响。

文学研究会先是将由上海商务印书馆出版、在沈雁冰接编后进行了革新的《小说月报》作为自己的代用会刊（自1921年1月12卷1号起，至1931年12月22卷12号止，不计号外，共出132期），此后相继编辑出版了《文学旬刊》（1921年5月创刊，为《时事新报》副刊之一。第81期后改为《文学》周刊。第172期以后开始独立发行，改名为《文学周报》。前后共出380期）和《诗》（月刊，1922年1月创刊，1923年5月停刊，共出7期）等刊物，以及"文学研究会丛书"两百余种。它以"研究介绍世界文学，整理中国旧文学，创造新文学"①为宗旨，倡导"写实主义"文学精神，强调文学关切社会和人生的必要。针对当时特定的创作背景和尚在流行的"鸳鸯蝴蝶派"的游戏文学观，《文学研究会宣言》声称："将文艺当作高兴时的游戏或失意

---

① 《文学研究会简章》，《小说月报》，12卷1号。

时的消遣的时候,现在已经过去了。我们相信文学是一种工作,而且又是于人生很切要的一种工作。"①在这种被称为"为人生而艺术"的立场上,文学研究会作家达成了基本的一致。

文学研究会的文学观念较多地受到 19 世纪以来欧洲的批判现实主义和自然主义文学,尤其是俄国的现实主义文学的影响。这种影响从理论上说虽然是笼统的,有时甚至是含混的,但在重视文学创作与社会背景的关联以及对文学真实性的强调等方面,却又是十分清晰的。在此种观念背景下,将传统文学的虚拟性斥为"瞒和骗",并因此而呼唤"血和泪"的文学便是完全不难理解的了。在文学创作方面,冰心、庐隐、王统照、叶绍钧,以及王鲁彦、许杰等都鲜明地显现了文学研究会关注人生和社会的文学立场。在他们的作品中,现代中国社会现实的某些侧面以及人生某种真实,首次得以以"问题"的形式向文学显现,这可以说是现代中国第一大"发现"。与此同时,沈雁冰和郑振铎等则专注于理论批评的建设,他们在《小说月报》和《文学旬刊》等报刊上发表了许多批评文字,积极地推动了新文学的创作。尤其是沈雁冰的《新文学研究者的责任与努力》《冬季创作坛漫评》《社会背景与创作》《自然主义与中国现代小说》等文章,不仅给新文学创作以直接而又深远的影响,而且也构建了中国现代文学批评和现实主义文学理论的最初形态。

创造社成立后,先在上海出版创造社丛书,并于 1922 年起,又先后创办了《创造》季刊(1922 年 5 月创刊,1924 年 2 月停刊,共出 6 期)、《创造周报》(1923 年 5 月创刊,1924 年 5 月停刊,共出 52 期)、《创造日》(《中华新报》附发,1923 年 7 月创刊,11 月终刊,共出 101 期)、《洪水》(半月刊,1925 年 9 月创刊,至 1927 年 12 月包括增刊共出 37 期)、《创造月刊》(1926 年 3 月创刊,1929 年月终刊,共出 18 期),以及《文化批判》《思想》月刊等十余种刊物。它的期刊不仅数量多,而且维持的生命较长。

创造社所接受的外来影响相当驳杂,欧洲启蒙思潮、浪漫主义以及众多的现代主义文学流派,甚至还有某些日本的近世文学思潮,都在其中留下了印记。从共时的角度看,它最初以其浓重的浪漫主义色彩和"为艺术而艺术"的文学立场而鲜明地区别于文学研究会,但它的文学实践前后曾发生过比较大的转折和变化。前期创造社以建设新文学为己任,强调文学的"时代使命"的承担,但在美学立场上,它推重直觉、灵感和天才,强调尊重

---

① 《文学研究会宣言》,《小说月报》,12 卷 1 号。

作家的内心情感和艺术个性,主张"文学是自我的表现"。郭沫若的诗歌、郁达夫的小说,以及田汉的戏剧,都典型地代表了创造社的这种思想倾向、艺术风格和美学形态:精神上的孤独、愤懑和反抗,表现上的主观、抒情和耽溺。"五卅"运动后,创造社的主要成员在时代环境的变化中完成了一次"自我革命",在思想上大都出现了重大的转变,郭沫若、成仿吾、郁达夫纷纷撰文,重新阐明了他们大致相同的新的文学观,他们使用"革命文学""新兴文学"和"无产阶级文学"等概念,描述了他们对未来文学的想象和企盼。1928年,随着刚从日本回国的彭康、李初梨、冯乃超、朱镜我等新成员的加入,创造社进一步完成了后期向"革命文学"的"转向"。从这年1月《文化批判》的创刊起,他们还陆续创办了《日出》《流沙》《新兴文化》等刊物,积极介绍和宣传日本和国际左翼文化思潮,倡导新兴的"普罗文学",对中国左翼文学的勃兴起了巨大的推动作用。

创造社在较长时段里的这种富于变化的文学活动,使它在新文学发展的不同时期和不同阶段都产生了甚为广泛的影响。

继文学研究会和创造社之后,全国各地涌现出了众多的青年文学社团。根据茅盾的说法,仅到1925年为止就有一百多个。[①] 它们中的一部分也出版自己的文学期刊,宣扬自己的文学立场,并产生了较大的影响。其中比较重要的有:

湖畔诗社,1922年4月成立于杭州,主要成员有应修人、冯雪峰、潘漠华和汪静之。他们出版刊物《支那二月》,并合出诗集《湖畔》《春的歌集》。湖畔社的活动1925年即已告终,但它以清新质朴、大胆率真的情诗在白话新诗的发展史上占有着独特的位置。

弥洒社,1923年成立于上海,由胡山源等创办。1923年3月开始出版《弥洒》月刊(共出6期),后又出《弥洒社创作集》。弥洒社推重"顺应灵感"和无目的性的创作,1927年春停止活动。

浅草—沉钟社,浅草社于1922年冬成立于上海,主要成员有林如稷、陈翔鹤、陈炜谟、冯至。1923年开始出版《浅草季刊》(共出4期),并随《民国日报》附发《文学旬刊》。后因林如稷出国,浅草社停止活动。1925年秋,杨晦、陈炜谟、冯至、陈翔鹤另办《沉钟》周刊(1925年10月始,共出10期)和半月刊(1926年8月始,共出12期。1932年又复刊续出),并因此而得名

---

① 参见茅盾:《小说一集·导言》,《中国新文学大系》,上海,良友图书公司,1935。

"沉钟社"。鲁迅曾称沉钟社为"中国的最坚韧,最诚实,挣扎得最久的团体"①。

南国社,1927年成立于上海,发起人为田汉,办有《南国》半月刊(共出版4期)。南国社的活动后来主要集中于戏剧电影方面。

语丝社,1924年10月成立于北京,主要成员有鲁迅、周作人、钱玄同、林语堂、孙伏园等。1924年11月17日始出版以文学为主的综合性期刊《语丝》周刊。语丝社的成绩表现在两个方面:一是它侧重社会批评和文化批评,为新文学灌注了现实关注意识;二是它积极实践了任意而谈的随笔文体,为中国现代散文的发展提供了最初的型范之一——语丝体。

莽原—未名社,《莽原》周刊创刊于1925年4月,这是在鲁迅的主持下与原狂飙社的成员合办的一个刊物,并由此而形成了一个写作群体,其中包括韦素园、高长虹、韦丛芜等,创作上也注重文明批评和社会批评。1925年秋,由鲁迅、韦素园、台静农、李霁野、曹靖华等又组成未名社。1926年1月将《莽原》改为半月刊复刊,另又出版《未名》半月刊和"未名丛刊""乌合丛书""未名新集"三种丛书。莽原—未名社为新文学锻炼和培养了一批青年作者。

新月社是在新文学发展初期稍后一个阶段产生了重要影响的一个文学社团。新月社的成立可追溯到1923年,它最初由徐志摩、陈源、胡适、梁实秋、闻一多等人发起,但当时它只是一个社交性的"聚餐会"。1925年4月,由徐志摩主编的《晨报副刊·诗刊》的创刊,是它产生影响的开始。1927年6月,"新月书店"在上海开张,这是联系前后两个时期活动的纽带。1928年3月,新月社又创办《新月》月刊(1933年6月停刊,共出43期),这是20年代与30年代之交的一份重要的期刊。新月社强调艺术的独立和尊严,在思想上倾向于自由主义。作为一个重要的诗人群体,它在新诗格律化的理论探索和艺术实践方面,对现代新诗的发展产生了深远的影响。

或许是因为文学研究会和创造社在创作和批评上的巨大影响力,尽管新文学初期的文学社团众多,但从创作立场和文学资源上看,这众多的社团又基本可以划入上述两大谱系,因此,这一格局也就同时确立了新文学创作两种基本格调。但同时应该注意这样一个事实,即这些同时的或前后相续的文学社团之间,乃至这些社团与其周边文学环境之间,始终存在着互渗与互动的关系。因此,从文学史的意义上说,开风气之先并引领文学潮流的社

---

① 鲁迅:《小说二集·导言》,见《中国新文学大系》,上海,良友图书公司,1935。

团固然值得特别关注,但更值得强调的是,文学社团作为现代文学生产的一种体制化的存在,它的功能已超越了一般意义上的组织形式,它必然要影响到文学的精神的取向、形式的选择、传播的方式,乃至整个的文学存在方式。

第四节　早期白话文学创作

○诗歌:最初的实践领域　○小说的积极尝试　○各具特色的白话散文　○初期戏剧的艰难耕耘

所谓"早期白话文学",并不是一个严格的文学史概念。本节的叙述基本以新文学社团兴起的1921年为下限,概略地展现新文学初创时期的创作格局和文学景观,在其中,将尤为关注新文学"形式"的选择和发展。大致说来,既为"初创",在艺术质量上就不免稚嫩和粗糙,这无疑是早期白话文学创作的一个基本事实。但在文学史的意义上,这个判断并不完全适用。因为这些早期作品不仅仅提供了白话的文学试验品,而且也在一定程度上规定了新文学未来发展的模态。

白话文学最初的实践领域是诗歌。这与胡适率先"尝试"新诗以证明白话的文学可能性有关。作为向整个旧文学体系的示威,这一时期白话新诗的实践意义远远大于它的实际成果。这可以从两个方面来理解:首先,它在经过千余年来的锤炼和积淀所形成的强大的近体律诗的表意规范之外尝试着汉语诗歌的新的可能性,这在汉语诗歌的发展史上所具有的革命性含义是不言自明的。其次,在这种白话诗歌实践中,发生重大变化的不仅仅是表意符号,更包括整个的表意系统和规则;更明确地说,是诗歌观念的深刻变化。

尽管胡适的《鸽子》、刘半农的《相隔一层纸》、沈尹默的《月夜》等第一批现代白话新诗直到1918年1月才在《新青年》4卷1号上公开问世,但胡适的"尝试"在此前的一两年就已经开始。在初期白话诗的实践中,胡适既是一个积极的倡导者,也是恪尽全力的实验者和先行者。他数年来的诗歌实践成果结为《尝试集》,于1920年出版,这是最早出版的一部新诗集。

胡适的"尝试"显示了白话新诗从传统诗词中蜕变和新生的艰难过程。宋人"以文入诗"的传统和黄遵宪以古文的"伸缩离合"之法所进行的革命性实践,是他白话诗创作的最初资源和依傍。在同旧体诗逐渐告别的过程中,胡适的白话新诗创作大致经历了两个阶段:在第一个阶段里,胡适先以

"作诗如作文"作为目标逆向选择,借重中国诗歌传统中没有严格格律限制的"古风"以跨越近体律诗严格的形式规约,追求诗的"散文化"。他后来收入《去国集》中的早期旧体诗创作,都显示了这一探索的轨迹。在此基础上,胡适进而开始了"白话入诗"的更大的实验探索。《尝试集》中的前期作品大都属于此类。在第二个阶段,胡适从对英文诗歌的翻译中受到启发,逐渐摆脱古典诗词的笼罩,进一步追求"诗体的大解放",以彻底的"白话化"为探索目标,进行白话新诗的艺术表达。1918年3月,他在翻译苏格兰女诗人安娜·林赛(Anne Lindsay)的《老洛伯》(Auld Robin Cray)时,就在译序中激赏它的"全篇作村妇口气,语语率真"。后来,他更将自己1919年2月翻译的美国诗人萨拉·蒂斯代尔(Sara Teasdale)的《关不住了》(Over the Roofs)一诗,称为"新诗成立的新纪元"。这也同时标志着他的白话诗实验进入了一个"成熟期"。

作为中国现代诗歌传统的源头,胡适的新诗实践和理论建构既提供了白话新诗的最初形态,也表达了相应的诗歌观念,这其中比较重要的有两个方面:一是提倡"细密的观察"和"朴实无华的白描工夫"所形成的写实倾向;二是因倡导诗的"具体的做法"所造成的理念化、寓言化的倾向。前者的后果一方面表现为早期白话诗创作中即物状景的写实之作的大量出现,如胡适的《人力车夫》,刘半农的《相隔一层纸》《学徒苦》《铁匠》,周作人的《两个扫雪的人》,朱自清的《小舱里的现代》等;另一方面则奠定了诗歌与现实关系的基本诗歌观念。在后者,胡适的表达似乎略显曲折,他的本意是要让诗去表达高深、曲折的理想,但因"凡是抽象的材料,格外应该用具体的写法",所以,所谓"具体的作法"在早期白话诗中的重要意义恰恰在于它对"抽象化"的诗歌理念的暗示作用。胡适的《鸽子》《老鸦》,周作人的《小河》等代表了这种诗歌观念支配下的诗歌实践。

沈尹默、刘半农、俞平伯、康白情和傅斯年等早期白话诗人也像胡适一样,是"从旧式诗词里脱胎出来"的。沈尹默的《三弦》《月夜》是早期白话诗的代表作。俞平伯的《冬夜》和康白情的《草儿》两诗集也在白话诗的初期创作中产生了重要影响。而鲁迅、周作人在早期白话诗的实验中则敢于打破旧诗词格律的束缚,为新诗的探索提供了一种更自由的诗歌表达的启示。周作人的《小河》一诗被胡适称为"新诗中的第一首杰作"。

在小说创作方面最初显示了白话文学实绩的是鲁迅的创作。1918年5月发表于《新青年》4卷5号的《狂人日记》是中国现代文学史上第一篇具有现代形式和现代精神的白话小说。与白话新诗的成长道路似乎有所不同，由鲁迅所开创的现代小说创作从一开始就以其"表现的深切和格式的特别"，而显示了白话文学的高度。但稍微探究一下以鲁迅为代表的中国现代小说走向成熟的历程将不难发现，这种不同只是表面的。在中国小说由古典形态向现代形态的转换和过渡中，同样经历了一个漫长的选择过程。在这个过程中，西方小说的大量引入是一个必要的环节。这一点还要感谢近代"小说界革命"所带来的译述风气，古文家林纾的一百余种文言的小说译作，为现代小说侵入文坛做好了创作和阅读方面的准备。在此期间，鲁迅与周作人兄弟也曾亲自选择并翻译出版了《域外小说集》。这一过程实际上从文类观念、叙事形式以及语言技巧等方面，为中国现代小说最终能以成熟的形象面世，提供了模仿的范本和磨练的契机。

继《狂人日记》之后，鲁迅又陆续发表了《孔乙己》《路》等短篇作品以及中篇小说《阿Q正传》。这些作品在为中国现代白话小说进一步赢得了荣誉的同时，也为中国现代小说的创作确立了典范。在鲁迅的影响和带动下，在《新潮》杂志的周围以及其他报刊上，还先后涌现出了汪敬熙、罗家伦、杨振声、叶圣陶、冰心、俞平伯等一批年轻的小说作者。

从1919年初《新潮》杂志创刊到当年的下半年，这些年轻作者以新文化运动所传播的启蒙思想作为观照社会、人生的主要资源，大胆地用小说探讨社会、人生诸问题，迅速形成了一个"问题小说"的创作热潮。汪敬熙的《一个勤学的学生》，罗家伦的《是爱情还是痛苦》，杨振声的《渔家》《贞女》，冰心的《谁之罪》《斯人独憔悴》，俞平伯的《花匠》，以及叶圣陶的《伊和他》等，都不同程度地触及了各种社会问题，形成了"问题小说"的最初的观念和创作风格。1921年文学研究会的成立，更将"问题小说"的创作推向了高潮。

"问题小说"的出现与文学革命时期的文学观念是分不开的，周作人"人的文学"的理想和胡适对"易卜生主义"的宣传与倡导，使现代小说从一开始就选择了向社会挑战的尖锐姿态。尽管从艺术质量上看，"问题小说"大多存在概念化的弊病，但从文学史的角度看，它所形成的"问题"模式的小说观念，在此后却历久不衰，成为中国现代小说史上一种无可争议的主流模式。

在新文学初期的文类系统中，并没有"散文"的地位。直到1921年，周作人才在《美文》中探讨了介于诗与小说两大文类之间的一种写作可能，并从此开始新文学对散文的理论建设。但理论的空白并不意味着实践的匮乏。现代散文可以追溯到新文学初创时期的"随感录"一类的文字，这不仅因为这些文字暗含了后来理论上对"散文"的确认,更在于它们的实践本身对中国现代散文传统的铸造。

1918年4月,《新青年》4卷4号开辟了"随感录"专栏,为现代散文的创作提供了最初的园地。随后,《每周评论》《新生活》《新社会》,以及《晨报》《民国日报》等众多报刊也都相继开设了"随感录""浪漫谈""杂感"等性质相类的栏目。这些栏目的开设对初期散文形态起了重要的作用。正是它们参与塑造了一个切近现实、倚重思想、篇制短小、章法灵活的写作品种。

在初期白话散文的众多实践者中,《新青年》的"随感录"以其写作者的群体优势为中国现代散文传统的建立奠定了基础。其中,鲁迅的"随感录"写作开创了现代散文中绵延数十年而且成果丰硕的"杂文""小品"谱系。除鲁迅之外,李大钊、陈独秀、钱玄同、周作人、刘半农等人的"随感录"写作也都以各自的特色显示了白话散文写作的丰富性和可能性。

进入20年代之后,《新青年》"随感录"的这一写作传统被《语丝》所承继和发扬。鲁迅、周作人、钱玄同等再度成为"语丝文体"的积极创造者。在此同时,周作人则逐渐告别初期散文写作的"浮躁凌厉",转而追求一种"冲淡平和"的境界。他在精心营构的"自己的园地"中,尝试接通现代散文与晚明小品的精神联系,并铸造了一个极富个人化色彩的"言志"抒情的散文品种,成了中国现代散文传统中同样影响久远的另一脉络。

与诗歌、散文和小说相比,新文学初期的戏剧创作则略显贫弱,在挣脱传统旧戏、建立现代戏剧观念的艰难过程中,虽然也产生了胡适的《终身大事》、郭沫若的诗剧《棠棣之花》等创作,但在现代戏剧传统中的意义并非十分重大,真正对中国现代剧产生决定性影响的作家和作品是在1922年以后才出现的。

思考题

1. 新文学初期文学理论的意义和矛盾。
2. 举例说明现代文学与传统文学组织化上的差别。

第三章 中国现代文学的先驱者——鲁迅

第一节 鲁迅出现的意义

○家庭、世事与"第一要著" ○以"立人"为核心的现代化思考 ○现代文学的多种崭新形式 ○奠定了现实战斗精神和现代反抗意识的优秀传统 ○超越个体存在意义的"现代文学的灵魂"

1917年文学革命发起之后，新文学书刊大兴，京沪一些著名大报都辟有副刊发表白话文学作品，一大批和传统迥然不同的现代新型作家纷纷涌出，文学日益突破文人圈子走向社会，成为宣传新思想新道德的主要方式。但这一时期真正以个人创作显示了文学革命的实绩的，是鲁迅。

鲁迅原名周树人，号豫才，1881年9月25日生于浙江绍兴县城内，鲁迅是他37岁在《新青年》上发表第一篇白话小说《狂人日记》时使用，此后一生用得最多也最为世人所知的笔名。周家是聚族而居的大家族，鲁迅祖父为清朝进士，做过京官，后因科场案入狱，一蹶不振；父亲只是一个秀才，体弱多病，郁郁不得志。少年鲁迅为了父亲的病，常出入当铺和药店，受尽周围人的奚落。从鲁迅懂事起，家道即已中落，他后来回忆这段往事还感慨地说："有谁从小康人家而坠入困顿的么，我以为在这途路中，大概可以看见世人的真面目。"[①]鲁迅母亲娘家在绍兴乡下，经常带鲁迅去舅家，几近"乞食"，但鲁迅因此走进自然的天地，结识了不少像少年闰土那样淳朴善良的农民的孩子，并熟悉了中国农民的凄惨生活。这些在他的记忆中都留下深刻印象，清晰地再现于后来的文学作品中。

---

① 鲁迅：《呐喊·自序》，《鲁迅全集》，第1卷，北京，人民文学出版社，1981。

鲁迅在家乡念完私塾即往南京,先后入满清政府办的江南水师学堂和矿路学堂。那时正值内忧外患的多事之秋,先是康梁鼓动年幼的光绪皇帝施行短命的"戊戌变法",接着是义和团之乱,八国联军入侵北京,朝野上下各种维新要求和顽固思想斗争愈演愈烈,这都给青年鲁迅以极大震动。鲁迅在南京开始学习自然科学和外语,并通过改良派书刊与林纾、严复的翻译接触不少西方现代文艺和哲学。1902 年,他考取官费留学日本,带着玄奘赴西天取经的心情,到原本步武中国文化、近代却因学习西方而超过中国的东瀛小邦去求学,中国文人感时忧国的传统在他身上已具体化为渴求理想的强国之路。先是习医,预备医治他父亲那样的病人,而且他知道日本明治维新开始就靠了医学的推动。但不久,在一次课间放映的关于日俄战争的幻灯片上,他看到一个中国人被日本国当成俄国间谍捉住,正要砍头,一群同胞却麻木地鉴赏这"盛举",他因此感到医学并非急务,"凡是愚弱的国民,即使身体如何健全,如何茁壮,也只能做毫无意义的示众的材料和看客,病死多少是不必以为不幸的"①。对中华民族精神缺陷("国民劣根性")的敏感,使他看清当时流行的实业救国、科技救国之类只是一种梦想。其实整个学医期间,他一直很关心这类问题。通过大量阅读西方现代文艺与哲学作品,加以独立深入的思考,在医学梦破灭之后,他转而确信"第一要著"是改变国民的精神,而善于改变精神的莫过于文学,"于是想提倡文艺运动了"。

最初的尝试并未成功。他和弟弟周作人以及另外几个朋友计划办一份杂志叫《新生》,很快即告流产。鲁迅没有气馁,他和周作人将原本给《新生》的一批译稿另外编成两册《域外小说集》出版,在东京和上海寄售,可惜通共只卖去四十来本。这是中国现代第一次成系统地介绍世界被压迫民族的文学,对鲁迅后来的文学创作更具深远影响。鲁迅一生极其重视译介外国文学,他坚信打破各民族文化心理隔阂的"最平正的道路"惟有文学②,所以翻译工作在其全部文学活动中占了很大分量。原拟给《新生》的稿件,还有转到《河南》(也是一份留日学生办的杂志)发表的《文化偏至论》《摩罗诗力说》与《破恶声论》等几篇重要论文,鲁迅在这些文章中整理了自己的思想:他站在当时中国人所能达到的理论高度批判地梳理了中西文化的历史发展与利弊得失,确立文艺为"第一要著"。

---

① 鲁迅:《娜拉走后怎样》,《鲁迅全集》,第 1 卷,北京,人民文学出版社,1981。
② 鲁迅:《〈呐喊〉捷克译本序言》,《鲁迅全集》,第 6 卷,北京,人民文学出版社,1981。

根据自己理解的西方现代进化论思想,鲁迅认为:"星气既凝,人类既出而后,无时无物,不禀杀机,进化或可停,而生物不能反本";"平和为物,不见于人间"。这固为"人世之所以可悲",却是必须正视的真相。中国传统之弊即不敢正视此真相,率皆如老子之徒寄托理想于"不撄人心",先叫自我心如死灰,复使社会了无生机,自欺欺人,以为如此即天下太平。这种社会必以压迫抗争为能事,一两个人的反抗之声注定要被淹没,故中国文学自《诗经》《楚辞》以降,真能正视进化争存的悲壮图景,遵从个体心灵的要求而反抗压制有所动作的,"上下求索,几无有矣"。近代中国知道应该学习西方,却不了解西方文化精髓在于顺应进化争存规律而崇尚个人抗争,因此包括文学在内的中国传统之根本弊病,并未因为学习西方而有所触动。此时的鲁迅几乎一无依傍,不仅否定了传统,也失望于晚清思想界浅薄的维新与西化,在极少有人赞同的情况下,认定中国当务之急,既非片面移植西方物质技术,也非皮毛地抄袭所谓民主政治,更不是生吞活剥地搬用各种主义、学说,而"首在立人",树立个人独立自由之精神,这样社会群体才能发展。他因此对西方19世纪末崇尚个人"主观意力"的"先觉善斗之士",如尼采、斯蒂纳、叔本华、基尔凯郭尔、易卜生之流,以及"摩罗"诗人拜伦、雪莱等浪漫主义文学家深致敬意,认为他们代表了文化上"掊物质而张灵明,任个人而排众数",足以矫正文明"偏至"的"新神思宗",是异邦真正值得国人倾听的"新声"。① "新声"就是"心声",即内心反抗的呐喊,而这正是文学的根基和出发点。文学应是觉醒了的个人为着打破中国传统悖于进化常理的"污浊之平和"而发出的反抗的心声,在现代,它将是国人能否挣脱"荃才小慧之徒"蹈袭西方文明"偏至"而生的维新西化思想敢于"自别异"的关键。文学不仅是整体文化的一个组成部分,更是整体文化能否更新发展的决定性因素,因为文学起于个体"心声""内曜",而这正是一切文明的"本根"。"本根之要"高于一切,"盖末虽亦能灿烂于一时,而所宅不坚,顷刻可以憔悴,储能于初,始长久耳"。② 以"立人"为核心的现代化思考,是鲁迅区别于其他近现代思想家的极其重要所在。

晚清至"五四",极端重视文学的并非鲁迅一人,但不曾有人像他这样明白阐述重视文学的原因。鲁迅将一切问题归结为文学,不仅把文学看做自己思想的出路,更将它视为"立人"的"第一要著":"人"的出路和希望,

---

① 鲁迅:《摩罗诗力说》,《鲁迅全集》,第1卷,北京,人民文学出版社,1981。
② 鲁迅:《科学史教篇》,《鲁迅全集》,第1卷,北京,人民文学出版社,1981。

中华民族争取自由独立的可能,就寄托于文学。这是现代中国语境中产生的一种"文学主义"。文学家鲁迅的诞生标志着中国现代文化的深刻自觉。这种自觉完成于1907年至1908年间,远比十年后胡适、陈独秀等人的"文学革命"更切近文学的本质,只不过未像后者那样立刻造成广泛的社会影响,但"五四"以后中国现代文学的命运与有没有这种深刻的自觉密切相关。

1908年鲁迅归国,先后在绍兴、杭州两地教书,1912年进民国政府教育部工作,先往南京,旋迁北京。鲁迅在北京教育部,除应付日常事务外,曾积极推行文艺,但上司昏庸,不予支持,只好废然而止。他更多时间是逛厂甸,以有限的经济力量购置廉价古董书籍,并经由日本书店继续泛览西书,一刻没有停止严肃的思想探索。北京政局混乱、形势险恶时,他甚至靠抄古碑和旧籍度日,倦于交游,过着隐士的生活。"见过辛亥革命,见过二次革命,见过袁世凯称帝,张勋复辟,看来看去,就看得怀疑起来,于是失望,颓唐得很了。"①因为目睹或亲历了晚清崩溃、民国初建过程中政局的持续动荡,他更清醒地认识到现实的复杂性,更深切地感受到中国改革之难,留学期间开始的关于国民性的思考愈益邃密,用文学来表达这种思考的冲动也不断增强,而多年埋首古书,对社会史和文学史(尤其是小说)作了长期不懈的精细研究,使他积累了丰富的思想材料和深厚的文学修养,所以当东京时代的同学、来自《新青年》阵营的钱玄同邀他写稿,鲁迅稍加斟酌便答应了。《狂人日记》和最初的"随感录"就是在这种情况下写成的。

鲁迅带着对人情世故的深刻体察、对中国和世界历史文化长期深入的思考,加入新文化阵营,开始新文学创作,一出手就突发大声,一改文学革命初期颇为沉寂的局面。与其说新文学选择了鲁迅来显示创作实绩,不如说鲁迅选择了文学革命这块阵地,在更大的社会语境中陈述积累已久的思想,所以鲁迅对中国现代文学的贡献比任何人都更丰富也更深刻。

首先,他卓越而不间断地创造了中国现代文学多种崭新样式,并一一使其臻于成熟。从1918年的《狂人日记》起,鲁迅在文学上的创造力便一发而不可收。1918年到1926年,他创作的小说(全部收在《呐喊》《彷徨》中)虽说都是短篇(《阿Q正传》也属于短篇格局),一共仅25篇,也偶有不尽如人意者,但绝大多数不仅当时,就是20世纪行将结束之际也仍然是清醒地看取现实而又显示了高超艺术的无与伦比的典范之作。鲁迅还从中国历史

---

① 鲁迅:《〈自选集〉自序》,《鲁迅全集》,第4卷,北京,人民文学出版社,1981。

和神话传说中选材并杂取今人今事创作小说,文笔洒脱、想象奇诡、诙谐风趣、寄托遥深的《故事新编》,开了中国传统演史小说的新生面,是现代历史小说开山之作。创作短篇小说的同时他也撰写了大量随感录,后来更全力以赴,创造了中国新文学另一种新形式:杂文。杂文是鲁迅对古今中外所有可用于现代中国语境的文章形式的创造性综合,也是鲁迅文学成就的综合显示,包孕宏富,仪态万方,为世界文坛所仅见。鲁迅还创作了散文诗的不朽之作《野草》,和《朝花夕拾》等文字优美、感情淳厚的散文精品。他的六十余首旧体诗词同样表现了过人的文学才能。

其次,鲁迅为中国现代文学奠定了现实战斗精神和现代反抗意识的优秀传统。这是他一生最重要的贡献。鲁迅对文学的执著,不同于清末梁启超等人出于实用需要抬高文学,而是基于觉醒了的现代个人生存意识并结合现代中国文化语境做出的独特选择,旨在解放现实中活生生的个人的生命能量,真实地传达他们的"心声""内曜",从而打破"无声的中国"千年如斯的沉寂,冲开传统和现代"瞒和骗"的语言骗局所遮蔽的奴役关系,在世界文学的语境中发出自己生存的战叫。他不畏强者的横暴,也不迁就弱者的愚黯,不仅反抗现实政治的高压,更从根本意义上反抗人类生存的困境,"敢于直面惨淡的人生,敢于正视淋漓的鲜血",体现了可贵的现实战斗精神和现代反抗意识。这是中国现代文学最可宝贵的精神内涵。鲁迅的文学,真正从"心"发出来,"直说自己所愿意说的话"①,具有高度及物性,笔锋所向,物无遁形,虽属"奴隶的语言",却是起初而强劲的人的呐喊。"肺腑而能语,医师面如土",因为直接传达了现代中国人心中的起初,积极诉说生存欲求,自由发挥创造冲动,所以避免了"被描写"的悲惨命运,在经济政治文化全面弱势中,以文学的孤军诏告中华民族困惫至极的奋斗与绝望至极的希望。"鲁迅的骨头是最硬的,他没有丝毫的奴颜和媚骨,这是殖民地半殖民地人民最可宝贵的性格。鲁迅是在文化战线上,代表全民族的大多数,向着敌人冲锋陷阵的最正确、最勇敢、最坚决、最忠实、最热忱的空前的民族英雄。鲁迅的方向,就是中华民族新文化的方向。"②如果以充分承认鲁迅存在的个人性为前提,这段话至今仍是对鲁迅出现的意义的恰当概括。

此外,鲁迅在热情呼唤现代化的同时,从一开始就保持了对现代化的疑

---

① 鲁迅:《叶永蓁作〈小小十年〉小引》,《鲁迅全集》,第4卷,北京,人民文学出版社,1981。
② 毛泽东:《新民主主义论》,《毛泽东选集》,第2卷,698页,北京,人民出版社,1991。

虑和警惕,意识到现代化在中国可能产生的各种假象、变体和负面效应,这种充满辨证精神的深刻思想,在"五四"以后的漫长岁月中,被历史实践一再证明其精辟的预见性和对中国现代化道路久远的指导性。在这个意义上,鲁迅才成为超越了他个体存在意义的、不可替代的"现代文学的灵魂"。

第二节 《呐喊》《彷徨》和《故事新编》

○中国文学由此跨入"现代" ○探索农民灵魂世界的秘密 ○知识分子形象的两种类型 ○几种基本的叙事方式 ○借历史小说审察传统思想在现代的命运

鲁迅的小说虽然限于短篇,但体裁形式和精神内涵远比同时代其他同类作品丰富而深刻,显示了他对中国现代文学的全方位贡献。

1912年的文言短篇《怀旧》就已非同凡响。小说讲述辛亥革命时小镇"芜市"的一场虚惊。以革命为造反、发誓与之不共戴天的塾师"秃先生"和乡绅金耀宗,听到革命的风声后却惶恐失态,千方百计以求自保,但不久即相告平安,仆佣也仍坐阶前树下以"长毛"事谈古如常。小说讽刺辛亥革命的不彻底,为《阿Q正传》的雏形。全篇从村塾学童视觉展开,严格采取第一人称叙述,枯燥的古文转换为高度主观性的现代讽刺小说。

如果说《怀旧》是中国现代小说卓越的先驱,1918年的《狂人日记》则是中国现代文学史上第一篇成功的白话小说,中国文学由此真正跨入现代。日记是传统文人擅长的体裁,鲁迅赋予它以全新的意义。全篇"撮录"十三段狂人日记,实是精密安排的一篇心理小说,极写狂人对周围人群的警惕猜测,同时借狂人之口抒发作者对中国历史的揭露和颠覆之辞(这些内容在小说中概括地表述为"吃人")。叙述者即狂人,强调自己不仅时刻有被吃的危险,同时自己也在"吃人的人"之列,他只能向理想中的读者发出忏悔和劝诫,希望"没有吃过人的孩子,或者还有"。《狂人日记》不仅倒转了一切传统价值,还无情揭露了仍在"吃人"的现实,加以对"迫害狂"心理惟妙惟肖的模仿,震撼人心之力远超"五四"时期所有控诉"礼教吃人"的激言,也比八十多年前俄国作家果戈理的同名小说"忧愤深广"[①]。《狂人日记》使鲁迅声名鹊起,此后一发而不可收,8年时间连续作成25篇,而且几乎一

---

① 鲁迅:《小说二集·序》,见《中国新文学大系》,北京,人民文学出版社,1981。

篇一个样式,在内容形式两方面为中国现代小说发展奠定了坚实的基础。

鲁迅以现实题材创作的小说除《怀旧》以外全部收入《呐喊》《彷徨》两本小说集,先后于1923年和1926年出版。这些小说依托的历史背景主要是辛亥革命前后中国社会各阶层生活状况,人物有农民、乡绅、农村游民、知识分子和下层官僚,可说是近现代之交中国社会一个缩影,主体为农民和知识分子。但他很少报道社会生活外在情状,而是直指个体内心,探索他们灵魂世界的秘密,以实践早年认定文学须是个体"心声""内曜"、须能改变国民灵魂的主张。

鲁迅笔下的人物都带有严重的灵魂病态,甚至根本就无灵魂。他竭力讽刺鞭挞的乡绅官吏,如不许阿Q姓赵的赵太爷,《风波》中听了张勋复辟消息就赶紧跑来恐吓曾经和自己有过冲突的农民的"赵七爷",《祝福》中戴着伪善的假面对女佣进行物质精神双重掠夺的鲁四老爷,《离婚》中一边鉴赏着"屁塞",一边肆意践踏对自己抱着幻想的农妇的"七大人",不用说都还不具备"人"的灵魂,就是作者寄予同情的穷苦农民和潦倒的读书人,也各各封闭于不自觉的精神奴役状态,谈不上什么自我意识。杀头之于阿Q,仅使他记起多年前遇到的一只饿狼的眼睛,未及细想,"耳朵里就嗡的一声,觉得全身仿佛微尘似的迸散了"。祥林嫂现世身不由己,死后的筹划也要听命于人。孔乙己的全部尊严仅剩下自欺欺人地哼两句"窃书不能算偷",第十六次落榜的老童生陈士成只好跟着幻觉中祖上埋金的"白光"走上死路——他们从来不敢怀疑封建伦理或科举制度罪恶的欺骗性,只是出于几千年的惯性把它们奉为无上权威,在其淫威下辗转、呻吟、扭曲、堕落、沉睡、灭亡,到死不悟。他们麻木到不以苦为苦,对别人的痛苦也只报以隔膜与冷漠,甚至狠毒凶残。孔乙己、祥林嫂和单四嫂子的遭遇只是供人取笑的材料,全未庄的人在阿Q死后,"都说阿Q坏",城里舆论则"以为枪毙并无杀头这般好看",就连吴妈也正眼不瞧阿Q,"却只是出神地看着兵们背上的洋炮"。凄惨隔膜而又充满恐惧的人生,唯一的安慰是由统治者赐予的各种自欺欺人的被统治者思想,比如"精神胜利法"。鲁迅笔下的农民形象,可以说,画出了古老中国麻木而愚昧的灵魂,在沉默和静穆中显现出具有浓黑色调的悲愤。

知识分子形象主要有两种类型。首先,是虽然寄予同情但基本表示否定的孔乙己、陈士成那样被科举制度哄骗一生的"科场鬼",鲁四老爷和四铭(《肥皂》)等假道学,方玄卓(《端午节》)和高干亭(《高老夫子》)等酸腐的新式文人。这些知识分子严格说来只是传统的文人,多半如鲁迅杂文所讽刺的,不仅"无行",而且"无文"。孔乙己和陈士成固然是科举制度的牺牲品,但他们又何曾具备真才实学!鲁四老爷书房里的对联是"事理通达心气和平",案头所陈也皆理学名著,立身行事却难与之相符。高于亭景仰俄国文豪高尔基而改名高尔础,不解中俄姓名之别倒也罢了,即使赴女子学校执教,却只为了"去看看女学生"。与之相对的,是吕纬甫(《在酒楼上》)、魏连殳(《孤独者》)、涓生(《伤逝》)、夏瑜(《药》)、N先生(《头发的故事》)那样的"狂人",他们是"梦醒之后无路可走"(《娜拉走后怎样》)的现代中国最痛苦的灵魂,是真正现代的知识分子,接受了现代科学思想和价值观念,关心他人利益,关心社会前途,具有强烈的自我意识,备受困馁,历尽迷惘,仍坚持不懈地追求生存的意义。鲁迅塑造现代知识分子形象,是想认清自己和同类,以此挣脱往往由知识分子自造的精神牢笼,杀出一条生存的血路来。"我"和吕纬甫"在酒楼上"分手之后,"独自向着自己的旅馆走,寒风和雪片扑在脸上,倒觉得很爽快",并非吕的一味颓唐。《孤独者》中,最后"我"参加完魏连殳的葬礼,满耳是"一匹受伤的狼"在深夜旷野中的长嗥,但心地终于还是"轻松起来"。就连沉浸于无边的"悔恨和悲哀"中的涓生也准备"向着新的生路跨进第一步去"。鲁迅在他们身上往往寄寓着自己的思想感受,不仅写了他们曾经有过的真诚和希望(吕纬甫和"我"年轻时"连日议论改造中国的办法以至于打起来"),也写到他们后来的失望、愤激、彷徨、忏悔、落伍、颓败、沉沦,并在极度黯淡和压抑的情绪低谷中积蓄力量,探寻出路。人物与隐含作者,是鲁迅塑造的现代中国知识分子形象不可分割的两面。

鲁迅是中国文学史上以巨大悲悯与严正态度描写农民和知识分子的第一人,他创设了这两种崭新的小说题材模式。

鲁迅小说的艺术成就还得力于广博的学识,精密的观察,对中外古今一切可以为我所用的文学经验创造性的融合吸收。

他很少背景描写,有也寥寥数语,像中国传统舞台布景和年画,读者意会即可。主要用力处是人物塑造,但他的人物多数只是剪影或速写,他总是力求用极俭省的办法,直接画出灵魂的特点。《孔乙己》两千多字,主人公形象已活脱丰满了。作者将本来用于别处的文字全部移到人物身上,又将描写人物的文字进一步集中于最具特征的语言动作,如画家的专画眼睛。主要人物如此,次要或穿插人物,如《风波》中的七斤嫂,《明天》中的王九妈,《故乡》中的豆腐西施,也无不简单几笔而尽传精神。阿Q或许是个例外,但也仍然是剪影或速写的叠加。鲁迅并不致力于塑造阿Q的性格,只是用轻松诙谐的笔致画出一副阿Q相,其中囊括了他在普通中国人身上观察得到的几乎所有正反两面的印象,是"铁屋子"里"许多熟睡的人们"的共名。

鲁迅写人,得力于中国文学传统的主要是白描手法。他认为白描就是有真意,去粉饰,少造作,勿卖弄,仰仗的是观察精到,语言贴切,表现节俭。比如《故乡》写中年闰土被生活压得麻木呆板,见了儿时玩伴,手足无措,全失幼年灵性。作者抓住两个细节就清晰地勾勒出闰土的精神状态:

> 他站住了,脸上现出欢喜和凄凉的神情,动着嘴唇,却没有作声。他的态度终于恭敬起来,分明的叫道:"老爷!"我问问他的景况。他只是摇头。"非常难。第六个孩子也会帮忙了,却总是吃不够——又不太平——什么地方都要钱,没有定规——收成又坏。种出来的东西,挑去卖,总要捐几回钱,折了本;不去卖,又只能烂掉——"他大约只是觉得苦,却又形容不出,沉默了片时,便拿起烟管来默默的吸烟了。

《风波》写乡绅赵七爷逛到乡场上,"坐着吃饭的人都站起身,拿筷子点着自己的饭碗说:'七爷,请在我们这里用饭!'"赵七爷的威势和农民的淳朴温顺呼之欲出。七斤被革命党剪了辫子,听说"皇帝坐了龙庭"(张勋复辟),惶恐不安。他有次醉酒骂过赵七爷,这时七爷"一径走到七斤家的桌旁。七斤们连忙招呼,七爷也微笑着说'请请',一面细细的研究他们的饭菜。'好香的干菜,——听到风声了么?'"将"干菜"和"风声"联系起来,就是将一家人的祸福与七斤剪辫联系起来,这是对老实巴交的农民最厉害的恫吓,赵七爷之卑劣阴险在这一句话里表露无遗。

鲁迅对语言的追求到了"洁癖"的程度①:"我作完之后,总要看两遍,自己觉得拗口的,就增删几个字,一定要它读得顺口;没有相宜的白话,宁可引古语,总希望有人会懂,只有自己懂得或连自己也不懂的生造出来的字句,是不大用的。"②他的语言丰富而精炼,人物对话和叙述语言尽量做到俭省,准确,不苟,没有当时或后来常见的造作失真的小说腔,而接近几千年来在中国文人手里百炼钢化为绕指柔的"文章"所达到的自由境界。鲁迅是中国文学史上罕见的卓越的文体家,他的小说创造性地综合了许多有生命力的语言要素与修辞手段,这里有小说特有的描写叙述话语,戏剧性人物对话

---

① 参见周作人:《关于鲁迅之二》,见《关于鲁迅》,506页,乌鲁木齐,新疆人民出版社,1997。
② 鲁迅:《我怎么做起小说来》,《鲁迅全集》,第4卷,北京,人民文学出版社,1981。

(《在酒楼上》和《头发的故事》通篇都是对话),更有大量散文乃至诗的语言。《社戏》和《一件小事》完全可当散文读,《故乡》中关于少年闰土的回忆,《伤逝》中涓生脑海里闪现的摆脱子君后自由的生活,是标准的诗语。《故乡》结尾:"希望是本无所谓有,无所谓无的。这正如地上的路;其实地上本没有路,走的人多了,也便成了路。"《兔和猫》结尾:"假如造物也可以责备,那么,我以为他实在将生命造得太滥,毁得太滥了",则是诗情哲理交融的格言警句。反语在小说中也大量运用:"赵七爷是邻村茂源酒店的主人,又是这三十里方圆以内唯一的出色人物兼学问家——他有十多本金圣叹批评的《三国志》,时常坐着一个字一个字的读;他不但能说出五虎将姓名,甚而至于还知道黄忠表字汉升马超表字孟起。"(《风波》)再看另一段文字:"七斤虽然住在农村,却早有些飞黄腾达的意思。从他的祖父到他,三代不捏锄头柄了;他也照例的帮人撑着航船,每日一回,早晨从鲁镇进城,傍晚又回到鲁镇,因此很知道些时事;例如什么地方,雷公劈死了蜈蚣精;什么地方,闺女生了一个夜叉之类。他在村人里面,的确已经是一名出场人物了。但夏天吃饭不点灯,却还守着农家习惯。"为杂文所专有的连锁反语自然地转化为小说叙述的形式。

博采西方文学的艺术经验,更丰富了鲁迅小说的表现手法。鲁迅明言自己从事文学是为了"改变国民的灵魂",他的小说心理描写随处可见,有些是中国传统技巧,直述一人心里想什么,有些(感觉、梦境、幻觉、下意识、无意识和变态心理以及《伤逝》那样的长篇心理独白)则主要得自西方文学的启示。《明天》写单四嫂子死了宝儿,巨大的悲痛袭来时却无所思想,"她单觉得这屋子太静,太大,太空罢了"。这确乎是一个"粗笨女人"的真实感觉。阿Q在街上无师自通地喊了几声"造反",博来未庄人敬畏的目光,俨然就是"革命党"了,"飘飘然地飞了一通,回到土谷祠——说不出的新鲜而高兴",思想随着管祠老头给的四两烛的火光"迸跳起来",于是梦见"白盔白甲的革命党","秀才娘子的一张宁式床"之类。"没有想得十分停当,已经发了鼾声,四两烛还只点了小半寸,红焰焰的光照着他张开的嘴。'嚯嚯!'阿Q忽而大叫起来,抬了头仓皇的四顾,待看到四两烛,却又倒头睡去了。"入梦,出梦,又"倒头睡去",衔接得天衣无缝。《白光》写陈士成看榜归来,绝望中想到传言祖上埋在地底的黄金,心理已经失常,等挖到一块下巴骨,再度的绝望加上羞辱和恐惧使他在幻觉中感到这下巴骨"支弹起来,而且笑吟吟的显出笑影,终于听得他开口道:'这回又完了!'"于是彻底崩溃发疯。阿Q"调戏"了吴妈,被赵秀才用大竹杠一顿追打,但他是善忘的,

"打骂之后,似乎一件事也已经收束,倒反觉得一无挂碍似的,便动手去舂米",听到许多人围住吴妈解劝,他反而跑过去像看一场事不关己的热闹,直等大竹杠再次出现,才醒悟过来,糊里糊涂的阿Q由意识到无意识再回到意识的过程跃然纸上。《兄弟》写沛君如何关心弟弟靖甫的病,但他在疲倦中昏然入梦,竟梦见自己于靖甫死后虐待侄儿。这是梦里下意识的活动。《肥皂》写道学先生四铭在街上看到一个衣衫褴褛的女丐,起了淫心,却不敢有何表示,只听有人说"买两块肥皂来,咯支咯支遍身洗一洗,好的很哩!"就下意识地买来肥皂给自己老婆,将对女丐的性意识转移到老婆身上,自己浑然不觉,被老婆骂穿还百般狡辩。小说对这种变态性意识的揭露,显示了高超的技巧。

鲁迅小说富于象征和隐喻,它们和具体描写内容密合无间,所以自然、贴切。"狂人"是被庸人社会宣布为疯子的清醒者,象征着晚清至民初所有壮志未酬的先觉善斗之士,是吕纬甫、魏连殳、N先生、夏瑜等知识分子悲剧形象的集合。青年革命者夏瑜的血被制成人血馒头作为医治贫民华小栓的"药";夏瑜被清兵杀害了,华小栓也不治而亡,"药"隐喻着革命者与一般民众精神上的极大隔膜,成为反思辛亥革命的一面镜子。"肥皂"是四铭买给老婆洗去积垢的,结果却洗掉了自己道学先生的假面。和清洁污秽同时相连的"肥皂",象征着假道学外表圣洁而内心龌龊。《药》的华夏两姓合起来隐喻着华夏民族。《狂人日记》不断用各种动物隐喻人的未脱"吃人"本性。从来"不去描写风月"的鲁迅开篇一句"今天晚上,很好的月光"就请出月亮,在中国文学传统中月亮是清明澄澈的隐喻,而在西方文学中则是疯狂的隐喻,两者都为《狂人日记》的具体语境所包涵。

在隐含作者和叙述者之间设置距离,由此收到的反讽效果可以深化小说的命意。《孔乙己》《祝福》和《狂人日记》的叙述者都被推到隐含作者的对面,和人物一起经受审视。读者通常倾向于叙述者,当叙述者也被审视时,小说对读者的考验就更严峻了。《孔乙己》的叙述者是涉世未深的少年学徒,他也毫无同情心地取笑孔乙己。《祝福》的叙述者是很有同情心的新式知识分子,但当祥林嫂虔诚地问他人死之后有无灵魂时,他却支支吾吾不知所对;他没有想到像祥林嫂这样一无所有的贫苦妇女竟会思考本来应该由他这样的知识分子来思考而事实上他却没有思考的人生根本问题。"狂人"是权威叙述者,但正文前面类似话本小说"楔子"的一段文言文明白告诉读者他已经痊愈,"赴某地候补矣",因此"狂人"喊出的真理乃至最后的"救救孩子"不能不打些折扣。作者即使对他正在刻画的不被人理解的悲剧人物也不愿给予无保留的信任,这正是他的"忧愤深广"。

在创作《呐喊》《彷徨》的同时,鲁迅还尝试着搜寻历史材料写小说。这种努力坚持到1935年,共成八篇,以《故事新编》为题于1936年1月出版。最早的《补天》作于1922年,原题《不周山》,系第一版《呐喊》末篇,至《呐喊》第九版被抽出,改名后置于《新编》之首。其他七篇是:《铸剑》(1926年10月)、《奔月》(1926年2月)、《非攻》(1934年8月)、《理水》(1935年11月)、《采薇》《出关》《起死》(均作于1935年12月)。《故事新编》贯穿了鲁迅文学生涯的始终,而一月之内赶写四篇以"足成八则",使其基本成一系统,也可见作者本人的重视。

鲁迅在《故事新编》中有意识地整理他长期以来对中国古代思想的独特思考。《补天》《奔月》取材上古神话传说,可说是用艺术家的眼光探索中国精神的源头,其他六篇涉及先秦儒道墨(包括侠)三个主要思想派别,并创造性地将古人今人打成一片,从而历史地审视传统思想在现代的命运。

《补天》写女娲抟土造人炼石补天事,取弗洛伊德精神分析理论解释人和文学的缘起,而以"性的发动和创造以至衰亡"为主干。小说在整体结构上突显女娲与人的对立、本能创造与历史文化的矛盾:会用衣物遮体在竹简上写字一面也发明了战争的人类,反过来批评女娲的裸体为"失德蔑礼败度,禽兽行",战胜者却又急急地"变了口风",自封为"女娲的嫡派",这都使创造者无可奈何。《奔月》述嫦娥偷食后羿仙丹事,而以后羿为主角。后羿本游牧时代英雄,落到农耕时代就走到末路,处处失败,处处滑稽可笑:射日的英雄整天要为娇妻的饭食奔波,家人蠢笨,学生背叛,自己箭术通神却一无可射之物。这两篇居《故事新编》之冠,寓示人的历史当神话时代结束即告衰亡,进化就是退化,奠定了全书忧愤嘲讽的基调。

其他六篇大致内容是:《出关》《起死》讽刺老庄的"无为"和"齐死生",旨在批评中国一切以道家哲学自欺欺人百事不做的空谈家;《采薇》讽刺"孤竹君二公子"伯夷叔齐的儒术之迂腐可悲自相矛盾,同时也针砭了"小丙君"那样恬然不知羞耻的变节者、油腔滑调理直气壮的华山强盗"小穷奇",以及"阿金"那样舌底伤人的流言家;《非攻》赞扬"一味行义"不计荣辱得失的墨子;《铸剑》歌颂甘愿在一切"受了污辱的名称"之外做无名的存在的"为复仇而复仇"的黑衣人;《理水》肯定摒弃虚言、埋头实干的大禹,同时揭露"以为文化是一国的命脉,学者是文化的灵魂,只要文化存在,华夏也就存在"的学者实是以文化学术为济私助焰之具,非但不学无术,而且也丧失灵魂,考察水灾的专员是一群欺上瞒下、昏庸无能的贪官污吏,竹排上的百姓则奴性十足、毫无自觉反抗精神。

《故事新编》作为历史小说,虽非"博生文献,言必有据",但也大多有"旧书上的根据",并非真的"只取一点因由,随意点染"。之所以为"新编",还在于大量搀入今人今事以及不肯轻易流露的作者本人的遭遇和心绪,这一方面是要让读者觉得易懂,有趣,另一方面则是因为作者在古今人事之间确实看到了实质性的相通,所以敢于不管年代地打成一片。无论写古人还是写今人,目的都是要写出中国人普遍的"官魂""学魂""匪魂"和"民魂",使其以寓言形式历历俱现。

《故事新编》是关于中国的一则大寓言,不同于纯粹反映现实或演义历史的小说,它偏重于追求寓言的真实;至于究竟采了哪些旧事,用了哪些今典,倒在其次。作者深信"纵使谁整个的进了小说,如果作者手腕高妙,作品久传的话,读者所见的就只是书中人,和这曾经实有的人倒不相干了——这就是所谓人生有限,而艺术却较为永久的话罢"①。因为主要在寓意上着力,挣脱了具体描写的许多牵制,所以用语狂放有如杂文,想象奇诡不让《野草》,加以作者特有的风趣幽默,读之真可令人忘倦。《故事新编》是中国现代历史小说的开山之作,也是这一小说门类中的杰作。

第三节 《野草》和《朝花夕拾》

○他的"哲学"就在《野草》里面　○突破传统文学樊篱的现代性文本　○《朝花夕拾》的回忆视角　○老中国灰暗深邃背景烘托下舒缓明丽的抒情基调

鲁迅著作中,写于1924年至1926年的散文诗集《野草》最为别致,它以简约凝练的诗性话语囊括了复杂深邃的思想情感,这个特点是鲁迅其他作品所没有的。鲁迅自己说过,他的"哲学"就在《野草》里面。

《野草》23篇,连同"题辞",都本于随时的感触,但无不深思熟虑,灌注了作者全部精神热量,发为文章,也各具形态。

第一篇《秋夜》写下《野草》的基调,低沉、阴郁、奇崛、华丽、桀骜不驯、意气勃发,将鲁迅作品的风格发挥到极致。孤独的灵魂在凉冽浓黑的秋夜

---

① 鲁迅:《〈出关〉的"关"》,《鲁迅全集》,第6卷,北京,人民文学出版社,1981。

独语，固然减少了呐喊于白天人前的明朗激越，却也别有一种粗犷放纵，有如那两棵枣树的枝桠，"默默地铁似的直刺奇怪而高的天空"。无论抚伤自叹，抑或挺刃向敌，都更少顾忌，这是在自己的梦中故园，可以任凭思想上下翱翔。因为"难于直说，所以有时措辞就很含糊了"①，但含糊既为克服"难于直说"的障碍，也就是为了能够"直说"。灵魂的真相有时是只有措辞含糊才能直剖明示的，浅白的言说反而不免荏弱。应该保持含糊的权利，一味出语浅白往往意味着放弃了倾诉的自由而迁就流俗的话语规则。

《影的告别》借影子与实体对话，将自我分裂为二：一是沉默不语的"我"，一是不断敦促这个"我"有所抉择否则就要离他而去的具有强烈批判精神的"我"。后者似乎是超现实的，其实正是那个在现实中沉默不语的"我"回到内心之后真实的灵魂袒露：他不想去不乐意去的无论天堂地狱还是"将来的黄金世界"，宁可"在不知道时候的时候独自远行"；他甚至不想"彷徨于明暗之间"，情愿周旋于"黑暗和虚空"，直至整个被"黑暗"吞没。"黑暗"是主体在怀疑虚妄的众数并拒绝廉价的许诺之后必须直面的生存真相，在《野草》中它被强化地象征为主体命定的精神栖所。

这种意志在《墓碣文》中则被敷衍成死者替自己预刻的碑文："……于浩歌狂热之际中寒；于天上看见深渊。于一切眼中看见无所有，于无所希望中得救。……""……抉心自食，欲知本味。创痛酷烈，本味何能知？……痛定之后，徐徐食之。然其心已陈旧，本味又何由知？""……答我。否则，离开！……"梦中读到这些碑文的"我""窥见死尸，胸腹俱破，中无心肝，而脸上却绝不显哀乐之状，但蒙蒙如烟然"；到"我"离开时，死尸忽从坟中坐起，"口唇不动，然而说——'待我成尘时，你将见我的微笑！'"这或许是迄今为止中国文学抒写因为执著地追寻生命意义却不得而从人性深处发出颤动的焦虑以至于最阴惨最恐怖的一篇了。

《求乞者》前半段写"我"不满一个孩子"也不见得悲戚"的麻木的求乞姿态，声明自己"无布施心"，后半段说自己倘若求乞，方法将是"无所为和沉默"，那"至少将得到虚无"。求乞易使精神麻木，这样得到的布施将在"虚无"之下；人不该求乞，不该布施，必须摆脱一切求乞心和布施心而代以"无所为和沉默"，那是人格独立的第一步。

《我的失恋》是模仿东汉张衡《四愁诗》而写的"新打油诗"，讽刺当时年轻人中盛行的浅薄麻木的失恋诗，虽系"打油"，却满含作者善意而冷峻

---

① 鲁迅：《〈野草〉英文译本序》，《鲁迅全集》，第4卷，356页，北京，人民文学出版社，1981。

的嘲讽。《复仇》写一男一女捏着利刃裸立临野,长久地无所动作,使大群无聊的看客依旧无聊至于老死。这是鲁迅对中国人喜欢旁观别人的存在而独于自己无所用心的痼疾至乎其极的针砭。《复仇》(其二)套用《圣经》有关耶稣被钉死在十字架的故事,极写行刑者和路人对耶稣的残暴和奚落,以及耶稣临死不肯服用"没药调和的酒",在碎骨的痛苦中"分明地玩味以色列人怎样对付他们的神之子,而且较永久地悲悯他们的前途,然而仇恨他们的现在",指出"钉杀了'人之子'的人们的身上,比钉杀了'神之子'的尤其血污,血腥"。鲁迅以此说明人道主义者和启蒙评论者因为爱人反而为被爱者所害以至转而变成复仇者的悲哀,并发出悲哀者也是复仇者的抑制不住的哀鸣和警告。意思相近的还有《颓败线的颤动》,写为了孩子而勤苦一生至于垂老的妇人,最后只得到小辈的奚落和敌意,于是离开他们,走向荒野,回忆过往一切,百感交集,"举手尽量向天,口唇间漏出人与兽的,非人间所有,所以无词的言语"。

《希望》宣布反抗绝望的人生哲学,认为绝望之为虚妄,充其量也不过与希望之为虚妄相同。如果说无所谓希望,也同样无所谓绝望。立意相似的还有《死火》。《雪》用极富诗意的笔调,追忆雪在江南和北方的不同,"我"喜欢江南的雪,但更赞美如粉、如沙、决不粘连的"朔方的雪花","那是孤独的雪,是死掉的雨,是雨的精魂"。鲁迅不满中国人因为卑怯取巧而生的"合群的自大",提倡"个人的自大","朔方的雪花"为此设立了壮美的象征。《风筝》回忆"我"在也是少年的时候,蛮横地践踏了弟弟心爱的风筝,至今忏悔不已,并且因为弟弟的忘却,这无所告诉的忏悔愈加沉重而且难以摆脱。对加于儿童身上的无论有意或无意的罪过,鲁迅总是耿耿于怀,他深知人类很难洗刷这些罪过,因为受罪的一方也都善于忘却,这才是人类前途最可忧虑者。

《好的故事》记叙梦里见到许多奇妙美好的人与事,醒来一无所有,但坚信梦是真实的。《失掉的好地狱》写地狱中的鬼众不堪魔鬼的压迫,羡慕人世,而向人类发出求救的叫唤,于是自称为人的向被称为鬼的宣战,最后驱逐了"魔鬼",取而代之,掌握了主宰地狱的大威权,但"鬼众一样呻吟——至于都不暇记起失掉的好地狱"。《华盖集忽然想到(三)》说:"我觉得革命以前,我是奴隶;革命以后不久,就受了奴隶的骗,变成他们的奴隶了",这是鲁迅对当时的"革命"的愤激批评。《失掉的好地狱》更扩张为对整个现代意识建构的"人"的神话的不满:"是的,你是人,我且去寻野兽和恶鬼。"

《野草》最长一篇是以戏剧形式出现的《过客》。人到中年憔悴困馁的"过客"对过往一无所知，也不知道要到哪里去，只认定无论如何必须义无反顾地向前走。老人告诉他路的尽头只是坟，劝他坐下休息，他谢绝了；少女说前方是鲜花，他不信，并归还了少女给予的布施。他不为坏的结果而止步，也不为好的结果而追求，他只坚信命运就在不问意义的不止息的行走，其他一切都是虚妄。终极意义被悬搁起来，同时"走"被领悟为生命的形而上指令而无可究诘。

《淡淡的血痕中》及《这样的战士》呼唤与麻木卑怯的"造物主的良民们"不同的"叛逆的猛士"与真正的"战士"，他们"看透了造化的把戏"，向巧滑的敌人用各种虚伪的面具和堂皇的说辞布置的"无物之阵"举起投枪，往往一击而中。《狗的驳诘》《立论》《死后》《聪明人和傻子和奴才》，讽刺势利贪恋与深入骨髓的奴性。《腊叶》《一觉》，则暗示或明言身边正在发生的事件。这几篇都近于杂感了。

"五四"以后，白话散文显示了完全不下于文言乃至超过文言散文的成就，但作家们很快对白话散文提出了更高要求，即进一步锻炼它的表现形式以期达到诗的境界，于是就有了"散文诗"的提倡。散文诗是散文和诗的结合，即保持散文的骨骼，适当吸收诗歌在语言运用和意象创造上的手法，既有散文的从容、畅达，又具诗的深邃、凝练。新文学很早就有散文诗的自觉，但将这种文学形式推向极致的是《野草》。

《野草》借鉴了西方现代文学观念和表现技术。那时鲁迅正翻译日本厨川白村的《苦闷的象征》，厨川认为散文"其兴味全在于人格的调子"，自由地表现作者的人格，就使散文具有诗的基质。《野草》的美正在于此。弗洛伊德的文艺观也启发了鲁迅，大意是：生命力受了压抑而生的苦闷懊恼乃是文艺的根底，而其表现法乃是"广义的象征主义"。"广义的象征主义"就是将压抑在潜意识里的生命力通过具象的人物事件风景之类变形扭曲之后予以表现，像做梦一样。《野草》大多数篇章就是记录"我"的梦境，将不能或不愿直说的现实感触经过心灵的消化、过滤与转换，升华为奇崛怪异瑰丽浓郁的意象象征。俄罗斯作家屠格涅夫、法国作家波德莱尔、德国诗哲尼采以及挪威诗哲基尔凯郭尔等人，无论在意象营造、象征构筑或语言锤炼方面，还是在以孤立个体反抗群体压抑及批判现代社会种种虚伪颓败方面，都给鲁迅以极大启发。这些世界性文学因素的加入使《野草》成为突破中国文学原有樊篱的现代性文本。

但鲁迅并不简单模仿西方现代文学，而是基于一个独立的现代中国心灵的诉求,有选择地吸收、创造。他也从前现代的《圣经》文化、印度佛典和中国文学的悠久传统(楚辞、汉赋、魏碑、李贺歌诗)中汲取营养。在语言上《野草》尤其显示出它和中国传统的联系。鲁迅吸收了许多西文句法和词法,但他的"炼字"仍然基于汉语"言词的本根"。尽管《野草·题辞》劈头就说:"当我沉默着的时候,我觉得充实;我将开口,同时感到空虚",尽管作者时时感到已经走到语言的极限而不得不出以"几乎无词的言语",但其意象、句法和辞藻,都具有传统的坚实衬托,是对汉语原有表现形式的突破,不是对汉语深厚传统的背离,所以根本上可以索解,并未流于随意生造而致的晦涩。《野草》被称为散文诗,就因为大部分篇章都是铿锵有力的格言警句,是朗朗上口、具有内在韵律的严整灿烂的诗行。《野草》不是西方现代文学的翻版,也并非中国传统文学简单的化妆演出,它集中体现了鲁迅作为一个文学家独立创造的精神气魄。

和《野草》相近的,还有1919年发表的七则"自言自语",以及后来收在《华盖集》与其"续编"的《论辩的灵魂》《牺牲谟》《战士与苍蝇》《无花的蔷薇》,收在《准风月谈》中的《夜颂》,收在《且介亭杂文末编》中的《半夏小集》等等。《野草》中"我"的形象或许更多以碎片状呈现出来,不及缝合为整体,但它所体现的排除一切阻挠的冲撞意志,在似乎无路的地方走出路来的反抗绝望的生命哲学,独自与黑暗周旋敢于直面生存真相的勇气,以及艺术形式上的大胆探索,语言的"洁癖",都渗透于鲁迅的全部作品。

除《野草》一类散文诗之外,鲁迅还有不少篇幅稍长、基调也较舒缓明丽的散文,大多收在《朝花夕拾》里。《朝花夕拾》动笔于鲁迅离京之前,完成于执教厦门大学之时,最初以"旧事重提"为总题发表于自编的《莽原》半月刊。和现实的冲突与疏离,新文化运动落潮在心头投下的阴影,加以厦门大学的寂静沉闷,使鲁迅感到"目前是这么离奇,心里是这么芜杂"①,《呐喊》《彷徨》式的现实兴趣减退了,《野草》那种逼视内心穷追不舍的劲头难以久持,而写《华盖集》时收获的"灵魂的荒凉和粗糙"也需要另外的补偿,他"不愿意想到目前,于是回忆在心里出土了,写了十篇《朝花夕拾》"②。

第一篇《狗·猫·鼠》用曲折的笔致与细腻的观察揭露文明的骗局,说明人类有时并不比动物高尚,进化中就包含着退化,矛头直指"正人君子之

---

① 鲁迅:《〈朝花夕拾〉小引》,《鲁迅全集》,第2卷,北京,人民文学出版社,1981。
② 鲁迅:《〈故事新编〉序言》,同上书。

流",近于杂文,而有关动物的观察糅进了许多温馨纯真的童年回忆,对比极其鲜明。《二十四孝图》可以与《狗·猫·鼠》对看:人类刻意抬高自己,不惜歪曲本性,自欺欺人,"以不情为伦纪",造出许多自以为完美的道德模范,殊不知所有这些"却已在孩子的心中死掉了"。本着一点也不张扬的孩子般的洞见和良知(《破恶声论》所谓"朴素之民"的"白心")贴近地磨洗人心深处的污秽而不怕被沾染,逼视堂皇的"公理"和凶恶的敌人而不怕被击倒,正是鲁迅全部文字的道德特征与情感魅力。

《朝花夕拾》实际上是鲁迅追述自己前半生由故乡绍兴的童年和少年(《阿长与〈山海经〉》《二十四孝图》《五猖会》《无常》《从百草园到三味书屋》《父亲的病》),到青年时代在南京(《琐记》),后来赴日本(《藤野先生》)以及回国初期(《范爱农》)直到走进北京知识界(《狗·猫·鼠》)的心路历程的一份扼要的文学传记。童年和少年写得最多,这说明个体和人类的早年始终是艺术灵感的不竭源泉。但辛辣的指斥或曲折的微讽随处可见,笔锋所及,有"名人或名教授"与"负责指导青年的前辈",有"清国留学生",有"有意或无意地骗人"的中医,有"以肉麻当有趣"的道学先生,有善于散布流言的"衍太太",甚至包括当孩子兴高采烈正要出门看戏时却偏要他背诵古文的"父亲",然而基本心态确实沉入"思乡的蛊惑"了,显出鲁迅作品少有的温怡平和的幸福感。老中国灰暗而深邃的背景烘托着清新活泼的童真世界,人类生存永恒的泥土气息混合着源于传统与原始人性的美善情感,是《朝花夕拾》特见神采处。长妈妈的仁慈,藤野先生的善良,范爱农对友情的至死不忘,"人而鬼,理而情,可怖而又可爱"的"无常",是那样自然而充沛地表现着国民性中最缺乏的"诚与爱",《山海经》的神话人物,"迎神赛会"的淳朴民风,百草园的花木虫鸟,三味书屋的琅琅书声,还有少年人丰富的感性与无羁的想象,令人不胜神往之至。

《呐喊》中《兔和猫》《社戏》是《朝花夕拾》的前身,杂文集所收偏重抒情回忆的几篇长文,像《我的种痘》《女吊》《我的第一个师傅》,则可以视为后续之作。这些优美温暖的散文精品是彷徨于传统与现代之间的精神界战士对自己"永逝的韶光"投去的深情一瞥,打开了他孤愤苍凉的心情的另一面,和战斗的文字一起画出丰富深邃的灵魂之像。

第四节 杂 文

○"取今复古"的魏晋格调 ○面对大众启蒙与守住自我的内心

○几个不同的发展时期　○对现代中国文章形式的创造性综合

　　在鲁迅的文学生涯中，杂文的地位举足轻重。1925 年第二本小说集《彷徨》出版后，他的主要精力即倾注于杂文。鲁迅杂文都是编年出版的，或数年一本，或一年数本，计有 18 种之多。在杂文中，他找到了更加无羁地发挥才华的理想形式。

　　鲁迅杂文最早可追溯到日本留学时用文言写的《文化偏至论》《摩罗诗力说》《破恶声论》等长篇论文。这些论文表明他已经摆脱清末文坛盛行一时的梁启超、严复文风的影响，开始亲近章太炎的文章格调，即崇尚魏晋的"清峻""通脱"，简古的文言杂糅少量新鲜白话，依托深广的历史文化背景畅论时事，"取今复古"，随意挥洒，突出思想的主观性和讽刺论辩色彩，结合抽象议论，常有生动直接的刻画。这是鲁迅开始形成自己文章路数的关键时期，后来杂文关心的问题和运用的手法此时已多有崭露。1926 年鲁迅将这些论文收进第一本杂文集《坟》，它们显然都被包含在杂文的总概念里。

　　1918 年和《狂人日记》同时，鲁迅在《新青年》"随感录"栏用现代白话文正式开始杂文创作。"随感录"由《新青年》编者拟定，有陈独秀、钱玄同、周作人等参与，表述典型的"五四"立场，反抗传统，破坏偶像，鼓吹进化科学民主和个性解放，或直接立论，或选取某个对立面加以无情狙击，短小精悍，不拘形式。鲁迅的"随感录"全部收在第二本杂文集《热风》里。傅斯年比较鲁迅和其他作者的文章，认为一主"内涵"一主"外发"，强调鲁迅不一味替浅说法，而遵从个体心灵的召唤，只求在"懂得的人的头脑里留下一点痕迹"。"内涵"并非"含蓄"，鲁迅杂文激烈的情绪宣泄，生动的形象刻画，宗教布道式的召唤语调，简洁迅猛的格言警句，一点也不含蓄。他的"随感录"不同于那种从既定观点出发推演开来的"外发"文章，因为其中包含着不仅"五四"时期少有就是以后也不常见的成熟的中年人的深沉激越的识力与情感，语言始终向着心灵深处回旋集聚。鲁迅即使面对大众启蒙，也比别的作家更能守住自我的内心，"它已经不是那可歌可泣的青年时代的感伤的奔放，乃是舟子在人生的航海里饱尝了忧患之后的叹息，发出来非常之微，同时发出来的地方非常之深"①。他早年希望中国出现敢于"自别异"，

---

① 张定璜：《鲁迅先生》，见《六十年来鲁迅研究论文选》，李宗英、张梦阳编，35 页，北京，中国社会科学出版社，1982。

"虽天下皆唱而不与之和"的个体"心声""内曜",用意在此。这是鲁迅创作中的真正现代性因素。

鲁迅杂文在思想发展的不同时期也有相应变化。大致 1918 年至 1924 年即《热风》和《坟》的一部分属于早期,分明地带着"五四"初期热忱健朗的特点,但个性气质(比如"内涵")已相当显著。

第二时期在 1925 年至 1929 年间,鲁迅出北京,经厦门,转广州,后定居上海,生活动荡,思想也极纷杂。先是因"女师大风潮"和"三·一八惨案"而和"正人君子之流"决裂,在"革命策源地"广州则遇到国民党疯狂屠杀共产党和进步青年,到上海又遭本以为可以联合起来造成统一战线的"创造社""太阳社"诸人以"革命文学"和"无产阶级意识"为名对他的围攻。他越来越孤立,也越来越倔强。告别了北方分崩离析的新文化运动阵营,"两间余一卒,荷戟独彷徨",却赢得了进一步觉醒,继续"五四""毁坏旧物"的同时,不再有"呐喊"初期对内心怀疑意识的自觉压抑,开始真诚而严厉地"戳破新盒子而露出里面所藏的旧物"①,积极反思新文化运动自身的问题。1928 年鲁迅和进步青年文学家们之间的论争,在中国现代文化史上具有深远意义。这是一个成熟的文学家以其固执的文学观和代表中国现代整体化要求的意识形态制造者作殊死较量。表面上鲁迅屈服了,但他其实是以屈服的姿态战胜了论敌。这当然不是指那些不可一世的青年因为种种理由拜他为师,而是指他最终并没有放弃对文学的固执;他只是让自己的文学立场经过痛苦的煎熬,承受住了意识形态的要求,在新的文化语境中继续争取一席之地。他不仅和新旧两面作战,在批判别人的同时也无情地解剖自己。这一时期的杂文包括《华盖集》及其"续编",《而已集》和《三闲集》,每年数量不多,但包含了剧烈而丰富的思想挣扎。其中有"泛论一般",但更喜欢"执滞在几件小事情上",锋芒直指身边切近的现实,但也追求批判的广度和深度,以及笔法的参差变化,并不真的为"小事情"所限。

1930 年至 1934 年,鲁迅在上海过着相对安定的生活,结束了和革命文学阵营的冲突,大量译介马克思主义文艺论著,以左翼文学领袖的身份与各种故作超然闲适的颓废骑墙派("京派文学""小品文""幽默""第三种人""为艺术而艺术")或依附国民党政府的"民族主义文学"进行不妥协的抗争,继续批评"国民劣根性",批评包括左翼在内的各种堕落、伪诈、巧滑与激进幼稚病。除继续探索杂文笔法的多样化,这一时期他还引入了更加确

---

① 鲁迅:《我和〈语丝〉的始终》,《鲁迅全集》,第 4 卷,北京,人民文学出版社,1981。

定的议论形式,但也保留着必要的含混与沉默,创作了包括《二心集》《南腔北调集》《伪自由书》《准风月谈》和《花边文学》等杂文。因为始终执滞于具体事件,即使有意识地从既定理论立场推演开去,也随处可见智慧的余裕、反抗性和创造的冲动。这是鲁迅杂文创作一度低产后的高峰期,尤以1922年至1924年在《申报·自由谈》上所作为多。鲁迅在20年代就纯熟地掌握了杂文的形式,但这一创作更集中,影响也更广。许多作家在鲁迅带动下纷纷写起杂文,甚至有意模仿他的笔调。这一时期不仅是鲁迅杂文的高峰,也是现代文学史上杂文创作的全盛期。

1934年到1936年,是鲁迅杂文创作的后期。疾病和死亡使他未尽其才,所谓"后期"远非他的完成期,这一时期的创作包括《且介亭杂文》《且介亭杂文二集》《且介亭杂文末编》和"附集"。这时出现了许多新气象:一是长文明显增多,似乎很想系统整理对中国历史和现实的研究;二是不仅以古鉴今,也以今鉴古,即把对现实问题的观察转换为对更大范围的历史问题的思考;三是坚定的信念和独特的见地(包括对日益迫近的"死"的逼视),更多流泻于从容的陈述,不是一味的峻急(当然也有《我要骗人》那样悲愤难抑的文字);四是对国民性问题的思考,因为放眼历史并强调"地底下"即过去时代为正史不载的民间与内心的真实,显出更多乐观昂扬的调子。

后期值得注意的还有一点,即鲁迅继续探索杂文的新样式。《关于中国的两三件事》《买〈小学大全〉记》《病后杂谈》《病后杂谈之余》《中国新文学大系·小说二集·序》《在现代中国的孔夫子》几篇长文是《魏晋风度及文章与药及酒之关系》与《上海文艺之一瞥》那种系统研究的继续。他晚年确实打算对中国文学和社会发展史做专题或片断的学术综述。怀念韦素园、刘半农和两篇追悼章太炎的文章,与关于藤野先生和几个青年学生的同类作品相比,感情愈见淳厚而坚定。《我的第一个师傅》和《女吊》可以看做《朝花夕拾》的余绪,但力求做得更丰实。九篇《"题未定"草》("之四"未发表)试图探索新的文论样式,既有一语道破的直剖明示,也不故意隐蔽理论骨骼。"立此存照"承袭早期为《新青年》所撰《什么话?》,但采用系列形式,表明已经上升为自觉的文体意识。

鲁迅杂文的前后发展并非线性进化,而是有深化,有交叉,有延续,变中含有不变的因素和可以寻求的线索。不同时期的特点是相对的,是其他时期某种潜在因素的强化或偏重。

所谓鲁迅杂文有广狭二义。狭义的杂文,又称"杂感",是指用现代白话写作的篇幅短小手法灵活的"社会批判和文明批判",强调在"切迫的"

"不从容"的时代,"作者的任务,是在对于有害的事物,立刻给以反响或抗争,是感应的神经,是攻守的手足"(《且介亭杂文·序言》)。这是由鲁迅所倡导和实践并提供了迄今为止最为光辉的典范的一种文体,它的内在精神,即流贯于鲁迅整个文学活动中的现实战斗精神和现代反抗意识。"生存的小品文,必须是匕首,是投枪,能和读者杀出一条生存的血路的东西"[1],鲁迅在批判勃兴于"五四"而大盛于30年代的小品文时提出的要求,也是对他自己杂文的最好说明。

广义的杂文泛指中国现代一切白话文的总和,但其内在精神必须体现作者的独立意志和自由思想。"其实'杂文'也不是现代的新货色,是'古已有之'的。凡有文章,倘若分类,都有类可归,如果编年,那就只按作成的年月,不管文体,各种都杂在一起,于是成了'杂'。"[2]杂文在中国具有悠久的传统(古人"不管文体"的编年文集),到现代又增添了新的内涵。现代文体日趋多样也日渐分离,文学精神的同一性因此就有可能模糊涣散。提出广义的杂文概念,即针对这种情形,重申类似中国古代"大文章"的概念,让文学在现代文体分裂的状态中继续保持整体精神的同一,即坚持知识分子与社会的有机联系,坚持文学的现实关怀。

就体裁形式来说,鲁迅杂文几乎包括从古到今所有可用于现代的文章样式。这里有"随感录"和《杂忆》那样"泛论一般"的思想札记,有《不是信》《杂论管闲事·做学问·灰色等》等因意在撕下绅士阶级华服而偏偏"执滞于小事情"的辛辣的狙击文,有《"死地"》《可惨与可笑》《"友邦惊诧"论》《华德焚书异同论》《华德保粹优劣论》和《文章与题目》那样简洁鲜明的政论,有《丧家的资本家的乏走狗》和《"硬译"与文学的阶级性》那样严整堂皇的长篇驳论,有《马上日记》《马上支日记》那样的对传统文人日记形式的调侃和改造,有《答有恒先生》《答徐懋庸并关于抗日统一战线》那样深沉严肃的书信,有《"立此存照"》剪裁报刊文章片断略加批评的创制,有《准风月谈后记》大量摘抄论敌文章以暴露对手真实面目的跋文,有《夜颂》《秋夜纪游》等寓哲理抒情议论描绘于一体的类似《野草》部分篇章的精致小品,有《尘影·题辞》《当陶元庆君的绘画展览时》《叶永蓁作〈小小十年〉小引》《〈穷人〉小引》那样借题发挥言浅意深的书评赞论,有《娜拉走后怎样》《未有天才之前》《革命时代的文学》《文艺与政治的歧途》《魏晋风度及文

---

[1] 鲁迅:《小品文的危机》,《鲁迅全集》,第6卷,北京,人民文学出版社,1981。
[2] 鲁迅:《序言》,同上书。

章与药及酒之关系》《上海文艺之一瞥》《帮忙文学与帮闲文学》那样谈笑自若结构严整的讲演录,有《辞顾颉刚教授令"候审"》《在上海的鲁迅启事》那样的文告启示,有《河南卢氏曹先生教泽碑文》《镰田诚一墓记》那样的碑铭,有记事或思想的片断(《忽然想到》《半夏小品》),也有《门外文谈》《〈中国新文学大系〉小说二集序》等长篇学术论文,有记人记事类似中国传统悼念文章的《记念刘和珍君》《为了忘却的记念》《忆韦素园君》《忆刘半农君》《关于太炎先生二三事》《我的第一个师傅》和简单的人物传记《柔石小传》,还有四谈"无花的蔷薇",二论"京派"与"海派",七讲"文人相轻"和九篇"题未定草"那样的系列短论。广义的杂文甚至包括小说(《记"发薪"》《阿金》《谈所谓"大内档案"》)、诗歌(著名的《而已集》"题辞")和戏剧(《牺牲谟》《论辩的灵魂》)。鲁迅杂文与他不同时期的小说、戏剧、诗歌,取材命意和写法都具有密切联系,从而构成浩大严整的著作体系,杂文则是这体系的灵魂。

杂文是文章形式的彻底解放,也是文学精神的深刻自觉,它是鲁迅对可用于现代中国的一切文章形式的创造性综合,也是他一生文学成就的综合显示。鲁迅明确反对现代"文学概论"之类对各体文章的严格限制,强调既要发挥各体文章特殊的形式功能,更要注意互补融合,追求无所顾忌、自由驱遣的恢弘气象。鲁迅在晚年有意创作一部反映中国现代知识分子生活的长篇小说,准备在这部小说中完全打破现代长篇小说形式的严格限制,作者可以"自由说话",各处文体允许随意交叉地运用,对人生进行"直剖明示"。鲁迅说这样的小说其实就是杂文①。这样的杂文境界类似《摩罗诗力说》所谓"直语其事实法则"的"直语"功能,或鲁迅晚年认为木刻所独具的"放笔直干"的艺术效果。

鲁迅杂文涉及的问题极其宽广,涵盖了现代中国人生活的各个方面,其核心是揭露现实生活中无处不在的奴役关系,大声疾呼人的自由与解放。

和一般读者关系最密切的,首先是直接抨击时弊的政论。在现代中国,时弊就是渗透到普通人日常生活每个角落的专制的毒液,抨击时弊的杂文,矛头直指当权者的专政。鲁迅前期抨击北洋军阀政府的腐败残暴,后期抨击国民党政府的一党专政,这一类杂文涉及政治经济军事外交和意识形态各方面,尤其集矢于落后腐败的政治在所有这些领域对广大群众的精神愚弄和奴役。鲁迅并不简单地批评时政,在篇幅有限的杂感中,他尽量从中华

---

① 参见冯雪峰:《回忆鲁迅》,《雪峰文集》,262页,北京,人民文学出版社,1985。

民族历史地形成的文化心理结构入手，挖掘无处不在的奴役关系的根源，以暴露当政者的用心；他目光犀利，判断正确，而又形容得当，寥寥数语，就好像摸到了被批判者脑波的一闪，灵魂附体般地与被批判者"不相离"，"跟了他跑到天涯海角"，甚至跨越时间的阻隔，准确地罩在一切强暴者头上。政治批判是国民性批判的一个窗口，但在舆论极端不自由的现代中国，政治批判要面临现实风险甚至生命的威胁，不同于一般的社会批评和文明批评，所以这特别显出鲁迅作为现代知识分子的社会良知和道德勇气。

农民、妇女、儿童，是鲁迅杂文经常的谈论对象。这些人是中国式的奴役关系中最底层命运最悲惨也是无力诉说的一群。鲁迅对他们的悲惨处境寄予深厚同情，但并不居高临下地布施，更不宣扬任何意义上的弱者的道德，而是在人格平等的意义上讨论他们的问题，所以他一样冷静地解剖他们身上的弱点，比如《阿金》谴责底层妇女的糊涂跋扈，《上海的儿童》《上海的少女》揭露都市儿童学习大人以自身弱点投机取巧出卖人格，《我谈"堕民"》《难行和不信》批评农民甘愿为奴和一味怀疑。无情地解剖了被压迫者灵魂上由压迫者强行植入的愚黯与奴性，才更深刻地揭露了统治者的权利结构和意识形态的毒害。鲁迅从不孤立地审视弱者，而是把他们放在整体奴役关系中考察，对弱者的认识是认识整个奴役关系的一个环节。

鲁迅谈论更多的是现代知识分子。他的早期杂文经常抨击遗老遗少，但很快就集矢于现代知识分子。传统读书人慢慢绝迹，他们的精神特点或者消失，或者转移到现代知识分子身上来了。鲁迅自己也是知识分子，因此深知他们的优缺点，当他无情地解剖别人时也在无情地解剖自己。知识分子是民族的自我意识，分析知识分子的心理就是"鉴别"民族的灵魂以促其自醒。鲁迅批评现代知识分子，着眼于他们源于传统的趋炎附势、恃强凌弱、善于瞒和骗的奴性，严厉地将这视作灵魂的堕落，辛辣地将之概括为"帮凶""帮忙""帮闲"直至"扯淡"。儒家的懦弱和善于自欺，道教同样自欺欺人的无为退让，是传统文人奴性的典型，也是现代知识分子用灵巧的伪装装饰起来的奴性的根子。鲁迅批评的大都是新思想新文化的倡导者，这些人以青年导师或正人君子自居，批评他们，不同于单纯批评老中国的"旧"（如"五四"时期的"国粹派"），而是批评新派知识分子的自我意识，批评在他们的意识中被构造的现代中国的道德和文化形象。但鲁迅并不批评现代中国知识分子所追求的价值理想，而是批评他们追求这些价值理想时的实际表现，不是单方面看他们说什么做什么，而是追问他们怎样说怎样做。他善于将种种言论、学说、主义、名词、口号和主体剥离，看他们实际达到怎样的道德境界。这种剥离往往使他失望,因为他发现主体多半只是以种种说法为"济私助焰之具",并不真的相信,而仅仅满足于字面上的玩弄;他称之为"文字游戏",即知识分子的虚假意识形态,并推而广之,将这看做最难根除的国民劣根性,一种恶劣的"精神胜利法"。

鲁迅杂文的批评对象更多并无具体年龄性别或阶级特征,而是一般的"中国人"。他无情地揭露中国人的愚黯、怯懦、凶残、冷漠、巧滑、懒惰、夸张、异想天开、善于宣传,但一面也竭力表扬中国人从古到今都不缺乏的"埋头苦干"和"拼命硬干"。所有这些都是从实际中提取出来,不同于理论推演,虽是概括的说明,却可以看出许多现实所指,就像他的小说,达到了高度的艺术真实性。鲁迅对此具有相当自信:"'中国的大众的灵魂',现在最反映在我的杂文里了。"

另一项重要内容,是思考中国和世界的关系,探索中国如何看齐世界前进大势而又不为先进文化所主宰,亦即他早年希望的"外之既不后于世界之思潮,内之仍弗失固有之血脉"。著名的《拿来主义》是这种思考宣言式的总结;多方设譬反复阐明此理的,还有《当陶元庆君的绘画展览时》《玩具》《未来的光荣》《难得糊涂》《河南卢氏曹先生教泽碑文》等。这种思考终其一生未尝间断。鲁迅不是静止地研究或评价国民性,更专注于在世界文化格局中创造性地寻求改造国民性、改变中国现实文化状况的可能性。他是抱着为民族找出路的苦心写杂文的。

鲁迅杂文充满具体的智慧,他特别善于从现实人生切近问题出发展开思想,不作抽象悬空的说理。比如,从胡须、古镜、孩子的照相、儿童读物、电影广告、充耳不闻的一句"国骂"说到隐微曲折的国民心理;从"毛笔之类"说到"禁用"洋货乃是不想"自造"的借口;从"江北人"备受讥笑的简易儿童玩具说到立足本土发明创造的艰难与可贵;从雷峰塔的倒掉说到压制、反抗、"十景病"和中国式的破坏;从上海小市民对外国电影兴趣的转移说到"要觉悟着被描写,还要觉悟着被描写的光荣还要多起来,还要觉悟着将来会有人以有这样的事为有趣";从报刊片言只语与零星报道,说到风俗舆论的堕落、政客的用心;由中国女人的脚,推定中国人之非中庸,又由此推定孔夫子有胃病;从"火"说到中国人的善于屈从,崇拜暴力与破坏,却轻视诚实无言的劳动与创造;从监狱说到监狱内外对人心的严密控制和疯狂扼杀;从广州人过年大放鞭炮说到中国人即使迷信也有掺假。具体的智慧使鲁迅得以推开种种障碍眼目的悬浮性观念、名词、学说、主义、标语、口号,深深扎根于生活大地,成为现代中国卓越而忠实的代言人。

中国自秦汉以至晚清,文人凡有述作都旨在"代圣人立言",不复有先秦之所谓"经"。中国古人往往把"经"理解为一成不变的权威,或超乎凡人的圣人之所造作,其实经典之所以为经典,并不在其玄学的先验权威,而是因为它全面深刻地总结了一个民族的生活、历史经验,反映了一个民族命运的本质。经典是发展的,又是凡俗的。鲁迅杂文全面而深刻地反映了现代中国人痛苦地忍受挣扎与热情地寻求创造相交织的心灵轨迹,称得上是经纬现代中国人思想生活的大典。

思考题

1. 鲁迅对现代文学的主要贡献在哪些方面?

2. 为什么说鲁迅小说虽限于短篇,但体裁形式和精神内涵远比同时代其他同类作品丰富而深刻?

3. 简述鲁迅杂文的写作特点。

第四章　多种小说形式的探索

第一节　郁达夫与"自叙传"抒情小说

○生平与小说创作　○零余者的人物形象　○三重精神要素　○疾病的文学主题　○"自叙传"的叙述形式　○小说结构模式的演变　○《迟桂花》

郁达夫(1896—1945),本名郁文,字达夫,浙江富阳人。7岁入私塾受启蒙教育,后到嘉兴、杭州等地中学读书。1913年随兄赴日本留学,并最终从经济学专业转向文学创作。1921年和郭沫若一起创办创造社,编辑《创造月刊》,同期开始小说创作。1921年10月,《银灰色的死》《沉沦》《南迁》等三篇小说以《沉沦》为题结集出版,作为中国现代文学史上第一部白话短篇小说集,也是现代文学史上最早的留学生小说集,以其"惊人的取材、大胆的描写"以及惊世骇俗的自我暴露引起文坛的震动。1922年毕业于东京帝国大学经济学部,随后回国参加编辑《创造》季刊、《创造周报》等刊物。1927年8月退出创造社,次年与鲁迅合编《奔流》月刊,并编辑《大众文艺》。1930年参加中国左翼作家联盟。1938年底赴新加坡,编辑报刊,从事抗日救亡工作。1942年流亡到苏门答腊,1945年在苏门答腊被日本宪兵杀害。郁达夫一生著述甚丰,其中的小说名篇除《沉沦》外,还有短篇小说《采石矶》《茑萝行》《春风沉醉的晚上》《薄奠》《过去》《迟桂花》,中篇小说《迷羊》等。

郁达夫是20世纪20年代中国现代文学中仅次于鲁迅的最重要的小说家之一,也是使"自叙传"抒情小说取得令人瞩目的成绩的小说家,尤其是在小说中贡献了"零余者"的人物形象。如果说郭沫若《女神》中的抒情主人公是时代的创造者和破坏者的强者形象,那么郁达夫小说集中描绘的则是找不到时代位置的弱者——"零余者"形象。把郭沫若和郁达夫笔下的主体形象并置在一起观照,才能更完整地了解"五四"时代。

所谓"零余者",就是被挤出时代的没有力量把握自己命运的多余人。这一形象来自俄罗斯小说家屠格涅夫的《多余人日记》(The Diary of a Superfluous Man),其代表人物则是《罗亭》中的同名男主人公。郁达夫曾说他三度阅读《多余人日记》,并把"多余人"翻译成"零余者",从"多余人"的形象中获得深刻的共鸣。他自己也在小说中塑造了一系列"零余者"的形象,这些形象在"五四"历史背景下渗透着作者自身的气质和性格特征:多愁善感,有"五四"时代特有的理想,热切的追求,同时经常体验追求而不得的痛苦;在政治上是积贫积弱的老中国的儿女,经常感叹祖国的衰弱与贫困;经济上则是经常受失业威胁的下层知识分子;个性软弱,精神消沉,意志力薄弱,常常不能克制自己。这些人一方面有高举远慕的追求,另一方面则是超越的理想与地位的低下以及性格的羸弱所形成的尖锐冲突,最终导致自伤自怜的心理乃至自虐的性格。而这一切给人以深切的震撼的原因,还在于郁达夫勇于自我暴露和自我忏悔的精神。无论是作者本人,还是他笔下的人物,都给读者一个"真人"的率真印象。读郁达夫的小说常常令人心动,正是这种率真的情感、气质和性格综合冲击读者感官和阅读体验的结果。这种真率与真诚,既是郁达夫追求的理想的人性,也可以看成是一种文学观;而其背后,则是一种返归自然的生命和哲学思想。

郁达夫称自己身上有三重精神要素:对于大自然的迷恋,向空远的渴望,远游之情,并把这三重要素视为写作的"主要动机"①,并最终反映为他的写作中以风景著称的特色以及回归自然的思想。其中,居于核心地位的是郁达夫返归自然的观念,既包括对大自然的回归,也包括对自然人性的生命形式的归返。这种自然观与卢梭的思想以及德国的浪漫主义文学潮流互相感应契合,构成了郁达夫文学思想的精髓部分,这与郁达夫在日本留学期间大量涉猎西方作品密切相关。他的作品中也自然濡染了外国文学的气息,如日本当时流行的私小说(又称自我小说、心境小说)、卢梭的自然人性观以及屠格涅夫的"多余人"形象都对他构成了影响。但是另一方面,更深刻地塑造了郁达夫的乃是中国传统文化,尤其是士大夫情趣。他的颓废和

---

① 郁达夫:《忏余独白——〈忏余集〉代序》,《郁达夫文集》,第7卷,250页,广州,花城出版社;香港,三联书店香港分店,1983。

感伤更是传统的,他的清高和放浪形骸有古代文人的影子,他的精神资源更要到"竹林七贤""扬州八怪"那里去寻找。真正使郁达夫醉心的是中国古典美、感伤美,他笔下的风景常带一种肃杀的秋意;他喜欢处理的是我们在古代文学那里已经熟悉了的传统题材:悲秋、离别、怀远、伤悼……有一种委靡不振的阴柔气息。这种气息恐怕与作者多病的身体以及柔弱的气质有关。

疾病主题是介入郁达夫小说的一个重要的角度,他本人正是体弱多病,时常担心:"不知秋风吹落叶的时候,我这孱弱的病体,还能依然存在在地球上否?"①读他的小说,读者能感受到一种令人窒息的病的气息以及作者对病的题材的处理所表现出的一种新的态度。在中国现代作家中,频繁地触及疾病母题的,或许没有人能出其右。从郁达夫最早的留学生文学《银灰色的死》《沉沦》《南迁》,到后来的《胃病》《茫茫夜》《空虚》《杨梅烧酒》《迷羊》《蜃楼》,他小说中的男主人公经常生病:感冒、头痛、胃病、肺炎、忧郁症、肺结核、神经衰弱……而且常常是一病就是一年半载的光景,因此病院和疗养院也构成了小说中最具典型性的场景。生理和身体上的疾病往往制约着主人公的情绪和气质,最终则会在小说的美感层面体现出来。郁达夫小说的委靡感伤之美,阴柔的文化情趣与他大量处理疾病的母题有一定的关系。读他的小说,你会深切地感受到,疾病就是人物的命运,是人物的生存形态,同时也构成了一种隐喻和象征。郁达夫小说中的病可以说是"对于自我之新态度的比喻象征"②,正像他的小说中的人物于质夫所着之装束在当时感伤的一代文学青年中也引领服装的潮流一样,郁达夫笔下的病同样有一种"意义",在小说中人物颓废、落魄、病态的外表下其实暗含着一个新的自我,一个"零余者"的形象。在《沉沦》自序中,郁达夫称:

> 《沉沦》是描写着一个病的青年的心理,也可以说是青年抑郁病Hypochondria 的解剖,里边也带叙着现代人的苦闷,——便是性的要求与灵肉的冲突。③

这既是从病理学的意义上解析男主人公,也是从精神苦闷和灵肉冲突的角度来审视现代人。一定意义上,《沉沦》表征着中国现代小说从创生伊始讲述的就是一个现代人的生存困境的故事。

---

① 郁达夫:《写完了〈茑萝集〉的最后一篇》,《郁达夫文集》,第 7 卷,115 页。
② 柄谷行人:《日本现代文学的起源》,97 页,北京,三联书店,2003。
③ 郁达夫:《〈沉沦〉自序》,《郁达夫文集》,第 7 卷,149 页。

文学史中关于"五四"启蒙主义的最通常的表述,是把"五四"的主题概括为"人的发现"。但正像有的研究者所揭示的那样,中国现代文学中的"自我"范畴是极不稳定的,因为个人常常发现自己在社会秩序的迅速崩溃中失去了归属。郁达夫的小说经常表现"破碎的、无目的以及充满不确定性因素的旅程",正是人的归属感缺失的一个表征。他笔下的"零余者"也大多是处在远游的旅途中的漂泊徘徊的形象,徘徊在男人和女人、东方和西方、传统和现代、知识分子和农民之间,无法找到一个稳固的立足点。①《沉沦》就已经开始了郁达夫的现代主题的表达,即现代性的危机是一种个人主体性以及民族主体性的双重危机,《沉沦》主人公蹈海自尽是这种主体性双重缺失的必然结果。由此便可以理解《沉沦》结尾主人公的著名独白:

祖国呀祖国,我的死是你害我的!
你快富起来,强起来吧!
你还有许多儿女在那里受苦呢!

小说的叙述重心,从青春期的压抑,以及"零余者"的个体意义上的心理危机,一下子过渡到结尾的家国主题和政治层面,给人一种突兀的分裂感,所以评论者通常认为《沉沦》的结尾是失败的。但实际上,《沉沦》中的这一家国及政治主题模式在现代小说中是司空见惯的,它反映着中国现代主体的建构过程与民族国家之间的千丝万缕的联系。民族国家的危机必然要反映为个人主体性的危机,而郁达夫的颓废和病态正是一种历史危机时刻主体性漂泊不定的反映。他屡屡处理疾病的文学主题也当由此获得更深入的解释,这就是疾病所承载的现代性意义。

郁达夫的"自叙传"的小说形式正是在这个意义上显示出更深刻的文学价值。在他对"自我"的大力张扬的背后,是对现代主体性的艰难探索。郁达夫因此是现代小说史上第一个全力倡导"自我"和探索个人主体性的小说家,也是作者的自我与小说中的主人公融为一体的作家。读郁达夫的小说,读者会有一种幻觉:作者和主人公无法截然分开,读者读的虽然是作品中的人物,但联想到的形象往往是作者本人。作品的人物形象——于质夫,连名字都是根据作者本人起的。作者、叙事者、人物三者的合一,构成了郁达夫"自叙传"小说叙述形式的最主导的特征,也同时决定着郁达夫对文学本质的理解,正像他所说的那样:"我觉得'文学作品,都是作家的自叙

---

① 刘禾:《跨语际实践》,210页,北京,三联书店,2002。

传'这一句话,是千真万确的。"①正是在他这里,中国现代"自叙传"的小说形式走向成熟。

从小说结构模式上看,从早期的《沉沦》,到《春风沉醉的晚上》,再到30年代的《迟桂花》,郁达夫的小说大体上经过了三种形态:

第一,以《沉沦》为代表,小说结构表现为散文化和情绪化的特征,以主人公的感情流动为线索,情绪构成了小说的基本要素,因此在结构上显得松散。这一时期的小说也多以第一人称"我"为抒情主人公,即使是第三人称叙事,主人公"他"也可以看成是作者自我的外化,"我"与"他"是小说的绝对中心,其他人物都是过场和陪衬,很少着墨,可以说这是一种直接抒发情怀和剖白心理的单纯抒情模式,也是最为典型的"自叙传"小说形式。

第二,到了《春风沉醉的晚上》(1923)和《薄奠》(1924),叙事模式有了变化,小说中既有"我",又有了"她",出现了两个主人公、两种人物的生存境遇的参照。这是对初期"自叙传"形式的突破。《春风沉醉的晚上》写的是"我"(靠少得可怜的稿费为生的落魄的文人)与"她"(来自农村的下层女工陈二妹)同病相怜的故事。这种"同是天涯沦落人"的处境,一方面堪称是传统的"士子—倡优"模式在现代背景下的延续;而另一方面,如果说古代的落难士人最终总能金榜题名,进入权力中心,而到了郁达夫的《春风沉醉的晚上》,落魄文人已经无法回到传统士大夫的优越的地位中去了,他与下层劳动妇女构成了一种真正的"同是天涯沦落人",从而反映了20世纪初叶中国社会的深刻变化。《春风沉醉的晚上》正反映了传统知识分子在现代史上地位的倒置,从中心到边缘的浮动。②

第三,到了1932年的《迟桂花》,"她"真正成了主人公,而"我"除了作为小说人物之外,更体现为一个叙事者的功能。小说人物重心的转移标志着郁达夫把主观性和客观性融合起来,形成了他的小说叙事的第三个阶段。在这种叙事型范中,认识因素和抒情化的情感因素达到了更完美的结合。小说故事发生的地点近乎一个世外桃源,有肃穆的月夜和幽美的山水。女主人公则是郁达夫追求的一种健全而理想的自然人性的典范。小说把天真健全的美的人格、纯洁无邪的美的情感、清新自然的美的环境结合成诗的意境。从《沉沦》的感伤到《迟桂花》的淳静,既可以看成是人性返归自然的过

---

① 郁达夫:《五六年来创作生活的回顾——〈过去集〉代序》,《郁达夫文集》,第7卷,176页。
② 参见黄子平:《同是天涯沦落人——一个"叙事模式"的抽样分析》,《中国现代文学研究丛刊》,1985(3)。

程,也是作者返归自我的过程,青年时代的极端的激情方式渐渐向哀乐中年的平和与澄净转化,达到了郁达夫自己的小说艺术最好的阶段。

第二节 "五四"时期的抒情小说

○浪漫的抒情时代　○郭沫若　○张资平等创造社小说家　○冯沅君、庐隐　○其他小说家

郁达夫认为:"人生从十八九到二十余,总是要经过一个浪漫的抒情时代的。"①"五四"时期登上文坛的作家,绝大多数正处于这个"浪漫的抒情"的年龄,这种个体的抒情年龄与"五四"历史青春期结合在一起,造就了一代文学的浪漫抒情气息。这种抒情气息尤其在以郁达夫所代表的创造社小说家的创作中得到了最集中的体现。郁达夫的自叙传小说,正产生于抒情时代的大背景中;同时也开了抒情小说之先河,形成了"五四"时期的"郁达夫热",引发了更年轻的后来者的效仿。"五四"抒情小说的创作热潮,正产生于这种具有浪漫主义倾向的个体与"五四"抒情时代的遭逢遇合之中。

浪漫主义抒情小说的作家们大都信奉"五四"启蒙时代"表现自我"的文学观,在小说中发展出鲜明的主观性,强调情感的力量及其在文学中的本体性,郭沫若在《〈少年维特之烦恼〉序引》中即称这种追求为"主情主义"。这种对情感与情绪的极端强调与诗歌中的对情绪的张扬同气相求,造就了中国现代文学史上一个空前绝后的抒情时代。另一方面,情绪和情感的具体表现内容在小说和诗歌中又构成了细微的分别。如果说,"五四"时期以《女神》为代表的浪漫主义诗歌中充满狂飙突进的激昂情绪,那么小说中的情感则往往表现为低回、感伤,其中最主要的原因在于抒情小说大多创生于"五四"落潮之际,尤其"到'五卅'的前夜为止,苦闷彷徨的空气支配了整个文坛"②,年轻人的苦闷、忧郁和感伤必然在文学中寻求发泄。与此同时,"五四"时期小说形式观念的新变,也促使抒情小说迅速登上历史舞台。1920年,周作人就曾经提出过"抒情诗的小说"的概念:"小说不仅是叙事写

---

① 郁达夫:《忏余独白——〈忏余集〉代序》,《郁达夫文集》,第7卷,249页。
② 茅盾:《〈中国新文学大系·小说一集〉导言》,《茅盾选集》,第5卷,第232页,成都,四川文艺出版社,1985。

景,还可以抒情"①,从而打破了传统小说以故事为主体的叙事格局,为抒情进入小说并成为主导因素提供了理论准备。

郁达夫、郭沫若为代表的创造社诸君在抒情小说创作方面表现出一种群体性。除了郁达夫的《沉沦》是现代文学史上的第一部短篇小说集外,张资平的《冲积期化石》是现代文学史上的第一部长篇小说,创造社其他作家倪贻德、陶晶孙、叶灵凤、白采、周全平等在抒情体小说方面也做出了贡献。此外,创造社之外的冯沅君、庐隐、王以仁等小说家,都汇入了"五四"抒情小说的潮流之中。

郭沫若早在 1919 年即发表了以朝鲜为背景的第一篇小说《牧羊哀话》。他此后的文学创作生涯中,间或有小说问世,一直到 1947 年发表《地下的笑声》,其间的小说收于《落叶》《塔》《橄榄》《豕蹄》等集中。郭沫若的早期小说,按郑伯奇的说法可分为"身边小说"和"寄托小说"(《〈中国新文学大系〉小说三集·导言》),其中的"寄托小说",通常写的是历史题材或者异域题材,借古人和异域生活来寄托思想与情感,代表作有《牧羊哀话》《秦始皇将死》《楚霸王自杀》等。"身边小说"则受到了日本"私小说"的影响,写主人公现实境遇、情感和心灵历程,有"漂流三部曲"(《歧路》《炼狱》《十字架》)、《行路难》《喀尔美苏姑娘》等。这些"身边小说"有鲜明的自传色彩,多通过主人公的内心独白坦率地解剖自我,宣泄内心的情感,控诉不合理的制度,与郁达夫相比,有更多激愤的色彩。"漂流三部曲"和《行路难》都以爱牟为主人公,爱牟即是英语"I am"的译音,与郁达夫笔下的"于质夫"异曲同工,在名字上即透露了自叙传的创作主旨。《喀尔美苏姑娘》则更带有一种幻美色彩,写叙事者"我"在一个日本少女身上"驰骋着爱欲的梦想",小说最终成为"我的自我的分裂,我的二重生活的表现"。这种分裂在《残春》中也得到了体现。

郭沫若对西方现代派文学观念和手法的借鉴也有文学史的意义。《残春》就是较早运用弗洛伊德学说状写意识流的小说。小说是第一人称叙事,主人公爱牟("我")是个医科学生,被日本的护士小姐 S 迷住,诱发了爱牟的一个梦,梦见自己与 S 小姐出游,S 小姐对他做出大胆的诱惑举动。关键时刻,爱牟的一个朋友跑来报告惊人的消息:爱牟的妻子杀死了他们的两个儿子,接下来便是家中血流满地的情形,爱牟一下子惊醒,醒后赶忙回家,发现妻与子安然无恙。这部创作于 1922 年 4 月的小说描绘了本我和超我

---

① 周作人:《晚间的来客》,《新青年》,7 卷 5 号,1920 年 4 月。

的冲突，是弗洛伊德学说在中国小说中最早的形象化阐释。同年11月鲁迅也创作了《不周山》(收入《故事新编》时改名《补天》)，称是借用弗洛伊德的学说"解释艺术的起源"，两者都可以看做是较早的先锋派小说试验。

创造社有影响的小说家还有张资平(1893—1959)，以写三角恋爱小说著称，主要作品有《梅岭之春》《苔莉》《飞絮》等。鲁迅曾以一个三角符号("△")来提炼张资平"小说学"的"精华"。① 张资平的小说擅长爱欲描写，用文学评论家的话说，小说充满一种"浓重的肉的气息"②。对张资平的分析因此涉及文学史中写情欲的小说类型的评价。肯定的观点认为其中体现了个性解放，批判者则认为反映了人欲横流的堕落倾向。而更关键的问题还在于，与同样描写情欲的郁达夫相比，张资平的小说中缺少郁达夫借助性苦闷所揭示出的生的苦闷与焦虑，也因此缺少郁达夫在生命本能中蕴涵的超越意向，而更多是欲望中的发泄和沉溺。类似的小说家还有叶灵凤(1905—1975)，著有《女娲氏之遗孽》等。另一个同样擅长写性爱小说的陶晶孙(1897—1952)，则更富于唯美和感伤情怀，代表作有《木犀》。相对说来，与郁达夫更为近似的创造社后起小说家是倪贻德(1910—1970)和周全平(1902—1983)，前者著有《玄武湖之秋》《东海之滨》等小说集，字里行间充斥了爱的幻灭以及身世之感；后者著有小说集《梦里的微笑》，受到郁达夫和德国19世纪诗意现实主义小说家施笃姆的双重影响，作品中既有《沉沦》的畸零的病态，也有《茵梦湖》的缠绵的柔美。

受创造社影响的还有两位女性小说家——冯沅君和庐隐。冯沅君(1900—1974)，河南唐河县人，与庐隐、苏雪林、石评梅等都出自北京高等女子师范大学，1922年考入北京大学研究所国学门研究生，研究中国古典文学，同年开始文学创作，以"淦女士"为笔名在《创造》季刊、《创造周报》等杂志上发表《隔绝》《旅行》《慈母》《隔绝之后》等小说，其后收入小说集《卷葹》。小说反映了抵抗包办婚姻、追求恋爱自由和婚姻自主的主题，同时是"'五四'运动以后，将毅然和传统战斗，而又怕敢毅然和传统战斗，遂不得不复活其'缠绵悱恻之情'的青年们的真实的写照"③，得到了鲁迅的赏识，1926年，鲁迅把《卷葹》编入《乌合丛书》。

---

① 鲁迅：《张资平氏的"小说学"》，《鲁迅全集》，第4卷，231页，北京，人民文学出版社，1981。
② 钱杏邨：《张资平的恋爱小说》，《张资平评传》，7页，上海，现代书局，1932。
③ 鲁迅：《〈中国新文学大系·小说二集〉序》，《鲁迅全集》，第6卷，247页，北京，人民文学出版社，1981。

《卷葹》展现出诸多女主人公的形象,是敢爱敢恨热烈奔放的勇敢者形象:

> 我诅咒道德,我诅咒人们的一切,尤其诅咒生,赞美死,恨不得把整个的宇宙用大火烧过,大水冲过,然后再重新建筑。想到极端的时候,不是狂笑,便是痛哭。

因此沈从文评价说,创作了《隔绝之后》的淦女士所得的盛誉,超越了冰心,"一时间似较之郁达夫、鲁迅作品,还都更宽泛而长久";"淦女士作品,在精神的雄强泼辣上,给了读者极大惊讶与欢喜",并以其"勇敢"和"肆无忌惮","兴奋了一时代的年青人"。[①]

与冯沅君齐名的有庐隐(1899—1934)。庐隐原名黄淑仪,又名黄英,生于福建闽侯,长在北京。1909年入教会办的慕贞学院。1919年考入北京高等女子师范大学国文系。1921年加入文学研究会。主要作品有短篇小说集《灵海潮汐》《曼丽》,长篇小说《归雁》《象牙戒指》,其中最有影响的是短篇小说《或人的悲哀》《丽石的日记》,中篇小说《海滨故人》。

同是出自教会学校,但与冰心相比,庐隐却更多"五四"的叛逆精神,这与她的精神历程密切相关。在庐隐去世当年出版的《庐隐自传》中,作者回忆九岁被送到北京慕贞学院所度过的五年时光时写道:"我那时弱小的心,是多么空虚,我的母亲不爱我,我的兄弟姐妹也都抛弃我,我的病痛磨折我。"在1930年出版的《归雁》中,庐隐说:"生命在我没有恩惠,只有仇恨。"这种经历在很大程度上决定了庐隐的悲剧性性格,常处于激烈的情感冲突中,情绪也经常在两个极端中波动:追求大幸福时常伴随着大痛苦。庐隐的成名作是《海滨故人》,写的是露沙等五位女大学生,从海滩上的欢聚到日后的零落的过程,写出了一种飘零无依之感,是一出在"五四"落潮期时代新女性幻想破灭的悲剧,反映了一代人感受到的心灵痛苦。小说刻绘了几位女子对人生意义的苦苦追求,并把人生问题集中于爱情领域探讨具体答案。按茅盾的说法:"在庐隐的作品中,我们也看见了同样的对于'人生问题'的苦索。不过她是穿了恋爱的衣裳。""在反映了当时苦闷彷徨的站在享乐主义的边缘上的青年心理这一点看来,《海滨故人》及其姊妹篇(《或人的悲哀》和《丽石的日记》)是应该给予较高的评价的。"[②]庐隐小说中的人

[①] 沈从文:《论中国创作小说》,《沈从文文集》,第11卷,175—176页,广州,花城出版社;香港,三联书店香港分店,1984。

[②] 茅盾:《〈中国新文学大系·小说一集〉导言》,《茅盾选集》,第5卷,241—242页。

物往往都以困扰和悲剧告终，这是一批从封建牢笼中冲出来的娜拉，却一时茫然不知所往，有一种深深的无归宿的悬浮之感。用庐隐的话说："我是彷徨于歧路——这就是我悲伤苦闷的根源。"①如《或人的悲哀》中亚侠的告白："我心彷徨得很呵！往哪条路上去呢？……我还是游戏人间罢！"而最终则是："我何尝游戏人间，只被人间游戏了我。"《丽石的日记》中的丽石与《海滨故人》中的露沙，都有亚侠的影子。如果说冰心的作品中有一种春天的气息，那么庐隐的小说则充满秋天的肃杀之气，没有冰心的爱的圣洁，也没有冯沅君的雄强壮烈，而是充斥了苦闷愤世的悲哀。

　　同为文学研究会成员，在风格上却更多创造社的抒情气息的小说家还有王以仁和滕固。王以仁（1902—1926）年仅24岁即自杀身亡，留下8万字的小说《孤雁》，在风格上直接取法郁达夫，有自叙传倾向，因此郁达夫称王以仁是自己的创作风格的"直系的传代者"②。滕固（1901—1941）著有短篇小说集《壁画》、中篇小说集《银杏之果》等，以病态的唯美主义色彩知名。

　　"五四"时期的抒情小说作家除创造社的主体之外，还有浅草社和沉钟社的小说家陈翔鹤、陈炜谟、林如稷、冯至等。他们更多地吸收了西方现代主义文学的影响，其创作倾向，用鲁迅的话概括："向外，在摄取异域的营养，向内，在挖掘自己的魂灵，要发见心里的眼睛和喉舌，来凝视这世界，将真和美歌唱给寂寞的人们。"③

第三节　乡土小说的流脉

　　○"侨寓文学的作者"　　○改造国民性的主题　　○民俗学的价值　　○小说家的怀乡病　　○乡土小说的意义

　　乡土小说是"五四"时期通常与问题小说、抒情小说并称的第三种小说类型，指"五四"时期从广大乡村流浪到北京的青年作家以乡土为主要题材的小说创作潮流。鲁迅在《〈中国新文学大系·小说二集〉序》中说："凡在北京用笔写出他的胸臆来的人们，无论他自称为用主观或客观，其实往往是

---

①　庐隐、李唯建：《云鸥情书集》，上海，神州国光社，1931。
②　郁达夫：《新生日记》，《郁达夫文集》，第9卷，83页。
③　鲁迅：《〈中国新文学大系·小说二集〉序》，《鲁迅全集》，第6卷，242页，北京，人民文学出版社，1981。

乡土文学,从北京这方面说,则是侨寓文学的作者。""侨寓文学"规定了这批小说家的创作是远离故土的写作,乡土小说的题材因此也往往是小说家们回忆中的故乡风土人情和童年生活,因此,鲁迅称乡土小说中时时"隐现着乡愁"①。

乡土小说的主体作家,是"五四"运动直接熏陶出来的鲁迅这一代之后的第二代新文学作家,他们大部分出生于世纪之交,生活在边远地区,有乡土童年的生活背景,其中蹇先艾(1906—1994)来自贵州,彭家煌(1898—1933)来自湖南,许杰(1901—1993)、王鲁彦(1902—1944)、许钦文(1897—1984)、王任叔(1901—1972)则来自浙江,他们受"五四"的感召离开故土进入都市,一方面接受了现代文明的影响,另一方面也与乡土保持着观照距离,再回过头来以现代意识反观乡土,就有了终老乡土不曾有的感受和发现。

乡土小说家首先发现的是故乡原始习俗的落后愚昧以及反人性的野蛮残酷。对反人性的习俗的批判构成了乡土小说的重要主题。如蹇先艾的《水葬》,写贵州偏远地区把偷东西者以"水葬"的方式处死的习俗。小说集中描写了围观的看客:"被好奇心充满了的群众,此时也顾不得汗的味道,在这肉阵中前前后后的挤进挤出。你撞着我的肩膀,我踩踏了你的脚跟……一分钟一秒钟也没有安静过。"对看客的处理分明有鲁迅小说的影子,汇入的也是鲁迅式的改造国民性的"五四"主题。又如许杰的《惨雾》,写浙江两个村庄之间的械斗,展示的是闭塞的宗法制度统治下的农村最残酷、最原始的一面,读起来惊心动魄。王鲁彦的《菊英的出嫁》展示的是浙江宁波农村的两个家庭大办婚礼的场面。菊英已经 18 岁了,父母为她找了婆家,送她出嫁。读者读下去才惊悟到原来菊英早在 8 岁时就已经患白喉病死去了,但她的母亲却迷信人死后在阴间依旧生存,所以到了 18 岁就找了一个也是早就死去的女婿,按当地最严格的嫁娶习俗为阴间的儿女操办"冥婚"。

这几部小说的看点之一是其中描绘的地方习俗,反映了乡土小说所普遍具有的民俗学方面的价值。周作人曾说,为了"表现大多数民众的性情生活,本国民俗研究也是必要,这虽然是人类学范围内的学问,却和文学有极重要关系"②。因此,对风俗与节庆的描绘构成了乡土小说的重要部分,在乡土小说家笔下,民俗反映了民间恒常的生活形态,民间关于生老病死的观念都具

---

① 鲁迅:《〈中国新文学大系·小说二集〉序》,《鲁迅全集》,第 6 卷,247 页,北京,人民文学出版社,1981。
② 周作人:《〈在希腊诸岛〉译者后记》,《知堂序跋》,3 页,长沙,岳麓书社,1987。

体表现在这些仪式化的民俗细节以及乡土关于这些民俗的解释和想象中。无论是骞先艾，还是王鲁彦，其乡土小说中的民俗内容都反映了乡土中人的生存状态、心理习惯和观念型范。从此风俗、传说、宗教世界也构成了中国现代小说所关注的重要内容，而这些内容，曾经最早在乡土小说中得到集中展现。

乡土小说还侧重叙写了作家们在都市中接受了现代文明的同时，因感受到中国社会生活的半殖民地化、商品化和城市化带来的道德问题，意识到中国人为了工业化和现代化必须付出心理和道德代价，于是便有了普遍的道德困惑。在困惑中再回头反观农村，又发现了乡土生活中固有的特殊的美。对乡土之美的重新发现也体现出小说家对传统道德和农业文明中正日渐消逝的田园牧歌诗情的向往，多少反映了"侨寓"小说家的怀乡病。乡土小说有一部分写的是对作家故乡和童年生活的追忆，带有一种在想象中与故乡和童年拉开距离后的固有的审美化痕迹。如许钦文的《父亲的花园》，是对故乡古老平静的封建宗法社会和无忧无虑的童年的追念，同时流露了对失去而不可复得的美好东西在回忆中的惆怅。这类小说还折射了作家们更本质的精神世界，即对精神故乡的追求，而更多的小说则表现的是"乡土之梦"的破灭及其带给小说家的失落。

与对乡土的追怀、传统美的失落相联系的，是以浙江作家为代表的乡土小说所触及的资本主义渗透之后农村的变化。如王鲁彦的《黄金》，写故乡小镇的世态炎凉，以及人与人之间的关系开始金钱化。史伯伯的儿子在外地给他寄钱来，小镇的人们对他就另眼相看，百般巴结；一旦儿子不能寄钱，人们就感到幸灾乐祸。《黄金》揭示了金钱拜物教对中国农村的渗透。许杰的《赌徒吉顺》同样写了一个为金钱所异化了的人物：吉顺。主宰他心理和行动的已不是名誉、道德原则，而是金钱，输光了一切之后，最终甚至把自己的妻子也典让了出去。小说顺带写了一种典妻制度。典妻制由此也构成了乡土小说家一再叙述的母题。如安徽作家台静农(1903—1990)的小说《蚯蚓们》《负伤者》也有农村中"卖妻""典妻"的描写。这种典妻题材在后来柔石的《为奴隶的母亲》、罗淑的《生人妻》中也一直延续着。

纵观整个乡土小说，其意义集中反映在如下几点：

第一，乡土小说家们普遍注重对地方风物民俗的描写，作品中体现了鲜明的地域性特征，着意突出风土人情的地方色彩，试图在小说中统一"国民性、地方性和个性"，为后来以沈从文为代表的中国现代地域小说的成熟打下坚实的基础。同时注重对人物性格和社会环境的描写，开始向"典型环境下的典型性格"靠拢，标志着客观写实风格的出现。

第二，乡土小说作者是一批真正扎根乡土生活，真切地了解乡土农人的辛酸和痛苦的小说家，他们的创作更真实深入，真正进入了乡土生活细节以及农人的情感、思维方式。在"五四"的感伤主义的时代氛围中，他们的创作为文坛带入了一股泥土的气息。正像鲁迅在《〈中国新文学大系·小说二集〉序》中谈到这一时期乡土小说的主要收获之一——台静农的《地之子》时所评价的那样："在争写着恋爱的悲欢，都会的明暗的那时候，能将乡间的死生，泥土的气息，移在纸上。"①台静农与其他乡土小说家笔下的农村生活，由此开辟了一个更新鲜刚健和广阔的视域，泥土气息从此一直蔓延着整个现代文坛。

第三，乡土小说反映了"五四"从启蒙主义的个性解放发展为社会解放的思潮，打破了"五四"的"自我"的形象，从浪漫主义的天空回到了坚实的大地，回到了社会现实。在风格上，也由主观抒情走向客观叙事，从情绪走向性格。这种性格固然还称不上是典型性格，也缺乏鲁迅笔下祥林嫂、阿Q这样成熟的艺术形象，但是，乡土小说家们却塑造了乡土社会底层的凝重的群像。总的说来，小说技巧尚显幼稚，是整个时代艺术的幼稚在乡土小说中的反映。

第四节　"为人生"的小说

○"为人生"的文学观念　○叶圣陶　○王统照　○许地山　○宗教色彩与东方文化精神

茅盾在总结"五四"初期的小说创作时认为，一方面是"描写男女恋爱的创作独多"②，另一方面则缺少从生活土壤中取材的写实小说，而那些"名为'此实事也'的作品，亦满纸是虚伪做作的气味"③。上述论断揭示了"五四"初期小说创作的弊端之所在，即真正立足人生和社会的写实文学的匮乏。

与此同时，随着一批乡土小说家从边远地区走向新文化中心，中国的乡土生活以及底层经验也开始在中国文坛得到反映，清新的泥土气息开始在字里行间氤氲，改变了"五四"初期创作视野狭窄的局面，使小说题材的扩大成为可能，"为人生"的理念也得以真正在创作实践中落实。

---

① 鲁迅：《〈中国新文学大系·小说二集〉序》，《鲁迅全集》，第6卷，255页，北京，人民文学出版社，1981。
② 茅盾：《评四五六月的创作》，《茅盾选集》，第5卷，42页。
③ 茅盾：《自然主义与中国现代小说》，《茅盾选集》，第5卷，54页。

正像创造社高举"为艺术"的旗帜一样,"五四"时期"为人生"的文学观念则是与文学研究会的文学主张密切相关的。在问题小说和抒情小说进入文坛的同时,文学研究会的一些作家也开始反拨"五四"初期问题小说的肤浅与概念化,反拨抒情小说的感伤与滥情化,对社会现实投入了更多的关注,把文学看成是"人生的镜子",在创作中也大都实践着自己的"为人生"的宗旨,技巧上更注重客观的描写和叙述。其中成绩较突出的是叶圣陶、王统照、许地山等。

"五四"时期"为人生"的代表作家是叶圣陶(叶绍钧,1894—1988),江苏苏州人,早期以文言写小说,发表在《礼拜六》等杂志上。1919年加入新潮社,开始发表白话文学作品,成为问题小说的代表作家之一。1921年与沈雁冰、郑振铎等人发起成立"文学研究会"。20年代相继出版了短篇小说集《隔膜》(1922)、《火灾》(1923)、《线下》(1925)、《城中》(1925)、《未厌集》(1928)等,并在1928年创作了长篇小说《倪焕之》。

叶圣陶的早期创作从《隔膜》集到《火灾》,反映了从问题小说到主观抒情小说的过渡。而到了《线下》和《城中》集,则进入了写实阶段,集中状写他最擅长的知识分子和小市民的题材。他笔下的知识分子形象与郁达夫相比有着明显的区别,郁达夫自叙传小说中的知识分子主人公有过多的孤芳自赏和自我怜悯,而叶圣陶则以一种鲁迅般的冷静的批判态度,着重揭示知识分子的精神病态以及"灰色的卑琐人生"①,风格也呈现出细腻冷峻的特征。

叶圣陶写实风格的代表作品是发表于1925年的《潘先生在难中》,塑造了一个堪与后来钱锺书《围城》中人物相媲美的委琐胆怯的知识分子形象。小说的背景是军阀混战,潘先生为了躲避战乱带着一家人从家乡小镇惊慌失措,狼狈不堪地逃到上海。稍稍安顿就担心家乡自己校长的职位,又仓皇返回小镇。有喜剧意味的是,战事并没有波及小镇就结束了,庆幸之余,潘先生就忙着庆祝军阀的凯旋,挥毫书写"功高悦牧""威震东南"的匾额,完全没有意识到知识分子所应该具有的起码的操守。小说表达了作者对卑微自私、苟且偷生、患得患失的知识分子的犀利的嘲讽,也间接反映了战乱频仍、朝不保夕的时代环境。

对小人物以及知识分子形象的熟悉和关注是《潘先生在难中》取得成功的重要原因,同时,作者不动声色的讽刺艺术也初露端倪。叶圣陶擅长在平实的叙述中让笔下人物在自己的所作所为中显露性格,暴露弱点,而作者

---

① 茅盾:《〈中国新文学大系·小说一集〉导言》,《茅盾选集》,第5卷,245页。

的声音却深藏不露。与同时期绝大部分小说家相比,叶圣陶在小说中极少让叙事者进行评论性干预,堪称是当时少有的较为严格地遵循客观叙述原则的小说家。尤其是同时期的小说家,多"不知道客观的观察,只知主观的向壁虚造"①,叶圣陶的努力,对于为人生的客观写实小说的成长,就更显得功不可没。

叶圣陶此后的创作越来越关注与时代风云更为相关的题材,如《夜》《倪焕之》等。《倪焕之》是叶圣陶唯一的长篇小说,为促进中国现代长篇小说的成熟起到了一定的作用,被茅盾称为"扛鼎之作"。它是一部从更广阔的历史背景中探索知识分子心灵历程的作品,较为深刻地反映了大革命失败后的社会现实。小说塑造了倪焕之这一有着理想主义追求的青年知识分子形象,尤其描述了理想主义的爱情、人生理念与社会现实之间的反差,反映了朴实冷峻的作者对写实主义原则的恪守。

王统照(1897—1957),字剑三,山东诸城人,"五四"初期是"问题小说"的代表作家。此外,他还曾经以翻译泰戈尔以及叶芝的作品知名,叶芝的小说也影响了这一时期王统照的创作。1921年他在自己翻译的叶芝的《忍心》的"译者前记"中称叶芝"为近代爱尔兰新文学派巨子之一,其短篇小说,尤能于平凡的事物内,藏着很深长的背影,使人读着,自生幽秘的感想……他能于静穆中,显出他热烈的情感,袅远的思想,实是现代作家不易达到的艺术"②。王统照这一时期的小说正受到了叶芝的影响,他称自己的小说重在"写意","曾想把思想寄托在作品里面"。如《微笑》便是一篇有象征色彩的小说,描述了小偷阿根从一个女犯人"慈祥的微笑"中得到感化和超度。女犯人的微笑象征着多少具有神性色彩的人类之爱,是无法从现实的合理性上进行分析的,而更应看成是生活哲理的升华。《沉思》的女主人公琼逸也是作者理想中"爱"与"美"的象征,希望以她为模特画出"一幅极有艺术价值而可表现人生真美的绘画",通过绘画将"爱"与"美"传播人间,却发现无法被传统习俗和世俗道德所容,最终成为一出"美"被玷污的悲剧。小说中的社会现实与象征性的理想之间构成了巨大的反差,作者的视界终于回到了人世间,小说风格也转向了客观写实。

王统照更贴近人生的小说中,最有影响的是《湖畔儿语》和《生与死的一行列》。创作于1922年的《湖畔儿语》写一个贫家妇人被迫出卖肉体的

---

① 茅盾:《自然主义与中国现代小说》,《茅盾选集》,第5卷,54页。
② 剑三(王统照):《忍心·译者前记》,《小说月报》,12卷1号,1921年1月。

生存困境，但是作者高明地把妇人置于背景中，处于前景的是因为母亲接客而从家里躲出来的对母亲的行为懵懵懂懂的孩子，在湖边遇上了叙事者"我"，母亲的故事则是通过"我"与孩子的对答暗示出来的。小说注重气氛渲染，间接暗示，艺术手法更趋精致。次年的《生与死的一行列》也是一篇注重结构的小说，写一群以抬棺材为生的杠夫为在孤苦中死去的老魏送葬的场面。无论是生者还是死者都是下层的被压迫者，小说的核心意象正是这沉默的"一行列"，暗示的是劳动者痛苦而庄严的灵魂，同时也标志着作者选择的美学风格从象征的优美向"力"的壮美的转化。到了30年代王统照的长篇小说《山雨》中，这种凝重的"力"的美学更趋成熟。

值得分析的还有《生与死的一行列》对现实生活的"横切面"的选择。小说只截取了送葬的场面，这种在小说空间维度截取横切面的模式在"五四"短篇小说的叙事中堪称是主导类型之一，打破了旧小说有头有尾，从生到死的叙事格局，以及起因、过程、收场面面俱到的情节框架，反映了日新月异的"五四"时期小说家们生活和叙述观念的深刻变化。

许地山（1893—1941），笔名落花生，是文学研究会作家中最奇特的一位，其创作有他人无法重复和替代的文学史价值。

许地山生于台湾，长在福建，青年时期在缅甸生活过，也去过马来半岛。1917年入燕京大学，以后又去牛津学宗教考古学，精通梵文。他的早期小说大都以东南亚为背景，充满异域情趣。沈从文评价许地山说："作者用南方国度，如缅甸等处作为背景，所写成的各样文章，把僧侣家庭，及异方风物，介绍得那么亲切，作品中，咖啡与孔雀，佛法同爱情，仿佛无关系的一切连系在一处，使我们感到一种异国情调。"[①]但许地山在总体上强调的是一种普泛的东方文化精神，并在与西方文化的对比中，直觉捕捉和呈现东方文化的整体性特征。对东南亚各地的文化，他传达的是相同点而不是相异处，因此你几乎无法辨别小说中人物的国籍，马来人、印度人与缅甸人在个性上很难区分。作为东方人的共通性覆盖了差异性，因此，必须从总体上把握许地山所塑造的以佛教为核心的东方精神特征。

许地山的小说中有着鲜明的宗教色彩。他对基督教、佛教都有深入研究和领悟，但很难说他皈依了哪一种宗教，他不是严格的宗教信徒，而是一个宗教学者。"五四"时期他也关注"人间问题"，不过他是在佛教和基督教哲学中寻找人生解答，带有浓厚的宗教哲学的思辨色彩。最早的创作《命

---

① 沈从文：《论落花生》，《读书月刊》，1930年1卷1期。

命鸟》写一对爱人在宗教彻悟之后寻求解脱,一起投入仰光的绿绮湖自杀,宣传了人生极苦,涅槃最乐的佛教思想。"人生苦"的主题由此一直贯穿着他的小说。他的小说的主人公,其命运通常都是不幸的。代表作《缀网劳蛛》的女主人公尚洁是个教徒,由于怜悯一个摔断了腿的窃贼遭丈夫误解,被赶出家门,流落到马来西亚西海岸的土华,从当地的采珠人的生活中领悟了人生哲理。小说的情节不是主要的,更重要的是主人公的哲理感悟和人生态度。尚洁以一种平静的人生态度对待苦难与不幸,对一切都不辩解,顺应自然,虽显得过于隐忍,但是自有一种坚韧。作为小说中人生境界的升华的是采珠人的精神:

> 尚洁住的地方就在海边一丛棕林里。在她的门外,不时看见采珠的船往来于金的塔尖和银的浪头之间。这采珠的工夫赐给她许多教训。因为她这几个月来常想着人生就同入海采珠一样;整天冒险入海里去,要得着多少,得着什么,采珠者一点把握也没有。但是这个感想决不会妨害她的生命。她见那些人每天迷蒙蒙地搜求,不久就理会她在世间的历程也和采珠的工作一样。要得着多少,得着什么,虽然不在她的权能之下,可是她每天总得入海一遭,因为她的本份就是如此。

尚洁清楚地认识到自己无法真正掌握命运,一切顺应自然;但是又不屈从命运,在顺应中同时表现出内在的顽强和韧性。这使尚洁的身上体现着鲜明的东方精神:从不争其不可争的角度看,是出世,而从知其不可为而为之的角度看,又是入世。许地山的主导倾向是以出世的精神入世,以弱者的外表蕴涵强者的内核,这构成了他特有的东方文化哲学精神,显示了印度文化与中国文化的融合。小说的题目来自尚洁的一个比方:

> 我像蜘蛛,命运就是我的网。蜘蛛把一切有毒无毒的昆虫吃入肚里,回头把网组织起来。它第一次放出来的游丝,不晓得要被风吹到多么远,可是等到粘着别的东西的时候,它的网便成了。
>
> 它不晓得那网什么时候会破,和怎样破法。一旦破了,它还暂时安安然然地藏起来;等有机会再结一个好的。
>
> 人和他的命运,又何尝不是这样?所有的网都是自己组织得来,或完或缺,只能听其自然罢了。

许地山更擅长的题材是男女之情。在《无法投递之邮件》中,表达了他的爱情宣言:"我自信我是有情人,虽不能知道爱情的神秘,却愿多多地描写爱情生活。我立愿尽此生,能写一篇爱情生活,便写一篇;能写十篇,便写十篇;能写百、千、亿、万篇,便写百、千、亿、万篇。"他的小说也差不多都是表现男女的情感,并力图把两性之爱升华到神性之爱。《命命鸟》中写敏明和加陵殉情,就极力渲染一种圣洁感:

  他们走入水里,好像新婚底男女携手入洞房那般自在,毫无一点畏缩。在月光水影之中,还听见加陵说:"咱们是生命底旅客,现在要到那个新世界,实在叫我快乐得很。"

  现在他们去了!月光还是照着他们所走底路;瑞大光远远送一点鼓乐底声音来;动物园的野兽也都为他们唱很雄壮的欢送歌,惟有那不懂人情底水,不愿意替他们守这旅行底秘密,要找机会把他们底躯壳送回来。

作者以清新的文字掩盖了本应具有的悲剧色彩,只给读者一丝淡淡的怅惘,正是因为背后有一种神性之光的支撑。到了30年代的小说《春桃》,这种神性成为主人公的更内在的精神支撑。小说中的春桃的前夫李茂多年没了踪影,她自己只身流落到北京,与刘向高同居。但当兵后失去双腿的李茂又回来了,被春桃重新收留,三个人于是在一起生活。从情节框架上看,这是一个一女二夫的故事,春桃的行为,无形中构成了对既有社会习俗和道德常规的挑战。评论者"通常把春桃平静地跟两个男人睡同一铺炕说成是劳动人民对封建礼教的反叛。这种说法起码是不准确"。"春桃对风俗习惯、伦理道德——具体来说,对一夫一妻制的不自觉的遗忘,使她达到一种出凡入圣的境界。儒家的义、佛学的慈悲和基督教的博爱混合在一起,使春桃毫不犹豫地收留残废的李茂……在精神世界里,救援一个孤立无助的灵魂,却是高尚的、圣洁的,即使其手段表面看来不道德。在这里,人间的道德服从于最高的神的道德,一夫一妻的信条让位于爱一切人的神旨。"[①]这种神性构成了许地山小说重要的精神特质。

思考题

1. 怎样理解郁达夫小说中"疾病"的文学主题?
2. 郁达夫小说中的叙事模式是如何演变的?
3. 如何看待乡土小说的意义?
4. 许地山小说中的宗教色彩表现在哪些方面?

---

① 陈平原:《论苏曼殊、许地山小说的宗教色彩》,《在东西方文化的碰撞中》,17页,杭州,浙江文艺出版社,1987。

第五章 现代散文的建立和发展

中国古代散文有着悠久而辉煌的传统。在新文化运动中横空出世的现代散文,一方面是新思想新道德的载体,另一方面则担负着建立现代文章美学范式的使命。经过 20 年左右的艰苦努力,现代散文无论在数量上还是在质量上,都取得了令人振奋的成就,在语法、风格、文体等多方面,为中国现代书面写作奠定了宽阔而坚实的基础。

第一节 "随感录"所开创的杂文

○产生的背景　○《新青年》等报刊的各家杂文　○"语丝派"与"现代评论派"的杂文　○在 30 年代的延伸发展

新文化运动伊始,现代散文就在对"选学妖孽,桐城谬种"的讨伐声中显露出一种生气勃勃的战斗姿态。它使用清楚明白、逻辑严密的白话,借助西方语言的句法、章法和某些概念,不为圣人立言,抒发个人意志,标举科学与民主的旗帜,笔法大胆创新,洋溢着激进批判的青春气息。这种战斗性的文字,为新文学冲荡出一片开阔的战场。随后其他风格的新式散文,也纷纷登场亮相。

1918 年 4 月,《新青年》第 4 卷第 4 期,首创了一个"随感录"专栏。后来成为日常词汇的"随感"二字,在当时包含着个性解放的自由意义,它是打破"文以载道"僵化堡垒的炸药包。以"随感录"为代表的同类文章,开启了现代散文的一个大宗——杂文。《新青年》以外,李大钊、陈独秀主持的《每周评论》,李辛白主持的《新生活》,瞿秋白、郑振铎主持的《新社会》,邵力子主持的《民国日报》副刊《觉悟》等,都开辟了"随感录"专栏。其他许多报刊则辟有"杂感""评坛""乱谈"等栏目,与"随感录"共同成为杂文的摇篮。其中产生了陈独秀、李大钊、鲁迅、周作人、刘半农、钱玄同等一批优秀的杂文家。从《新青年》到《莽原》《语丝》,再到30年代以后的《萌芽》《太白》《中流》,战斗性的杂文成了现代散文最有力量的组成部分。

陈独秀的杂文,感情充沛,气势磅礴。像《下品的无政府党》《青年底误会》《反抗舆论的勇气》等篇,堂堂正正,不容辩难,表现出一种政治家的风采。鲁迅曾赞道:"独秀随感究竟爽快。"①李大钊的杂文,在气势上与陈独秀相类似,而运用形象思维更多一些。如《青春》《今》《新的!旧的!》等篇,清新晓畅,脍炙人口。《庶民的胜利》《Bolshevism 的胜利》等篇在语言上将宣传的力度与文辞的优美结合起来。如后一篇中的名句:"由今以后,到处所见的,都是 Bolshevism 战胜的旗。到处所闻的,都是 Bolshevism 的凯歌的声。人道的警钟响了!自由的曙光现了!试看将来的环球,必是赤旗的世界!"《"中日亲善"》是精彩短论的代表:

> 日本人的吗啡针和中国人的肉皮亲善,日本人的商品和中国人的金钱亲善,日本人的铁棍、手枪和中国人的头颅血肉亲善,日本的侵略主义和中国的土地亲善,日本的军舰和中国的福建亲善,这就叫"中日亲善"。

连用五个"亲善",颠覆了最后一个"亲善",要言不烦,一针见血。

刘半农(1891—1934)的杂文,"一是畅达流利,发挥驳难的气势;二是运用反语,竭尽夸张之能事。无论采取哪一种写法,他都寓庄于谐,以滑稽出之,使读者感到津津有味亲切易懂"②。他的名篇有《"作揖主义"》和《复王敬轩书》等,编有《半农杂文》和《半农杂文二集》。钱玄同(1887—1939)的《告遗老》等杂文庄谐杂陈,挥洒自如。他又喜作惊人之语,如说要把京剧"全数扫除、尽情推翻",还提出要废除汉字,以及人过40岁就该枪毙等等。鲁迅评价他的杂文为"颇汪洋,而少含蓄"③。

鲁迅、周作人的杂文在当时发挥着主导作用,尤其鲁迅更是杂文的主帅。在他们的影响下,"语丝派"的杂文取得了比较大的成就。

1924年10月,《晨报》副刊的编辑孙伏园因受新月派之排挤而辞职。周氏兄弟鼓励他另起炉灶。于是,1924年11月,《语丝》周刊问世。在发刊词里,周作人写道:

---

① 鲁迅:《致周作人》,《鲁迅全集》,第11卷,391页,北京,人民文学出版社,1981。
② 林非:《六十家现代散文札记》,12页,天津,百花文艺出版社,1982。
③ 鲁迅:《两地书》,《鲁迅全集》,第11卷,47页,北京,人民文学出版社,1981。

> 我们只觉得现在中国的生活太是枯燥,思想界太是沉闷,感到一种不愉快,想说几句话。……我们并没有什么主义要宣传,对于政治经济问题也没有什么兴趣,我们所想做的只是想冲破一点中国的生活和思想界的浑浊停滞的空气,我们各人的思想尽自不同,但对于一切专断与卑劣之反抗则没有差异。我们这个周刊的主张是提倡自由思想,独立判断和美的生活。

显然,"反抗""自由""独立"和"美"是《语丝》的宗旨。鲁迅在《语丝》上发表了《论雷峰塔的倒掉》《看镜有感》《记念刘和珍君》《无花的蔷薇》等著名杂文。周作人也发表了《狗抓地毯》《上下身》《裸体游行考订》《日本人的好意》《关于三月十八日的死者》《新中国的女子》《我们的闲话》等战斗篇章。周作人杂文的主要内容是批判复古倒退和崇拜国粹的思潮,剖析国民的劣根性,倡导人道主义,还有一部分是批判日本帝国主义侵华野心的。文章的批判力量和正义气概都与鲁迅有惊人的相似。"五四"时代的周作人首先是以一个披坚执锐的战士形象出现在读者面前的。

周氏兄弟之外,《语丝》最重要的撰稿人是林语堂(1895—1976)。他在《语丝》上发表了《论士气与思想界之关系》《悼刘和珍杨德群女士》《讨狗檄文》《打狗释疑》《论骂人之难》等文,揭露军阀政府的倒行逆施,抨击学者名流的丑恶行径,摇旗呐喊,俨然一员闯将。但有时含蓄不够,近于骂人。出版有《剪拂集》。其他如孙伏园、川岛等,也在"五卅"、女师大风潮、"三·一八""四·一二"等事件上表现出鲜明的战斗风格。这种风格的文章,被称为"语丝体"。

关于"语丝体",《语丝》第 54 期的周作人《答伏园论"语丝的文体"》中论道:"我们的目的是在让我们可以随便说话";"大家要说什么都是随意,唯一的条件是大胆与诚意"。鲁迅则作了一个几乎成为定论的概括:"在不意中显了一种特色,是:任意而谈,无所顾忌,要催促新的产生,对于有害于新的旧物,则竭力加以排击。"①

"语丝派"在 20 年代中期经常与"现代评论派"展开论战。"现代评论派"在杂文方面的主将是陈西滢(1896—1970)。他是《现代评论》杂志"闲话"专栏的作者,文章后来结集为《西滢闲话》,文风颇有特色。他擅长说理议论,但态度比较复杂,常常以冷眼旁观的局外人角度发言,有时未免表里

---

① 鲁迅:《我和〈语丝〉的始终》,《鲁迅全集》,第 4 卷,167 页,北京,人民文学出版社,1981。

不一,首鼠两端,受到鲁迅等人的鄙视和痛斥。陈西滢有些无所顾忌、直抒胸臆的文字倒是比较精彩。如《民气》的最后一段:

> 其实那高声呼打的已经是好的了,其余的老百姓还在那里睡他们的觉。中国人实在没有什么够得上叫民气,现在有的不过是些学生气。学生固然也是民,可是他们只不过是一千分,一万分里的一分。他们尽管闹他们的,老百姓依然不理会他们的。所以外国的民气好像是雨后山涧,愈流愈激,愈流愈宽,因为它的来源多。中国的民气好像在山顶泼了一盆水,起初倒也"像煞有介事",流不到几尺,便离了目标四散的分驰,一会儿都枯涸在荆棘乱石中间了。

杂文发展到30年代,已经成为波涛滚滚的洪流。在所有的左翼刊物如《萌芽月刊》《前哨》《北斗》《十字街头》《文学》中,杂文都扮演着极为重要的角色。著名的大报《申报》也在《自由谈》栏目中登载了鲁迅等人的大量杂文。杂文在鲁迅等人的手中,成为一种融政论、史论、人论为一体的高级艺术。许多人学习鲁迅的创作风格,一时形成所谓"鲁迅风"。瞿秋白(1899—1935)就有十几篇杂文长期混在鲁迅的集子里,令人难以区分。

瞿秋白的政治敏感和文字功底均十分优秀,他的杂文也像鲁迅一样,一方面不拘一格,形式多样;另一方面善于抓典型,画肖像。《王道诗话》《流氓尼德》《曲的解放》《财神的神通》等篇均生动有力,情理交融。后来结集有《乱弹及其他》。

30年代成长起一批年轻的杂文家。徐懋庸(1908—1977)有《不惊人集》《打杂集》,唐弢有《推背集》《海天集》,他们均有自己的风格。柯灵、巴人、聂绀弩等也比较有名。其他文类的作家也经常兼写杂文。针对日益繁荣的杂文创作,有人批评它不是文学的正宗,指责作者不务正业。鲁迅则说:"我还更乐观于杂文的开展,日见其斑斓。第一是使中国的著作界热闹,活泼;第二是使不是东西之流缩头;第三是使所谓'为艺术而艺术'的作品,在相形之下,立刻显出不死不活相。"①将杂文这种文体由凡庸的地位提升到大雅之境,"侵入高尚的文学楼台"②,不仅表现出鲁迅等人的才华和远见,它更昭示着现代文学已经牢固地建立起一种崭新的文学格局。在这种格局中,金字塔式的传统文类的主仆关系将演变为远近高低各不同的丰富

---

① 鲁迅:《徐懋庸作〈打杂集〉序》,《鲁迅全集》,第6卷,293页,北京,人民文学出版社,1981。
② 同上书,291页。

多彩的现代平等关系。尽管抗战以后杂文创作未再达到二三十年代的繁荣程度,但它作为一种文体在现代文化中的重要性已经是公认无疑了。

第二节　周作人与美文的倡导

○概念的提出及其艺术特征　○周作人的实质影响　○俞平伯　○钟敬文　○废名等

1921年6月,周作人发表了一篇《美文》,文中说:

> 外国文学里有一种所谓论文,其中大约可以分作两类。一批评的,是学术性的。二记述的,是艺术性的,又称作美文,这里边又可以分出叙事与抒情,但也很多两者夹杂的。这种美文似乎在英语国民里最为发达……中国古文里的序,记与说等,也可以说是美文的一类。但在现代的国语文学里,还不曾见有这类文章,治新文学的人为什么不去试试呢?……给新文学开辟出一块新的土地来,岂不好么?

周作人这里所说的就是英文里的essay,可译作随笔、小品文、絮语散文、家常散文、随笔散文等。鲁迅在《小品文的危机》里说:

> 到"五四"运动的时候,才又来了一个展开,散文小品的成功,几乎在小说戏曲和诗歌之上。这之中,自然含着挣扎和战斗,但因为常常取法于英国的随笔(Essay),所以也带一点幽默与雍容;写法也有漂亮和缜密的,这是为了对于旧文学的示威,在表示旧文学之自以为特长者,白话文学也并非做不到。

幽默、雍容、漂亮、缜密,便是"美文"的主要特点。周作人自己首开风气,写出了许多抒发性情的文字。周作人的所谓"美文",其实也是含有冷嘲和批判的,但主要以自然平淡的态度出之。如著名的《天足》,第一句便说:"我最喜见女人的天足。"文章似破空而起,但接续和收束十分平稳,主题是对缠足恶习的严肃批判,却写得幽默而谦恭。作者仿佛在自责和检讨,让人在感叹其智慧的同时接受了文章的思想。《初恋》一篇,回忆"引起我没有明了的性之概念的,对于异性的恋慕的第一个人",结尾写听到那个姑娘患霍乱死了后的反应尤其精彩:

> 我那时也很觉得不快,想象她悲惨的死相,但同时却又似乎很是安

静,仿佛心里有一块大石头已经放下了。

语气非常平淡,但仔细体会,却于平淡中涌动着某种催人流泪的东西。周作人的"平淡"不是淡而无味,而是"淡"中蕴涵着无穷的"浓",如同一幅立体画,不经意看去,平平无奇,可凝神向深处一看,才发现里面竟有那般奇妙的大千世界。

周作人的美文并不追求文字表面的漂亮和雕琢,而是凭着渊博的学识和恬适淡泊的趣味,把这种文体发展到任心闲话、着手成春的境地。如名篇《谈酒》,开头说:"这个年头儿,喝酒倒是很有意思的。"然后叙说家乡做酒、饮酒的习俗,娓娓道来,如对面闲谈。接着谈到自己的酒量、酒趣,不知不觉把话题引到"喝酒的趣味在什么地方":"照我说来,酒的趣味只是在饮的时候,我想悦乐大抵在做的这一刹那,倘若说是陶然那也当是杯在口的一刻罢。"最后却又归到"或者在中国什么运动都未必彻底成功……仍旧能够让我们喝一口非耽溺的酒也未可知。倘若如此,那时喝酒一定另外觉得很有意思了罢?"文章以"意思"始,以"意思"终,寓意深远却又让人浑然不觉,确有大巧若拙之概。

周作人这种风格的散文带动了一个"闲话风"气候的形成。"如在江村小屋里,靠玻璃窗,烘着白炭火钵,喝清茶,同友人谈闲话,那是颇愉快的事。"①这种境界使许多散文作者欣然向往。"随意","任心",也正是"五四"精神之一种。这其实也是对文以载道的封建传统的"和平瓦解"。周作人在《喝茶》中云:"喝茶当于瓦屋纸窗之下,清泉绿茶,用素雅的陶瓷茶具,同二三人共饮,得半日之闲,可抵十年的尘梦。"这里有悠然出世之感。周作人似乎做什么事都有自己的一套"别趣":"你坐在船上,应该是游山的态度,看看四周物色,随处可见的山,岸旁的乌桕,河边的红蓼和白苹,渔舍,各式各样的桥,困倦的时候睡在舱中拿出随笔来看,或者冲一碗清茶喝喝。"②但这些别趣中,不难品出若干苦味、涩味。读他的文章,似乎他很会饮酒,品茶,欣赏万事万物,很"艺术地生活",但他在实际生活中远没有那么风雅讲究。他所标榜的东西,或许也在表达一种向往和摆脱。这种隐约闪烁着无奈和苦笑的复杂态度,是周作人散文的重要价值所在,同时也预兆和折射着他一生充满矛盾的命运。

散文风格近似周作人的几个年轻作者是俞平伯、钟敬文、废名等。

---

① 周作人:《雨天的书》,《晨报副镌·晨报附刊》,1923-11-10。
② 周作人:《乌篷船》,《语丝》,第 107 期,1926 年 11 月。

俞平伯(1900—1990)有《杂拌儿》《燕知草》等集子。他的散文经常示人以一种名士风度,使人于微暖轻醺中有不知身在何世之感。名篇《陶然亭的雪》细描出一个"死样的寂"的雪的世界。《桨声灯影里的秦淮河》是与朱自清同游后的同题之作,朱自清写得简朴舒缓,俞平伯则尽力做出"无所用心"之态,写出一种令人神往的"圆足"的闲适。开头写"我们消受得秦淮河的灯影,当圆月犹皎洁的仲夏之夜",结尾又对全文所描摹的"当时之感"发出疑惑。重点不在描写秦淮河,而是得意于很多刹那间的感悟,颇有几分"禅"的味道但又略显直露。其实他的闲适也是在幽甜中掺入几丝苦涩。

钟敬文(1903—2002)早年的散文集《荔枝小品》依稀有一些周作人的影子。王任叔在给他的信中说:"你的散文是从周作人《自己的园地》里走出来的……不过周作人的散文冲淡而整齐,含义比较深,你的散文,冲淡而轻松,含义比较浅。这怕也是年龄的关系吧。"《花的故事》一篇在语言上颇类周作人,比如开头:"我近来因为谈谈鸟的故事,竟联想到花的故事,索性也来扯谈一回吧。"下面引用了古今中外一些与花有关的材料,但是并没有表达出什么深意,只留下了一点"闲适"的味道。

废名的散文受到周作人的高度推崇,风格是追求枯涩古怪,表现洗尽烟火气的禅意,有时不容易判断他是真的高深还是故作高深,但其"文体实验"意义无疑是值得肯定的。

用散文表达某种人生意趣和境界的作者在二三十年代还有不少。许地山的《空山灵雨》集子中的散文大都是带一点故事情节的,有点像古代散文,又像是童话、寓言。《落花生》用对话体讲述了一个深入浅出的道理:"人要做有用的人,不要做伟大、体面的人。"在探讨人生苦乐因果得失中,表现出一种自然坚定、无怨无悔的生活态度。沈从文说他是"把基督教的爱欲,佛教的明慧,近代文明与古旧情绪糅合在一起,毫不牵强的融成一片"①。梁遇春(1904—1932)有《春醪集》《泪与笑》两本散文集,写得机智幽默,充满才情。《"春朝"一刻值千金》提倡"迟起的艺术",因为早早起来把事都做完了,只好呆坐着打呵欠,不如懒在床上享受温馨,还可由于迟起而手忙脚乱,给生活带来刺激。这实际是对中产阶级单调无聊的生活节奏的讽刺。梁遇春常从生活细节中发现某种哲理,又喜作反语,表面看去似乎是标新立异,实质上是一种很成熟的愤世嫉俗。丰子恺(1898—1975)的《缘缘堂随笔》融童心和禅趣为一体,既真率自然,又妙趣横生。夏丏尊

---

① 沈从文:《论落花生》,《沈从文文集》,103页。

（1886—1946）、叶圣陶与丰子恺同为上海立达学园的同事，夏丏尊有一本《平屋杂文》，平实隽永。《钢铁假山》一篇记叙一块炸弹残片的来历，在朴素冷静中深寓着对日本侵略者的愤慨。叶圣陶的文章由于文字平稳流畅和布局严谨有序经常被选入中小学课本。名篇《没有秋虫的地方》《藕与莼菜》等，具有"天然去雕饰"的清淡之美。

30年代，发生过关于闲适小品的争论。林语堂先后创办了《论语》《人间世》《宇宙风》等刊物，提倡"以自我为中心，以闲适为格调"①，主张"超脱"和"幽默"，主张抒写性灵。这与周作人的反对"载道"，提倡"言志"是相一致的。鲁迅等人认为这种幽默是"将屠户的凶残，使大家化为一笑"②，"将粗犷的人心，磨得渐渐的平滑"③。这实质上是绅士与战士人生姿态选择的不同。"论语"派散文中也有一些比较激烈的批判和辛辣的讽刺。在30年代意识形态对立日趋尖锐明显的文化气氛中，一部分作家试图远离政治旋涡，这既是时代的必然，也是文学的所需。闲适的小品与战斗的随笔一道，为现代散文的百花齐放奠定了最重要的两块基石。

第三节　朱自清、冰心等人的散文

○另一类散文美的出现　○朱自清散文："五四"时代的《春江花月夜》
○冰心　○何其芳　○李广田　○丽尼、陆蠡

杂文的本质是战斗，美文的本质是闲适。在战斗与闲适之外，还有相当一批作家致力于表情达意之优美，辞章语言之动人。创造社的郁达夫，早期的散文纵情挥洒，坦率真挚，表面看去似乎不讲究文字，实际上作者有深厚的古典文学修养，并非仅靠惊世骇俗的宣泄来吸引读者。郁达夫30年代创作了大量的游记，将景色、学识、才情融为一体，充分表现出他驾御文字的高超功力。郭沫若的散文，抒情性极强，收入小说散文集《橄榄》中的《小品六章》一方面表现出创造社共有的直抒胸臆的自叙传风格，另一方面又有他个人独特的对于感伤美和悲剧美的追求。如《墓》，写作者为自己戏筑一墓，次日遍寻不见："啊，死了的我昨日的尸骸哟，哭墓的是你自己的灵魂，

---

① 林语堂：《〈人间世〉发刊词》，第1期，1934-04-05。
② 鲁迅：《论语一年》，《鲁迅全集》，第4卷，567页，北京，人民文学出版社，1981。
③ 鲁迅：《小品文的危机》，《鲁迅全集》，第4卷，575页，北京，人民文学出版社，1981。

我的坟墓究竟往哪儿去了呢?"《白发》一章写因理发而想起远方的姑娘:"啊,你年青的,年青的,远隔河山的姑娘哟,漂泊者自从那回离开你后又漂泊了三年,但是你的慧心替我把青春留住了。"这些文字凄清、空灵,仿佛比闲适散文的大师们还要远离人世;但郭沫若还有另一支粗犷雄壮的笔,写出了《请看今日之蒋介石》等战斗檄文。

朱自清(1898—1948)的散文是公认的现代散文和现代汉语的楷模。朱自清字佩弦,祖籍浙江绍兴,生于江苏。早年主要写作新诗,后来转向散文创作。其为人为文均表现出中国知识分子正直清白的节操。叶圣陶讲过:"论到文体的完美,文字的全写口语,朱先生该是首先被提到的。"①白话文究竟能不能达到乃至胜过唐宋八大家之作,朱自清的创作实践是最好的回答。朱自清把古典与现代、文言与口语、情意与哲理、义理与辞章,结合到了近于完美的境地。尽管有"着意为文"、过于精细之嫌,但那既洗尽铅华又雍容华贵的风致,实在是现代散文的骄傲。《匆匆》一篇,简直可说是"一字不易"。它的第一段:

> 燕子去了,有再来的时候;杨柳枯了,有再青的时候;桃花谢了,有再开的时候。但是,聪明的,你告诉我,我们的日子为什么一去不复返呢?——是有人偷了他们罢:那是谁?又藏在何处呢?是他们自己逃走了罢:现在又到了哪里呢?

这是散文,也是诗;是抒情,也是究理;文字间流荡着视觉美和听觉美,可以一遍一遍地诵读,愈读愈觉清新中有醇厚。一个具有普遍意义的时间问题,被干净清爽地剪辑在鸟、树、花的意象中,唤起人充满青春气息的忧伤,仿佛是"五四"时代的《春江花月夜》。

在朱自清的散文中,汉语的修辞功能被发挥得淋漓尽致而又不觉得炫耀冗赘。他善于集赋、比、兴各种手法,起承转合,手挥目送,既曲尽其意又余韵袅袅。如《绿》中铺写梅雨潭之"绿"的一大段,先用3个"像",1个"宛然"来比喻那"绿"的姿态、神韵,比喻中配合着通感和拟人,使比喻既准确贴切又活泼跳跃。然后是4个对比,以"太淡""太浓""太明""太暗"来反衬出梅雨潭之绿的恰到好处,不可比拟。这4个比喻和4个对比,写出了被描写对象的"不可描写"性,"一说即不是",不说又欲说,直抵语言的本质。接着只能以天为喻,只能径直抒情——"那醉人的绿呀!"再加上"醉中"的

---

① 叶圣陶:《朱佩弦先生》,《叶圣陶散文》(甲集),634页,成都,四川人民出版社,1983。

联想,画龙点睛,最后无以名之,姑以名之:女儿绿。这真堪称是古今中外色彩描写的绝唱,每一字都有节有律,每一句都可赏可叹,动词的传神,形容词的精确,铸词的简练,造句的神奇,处处无懈可击,再不做第二人想。这一段"梅雨潭之绿",恰好可以用来形容朱自清散文的美学风格:追求不可企及的精美绝伦和恰到好处,清新、明快、典丽、悠扬。

作为一位散文大家,朱自清也写过《生命的价格——七毛钱》《白种人——上帝的骄子!》《执政府大屠杀记》那样的抒发愤激之情的文章,后期的游记和杂文也被视为更加自然洗练。但那些文章其他人也能写,真正代表朱自清"散文美术师"地位的,可以成为20世纪文章典范而永垂不朽的,无疑要数他《踪迹》集、《背影》集时代的早期杰作。朱自清对优雅和谐、含蓄节制的美的极致追求,一方面是中国传统文化精神的延续,另一方面也隐含着对中国现实社会景象的逃逸和否定。

冰心(1900—1999)以问题小说和小诗成名,但以散文的成就为最高。她自己承认:"我知道我的笔力,宜散文而不宜诗。"[1]但冰心散文之所以有魅力,却在于文中有诗。她不仅在文中引用、化用古典诗词,她自己的语言也追求诗情画意,富丽精工。《往事(二)》第六篇写中秋之夜的乡愁:

> 乡愁麻痹到全身,我撩着头发,发上掠到了乡愁;我捏着指尖,指上捏着了乡愁;是实实在在的躯壳上感着的苦痛,不是灵魂上浮泛流动的悲哀!

冰心最擅长调动各种句式:对偶、排比、错综、反复、层递、顶真、跳脱、倒装……她像一个耽于"组织"积木的乐趣的孩童,在现代散文的乐谱中反复进行着对位和声实验。人们称为"冰心体"的那些文字,用词典雅,着意挑选积淀着深厚文化底蕴的意象,注重色彩搭配的和谐素净。《往事》第三篇中说:"今夜的青山只宜于这些女孩子,这些病中倚枕看月的女孩子!"此话正是"冰心体"的象征,"倚枕看月"是其柔美,"病中"则点出其娇弱。周作人说冰心:"在白话的基本上加入古文方言欧化种种成分,使引车卖浆之徒的话进而成一种富有表现力的文章,这就是单从文体变迁上讲也是很大的一个贡献。"[2]冰心的语言宗旨是:"文体方面我主张'白话文言化','中文西文化',这'化'字大有奥妙,不能道出的,只看作者如何运用罢了!"[3]

---

[1] 冰心:《我的文学生活》,《冰心全集》(3),13页,福州,海峡文艺出版社,1999。
[2] 周作人:《志摩纪念》,《新月》,4卷1期,1931年12月。
[3] 冰心:《遗书》,《冰心全集》(1),431页。

冰心的努力实际是再造现代中国的书面语,她和朱自清等人一道,用卓绝的成就为20世纪中国散文的规范化竖起了明亮的灯塔。

富于诗情画意的散文在30年代继续得到发展,以文字之美而论,当首推何其芳(1912—1977)出版于1936年的《画梦录》。该书次年与曹禺的《日出》、芦焚的《谷》共获《大公报》文艺奖金。何其芳在代序《扇上的烟云》中说自己:"喜欢想象着一些辽远的东西。一些不存在的人物。和许多在人类的地图上找不出名字的国土。"集子中的16篇精心营造的散文如同16个白日梦。"辽远"一词出现的频率很高。《雨前》写辽远的乡思,表现出一种等待温柔的润泽的饥渴,"然而雨还是没有来"。《黄昏》写对于无所事事的自由感到痛苦和哀愁。《梦后》写一种自伤自怜的"辽远的想象"。《伐木》描写"远远的地方"的雾中的小世界。《淳于梦》用"辽远的晚霞"写出主人公的厌世思想。《弦》用"辽远的记忆"写出毁弃自由而去寻找掌握自己命运之人的愿望。《静静的日午》写"很远很远的地方"有少女等待长途的旅行人。整部《画梦录》流露出一种难耐孤独的"思妇心态",凄艳伤感,同时隐含着企望摆脱现实的躁动不安。《炉边夜话》一篇中说:"错误的奔逐也是幸福的,因为有希望伴着它。"这种唯美到极致的情怀在30年代的知识分子中颇有共鸣,但它很容易转化成对美的迅速放弃。何其芳后来就认为先前"由于孤独,只听见自己的青春的呼声,不曾震惊于辗转在饥寒死亡之中的无边的呻吟"[①]。从《还乡杂记》开始,何其芳的散文"情感粗起来了"[②],内容多写现实,文字也转为朴素。似乎他已经找到了那"辽远的地方"。

与何其芳、卞之琳合出过诗集《汉园集》的李广田(1906—1968),出版有《画廊集》《银狐集》《雀蓑集》等。他喜欢以记叙某种独特人物来表达自己对生活的态度,如老渡船、柳叶桃、问渠君、投荒者、看坡人、山之子等,在这些散发着泥土气息的人物身上,命运的悲苦和对这悲苦的抗争构成了一幅幅质朴而忧郁的人生风景。李广田的这种把主观情意寄托在人物描摹上的写法,对以后的同类散文产生了比较大的影响。

常被并提的丽尼(1909—1968)和陆蠡(1908—1942)是30年代成名的抒情散文作家。丽尼有散文集《黄昏之献》《鹰之歌》和《白夜》,格调悲哀而忧伤,虽然多是"个人的眼泪,与向着虚空的愤恨",但却因其真挚与不屈

---

① 何其芳:《〈刻意集〉序》,《何其芳文集》(二),120页,北京,人民文学出版社,1982。
② 何其芳:《〈还乡杂记〉代序》,同上书,130页。

而具有强烈的感染力。陆蠡有散文集《海星》《竹刀》《囚绿记》,看似幽婉的文字却表现出一种悲壮美。陆蠡在《囚绿记》的序中说:"我没有达到感情和理智的谐和,却身受二者的冲突。"也许就是这冲突构成了二三十年代许多散文作者的人格魅力,并且进一步构成了抗战以前中国现代散文的摇曳多姿的景象。

第四节　报告文学的兴起与演变

○性质与特征　○兴起背景和发展线索　○夏衍　○宋之的　○邹韬奋　○范长江

报告文学是现代散文的一个重要品种,它是随着近现代报刊业的兴起而逐步发展起来的。"五四"时期《每周评论》等刊物上关于"五四"运动的报道,一些出国人员的旅行通信,都已经具有报告文学的性质。瞿秋白的《饿乡纪程》和《赤都心史》中也有一部分文章被视为报告文学。但是,自觉地提倡和创作报告文学,还是左联成立以后的事。30年代初期,左联执委会通过两个决议:《无产阶级文学运动新的情势及我们的任务》和《中国无产阶级革命文学的新任务》。其中,明确号召作家:"到工厂到农村到战线到社会的下层中去……创造我们的报告文学(Reportage)吧!"当时刊载报告文学的主要刊物有《光明》《中流》《文学界》等。"九·一八"和"一·二八"两次日本侵华事变,在客观上促成了报告文学热潮的兴起。捷克作家基希所写的《秘密的中国》和墨西哥人爱密勒所写的《上海——冒险家的乐园》也在中国文坛产生了较大的影响。阿英编有《上海事变与报告文学》,茅盾仿照高尔基主编的《世界的一日》,编有大型报告文学集《中国的一日》,稍后梅雨又编有《上海的一日》。这些报告文学广泛反映了中国社会的复杂面貌:"在这丑恶与圣洁,光明与黑暗交织着的'横断面'上,我们看出了乐观,看出了希望,看出了人民大众的觉醒;因为一面固然是荒淫与无耻,然而又一面是严肃的工作!"[①]早期的报告文学往往停留于新闻事件的表面,文艺性和思想性都比较弱。报告文学的发达是与一个国家的现代化程度,特别是信息化程度紧密相关的,随着中国在现代化道路上的加速,报告文学也日益蓬勃发展起来。

---

① 茅盾:《关于编辑〈中国的一日〉的经过》,《茅盾全集》(21),176页。

1936年发表的两篇重要作品,被视为年轻的中国报告文学趋向成熟的标志。一篇是夏衍的《包身工》,揭露上海的日本纱厂残酷压榨包身女工的罪恶,猛烈抨击野蛮的包身工制度。作者经过两个月的实地考察,以包身工一天的劳动生活为线索,借用影剧创作手法,将细致的特写镜头与深刻的画外议论相结合,塑造了"芦柴棒"等鲜明生动的人物形象,叙述、描写、议论、抒情皆严密有序,产生了极大的思想和艺术感染力。文中说:

> 在这千万的被饲养的中间,没有光,没有热,没有温情,没有希望……没有法律,没有人道。这儿有的是二十世纪的烂熟了的技术,机械,体制,和对这种体制忠实地服役着的十六世纪封建制度下的奴隶!

这种对于践踏人权的严正批判具有跨越具体时空的意义。从报告文学必须兼有"报告"和"文学"这两重性质的角度来说,《包身工》的确可称是中国报告文学史上的里程碑。

另一篇《一九三六年春在太原》的作者是宋之的。文章以第一人称"我"的见闻为线索,配以其他人物的行踪和若干则报纸上的"新闻剪集",揭露了阎锡山大搞白色恐怖所造成的民不聊生、草木皆兵的荒谬而悲惨的景况。"出城,要通行证;到街上去,要好人证。"而且"好人证"分五类。禁书而不禁鸦片,杀人展览,奖励告发,被轰炸的土匪原来是村民娶亲,被逮捕的匪探原来是教育考察团……笔调表面是辛辣的讽刺,底层则是深深的愤慨和忧患。文章开头一句是"春被关在城外了",结尾一句是:"我是多么的怀念春啊!"颇为发人深思。茅盾曾经认为从文章的形式和技巧来说,《一九三六年春在太原》比《包身工》更加出色。[①] 从文体演变的意义上讲,它们都对此后的创作有着积极的启示。

一些新闻工作者写起报告文学往往更加得心应手。《生活》和《大众生活》的主编邹韬奋(1895—1944),以游访欧洲、苏联为题材,出版了《萍踪寄语》一至三集和《萍踪忆语》,产生了很大影响。《大公报》记者范长江(1909—1970)出版有《中国的西北角》和《塞上行》,深入报道了西北诸省的政治文化和经济生活。他是在国内报纸上公开如实报道红军二万五千里长征的第一人,留下了许多历史性的珍贵剪影。如《陕北之行》中描写毛泽东:

> 最后到的毛泽东先生,许多人想象他不知是如何的怪杰,谁知他是

---

① 茅盾:《技巧问题偶感》,《茅盾全集》(21),187页。

书生仪表,儒雅温和,走路像诸葛亮"山人"的派头,而谈吐之持重与音调,又类三家村学究,面目上没有特别"毛"的地方,只是头发稍为长一点。

范长江的文笔具有强烈的时代精神和现实针对性,能够将知识、思想、趣味熔于一炉,深受广大读者喜爱,其作品可称是中国的《西行漫记》。另一位《大公报》记者萧乾所写的《流民图》,报道鲁西灾情,选材精当,文浅意深。在揭露当局的救灾不力时,无一贬词,而情伪毕露,具有真诚的良史精神。随着民族解放战争的到来,报告文学这种"轻骑兵"式的文体越来越显露出它的神采和威力。

思考题
1. 为什么会出现"随感录"体杂文?
2. 周作文美文的意义。

第六章　新诗流派的多样化探寻

第一节　"凤凰之再生"——郭沫若和《女神》

○现代诗歌的奠基之作　○富有想象力的情绪世界　○以"泛神论"为主体的思想和诗歌观念　○体现多样化的风格

郭沫若(1892—1978),原名开贞,别号鼎堂,四川乐山人。自称是峨眉山下一个地主家庭的儿子。自幼熟读《庄子》和屈原李白的诗,戊戌变法之后,又受到"新学"的影响,于1913年底赴日本留学。留学期间广泛接受了西方文学和哲学的熏染,其中,泰戈尔、歌德、海涅、惠特曼以及斯宾诺莎对郭沫若的文艺观和哲学思想尤其具有决定性作用,催生了他的浪漫诗质和"泛神论"的美学观。1919年"五四"运动爆发,郭沫若心底的个人的郁结和"民族的郁结"终于汇聚在一起并找到了宣泄的历史契机。于是,在1919年的下半年和1920年的上半年,他到了一个诗的创作爆发期,"我在那时差不多是狂了"。出版于1921年8月的诗集《女神》,便是这种近乎疯狂的激情之下的产物。

《女神》是中国现代诗歌史上最重要的诗集之一。它受到"五四"狂飙突进的时代精神的感召,同时又真正反映了狂飙突进的"五四"时代。这使《女神》成为一个新的波澜壮阔的大时代的史诗般的作品,也成为创生期的中国现代诗歌的奠基之作。它的崭新的自由体形式,恢弘的想象力和强大的创造力,都标志着白话新诗已完全挣脱了旧体诗的樊篱,开始进入了创造自己的经典化成熟作品的历史阶段。《女神》分为三辑,第一辑由诗剧《女神之再生》《湘累》和《棠棣之花》组成,以现代的想象重构了古代传说故事。第二辑是诗集的主体部分,《天狗》《炉中煤》《地球,我的母亲》

《立在地球边上放号》等都是郭沫若的名篇,标志着"五四"诗歌所能企及的历史高度。

其中的《凤凰涅槃》是《女神》中的代表作,也是现代诗歌史上具有重要历史地位的诗篇。它结合了古代天方国的神鸟"菲尼克司"(Phoenix)和中国的凤凰的神话传说,把诗人个体的小我以及民族的大我比喻成凤凰的形象,借助于对"满五百岁后,集香木自焚,再从死灰中更生"的凤凰传说的改造与复述,诗人宣告民族在"死灰中更生"的新时代已经到来。这首诗采取了诗剧的形式,由"序曲""凤歌""凰歌""群鸟歌""凤凰更生歌"五个部分组成,充分表现了诗人在总体构思上对诗歌的调子和节奏的控制,类似于交响乐的几个乐章,从快板、柔板、小步舞曲到进行曲的几种调子的转换和交织,使整首诗舒缓跌宕、起伏有致,并把诗剧最终推向了凤凰更生的最高潮。"凤凰更生歌"是一曲"凤凰合鸣",它以百余行的篇幅分别礼赞了"光明""新鲜""华美""芬芳""和谐""欢乐""热诚""雄浑""生动""自由""恍惚""神秘""悠久"等反映时代精神的范畴,每段格式相同,仅在固定位置上替换上不同的中心词,一唱三叹,反复无穷,给人一气呵成之感。尤其是每段结尾的"欢唱!欢唱!"的循环往复,更是民族的"欢乐颂",反映了"五四"时代没有一点阴影的大欢乐和新生感。《凤凰涅槃》的奔放的想象、纵横捭阖的气势以及高超的艺术感染力,都源于诗人所处的青春的时代。从这个意义上说,这曲"欢乐颂"是任何诗人包括郭沫若自己都无法再重复的。

> 我们更生了!
> 我们更生了!
> 一切的一,更生了!
> 一的一切,更生了!
> 我们便是"他",他们便是我!
> 我中也有你,你中也有我!
> 我便是你!
> 你便是我!
> 火便是凰!
> 凤便是火!
> 翔翔! 翔翔!
> 欢唱! 欢唱!

《凤凰涅槃》中一再重复歌咏的"一切的一"与"一的一切"集中体现了

"五四"时期"泛神论"的思想。"泛神论"流行于16世纪到18世纪的西欧，是一种以斯宾诺莎、布鲁诺为代表的哲学思想，认为世界上并不存在超自然的精神力量，不存在"一神论"的上帝，如果说有神的存在，神就是自然界本身，神存在于自然界的一切事物中。"一切的一"中的"一"便指大自然普泛的本体（神），"一的一切"中的"一切"指由"一"的本体衍生出的自然万物。这是一种一切都融为一体，生命与万物物我无间的大和谐境界，在生命与自然万物中包含了泛化的"神"。郭沫若将此概括为所谓"泛神就是无神，一切的自然只是神的表现"，进而推导出"我即是神"的结论。①《女神》中贯穿性的主体形象正是一个"开辟鸿蒙的大我"，一个新世纪的巨人形象。他既是一个一切的偶像的破坏者，"立在地球边上"，"要把地球推倒"，同时又是一个"创世纪"般的创造者："我效法造化底精神，我自由创造，自由地表现我自己。我创造尊严的山岳，宏伟的海洋，我创造日月星辰，我驰骋风云雷雨。"这是一个自我极端膨胀，具有天马行空般的自由和无所不在的创造力的主体，反映了一个新时代的来临所能带给诗人的象征着新人类的无限生机和梦想，以及一个新世纪所能展现出的全部的可能性。

"泛神论"既是郭沫若的哲学思想，又是他的诗歌观念。郭沫若的"泛神论"创造性地把自我、自然与神三个元素融为一体，构成了他的浪漫主义诗歌的三大支柱。其中的"自我"是中心和出发点，自然则是"自我"本质的对象化和外在体现，而"神"的维度则把自我升华到一个师法造化的"大我"的地位。可以说，正是借助于对"泛神论"思想的创造性接受，郭沫若形成了崇尚自我的个性主义诗歌观念。这种观念上承庄子、李白等传统的个体主义精神，又叠印了歌德、浮士德的创造力、尼采的意志力与惠特曼的奔放的想象，体现出"五四"时代兼收并蓄的开阔的胸怀和吐故纳新的豪迈的气魄。与其诗歌观相适应的，是郭沫若的自由体的诗歌形式。他主张形式方面"绝端的自由，绝端的自主"②。《女神》中五十余首诗作，几乎每一首都有自己的形式，少有重复。但另一方面，郭沫若又注重诗歌内在的情绪的节奏和每一首诗自身的韵律，因此每一首诗又都给人以齐整、和谐的统一感。在这个意义上说，"五四"时期与《女神》相媲美的只有鲁迅的《呐喊》。文学史家称二者是并置的"双星"。

郭沫若的诗歌也体现出风格多样化的倾向，他有一些同样脍炙人口的

---

① 郭沫若：《少年维特之烦恼·序引》，《沫若文集》，第7卷，15页，北京，人民文学出版社，1962。
② 《沫若文集》，第6卷，87页，北京，人民文学出版社，1959。

清新单纯的短诗,如《天上的市街》《夕暮》等。废名甚至称《夕暮》是"新诗的杰作,如果中国的新诗只准我选一首,我只好选它"①。"一群白色的绵羊,/团团睡在天上。/四围苍老的荒山,/好像瘦狮一样。//昂头望着天,/我替羊儿危险,/牧羊的人哟,/你为什么不见?"这首诗有一种"五四"式的好奇心和童稚气息。《女神》之后,郭沫若著有《星空》(1923)、《恢复》(1928)、《前茅》(1928)等诗集。《星空》中的诗作不复有《女神》阶段的昂扬上进,大多数诗反映了苦闷、低回的情绪。这也是另一个"五四",是一个潜心思索感伤徘徊的"五四"。诗人经历了大时代的波澜壮阔之后,随着低潮期的到来思绪和调子都趋于深沉,技巧也变得圆熟,但《女神》中的"火山爆发式的内发情感"也逐渐丧失了。1924 年的《瓶》则是郭沫若的爱情诗,"五四"时期的激情在浪漫的爱情想象中获得回光返照。此后的《恢复》告别了"五四"时期所代表的创作风格,而强调文艺必须做政治的"留声机器",这标志着郭沫若时代已渐趋终结。

第二节　小诗派与"湖畛诗人"

　　○小诗体式出现的缘由　○外来的影响　○冰心对童心、爱、自然母题的建构　○宗白华　○"湖畛诗人"的冲击波　○诗人创作的主要线索　○汪静之等

　　文学史上一个流派的出现,其最初的契机有时是很偶然的。1919 年的一个冬夜,刚刚以问题小说的创作闯入文坛的冰心应弟弟的建议,把"零碎的思想"以片断的杂感的形式记录下来,从 1921 年开始以分行的自由体短诗的形式陆续在报刊发表,一时间蜚声文坛,模仿者及呼应者渐多,小诗的体式遂在诗坛逐渐成形。1923 年,冰心把她的三百余首小诗汇集成诗集《繁星》《春水》正式出版,共收录小诗三百余首,终于开创了一个"小诗的流行的时代"②。

　　"五四"时代是一个思想的时代,作家们广泛地思索关于宇宙、社会、人生、个体诸种时代性命题,小诗的体式正以"小杂感"的形式灵活地表达诗人们"零碎的思想"。人生的体悟,哲理的感兴,情绪的波动,是小诗体式最

---

① 废名:《谈新诗》,217 页,北京,人民文学出版社,1984。
② 周作人:《论小诗》,《晨报副镌》,1992-06-21。

驾轻就熟的领域。同时，小诗短小精悍、无拘无束，这对于现代新诗锤炼诗质和诗意，是一种绝好的方式。小诗的体式渊源于印度佛教哲学诗中一种名为"偈"的短诗体裁以及日本短歌、俳句。由于郑振铎翻译的印度大诗人泰戈尔的《飞鸟集》和周作人引入的日本短歌、俳句的影响，以及冰心等人的自觉实践，小诗创作在中国诗坛风靡一时，其中的代表诗人除冰心之外，还有宗白华、徐玉诺等。

冰心的小诗集中体现了她在"五四"时代著名的爱和美的哲学，这种爱和美的哲学在小诗中具体体现为童心、母爱、自然的母题。如《春水·一零五》：

造物者——
　倘若在永久的生命中，
　只容有一次极乐的应许，
我要至诚地求着：
"我在母亲的怀里，
母亲在小舟里，
小舟在月明的大海里。"

"我""母亲""大海"三位一体，构成宇宙间最和谐的一幅图景。又如这首《繁星·七一》：

这些事——
　是永不漫灭的回忆；
月明的园中，
　藤萝的叶下，
　　母亲的膝上。

如果说前一首《春水·一零五》从"我在母亲的怀里"的特写镜头拉成大海的全景的话，这首《繁星》则从月明的园中的全景推成母亲的膝上的特写，同样反映了冰心的认知世界的审美侧重点。

在小诗派中自成一格的是宗白华出版于1923年12月的诗集《流云小诗》，其中最擅长的领域是诗人的心灵与自然宇宙以及社会人生的律动之间的契合。诗人自称："在都市的危楼上俯眺风驰电掣的匆忙的人群，通力合作地推动人类的前进；生命的悲壮令人惊心动魄，渺渺的微躯只是洪涛的一沤，然而内心的孤迥，也希望能烛照未来的微茫，听到永恒的深秘节奏，静

寂的神明体会宇宙静寂的和声。"①譬如这首写入《我和诗——〈流云小诗〉后记》中的《生命之窗的内外》:

> 黑夜,闭上了生命的窗。
> 窗里的红灯,
> 掩映着绰约的心影:
> 雅典的庙宇,莱茵的残堡,
> 山中的冷月,海上的孤棹。
> 是诗意、是梦境、是凄凉、是回想?
> 缕缕的情丝,织就生命的憧憬。
> 大地在窗外睡眠!
> 窗内的人心,
> 遥领着世界深秘的回音。

无限的凄凉之感里,夹着无限热爱之感。似乎这微渺的心和那遥远的自然,和那茫茫的广大的人类,打通了一道地下的深沉的神秘的暗道,在绝对的静寂里获得自然人生最亲密的接触。我的流云小诗,多半是在这样的心情中写出的。

《流云小诗》中,有相当一部分是关于诗本身的诗:"啊,诗从何处寻?/在微雨下,点碎落花声!/在微风里,飘来流水音!/在蓝空天末,摇摇欲坠的孤星!"(《诗》)诗人的诗思是对宇宙自然的天籁敏锐的体悟和捕捉的结果,是诗人对大千世界审美化的洞察和发现。宗白华的小诗创作,以其玄想和形而上的色彩,在中国现代诗歌中独树一帜。

> 妹妹你是水——
> 你是清溪里的水,
> 无愁地镇日流,
> 率真地常是笑,
> 自然地引我忘了归路了。

这段自然、率真,如溪水般清新、纯净的情诗出自"湖畔诗人"应修人的《妹妹你是水》。"五四"初期,与小诗派同时出现,对诗坛有较大影响,引许多青年读者"忘了归路"的,正是"湖畔诗人"的创作。1922年3月,汪静之、

---

① 宗白华:《我和诗——〈流云小诗〉后记》,《文学》,1937(8)。

应修人、潘漠华、冯雪峰四人在杭州西子湖畔组成"湖畔诗社",同年4月出版诗歌合集《湖畔》,同年8月出版汪静之《蕙的风》,1923年12月又出版合集《春的歌集》。一时间在现代诗坛掀起了"湖畔诗人"的冲击波。

"湖畔诗人"都是出生于20世纪的诗人,"五四"新文化运动时期,他们只有十几岁,因此,他们是"五四"精神所催生的一代新人。与胡适所代表的初期白话诗人相比,他们更少旧诗词的影响和束缚。胡适即称:"我现在看着这些彻底解放的少年诗人,就像一个缠过脚后来放脚的妇人望着那些真正天足的女孩子们跳来跳去,妒在眼里,喜在心头。他们给了我许多'烟士披里纯'。"①"湖畔诗人"的意义正在于他们作的是"没有沾染旧文章习气老老实实的少年白话新诗"②。他们"随意地放情地歌着","极真诚地把'自我'溶化在诗里",对质直单纯的爱情的歌咏和内心世界的大胆剖白构成了"湖畔诗人"为他人所无法模仿的特色。

朱自清在《中国新文学大系·诗集》导言中指出:"中国缺少情诗,有的只是'忆内''寄内',或曲喻隐指之作;坦率的告白恋爱者绝少,为爱情而歌咏爱情的更是没有。"而"真正专心致志做情诗的是'湖畔'的四个年轻人"。情诗构成了"湖畔诗人"创作的主线索。其中,尤以汪静之最具有代表性。1922年《蕙的风》的出版轰动诗坛。诗集中那些大胆直率地表达爱情的诗篇引起了广泛的关注和争论,《蕙的风》因此成为"五四"反封建、争取个性解放的叛逆性力作。而朱自清、胡适、刘延陵分别为诗集作序也具有"事件"的意义。在当时,诗人的爱情中自然无法逃逸社会和习俗加诸其上的阴影:"我冒犯了人们的指摘,/一步一回头地瞟我意中人,/我怎样欣慰而胆寒呵!"(汪静之《过伊家门外》)"欣慰而胆寒"的两种悖谬体验的反差,既为抒情主人公的爱情带来对比中的超常的强度,也间接融入了社会历史因素。这是一种特定历史时代的爱情。而除却《蕙的风》的社会层面的意义和效果,它对爱情本身的体验和表白也自有一种动人的艺术力量。如这首《伊底眼》:

> 伊底眼是温暖的太阳;
> 不然,何以伊一望着我,
> 我受了冻的心就热了呢?

---

① 胡适:《序》,见《蕙的风》,上海,亚东图书公司,1922。
② 废名:《谈新诗》,北京,人民文学出版社,1984。

伊底眼是解结的剪刀；
不然，何以伊一瞧着我，
我被镣铐的灵魂就自由了呢？

在中国现代诗歌中，描写恋人在"我"的心中所产生的惊心动魄的力量的诗篇尚无出其右者。在"湖畔诗人"的创作中，年轻的诗人的个体生命的青春期与"五四"作为历史的青春期交相辉映，铸就了诗歌的单纯清浅的诗质，朱自清即评价汪静之的诗有"孩子们洁白的心声，坦率的少年的气度！而表现法底简单，明了，少宏深，幽渺之致，也正显出作者的本色"①。"湖畔诗人"的创作，在清新、质朴的同时，有时也失于简单、幼稚，得与失都吻合于青春期少年的写作方式。

同属"湖畔诗社"，四位诗人的风格却也自有差别："潘漠华氏最是凄苦，不胜掩抑之致；冯雪峰氏明快多了，笑中可也有泪；汪静之氏一味天真的稚气；应修人氏却嫌味儿淡些。"②

第三节　"戴着脚镣跳舞"——新月派诗人的追求

　　○前后期的嬗变　○闻一多对格律诗理论的倡导和实践　○徐志摩：三位一体的人生和艺术世界　○朱湘

诗歌是一门在自由和限制之间寻找平衡的艺术。从早期白话诗"不拘格律，不拘平仄，不拘长短；有什么题目，做什么诗；诗该怎样做，就怎样做"③，到郭沫若的"诗不是'做'出来的，只是'写'出来的"④，中国现代新诗走的是一条趋向"自由"的道路。但诗到底该怎样"做"，到底该怎样"写"，却是诗人们在奔赴自由的路途中付之阙如的。正是在这种历史背景下，出现了以闻一多、徐志摩为代表的新月派诗人群。

1923年，胡适、徐志摩、梁实秋、闻一多等人发起成立了新月社，由于其中闻一多、徐志摩等诗人倡导格律诗写作，新月诗派遂成为一个影响越来越大的新诗派别。大体上以1927年为界分为前后两期。前期新月派以北京

---

① 朱自清：《蕙的风》，序，上海，亚东图书公司，1922。
② 朱自清：《诗集·导言》，见《中国新文学大系·诗集》。
③ 胡适：《谈新诗》，见《中国新文学大系·建设理论集》。
④ 郭沫若：《论诗三札》，《文艺论集》，北京，人民文学出版社，1979。

的《晨报副刊·诗镌》为阵地,其主要诗人有闻一多、徐志摩、朱湘、饶孟侃、刘梦苇、林徽因、孙大雨、于庚虞等人。1927年春,胡适、徐志摩、闻一多、梁实秋等人在上海创办新月书店,次年又创办《新月》月刊,新月诗派的主要活动转移到上海。于是,以《新月》月刊以及1931年创刊的《诗刊》季刊为主要阵地,汇集了后期新月派的诗人群,其基本成员除了前期的徐志摩、饶孟侃、林徽因、孙大雨等人外,还有陈梦家、方玮德、邵洵美、卞之琳等。

新月派诗人中的代表人物是闻一多,他也称得上是中国现代诗歌历史进程中重要的阶段性人物之一。他信奉美国批评家佩里(Bliss Perry,1860—1954)的名言:"差不多没有诗人承认他们真正给格律束缚住了。他们乐意戴着脚镣跳舞,并且要戴别个诗人的脚镣。"①所谓"戴着脚镣跳舞",正是试图带给诗歌限制和规范。闻一多打造的"脚镣",就是现代诗歌的格律化主张。他是格律诗理论的主要倡导者和实践者,从而使现代诗歌在他的笔下呈现出迥异于初期白话诗的另一种风貌。如他的代表作《死水》:

　　这是一沟绝望的死水,
　　清风吹不起半点漪沦。
　　不如多扔些破铜烂铁,
　　爽性泼你的剩菜残羹。

　　也许铜的要绿成翡翠,
　　铁罐上锈出几瓣桃花;
　　再让油腻织一层罗绮,
　　霉菌给他蒸出些云霞。

　　让死水酵成一沟绿酒,
　　漂满了珍珠似的白沫;
　　小珠笑一声变成大珠,
　　又被偷酒的花蚊咬破。

这首诗典型地体现了新月诗派关于新诗格律化的形式原则,即所谓建筑美、绘画美和音乐美的"三美"主张。建筑美指"节的匀称和句的均齐",在视觉上表现为"豆腐干"状的方块诗;绘画美则体现为"词藻"的运用,给

---

① 转引自闻一多:《诗的格律》,《晨报副刊·诗镌》,1926-05-13。

人以视觉鲜明的色彩感,如《死水》中动用了大量的诉诸视觉的意象,"翡翠""桃花""罗绮""云霞""绿酒""白沫"都给人一种触目惊心的色彩感;音乐美则是格律诗理论的核心,主要指音节的整齐与和谐。为此,闻一多提出了"音尺"的理论,他认为格律化的最根本的原则就是诗行中的音节单位(即"音尺",又称"顿""音步""音组")的整齐规则,每句诗中要有相对匀称的"音尺",最终造成的是听觉上的和谐统一、抑扬顿挫的效果。仍以《死水》为例:"这是|一沟|绝望的|死水,/清风|吹不起|半点|漪沦。"闻一多称:"这首诗是我第一次在音节上最满意的试验。""每一行都是用三个'二字尺'和一个'三字尺'构成的,所以每行的字数也是一样多。"①读起来的确有一种既跌宕起伏又和谐匀称的内在的节奏感,堪称是格律诗体的典范之作。

新诗格律化的更内在的原则是"理性节制感情"的美学主张。正像鲁迅说的那样:"感情正烈的时候,不宜做诗,否则锋芒太露,能将'诗美'杀掉。"②新月派诗人反对感伤主义和滥情主义,反对毫无节制的情感宣泄。他们在诗艺上实践着使主观情感客观化的原则,在诗中大量铺排意象。譬如《死水》表达的是诗人对祖国死水一潭的社会现实的绝望与激愤之情,但诗人没有让这种强烈的情感肆意抒发,而是外化为"死水"的总体意象,又通篇采用形象的拟喻的手法,在情绪内敛的同时却使诗境升华到一个具有普遍意义的象征层面,这正是诗人遵循诗歌艺术本身固有的规律和法则的结果。

而单从个性上说,闻一多却是个激情似火的人。他 1899 年出生于湖北浠水,1922 年赴美留学,在异国他乡体验着对祖国的强烈的相思,这种相思最终化为《红烛》(1923)中对祖国的泣血般的讴歌。《忆菊》便是其中最有代表性的诗篇:

> 檐前,阶下,篱畔,圃心底菊花:
> 蔼蔼的淡烟笼着的菊花,
> 丝丝的疏雨洗着的菊花,——
> 金底黄,玉底白,春酿底绿,秋山底紫,……
>
> 啊! 自然美底总收成啊!
> 我们祖国之秋底杰作啊!

---

① 闻一多:《诗的格律》,《晨报·诗镌》第七号,1926-05-13。
② 鲁迅:《两地书》,《鲁迅全集》,第 5 卷,176 页,北京,人民文学出版社,1981。

啊！东方底花，骚人逸士底花呀！
那东方底诗魂陶元亮
不是你的灵魂底化身罢？
那祖国底登高饮酒的重九
不又是你诞生底吉辰吗？

  对菊花的赞美的背后是对东方诗魂的赞美，对东方的一种"逸雅"品格的赞美，对祖国的传统与文化的赞美。但这种东方美是远离故土的诗人在想象中把祖国的文明加以美化的产物，而当诗人回到祖国之后，所面临的却是巨大的失落感："我来了，我喊一声，迸着血泪，／'这不是我的中华，不对，不对！'"(《发现》)出版于1928年的诗集《死水》中的大部分诗篇都反映出这种现实和理想的巨大反差，"迸着血泪"的激愤更衬托出诗人对祖国的深沉的爱恋，如同《忆菊》，一样是爱国主义感情的真实抒发，因此，朱自清评价说，闻一多是"五四"时期唯一的爱国诗人。①

  闻一多诗中独特的美感在于，他是以整饬的形式和格律的规范收束着他那火山喷发一般的激情，因而，这种激烈的个性在艺术上经过了冷处理，使火山化为凝聚的岩浆，尽管热度仍然极高，却呈现为液态的形式。这就形成了闻一多诗歌的一种不可多得的沉郁的美，也奠定了他在中国现代诗歌史上无法替代的地位。从郭沫若到闻一多，中国现代诗歌走的是一放一收的路。郭沫若的诗大开大阖，气派宏伟，但"放"开之后过于汪洋恣肆，于是又有了闻一多的"收"。

  徐志摩是新月诗派中另一耀眼的星座。尽管徐志摩的诗作在初期受到闻一多的影响，大体遵循格律的体式，但他的特殊之处在于他自由洒脱的性灵。他自称"我素性的落拓始终不容我追随一多他们在诗的理论方面下过任何细密的工夫"②。从本质上说，徐志摩是凭天赋的灵感写作的更像诗人的诗人。

  徐志摩1896年生于浙江海宁。1918年赴美留学，1921年进英国剑桥，剑桥的生涯虽然短暂，但对徐志摩却有决定性的影响："我的眼是康桥教我睁的，我的求知欲是康桥给我拨动的，我的自我的意识是康桥给我胚胎

---

① 参见朱自清：《爱国诗》，《新诗杂话》，北京，三联书店，1984。
② 徐志摩：《猛虎集·序》，上海，新月书店，1931。

的。"①徐志摩的贵族化的追求,对自由的性灵的渴望,艺术至上的唯美倾向,都与近两年的剑桥教育分不开。也正是在剑桥期间,他接受了英国浪漫派诗人的影响,开始了自己的新诗创作。1922年回国后发起成立"新月社",1926年主编《晨报副刊·诗镌》,1928年起,曾任《新月》杂志主编,1931年主编《诗刊》,同年11月19日,遭空难逝世。生前出版诗集《志摩的诗》(1925)、《翡冷翠的一夜》(1927)、《猛虎集》(1931),死后出版《云游集》。

  创作《志摩的诗》时期的徐志摩可以用胡适的话来概括:"他的人生观真是一种'单纯'的信仰,这里面只有三个大字:一个是爱,一个是自由,一个是美。"②这种三位一体的信仰缺一不可,表征着徐志摩的情感、性灵和艺术的诸种取向。其中自由的性灵尤其是他的生命和创作的核心支撑。可以说,最终决定着徐志摩的诗歌艺术的,是他的无拘无束的自由的天性。

  《雪花的快乐》是徐志摩轻盈飘逸、潇洒灵动的诗风的典型体现:

   假如我是一朵雪花,
   翩翩的在半空里潇洒,
    我一定认清我的方向——
     飞扬,飞扬,飞扬,——
   这地面上有我的方向。

   在半空里娟娟的飞舞,
   认明了那清幽的住处,
    等着她来花园里探望——
     飞扬,飞扬,飞扬,——
   啊,她身上有朱砂梅的清香!

   那时我凭藉我的身轻,
   盈盈的,沾住了她的衣襟,
    贴近她柔波似的心胸——
     消融,消融,消融,——
   融入了她柔波似的心胸!

---

 ① 徐志摩:《吸烟与文化》,《巴黎的鳞爪》,26页,长沙,湖南人民出版社,1988。
 ② 胡适:《追悼志摩》,见《文人画像——名人笔下的名人》,173页,上海,上海三联书店,1996。

"雪花"的比喻看似信手拈来,却再准确不过地反映了诗人飘逸灵动的个性,读起来仿佛有一个快乐的精灵飞扬在字里行间,同时又吻合"五四"昂扬向上的时代精神,是一首浑然天成之作。这首诗打动人的还有它的轻快灵动的音节。又如《沙扬娜拉——赠日本女郎》:

> 最是那一低头的温柔,
> 　像一朵水莲花不胜凉风的娇羞,
> 道一声珍重,道一声珍重,
> 　那一声珍重里有蜜甜的忧愁——
> 沙扬娜拉!

诗人捕捉到的是女郎道别时一刹那的姿态,"最是那"的三个去声字的重音效果,"道一声珍重,道一声珍重"的复沓,都衬托了少女楚楚动人的韵致,结句"沙扬娜拉"另有一种难以言传的字面以及音乐上的审美意味。正是这种"从性灵深处来的诗句",使徐志摩的诗歌在 20 年代诗人中独树一帜,并平衡着新月派的格律追求过于整饬、严谨的形式化倾向。

朱湘(1904—1933)是新月派的另一重镇,生前有《夏天》《草莽集》等出版,身后则有友人代出《石门集》。他是新月派中最讲究形式美的诗人,强调音韵格律与"文字的典则",诗作有鲜明的音乐感,同时又刻意营造一种古典美。最著名的是《采莲曲》,诗中"人样娇娆"的荷花与采莲少女互为映衬,描绘了一种"江南可采莲"的优美情境,反映了诗人的青春崇拜和女性崇拜。而这首诗更为人称道处是它的音乐美。诗人自己解释说:《采莲曲》中"左行/右撑","拍紧/拍轻"等处便是想以先重后轻的韵表现出采莲舟过路时随波上下的一种感觉。这种追求在现代诗歌中堪称独步。此外,朱湘也以叙事诗的创作闻名,著有《王娇》等,是 20 年代不可多得的诗作。

第四节　冯至及其他诗人

○冯至创作的两个阶段　○"热烈"而"悲凉"的抒情格调　○臧克家对乡土题材的探求

在中国现代诗歌史上,冯至是少有的在两个历史阶段(20 年代与 40 年代)都做出特殊贡献的诗人。他 1905 年出生于河北,1921 年入北京大学外文系。1922年与林如稷、陈翔鹤、陈炜谟等人组织"浅草社",1925年又与杨晦、陈炜谟、陈翔鹤等另组"沉钟社",创办《沉钟》杂志,直至1934年终刊,"沉钟社"也因此被鲁迅誉为中国的最坚韧,最诚实,挣扎得最久的团体。冯至本人则被鲁迅称为中国最为杰出的抒情诗人。①

　　鲁迅曾评价"沉钟社"作者群:"那时觉醒起来的智识青年的心情,是大抵热烈,然而悲凉的。"②这段话用来形容冯至更为恰当。这一时期的冯至,有诗集《昨日之歌》(1927)及《北游及其他》(1929)出版。"热烈"而"悲凉"构成了两部诗集抒情风格的主调。这种抒情风格是冯至既敏感又内敛的天性与"周围的无涯际的黑暗"的时代环境共同塑造的结果。譬如这首《蛇》:

　　　　我的寂寞是一条蛇,
　　　　静静地没有言语。
　　　　你万一梦到它时,
　　　　千万啊,不要悚惧!

　　　　它是我忠诚的侣伴,
　　　　心里害着热烈的乡思:
　　　　它想那茂密的草原——
　　　　　你头上的、浓郁的乌丝。

　　　　它月影--般轻轻地
　　　　从你那儿轻轻走过;
　　　　它把你的梦境衔了来
　　　　像一只绯红的花朵。

　　"热烈的乡思"却以冰冷的"蛇"的形象外化出来,也正是把"热烈"与"悲凉"的双重情调统一在一起,在反差中给人以极其难忘的印象。诗人自称这首诗是看过了一幅关于口里衔着一朵花的蛇的比亚兹莱画风的绘画之后所作。作为鲁迅所激赏的"90年代世纪末独特的情调底唯一的表现者",比亚兹莱那"把世上一切不一致的事物聚在一堆"的手法也影响了冯至的创作,这或许是诗人被鲁迅给予了过高的赞誉的内在原因。

---

　　① 鲁迅:《〈中国新文学大系〉小说二集·序》,《鲁迅全集》,第6卷,243页,北京,人民文学出版社,1981。

　　② 同上。

作为40年代《十四行集》时期的沉思者的冯至在20年代的创作中已经显露端倪，尤其到了《北游及其他》中，诗的格调更趋于落寞与内敛。长诗《北游及其他》是纪行体系列组诗，记录的是诗人1927年孤独的东北之旅："他逆着凛冽的夜风，走向那大而黑暗的都市，即人性和他们的悲痛之所在的艰难的路。"诗以寂寥的沉想的方式去介入和了解一个城市，借此了解人性和生活的艰难，诗风也由于"现实的赐予"而变得硬朗一些。但这一时期冯至的抒情诗仍旧以爱情的歌咏见长。他把"湖畔诗人"开辟的爱情题材的天地由明快清浅进一步引入了含蓄幽婉甚至有几分清冷的内心世界。诗人渴望"静静地静静地思量，/像那深潭里的冷水一样"（《思量》）。这种清冷的调子即使在两情相悦的体验中也时而会流露，如这首优美的情诗《南方的夜》：

  我们静静地坐在湖滨，
  听燕子给我们讲南方的静夜。
  南方的静夜已经被它们带来，
  夜的芦苇蒸发着浓郁的情热。——
    我已经感到了南方的夜间的陶醉，
    请你也嗅一嗅吧这芦苇中的浓味。

  你说大熊星总像是寒带的白熊，
  望去使你的全身都感到凄冷。
  这时的燕子轻轻地掠过水面，
  零乱了满湖的星影。——
    请你看一看吧这湖中的星象，
    南方的星夜便是这样的景象。

这首诗传达了一种南方的静夜固有的清朗气息，有着童话般的隽永，而诗境仍是郁热和清冷的交融，反映了诗人一以贯之的情感意向。

冯至20年代更为突出的贡献是他的《吹箫人的故事》《帷幔》《蚕马》等叙事诗的写作。这几首叙事诗采用了中国传统民间故事和古代神话资源，又受到德国谣曲的影响，正因如此，其"含蓄着中古罗曼的风味"，中国古代志怪式的传奇情调，神秘甚至诡异的气氛，都使这几首叙事诗在中国现代诗歌的历史进程中呈现出一种异质的风貌，标志着现代诗歌与西方、传统、民间几个维度的深层联系。《吹箫人的故事》讲的是古代西方一个以吹箫为生命的青年在一座洞宇中隐居,却被一个同样吹箫的女郎扰乱了生活的宁静,正当两个人箫声应答心心相印之际,女郎却忽染重病,必须用洞箫作药才能医好。青年毫不迟疑地把自己的洞箫劈作两半,治好了心上人。两个人历经磨难终于结成了洞箫姻缘。然而,青年由于思念他自己的作为艺术之生命的象征的洞箫而"深切的伤悲",终于抑郁成疾。女郎"最后把她的箫,/也当作唯一的灵药——/完成了她的爱情,/拯救了他的生命"。这首诗叙述的是爱情与艺术相互冲突的古老的主题。青年获得了爱情,但却以艺术生命的丧失为代价。这是一种永远的两难境地。因此,尽管这首诗似乎是以大团圆作为圆满的收场,但却余味无穷,留给读者的是深深的怅惘和思索。《帏幔》与《蚕马》叙述的是两个悲剧故事,《帏幔》移植了一个民间传说,《蚕马》则根据干宝的《搜神记》改写。两首诗都有一种哀怨凄美的调子以及浓郁的抒情气息,令人荡气回肠,从这个意义上说,冯至的叙事诗是以叙事的外壳包藏抒情的内质,在本质上堪称是罗曼诗。

与冯至罗曼诗般的抒情气质相异趣的,是以乡土写实著称的臧克家(1905—2004)。臧克家最初登上诗坛时,曾受到过闻一多的直接影响,他的诗歌创作在形式上也带有明显的新月派风格,成名作《难民》就有闻一多写关于农村题材的作品《荒村》的影子。但在闻一多那里,乡土题材只是偶一为之,而臧克家成长于乡村的经历却最终带给他别人无法模仿的独特的诗歌写作风格。从1932年开始写诗,到诗集《烙印》《罪恶的黑手》《自己的写照》问世,臧克家始终坚持自己的贴近泥土的创作原则,被誉为"泥土诗人"。

朱自清指出,中国现代诗歌从臧克家起"才有了有血有肉的以农村为题材的诗"①。这取决于诗人与农村血肉般的紧密联系,以及对底层人民艰难困苦的关注与同情。他对诗坛的特殊贡献是他的"坚忍主义"人生哲学。无论是"什么都由我承当"的当炉女(《当炉女》),还是"雨从他鼻尖上大起来了"的洋车夫(《洋车夫》),无论是"到处漂泊到处是家"的渔翁(《渔翁》),还是《老马》中那匹"横竖不说一句话,/背上的压力往肉里扣"的老马,都是这种"坚忍主义"的忠实写照。这种"坚忍主义"是作家从自己的生活历程中真切地压榨出来的经验与感受,有泥土般质朴而逼真的气息。

在形式上,臧克家被看做是新诗中的"苦吟派",讲究锤炼,诗风谨严,堪称字斟句酌。以《难民》为例:"日头堕到鸟巢里,/黄昏还没溶尽归鸦的翅膀,/陌生的道路无归宿的薄暮,/把这群人度到这座古镇上。/沉重的影

---

① 朱自清:《新诗杂话·新诗的进步》,《朱自清全集》,第2卷,南京,江苏教育出版社,1988。

子,扎根在大街两旁,/一簇一簇,像秋郊的禾堆一样,/静静的,孤寂的,支撑着一个大的凄凉。/满染征尘的古怪的服装,告诉了他们的来历,/一张一张兜着阴影的脸皮,/说尽了他们的情况。"这段诗中的"溶尽""度""扎根""兜"等用字,都是诗人斟酌再三、用力尤深之处,尤其是"黄昏还没溶尽归鸦的翅膀"一句更是被称为炼字的典范。这些看似寻常的字眼儿经过诗人的精心选择,在诗句中显示出奇崛的魅力。但如果诗人一味苦吟而忽略了总体意境的把握,就会显得过于刻意和拘谨,反而会妨碍阔大雄健的诗歌境界。相比之下,他的《壮士心》并没有在遣词造句上刻意雕琢,而更关注于意境的深远与阔大,令人有无穷的回味,被文学史家司马长风称为"有炉火纯青之感",是一首难得的佳作。这首诗作于1934年4月,当时正是日军践踏华北、觊觎中原的危急关头,也是人们期盼奋勇抗敌的民族英雄的时候。《壮士心》正反映了这种御辱报国的渴望,诗歌拟想了一个古代的壮士,虽已届暮年,独伴青灯,却仍枕戈待旦,渴望出征,并且在梦中回到了纵横沙场的当年。诗绪中有一种"风萧萧兮易水寒,壮士一去兮不复还"的荆轲般的豪放与壮烈。

　　江庵的夜和着青灯残了,
　　壮士的梦正灿烂的开花,
　　枕着一卷兵书一支剑,
　　灯光开出了一头白发。

　　突然睁大了眼睛,战鼓在催他,
　　(深夜里木鱼一声又一声)
　　跨出门来,星斗恰是当年,
　　铁衣上响着塞北的朔风。

　　前面分明是万马奔腾,
　　他举起剑来嘶喊了一声,
　　从此不见壮士归来,
　　门前的江潮夜夜澎湃。

思考题

1. 简述《女神》在现代诗歌史上的历史地位。
2. 新月派的主要贡献是什么?

第七章　现代话剧的孕育与进展

第一节　文明戏与爱美剧

○所受影响与渊源关系　○历史脉络和发展过程

话剧源于欧洲，20世纪初传入我国，作为一种全新的外来艺术形式，话剧在中国近现代文学史上经历了一个从萌芽到生长再到成熟完善的发展过程。在这一过程中，中与西、新与旧，外来形式与民族传统如何有机地融为一体，怎样才能避免"橘逾淮而成枳"等问题成为中国现代戏剧工作者一直努力探讨并力图在实践中加以解决的焦点。从文明戏到爱美剧，真正意义上的中国现代话剧由播种孕育进入到了发展建设阶段，它们共同开创了现代话剧蓬勃发展的先河。

戏曲在中国有着悠久的历史，周秦时就已发端，而从宋杂剧、南戏到元杂剧时代标志着其发展的高峰，明代四大传奇的问世，清代民间地方戏的活跃，又使传统戏曲更加丰富和完整。清朝晚期，国势逐渐衰弱，帝国主义入侵中国，资产阶级改良主义者及革命派首先觉醒。为了挽救国家命运，他们倡导资产阶级性质的社会改革，戏剧成为他们进行宣传的重要工具。在这种背景下，进步戏曲艺人上演了很多抨击时政、宣扬种族革命的戏，开始倡导戏剧革新。梁启超是利用戏曲形式宣传社会变革的先驱，他流亡日本期间就曾用白话写戏曲小说，并强调"写杂剧"，呼吁中国学生"休学时合演杂剧"，"把一国的人从睡梦中唤起来"，尽自己的"国民责任"。此外，汪笑侬、夏月润、潘月樵等一批职业演员也自己动手编制新戏，对旧戏进行改造。改良了的旧戏通常被称为"时事新戏""时装新戏"或"洋装戏"，但其始终未能脱离旧剧的固有范围。传统戏曲的渊源以及职业演员倡导"新戏剧运动"带来的影响,为西方话剧传入中国并在中国得以生根、发芽、成长提供了不可或缺的土壤。

1906年,留日学生曾孝谷、李叔同等人,受到当时日本兴盛的"新派剧"的感召,在日本著名戏剧家藤泽浅二郎等人的指导和帮助下,成立了春柳社演艺部,这是我国最早的话剧团体,它从搬演西方话剧《茶花女》(1907)开始,最早掀起了引进话剧的热潮。正当春柳社在日本演出中国话剧并引起轰动时,中国本土宣传革命、鼓吹进步的新剧团体也风起云涌,先后成立了"春阳社""进化团"等。他们上演了《黑奴吁天录》《迦茵小传》《血蓑衣》《共和万岁》等剧目,并在南京、芜湖、武汉、上海等地巡回演出,直斥时政,收到了相当强烈的社会效果。最初,人们称这种刚刚输入中国的戏剧样式为"新剧",取"新型的戏"的意思,以区别于旧戏。辛亥革命爆发后到"五四"文学革命前夕,新剧因形式的新颖和内容的贴近现实,受到观众的热烈欢迎,盛行一时。为了表达对新剧的夸赞和推崇,人们纷纷称之为"文明戏"。欧阳予倩先生在《谈文明戏》一文中就曾提到,"文明戏"的"文明"二字,用热情的观众赠与的美称,以示"进步或者先进"的意思。"文明新戏正当的解释是进步的新的戏剧,最初也不过广告上这样登一登,以后就在社会上成了一个流行的名词"。

1911年至1912年,文明戏到达全盛时期,究其原因,主要有两个方面。其一是有一个忠实于艺术的骨干戏剧团体——春柳社。春柳社成员陆续回国后于1912年组成"新剧同志会",1914年在上海建立"春柳剧场",大张旗鼓地组织职业性演出活动,前后上演了八十多个剧目。特别值得提出的是,春柳社的许多成员都曾师从专门的戏剧艺术家,有的还在日本的俳优学校对戏剧进行过正式学习。深厚的艺术功底和对国家前途命运的满腔热忱,加之严肃认真的工作态度,使得春柳社演出的文明戏受到普遍欢迎。其二是社会、政治方面的原因。春柳社在国内活动的初期,正值辛亥革命获得成功,两千多年的封建帝制被推翻,民国刚刚建立,历史动荡,人民普遍处于激奋的情绪之中,他们来到剧场,不只是想看戏,更重要的是要听到新的言论,获得新的思想。宣传鼓吹革命的文明新戏恰好迎合了大众的这种口味,因而得以风行。

但不久,这次戏剧革新运动便因新文化总体力量的不足和辛亥革命的失败而走向衰落。1913年袁世凯独揽军政大权以后,旧思想、旧文化卷土重来,一些剧团为了维持生计,只好去迎合社会上一部分观众庸俗、低级的趣味,演出一些宣扬封建道德观念的家庭戏、神怪戏,越来越远离政治的和现实的主题,文明戏堕落成用新形式表现落后内容的旧戏。用郑振铎先生的话概括,即他们仍旧是诲淫,仍旧是诲盗,仍旧是提供迷信。在这一时期,用"文明戏"来称呼新剧已经有了蔑视、鄙夷和贬斥的味道,"文明戏"专指"堕落的新(话)剧"了。新剧(亦称文明戏)从1907年萌生到1918年衰落,不过十年左右的时间,但它在中国现代话剧发展史上有着十分重要的地位。它的衰败让后人引以为戒,同时它也为以后中国现代戏剧的发展奠定了重要的基础,起到了"开先启后"的作用。

"五四"文学革命以后,中国戏剧改革又在形新实旧的文明戏的基础上重新起步。"五四"时期,特别是1917年至1918年,钱玄同、刘半农、傅斯年、胡适、周作人等文学革命先驱者们纷纷在《新青年》上发表文章,提出自己对戏剧改革的主张。他们虽然各持己见,但在否定旧戏、提倡译介西方话剧方面的看法却基本相同。在他们的大力倡导和推行下,对传统旧戏的批判以及对西方戏剧的传播蔚然成风。但同时也带来了许多问题:译介的西方戏剧作品无法被中国民众直接接受,传统旧戏仍占据着广大的舞台和观众,文明戏又因商业化而堕落衰败,话剧的发展陷入困惑。为解决这些问题,"爱美剧"运动便应运而生了。

"爱美"是英文Amateur的音译,意为业余的、非职业的;"爱美剧",即非职业的戏剧。"爱美剧"运动口号的提出,受到了欧洲"小剧场运动"的启发。19世纪末20世纪初,欧洲戏剧家们因不满于戏剧的商业化倾向,提出不以营利为目的的业余的实验性的演出,提高戏剧的艺术质量,增强戏剧的社会作用。1921年4月20日至8月4日,著名戏剧家陈大悲在《晨报》上连载了一篇题为《爱美的戏剧》的长文,系统地论述了"爱美剧"问题,率先提出开展"爱美剧运动"的主张,而陈大悲本人则"一方面在财政部挂了一个专支薪不到部的科员台衔,另一方面则在蒲伯英先生主办的白话报与晨报写文章以攻击旧戏与文明戏,提倡爱美的戏剧"①。"爱美剧运动"提出后,在新剧界引起很大反响,很短的时间里,一批业余话剧团体和戏剧研究刊物便迅即涌现出来,排演"爱美的"戏剧。上海民众戏剧社和上海戏剧社是其中最重要的两支队伍。

民众戏剧社1921年5月成立,是中国第一个业余话剧团体。在其成立章程上,明确地规定着"本会以非营业的性质,提倡艺术的新剧为宗旨"。在这一宗旨的指导下,剧社一方面试演世界名剧及自编剧本,另一方面又创

---

① 熊佛西:《我的戏剧生活》,《晨报》,1933-04-02。

办了《戏剧》月刊,"宣传真的戏剧,及发表同仁研究之成果"[①],倡导民众戏剧观念。1922年冬,他们又在北平创办了"人艺戏剧专门学校",聘请文化界有威望的人士执教,以造就高尚的职业戏剧员。该剧社阵容强大,既有著名文学家沈雁冰、郑振铎、柯一岑等,又有专事戏剧的艺术家、学者如欧阳予倩、熊佛西等,还有一些来自文明戏的职业艺人,如陈大悲、汪仲贤、徐半梅等,共13人。他们痛惜文明戏的腐败堕落,将目光投向"爱美剧"对新剧的改革,他们的共同努力,助长了"爱美剧"的声势,不仅在当时的戏剧界发生过巨大影响,也在中国现代话剧发展史上留下了重要的一页。

上海戏剧协社是在黄炎培先生创办的上海中华职业学校演剧团体的基础上发展起来的,成立于1921年冬,是中国现代话剧团体中历史最长,并对现代话剧的发展做出重大贡献的一个团体。它最早的成员有谷剑尘、应云卫等,1922年后,欧阳予倩、汪仲贤、徐半梅、洪深等相继加入,使其声威大震。在1921年至1933年长达12年之久的时间里,上海戏剧协社共举行了16次公演,其中如谷剑尘创作的《孤军》,陈大悲创作的《英雄与美人》,欧阳予倩创作的《泼妇》《回家以后》,洪深根据英国著名作家王尔德所著《温德米尔夫人的扇子》改编而成的《少奶奶的扇子》,易卜生的《傀儡家庭》以及莎士比亚的《威尼斯商人》等都受到观众的热烈欢迎。洪深加入戏剧协社后负责主持排演工作,他摒弃了舞台上长期流传的说教方式,将西方导演制系统地引入中国剧坛,增强了戏剧艺术的感染力量,也对当时的非职业剧社和学生演戏产生了很大影响。上海戏剧协社的实践活动为中国话剧运动从业余迈向职业化奠定了坚实的基础。

1927年前后,爱美剧运动逐渐沉寂下来,话剧理论与创作、技术与艺术均呈现出寥落的趋势,中国话剧事业期待着新鲜血液的注入。

第二节 丁西林与早期独幕剧

○起步较晚的话剧创作   ○丁西林   ○欧阳予倩

在新文学初期的创作实践中,相对于新诗和白话短篇小说而言,话剧剧本的创作作为一种独立的文学样式起步较晚。"五四"初期,话剧创作的主要收获是独幕剧,其艺术水准并不高,大部分作品的思想内容也很单薄,基

[①] 《戏剧》1卷1号,上海,中华书局,1921。

本停留在对生活的故事化展示阶段。虽然如此,早期独幕剧的创作在中国现代话剧发展史上却占有相当重要的地位,因为在此以前,中国还"从来没有一部编写完全的剧本,只将一张很简单的幕表,贴在后台上场处"。在文明戏衰落时代的舞台上,这些剧本的问世为中国话剧的发展和成熟注入了新的活力。

"五四"时期的话剧创作,首先应提及的是胡适的独幕剧《终身大事》。该剧发表于1919年3月《新青年》,它主要讲述了这样一个故事:中产阶级家庭出身的田亚梅女士,在留学日本时与青年陈先生自由恋爱,但回国后遭到父母的强烈反对,于是她以"孩儿的终身大事,孩儿该自己决断"为信念,毅然地"坐了陈先生的汽车去了"。从这一故事情节,明显可见易卜生剧作《玩偶之家》的痕迹,因而很多评论家称田亚梅为中国式的娜拉。剧本在艺术上虽然还很粗糙,但其思想内容的进步性和积极性是显而易见的。该剧在肯定和歌颂资产阶级民主婚姻观念的同时,也对当时中国社会的封建迷信思想和封建宗法制度予以坚决的否定和严厉的批判,作家将当时人们关注的社会问题用话剧的形式展示出来,发表自己的见解,启发读者思考,可以说是一次有着重要意义的大胆尝试。

洪深主编的《中国新文学大系·戏剧集》中,选入了这一时期创作的独幕剧13部,包括了欧阳予倩、田汉、郭沫若、丁西林等人的作品。这些作品中又尤以丁西林的独幕喜剧特色最为鲜明,甚至以此为代表,形成了"五四"时期喜剧创作的一座高峰。

丁西林(1893—1974),原名丁燮林,字巽甫,江苏省泰兴县人。1914年留学英国,专攻物理和数学。留学期间,他阅读了大量英文小说和戏剧,逐渐对文学产生了浓厚兴趣。他的创作以幽默机智的喜剧著名,1923年至1930年陆续发表了《一只马蜂》《亲爱的丈夫》《酒后》《压迫》《瞎了一只眼》《北京的空气》等多部独幕剧,其中《一只马蜂》和《压迫》更有代表性,也更有影响。

《一只马蜂》是一部格调优雅、结构精致、诙谐幽默的轻喜剧。它主要写了吉先生、余小姐为追求自由恋爱与吉老太太发生的家庭矛盾。作者没有直接写吉、余二人与吉母之间的冲突,而是通过一系列颇具情趣的喜剧场面加以表现,巧妙而圆满地突出主题。一方面温和地嘲笑了吉老太太陈旧的婚姻观念,另一方面也婉转地表达了对恋爱自由的支持。该剧虽短,但构思精巧,取材于日常生活琐事,却在"无事"中创造了无法调和的戏剧冲突。如吉先生与余小姐兴趣相投,早已眉目传神,心有灵犀,但不知情的老太太急于给儿子说媒,又想将余小姐介绍给侄儿做媳妇,这一做法引出一系列矛盾,增添了不少笑料。丁西林还特别注重情节结尾的戏剧性,认为"独幕剧的结尾特别重要"①。在《一只马蜂》结尾处,正当吉先生拥抱余小姐时,吉母偏偏闯入,余小姐急中生智,用"一只马蜂"掩盖了真情,蒙蔽了吉母,圆满地打开僵局,具有强烈的喜剧效果。《压迫》写于 1925 年,是一出反映市民生活的幽默喜剧。剧本描写的是一个只肯把房子租给有家眷的人的房东太太和一个要租房子却没有家眷的男客之间的矛盾冲突。当房东与男客处于僵局时,作者又插入了急于租到房子的女客,最后男客与女客冒充夫妻,愚弄了房东和巡警,僵局就这样出人意料地打开了。在剧中,作者充分动用了喜剧的夸张手法。从女客误认男客为房东,到后来发现男客和她处境相同,共同设法对付房东,写得十分曲折、生动。最有趣味的是,男客最后问女客:"啊,你姓什么?"在笑声中对房东以及当时的某些社会观念给予了极大的嘲弄。丁西林的喜剧在语言上也很有特色,对话简练、机智、含蓄,合乎人物在特定情景中的思想和心理状态。

除了早期的创作,丁西林在抗日战争爆发后的 1939 年到 1940 年间,还写了《三块钱国币》《等太太回来的时候》和《妙峰山》三部重要的喜剧作品。在这些作品中,以往机智的风格犹存,但已经达到了一个新的高度,尤其是在思想内容方面,爱与恨、追求与向往、揭露与歌颂都带有了鲜明的政治倾向性,充溢着抗战救国的激情。

除了胡适和丁西林,在早期的独幕剧创作中,欧阳予倩的《泼妇》《回家以后》也产生了较大影响,首创了中国轻松喜剧的形式。《泼妇》写于 1922 年,描写了另一个娜拉式人物素心与瞒着她娶妾的丈夫慎之决裂并携子离去的故事。这部剧着力围绕人物性格组织矛盾,展开冲突,使人物塑造随着剧情的发展而逐步得以实现,达到了相当高的艺术水准。写于 1924 年的《回家以后》,则讲述了一个留洋学生陆治平在国外另娶玛丽,回国后欲与妻子吴自芳离婚却又因妻子的贤惠而眷恋不舍,遂决定重新处理自己婚事的故事。根据故事情节,这出戏很可能成为一场闹剧,但作家却在轻松含蓄的笔调中谴责了旧的社会制度以及洋学生的某些行为。除了主题的不同于流俗,该剧情节紧凑,对话精练,充分体现了欧阳予倩丰富的实践经验和较高的文化素养。

---

① 《丁西林谈独幕剧》,《剧本》,1957(8)。

第三节　田汉、洪深与浪漫戏剧

○浪漫主义的写作倾向　○田汉　○洪深

田汉是中国现代文坛上一位杰出的戏剧家,"五四"时期即热情投身于戏剧运动。在一生的戏剧实践活动中,他创作了大量的作品并从事戏剧理论研究与教育工作,对推动戏剧艺术在我国的萌生与发展产生了巨大而深远的影响。

田汉(1898—1968),原名寿昌,湖南长沙人。他从小深受中国传统戏曲的影响,对戏剧艺术产生了浓厚兴趣。1916年赴日留学,"五四"后加入少年中国学会,并成为早期创造社的发起人和重要成员之一。14岁时,便发表了戏剧习作《新教子》《汉阳血》等。1920年,他完成了独幕剧《咖啡店之一夜》,剧本描写了盐商少爷李乾卿遗弃咖啡店侍女白秋英的故事,批判了资产阶级青年重金钱轻爱情的做法,对女主人公的不幸遭遇寄予了深切同情,它是田汉现代戏剧创作的发轫之作。1922年自日本回国后,田汉创办《南国》半月刊,开始了"南国社"的早期活动。这一时期,田汉创作了《获虎之夜》《午饭前后》(后改名为《姐妹》)、《顾正红之死》《黄花岗》等一系列反对封建专制、追求个性解放以及反帝爱国、配合现实社会斗争的剧作。尽管田汉早期剧作在取材和思想主题方面都是积极进取的,但同时也流露出较为浓厚的唯美主义倾向和忧郁感伤的情调。1928年前后,田汉参与组织并领导了"南国社"和"南国艺术学院",负责出版《南国周刊》和《南国》半月刊等杂志,主持了多次大型戏剧演出活动。为了演出的需要,田汉创作了许多剧本,其中比较突出的有《名优之死》《江春小景》《苏州夜话》《湖上的悲剧》《南归》等,这些剧本虽然仍留有初期创作时的那种低沉忧郁的情调,但作者对黑暗现实的不满和批判明显地加强了。其中,1929年完成的三幕话剧《名优之死》是"五四"以来的优秀剧作之一。剧本通过著名艺人刘振声的一系列不幸遭遇,揭示出封建社会与艺术根本就是一对不可调和的矛盾这样一个真实而沉重的主题。剧中主人公刘振声是一个极有理想和追求的著名艺人,为人为事耿直正派,尤其讲究"戏德"和"戏品",把艺术事业看得比自己的生命还宝贵。他倾心培养弟子刘凤仙,使她成为一个有影响的青衣,在刘凤仙身上寄寓着自己的期望。但刘凤仙却经不住腐败社会的腐蚀,在流氓绅士杨大爷的引诱下,逐渐堕落下去。刘凤仙的堕落毁灭了刘振声的理想,为此他奋起与杨大爷所代表的旧势力拼死抗争,最后被杨大爷等人气死在舞台上。一代名优之死终于唤醒了广大艺人们的觉醒,也唤起了刘凤仙发自心底的深深忏悔。对田汉来说,这部剧作无论在思想上还是艺术上都具有某种转折的意义。比之其早期剧作,《名优之死》超越了小资产阶级知识分子个性解放、个人抗争的主题,转而反映了更为深广尖锐的社会矛盾和阶级冲突。其早期剧本中的那种感伤和神秘色彩也被坚定、客观的艺术描写所代替,在人物性格的刻画和戏剧冲突的结构以及戏剧语言的表达等方面,都显得比以往作品更加细腻、生动和紧凑。尤其是这部剧自然巧妙地把艺术的舞台与生活的舞台融合为一体,形成了演员演演员,戏中又有戏的独特效果,产生了很强的艺术感染力。这是与田汉本人对戏剧艺术和艺人生活极为熟悉和了解密不可分的。此后,在时代的影响和社会发展激流的推动下,田汉逐渐将创作转变到为人生、为革命的方面。30年代后,田汉的人生道路和戏剧活动发生了重大变化,1930年他率"南国社"加入"左联",1932年他加入中国共产党。这一时期他创作了《梅雨》《乱钟》《回春之曲》等剧本,表现出更为鲜明的爱国主义情感,展现了更为广阔的社会生活画面,揭示出当时社会的阶级矛盾和民族矛盾,在文坛和社会上产生了强烈的反响。抗战爆发后,热情投入民族解放事业的田汉创作了《卢沟桥》等宣传抗日救亡的剧本,同时,还继续热衷于戏剧运动,在如何使传统戏曲为抗战服务方面倾注了更多的心血。抗战胜利后,田汉创作了著名话剧《丽人行》(1947),以三个不同阶层的青年女性艰难坎坷的人生经历,深刻揭露了日本帝国主义和国民党反动派的统治给中国人民带来的深重灾难。除了话剧,田汉一生还先后创作了十多部电影剧本,改编了大量戏曲剧本,成为中国早期革命音乐电影的杰出组织者和领导人。

田汉的戏剧创作在长期实践中逐渐形成了自己独特而鲜明的艺术风格。在现实主义和浪漫主义两大艺术流派中,他的剧作明显地倾向浪漫主义。虽然在"五四"之前鲁迅等人就将西方浪漫主义介绍到中国,但对西方浪漫派戏剧的译介,主要是在"五四"以后。在浪漫主义思潮的影响下,以创造社为代表的一些作家创作出一批浪漫主义的戏剧作品,郭沫若和田汉是其中突出的代表。此外,白薇、杨骚、李初梨、陶晶孙、王独清等人也写过一些浪漫主义戏剧作品。

浪漫主义是贯穿田汉前期创作的主要精神,即使那些被认为是现实主义的剧作,也具有浪漫倾向和浪漫特色,如《获虎之夜》中奇异的民俗色彩,不寻常的神秘情节,抒情性的语言,都可见出浪漫主义特色。而在那些以情爱为题材的浪漫剧中,这种特色就更加明显了。他的话剧初试之作《梵峨嶙与蔷薇》即是浪漫剧,主要写大鼓艺人柳翠与琴师秦信芳的爱情波折。秦爱好音乐,曾留学日本,后做了琴师,他有一把小提琴,送给柳翠,还给她带来了白蔷薇,向她祝贺,但绅士李简斋也追求柳翠,柳为了秦能有一笔钱出国深造,甘愿嫁给李做三姨太,而李看到柳、秦二人爱之深厚,且执著于艺术,动了恻隐之心,决定助他们一臂之力,给了他们一笔赞助,使得他们的爱情和艺术都有了保障。剧本的这种构思显然并非完全忠于现实。爱情与艺术的矛盾、灵与肉的冲突是现实生活中的真实存在,剧本的结局分明体现了作者理想化的情绪。剧中有浓厚的抒情色彩,大段运用独白,如秦信芳面对荫浓叶茂的梧桐便想到总有叶落的一天,面对蔷薇便想到"你替谁红呢"?大有对月伤怀的感伤情绪。剧中还较多地运用了象征的手法,如以梵峨嶙象征艺术,以蔷薇象征爱情。这个剧本虽然不是田汉的成功之作,但却预示着他早期剧作风格开始形成。

此外,田汉的《乡愁》《南归》《湖上的悲剧》《古潭的声音》等一系列剧作,从广义上说,都是浪漫抒情剧。这些剧本主要不是描绘人生,也不是描写现实事件,而是表现人的心境、思绪,写他们苦闷、彷徨、满腔哀愁甚至颓废的情绪。《乡愁》写留学东京的几个学生漂泊不定,有家可归而又不能归的苦闷和惆怅,可以说是田汉写的第一批流浪者形象。全剧多是刹那间的内心感受,缺少连贯的情节。到了《南归》,田汉又进一步发展了人生漂泊不定、不知何去何从的感伤情绪。剧中的诗人在北方时向往南方,流浪到南方,似乎得到了暂时的安息,但并不安宁,因为他因此而失去了北方的牧羊女,内心同样充满惆怅。《南归》是田汉剧作中感伤成分最重的剧本,作者在剧中加入了好几段诗,一方面增加了抒情性,一方面也加重了感伤情绪。《湖上的悲剧》《古潭的声音》除了反映感伤情绪,更多的是表现灵肉冲突,唯美主义成分更浓。当时在田汉看来,值得追求的美好理想有两个,一是艺术,二是爱情。因此这两者成为他早期浪漫剧的主题,即使是后来的《苏州夜话》《名优之死》,也仍然没有离开这一主题。

郭沫若的浪漫戏剧体现在历史剧创作领域。郭沫若曾说他"爱写历史的东西和爱写自己",实际上,他在写历史中也融入了自己,这正体现了浪漫主义精神。以历史传说为题材是浪漫主义的一个特点,注重主观情感的宣泄则是浪漫主义更为重要的特点。郭沫若早期的《三个叛逆的女性》是浪漫史剧的代表。郭沫若的历史剧注重追求诗的意境,营造一种悲剧意蕴,将自我"完美的人格"理想体现于其中,发展了历史精神。

在中国现代话剧的发生和发展进程中,还有一位重要的作家,他就是洪深(1894—1955)。洪深,号伯骏,江苏武进人,1912年考入清华学校,他在学生时代就积极参加戏剧演出活动。1915年创作了第一个有对白的话剧剧本《卖梨人》,次年又完成了反映农民生活的五幕剧《贫民惨剧》,剧本虽未发表,但上演后引起了一定的反响。1916年洪深留学美国,先学陶瓷,后转入哈佛大学攻读戏剧和表演艺术,在美期间,他参加了许多职业剧团进行巡回演出。1922年回国后除在大学任教,他还积极从事戏剧运动和话剧创作,并参与电影编导工作,为中国现代话剧和电影事业的起步做出了重要贡献。这一年他创作了自己的成名作《赵阎王》。1923年起,他先后参加了"戏剧协社""南国社""左翼剧联"等一系列进步戏剧团体,并先后创作了"农村三部曲"等话剧剧本和《劫后桃花》等电影剧本。抗战前夕,他又积极从事"国防戏剧"活动,写下了《走私》《咸鱼主义》等以抗日救亡为题材的剧本。抗战爆发后,他在周恩来、郭沫若领导下积极组织抗敌演剧队,并创作了《飞将军》《包得行》等反映现实生活的剧本。抗战胜利后,他编辑《戏剧与电影》周刊,并写出了《鸡鸣早看天》《女人女人》等反映国统区社会现实的剧作。洪深的剧作,以积极进取的人生态度,着力反映贫富不均、军阀混战、农村破产、抗战风云、反帝爱国等具有现实意义的题材,表达了富有时代气息的主题。他对戏剧理论及表演和编导技巧进行过系统深入的研究,他的剧作充分吸取了中国传统戏曲和西方戏剧艺术的精华,特别是在戏剧结构、舞台效果等方面,显示了自己的开创意识并形成了自己的风格特色。

《赵阎王》是洪深早期的代表作,表现了军阀统治给广大民众带来的深重灾难。被称作"赵阎王"的主人公,原本是个安分守己的农民,被逼当兵后,在严酷的环境中逐渐丧尽天良,无恶不作。剧本表现的是"赵阎王"的罪恶,但矛头却直指当时的黑暗社会,表达了反封建、反内战的主题。在艺术表现上,该剧突破了传统的和当时戏剧创作的通常格局与惯用手法,有很多创新。如大量借鉴了美国现代剧作家奥尼尔《琼斯皇》的表现手法,采用神秘主义和淡化情节的处理方式,但较为生硬,影响了整部作品的现实主义力度。

完成于1931年至1932年的"农村三部曲"(《五奎桥》《香稻米》和《青龙潭》)是洪深最有影响的代表作,也是现代文学史上较早出现的站在被压迫阶级立场上全面展示农民疾苦和农村社会斗争的话剧剧本。其中尤以

《五奎桥》最为成功。该剧描写了江南某乡村农民和封建地主围绕拆桥还是保桥展开的尖锐斗争。五奎桥位于乡村的水陆要冲,是地主周乡绅祖上建的,是封建统治的象征。这一年正逢大旱,农民们亟须用的抗旱打水船无法通过狭矮的桥洞,要求拆桥让路;而地主周乡绅为了保住"好风水",实质上是保住地主的权威,绝不允许拆桥。于是,一场不可避免的生死搏斗展开了。最终,农民们团结一致,共同反抗,取得了斗争的胜利。这虽是一桩偶然事件,却反映出农民与地主两大阶级间斗争的必然性。人物形象生动而又内涵深沉,语言也极富个性化,有着自然而生动的舞台艺术效果。这部剧标志着洪深剧作开始走向成熟,体现了他严谨、朴实而又富于变化的艺术风格。

第四节 夏衍与戏剧民族化的努力

○创作视点的转移　○以现实生活为主调　○知识分子形象的塑造

夏衍(1900—1996),原名沈乃熙,字端轩,号端先,出生于浙江省杭州市郊一个没落的书香门第。15岁时入浙江省甲种工业学校学习,1920年留学日本。留学期间深受国际国内革命浪潮的影响,1927年大革命失败后,夏衍回国,在革命处于低潮时毅然加入中国共产党,并先后加入左翼作家联盟和左翼戏剧家联盟,成为中国左翼文化运动的领导者之一。在数十年的文学生涯中,他在戏剧、电影、散文、杂文、随笔、政论、报告文学、翻译等诸多领域都留下了自己光辉的一笔,取得了相当丰硕的成果。

夏衍的戏剧创作开始于1935年,并主要集中在抗日战争时期,因此他的剧作在题材上几乎都与抗日有关,围绕着特定的时代、社会与人生,揭示人物的内心世界,在反映现实的同时,追求一种生活化和抒情性的情调。

抗日战争爆发以前,夏衍的创作主要包括多幕剧《赛金花》(1936)、《自由魂》(1936)、《上海屋檐下》(1937)和独幕剧《都会的一角》(1934)、《中秋月》等。《都会的一角》是夏衍的处女作,描写了一个19岁的舞女因无力救助负债的情人而自尽的故事,反映了悲剧时代中人民生活的艰辛。《赛金花》以八国联军的侵华战争为背景,通过赛金花的种种遭遇,反映了八国联军对中国的侵略,描绘了国势衰弱的清王朝丧权辱国的丑行。剧中的左侍郎徐大人说:"咱们中国在国破家亡的时候,靠女人来解决问题的事情,本来是不希奇的",一语道破了这个反动政权腐败、昏庸的本质。但此剧对以一个妓女凭借色相挽救民族危亡的屈辱情节缺乏鲜明的臧否,影响了作品的思想高度。《自由魂》也是一部历史剧,与《赛金花》不同的是,它以积极的正面主人公为榜样,高扬了反帝反封建的革命精神和舍生取义的英雄气概。剧作选取为革命而献身的烈士徐秋瑾短暂一生中的片断,展现了她以身殉志的悲壮历程。剧本情节紧凑,人物性格鲜明,对话简洁、明快,很有特色。

《上海屋檐下》是夏衍杰出的现实主义力作,也是他自觉实践现实主义手法取得的重要收获。在此以前他已写过三个剧本,但他仍称《上海屋檐下》是他的"第一个剧本","因为,在这个剧本中,我开始了现实主义创作方法的摸索"①。剧本描写生活在大城市底层的一群小市民和贫苦知识分子平凡的令人诅咒的生活,通过五个家庭的不同遭遇以及相同的不幸命运,揭示社会内在的矛盾,使人感到一种郁闷的时代气氛。生活在社会底层的每个家庭都是不幸的,他们在地狱般的社会中,挣扎着,煎熬着。他们本身的弱点又决定他们无力回天,只能在阴暗的日子里默默地度日,但他们在内心深处却从未失去对光明的向往,他们企盼天明,企盼着"总有一天会晴的!"正如李健吾所分析的那样:"他们属于一群弱者。施小宝是一个沦落天涯的弃妇,四顾无依,在狂风暴雨之中憔悴;赵妻无时不在絮叨,接受贫苦,却又永远抱怨;李陵碑失去了人生实感,活在错觉的酩酊之中;黄家楣夫妇是失业型知识分子,不曾养成意志,却养成了肺病;赵先生似乎达观了,不幸属于一种随遇而安的乐天主义,或者马虎主义。有谁不是弱者呢?然而真正可爱的却是未来,给我们带来希望。"②作者巧妙地将人物组织在一起,通过严密的布局,使多条线索共同发展。故事来自生活,具有浓郁的生活气息,恬淡、自然,但又使人感到洗练、隽永。写的是日常生活,表现的却是人物的命运和心灵的颤动。

1937年抗战全面爆发后,夏衍曾辗转于上海、广州、桂林等地,组织编辑《救亡日报》,1942年到1945年,他又到重庆《新华日报》任职。在忙于抗敌宣传工作的同时,夏衍也积极投入创作,这一时期的主要作品包括《咱们要反攻》(1937)、《一年间》(1938)、《娼妇》(1939)、《心防》(1940)、《愁城记》(1940)、《水乡吟》(1942)、《法西斯细菌》(1942)、《离离草》(1944)、《芳草天涯》(1945)等。四幕剧《一年间》描写了爱国绅士刘爱庐一家在抗

---

① 夏衍:《〈上海屋檐下〉自序》,见《夏衍研究资料》,北京,中国戏剧出版社,1983。
② 李健吾:《〈上海屋檐下〉》,《李健吾戏剧评论选》,北京,中国戏剧出版社,1982。

战爆发后的一年间所经历的颠沛流离,表现了战争给普通百姓带来的悲欢离合。全剧通过对正面人物的塑造,批判了抗战救亡中的悲观主义情绪,贯穿着民族必胜的信念。《心防》是这一时期夏衍剧作中影响较大的一部。它主要描写了沦陷区广大知识分子坚守这城市"五百万中国人心理的防线",为坚持抗战所做的努力。主人公刘浩如是一个新闻记者,当上海沦陷时,他意识到:"现在摆在我们面前的问题,是如何死守这一条五百万人精神上的防线,要永远地使人心不死,在精神上永远不被征服,这就是留在上海的文艺工作者的责任!"为此,他无视敌人的威胁和利诱,勇敢地战斗在"心防"的最前沿。与刘浩如共同战斗着的还有沈一沧、刘爱棠等一大批进步文艺工作者,夏衍以饱含激情的笔调热情歌颂了这一群坚守"孤岛"人民精神防线的坚强战士,表现了知识分子对国家前途和命运的关注。《法西斯细菌》是夏衍的又一代表作,描写了一向不问政治的细菌专家俞实夫在抗日过程中逐步觉醒的故事。俞实夫正直宽厚,富于献身精神,并且崇奉"科学救国";但严酷的事实终于使他认识到"法西斯细菌"不消灭,拯救中国是不可能的。他由东京而上海而香港而桂林的四次迁徙、四次转变过程,展示了广阔的时代画面。与夏衍的其他作品相比,《法西斯细菌》表现出了更为鲜明的时代和政治色彩,剧情发展的每一阶段都与一个重大的历史背景相关,人物的命运也是结合着当时国内外政治形势而发展、变化,全剧虽长,但剧情连贯、紧凑,比较集中地反映了民族革命战争时期的时代风貌。特别值得提及的是,小资产阶级知识分子一直是活动在夏衍剧作中的一类主要人物形象,对他们的塑造,往往能够给读者以深刻的启发和感悟,使读者产生丰富的联想,而《法西斯细菌》中的主人公俞实夫正是这类人物的典型代表。作家有意地将这一类人放在一个可能改变、必须改变,但一定要经历某种生活的磨炼才能改变的环境里,"残酷地压抑他们,鞭挞他们,甚至于碰伤他们,而使他们转弯抹角地经过多种样式的路,而达到他们必须达到的境地"①。在剧作中,作者对于小资产阶级知识分子的软弱性给予了严厉的批评和谴责,但身为知识分子中的一员,夏衍对这一类人的鞭挞又常常是饱含同情的。《芳草天涯》是夏衍唯一以爱情为题材的剧作,它立足于抗战这个大的时代背景,描写了战乱离难中知识分子的爱情与生活的纠葛,通过家庭矛盾投射着社会的矛盾与时代的矛盾。它是夏衍剧作中人物最少、情节最集中、戏剧冲突内在而又非常强烈的作品,具有感人的艺术力量。

---

① 夏衍:《关于〈一年间〉》,见《夏衍研究资料》。

夏衍的剧作在广泛地吸收摄取外来文艺思潮影响的基础上,形成了现实主义的独特风格。为了遵循现实主义创作原则,他总是从平凡的人物和事件中挖掘主题,舍弃情节的奇巧与偶合,反映"真实的人生"。他反对"'为戏剧而戏剧地'造成一个紧张刺激而又通俗有趣的剧本"①。对这种艺术主张,夏衍在自己的创作中身体力行,经过长期的实践,他的作品逐渐形成了自己质朴、凝练、冲淡、隽永的特色。此外,夏衍还始终遵循着"戏剧为革命服务"的方针。他强调要发扬戏剧"即于现实,即于人民"②的优良传统,并以"把握当前的主题,效率最高地使我们的艺术服务于抗战","表达中国人民在抗战中起初的喜悦、愤怒和哀悉,表现激变着的人民生活"③作为话剧创作的最高准则。这与左翼剧运所倡导的戏剧大众化的奋斗目标相一致。夏衍的剧作正是以简明、通俗、易懂、贴近现实生活而赢得了更多的观众,为中国现代戏剧的民族化和大众化做出了努力。

思考题

1. 文明戏与爱美剧的区别在哪里?
2. 草创期现代话剧与西方话剧的关系。

---

① 夏衍:《历史剧所感》,见《夏衍戏剧研究资料》。
② 夏衍:《中国话剧运动的历史与党的领导》,见上书。
③ 夏衍:《戏剧运动的今天与明天》,见上书。

第八章 曹禺与现代话剧艺术

　　尽管现代话剧的起步并不晚，并在其初期尝试阶段也留下了许多探索者艰辛的脚印，但客观地说，整个新文学的第一个十年，甚至到 20 年代末 30 年代初出现田汉的《名优之死》、洪深的"农村三部曲"等一批较为出色的现实主义剧作为止，话剧艺术并没有在中国的读者和观众心中真正产生具有震撼力的影响。这种影响的产生是从曹禺剧作的问世才开始的。

　　曹禺（1910—1996），原名万家宝，祖籍湖北潜江，出生在天津一个没落的封建官僚家庭。早年的家庭生活对曹禺后来的戏剧创作有两个方面的重要影响：其一，父亲与上流社会的交往，使曹禺亲身见识了许多乱七八糟的事情和"高级恶棍、高级流氓"，这些人和事实际上后来在《雷雨》《日出》《北京人》里都出现过。① 上层社会生活的腐败没落，首先使曹禺产生了强烈的正义感和人道主义的同情心，此外，这些亲身经历也自然成为青年曹禺戏剧创作最直接和最熟悉的题材。其二，经常随母亲去戏园看戏听曲，使曹禺从小就对戏剧艺术产生了浓厚的兴趣，尤其是民族戏剧的传统艺术表现形式令曹禺痴迷，这也成为日后曹禺戏剧创作的艺术底蕴。

　　1923 年曹禺考入天津南开中学，这既是他人生的一次转折，也是他正式从事戏剧活动的一个重要前奏。入学不久他就参加了该校的业余话剧团体南开新剧团，先后主演过易卜生的《娜拉》《国民公敌》，莫里哀的《悭吝人》，霍普曼的《织工》，高尔斯华绥的《争强》，丁西林的《压迫》等。还担任过《南开双周刊》的戏剧编辑。这些初期的戏剧实践活动对曹禺"敏锐的舞台感觉"的增强，有着重要的作用。他后来多次强调说："没有敏锐的舞台感觉是很难写出好剧本的。"②这一时期曹禺开始逐步接触一些西方文学，

---

① 参见《曹禺谈〈雷雨〉》，《人民戏剧》，1979(3)。
② 转引自颜振奋：《曹禺创作生活片断》，《剧本》，1957(7)。

特别是易卜生等著名作家的作品,为他的艺术思维打开了新的空间。

1928年曹禺升入南开大学政治系学习,此间他除了继续热心戏剧活动和有志于西方文学的研究之外,对自己的专业并不感兴趣。1929年曹禺终于离开南开,转入清华大学西洋文学系。1933年又入该校研究院深造,专攻戏剧。在清华学习的数年间,曹禺研读了大量的戏剧文学作品,从古希腊三大悲剧作家,以及莎士比亚、易卜生、契诃夫、奥尼尔等戏剧大师的创作中汲取了丰富的文化艺术素养,再加上对社会生活的体察也不断加深,这些都为他戏剧创作的腾飞打下了坚实的基础。1933年,大学还未毕业的曹禺就创作了他的处女作《雷雨》。该剧1934年经巴金推荐在《文学季刊》上发表之后,立即在文学界和社会上产生了巨大的反响。1934年曹禺为生活所迫赴天津河北女子师范学院任教,1935年间完成了他的第二部剧作《日出》,该剧的问世再次引起强烈反响。《雷雨》《日出》一举奠定了曹禺在中国现代文学史上的重要地位。毫无疑问,这两部剧作的诞生,不仅仅标志着曹禺本人戏剧创作生涯的正式开始,也标志着中国现代话剧创作真正意义上的开端。1936年曹禺应聘到南京国立剧专任教,同年创作了第三部重要剧作《原野》。抗战爆发后,随剧专辗转至长沙、重庆等地,1938年秋与宋之的合作完成了反映抗战生活的剧本《黑字二十八》(又名《全民总动员》)。1939年秋曹禺完成了又一部表现抗战题材的剧本《蜕变》。1940年冬,标志着作家第二个创作高峰的代表作《北京人》问世。1942年夏,曹禺成功地将巴金的长篇小说《家》改编成多幕剧,使其登上话剧舞台。抗战胜利后,他还创作过多幕剧《桥》(1946,未完成)和电影剧本《艳阳天》(1947)。新中国建立之后,曹禺先后创作了《明朗的天》(1954)、《胆剑篇》(1961,与梅阡等合作)、《王昭君》(1978)等剧本。此外,从30年代中期开始,曹禺还陆续改编过《财狂》《正在想》《镀金》等外国戏剧作品,还发表过改译的莎士比亚名剧《罗密欧与朱丽叶》等。

曹禺一生的话剧创作数量并不多,但分量很重,尤其是《雷雨》《日出》《原野》《北京人》这四大名剧,在中国乃至世界戏剧史上都留下了广泛而深远的影响。其剧作幽深沉郁的主题意蕴,精巧神奇的戏剧冲突,现实世界与诗意的融合等等,给人们留下了许多"说不尽"的话题。曹禺善于把握人物命运中的戏剧性变化,在戏剧冲突中体现对人生的终极关怀。曹禺剧作不仅显示了其本身独特的价值,而且他对话剧艺术不断探索求新的精神,也是现代话剧发展进程中最宝贵的东西。曹禺既是现代话剧真正意义上的奠基人,又是现代话剧艺术的一座高峰。

第一节　命运悲剧——《雷雨》

　　○作品的取材角度　○对"命运"问题的追问　○从人物性格和复杂关系中揭示悲剧内涵　○剧本风格的基本特色

　　四幕剧《雷雨》是曹禺的处女作,也是其一鸣惊人的成名作。作者时年23岁,这毫无疑问地显示了非凡出众的艺术才华。但实际上,《雷雨》的创作从曹禺高中毕业起即开始构思,前后经过了五年的反复酝酿与修改,终于在1933年大学毕业前夕完稿,向世人发出了那惊心动魄的"第一声呻吟,或许是一声呼喊"①。剧本首先深深打动了它的第一个读者巴金,令他"感动地一口气读完它,而且为它掉了泪"②。于是经巴金推荐,《雷雨》在1934年的《文学季刊》第3期全文刊载。由于对封建专制思想的批判,尤其是直接表现了上流封建家庭的乱伦题材,剧本发表后在国内一度受到守旧势力的围攻与禁演,至1935年中国留日学生在东京成功地演出了《雷雨》并产生了很大的反响,国内各剧团才陆续将其搬上舞台。1936年《雷雨》由上海文化生活出版社正式出版单行本。

　　从《雷雨》的取材来看,它确乎受到一些西方戏剧传统的影响,主要描写了上层社会大家庭的乱伦关系以及由此引发的一系列的人生悲剧。但作者在思想内涵的发掘和艺术表现的追求上,都远远超越了这个题材本身的范围。剧作不仅在特定的家庭关系中,写出了人物各自的社会因素,进而很自然地由暴露大家庭的罪恶引出社会的罪恶,由大家庭的毁灭揭示出社会制度的不合理及其崩溃的趋向,更为重要的是,剧本在展示家庭悲剧和社会悲剧的同时,还写出了一种更为复杂、更为深刻的命运的悲剧,即人对命运的抗争与命运对人的主宰这一对难以调和的巨大矛盾。用曹禺自己在《〈雷雨〉序》中的话说,就是始终怀有一种"对宇宙间许多神秘事物的不可言喻的憧憬"。

　　如果说人生问题是中国现代作家普遍关注和反映的问题,那么命运问题则是少数作家执著表现和追求的问题。曹禺剧作的艺术魅力之所以经久不衰,除了他很会写"戏",善于构织紧张激烈而又充满情感的戏剧冲突之

---

① 曹禺:《曹禺选集·后记》,《曹禺选集》,北京,人民文学出版社,1979。
② 巴金:《蜕变·后记》,《蜕变》,上海,文化生活出版社,1947。

外,还有一个更为内在的因素,就是曹禺剧作从一开始就以极大的兴趣探究着人的命运及其终极关怀,这不仅是戏剧舞台而且是人生舞台的根本冲突。更为重要的是,曹禺剧作没有把人的命运抽象化,理念化,没有把人的命运与人的社会存在割裂开来,相反,曹禺剧作中人的命运始终没有脱离中国时代社会的具体环境,即使那些深受外国戏剧艺术手法影响,极富表现主义和象征主义色彩的剧作也是如此。过于注重对人生现实问题的描写,会使剧作缺乏深度和哲思;而过于偏向对人生命运的表现又会陷入空泛和神秘。曹禺剧作,首先是《雷雨》的巨大成功,正是在于它准确把握了两者的适度结合。

《雷雨》巨大的精神震撼力,又首先是通过剧中人物的性格与命运展示出来的。

周朴园是整个剧作的中心主人公,若从其性格表现的类型特征来看,在他身上集中突出了这样两点:其一,具体地说他是《雷雨》悲剧的总根源;其二,扩大地说他是个封建色彩浓厚的资本家的典型,是封建专制独裁的象征。但这个人物的魅力和内涵更在于其性格和命运充满了深刻的矛盾。周朴园早年留学德国,一定程度上接触到了资产阶级自由民主的社会思潮,正是在这种追求自由、个性和真诚爱情的思想影响下,他与家中年轻的女仆侍萍相爱了。但终于他又向封建传统意识和封建家庭观念的压力屈服,抛弃了侍萍和她与自己生下的刚满三天的儿子,转而与富家名门的小姐成婚。在这里,周朴园所抛弃的不仅仅是侍萍母子,实际上也是对他自己早先曾追求过的那点自由思想与真诚情感的否定,是对自己做人良心的否定。不过,他的这种选择也带有某些身不由己的因素,以放弃人格、出卖灵魂为代价,屈从于传统旧意识和封建家庭的并不只是周朴园一人,只是程度有所不同。从最初的那场悲剧开始,周朴园就处于一种矛盾痛苦的境地:他无情地毁灭了侍萍,制造出人间惨痛的悲剧,但他自己也是这场悲剧的承受者,出卖灵魂对其本人来说也一直是一种难以诉说的精神折磨。这种矛盾和痛苦对周朴园其后的一生都产生了无法消除的重要影响。他由此成为一个极其自私、冷酷和虚伪的人。无论在家庭中还是在社会上,一切都要以他的意志为意志,妻子、孩子或是工人都要绝对服从他的权威。虚伪的慈善家的面貌、冷酷的封建家长的威严、自私阴暗的内心世界,使周朴园性格异常复杂。尤其在对待侍萍的态度上,充分显露了他人性深处的矛盾和复杂情态。对于侍萍当年被迫而"死",周朴园是深深负疚的,多少年来他一直记着侍萍的生日,按照侍萍"生前"喜欢的方式布置房子,这种甚至带有某种忏悔意味的情感并不是虚伪的。但这种真实的情感是以侍萍的"死"为前提的,因此,当多少年后侍萍竟又活着出现在他面前时,他那些自私、冷酷、虚伪的本性又都浮现出来,他怒斥侍萍的到来,用金钱来洗刷自己的罪恶,无情地再次撵走侍萍。应该看到,周朴园面对侍萍的出现,不仅直接感到一种对自己地位、名誉和利益的现实威胁,还潜在地感到一种冥冥之中命运的打击!这是更令他恐惧的。实际上,周朴园在毁灭整个家的过程中也毁灭了自己,在制造他人悲剧的同时也受到了命运的无情惩罚。周朴园也是这场命运悲剧的承担者与受害者,这是《雷雨》更深刻的地方。因此,作家特意在剧本的"序幕"和"尾声"中强调了周朴园的忏悔,并以此升华了剧作的主题:善人的悲剧值得同情,恶人的忏悔或许更值得深思。曹禺在《〈雷雨〉序》中写道:"我念起人类是怎样可怜的动物,带着踌躇满志的心情仿佛是自己来主宰自己的命运,而时常不是自己来主宰着。受着自己——情感的或理解的——的捉弄,一种不可知的力量——机遇的或环境的——的捉弄;生活在狭的笼里而洋洋地骄傲着,以为是徜徉在自由的天地里,称为万物之灵的人物不是做着最愚蠢的事么?"①这段话是对周朴园,也是对整个人类人性悲剧的深刻概括。

如果说周朴园是《雷雨》命运悲剧的核心人物,那么繁漪则是精神悲剧的核心人物。从其命运上看,她首先是个受害者。她曾经受到过新思想的影响,追求过独立的个性,渴望过美好的人生,充满了生命的热情,但命运却把她抛到了周家这口"残酷的井里",渐渐被折磨成一个"石头样的人"。她不仅没有得到爱情,而且也从未得到过起码的人的自由和尊严。曹禺对她充满了理解和同情,赋予了她"最雷雨"的反抗性格。她恨周朴园的无情,恨命运的不公,在周公馆她孤立无援地抗争着,痛苦地燃烧着自己生命的火焰。她对周朴园封建专断压制人性的反抗,具有典型的时代意义。但她的性格和反抗也充满了矛盾和困惑。作为一只"困兽","她敢冲破一切的桎梏"②,不顾人之伦常地爱上了周萍,这爱是那样地畸形变态,甚至为世人所不齿,但繁漪却死死抓住它。她看不起周萍的自私、虚伪和怯懦,但这段爱已成为她生命中最有意义的事:这既是她自身存在价值的体现,是对周朴园的疯狂报复,也是对命运唯一有效的抗争。这种掺杂着极端个人主义和时代社会意义的反抗,使繁漪的性格和命运显示出双重的精神悲剧,她的爱和

---

① 曹禺:《雷雨·序》,《雷雨》,上海,文化生活出版社,1936。
② 同上。

恨把个人与社会、自尊与道德、自我与他人、内心与外界等诸多不同层次的矛盾纠织在一起。她的孤寂和痛苦是周家潜在的炸药,她的存在使包括周朴园在内的与周家相关的每一个人感到压抑和惊恐,她最终成为点燃周家各条悲剧线索的"引爆人"。周朴园是毁灭别人也埋葬了自己,繁漪是燃烧自己也毁灭别人,所不同的是繁漪的自我燃烧深含着令人同情的因素,而她的毁灭别人也更具有惊世骇俗的精神震撼力。

《雷雨》中的其他人物形象也都以各自鲜明独特的性格从不同的角度展示着这场命运悲剧的深刻与复杂。周萍是又一个畸形的人,作为一个封建色彩浓厚的资产阶级家庭的长子,他既有自私软弱的一面,又有痛恨父亲的冷酷,追求自由与真爱的一面。但这个畸形的、罪恶的家庭决定了他在本质上是怯懦的、颓废的和自私的。他既没有父亲的威严狡诈,也没有弟弟的天真幼稚;既没有繁漪的疯狂大胆,也没有四凤的清纯真诚。他想抗争命运,却没有真正的勇气和责任感,最终只能在自我内心巨大的精神压力下被毁灭。作者塑造这个形象,除了对其悲剧命运予以一定的同情之外,更大程度上让人看到这是一个太没出息的、可怜可悲而又可鄙的大家庭的"继承人",这本身也强烈地暗示着周家注定崩溃的必然性。鲁大海这个周家"外部"的工人的代表,他既是周朴园的个人罪孽的又一个活证据,同时也是现实社会中工人阶级与周朴园代表的封建资产阶级根本冲突的象征。因此,鲁大海的命运同样揭示了由周朴园亲手制造的《雷雨》整个悲剧的必然性,只是它更突出了这场悲剧的社会因素。侍萍与四凤母女俩的性格和命运相似得简直如出一辙,然而正是在作者设置的这种惊人的巧合之中,才使人充分领悟《雷雨》悲剧在人伦道德、阶级差异、人性善恶等诸多方面所显示出的深刻性。鲁贵在剧中似乎只是一个不起什么大作用的奴才,但他唯利是图、见利忘义以至到了完全不顾亲情的地步的本性,使他在某种意义上与周朴园有着本质的相通,而不仅仅是个陪衬,这是剧本的又一笔深刻之处。值得注意的是,《雷雨》全剧当中还有一个看似最不重要的人物周冲,其实这个在仅次于繁漪之后曹禺"第二个"想象出来的形象是意蕴深含的。周冲是一个完全生活在"最超脱的梦"中的人,然而他对自己的爱情以及整个家庭的期望都一个接一个地破灭了,"每次的失望都是一只尖利的锥,那是他应受的刑罚。他痛苦地感到现实的丑恶,一种幻灭的悲哀袭击他的心。这样的人即使不为'残忍'的天所毁灭,他早晚会被那绵绵不尽的渺茫的梦掩埋"。"以后那偶然的或者残酷的肉体的死亡对他算不得痛苦,也许反是最适当的了结。"与剧中其他人物的命运不同,周冲的悲剧并不是某一个具体的社会问题造成的,而是带有很大偶然性的"巧合",但恰恰是这种偶然"巧合"所蕴涵的必然因素最充分。与其说他是被社会毁灭的,不如说他首先是被自己的理想毁灭的,这样的悲剧命运"的确是太残忍了"。对曹禺来说,《雷雨》是一个重要的开端,从此,对人类根本命运的探究,一直在较深的层次上吸引着他的思考和创作。诚如他自己所说:"《雷雨》对我是个诱惑";"是一种神秘的吸引,一种抓牢我心灵的魔:《雷雨》所显示的,并不是因果,并不是报应,而是我所觉得的天地间的'残忍'(这种自然的'冷酷',四凤与周冲的遭际最足以代表。他们的死亡,自己并无过咎)"。①

《雷雨》虽然是曹禺的第一部剧作,但它已经初步形成了其剧作风格的基本特色:第一是独具匠心的艺术结构。整个《雷雨》的结构紧凑、精巧,戏剧冲突紧张激烈,环环相扣,高潮迭起。尤其善于以艺术上的偶然性写出生活上的必然性,因此其结构本身就包含着非常丰富的生活内容,具有高度的概括力。第二是人物形象的成功塑造。《雷雨》中的人物形象,无论主次,都具有充满矛盾的性格和错综复杂的情感,人物性格既鲜明而又不是单一固定的,在发展流变中不断得到加强和突出。而且人物命运充实生动,底蕴深厚。毫不夸张地说,《雷雨》中的八个人物,每个人都可独自成戏。第三是浓烈、明丽、精确传神而又极富个性化的语言。《雷雨》人物语言的个性化不仅符合人物特定的身份地位,而且能最大限度地体现出人物的心理和情感特征。剧本还往往通过充满暗示性的潜台词来渲染奇特的舞台气氛,达到一种出其不意的戏剧效果。总之,《雷雨》一举奠定了曹禺在中国现代文学史上的杰出地位。

第二节 《日出》《原野》及其他

○从家庭生活场景推进到社会的各个层面 ○对思想主题和艺术结构的调整 ○"个性解放"问题的提出 ○与农村题材浪潮的衔接和偏离 ○对命运的无望抗争 ○象征主义与表现主义相结合的手法

四幕剧《日出》是曹禺的第二部重要剧作,最初发表在1936年《文学月刊》第1期至第4期,同年11月由上海文化生活出版社出版单行本。从《雷雨》到《日出》,相隔的时间不长,但曹禺迈出了较大的探索求新的步伐。

---

① 曹禺:《雷雨·序》。

《日出》较《雷雨》在思想主题和艺术结构等方面都有了显著的发展和变化。首先是曹禺对《雷雨》在戏剧结构上的"厌倦",认为它"太像戏"了,在技巧上"用的过分"。因此,他"决心舍弃《雷雨》中所用的结构","试探一次新路"。①《日出》从《雷雨》的家庭生活的场景中跳出来,展现了较为宽阔生活画面,切取了包括上流社会和底层社会各个不同的片断,"用多少人生的零碎来阐明一个观念",并且使戏剧冲突尽可能地趋于自然,贴近生活本身,避免《雷雨》在情节上的"巧合"。其次,在思想主题方面,《日出》力求克服《雷雨》中存在的某些因果报应、神秘色彩和悲观茫然情绪,更多地揭露了实际操纵社会生活的黑暗势力,暴露了整个社会制度的罪恶,并表现出对光明未来的某种理解和向往。《日出》"题记"特意引用了老子《道德经》中的一段话:"天之道损有余而补不足;人之道则不然,损不足以奉有余。"这正是曹禺在《日出》中调动一切因素所要证明的一个根本观念:在金钱欲望无孔不入的腐蚀之下,社会及人的精神本质都产生了极大的变异,任何人的命运乃至整个社会的命运都被金钱疯狂地操纵着,"人道"与"天道"完全背离。为此,曹禺在《日出》中精心设置了一个始终没有登台,却谁都知晓、都惧怕的人物金八。金八使舞台上的每一个人都疯狂追逐,痛苦挣扎,金八毁灭正常的人性,毁灭了整个世界。虽说这样的主题在当时并不陌生,但《日出》中各色人物的命运遭遇使之演绎得淋漓尽致,惊心动魄。《日出》在展现社会腐败与黑暗的同时,也分明表达出了对理想的关注。曹禺明确地表示过《日出》的创作:"求的是一点希望,一线光明。人毕竟是要活着的,而且应该幸福地活着。腐肉挖去,新的细胞会生起来。我们要有新的血,新的生命。……我们要的是太阳,是春日,是充满了欢笑的好生活,虽然目前是一片混乱……"整个黑暗世界的毁灭包括陈白露的死,都预示着作家对"日出"的渴求,这使《日出》的主题更加厚重起来。最后,在人物形象塑造上,《日出》不仅比《雷雨》的人物数量多、人生经历更复杂,而且无论是人物的群体性格特征还是个性特征,都更加鲜明突出,人物的悲剧命运也更具社会批判力。《日出》中的各色人等,上至潘经理、顾八奶奶,下至黄省三、翠喜、小东西,以及李石清、胡四、陈白露等,都被金钱利欲这架大机器推上人生之途,但每人所品尝的个中滋味是各不相同的。每个人都有自己的悲剧,但悲剧的蕴涵是千差万别的。而且,《日出》中的人物命运还蕴涵着一种更为深刻的对应、比照的关系,如潘月亭与李石清、陈白露与翠喜、顾八奶奶与

---

① 曹禺:《日出·跋》,《日出》,上海,文化生活出版社,1936。

胡四等,这些人物除了各自命运的独特意义之外,在他们的命运之间,还有一种内在的关联,有的甚至是一种必然的发展趋势,这就使人物个体的命运相互构织成社会命运的网,把个人悲剧与社会悲剧更紧密地融为一体。

在强调剧本的社会意义时,曹禺曾说:"《日出》里没有绝对的主要动作,也没有绝对的主要的人物。顾八奶奶、胡四与张乔治之流是陪衬,陈白露与潘月亭又何常不是陪衬呢?这些人物没有什么宾主的关系,只是萍水相逢,凑在一处。他们互为宾主,交相陪衬,而共同烘托出一个重要的角色,这'损不足以奉有余'的社会。"①但无论从整个《日出》的戏剧结构还是从人物关系上看,陈白露的悲剧性格和悲剧命运仍然是全剧的核心所在。陈白露本是个书香门第的小姐,漂亮、聪慧、任性,因家道中落而独闯社会,追求个性解放,几经挫折终于堕落在人间最丑恶的生活圈子里,成为金钱的奴隶,过着"舞女不是舞女,娼妓不是娼妓,姨太太不是姨太太"的寄生生活。然而她又终于厌倦了这样的生活,面对灯红酒绿的现实社会,她的内心充满了矛盾和痛苦。而方达生的到来更加剧了她的醒悟和苦恼:包括方达生在内,这个世界上所有的人都不理解她,更谈不上爱她。在醒悟而又无路可走之际,陈白露清醒地选择自杀来结束自己的生命,更确切地说是解脱自己的痛苦:"太阳升起来了,黑暗留在后面。但是太阳不是我们的,我们要睡了。"陈白露自杀前的这段自白凄苦而坦然地表明,她是要把自己连同自己的一切悲哀统统随着黑暗留在后面,而自己的灵魂则随太阳的升起去寻求一种真正的宁静与安逸去了。陈白露的悲剧显示出的社会批判性虽然很强,但它也同样体现了曹禺许多剧作中再三强调的命运对人的主宰和人对命运的抗争这一巨大深刻的矛盾。这也正是《日出》虽具有鲜明的社会批判锋芒,但又不显单薄,且意蕴丰厚的重要原因。至于那位一再表示要感化和拯救陈白露的方达生,其实他是剧本中最看不清楚也最不理解陈白露的人,虽然他企图唤醒陈白露觉悟的本意是善良真诚的,但他却不懂得,对于陈白露来说,醒悟得越早、越透彻,反而越会加剧悲剧的分量和加快悲剧的到来!从这个意义上说,方达生也是个耐人寻味的悲剧形象。

1936年开始创作,1937年8月由上海文化生活出版社出版的三幕剧《原野》,是曹禺悲剧创作的又一新的尝试。从曹禺整个戏剧创作的题材来看,《原野》的确是一片新天地,是曹禺第一次(也是唯一的一次)描写农村题材。应该看到,《原野》的创作确实与当时的社会现实,特别是30年代涌

---

① 曹禺:《日出·跋》。

现的农村题材创作浪潮的影响有关,曹禺本人当时的主观意向也的确是更愿意贴近社会现实生活,跟随时代主潮。但事实上,《原野》不仅仅写了一个农民的复仇故事,它还写出了故事背后更为深刻的人性的矛盾冲突和心灵的震颤,写出了封建家庭、封建统治者的强权统治对人性的巨大扭曲和摧残。从这个意义上讲,《原野》对曹禺又不是陌生的,而是体现着其剧作独特的一以贯之的追求。

　　农民仇虎向地主焦阎王及其一家的复仇,是《原野》的基本情节。仇虎被焦阎王迫害得家破人亡,自己也被投入大牢,后来他从牢狱中逃出来,寻找焦阎王复仇。但罪魁祸首焦阎王已经死去,仇虎往日的恋人花金子也被迫嫁给焦阎王的儿子焦大星。虽然焦阎王已死,但仇虎并没有消除复仇的决心:焦阎王的妻子还在,这个瞎老婆子是当年焦阎王残害仇虎一家的知情人。焦阎王的儿子、孙子还在,尽管他们对仇虎一家的遭遇并不知情。仇虎要杀掉焦家的后代,让焦母活受煎熬,让焦阎王死了也不能安宁。仇虎终于如愿报了家仇。但剧情更为核心的情节则是仇虎复仇之后内心巨大的恐惧和不安。剧本最后一幕,仇虎携花金子逃入一片漆黑的大森林时,他的精神压力和痛苦达到了顶点,他一边不停地奔跑,心里相当空虚,深怀着沉重的负罪感,一边又拼命地为自己解脱,在黑林子里他对仿佛一直跟着自己的焦大星的冤魂,急切甚至可怜地哀诉:"啊,大星,我没有害死他,小黑子不是我弄死的。大星,你不该跟着我。大星! 我们俩是一小的好朋友,我现在害了你,不是我心黑,是你爹爹,你那阎王爹爹造下的孽! 小黑子死的惨,是你妈动的手! 我仇虎对得起你,你不能跟我!"曹禺通过仇虎复仇之后的惊恐、矛盾和忏悔,在更深的层次上揭示出这样的问题:仇恨不能仅仅靠仇恨来消除,被损害者报了仇雪了恨,却又产生新的惶惑不安,这种纯粹的复仇本身不也似乎在作孽吗? 倒是花金子从旁不断地安慰仇虎:"虎子,我们不该死的,我们并不是坏人。虎子,你走这条路不是人逼的么? 我从前没有想嫁焦家,我们是一对可怜虫,谁也不能做自己的主。我们现在就是都错了,叫老天爷替我们想想,难道这些事都得由我们担待吗?"曹禺通过花金子的口来申明仇虎复仇的意义,表达了对仇虎命运的深切理解和同情。值得强调的是,《原野》以仇虎的悲剧命运,控诉了那个不公平的世道——"天"。仇虎恨这个"天",看透了这个"天",在他身上有一股原始的生命力,但终究不能逃脱被毁灭的命运。这里表现的不是虚无与神秘,而是在很大程度上喻示着人对命运的抗争也许是一个艰难和永恒的主题。

　　《原野》对人物形象的塑造明显增强了人物性格的奇异色彩和心理矛

盾冲突的剧烈程度，特别是仇虎、花金子、焦母，这三个形象从外在到内心的个性化和复杂化都在曹禺剧作中达到了新的高度。此外，《原野》在艺术手法上最显著的特征是它的象征主义、表现主义色彩。剧中仇虎"丑陋"的躯体，焦母"失去眸子"的眼睛，挂在墙上的焦阎王鬼魂般的画像，窜来窜去的白傻子，还有那阴森迷乱的黑林子，这些，从舞台氛围到人物心理都更凸显了一种抽象的意味，既有特定的戏剧效果，又有现实生活的感悟力。人们普遍注意到了曹禺剧作受到过美国剧作家尤金·奥尼尔的影响，尤其是《原野》与奥尼尔的《琼斯皇》在象征主义和表现主义手法的使用上有许多相通之处。但除了艺术手法的互通之外，两位作家对人类命运之谜共同的执著探求，则是更为内在的心灵感应。有人认为，《原野》超越写实的表现主义手法一定程度上削弱了作品的现实主义力度，其实，现实主义本身就是需要多种手法来"表现"的。《原野》正是在这一方面显示了难能可贵的探索精神。

第三节　文明的挽歌——《北京人》

○传统家庭走向崩溃的趋势　○代际冲突与不同的人生轨迹　○独特的象征意象和表现手段

1940年完成，1941年11月由上海文化生活出版社出版的三幕剧《北京人》，使人们看到，曹禺再一次"回到"了他所熟悉的生活领域，即封建大家庭和上流社会。显然，这是相对《原野》的"陌生"题材而言的。其实，对人类命运的探求，对封建专制和腐朽社会的批判，是曹禺剧作最为关注、一以贯之的主题和题材。《北京人》是对这一主题和题材的再次升华。

《北京人》以抗战前后一个没落的封建门第曾姓家庭的命运纠葛为题材，写出了曾家三代各自的人生遭际和思想性格，并以此揭示了封建家庭、封建专制从物质到精神无可挽回地走向崩溃的必然趋势。

对封建专制及专制者的揭露和批判，是曹禺剧作一直关注的重要内容。《北京人》中的封建家长曾皓再次成为曹禺笔下首先鞭笞的人物。不过，与《雷雨》中的周朴园不同，曾皓年老体衰，行将就木，已经失去了往日至高无上的统治者的威风，且已大权旁落，徒具空名，甚至还要看别人的脸色，受别人的摆布。剧本围绕曾皓着重描写的情节，是他活在这个世界上唯一关心的那口棺材，然而这口棺材最终也未能保住，它被曾家新的统治者卖掉了。

这一极具讽刺意味的情节,不单宣告了曾家老一代专制者已经无可挽回地走向了灭亡,而且还意味深长地写出了一切专制者都会走向灭亡的必然性。封建专制及其专制者都是以权力为象征的,一旦失去了权力,也就失去了一切。这是专制者的悲剧,更是整个专制制度的悲剧。

随着老一代北京人曾皓的末日来临,这个大家庭中的第二代也尽显出各自的本性。儿媳曾思懿是曾家新一代统治者。为了成为曾家的管家奶奶,她是费尽了心机的。她人前背后,多副嘴脸,耍尽手腕,煞费苦心,对付着曾家的上上下下,里里外外。虽然曾老太爷还在,但曾家的大权已在她的掌握之中。整个曾家都被她的淫威控制着,这正是她所渴求的。尽管曾思懿是作家所否定的那代人的一个代表,但作家并未刻意丑化她,更未将其简单化和脸谱化。作家真实地写出了她的内心悲哀及其命运的悲剧。她虽然攫取了曾家的大权,但并不幸福,丈夫的怯弱无能和曾家其他人对她的防范和厌恶,使她内心及性格都趋于一种难以抑制的疯狂。她自以为是曾家的"英雄",自以为凭自己的手段就可以真正接替曾老太爷而一统天下,殊不知她的这些"努力"到头来非但没有给自己捞到好处,而且大大加快了这个封建家庭灭亡的速度,加重了其灭亡的悲剧色彩。

同样是曾家的第二代,曾思懿的丈夫曾文清则是另一类型的人物,他代表着曾家年轻一代颓废败落的趋势。曾文清在整个剧中看似戏并不太重,但他的性格和命运对封建家庭乃至封建制度无可挽回的败落,有着多方面的表现和揭示。本来他就是一个在封建家长专横压制之下生长起来的畸形儿,没有自己的思想与个性,更谈不上独立意志和反抗精神。他虽然资质聪慧,但最终一事无成;虽然也曾有爱有恨,甚至还曾离家出走,力图另择道路,可到头来一切均成泡影和虚空。曾文清的形象实际上是对曾老太爷命运的一种补充,甚至更深刻地预示着这个封建大家庭败落朽溃的历史必然性。与曾文清同属一类的人物江泰,是曾家的姑爷,他同样一事无成,整天吃喝玩乐,夸夸其谈,也是个典型的寄生虫。他似乎比曾文清"精明",也多有"想法",而且有些见解不无道理,但这些都只不过是一种酒足饭饱之余的空怨,他对家庭和社会都毫无责任感,是个极端的个人主义者,在他身上更多地显现出封建家庭和封建制度的寄生性与腐朽性。

与上述这些人物不同,剧本在揭示封建家庭败落的过程中,还着意塑造了两个富有叛逆性格、代表光明未来的人物形象:愫芳和曾瑞贞。愫芳是曾皓的姨侄女,母亲早亡,被姨父姨母收养到曾家,这种寄人篱下的境遇,使她深感人情冷暖。但她心地善良,对曾皓温顺体贴,满怀感恩之情;

对曾文清从同情到爱恋,都是一片真诚。可是她的这种善良和真诚换来的却是自私、虚伪和怯弱。她在忍受曾思懿的冷酷欺凌的同时,还要忍受在情感上所受到的种种欺骗。终于在曾家这些人的身上,她看清了这个家庭的本质,也认清了自己的命运和道路,她怀着对这个家庭的绝望,与曾瑞贞一起走出家门,重新选择人生道路。曾皓的孙媳瑞贞则是相对单纯和理想化的第三代人,她涉世未深,也没有陷入这个封建家庭钩心斗角的复杂关系之中,更没有对这个旧家庭的留恋,因此,她的离家出走正是这个封建家庭分崩离析的自然结果。在愫芳和瑞贞身上,明显体现着剧作者理想化的社会信念。

如同曹禺以往的剧作一样,《北京人》也运用了独具蕴涵的象征意象和手法,剧中有一个引人深思、却未出场的"北京人"的形象。这个"北京人"(猿人)的形象作为一个巨大的文化历史背景,既是人类祖先的象征,人类希望的象征,又是对现今那些上场的"北京人"——人类祖先的不肖子孙的讽刺与鞭笞。在这个"要爱就爱,要恨就恨,要哭就哭,要喊就喊,不怕死,也不怕生"的富有强大原始生命力的形象身上,隐喻着作者相当丰富而复杂的情感。这个谜一样的形象给剧本增添了意蕴深长的魅力。

1940年,曹禺开始将巴金著名的长篇小说《家》改编成四幕话剧,于1942年12月由文化生活出版社正式出版。关于《家》的改编,曹禺明确表示过是"不大忠实于原著"①的,话剧《家》不仅改变了原著小说的主要线索和结构安排,而且在思想内涵方面也与原著有很大的不同。因此,话剧《家》的价值不只是将小说《家》搬上了舞台,而且是一次新的艺术再创造。话剧《家》把一个封建大家庭繁复交错的种种事情和矛盾,集中在觉新、瑞珏、梅小姐三个人物的性格和命运上,写出了"这三个善良的人物之间却产生了不该由他们负责的、复杂痛苦的矛盾",而"这种写法对封建婚姻制度的揭露比较曲折,它不是描写聪明美丽的女人嫁给愚蠢丑陋的男人,年轻女人嫁给老头子这种种不幸,而是写有感情、互相爱恋,分明应该得到幸福的好人处在封建婚姻制度下所遭遇的不幸"。② 话剧《家》在生活容量、人物关系等方面看似相对减少了,单纯些了,但实际上它拓展了更为丰厚的生活意蕴,在揭示封建家庭、封建制度的本质以及在此条件下人性的悲剧方面,达到了更深的层次。话剧《家》的成功改编,再次显示了曹禺在把握生活和驾

---

① 曹禺:《曹禺同志漫谈〈家〉的改编》,《剧本》,1956(12)。

② 同上。

驭艺术方面的非凡才力。

第四节 曹禺的戏剧观及其影响

○对现代戏剧悲剧观念的辐射、渗透 ○浓厚的诗化趋向 ○剧中有"戏"与善于写"戏"

除了自己剧作的一些"序"和"跋"之外,曹禺并未系统地阐述和总结过自己的戏剧理论及戏剧观念,但实际上,曹禺剧作的理论观念不仅存在,而且在文学史上产生了重要的影响。

曹禺的戏剧观念从根本上说是由其剧作本身的思想蕴涵与艺术魅力体现出来的。这首先表现在曹禺剧作对中国现代悲剧观念的深刻影响上。《雷雨》的诞生实际标志着中国现代悲剧观念的真正形成。《雷雨》以人物性格、命运与家庭、社会之间的复杂关联,打破了传统戏剧中着重表现个人悲剧性格和悲剧命运的单一性,从而真正地把个人悲剧与社会悲剧密不可分地融为一体,深刻地展示了人的存在与社会存在之间的强力制约,这是在更大的空间和更深的层次上,突出了悲剧的人性与社会性的双重内涵。曹禺随后完成的《日出》《原野》《北京人》以及改编的《家》等剧作,虽然在戏剧结构和表现手法等方面各有特色,但在总体上都显示出与《雷雨》基调相近的悲剧性。人的命运悲剧、性格悲剧与社会现实悲剧的内在联系和双重表现,是它们共同的思想蕴涵和审美追求。曹禺剧作的这种悲剧理念对于其后中国现代戏剧的创作,在理论和实践上的影响都是重大而深远的。

其次,曹禺剧作在现实主义风格的追求之中,明显表现出一种诗化趋向。他的剧作往往是现实的真实与诗意的真实的完满结合。曹禺在《雷雨》发表和演出之后不久,就曾撰文特别强调:"我写的是一首诗,一首叙事诗,这固然有些实际的东西在内(如罢工等),但决非一个社会问题剧。"[①]为此,他还指出了《雷雨》"序幕"和"尾声"的独特作用:"在许多幻想不能叫实际的观众接受的时候,我的方法乃不能不推溯这件事,推,推至非常辽远的时候,叫观众如听神话似的,听故事似的,所以我不得已用了'序幕'和

[①] 曹禺:《〈雷雨〉的写作》,《杂文〈质文〉》月刊,1935(2)。

'尾声'。"①《雷雨》在戏剧结构上的这种安排以及作者刻意要写成"一首诗"的追求，不仅体现了曹禺当时所受到的"欣赏的距离说"的影响，更为重要的是，在面对具体现实人生与现实社会的同时，还强烈地感应着宇宙间神秘事物的巨大诱惑，急切地表露出对人类终极命运的深刻关怀，对现实人生和社会实际的精确描写与对宇宙隐秘"不可理解的莫名的爱好"②，使《雷雨》在向人们展现出一幅生动真实的现实生活图画的同时，又勾连起人们对人类根本命运和生存价值充满诗意的思考。这种对现实真实与诗意真实的双重追求，是《雷雨》及曹禺其他剧作的又一个重要的理论观照。《日出》中的太阳虽然没有真正露面，但正是在这"日出"之际给予了主人公陈白露的悲剧命运以更为广阔的社会蕴涵，"日出"对陈白露的命运无疑是一种独特而诗意的解释。《原野》也是如此，当人们领悟了那一番人性的厮杀之后，再回过头来细细品味"原野"的意蕴，就不难感悟到其中特有的诗的因素，诚如唐弢所说："'原野'这个名词意味着多么广阔、多么辽阔、多么厚实的发人深思的含义！"

最后，曹禺剧作在构织戏剧冲突方面的艺术技巧是公认的，这一点在其处女作《雷雨》当中即已表现得淋漓尽致。尽管《雷雨》问世不久曹禺就表示了对其结构上的不满，对那种过于巧合的、"太像戏"的结构安排表示了"厌恶"，但事实上，精巧周密、紧张激烈的戏剧冲突一直是曹禺剧作的一种"本色"。剧中有"戏"，善于写"戏"，恰恰是曹禺剧作最重要的甚至是其固有的表现手段之一。包括在结构上有意使之贴近生活自然的《日出》，依然在戏剧结构的相互照应、明暗衬托、冲突迭起、悬念丛生等方面显示了其独有的魅力。可以说，对戏剧结构的严格讲究和精心营造，是曹禺剧作体现出的一个无形的观念，这也是曹禺剧作无论作为文学剧本，还是作为舞台演出，都具有经久不衰的艺术魅力的一个基本因素。

思考题
1. 略述舞台经验对曹禺戏剧创作的影响。
2. 怎样看《雷雨》中的"命运"问题？
3. 曹禺对现代话剧的意义。

---

① 曹禺：《〈雷雨〉的写作》，《杂文〈质文〉》月刊,1935(2)。
② 同上。

第九章　时代激流中的左翼文学

第一节　红色年代的先锋旗帜

○左翼文学的世界性背景　○左联的性质、任务、理论与追求的政治目标　○与新月派的话语摩擦　○对"民族主义文艺运动"的批判　○同"第三种人"的思想交锋　○论争的非学理性和意识形态倾向

"五四"新文化运动是一曲多声部的大合唱,其中既有激进,也有保守;既有革命,也有改良;既有雅,也有俗;既有对现代性的呼唤,也有对现代性的反抗。文学研究会发起人之一郑振铎曾在《文学与革命》中提出,为了完成文学革命,必得有革命文学的出现。自从1921年中国共产党成立,所谓革命文学便已露出端倪。中国共产党成立后,把宣传工作放在首要地位。1922年2月,中国共产党领导的社会主义青年团机关刊物《先驱》增辟了"革命文艺"专栏,发表了一些具有革命鼓动内容的诗歌。1923年6月,中国共产党理论刊物《新青年》季刊创刊宣言指出:"现时中国文学思想——资产阶级的'诗思',往往有颓废派的倾向",认为中国革命与文学运动,"非劳动阶级为之指导,不能成就"。早期共产党人邓中夏、瞿秋白、萧楚女、恽代英、李求实、沈泽民、蒋光慈等,在许多文章中介绍和宣传马克思主义的文学主张。沈泽民的《文学与革命的文学》一文详细地分析了革命行动与革命艺术的关系:

> 诗人若不是一个革命家,他决不能凭空创造出革命的文学来。诗人若单是一个有革命思想的人,他亦不能创造革命的文学。因为无论我们怎样夸称天才的创造力,文学始终只是生活的反映。

革命文学的鼓吹到 1926 年开始进入高潮。郭沫若在《文艺家的觉悟》中很精练地分析了文艺与革命的关系，说"文艺每每成为革命的前驱，而每个革命时代的革命思潮多半是由于文艺家或者于文艺有素养的人滥觞出来的"。1926 年《创造月刊》创刊后，创造社进入了它的后期，成为一个革命文学社团。20 年代后期国民革命的背景有力地促进了革命文学高潮的兴起，而 1927 年春夏之际的国共分裂和接踵而来的"白色恐怖"，更直接促使一大批共产党人涌入文化战线，在文艺上形成了对国民党意识形态的"反围剿"。

1927 年秋后，冯乃超、朱镜我、彭康、李初梨等人从日本归国，成为后期创造社的理论主将。他们在 1928 年 1 月创刊的《文化批判》上，对"五四"文学革命大张旗鼓地进行了清算和批判。《创造月刊》也把重点转向提倡"无产阶级文学"。1927 年年底，蒋光慈、钱杏邨、孟超等人组成太阳社，也于 1928 年 1 月出版了《太阳月刊》，与后期创造社成犄角之势，共同以战斗的姿态，高张无产阶级文学的大旗，锋芒直指"五四"文学的元老鲁迅、茅盾、叶圣陶、郁达夫等人。蒋光慈《关于革命文学》、李初梨《怎样地建设革命文学》、成仿吾《从文学革命到革命文学》、钱杏邨《死去了的阿 Q 时代》、郭沫若《英雄树》等一系列文章，引起了一场革命文学大论争。论争的结果，导致了"左联"的成立，使中国的左翼文学汇入了整个世界红色文学的大潮。

从世界文学的范围来看，左翼文学是与整个人类文明的现代化进程有着密切关联的。在 19 世纪马克思主义诞生之后，无产阶级文学就日益发展壮大。20 世纪是整个人类的革命世纪，国家要独立，民族要解放，人民要自由，于是文学与革命结合得空前紧密。十月革命以后，苏联成为国际无产阶级文学运动的中心。从"无产阶级文化派"，到"拉普"[①]，提出了一系列革命文学理论，辐射到许多欧美资本主义国家和亚非拉殖民地半殖民地国家。其中日本左翼文学运动中的福本主义和"纳普"[②]则对中国的左翼文学运动产生了直接的影响。从 1929 年始，整个西方工业世界陷入了严重的经济危机，这种情况加深了人们对于工业文明的反思，因此出现了一个世界范围的"红色的 30 年代"。艺术与革命，在对现实的不满、反抗、变革等方面，具有许多本质上的天然联系，所以当革命激流汹涌之际，具有革命主题的文学自

---

① 即"俄罗斯无产阶级作家联合会"。
② 即"全日本无产者艺术联盟"。

然容易成为时代的弄潮儿。

1929年,中共中央指示创造社和太阳社停止内部论争和对鲁迅等人的攻击,筹备建立统一的左翼文学组织。1930年3月2日,中国左翼作家联盟成立于上海,简称"左联"。这是中国文学界规模空前的一次大联合。"左联"在各地还设有一些分会,文化界其他领域也成立了"剧联""影联""美联""社联""记者联"等左翼团体,由中共中央通过"文化总同盟"统一领导。中国共产党对于文化的强有力的领导和组织,与中国国民党对于文化的无能为力形成了鲜明对照,预示了中国文化的未来走向。

在"左联"成立大会上,鲁迅发表了《对于左翼作家联盟的意见》,清醒地提出了一些与众不同的观点。他破题便说"左翼"作家是很容易成为"右翼"作家的。然后指出应该坚持"韧"的战斗,"造出大群的新的战士"。

"左联"从1930年成立,到1936年春根据中共的指示自动解散,这几年中,开展了一系列革命文学活动,推动整个现代文学进入一个先锋色彩十分强烈的时期。在理论上,"左联"建立了马克思主义文艺理论研究会,全面而系统地译介马克思主义经典作家的文艺思想,造成了一种学习文艺论著的浓厚空气,普遍提高了中国作家的理论修养。在创作上,左翼作家不拘成法,大胆创新,写出了一大批思想锐利、情感激昂,既具有文体形式的先锋性,又具有文学市场轰动效应的作品。先锋性与市场性的结合,极大地加速了马克思主义在中国的传播,同时使中国文学在整体上达到能够与世界对话的现代化水平。1930年,在第二次国际革命作家代表会议上,革命文学国际局更名为国际革命作家联盟,吸收"左联"为成员之一,并作出《对于中国无产文学的决议案》,提出"用种种方法加紧无产文学对于大众的影响"。从此,中国左翼文学更成为国际共产主义文学运动飘扬在中国的一面先锋旗帜。

"左联"成立前后有过许多次文艺论争,最主要的有三次:一是迎战新月派,二是批判"民族主义文艺运动",三是"文艺自由论辩"。

1928年3月,《新月》在上海创刊,主要撰稿人为胡适、徐志摩、罗隆基、梁实秋等。从徐志摩执笔的发刊词《〈新月〉的态度》中,流露出新月派所代表的自由主义作家对左翼文学蓬勃兴起的不满和恐慌。他们标举出"健康"和"尊严"两个原则,要"放胆到这嘈杂的市场上去做一番审查和整理的工作"。自命为宽容、稳健的新月派毫不讳言他们争夺文学市场的急迫欲望。梁实秋在《文学与革命》中极力肯定"一切的文明,都是极少数的天才的创造";"人性是测量文学的唯一的标准";进而总结说:"'革命的文学'

这个名词实在是没有意义的一句空话"。在《文学是有阶级性的吗?》一文中,梁实秋气势逼人地继续挑战,认为"攻击资产制度,即是反抗文明";"要拥护文明,便要拥护资产";说无产阶级是"只会生孩子的阶级";不承认文学有阶级性的差异。针对新月派的汹汹来势,彭康写了《什么是"健康"与"尊严"?》,冯乃超写了《冷静的头脑》,鲁迅写了《新月社批评家的任务》《"硬译"与"文学的阶级性"》《"丧家的""资本家的乏走狗"》等文章予以还击。论战的实质并不在于文学阶级性、人性的有无,而在于无产阶级文学之能否成立。梁实秋等人根本否认文学阶级性的客观存在,但自己的文字却表露出明显的阶级意识和阶级偏见,加上对左翼文学理论所知较浅,因此在逻辑和学识上很快处于下风。论战的结果表明"普罗文学"[①]已经是中国文坛强有力的存在,在与自由主义文学的共同发展中,其影响必将日益扩大。

国民党政权建立后,深感自己在意识形态方面的空虚脆弱,无论是"新生活运动",还是所谓"三民主义文艺",都无人喝彩,无疾而终。1930年6月1日,上海国民党一些党政军警部门的干部发起了"民族主义文艺运动",10月10日出版了《前锋月刊》。在宣言中,矛头直指"那自命左翼的所谓无产阶级的文艺运动",认为"当前的危机是对于文艺缺乏中心意识";提出"文艺的最高意义,就是民族主义"。傅彦长的文章《以民族意识为中心的文艺运动》还赤裸裸地提出:"思想不问其浅薄深奥,只要是可以利用的,就是好的。我们中国人现在所需要的思想,只不过是可以利用的民族意识!"在创作上,他们推出了黄震遐描写蒋冯阎中原大战的小说《陇海线上》和描写13世纪蒙古远征俄罗斯的诗剧《黄人之血》及万国安描写1929年中苏之战的《国门之战》等作品。"左联"文艺家对此给予了迎头痛击。瞿秋白在《屠夫文学》中痛斥了这种"鼓吹杀人放火的文学",指出"你们这班东西是绅商地主高利贷资产阶级的杀人的号筒"。茅盾在《"民族主义文艺"的现形》中一针见血地指出所谓"民族主义文艺运动",是"国民党对于普罗文艺运动的白色恐怖以外的欺骗麻醉的方策",指出"他们的宗派和刊物在青年学生群众中间没有一丝一毫的信仰",将来必定"是滔天的赤浪扫除了这些文艺上是白色的妖魔"。鲁迅则在《"民族主义文学"的任务和运命》中通过分析他们拙劣的作品,指出他们恰恰是帝国主义"最要紧的奴才,有用的鹰犬":

---

① 即"普罗列塔利亚"(无产阶级)文学。

> 他们将只尽些送丧的任务,永含着恋主的哀愁,须到无产阶级革命的风涛怒吼起来,刷洗山河的时候,这才能脱出这沉滞猥劣和腐烂的运命。

由于自身的粗浅虚妄和在迅猛轰击之下的孤立无援,"民族主义文艺运动"很快土崩瓦解。

真正具有理论交锋色彩的是从1931年底持续到1933年的"文艺自由论辩"。这场论辩的挑起人是自称"自由人"的胡秋原和自称"第三种人"的苏汶。1931年12月,胡秋原在《文化评论》创刊号上发表《阿狗文艺论》,借批判"民族主义文艺运动"这只死老虎,攻击无产阶级文学运动这只活老虎。文章认为"艺术只有一个目的,那就是生活之表现,认识与批评"。然后说:

> 艺术虽然不是"至上",然而决不是"至下"的东西。将艺术堕落到一种政治的留声机,那是艺术的叛徒。艺术家虽然不是神圣,然而也决不是叭儿狗。以不三不四的理论,来强奸文学,是对于艺术尊严不可恕的冒渎。

在《勿侵略文艺》一文中,胡秋原自称"我是一个自由人",反对"某一种文学把持文坛"。接着在《钱杏邨理论之清算》《自由人的文化运动》等文章中,以马克思主义正统理论家的态度,批判钱杏邨"实在是一个最庸俗的观念论者","抹杀艺术上之条件及其机能,事实上达到艺术之否定"。左翼文坛发表了洛扬《"阿狗文艺"论者的丑脸谱》等文章进行反击,指出"胡秋原在这里不是为了正确的马克思主义的批评而批判了钱杏邨,却是为了反普罗革命文学而攻击了钱杏邨","对于他及其一派,现在非加紧暴露和斗争不可"。这时,苏汶以调停人的姿态,代表"作者之群",批评胡秋原"是一个书呆子马克思主义者",因为"左翼文坛的一切主张都无非是行动,并且一切行动都是活的";"妨碍行动这一点就是反马克思主义的"。苏汶以"死抱住文学不肯放手"的口吻说:

> 在"知识阶级的自由人"和"不自由的,有党派的"阶级争着文坛的霸权的时候,最吃苦的,却是这两种人之外的第三种人。这第三种人便是所谓作者之群。①

---

① 苏汶:《关于〈文新〉与胡秋原的文艺论辩》,《现代》,1卷3号,1932年7月。

苏汶实际上是在策应胡秋原。瞿秋白在《文艺的自由和文学家的不自由》中指出苏汶的文章是一篇"革命与文学不能并存论",其反对革命文学的手段"比胡秋原先生更加巧妙"。周扬在《到底是谁不要真理,不要文艺?》中指出苏汶的见解"是对于马克思列宁主义何等恶意的歪曲","是要在意识形态上解除无产阶级的武装"。周扬认为"革命不但不妨碍文学,而且提高了文学"。苏汶又写了《"第三种人"的出路》和《论文学上的干涉主义》,承认自己"吐露了说左翼文坛不要文学的意思",承认"在天罗地网的阶级社会里,谁也摆脱不了阶级的牢笼",但指出左翼文坛"因为太热忱于目前的某种政治目的这缘故,而把文学的更永久的任务完全忽略了";还指出左翼文坛拒绝中立,"这种拒人于千里之外的态度,我觉得是认友为敌,是在文艺的战线上使无产阶级成为孤立"。论辩进入比较富于理论深度的阶段,"左联"的重要理论家几乎全部投入进来。鲁迅在《论"第三种人"》中指出"第三种人"是做不成的:

> 生在有阶级的社会里而要做超阶级的作家,生在战斗的时代而要离开战斗而独立,生在现在而要做给予将来的作品,这样的人,实在也是一个心造的幻影,在现实世界上是没有的。要做这样的人,恰如用自己的手拔着头发,要离开地球一样,他离不开,焦躁着,然而并非因为有人摇了摇头,使他不敢拔了的缘故。

冯雪峰的《并非浪费的论争》《关于"第三种文学"的倾向与理论》等文章带有一定的总结意义。文章郑重申明:"左翼一向以来的态度,是并非不承认自己的错误,也并非要包办文学",文中还提出要纠正左翼理论家在论辩中的"左"的错误。但是胡秋原和苏汶所主张的"文学及其理论,实际上,客观上,往往仍旧帮助着地主资产阶级的";希望他们"抛弃鄙弃群众的观念,多去理解一些群众的革命的斗争和运动,而把自己的力量加入到群众里面去"。

"文艺自由论辩"是"左联"时期历时最久、规模最大、水平最高的一次文艺论战。胡秋原、苏汶都具有较高的理论素养,他们敏锐地触及普罗文学中一些教条主义的错误和关门主义的倾向。但在意识形态尖锐对立的时代背景下,论争不可能局限在学术范围内冷静地深入下去,双方都表现出不无偏激的情绪化。通过这次论辩,左翼文坛系统整理了自己的理论,纠正了一些"惟我独尊"的态度,使马克思主义的文艺观进一步深入人心。

随着文学现代化的进程,大众化的问题日益凸显。现代文学的任务之一,就是通过大量扩充读者,完成对社会成员精神生活的组织。"五四"时期"平民文学"的倡导,到"左联"时期发展为文艺大众化的三次讨论。第一次在1930年前后,主要是提出"大众化——到工农群众中去"①。但这基本上只是一个空泛的口号。第二次在1932年前后,涉及作家生活要大众化,采用通俗形式,培养工农作家等较为实际的问题。第三次在1934年,主要是针对文言回潮,围绕文字改革,讨论"大众语"的问题。这几次讨论提高了文学界对于大众化的重视,反思了新文学孤芳自赏的弱点。在当时的环境下,大众化还是一种很时髦的"先锋意识",要把它真正落到实处,尚需政治力量的积极参与。

左翼文学在创作上取得了超出其理论预想的重大成就。除了鲁迅为代表的杂文,茅盾为代表的社会剖析小说,田汉、夏衍为代表的话剧外,本章以下各节重点介绍一些青年左翼作家的创作。这些"青春文学"不仅是时代的旗帜,同时也为后来的文学发展留下了宝贵的艺术经验。

第二节 激昂的左翼诗歌

○作为革命文学前导的诗歌创作 ○蒋光慈 ○胡也频 ○殷夫
○中国诗歌会诸诗人

诗歌往往是一种文学创作潮流兴起的前导。新文化运动中的白话诗是这样,革命文学中的"红色诗歌"也是这样。郭沫若《女神》集中的某些篇什已经具有明显的革命性,到了《前茅》《恢复》时期,这种革命性越来越染上了无产阶级色彩。早在1923年,中共理论家邓中夏就在《贡献于新诗人之前》一文中要求新诗人"多做描写社会实际生活的作品,彻底露骨的将黑暗地狱尽情披露,引起人们的不安,暗示人们的希望";在形式上,"文体务求壮伟,气势务求磅礴,造意务求深刻,遣词务求警动"。时代的呼唤,终于产生了无产阶级诗歌的开山鼻祖——蒋光慈。

蒋光慈(1901—1931),又名蒋光赤,曾用名如恒、侠僧等。在家乡安徽参加过学生运动,后到上海加入社会主义青年团。1921年被中共派往苏联留学,1924年归国后,与沈泽民等人组织革命文学团体"春雷社"。1925年,出版了诗集《新梦》,收入他1921年至1924年的诗作。鲜明的革命色

---

① 冯乃超:《左联成立的意义和它底任务》,《世界文化》创刊号,1930年9月。

彩,使《新梦》到 1926 年就已印了三版,受到了青年读者的广泛欢迎。第一首《红笑》写于 1921 年前往莫斯科的途中:"那不是莫斯科么?/多少年梦见的情人!/我快要到你怀抱哩!"带着对世界上第一个社会主义国家的崇拜和幻想,诗人热烈地赞颂莫斯科,赞颂列宁,赞颂十月革命。他在《莫斯科吟》中写道:

> 莫斯科的雪花白,
> 莫斯科的旗帜红;
> 旗帜如鲜艳浓醉的朝霞,
> 雪花把莫斯科装成为水晶宫。
> 我卧在朝霞中,
> 我漫游在水晶宫里,
> 我要歌就高歌,
> 我要梦就长梦。

现实生活中寒冷、贫困的莫斯科,在诗人的笔下却是这般奇幻醉人,可以任意高歌长梦,革命者在这里找到了心灵的圣坛。诗中最后写道:

> 十月革命,
> 如大炮一般,
> 轰冬一声,
> 吓倒了野狼恶虎,
> 惊慌了牛鬼蛇神。
> 十月革命,
> 又如通天火柱一般,
> 后面燃烧着过去的残物,
> 前面照耀着将来的新途径。
> 哎!十月革命,
> 我将我的心灵贡献给你罢,
> 人类因你出世而重生。

在辉煌的圣坛面前,革命者产生了如何突破"自我"的问题。《自题小照》开头就思索着:"是我,/非我;/非我,/是我;/且把这一副/不像他,/不像你的形容,/当做真我。"在革命的实践中,革命者的自我找到了归宿:

> 前进罢!——红光遍地,

后顾啊！——绝壁重重。
革命的诗人，
人类的牧童，
我啊！
我啊！
抛去过去的骸骨，
爱恋将来的美容。

回国后，蒋光慈于1924年至1926年写成诗集《哀中国》。恰如闻一多的《发现》一样，祖国的面貌令诗人悲哀而气愤。《哀中国》一诗写道：

满国中外邦的旗帜乱飞扬，
满国中外人的气焰好猖狂！
旅顺大连不是中国人的土地么？
可是久已做了外国人的军港；
法国花园不是中国人的土地么？
可是不准穿中服的人们游逛。
哎哟，中国人是奴隶啊！
为什么这般地自甘屈服？
为什么这般地委靡颓唐？

噩梦般的中国现实与圣坛般的苏联新社会相比，革命的必要性和可能性便都产生了。在"五卅"周年纪念日，蒋光慈写下《血祭》一诗：

顶好敌人以机关枪打来，我们也以机关枪打去！
我们的自由，解放，正义，在与敌人斗争里。
倘若我们还讲什么和平，守什么秩序，
可怜的弱者啊，我们将永远地——永远地做奴隶！

蒋光慈的诗歌结合了理想与现实、形象与逻辑，散发着一种激昂雄壮之美。诗中所表现出的感时忧国的精神和对自我灵魂的追问，一直延续在左翼诗歌的发展中。

1931年2月7日，五位左翼青年作家柔石、胡也频、殷夫、李伟森、冯铿和另外18位中共党员，被国民党秘密枪杀于上海。这五位作家史称"左联五烈士"。其中胡也频和殷夫都有比较优秀的诗作传世。

胡也频(1903—1931),原名胡崇轩,福建福州人。1925年开始发表诗歌和小说。他的诗在内容上充满反抗社会的精神,在形式上则受李金发所代表的早期象征派很大影响。他在《诗人如弓手》中写道:

> 诗人如弓手,
> 语言是其利箭,
> 无休止地向罪恶射击,
> 不计较生命之力的消耗。
>
> 但永远在苦恼中跋涉,
> 未能一践其理想:
> 扑灭残酷之人性,
> 盼春光普照于世界。

这里表现出一个战士复杂的心灵世界,在斗争实践中义无反顾,却又苦恼于理想的遥不可及,但最终并未放弃理想。1927年10月,胡也频在《一个时代》中写道:

> 刀枪因杀人而显贵,
> 法律乃权威之奴隶,
> 净地变了屠场,
> 人尸难与猪羊比价。
> ……
> 铁窗之冷狱于是热闹,
> 勇敢的青年成了囚犯,
> 监卒遇这罕有之客,
> 便满足了极酷虐的敲诈。

这分明是对国民党大屠杀的勇敢揭露。李金发式的句子,若去除了怪诞和艰涩的话,则可以说:"它的历史价值,远远超出了一般象征派诗的局限。胡也频给象征派诗注入了现实的内容和战斗的气息。"①从左翼诗歌的视角来看,胡也频的诗作能够将愤慨的激情意象化,在冷静中透露出蕴藉的力量,表现出"红色诗歌"多样化发展的可能性。

---

① 孙玉石:《中国初期象征派诗歌研究》,228页,北京,北京大学出版社,1983。

殷夫(1909—1931),本名徐祖华,另有笔名白莽、徐白等,浙江象山人。在他短暂的革命青春中曾三次被捕。早期诗作有与胡也频相近之处,于孤寂中蕴藏着浓烈的感情。随着革命斗争的深入,殷夫的诗作越来越表现出堂堂正正的无产阶级气魄,把"红色抒情诗"创作推向了一个艺术高峰。

在纪念"五卅"的《血字》中,殷夫写道:"我是一个叛乱的开始,/我也是历史的长子,/我是海燕,/我是时代的尖刺。"诗人敏锐地觉察到自己在历史大转折时期所担负的光荣使命,因此他的声音充满了雄健的自信:

> "五卅"哟!
> 立起来,在南京路走!
> 把你血的光芒射到天的尽头,
> 把你刚强的姿态投映到黄浦江口,
> 把你的洪钟般的预言震动宇宙!
> ……
> "五"要成为报复的枷子,
> "卅"要成为囚禁仇敌的铁栅,
> "五"要分成镰刀和铁锤,
> "卅"要成为断铐和炮弹!……

诗人的力量来自于把"自我"投入到一个无边的"大我"之中。在代表作《一九二九年的五月一日》中,殷夫激动人心地写道:

> 我突入人群,高呼:
> "我们……我们……我们……"
> 白的红的五彩纸片,
> 在晨曦中翻飞像队鸽群。
>
> 呵,响应,响应,响应,
> 满街上是我们的呼声!
> 我融入于一个声音的洪流,
> 我们是伟大的一个心灵。
> ……
> 一个巡捕拿住我的衣领,
> 但我还狂叫,狂叫,狂叫,
> 我已不是我,

> 我的心合着大群燃烧。

这种深刻的亲身体验经过电影特写般的意象化处理,产生了强烈的艺术震撼。无产阶级的意识形态"使渺小的、无力的、有限的个人投入被结合到伟大的、无限的集体之中。它产生了一个伟大的阶级乌托邦,超越了个人的局限性。在这样一个伟大的阶级乌托邦之中,他不仅和伟大的集体力量结为了一体,而且和浩浩荡荡的历史潮流结为了一体"①。革命文学的最高贵之处在于,它能够创造崭新的人际关系,从而在生命的终极意义上创造崭新的自我,因此殷夫才断然写下那首著名的《别了,哥哥!》:"别了,哥哥,别了,/此后各走前途,/再见的机会是在,/当我们和你隶属着的阶级交了战火。"

左翼诗歌由于凸显斗争意识,容易被先入为主地想象为"艺术粗糙"。殷夫的诗无疑具有粗豪的革命气质,但同时十分注意剪裁意象,锤炼语言,兼具象征主义和未来主义的艺术风格。鲁迅为殷夫诗集《孩儿塔》所作的序中说:"这是东方的微光,是林中的响箭,是冬末的萌芽,是进军的第一步,是对于前驱者的爱的大纛,也是对于摧残者的憎的丰碑。一切所谓圆熟简练,静穆幽远之作,都无须来作比方,因为这诗属于别一世界。"②其实殷夫的诗歌成就已超出了鲁迅的评价,其宏伟而不虚泛,先锋而不造作,既具有都市气息的明快节奏,又保持平民色彩的淳朴清新,都给以后的左翼诗歌留下了值得认真回味的启迪。

殷夫牺牲后,代表左翼诗歌发展方向的是"左联"领导下的中国诗歌会。该会于1932年9月由穆木天、杨骚、任钧、蒲风等人发起,于次年2月创办《新诗歌》。《发刊诗》中写道:"我们要捉住现实,/歌唱新世纪的意识。""我们要使我们的诗歌成为大众歌调,/我们自己也成为大众中的一个。"中国诗歌会的主要成就在于全面推进了诗歌的大众化,他们出版"歌谣专号""创作专号",进行广泛实验。在题材上,前期以表现工农民众的苦难生活为主,后期则大力倡导"国防诗歌",宣传抗日救亡。在形式上,有意加强了叙事诗的创作,并进行了"大众合唱诗"、新诗朗诵运动等多方面的尝试。其中最有代表性的诗人是蒲风(1911—1942)。他继承了郭沫若的狂热、蒋光慈的激昂和殷夫的勇猛,并把这些用更加通俗化的语言加以呈现。《茫茫夜》采用戏剧化手法,通过母亲思念参加"穷人军"的儿子,写出中国农村的"暗夜风声"和

---

① 旷新年:《1928:革命文学》,120页,济南,山东教育出版社,1998。
② 鲁迅:《白莽作〈孩儿塔〉序》,《鲁迅全集》,第6卷,494页,北京,人民文学出版社,1981。

"晓鸡啼音"。《我迎着风狂和雨暴》发出抗日救国的浩然怒吼:"我不问被残杀了多少东北同胞,/我要问热血的中国男儿还有多少。"中国诗歌会在北平、广州、青岛、厦门及日本东京等地设有分会,影响较大的诗人还有王亚平、温流等。作为一种大规模的创作趋向,中国诗歌会对于抗战以后诗歌大众化局面的形成起到了先驱的作用。左翼诗歌至此不但初步完成了从先锋到大众的过渡,而且以它的坚定不屈的姿态成为时代的最强音。

第三节　浪漫化的革命小说

○意义趋同的"革命"与"浪漫"　○光慈式的叙事模式　○洪灵菲、孟超、华汉等　○柔石、戴平万等

革命与浪漫是天然的近邻,初期的革命小说普遍洋溢着浪漫的精神。蒋光慈说:"我自己便是浪漫派,凡是革命家也都是浪漫派,不浪漫谁个来革命呢?"①正是蒋光慈本人,成为早期"普罗小说"的代表性作家。

1926年,蒋光慈出版了中篇小说《少年漂泊者》,通过主人公汪中痛苦漂泊的短暂一生,展现了从"五四"到"五卅"广阔的社会风云,表达对黑暗社会的强烈反抗。汪中由一个贫苦孤儿成长为一个战死沙场的革命英雄的经历,感动了无数青年读者。陶铸和胡耀邦都曾回忆他们是读了《少年漂泊者》才去投身革命的。同期的短篇小说集《鸭绿江上》中的作品也同样表现出反抗黑暗的激愤。1927年4月,上海工人第三次武装起义后不到半个月,蒋光慈迅速写出了反映上海工人第二次到第三次武装起义的中篇小说《短裤党》,将重大题材的时事效应与饱满的革命热情相结合,为左翼文坛所提倡的"报告小说"(Roman reportage)做出了一项先驱的实验。

1927年下半年后,蒋光慈的小说创作进入了高峰。他的《野祭》《菊芬》《最后的微笑》《丽莎的哀怨》《冲出云围的月亮》等作品像一颗颗炸弹在充满白色恐怖的中国炸响。文学出版界卷进了一个"蒋光慈时代":以蒋光慈为代表的革命出版物成为供不应求的畅销书,不仅蒋光慈的作品被大量再版、盗版,而且有一些其他人的作品被署上蒋光慈的名字发售。蒋光慈以"新兴文学"大师的感召力创造了先锋与流行融为一体的新文学奇迹。

蒋光慈小说带动了"革命加恋爱"叙事模式的流行。《野祭》中的革命

---

① 郭沫若:《创造十年续篇》,《沫若文集》(七),244页。

者陈季侠面对两个女性,最终将心灵祭献给了为革命牺牲的那一个,这被看成是"革命加恋爱"①模式的滥觞。《冲出云围的月亮》则把这一模式的叙事功能发挥到极致。女主人公王曼英在大革命激流中与男友柳遇秋热诚相爱,对追求她的李尚志只保持一般友谊。大革命失败后,王曼英颓丧堕落,明明过着出卖肉体的生活,却自欺欺人地以为是在用肉体报复和毁灭敌人。而李尚志却坚定不移地继续从事革命工作,他的坚毅和真诚唤醒了痛苦迷茫的王曼英,王曼英痛斥了卖身投敌的柳遇秋,决心彻底洗净自己的身心,重新投入革命洪流。小说结尾王曼英拥抱着李尚志说:"尚志,你看!这月亮曾一度被阴云所遮掩住了,现在它冲出了重围,仍是这般地皎洁,仍是这般地明亮!……"小说中的革命,对于恋爱的结局和性质具有决定意义,它给一般流行的恋爱小说带来了崭新的格局和激情,创造出一种"小资情调"的普罗艺术。

属于"革命加恋爱"模式的还有洪灵菲的"流亡"三部曲,孟超的《冲突》,华汉(阳翰笙)的《两个女性》《地泉》,胡也频的《到莫斯科去》《光明在我们前面》等一批作品,这些小说中的恋爱因素越来越让位给革命因素,从"革命陪衬着恋爱",到"革命决定了恋爱",再到"革命产生了恋爱"②,它们给经过"五四"个性解放以后"梦醒了无路可走"的一代知识青年指出了一条既能实现个体生命的价值,又能体验到人生浪漫乐趣的五彩斑斓的道路。叙事抒情的巨大成功掩盖了修辞结构等方面的粗陋幼稚,而这恰恰体现出无产阶级文学的美学特征。

除了恋爱所赋予的浪漫色彩之外,对革命斗争本身的描写也是浪漫的。蒋光慈最后一部长篇《咆哮了的土地》,本来是要克服浪漫倾向,转向客观实际的工农斗争描写,但小说的叙述节奏沉闷,人物形象呆板,一号主人公矿工张进德的面貌比较模糊,倒是二号主人公——地主少爷出身的革命者李杰的形象比较生动。他曾与贫农女儿兰姑相恋,但因父母阻挠而失败,已经怀孕的兰姑含愤自尽。李杰怀着托尔斯泰《复活》中聂赫留朵夫般的负罪感,从革命军中回到家乡开展农运,不料兰姑的妹妹毛姑又爱上了他,还有当年被他拒绝过提亲的富绅女儿何小姐也同时爱上了他。小说戏剧性的高潮是李杰命令农民自卫队烧掉了自家的屋楼——里面还有他生病的母亲和年幼的妹妹,以此表示他与自己的阶级彻底决裂。在恋爱上,他选择了毛

---

① 钱杏邨:《野祭》,载《太阳月刊》,2月号,1928年2月。
② 茅盾:《"革命"与"恋爱"的公式》,《茅盾全集》(20)。

姑,而何小姐最后选择了张进德——他们都背叛了自己的阶级,从而获得新生。小说结尾,李杰在战斗中牺牲,张进德率领队伍去投奔"金刚山",何小姐"在张进德的怀抱里开始了新的生活的梦……"作者仍然不得不依靠浪漫化的手段来冲淡十分概念化的阶级斗争描写。这一特征以华汉的"地泉"三部曲最为显著,小说只是三部曲的名字——《深入》《转换》《复兴》"三个名词的故事体的讲解"①,不但革命被描写成按图操作那样容易,而且"把本来很落后的中国农民,写得那样的神圣"②。1932年该书重版时,瞿秋白、茅盾、郑伯奇、钱杏邨和华汉自己,同时为该书作序,这五篇序言一方面批评了《地泉》图解政治概念的公式化倾向;另一方面对早期左翼文学进行了比较全面的总结和检讨。瞿秋白把这类作品概括为"革命的浪漫谛克"。革命浪漫谛克的小说试图超越"五四"模式的"客观写实"和身边琐事,重视文学"组织生活"的社会实践功能,但未免将这种功能夸大到极端,以致出现了观念大于形象的艺术失衡。左翼小说经过异军突起的初期轰动以后,进入了下一个冷静扎实的发展阶段。

早期革命小说家比较著名的还有柔石、戴平万、楼建南、李守章、刘一梦等。柔石(1901—1931),原名赵平复,早期有短篇集《疯人》,中篇《三姊妹》,长篇《旧时代之死》等,善于描写青年的爱情苦闷,富于浪漫气息。后期的中篇《二月》和短篇《为奴隶的母亲》可称力作。《二月》的主人公萧涧秋为躲避浊世风波而来到芙蓉镇,不料仍然满目悲苦烦恼,自身也陷入感情的困境和流言蜚语的纠缠,最后是怅惘而来又怅惘而去。小说生动地展现出被"五四"唤醒的一代知识青年在中国现实社会里走投无路的境况。如果不经过一场革命的洗礼,所谓个性解放和人道主义都只能是镜花水月。《为奴隶的母亲》以"典妻"为题材,无论开掘深度还是语言的力度,都超越了20年代乡土小说中同类题材的作品。作者以被典之妻春宝娘为主人公,深刻揭示了她被两个家庭,两个男人,两个亲生骨肉所"撕裂"的灵魂上遭受的损害和侮辱。柔石的小说能够把清醒的阶级观念与复杂的人性体验结合到一种深沉的抒情笔调中,本来是应该具有较大的发展前景的。戴平万有小说集《出路》《都市之夜》《陆阿六》。楼建南有小说集《挣扎》《病与梦》《第三时期》。李守章的《跋涉的人们》和刘一梦的《失业以后》两本集子曾

---

① 茅盾:《〈地泉〉读后感》,《茅盾全集》(19)。
② 阳翰笙:《谈谈我的创作经验》,《阳翰笙选集》,第4卷,成都,四川文艺出版社,1989。

与柔石的作品一道被鲁迅称为"总还是优秀之作"①。

第四节　转向写实的左翼小说

○写实趋势的出现　○从"自叙传"小说进入革命小说轨道的丁玲　○张天翼　○叶紫　○周文　○欧阳山、草明、葛琴、丘东平、罗淑等

浪漫化的革命小说迅速地席卷现代文坛过后,以一种完成了历史使命的姿态又迅速落潮。它促使现代文学关注火热的现实斗争、复杂的社会变迁,推动现代文学进入一个大规模描写中国社会的叙事时代。然而这项浩大的工程是"革命的浪漫谛克"本身所不能胜任的。时代要求左翼小说以巨大的写实成就来表明自己是这个时代的主人。转向写实的趋势在"左联"成立前后就已经开始,到1933年茅盾的《子夜》出版,达到高峰。除了茅盾等社会剖析派的小说家外,后期左翼小说的中坚力量是一批新生代的青年作家,主要有丁玲、张天翼、叶紫、周文等。

丁玲(1904—1986),原名蒋冰之,湖南临澧人。幼年丧父,由思想开明的母亲抚养成人。求学时代与杨开慧、王剑虹等同学共同追求进步,1924年在北京结识胡也频、沈从文,开始文学创作。1927年12月,发表处女作《梦珂》,写一个孤独忧郁的女青年在各种世俗诱惑中的徘徊烦闷和挣扎疲倦,小说以其真挚细腻引起了文坛的普遍关注。1928年年初,发表成名作《莎菲女士的日记》,震动了整个文艺界,从此成为最受重视的女作家。这篇小说由主人公一个冬天里的三十多段日记组成。莎菲是一个外表"娟傲""怪僻",内心充满狂热幻想的现代女性,她孤身在北京的公寓里养病,寂寞无聊。虽然有朋友们的照顾,还有一个苦苦追求她的苇弟,但他们都不了解莎菲的内心。莎菲希望"有那么一个人能了解我得清清楚楚的,如若不懂得我,我要那些爱,那些体贴做什么"? 这时出现了一个风仪俊美的新加坡华侨凌吉士,令莎菲对他产生了狂热的情欲渴望。莎菲想方设法接近他,"我要占有他,我要他无条件的献上他的心"。后来莎菲发现这个凌吉士的爱情观不过是"拿金钱在妓院中,去挥霍而得来的一时肉感的享受";"那使我爱慕的一个高贵的美型里,是安置着如此的一个卑劣的灵魂";但莎菲一面鄙视凌吉士,另一面却摆脱不了情欲的癫狂,最后在承受了凌吉士

---

① 鲁迅:《我们要批评家》,《鲁迅全集》,第4卷,北京,人民文学出版社,1981。

的一吻后,"更陷到极深的悲境里去",她决计离开北京,"在无人认识的地方,浪费我生命的余剩"。小说对人物心灵的大胆剖露,产生了惊世骇俗的阅读震撼,被看做是"女性的《沉沦》"。但莎菲的灵与肉的冲突比《沉沦》的主人公更加具有鲜明的时代感。这是一个拥有自由选择的权利却丧失了选择对象和选择意义的时代寓言,莎菲巨大的生命热情显然迫切需要一个巨大的事业来消耗。"莎菲生活在世界上,所要人们的了解她体会她的心太恳切了,所以长远的沉溺在失望的苦恼中",可以说,谁掌握了这一代青年的心,谁就掌握了时代。丁玲于1933年曾发表《莎菲日记第二部》,叙述莎菲没有浪费生命,她与一位文学青年同居生子,当她读着爱人的新作《光明在我们面前》时,爱人却已被秘密枪决了。丁玲把"自叙传"小说带入了革命小说的新轨道,把冷静的心理分析与热切的时代呼唤相结合,形成了自己独特的艺术风格。

丁玲1930年发表了中篇小说《韦护》和《一九三〇年春上海》(之一和之二),这3篇小说的题材都是"革命加恋爱",特色在于把握过渡时代知识分子的心灵世界比较准确真实。同时丁玲开始创作一些具有写实倾向的作品,如《阿毛姑娘》《庆云里中》《田家冲》等,在对下层生活的描写中仍保持着敏锐的心理洞察。1931年,丁玲发表了以当年16省水灾为题材的中篇小说《水》,又一次震动了文坛。小说最大的特色在于:"不是一个或二个的主人公,而是一大群的大众,不是个人的心理的分析,而是集体的行动的开展。"①因此被认为是"普罗文学"的重大突破。塑造群像是二三十年代小说创作的国际性潮流,从苏联绥拉菲摩维奇的《铁流》到美国约翰·杜司·帕索斯(Johndos Passos)的《曼哈顿中转站》,都曾风靡一时。《水》中的农民群像实际上还比较概念化,但这种先锋气魄对于促使左翼小说转向写实具有强烈的启示。从《水》的发表,到1932年蒋光慈《咆哮了的土地》改名《田野的风》出版,以及五位左翼理论家为《地泉》作序,左翼小说逐步完成了由浪漫向写实的整体移动。

丁玲随后还创作了《某夜》《消息》《夜会》《法网》等,写实笔法趋于圆熟。1932年以自己母亲为模特创作长篇小说《母亲》,计划比较庞大,但完成第一卷后,丁玲便于1933年被捕了。1935年逃往延安后,丁玲的创作进入了另一个仍然是毁誉交并的时期。

---

① 冯雪峰:《关于新的小说的诞生》,《北斗》,2卷1期,1932年1月。

张天翼(1906—1985),原名张元定,生于南京,原籍湖南湘乡。早年的漂泊经历使他对现实社会了解得既深又广。文学生涯始于在鸳鸯蝴蝶派刊物上发表滑稽小说和侦探小说,这使他练就了扎实的文字功底,并奠定了幽默讽刺的风格和敏锐的文体意识。1928年在《奔流》上发表《三天半的梦》,从此成为新文学作家。1931年写出《三太爷与桂生》《二十一个》,开始形成独特的艺术风格。前者以看似轻松糊涂的口吻,写出地主豪绅活埋革命农民的残忍。后者以士兵的口吻,写军阀混战的野蛮血腥和下层士兵在死亡面前被唤醒的初步的阶级意识。此后的创作一直善于运用不同的叙述视角,表现下层人民的血泪。《团圆》通过孩子的视角写被迫卖淫的母亲,故事安排在父亲归家的时刻,其现实开掘深度远远超过了王统照的《湖畔儿语》。《脊背与奶子》中的长太爷利用族规欺侮佃户的妻子。《笑》中的九爷仗势欺侮反抗农民的妻子,都在漫画式的轻松叙述中,蕴涵着强烈的阶级义愤。张天翼的讽刺经常带一点"油滑",这种"油滑"并不是无聊肤浅,而是因为对讽刺的对象怀着严肃的愤怒而故意采取的一种丑化手段。《呈报》写勘灾员彭鹤年亲眼看见农民颗粒无收,农民倾家荡产对他酒肉款待,希望他如实呈报。他在良心与私利之间反复徘徊,最后在地主的50块大洋贿赂和县长的压力下,他竟然谎报收成为七成到九成五。张天翼一般很少正面描摹弱者的苦痛,而着重写出那苦痛的根源,让人在对恶势力的笑骂中联想到它们所造成的灾难。除了讽刺地主恶霸之外,张天翼在讽刺小市民和其他愚弱的劳动者方面继承了鲁迅的批判国民性精神。著名的《包氏父子》深刻展现了代代相传的奴性。门房老包当牛做马,幻想儿子小包能爬进统治者的圈子;而小包在那些有钱子弟的队伍里,最好的前景不过是做稳了走狗而已。父子两代生活态度似乎不同,但精神实质却是一样。张天翼在题材广阔的写作中,形成了尖锐、明快并富于浓厚生活气息的讽刺风格。速写式的人物,特写般的场景,写实的口语,巧妙的叙事距离,组成了张天翼独具一格的文体。抗战以后,张天翼的创作还有发展。此外,张天翼还是著名的儿童文学作家,从30年代的《大林和小林》《秃秃大王》,到50年代的《罗文应的故事》《宝葫芦的秘密》,都是现当代儿童文学的经典之作。

叶紫(1910—1939)[①],原名余昭明,学名余鹤林,还曾用过余繁、汤宠、

[①] 叶紫生年有多种说法,当以周葱秀《叶紫评传》之说最为确凿。

叶子等名,湖南益阳人。他短短不到30岁的生命,"却抵得太平天下的顺民的一世纪的经历"①。少年时代便与全家人一起投身于大革命的浪潮,家族中多人为革命死难。叶紫在流亡生涯中积累了丰富的社会观察和巨大的革命热情,他投身左翼创作,完全是因为"我的对于客观现实的愤怒的火焰,已经快要把我的整个的灵魂燃烧殆尽了!"②1933年,发表成名作《丰收》,在以"丰收成灾"为题材的同类作品中,不但场面广阔,结构精心,而且描写了尖锐的阶级对立,揭示出灾难的"人祸"根源。续篇《火》写到觉醒的农民抛弃幻想,奋起反抗。《电网外》《山村一夜》等篇与《丰收》一样,均以塑造老一辈农民形象见长。《山村一夜》中带着儿子去向统治者自首的老汉,结果是把儿子送入死地,给读者留下了深刻的印象。叶紫小说中的阶级矛盾是以他扎实的生活功底用血和泪写出来的,因此让人感到厚重。他善于在父子冲突中刻画两代农民的形象,即使在悲伤的叙述中,也蕴涵着一种昂扬的雄壮之美。鲁迅称这是"对于压迫者的答复:文学是战斗的!"③如果不是在贫病交加中英年早逝,叶紫在文学上应该会有更大的突破。

周文(1907—1952),原名何稻玉,笔名何谷天等,四川荥经人。早年在四川的军阀部队当文书,30年代投身革命,曾任"左联"组织部长。1933年发表成名作《雪地》,不但写出了活生生的军阀部队景况,而且写出了康藏高原的雪域风光。他在30年代被称为多产作家,最有特色的还是"军阀加雪原"一类的作品,如中篇《在白森镇》,长篇《烟苗季》等。周文注重写实的精确,气氛的渲染,具有"批判现实主义"的艺术特征。他所选择的创作题材在现代小说中独具魅力。

除了上述作家外,左翼小说家还有欧阳山、草明、葛琴、丘东平、罗淑等,共同组成了一支实力雄厚的艺术"铁流"。这支"铁流"不但把现代小说提高到一个稳定的成熟阶段,而且为抗战以后的小说走向提供了坚实的美学借鉴。

思考题

1. 左翼文化思潮产生的背景和内在矛盾。
2. 左翼诗歌与社会运动的关系。
3. 怎么理解"革命小说"中的浪漫谛克现象?

---

① 鲁迅:《叶紫作〈丰收〉序》,《鲁迅全集》,第6卷,北京,人民文学出版社,1981。
② 叶紫:《我怎样与文学发生关系》,见《我与文学》,上海生活书店,1934。
③ 鲁迅:《叶紫作〈丰收〉序》,《鲁迅全集》,第6卷,北京,人民文学出版社,1981。

第十章　现代派文学思潮

第一节　李金发与象征派诗人

○中国象征主义诗派的"催生"　○李金发与法国象征派诗歌　○特异的审美经验　○向新诗创作新的领域拓展　○穆木天　○王独清、冯乃超等

1925年,一部别开生面的诗集《微雨》在中国现代诗坛问世,从此催生了中国象征主义诗派。它的作者就是被称为"东方的波德莱尔"①的李金发。

李金发(1900—1976),广东梅县人,1919年赴法国学习美术,耳濡目染了世纪初叶的现代主义文学艺术思潮,尤其受到法国象征派诗人波德莱尔、魏尔伦的影响。1920年开始诗歌写作,直接效法象征派诗歌的诗艺和技巧,同时也深深地濡染了世纪末的颓废情绪。他的诗中既有波德莱尔的恶魔主义精神与"审丑"的美学,又有魏尔伦的感伤与颓废的气质。相对于郭沫若式的狂飙突进的阳刚之美,他的诗作更属于阴柔的范畴。他以纤细而敏锐的艺术感觉突入到人的深层体验和潜在意识领域,"要表现的是'对于生命欲揶揄的神秘及悲哀的美丽'"②,这种诗学取向突出地体现在诗歌的意象选择上。有人曾对比过李金发和郭沫若惯常运用的意象,如果说,经常出现在郭沫若诗中的是太阳、日出、大海、明月、白云,那么李金发则习用寒

---

① 黄参岛:《〈微雨〉及其作者》,《美育》,第2期,1928年5月。
② 朱自清:《诗集·导言》,见《中国新文学大系·诗集》。

夜、枯骨、残月、落叶、荒野。① 他把灵魂理解为"荒野的钟声",生命则是"死神唇边的笑",连记忆也如"道旁朽兽,发出奇臭",作为现代大都会代表的巴黎则充斥了"地窖里之霉腐气,/烂醉了一切游客"。对于习惯了"五四"诗坛的清新昂扬的读者来说,李金发的异质的声音自然令人惊悚,但正是这种"心灵失路之叫喊"与对现代都市文明的批判意识使他的诗汇入了以波德莱尔为代表的反思现代人的生存以及反思现代性的总主题中,传达着潜伏在人类生命存在中的另一种声音。

李金发诗中特异的艺术方式也冲击着人们的审美经验,同样令中国诗坛耳目一新。他取法法国象征派诗歌技巧,摒弃了现实主义和浪漫主义诗学准则,大量运用象征、暗示、通感、隐喻、联想等手法,营造具有朦胧和神秘色彩的氛围和情境。朱自清总结说:"象征诗派要表现的是些微妙的情境,比喻是他们的生命;但是'远取譬'而不是'近取譬'。所谓远近不指比喻的材料而指比喻的方法,他们能在普通人以为不同的事物中间看出同来。他们发现事物的新关系,并且用最经济的方法将这关系组织成诗;所谓'最经济的'就是将一些联络的字句省掉,让读者运用自己的想象力搭起桥来。"② "远取譬"的概括形象地揭示了象征派诗的诗艺本质,即在不同质的事物中建立超越普通思维的奇异联系,这也是人类艺术思维的重要特征。李金发的诗作中充满了这种"远取譬":"粉红的记忆","衰老的裙裾","希望成为朝露","凉夜如温和乳妪"……具象与抽象的叠加与互证,使人们的诸种感知领域打成一片,极大地丰富了我们对世界的体验与认知方式:

  细弱的灯光凄清地照遍一切,
  使其粉红的小臂,变成灰白。
  软帽的影儿,遮住她们的脸孔,
  如同月在云里消失!

  朦胧的世界之影,
  在不可勾留的片刻中,
  远离了我们,
  毫不思索。(《里昂车中》)

---

① 参见宋永毅:《李金发:历史毁誉中的存在》,《走向世界文学》,长沙,湖南人民出版社,1985。
② 朱自清:《新诗的进步》,见《新诗杂话》。

把印象派诗的瞬间感受和观察与对世界和存在的深层思索结合起来，正是李金发的特长。相形见绌的是他的语言功夫。身在异域对母语的生疏使他的表达显得生涩和拗口。同时他试图调和中西，引大量文言句法和语汇入诗，但由于远未臻于化境，更容易受到诟病。然而，李金发之所以产生了巨大的冲击力，或许正因为他的有缺憾的诗美艺术。

李金发登上诗坛看似偶然，实则有必然性。当时，白话诗创作中过于直露浅白的散文化倾向已经受到越来越多的批评和反拨，胡适所奠基的"作诗如作文"的理论主张已显露出巨大的美学弊端。1923年，成仿吾扮演了一个理论杀手的角色，他发表了《诗之防御战》，以近乎尖酸刻薄的措辞声讨了胡适代表的早期白话诗，甚至断言《尝试集》里本来没有一首是诗。1926年，穆木天继续清算胡适的观念对初期白话诗的影响："中国新诗的运动，我以为胡适是最大的罪人。胡适说：作诗须得如作文，那是他的大错。所以他的影响给中国造成一种 Prose in Verse 一派的东西。他给散文的思想穿上了韵文的衣裳。"①梁实秋也认为初期白话诗"注意的是'白'而不是'诗'，努力的是如何摆脱旧诗的樊篱，不是如何建设新诗的根基"②。人们普遍意识到诗坛需要新的诗学因素和新的想象力冲击。李金发对象征诗艺的借鉴与实验，正是在这种背景下出现的，刺激了新诗创作和理论向新的领域的拓展。

穆木天是初期象征派的理论代言人，他在象征主义诗学的重要文献《谭诗》中提出了"纯诗"的概念：

> 诗要兼造形与音乐之美。在人们神经上振动的可见而不可见可感而不可感的旋律的波，浓雾中若听见若听不见的远远的声音，夕暮里若飘动若不飘动的淡淡光线，若讲出若讲不出的情肠才是诗的世界。我要深汲到最纤纤的潜在意识，听最深邃的最远的不死的而永远死的音乐。诗的内生命的反射，一般人找不着不可知的远的世界，深的大的最高生命。我们要求的是纯粹诗歌(The pure poetry)，我们要住的是诗的世界，我们要求诗与散文的清楚的分界，我们要求纯粹的诗的 Inspiration。

---

① 穆木天：《谭诗》，《创造月刊》，1926年1卷1期。
② 梁实秋：《新诗的格调及其它》，《诗刊》，1931(1)。

这种对纯诗境界的追求,指向了"人的内生命的隐秘",它力图探索人的存在的潜在意识,挖掘内在生命的深邃律动,状写一个纯粹表现和暗示的世界。诗人在诗作中所寻求的正是心灵与深邃遥远的世界之间内在的契合与交响。这种观念印有象征主义诗学中契合论的痕迹。波德莱尔认为,在自然万物之间,自然与人之间,人的各种感官之间,存在着一种彼此契合的隐秘而内在的呼吸,只有诗人才能洞穿这种神秘的感应和契合,把握和传达内在的共振和律动,并通过象征主义诗歌赋予这种律动以形式。穆木天的诗作正实践着他自己的理论主张。他的诗集《旅心》注重诗的暗示性和朦胧美,"托情于幽微远渺之中"①,在形式上追求外在的音节的复沓与回环的效果和一种音乐的节奏,以传达所谓内生命的交响和律动。如《雨后》:

> 穿上你的轻飘的木屐　穿上你的轻软的外衣
> 趁着细雨蒙蒙　我们到湿润的田里
>
> 我们要听翠绿的野草上水珠儿低语
> 我们要听鹅黄的稻波上微风的足迹
>
> 我们要听白茸茸的薄的云纱轻轻飞起
> 我们要听纤纤的水沟弯曲曲的歌曲。

但穆木天的理论意义多少超过了他的具体实践所取得的成绩。这也是大多理论先行的现代诗人的通病。

除了李金发和穆木天,初期象征派诗人中较为重要的还有王独清、冯乃超、蓬子、石民等人。王独清经历了从学习拜伦、雨果到法国象征派的转化,有唯美倾向,寻求"把色(Couleur)与音(Musique)放在文字中",以达到一种"音画"效果②,著有诗集《圣母像前》等。冯乃超则以色彩感和铿锵的音节取胜,"歌咏的是颓废、阴影、梦幻、仙乡",出有诗集《红纱灯》。他们在探索诗艺的同时共同的缺陷是诗歌内容的贫乏,如穆木天就说:"在我的思想,把纯粹的表现的世界给了诗歌作领域,人的生活则让散文担任。"结果诗歌处理的仅仅是"潜在意识的世界","人的生活"就轻易被舍弃了。

---

① 朱自清:《诗集·导言》,见《中国新文学大系·诗集》。
② 参见王独清:《再谭诗》,《创造月刊》,1926年1卷1期。

第二节　戴望舒与现代派诗人

○以《现代》《新诗》为主要阵地的诗人群　○都市的漂泊者和"寻梦者"　○取法于中外诗歌传统的审美趋向　○"雨巷诗人"戴望舒　○何其芳、卞之琳、李广田　○林庚、曹葆华等

1935 年孙作云发表《论"现代派"诗》一文，把 30 年代登上诗坛的一大批年轻的都市诗人具有相似倾向的诗歌创作概括为"现代派诗"。其重要的标志是 1932 年 5 月在上海创刊的，由施蛰存、杜衡主编的《现代》杂志。《现代》杂志构成了 30 年代现代派文学创作的重要阵地，也集中刊发了一大批具有现代主义倾向的诗作。此后几年，卞之琳在北平编辑《水星》（1934），戴望舒主编《现代诗风》（1935），到了 1936 年，由戴望舒、卞之琳、梁宗岱、冯至主编的《新诗》杂志，把这股"现代派"的诗潮推向高峰。伴随着这一高峰，是 1936 年至 1937 年大量新诗杂志的问世："如上海的《新诗》和《诗屋》，广东的《诗叶》和《诗之页》，苏州的《诗志》，北平的《小雅》，南京的《诗帆》等等，相继刊行……那真如雨后春笋一样地蓬勃，一样地有生气。"①以至于作为"现代派"诗人的一员的路易士在《三十自述》中认为："1936—1937 年这一时期为中国新诗自'五四'以来一个不再的黄金时代。"因此，所谓的现代派，大体上是对 30 年代到抗战前夕新崛起的有大致相似的创作风格的年轻诗人的统称。其中会聚了上海、北平、南京、武汉、天津等许多大城市的诗人群体。代表诗人有戴望舒、卞之琳、何其芳、李广田、施蛰存、金克木、林庚、曹葆华、徐迟、废名、路易士、李白凤、陈江帆、史卫斯等。

这是一批都市的漂泊者。在 30 年代阶级对垒、阵营分化的社会历史背景下，他们大都是游离于政党与政治派别之外的边缘人；同时，他们有相当一部分来自乡土，在都市中感受着传统和现代双重文明的挤压，又成为乡土和都市夹缝中的边缘人。这批现代派诗人深受法国象征派诗人的影响，濡染了波德莱尔式的对现代都市的疏离感和陌生感及魏尔伦式的世纪末颓废情绪。"五四"的退潮和大革命的失败更是摧毁了年轻诗人的纯真信念，"辽远的国土"由此成为一代诗人的精神寄托。

---

① 孙望：《初版后记》，见《战前中国新诗选》，南昌，江西人民出版社，1983。

如戴望舒《我的素描》：

> 辽远的国土的怀念者，
> 我，我是寂寞的生物。

何其芳《画梦录》：

> 我倒是喜欢想象着一些辽远的东西，一些并不存在的人物，和一些在人类的地图上找不出名字的国土。

"辽远的国土"是复现率极高的意象，它已成为一个公设的象征性意象，象征着现代派诗人灵魂的归宿地和梦中的理想世界。

这是一代"寻梦者"。然而，对"辽远的国土"的怀念，也是对梦幻似的乌托邦的怀念，它在地球上并不存在，因此，诗人们的潜在的危机，是不可避免地经受乐园梦的破灭。戴望舒的《乐园鸟》典型地体现了这种心态。

> 是从乐园里来的呢？
> 还是到乐园里去的？
> 华羽的乐园鸟，
> 在茫茫的青空中
> 也觉得你的路途寂寞吗？
>
> 假使你是从乐园里来的
> 可以对我们说吗，
> 华羽的乐园鸟，
> 自从亚当、夏娃被逐后，
> 那天上的花园已荒芜到怎样了？

这是现代派诗歌中最好的收获之一。"华羽的乐园鸟"是一代诗人的自我写照，而对天上的花园的荒芜的质疑则象征了诗人们"乐园梦"的破灭。其"荒芜"感中也有着T.S.艾略特的长诗《荒原》的影子。

现代派诗人正是从艾略特、庞德、瓦雷里等西方现代主义诗人那里汲取诗学营养，尤其借鉴了意象主义的原则，同时在李金发为代表的初期象征派诗歌艺术实践的基础上创造性地转化了波德莱尔、魏尔伦的象征主义诗艺。他们是在反拨浪漫主义直抒胸臆的诗风的过程中走上诗坛的，对"做诗通行狂叫，通行直说，以坦白奔放为标榜"的倾向"私心里反叛着"，从而把诗歌理解成一种"吞吞吐吐的东西","它底动机是在表现自己和隐藏自己之间"①。戴望舒的主张具有代表性:"诗是由真实经过想象而出来的,不单是真实,亦不单是想象。"②因此,现代派诗歌在真实和想象之间找到了平衡,既避免了"坦白奔放"的"狂叫""直说",又纠正了李金发的初期象征派过于晦涩难懂的弊病。在诗艺上,现代派诗人注重暗示的技巧,很少直接呈示主观感受,而是借助意象、隐喻、通感、象征来间接传达情调和意绪,这使得现代派诗歌大都具有含蓄和朦胧的诗性品质。

施蛰存把《现代》杂志上的诗理解为:"是现代人在现代生活中所感受的现代的情绪,用现代的辞藻排列成现代的诗形。"③但正像杜衡所概括的那样,现代派诗歌总体上追求"象征派的形式,古典派的内容"的统一,现代诗形更体现在表层形式上,而在审美趣味和文化心理取向上则显示出鲜明的古典主义特征。使现代派诗歌臻于成熟境界的重要因素之一是诗人们对中国古典诗歌传统的自觉沿承。他们借助从域外获得的陌生化的眼光,重新发现了传统诗艺中与西方相亲和的部分。卞之琳就称"'亲切'与'含蓄'是中国古诗与西方象征诗完全相通的特点"④。由此,现代派诗人寻找到了把传统纳入现代的合法性依据,从而获得了源远流长的古典文化与诗学背景的支撑。不过,现代派诗人对传统是有选择性的,他们绕过了元白一派的浅白易懂,而把晚唐温李看成是今日新诗的趋势。温庭筠、李商隐诗中的幻象的美感和朦胧的意境正吻合了现代派诗人的美学倾向。现代派诗歌大多表现出一种回味深长的品格,与传统诗学中含蓄蕴藉一脉的丰厚滋养密不可分。

戴望舒(1905—1950)被称为现代派诗人群的领袖。著有诗集《我底记忆》《望舒草》《望舒诗稿》《灾难的岁月》。他早在1928年就以《雨巷》名噪一时,叶圣陶称《雨巷》"替新诗的音节开了一个新纪元"。戴望舒也因之获得了"雨巷诗人"的称号。《雨巷》作于1927年夏,诗人隐居江苏小城松江,感受到了"在这个时代做中国人的苦恼"⑤。诗中循环、跌宕的旋律和复沓、回旋的音节,衬托了一种彷徨、徘徊的意境,传达了诗人寂寥、惆怅的心理情

---

① 杜衡:《望舒草·序》,上海,现代书局,1933。
② 戴望舒:《诗论零札》,《现代》,第2卷第1期,1931。
③ 施蛰存:《关于本刊中的诗》,《现代》,第4卷第1期。
④ 卞之琳:《〈魏尔伦与象征主义〉译序》,《新月》,第4卷第4期。
⑤ 杜衡:《望舒草·序》。

绪,从而间接地透露出痛苦、迷茫的时代氛围。有人说它是现代诗歌韵律美的顶峰。但有意味的是戴望舒本人却不喜欢这首诗,也许是因为它留有格律派的痕迹,太雕琢,太用心。戴望舒很快就找到了新的诗学要素。取代了《雨巷》的是《我底记忆》。戴望舒的好友杜衡在《望舒草》的序中说:从《我底记忆》起,戴望舒可说是在无数的歧途中间找到了一条浩浩荡荡的大路,并完成了"为自己制最合自己的脚的鞋子"的工作。这浩浩荡荡的大路也是30年代一代现代派诗人所走的路,其诗学的重心在于"意象性":

> 我底记忆是忠实于我的,
> 忠实甚于我最好的友人。
>
> 它生存在燃着的烟卷上,
> 它生存在绘着百合花的笔杆上。
> 它生存在破旧的粉盒上,
> 它生存在颓垣的木莓上,
> 它生存在喝了一半的酒瓶上,
> 在撕碎的往日的诗稿上,在压干的花片上,
> 在凄暗的灯上,在平静的水上,
> 在一切有灵魂没有灵魂的东西上,
> 它在到处生存着,像我在这世界一样。

用实用性语言来说,这一大段诗只剩最后一句就够了,但诗人却罗列了一系列意象,这正是意象性语言,也是诗歌语言之所以区别于日常语言的本质之处。《我底记忆》堪称是意象性的典范之作。

戴望舒在新诗史上的意义尤其体现在"古典美"中。《雨巷》的更内在的美感就来自于古典氛围。诗歌不仅化用了古典搭配(如"一个丁香一样地/结着愁怨的姑娘"就使人联想到李商隐的"芭蕉不展丁香结,同向春风各自愁",李璟的"青鸟不传云外信,丁香空结雨中愁"),同时也营造了具有古典背景的江南水乡的文化氛围。"油纸伞"、悠长而寂寥的"雨巷"、丁香般的"愁怨""颓圮的篱墙",既是江南小城的写真,也暗示着一个"杏花春雨江南"的古典文化传统。诗中的"寂寥""愁怨""太息""彷徨""梦""静默"等诸般感受都在这个悠远的文化背景里找到了依托,从而生成了一种古典美。戴望舒有些诗连形式也是古典的。《古意答客问》便是一首拟古诗,近于古典诗赋中的主客问答体,表达的也是寄情山水的隐居情怀。《秋夜思》

则是一首"古题新咏",它的秋思的主题、悲秋的情怀以及诸如"鲛人""木叶""天籁""弦柱""华年""阳春白雪""吴丝蜀桐"等意象都使《秋夜思》纳入了古典文本的浩瀚长河中。

1936年由何其芳的《燕泥集》、卞之琳的《数行集》和李广田的《行云集》合成的诗集《汉园集》问世,三位差不多同时就学于北京大学的青年诗人也获得了"汉园三诗人"的称号。他们有着共同的学院背景、大体相似的文学资源和相通的融会中西诗学的艺术旨趣。譬如何其芳就既沉迷于晚唐五代"那些精致的冶艳的诗词,蛊惑于那种憔悴的红颜上的妩媚,又在几位班纳斯派以后的法兰西诗人的篇什中找到了一种同样的迷醉"①。他的诗因而呈现出鲜明的唯美主义色彩,有精致、妩媚、凄清的美感。《预言》是他的成名作,这首诗的特殊之处是化用了希腊神话中水仙之神那喀索斯与回声女神埃科的故事。埃科爱上了美少年那喀索斯,却得不到他的回报,因而伤心憔悴得只剩下了声音,但又无法首先开始说话,只能重复别人的话语,故称"回声(echo)女神"。那喀索斯则是自恋者的形象,他只迷恋自己的水中的倒影,终日顾影自怜郁闷而死,神让他变成了一朵水仙花。《预言》这首诗便是模仿女神埃科的口吻的倾诉,打动读者的是"我"对"年轻的神"的无望的爱情。抒情主人公感情炽烈而深沉,倾诉的调子有一唱三叹之感,最终却给人一种无限惆怅的命运感。它歌唱的是青春、爱情以及与两者相伴的痛楚和怅惘情怀,与何其芳的其他清新而忧郁的诗作一起,成为苦闷青春期的教科书。《预言》出人意表之处在于选择了女神埃科作为抒情主人公"我",这种设计和构思堪称别出心裁,显示出何其芳超常的想象力。但如果读者不了解诗中的神话故事,则大都会把"我"误认为诗人自己。

与何其芳的自恋式的倾诉不同,卞之琳(1910—)的诗歌更多地借鉴了T.S.艾略特的"思想知觉化"和"非个人化"的倾向。他使抒情主人公的形象在诗作中淡出,更着迷于虚拟的"戏剧化处境"。《断章》便是这样一首诗:

> 你站在桥上看风景,
> 看风景人在楼上看你。

---

① 何其芳:《梦中道路》,见《何其芳研究专集》,164页,成都,四川文艺出版社,1986。

> 明月装饰了你的窗子,
> 你装饰了别人的梦。

诗人自己解释说这首诗的创意是着重在"相对"上,单一的"你"和单一的"看风景人"都不是自足的,两者在看与被看的关系和情境中才形成一个网络。意象性原则在这里被突破了,立足于抒情主人公"我"的基础上的现代新诗惯常的抒情方式也被新的诗学要素替代。卞之琳贡献了一种"情境的美学",这种情境是传统的意境与西方诗歌的小说化、戏剧化技巧相融会的结果,读者从他的诗中捕捉到的,是日常生活的场景和情境,但一经卞之琳点化,便蕴涵了丰富深长的回味和耐人咀嚼的人生哲理。其中隐含了一种将普通生活审美化的高超本领。《道旁》《尺八》《白螺壳》《距离的组织》《音尘》都是情境化的代表作。看这首《航海》:

> 轮船向东方直航了一夜,
> 大摇大摆的拖着一条尾巴,
> 骄傲的要旅客对一对表——
> "时间落后了,差一刻。"
> 说话的茶房大约是好胜的,
> 他也许还记得童心的失望——
> 从前院到后院和月亮赛跑。
> 这时候睡眼蒙眬的多思者,
> 想起在家乡认一夜的长度
> 于窗槛上一段蜗牛的痕迹——
> "可是这一夜却有二百海里?"

诗人拟设的是航海中可能发生的情境。茶房懂得一夜航行带来的时差知识,因而骄傲地让旅客对表。乘船的"多思者"在睡眼朦胧中想起自己在家乡是从蜗牛爬过的痕迹来辨认时间的跨度的,正像乡土居民往往从猫眼里看时间一样。而同样的一夜间,海船却走了二百海里。如同《断章》一样,《航海》也表现出一种相对主义的观念,即时空的相对性,同时也可以看出航海所代表的现代时间与乡土时间的对比。骄傲而好胜的茶房让旅客对表的行为多少有点可笑,但航海生涯毕竟给他带来了严格的时间感。这种时间感与乡土时间形成了对照。最终,《航海》的情境中体现出的是两种时间观念的对比,而在时间意识背后,是两种生活形态的对比。

现代派中的重要诗人还有废名、林庚、曹葆华、南星、路易士等。废名（1901—1967）的诗追求玄理和顿悟，有禅宗趣味，也因之显得晦涩难懂。另一以晦涩著称的诗人是曹葆华（1906—1978），著有《无题草》等。他的诗中复现率最高的意象是"梦"，文本描绘的几乎都是具有超现实色彩的梦境。技巧也因此表现为联想的突发性、跳跃性和非逻辑性。相对清澈明快的是林庚（1910— ）的诗，他追求新的格律形式，但他清新的想象和敏锐的感受力仍冲破了格律的可能束缚，显示出一种别样的诗质（《春天的心》）：

> 春天的心如草的荒芜
> 随便的踏出门去
> 美丽的东西到处可以拣起来
> 少女的心情是不能说的

第三节　"新感觉派"小说的都市幻影

○从异域文学中汲取艺术灵感　○都市的体验与文本形式　○刘呐鸥、穆时英　○施蛰存

20世纪30年代，大上海都市文化畸形发展，催生了以批判都市文明为主要任务的左翼作家群以及顺应广大市民趣味的通俗作家群。此外也出现了第三大作家群体，他们出没于喧嚣骚动的十里洋场，尽情享受现代都市物质和商业文明；同时又受西方现代艺术尤其是电影的熏陶，具有鲜明的文学先锋意识。由于他们直接受到日本的"新感觉派"的影响，因此被称为中国的"新感觉派"小说家。

日本自明治维新开始，就走上了全盘西化的道路，文学思潮也受西方的巨大影响。西方的现代主义如达达派、未来主义、表现主义纷纷于20世纪初在日本登陆，并造就了日本第一批现代派文学。1924年，代表作家横光利一、川端康成、片冈铁兵等创办同人杂志《文艺时代》，开始了"新感觉派"运动，强调在物质文明高度发展的时代，人们应该以新的感觉方式来体验、认识和表现世界，尤其以视觉、听觉作为认识现代世界的出发点。"感觉"由此成为"新感觉派"文艺观的核心，注重传达瞬间感觉体验、潜意识以及内心世界。

中国30年代的"新感觉派"小说受到日本的直接影响。刘呐鸥（1900—1939）是最早认识到上海的都市现代性的作家，也是介绍日本"新

感觉派"的第一人。他在 1928 年翻译片冈铁兵等人的小说合集《色情文化》,同年在《无轨列车》上发表意识流小说,并于 1930 年出版了短篇小说集《都市风景线》。"新感觉派"的更重要的两个作家是穆时英(1912—1940)和施蛰存(1905—2003),前者著有《公墓》《白金的女体塑像》《圣处女的感情》等,后者著有《梅雨之夕》《善女人的行品》《将军底头》等。正是这些小说集构成了中国现代文学中最重要的现代派小说。

  新感觉小说最突出的意义在于它是真正观照现代大都市的文学。可以说,乡土文化在中国文化传统中占据着主导地位,乡土在地域和文化上具有广延性,甚至也覆盖了都市文化。30 年代上海的左翼作家尽管身居都市,但采取的态度却是从都市遥望乡村,或是以乡村为背景来观照都市。上海在大部分来自乡土的左翼作家眼里是一种异己的存在,甚至是万恶之源。而"新感觉派"小说家则是由上海洋场社会塑造出来的作家,也同时是真正从内容到形式都有大都市气息的作家。

  "新感觉派"注重都市的感受和体验,注重对都市风景炫奇式的展览。不过单有这些是不够的,"新感觉派"小说家更值得瞩目的成绩在于他们创造了真正的都市文本形式,从而把都市风景线的外在景观和对都市的心理体验落实到了小说形式层面,或者说,他们获得了把体验到的都市内容与文本形式相对应的诗学途径。

  其一,"新感觉派"小说家擅长于捕捉都市化意象。

  "都市"构成了"新感觉派"小说中的真正主角。"都市"本身便是一个集合性的意象,它派生出琳琅满目的具体化意象,譬如汽车、服装、广告、舞厅、咖啡馆、摩天大楼、霓虹灯、电影院等等。这一切都生成为小说中的文学意象,是都市文化中标志性的符码,叠加在一起织成了都市的风景线,反映了大都市的外在景观。而其暗含着的内在景观则是充满了商业化和娱乐气息的消费文化,是中产阶级和市民阶层的生活习惯、节奏、态度和情趣。其中更为核心的意象是"舞厅"。"新感觉派"的名篇如《夜总会里的五个人》《上海的狐步舞》等都离不开舞厅的固定场景,正像老舍写北京离不开茶馆一样。

  其二,在文本形式层面整合现代都市的体验和感性。

  "新感觉派"并没有产生波德莱尔在巴黎世界中生成的现代都市哲学,他们真正的价值在于提供了对都市的丰富的感性直观体验。在小说中他们充分调动了各种现代技巧来传达都市的感性。譬如他们追求视觉、听觉、味觉、触觉、嗅觉等诸种感官的复合体验和通感,学习和借鉴电影蒙太奇的技巧,致力于小说场景的无序化组接,打乱叙事时间和结构,在形式上活用印刷字体冲击读者视觉感受,省略标点造成意象与场景的密度等等。这些形式都激活了文学的感性和小说的想象力,传达出现代都市所展示的人类心理体验和感性存在的新视野。然而小说家们更多地沉溺于都市的感官刺激,震惊于光怪陆离的意象世界的体验。如果说茅盾代表的左翼作家背后有着广袤的乡土作为参照背景的话,那么"新感觉派"小说家则缺乏自反的背景,也就缺乏自反式的观照。先锋性的形式实验尚未获得深刻的生命体验和哲学升华的底蕴,从而显出一种文化贫血症。

其三,"新感觉派"的小说叙事模式与都市生活范型之间的内在对称性。

在"新感觉派"小说中,传统的线性故事讲述方式被一种"圆圈式"的场景叙事代替。舞厅的视角堪称"新感觉派"小说核心的视角。小说叙事者往往追寻着舞厅中的主人公的眼睛,场景的呈示有如一个电影摇镜头(《上海的狐步舞》):

> 蔚蓝的黄昏笼罩着全场,一只 saxophone 正伸长了脖子,张着大嘴,呜呜地冲着他们嚷。当中那片光滑的地板上,飘动的裙子,飘动的袍角,精致的鞋跟,鞋跟,鞋跟,鞋跟,鞋跟。蓬松的头发和男子的脸。男子的衬衫的白领和女子的笑脸,伸着的胳膊,翡翠坠子拖到肩上……独身者坐在角隅里拿黑咖啡刺激自家儿的神经。

有意味的是,相隔十几行后这一段场景一字不改地倒着又重新叙述了一遍。它造成一种空间化而非时间性的叙事效果。也只有这种非线性时间的回旋式叙事模式才能把舞厅场景逼真地传达出来。在这种叙事模式中很难再生成有头有尾的完整故事,舞场上邂逅的男女大都是逢场作戏,如刘呐鸥《两个时间的不感症者》中女主人公就承认还没有"跟一个 gentleman 一块儿过过三个钟头以上呢",这种短暂的邂逅时间自然无法涵容绵延几载甚至终生不渝的爱情故事。完整的故事隐退了,叙事成为空间化结构。这使得小说很难以复杂离奇的故事性情节取胜,只有侧重于挖掘心理、潜意识、瞬间体验和感觉世界。

在"新感觉派"中真正沉溺于都市题材的小说家是刘呐鸥和穆时英,而比较特异的是施蛰存,他的小说题材更为广泛和多样。他更擅长状写现代人在都市中的孤独和疏离感,尤其注重挖掘都市市民的深层心理世界。这种倾向最终发展为他的心理分析小说。《梅雨之夕》《春阳》都揭示了都市男女隐秘而曲折的内心流程,写他们卑微的渴望的萌动与无声无息的破灭,力图展现现代都市男女特有的情爱方式。《将军底头》《石秀》等小说则是以心理分析的手法重新演绎古代题材,通过潜意识探索人性构成了施蛰存心理分析小说的核心追求。与刘呐鸥和穆时英比起来,施蛰存有同样鲜明的现代意识和相对传统的叙事技巧以及平缓的节奏,他也比前两者更有讲故事的本领。在他的小说都市图景背后,掩映着一个乡土背景,这一乡土背景有时是潜藏的,有时则直接介入到都市现实中来,构成着化减都市焦虑与孤独的缓冲地带,也为现代都市生活注入了异质的成分。这一乡土维度,是其他"新感觉派"作家很少具备的,它为施蛰存的小说带来了一种怀旧的气息和一份古典的诗情。

第四节　现代话剧的先锋实验

○接受象征主义影响　○超现实幻觉和人的潜意识的揭示　○陶晶孙○陈楚淮

现代话剧作为一种纯粹的"舶来品",在创生伊始就深受西方话剧的影响。在现实主义和浪漫主义之外,西方的现代主义话剧也影响了中国现代剧坛,形成了连贯的现代主义话剧实验和探索。

最早接受象征主义影响的戏剧家郭沫若、田汉都是在"新浪漫主义"的名目下开始话剧实验的。郭沫若这个时期的几部诗剧《黎明》《女神之再生》《孤竹君之二子》便受到了当时称之为新浪漫戏剧的梅特林克的《青鸟》以及霍普特曼的《沉钟》的影响。田汉写于 1920 年的剧本《Violin and Rose》(小提琴与蔷薇)的副标题即是"新罗曼主义的悲剧"。但剧本的核心美感风格却是浪漫的和唯美的。小提琴和蔷薇分别象征着艺术与爱情,文本表现的是事业与爱情的冲突,象征寓意直露而浅显。田汉在同一年创作的《灵光》则最早在剧本中引入了梦幻,但这种梦幻不同于纯粹象征剧中超现实的梦,梦中女主角所见都具有具体的现实内容,耶稣的"灵光"也出于对她爱国之情的感召。剧中大量的象征性意象如"绝对之国""欢乐之都""凄凉之境"等也都具有具体的现实指向。这个时期对西方象征主义的借鉴还停留在简单的模仿层次。洪深在美国留学的时候与奥尼尔同班,回国后创作的《赵阎王》就受到奥尼尔的著名剧本《琼斯皇》的影响。这本是一个写实的题材,但剧本从第二幕起"借用了欧尼尔底《琼斯皇》中的背景和事实——如在林子中转圈,神经错乱而见幻境,众人击鼓追赶等等"①,在剧本中引入了具有超现实色彩的幻象场景。剧本精心营造了一个阴森恐怖的"大树林"的舞台场景,既为主人公幻觉的产生提供了心理逻辑基础,又象征着人物的潜意识的黑暗世界,使《赵阎王》成为较早在舞台上连续表现幻象的实验剧作。但从总体上看,剧本开头、结尾两幕纯粹写实的风格与中间七幕富于表现主义意味的幻象之间具有一种割裂感。

20年代初更执迷于先锋话剧实验的剧作家是陶晶孙。这一时期他的重要作品有《黑衣人》和《尼庵》。《黑衣人》创作于1922年,写的是太湖边上一个精神病患者"黑衣人"在风雨交加的雷电之夜产生了幻视和幻听,用手枪反击实际上并不存在的"强盗",结果误杀了自己的弟弟的故事。黑衣人作为一个"本是有精神病的系统"的家族的后代,比起洪深的"赵阎王"更符合逻辑。《黑衣人》的死亡和疯狂的主题与表现幻象的技巧之间也更为和谐。这出剧的难度在于舞台上并没有直接表现具体的幻象,作者只能调动音响、灯光、布景等舞台因素营造一个阴森恐怖的气氛,来间接表现黑衣人的幻觉。舞台环境和气氛由此具有一种氛围性象征的色彩。从人物身上黑色的服饰,舞台上表现的黑暗,到月黑风高的规定情境,都烘托与暗示了"死亡"的主题。甚至黑衣人形象本身就是一个"死神"的象征。《黑衣人》具有以下两点独特的文学史意义:一方面,作者对于戏剧体裁自身特有媒介有着自觉的理解和运用,充分发挥了舞台的诸种元素(布景、服装、灯光、音响等)的象征表意作用,奠定了以情调的暗示烘托人物心理和传达文本意蕴的艺术模式;另一方面,表现幻象和心理变形的艺术方式获得了与疯狂、死亡、恐惧等人类潜意识域的母题内容层面更内在的统一性。从此,现代话剧领域对象征主义和表现主义手法的运用,几乎都与剧作家对人类深层的心理内容以及生命体验的揭示建立了不可分割的联系。

死亡主题在陶晶孙的《尼庵》中也得到了延续。《尼庵》处理的是兄妹畸恋的题材。妹妹落发的"死一样的"尼庵象征着对于尘世生活的寂灭,哥哥千辛万苦找到了妹妹,试图唤醒她对于庵外世界的热望,但妹妹逃离了尼庵却投湖自尽。这种对死亡主题的兴趣在20年代中期具有现代主义色彩的话剧实验中有着更普遍的反映。白薇的《琳丽》和向培良的《生的留恋与死的诱惑》都直接在舞台上出现了死神的形象。向培良笔下的死神是一个

---

① 洪深:《戏剧集·导言》,见《中国新文学大系·戏剧集》。

"全身蒙着深蓝色的纱的女性","缓缓上来,走得又慢又闲雅",象征着主人公人生历程的最后解脱。高长虹的《一个神秘的悲剧》则是一出纯粹的象征剧,剧中的人物以A、B、C、D、E五个字母代替,每个符号都各自代表了一种抽象的观念。其中A是一个老人的形象,对人生充满了历尽沧桑的彻悟感,最后"把绝望交还给了天空",选择了自戕的道路。在这出剧中,观念的演绎代替了情节的线索,人物则有符号化和象征化的特征,使剧本显得晦涩难懂,从而为现代话剧史提供了几乎绝无仅有的抽象剧的范例。过于隐微的表现手法或许是在他之后几乎无人再去问津这种形式的主要原因。

20年代末30年代初另一个前卫剧作家陈楚淮登上了剧坛。他的代表作有《桐子落》和《骷髅的迷恋者》。两出剧都表现了象征派剧作家所偏嗜的"死亡"情结。《桐子落》写于1929年,是一出几乎无情节的话剧,写一位母亲在一个阴雨绵绵的夜晚静静地死去。剧本耐人寻味的地方是结尾以油灯的枯灭隐喻和暗示了母亲的死,传达出一种阴森的气氛。与这种气氛相应和的,是窗外淅淅沥沥的雨声伴随着桐子落地的响声。桐子的坠落与人物的死亡构成了一种同构的对应关系。这种象征艺术受到了梅特林克关于"无声之言"戏剧观念的影响。在梅特林克看来,神秘剧中象征意蕴的传达不在戏剧动作而在语言。所谓的语言,并不是指戏剧中人物的对白,"而是指那种语言之外的另一种语言,换言之,即是无用之言或是无声之言";"凡是乍看时毫无用处的语言,在剧本中则是最关紧要,因为其中含有真味。这另一种语言,和那必要的语言相比较,你许会觉得是多余的;但是细加研究,便觉惟有这另一种语言,才能使得灵魂倾听,惟有应用这种语言,才能诉诸灵魂"。①陈楚淮的《桐子落》中的母亲,正是在倾听桐子坠地之声中死去的,在那一下一下的清响中,读者仿佛听见死神一步一步逼近的脚步声。油灯无声的枯竭和桐子有声的坠落,看上去都是不介入戏剧冲突和不参与情节进程的闲笔,实际上却与母亲的死紧密联系着。这"含有真味"的"另一种语言",是陈楚淮剧本中象征诗艺的精髓所在。

陈楚淮的《骷髅的迷恋者》也实践了"无声之言"的艺术。这出剧写的是一个酷爱骷髅的诗人,沉迷于骷髅所象征的死亡的诗意中,忘掉了室外的鲜花与明媚的阳光,甚至声称:"女人,什么东西?怎么可以同我的骷髅相比!?"当死神的形象真的出现在舞台上的时候,诗人才意识到他所失去的

---

① 参见陈瘦竹:《象征派剧作家梅特林克》,《时与潮文艺》,1944年,4卷2期。

"人间的乐趣":

  诗人:现在,我想放下骷髅,暂时放下我那宝贵的骷髅,去找人间的乐趣,谁知还未找到,你就来了。
  死神:把青春交给骷髅的人,永远找不到人间的乐趣,这是他们的命运。
  诗人:这是生之留恋,什么人都有的。
  死神:死是把你从这个世界渡到别个世界,一个更和平更幽静的世界。死不是可怕的这一点,诗人总会知道。
  诗人:我知道,可是我不相信我知道的是对的。

  这段对话,透露了剧本的象征题旨:"把青春交给骷髅的人,永远找不到人间的乐趣。"但实际上,这出剧的内涵远为丰富。诗人和死神的对话具有一种复调意味,即生之乐趣与死的和平构成了并置的两种观念形态。作者对杂陈的观念也表现出一种非确定性判断。这一切,都使《骷髅的迷恋者》在文本意蕴上趋于复杂化。与这种复杂化的意蕴相适应的,是剧本表现手段也趋于丰富。死神的形象在向培良的《牛的留恋和死的诱惑》中还只作为象征性的符号出现,而在这出剧中则生成为一个重要的角色。同时,陈楚淮尝试了道具的象征表意技巧,作为道具的骷髅,以一种"无声之言"吐露着文本的"真味",标志着中国现代实验戏剧在技巧上已渐趋成熟。

思考题

1. 谈谈李金发的象征诗对白话诗艺术缺陷的"纠偏"作用。
2. 戴望舒与古典诗歌的关系。
3. "新感觉派"小说与都市文化的关联点及其意义。

第十一章　茅盾、巴金及现代长篇小说

现代文学进入第二个十年,长篇小说的创作经过不断尝试和探索,已经出现了明显的发展势头。在这一过程当中,茅盾的长篇小说创作起到了重要作用。从某种意义上讲,茅盾的《蚀》三部曲和《子夜》等作品真正完成了现代长篇小说的艺术构架。单纯从长篇小说的艺术构架来看,茅盾、巴金、李劼人等作家的创作具有鲜明的代表性,他们尤其擅长创作三部曲式的长篇巨著,尽管他们各自的审美追求和艺术风格并不相同。

第一节　茅盾:冷峻理性的小说大家

○创作前的理论修养　○《蚀》三部曲与《虹》:风格的初显　○《子夜》:长篇艺术构架的确立与成熟　○"农村三部曲"等短篇小说创作　○社会剖析派小说的形成和影响

茅盾(1896—1981),原名沈德鸿,字雁冰,1927年发表第一篇小说《幻灭》时,用茅盾作笔名。浙江省桐乡县乌镇人,出身于书香门第,自幼受到比较开明的家教,父亲是清末秀才,通晓中医,母亲也通文理。这使他从小得到"新学"的熏陶。10岁时父亲去世,母亲承担起抚养与教育儿子的重担,她刚毅的性格,给茅盾留下深刻的影响。1913年,茅盾考入北京大学预科第一类,经过三年学习后,由于家境日益窘迫,经亲戚介绍进入上海商务印书馆担任编辑工作,开始翻译编纂中外书籍,并在《学生杂志》《学灯》等刊物发表文章。1920年,茅盾在上海参加了马克思主义小组的活动,1921年加入中国共产党,积极投身于共产党所领导的社会斗争,是最早从事共产主义运动的知识分子之一。

"五四"时期,面对各种各样的社会思潮和文艺思潮,许多人感到不知所措。但茅盾从中看出了新文学的希望和方向,对之进行冷静的审视和估价。早在1920年发表的《"小说新潮"栏宣言》中,他就明确指出:"我们对于旧文学并不歧视;我们相信现在创造中国新文学时,西洋文学和中国旧文学都有几分帮助。我们并不想仅求保守旧的而不求进步,我们是想把旧的做研究材料,提出它的特质,和西洋文学的特质结合,另种一种自有的新文学出来。"①从中我们可以看出茅盾的辩证、开阔的文学视野。1921年,茅盾与郑振铎、周作人等人发起成立文学研究会,并接手《小说月报》的主编工作,对之进行全面革新,使这个刊物由原来的鸳鸯蝴蝶派基地变为新潮文学的核心刊物。文学研究会是中国现代文学史上最早出现的新文学团体。其宣言声称:"将文艺作为高兴时的游戏或失意时的消遣的时候,现在已经过去了。我们相信文学是一种工作,而且有时与人生很切要的一种工作。"从有益于人生出发,认为文学应该反映社会的现象,表现并且讨论一些有关人生一般的问题,是文学研究会成员所共有的态度。文学研究会的成立与《小说月报》的革新,对中国新文学的现实主义文学传统的形成与发展,起到了巨大的推动作用,而这两者均与茅盾的影响密切相关。

从1921年至大革命之前,茅盾的文学活动除了人力翻译介绍欧洲文学之外,主要是从事文艺理论批评工作,倡导为人生的写实文学,是当时新文学领域中最有影响的文学理论家与文学批评家。以《小说月报》为活动中心,茅盾系统地阐述了他"文学为人生"的现实主义文艺主张。就具体的文学方法而言,茅盾倡导的文学思潮受到了以左拉为代表的自然主义文学流派的巨大影响。这一流派继承法国现实主义的文学传统,极端强调对现实的刻绘,要求作家把社会现实作为实验室,进行细致的科学观察和研究。茅盾希望通过倡导自然主义来克服当时空泛、感伤、肤浅的旧派小说,他认为自然主义最大的目标是"真",主张事事实地观察,把所观察的照实描写出来,"左拉这种描写法,最大的好处是真实与细致……这恰巧和上面所说的中国现代小说的描写正相反对"②。茅盾大力倡导自然主义,乃是看到它所带来的文学方法的优点,但是他也清醒看到自然主义本身的弊端,因而反对单一地提倡它们:"自然派只用分析的方法去观察人生表现人生,以致见的都是罪恶,其结果是使人失望,苦闷,正如浪漫主义的空想虚无使人失望一

---

① 参见《小说月报》,11卷1号,1920年1月。
② 茅盾:《自然主义与中国现代小说》,《小说月报》,13卷7期,1922年7月。

般,都不能引导健全的人生观。所以浪漫主义固有缺点,自然文学缺点更大。"①认为新文学不仅要"表现人生",还要"指导人生",不仅要以人道主义精神揭示出社会和人生的病苦,还需指出未来的希望以激励人心,唤醒民众,给他们力量。不论是用写实的方法,还是用象征的比喻的方法,其目的总是表现人生。他说:"人生是一个杯子,文学就是杯子在镜子里的影子。"②茅盾多次强调文学的目的就是表现人生,是人生的反映,这是他现实主义文学理论的核心。他还进一步强调作家应该到现实生活中去观察体验人生,然后才能进入表现人生描写人生的过程。茅盾自己在大革命失败以后走了职业作家的道路,正是遵循了他自己的理论主张:"真实地去生活,经验了动乱中国最复杂的人生的一幕。"③

茅盾对现实主义理论的提倡,对20世纪中国现实主义文学的发展,发挥了重要作用。他对现代文学的设计带有很强的理性色彩,虽然他的理论观察与现代文学后来的发展不相符合,但是深深影响了他本人日后的文学创作。这种理性精神和激进思维的结合对理解茅盾的文学创作是十分重要的。

茅盾不仅是中国现实主义文学理论的重要倡导者,并且他还身体力行,以自己的创作实践来展示现实主义的特有魅力。他的文学成就主要体现在长篇小说创作上,这些作品在现代文学史上占据了举足轻重的地位,标志着中国现代长篇小说走向成熟。

1926年,茅盾赴广州参加北伐革命。1927年7月汪精卫反共前夕,茅盾离开武汉,到庐山作短期养病之后,于8月底到达上海,因被国民党通缉,蛰居小楼。这场国共分裂给没有足够思想准备、还沉浸于胜利的希望中的茅盾以极大的精神打击。整整十个月,他带着幻灭、矛盾的心态,反复思考民族的前途和自身的境遇,思索着大革命的成败聚散和知识青年的生死沉浮:"我是真实地去生活,经验了动乱中国的最复杂的人生的一幕,终于感到了幻灭的悲哀,人生的矛盾,在消沉的心情下,孤寂的生活中,而尚受生活执著的支配,想要以我的生命力的余烬从别的方面在这迷乱灰色的人生内发一星微光,于是我就开始创作了。"④这样,茅盾完成了他的第一部长篇

---

① 茅盾:《为新文学研究者进一解》,《茅盾全集》(18),18页,北京,人民文学出版社,1989。
② 茅盾:《文学与人生》,《茅盾全集》(18),269页。
③ 茅盾:《从牯岭到东京》,《茅盾研究资料》中册,2页,北京,中国社会科学出版社,1983。
④ 同上。

小说《蚀》三部曲(《幻灭》《动摇》《追求》),以现实主义艺术家的创作手法,真实再现了青年知识分子的人生悲剧,真实记录了一批青年知识分子在大变动时期的矛盾,表现了他们在"革命前夕的亢昂兴奋和革命既到面前时的幻灭;革命斗争剧烈时的动摇;幻灭动摇后不甘寂寞尚思作最后之追求"①。

《幻灭》中的章静女士是一个天真的梦想家,中学时代她热心于学生运动,但看到学潮中的同伴很快沉迷于交际恋爱之中,失望之余来到上海,企图以静心读书逃避现实。她有理想,但现实生活却使她的爱情和革命理想屡经"幻灭":她爱上同学抱素,但很快发现抱素是一个轻薄的玩弄女性的人,而且还是一个军阀的暗探,她的爱情经历了第一次幻灭。她受北伐革命胜利的召唤,在同学李克的教育动员下,从上海奔赴汉口,向往着那里的"新生、热烈、光明、动的生活"。她"满心想在'社会服务'上得到应得的安慰,享受应享受的乐趣了",但等待她的仍旧是幻灭。短短三个月内她先后换了三次工作(政治宣传、妇女、工会),见到的都是混乱、浮夸、丑陋,她感到厌恶不满,苦闷彷徨。后来她到伤兵医院当看护,爱上了年轻的连长强猛,正当她沉浸于爱情的幸福时,强连长伤好奉命开赴前方打仗,这使她又有了爱情的第二次幻灭,正像她自己说的"我简直是做了一场大梦,一场太快乐的梦"。

《动摇》是写湖北某县党部的部长方罗兰,面对混入商民协会当上委员的劣绅胡国光的软弱、姑息。"动摇"便是指方罗兰对胡国光的反革命阴谋和对革命的进攻束手无策、举棋不定,在政治上表现出严重的动摇。最终,胡国光发动暴乱,方罗兰仍企图以"宽大中和"来平息这场"仇杀",结果却只能逃出城外,狼狈不堪。《动摇》以小指大,以一个小县城的风云变幻,折射了整个北伐革命运动的内在危机,是十分深刻的。

《追求》写大革命失败后一群青年知识分子苦闷、失望、颓废和愤激的心态,表现他们重新进行人生抉择的无奈追求。小说写了三类人:一类是张曼青,他在对政治失望之后,转而追求"教育救国",到城郊去当中学教员。但是,他不仅不能救出那些被诬为"不堪造就"而被开除的纯洁的学生,也不能救出自己。他追求理想中的女性,把朱近如的沉静缄默当做美德,其实那不过是为了掩盖她的浅薄鄙俗,结果婚后由于思想的差异而造成了痛苦。第二类是王仲昭,为摆脱苦闷,他热心于对报纸实行改革。但是"半步主

---

① 茅盾:《从牯岭到东京》,《茅盾研究资料》中册。

义"的改革,仅仅是多登了几篇"舞场印象记"而已,而且这改革的目的也是为了得到他"神圣的对象"陆俊卿的青睐。但是陆俊卿却意外地"遇难伤额",使他对事业与爱情的追求全部落空。第三类是章秋柳,她在白色恐怖下找不到出路,无聊苦闷,只能在舞场、影戏院、旅馆、酒楼里追求"热烈的痛快"了。《追求》中的这些知识青年在大革命失败后所经历的是比章静女士更深的幻灭,人们从中看到了大革命失败后的某种时代气氛,某些人物身上的"时代病"。

《蚀》三部曲是反映大革命的一部重要小说,三部作品各自独立成篇,但又有着内在的联系,均以大革命前后的一群小资产阶级知识分子的生活经历和心灵历程为素材,深刻揭示了革命营垒中林林总总的矛盾和在动荡中的阶层分化。《蚀》三部曲中的人物是当时社会中客观存在的,经过作者的加工、提炼、升华后体现在作品中,具有一定的典型性。作者特别善于刻画性格各异的女性形象。章静女士怯弱、游移、多愁善感;章秋柳放荡、颓废,以享乐与感官刺激来"报复"她所厌恶的现实。作者借助这些形形色色的人物,展现了大革命失败后的社会病象。

在完成了《蚀》三部曲之后,茅盾进一步探索自己创作的方向。在长篇评论《读〈倪焕之〉》中,他明确提出"现代写实派"必须表现"时代性"的美学原则。所谓表现"时代性"就是要表现"时代空气",表现"时代会给予人们以怎样的影响",表现"人们的集团活力又怎样将时代推进了新方向"。[①]正是在追求时代性的前提下,茅盾逐渐形成了着重从政治经济方面来把握社会生活的审美视角,从而提高了中国现代小说反映生活的广阔性。

长篇小说《虹》(1929)就是茅盾实践其理论主张的作品。在这部整体感很强的现实主义作品中,作者把知识青年寻求新的生活道路的过程放在较为广阔的历史背景下进行描写,刻画了他们如何冲破牢笼走上与人民大众携手战斗的艰难的心灵历程。此时的茅盾已基本摆脱大革命失败的阴影,以一种高昂的格调完成了一次新的思想蜕变。《虹》通过女主人公梅行素的变化,勾勒出"五四"至"五卅"期间,新女性从"人的觉醒"到"社会觉醒"的心灵历程。梅行素是克服"数千年来遗传的女性弱点",从封建礼教的缰绳中挣脱出来的新女性形象。她先是爱上表兄韦玉,却被嫌贫爱富的父亲嫁给货铺老板柳遇春。在柳家她得不到婚姻幸福,愤而搬回父家,但是敌不过传统女性的弱点和本能的欲望冲动,重新回到夫家。这里,作者从文

---

① 参见茅盾:《读〈倪焕之〉》,《文学周报》,8卷20号,1929年5月12日。

化沉积和思潮变迁、心理需要和生理冲动等多层面写出中国最初觉醒的妇女受旧家庭制度和伦理观念束缚的沉重的精神负担。韦玉病重,命在旦夕,而柳遇春阻碍他们最后的见面,这为梅行素最终走出柳家提供了机会。终于,她作为一个"独立的人",走入社会,这意味着梅行素开始了"社会觉醒"的历程。这以后,她执教于师范,险些落入军阀惠师长的魔爪,于是她冲出夔门来到上海。她学习革命理论著作,"眼前展现了一个新宇宙",决心献身革命,以战士的姿态走在"五卅"示威队伍中,庄严地宣告:"时代的壮剧就要在这东方的巴黎开演,我们应该上场,负起历史的使命来。"

过去,学术界对茅盾早期的小说创作如《蚀》《野蔷薇》《虹》等不太重视,而比较关注其中后期的作品。其实,茅盾早期的作品已经显示出他的个性和底蕴,比如,早期小说对新女性的成长发展的关注与描绘,实际上已经暗示了茅盾在后期作品如《腐蚀》中的进一步发展。又如,茅盾在《蚀》三部曲中虽然没有直接把纷繁复杂的风云展现出来,却通过作品中的人物在时代洪流中的沉浮,使读者窥见社会的动荡和历史的蜕变。作者自觉贴近生活,迅速地反映时代变化,使得《蚀》具有很强的历史感和时代感,已经显示了茅盾的现实主义的艺术特征。再如,《虹》反映了近代中国最初觉醒的知识女性艰难曲折的心灵变迁历程,则显示出茅盾小说包举万象的史诗性气质。

长篇小说《子夜》的问世,标志着茅盾创作的一个高峰,奠定了他在现代文学史上举足轻重的地位,同时也标志着现代长篇小说的成熟。

1930年,茅盾参加了"左联",积极投身左翼文艺运动。这一期间,茅盾因患病,遵医嘱休息,这使他有闲暇常到表亲的公馆,跟身为厂长、银行家、交易所经纪人、商人或公务员的同乡故旧谈话;他也曾两次返乡,收集了大量的生活素材。与此同时,这一时期的思想界爆发了关于中国社会性质问题的论战,出现了三种观点,一是新思潮的观点,他们认为中国社会的性质仍然是半封建半殖民地社会,推翻代表帝国主义、封建势力和官僚资产阶级利益的蒋介石,是当前革命的任务,领导这一革命的是无产阶级。二是托派观点,认为中国已经走上了资本主义道路,反帝反封建的任务应由资产阶级来领导。三是一些资产阶级学者的观点,认为中国的民族资产阶级可以在既反共又反帝也反官僚买办阶级的夹缝中求得生存和发展,建立欧美式的资产阶级政权。《子夜》的写作意图在于驳斥托派认为中国已经走上了资本主义道路,反帝反封建的任务应由资产阶级来担任的观点,也针对当时自称资产阶级学者的观点。茅盾强调运用科学的理论对社会现象进行理解与分析，认为只有用科学的态度分析、解剖社会，揭示社会本质，具有社会科学家气质的小说家，才称得上是一个优秀的小说家。《子夜》就是茅盾用社会科学观察社会，将社会科学精密的剖析与现实小说的艺术描写出色融合起来的结果。广博的理论修养给了他对复杂纷繁的现实生活进行洞察分析的能力，使他的作品具有理性化的特征；丰富的生活体验又使他最大限度地避免了概念化，终于使《子夜》获得了成功。

《子夜》的故事发生在1930年的两个月里，通过主人公吴荪甫从企图发展民族工业到这一理想破灭的过程，展示了30年代中国社会的广阔画面——工人罢工、农民暴动、当局镇压人民革命运动、帝国主义掮客的活动、中小民族工业的被吞并、公债场上惊心动魄的斗争、各色地主的行径、资本家家庭内部的矛盾……在很大程度上反映了当时复杂的社会矛盾。

《子夜》是"五四"以来第一部真正具有宏大而复杂的现代结构的长篇小说。结构严谨宏大，全景性、大规模、多视角地反映时代社会，同时又主线突出，主次分明，纵横交错，有张有弛。作品多线索同时展开，情节交错发展，形成蛛网式的密集结构，而这些线索又都层次脉络清晰。小说从吴老太爷进上海写起就立意新颖，这既揭示出土地革命的背景，又以吴老太爷猝死象征着封建地主阶级已退出历史舞台，开始了新兴资产阶级的悲喜剧。接着是吴荪甫为吴老太爷办丧事，实业金融界巨头，军界、政界、舆论界、学界的名流，以及吴的三亲六戚，主仆宾朋聚于一堂，引出了全书的重要人物和多条矛盾线索：借雷鸣的出场引出吴荪甫家庭的内部矛盾；借徐曼丽的出场引出吴荪甫和赵伯韬的矛盾；借费小胡子告急电报，引出吴荪甫与农民的矛盾；借莫干丞的报告引出吴荪甫与工人的矛盾；借客厅中人们的高谈阔论点出军阀混战的背景以及朱吟秋等实力不厚的民族资本家的处境。这样一些纷繁的线索头绪，将主人公置于矛盾的中心，立体化地显示其性格，同时展示出广阔而多层的时代风貌。接下来，作者采取横断面的表现方法，截取了吴荪甫的公馆、交易所、裕华丝厂三个空间为情节的聚集点，连接了中国城市和乡村、商场和战场、工厂和游乐所、旅馆和家庭，情节展开得张弛有度，活泼多变，多种矛盾同时出现，互相纠缠，既有利于揭示主人公的多重性格，又便于揭示各种矛盾的内在联系和相互影响。小说以吴荪甫雄赳赳地接老太爷来上海避难开始，又以吴荪甫灰溜溜地携家眷到牯岭避暑结束，首尾呼应，暗示着不同社会势力的生死浮沉。《子夜》宏大的结构艺术，大大扩充了现代小说表现时代社会生活的容量，与其纷繁复杂的内容形成和谐的统一。

茅盾是一位擅长心理描写的作家,《子夜》突出表现了他这方面的才能。在《子夜》中,茅盾对人物在不同条件下的心理反应,把握得很敏锐准确,针对不同人物的不同精神状态以及同一人物不同时间的不同心理,分别采用不同的语言,富有强烈的个人色彩,给人留下深刻印象。他不仅努力挖掘与揭示人物心理的深刻社会历史内容,同时又十分注意调动一切心理描写手段,加以综合运用,以表现人物心理活动的丰富性和复杂性。小说对人物的心理描写采用了正面、侧面多种角度,并通过对人物潜意识和幻觉的描写丰富人物性格,同时也运用了象征主义手法,如吴老太爷的进城与死亡,用来象征封建僵尸在现代社会的风化,《太上感应篇》的多次出现,带有明显的暗示与寓意。而声音和色彩在场景描写中的应用也为作品增色不少。

《子夜》成功塑造了众多的艺术形象,其中以各类资本家的形象系列最具典型意义,是茅盾对现代文学人物画廊的重要贡献。其中心人物吴荪甫更具有充满鲜明的个性矛盾:他年轻时游历欧洲,向往西方资本主义,有着发展中国独立民族工业的雄才大略。他刚毅、顽强、果断,有魄力,有手腕,更有现代科学的管理之才。凭借着这些优势,他完全能成为工业时代的英雄。然而,他却生不逢时,处在帝国主义、军阀政治和工农革命运动的多重浪潮的围击中,处在民族资产阶级内部为个人利益的互相倾轧中。他憎恨外来的帝国主义及买办资本家,但自己又镇压家乡的农民运动,残酷地剥削压榨工人;他不仅同官僚买办资本家矛盾重重,而且同中小民族资本家庭内部也结下了许多矛盾,和妻子貌合神离;他既有道貌岸然,专干事业的一副面孔,同时又有奸污女仆、玩弄交际花的卑劣丑行……这一形象表征着整个民族资产阶级的特性。他的悲剧命运,是客观的社会和历史条件导致的结局。作者将吴荪甫置身于多方面的错综复杂的关系中,刻画了他既刚强又软弱的性格特征。吴荪甫的性格是一个鲜明的矛盾统一体,他有时果决专断,有时狐疑惶惑,有时满怀信心,有时垂头丧气;表面上好像是遇事成竹在胸,实质上却是举措乖张。作为大家长,在家里虽然颐指气使,但却不能弥合家庭成员中的裂痕。妻子林佩瑶怀恋着意中的情人;弟弟在灯红酒绿的都市生活的诱惑下日益堕落;妹妹被光怪陆离的上海吓得重新拿起《太上感应篇》。偌大的一个家庭中,没有一个人能为他排忧解难,他真正是孤家寡人、众叛亲离。因此,他在与有帝国主义做后盾的买办阶级搏斗时,不能不感到政治上和经济上的软弱无力。这种软弱性投影在他性格上就造成了他在顽强、冷静、果断背后的空虚惶惑、悲观失望,最后导致精神上的崩溃。作者还通过不同性格的对比映衬主人公的性格:赵伯韬的诡诈、腐朽,衬托出吴荪甫有理想,努力干事业的一面;杜竹斋的优柔寡断、谨小慎微,衬托出吴荪甫的果断有气魄;唐云山对经营的外行,衬出吴荪甫的手腕与才干;林佩瑶的追求温情衬出吴荪甫的冷酷无情。

茅盾以长篇小说见长,也写了大量的短篇小说,其中不乏名篇。《林家铺子》和"农村三部曲"是他最具代表性的短篇小说。

《林家铺子》写于1932年6月,它叙述的是"一·二八"前后江南小镇林家杂货店倒闭过程的故事。小说以林老板的挣扎与破产为情节主线,以林小姐的婚姻纠葛为副线将故事有主有次、有张有弛地展开,批评了统治当局趁民族危难之机,大肆掠夺、敲诈和欺压小商人以及穷苦农民的罪行,将批判的锋芒指向了那无法安身立命的社会。《春蚕》《秋收》《残冬》(合称为"农村三部曲")反映的也是中国农村的生活状况,描写的是30年代淞沪战役前后江南农村蚕农老通宝一家的悲惨生活,揭示了半封建经济社会中农民的悲惨处境,具有深厚的时代意义。它既反映了深刻的社会现实,也描绘了一幅浓郁的江南水乡风土人情的优美画卷。作品中的景物描写自然生动,工细的笔墨中含有深刻的象征意味,为烘托人物的心境作了殷实的铺垫。

纵观茅盾的创作,他在现代文学史上率先突破了"五四"和20年代文学局限于反映古老乡村生活的题材,开始了大规模地表现西方资本主义工业文明冲击下、处于急剧变动中的半封建半殖民地的都市生活。并且,随着文学所反映的生活内容的变化,茅盾对中国现代小说表现形式也作了新的开拓,以深厚的社会科学理论修养,开阔的思想、生活、艺术视野,在作品中对社会现象进行了深刻的透视与分析,大大提高了中国现代小说反映生活的可能性,丰富并发展了现实主义创作方法。但是,茅盾的小说创作也存在着一定程度上的缺陷:高度的理性介入不免会造成主题先行的弊端,精细的结构设计则会造成情感与细节的空疏。事实上,在茅盾不太成功的作品里,概念化与材料堆积的弊病格外明显。

茅盾作品所具有的诸多特点:从政治经济学角度来剖析社会矛盾,全景性的大规模结构,客观冷峻的叙述态度,塑造典型环境中的典型形象等等,为后来的现实主义小说创作提供了一个模式,因而产生了深远的影响。后起的不少左翼作家,延续了茅盾开拓的方向,形成了一股松散但是风格近似的小说流派,一般习惯称为"社会剖析派"小说。这一派作家中比较著名的有沙汀、艾芜与吴组缃。

沙汀(1904—1992)，原名杨朝熙，四川安县人。他的舅父是四川一个袍哥组织的首领，沙汀因之而得以经常出入于县城和乡村之间，对四川农村的基层政权及地主豪绅、帮会组织的情况，有了较为深切的了解。他中学时代接受"五四"新思潮的影响，并开始爱好文艺。30年代初，他开始进行文学创作，曾与艾芜一起得到鲁迅的指导，并在抗日战争和解放战争时期成为具有独特风格与广泛影响的小说作家。

沙汀是一个具有独特风格的作家，他的小说与张天翼同样以暴露和讽刺著称，却不同于张天翼活泼流动的行文及轻快峭刻的语言风格。他将讽刺手法与悲剧艺术相融合，小说带有鲜明的四川地方色彩。他善于从自己熟悉的生活经验中寻找创作素材，通过对四川农村世态人情和风俗习惯的描写，反映出人物带有地域色彩的性格特征和时代风云，使得他的作品生活实感强，而且充满浓郁的乡土气息；往往不直接表露对丑恶现象的看法，而是冷峻地对客观现实进行具体描绘，让反面形象显示出自身的矛盾与荒谬；经常通过对人物性格的生动刻画，对富于喜剧性的矛盾冲突的深刻揭示，以及运用风趣而口语化的语言，使作品洋溢着一种炽热的讽刺力量。他的小说，对中国现代讽刺小说的发展做出了重要贡献。

沙汀在抗战以前的作品大都收集在《航线》《土饼》与《苦难》三个短篇小说集中。以四川农村和小城镇为背景，集中暴露了旧社会的黑暗腐败，反映出旧中国农村动荡不安的现实。抗战爆发后，沙汀的创作出现了明显的转折并取得重要成就。这时，作者从上海回到四川，川西北农村阴沉郁闷、滞重闭塞的生活方式及其造就的乡间土豪的飞扬跋扈和底层民众的愚昧孱弱、备受欺凌的精神状态，成为作家文学创作的沃土。凭着对故乡生活的熟悉与对以往创作经验的总结，他很快获得了新的艺术视角。他把笔触指向那些借抗战以营私、大发国难财的基层官吏和土豪劣绅，撕下他们冠冕堂皇的抗战外衣。写于1938年的短篇小说《防空——在"堪察加"的一角》，是现代文学中最早暴露当局假抗战的作品之一。作者通过以防御敌机空袭为己任的防空主任，竟被一枚未爆炸的旧炸弹吓得魂不附体的丑剧，一针见血地揭露了统治当局官吏投机、钻营、昏聩无能的可耻嘴脸。沙汀这一时期的文学创作已经显现出他所特有的文学风格，为后来的发展奠定了基础。

艾芜(1904—1992)，四川新繁县人，在成都省立第一师范学习期间，由于不满学校旧教育和反抗包办婚姻，1925年离家出走，漂泊于中国西南边境和马来西亚、缅甸、新加坡等地。他在昆明红十字会做过杂役，在缅甸克钦山的马店扫过马粪,在仰光给中国和尚打过杂。这种流浪生活,为他从事文学创作奠定了生活基础。

抗战前,艾芜出有《南行记》《南国之夜》《夜景》等短篇集和中篇《芭蕉谷》、散文集《漂泊杂记》等。这些作品大都取材于他本人的流浪经历,描写了西南边境上农夫、士兵、流浪汉、赶马人、滑竿夫等下层人民的生活。值得一提的是,艾芜从不采取静观的态度和第三者的立场来描写这一切,他跟他笔下这些辗转于生活底层的人物一起经受着坎坷生活和残酷命运的磨炼,代他们倾诉内心的激愤,也从他们褴褛和粗野的外表下去掘现精神的美。艾芜的小说一开始便带有独特的风采。它们以浓郁的异国风光和边远地区的异地风习为陪衬,以人物在不安定的、多灾难的流浪生活和殖民地的屈辱生活中的顽强求生意志为内核,将写景、叙事、抒情和刻画人物交织在一起,表现出一种昂扬与忧郁奇特兼杂的格调与浪漫色彩,形成一种浪漫抒情小说的新范型,从而为30年代前半期的小说创作增添了新的色调。

《南行记》是艾芜的第一部小说集,初版于1935年,收作品8篇。小说采用第一人称叙事,带有浓郁的地方色彩。虽然小说中的"我"不能完全等同于作者,但艾芜富于传奇色彩的南行经历无疑是小说最主要的现实素材和情感基础。《山峡中》是《南行记》中的名篇,作品通过一个漂泊文人"我"的眼睛,透视了社会独特的一角,描绘了一群被抛出正常的人生轨道,用非正常手段谋生的"山贼"的传奇生活。作品充满原始的神秘色彩,艾芜率先在现代小说中塑造了前所少有的"山贼"的艺术形象,这是对现代小说描写领域的重要开拓。作品在景物描写上很有特色,不仅增添了鲜明的地方色彩,而且烘托了环境以及人物的性格和心理。例如小说开头有一大段景物描写,在读者面前呈现的是"巨蟒似的索桥""凶恶的江水""野蛮的山峰""破败而荒凉的神祠""金衣剥落的江神",这是一幅阴郁、寒冷、恐怖的夏天山中之夜的景象。这段描写渲染了阴暗的气氛,预示着故事的悲剧性。

吴组缃(1908—1994),原名吴祖襄,安徽泾县人。1929年入清华大学经济系,后转到中国文学系。在清华读书的时候参与过"社会科学研究会",对中国社会的经济问题有过研究。1949年任清华大学教授和中文系主任,解放后一直在北京大学任教授。

少年时代的吴组缃曾接触过族内一些贫苦劳动者,从而较多地了解下层人民的生活境遇。童年、少年时代的皖南山村生活积累,成了他以后小说创作的丰富的材料库。所以他的小说创作总是以皖南山村为基地,写他

"所熟悉的人和事"。

1930年之前,吴组缃就已开始了文学活动,但就题材和表现方法看,仍然延续着"五四"时期的道路,在身边题材的描写中思考着某些社会问题。他在1930年以后几年间的创作开始"转变",从个人的情感逐渐移向社会,"慢慢从自己的小天地探出头来,要看整个的时代与社会"。就在这时,茅盾的《子夜》问世,为吴组缃从事社会剖析提供了艺术上的范例。他认为:"中国自新文学运动以来,小说方面有两位杰出的作家:鲁迅在前,茅盾在后。茅盾之所以被人重视,最大缘故是在他能抓住巨大的题目来反映当时的时代与社会,他能懂得我们这个社会。他的最大的特点便是在此。"[①]在随后创作的代表作《一千八百担》中,他便采取了类乎《子夜》的社会剖析的写法。小说副标题为:"七月十五日宋氏大宗祠速写",描写了拥有二千户人家的宋氏家族代表的一次宗祠集会,各房代表均为这一千八百担谷子而来,各怀心思,争执不休,欲瓜分这一千八百担义庄存谷,丑态百出。正当闹得不可开交之时,外面闯进一大群饥民——他们都是义庄的客民、佃户,抢走了这一千八百担存谷。小说将人物置于冲突之中,将传统宗法制解体过程中人性的丑态描写得淋漓尽致。小说发表后,茅盾为之发表评论,认为它很有力地刻画出了崩坏中的旧式社会的侧影,显示了30年代错综复杂的社会关系的全貌。

吴组缃不仅善于剖析30年代皖南农村由于经济危机而致急剧破产的社会现状,更善于表现经济破产过程中人们道德伦理方面的剧烈变化。吴组缃的另外一篇代表作《樊家铺》,描述的就是在城乡经济崩溃、社会动荡不安之际,一个母女之间结怨仇杀的故事。吴组缃的作品,真实地写出了现代中国社会动荡不安的现实,具有较高的现实主义成就。

第二节 巴金:燃烧青春与生命的作家

○无政府主义与《灭亡》　○《激流三部曲》　○叛逆者形象与忍耐者形象　○"艺术的最高境界是无技巧"

巴金(1904—2005),本名李尧棠,四川成都人,出生于四川成都一个官宦家庭。巴金的母亲待人宽厚,是一个疼爱孩子、体谅下人的贤妻良母。母

[①] 吴组缃:《评茅盾〈子夜〉》,《文艺月报》,1933年6月创刊号。

亲的教导使年幼的巴金懂得去爱一切人，不管他们是贫是富，懂得去帮助那些处于艰苦处境中需要帮助的人们。巴金后来回忆说："因为受到了爱，认识了爱，才知道把爱分给别人，才想对自己以外的人做一些事情。把我和这个社会联系起来的也正是这个爱字，这是我的全性格的根底。"①正是因为母亲的爱与教导，使童年的巴金和"下人们"建立了深厚的友谊。不幸的是，年幼的巴金不久就失去父母，在家庭中受到他房长辈的欺压，开始接触到社会冷酷、残忍、不合理的一面，真切地感受到家庭专制对年轻人身心的摧残，因此对社会上一切压制人性发展的专制制度都深恶痛绝，这些家庭影响对巴金后来的文学创作产生了难以估量的影响。

"五四"思潮的广泛传播，给巴金的生活带来了生机。巴金和他的大哥经常传看《新青年》《每周评论》等新思潮刊物，如饥似渴地吸收潮水般涌来的各种文化思潮。在大哥的资助下，他去法国留学。在留学期间，巴金广泛阅读了卢梭、伏尔泰等人的著作，对俄国民粹派、民意党人等人的传略非常感兴趣，受到了无政府主义的极大影响，并且翻译了克鲁泡特金的著作（"巴金"这个笔名，大约与当时巴金崇尚的俄国两位无政府主义者巴枯宁、克鲁泡特金的名字有关，但巴金本人并不认同这一解释）。最初，巴金没有打算从事创作，他研究无政府主义，一心寻找的是中国的出路，并幻想成为职业革命家。但是，远离家乡的孤独感，思念家乡和亲人的苦闷，国内风起云涌的革命运动的高涨，这一切促使巴金拿起笔去抒写心中的理想、激情与苦闷。1928 年，他发表了第一部小说《灭亡》。小说塑造了一个充满矛盾的、有着忧郁病态性格的青年。主人公渴望平等、博爱、公正，对专制暴政充满憎恨，忘我地投身于秘密团体的活动，把泄愤、复仇当做革命和献身的正义行为。《灭亡》将炽热的激情与酣畅的笔墨融合一处，使作品弥漫着浓郁的悲剧气氛和悲壮的进取精神，显示了巴金的艺术才华。一经问世，就引起了强烈的反响。巴金从此登上文坛，一举成名。

此后，在漫长的文学生涯中，巴金创作了大量的文学作品，主要有中长篇小说《新生》，"爱情三部曲"（《雾》《雨》《电》），"激流三部曲"（《家》《春》《秋》），"抗战三部曲"（亦称"火"三部曲），以及《憩园》《第四病室》《寒夜》等（他是中国现代文学史上写三部曲最多的作家，他所写的三部曲总字数占他全部小说的一半以上，影响则远远超过其余作品）。巴金最优秀的作品是那些以家庭为题材的文学作品，他善于从大家庭出发来剖析整

---

① 巴金：《我的几个先生》，《中流》1 卷 2 期，1936 年 9 月 20 日出版。

个社会的本质，体现了作家自身人生经历与文学作品的高度融合、文学作品与时代社会的高度融合。"激流三部曲"(《家》《春》《秋》)就是其中的代表作。它以"五四"运动前后的社会现实为背景，展现了一个大家庭在巨大的社会变革中的兴衰变迁、垂死挣扎，以及最终走向全面崩溃的必然趋势。它描写的"家"，所展示的只是社会的一角，却构成了"五四"时代家族历史的缩影。在《家》中，作家着重写了高家祖孙之间的矛盾冲突，写了大家长高老太爷如何在绝望中死去，孙儿一辈的高觉慧如何冲出家庭的束缚，奔向社会广阔的天地。在《春》中，作家又引入了另一个大家庭——周家，对照地描写了父女两代人的冲突，并以淑英和蕙两个女性的不同结局，为青年人反对家族专制指出了道路。《秋》的气氛更加悲哀、肃杀，留在高家的地主们一个个沉溺于声色之中，加速着自行灭亡的进程；而那些无力反抗家长压迫的弱小者，则加倍地受到心灵的摧残，不可挽回地成了旧制度的陪葬，为这毫无价值的生活方式增添了牺牲品。小说结尾时，作家给了人们一丝希望的亮色，当高家老屋即将出卖，整个家族处于解体的时候，受过新思想教育的女性琴满怀信心地宣称："秋天过了，春天就会来的。"作者在鲜明的时代背景下，从熟悉的生活、人物及切身感受入手，以雄健的笔触描写了大家族自身的腐朽和衰败，表现了他们在精神上、道德上的颓落和衰竭，也写出了他们为了维护自身存在所进行的种种挣扎及其失败，从而揭示出大家族所面临的不可克服的矛盾和危机，描绘和展现了大家族必然走向崩溃的趋势。

  巴金描写家庭生活、抨击旧式大家族的腐朽与罪恶的系列创作是以"激流三部曲"的第一部《家》为起点的。据统计，自1933年到1951年，开明版《家》共再版33次，成为中国新文学中最畅销的作品之一。《家》中所写的大家族，是作为当时中国制度的一个缩影来表现的。这里有二十几个大大小小的主子，几十个供他们驱使、奴役的仆人、轿夫；尊卑分明，等级森严，俨然是一个小小的王国。在这里，最高一层的统治者是高老太爷，他是高家统治者的代表，也是制度及其权力的主要象征。从作品中可以看到，高老太爷一生惨淡经营，得到的主要是两件东西：金钱和权势。这是他过去全部行为的结果，也是他赖以维持其统治地位并使其家族"发达下去"的依据。他用金钱养儿孙，使整个家庭终日过着奢侈的生活；也以此为手段，使"整个一大家人都得听他的话"。他用权势镇压反抗，把最富于叛逆精神的觉慧关在家里，不许他到外面参加学生运动；也是用这种权势，强迫觉民同孔教会长冯乐山的孙女结亲，以实现两个家族的带有政治性的联姻，并拆散觉民同琴这一对恋人。这样做对高老太爷来说是很自然的，是他本性的表现,是他为维护统治所采取的必然步骤。然而,"时代不同了",这一切结果都适得其反。正如巴金所指出的,高老太爷怎么也不会想到"他的钱只会促使儿子们灵魂的堕落,他的专制只会把孙子们逼上革命的路。他更不知道他自己后代在给这个家庭挖墓"。他的后代克安、克定用高老太爷给他们积下的金钱,赌博、嫖妓,胡作非为,直到后来偷窃和变卖家产,从内里把家庭掏空。金钱只养出了一群蠹虫和败家子,家庭首先就败在他们手里。最后,克安、克定的腐败堕落彻底暴露,高老太爷怒斥克定并罚他跪在地上打自己耳光,还觉得不能解气的时候,"一种从来没有感到过的悲哀突然袭来,很快地就把他征服了"。他意识到"他的努力只造成了今天他自己的孤独。今天他要用他最后挣扎来维持这个局面,也不可能了"。显然,他已陷入绝望之中,预感到家庭已处于零落飘摇的境地,不禁哀叹道:"全完了,全完了!"而另一方面,高老太爷手中的权势则加剧了青年一代的反抗和斗争,促使他们更坚定地同家庭决裂,而且他的权势也终于失去威力,再不能"我说要怎样做,就要怎样做",不得不答应觉民取消由他一手包办的婚姻,不得不向年轻一代的反抗让步。最后他的一切努力都归于失败,作为统治的象征,他终于心力交瘁。这一切表明,正如高家年轻一代所常说的那样,"如今时代不同了",巨大的历史潮流正在冲垮大家族的根基,大家庭的崩溃已经成为不可阻挡的趋势。

《家》在艺术上取得了众所周知的成就,它结构宏大,人物众多,线索纷繁,但是巴金写来却有条不紊,举重若轻,没有刻意追求。既有纵向情节的发展,又有横向场面的架构,纵横交错,将一个大家族的衰亡过程展示得清清楚楚,许多场面描写通过主要情节的发展和人物内心感受加以勾连,形成一个有机的艺术整体,从而使故事张弛结合,跌宕有致,同时也使人物处于矛盾交错之中。巴金一直很偏爱古典名著《红楼梦》,《红楼梦》中对大家族的复杂纷乱的日常生活的描绘,显然给了巴金很大的启发。

巴金善于塑造大家族中的各类人物形象,也善于塑造社会底层普通家庭的各类人物形象,尤其善于刻画同类人物的不同性格。在《家》中,他成功地塑造了一批家庭中不同性格、不同遭遇的人物形象,特别是觉慧、觉新、瑞珏、鸣凤、高老太爷等,都栩栩如生。在他所塑造的人物群像中,两类人最为光彩夺目,那就是叛逆者和忍耐者。

在《家》中,主人公觉慧是一个引人注目的叛逆者的形象,是一个"幼稚而大胆的叛徒",他的叛逆性格主要是在家庭内部同旧势力的斗争中表现出来的。在认识上,他是高家所有人当中最清醒的一个,他第一个看出了家庭必然崩溃的趋势,并渴望它尽早瓦解。在反家庭斗争中,他总是站在最前列。他反对大哥觉新的"作揖哲学"和"抵抗主义",而信奉"不顾忌、不害怕、不妥协"的人生哲学,并以此作为行动指南鼓励自己和同伴。尤其可贵的是他敢于蔑视以高老太爷为首的专制家长的权威,并针锋相对地与他们进行斗争。他积极参加学生运动,公开支持觉民抗婚,反对请神驱鬼的行为,他劝说觉新为嫂嫂的生命安全而斗争。觉慧的反抗是勇敢的,却又是幼稚的。作家既写了觉慧性格中大胆叛逆的一面,同时也写出了他的"幼稚"。觉慧的"幼稚",突出表现在他对对手缺乏足够的认识,过高估计了个人反抗的作用。高老太爷死前,为了缓和一下祖孙的矛盾,做了一个姿态,说冯家亲事不提了,觉慧就以为二哥的逃婚斗争胜利了。于是,他带着似乎打败了千军万马的胜利豪情而归家了。觉慧的思想性格带有"五四"时期一般小资产阶级知识分子的狂热性的弱点。但也正因为如此,他才是真实的,才具有深刻的内蕴。

与觉慧的大胆叛逆相反,作为他兄长的觉新却是一个忍耐者的形象,同时也是《家》中性格内涵最丰富的一个。这是一个在专制主义重压下备受精神折磨的病态灵魂,是一个为旧制度所熏陶而怯弱和忍让的人,一个礼教的牺牲品。一方面,他是长房长孙,这一地位赋予他权力与财产以及大家庭中的地位,他甘愿逆来顺受,一味奉行"作揖哲学",做一个旧礼教旧制度的维护者。另一方面,他也看过一些新书报,受到"五四"新思想的熏陶,体会到自己寄生的这一大家族的腐朽性,不断感到良心上的折磨。觉新在一系列迫害面前屡屡退却妥协,其根源就在于制度以及伦理道德观念,他是一个悲剧人物,从他的身上,作者控诉了残酷、无情、腐朽的社会和家庭。

巴金是一个注重抒发自我热情的作家,不习惯以故事的叙述者、事件的旁观者进行创作。《家》具有浓烈的抒情艺术风格,很有些类似俄国作家果戈理和屠格涅夫的风格。在巴金看来,小说创作是生活的一部分,而不是玩弄雕虫小技的职业。他曾经说过,他的创作就是"掏出燃烧的心""讲心里话",激发人们"对光明爱惜,对黑暗憎恨"。他最看重的是作家个人的情感在作品中的真诚流露,追求"艺术的最高境界是无技巧"。巴金自己始终在作品中作为一个特殊的角色,充满激情,奔走呼号,抒发情感,评判曲直。这使他的作品达到一种忘情忘我的纯真境地,这是巴金作品得以感人至深的魅力所在,但同时又暴露出作者不善于节制感情和文字的不足。他的小说是青春的乐章,是炽热欲燃的至情文学,是"五四"以后二三十年间时代激情和青年情绪的历史结晶。在那个困难煎熬着觉醒、毁灭孕育着新生的时代,一个热血青年很难不受这类作品中感情的洪流的影响。

需要说明的是,在评论巴金的小说创作的时候,我们不能忽略巴金作品中潜含的宗教色彩,尤其是基督教色彩。这贯穿了巴金一生的创作历程。在巴金的充满激情的文学抒发中,是充满了博爱精神、牺牲勇气和忏悔意识,时时体现出弘烈的宗教情绪的。巴金曾经说过:"有信仰,不错!我的第一部创作《灭亡》的序言的第一句话就是:'我是一个有信仰的人。'"①《灭亡》中就多次直接或者间接地引用了《圣经》中的语句,并表露出强烈的赎罪意识。比如,《灭亡》中李冷、李静淑兄妹就发出这样的誓言:"我们宣誓我们这一家底罪恶应该由我们来救赎。从今后我们就应该牺牲一切幸福和享乐,来为我们这一家,为我们的人民赎罪,来帮助人民。"可以说,《灭亡》奠定了巴金创作中忏悔意识的基调,但是它的描写却比较抽象和单薄,比较意念化。"激流三部曲"则真切地投入了作者的生命体验,不仅揭示了一个宗法大家族的灭亡趋势,并且渗透了作者爱与恨交织的情感内在,一种赎罪和忏悔的宗教情结,从而成为作品的深层次的主题之一。

巴金小说的风格有一个发展和转变的过程,由早期情绪的外泄到后期愤懑的内蕴,艺术上由粗犷趋于精美。初期的长篇小说《灭亡》,"爱情三部曲"(《雾》《雨》《电》)等,初步显示了巴金小说善于描写家庭题材以及充满激情的特点;30年代问世的"激流三部曲"(《家》《春》《秋》),从《家》到《秋》,不但小说的基调是从高昂转向低沉,而且在叙述方式上也由主观的倾诉型转向客观的叙述型。尤其是《秋》,几乎没有明显的故事线索,完全由着生活的自然发展,如实地记录了这个家族一天天的败落进程,大量的生活细节描写支撑着小说的框架,读起来令人感到琐碎、沉闷、冗长,但小说的艺术效果也令人感到更加逼近于生活。《秋》发表于1940年,当时作者的叙事风格已经开始转变,到1944年发表的中篇小说《憩园》和后来的长篇小说《寒夜》,一种新的风格已经定型,小说的艺术技巧也显得更加圆熟。

第三节 "大河小说":现代长篇的新尝试

○"大河三部曲":融合历史与现实的多卷本长篇巨著　○多重性格的人物形象系列　○多重色彩的风俗民情画

---

① 巴金:《爱情的三部曲——作者的自白》,天津《大公报》,1935-12-01。

李劼人(1891—1962),原名家祥,四川华阳县人。1908年秋考入成都高等学堂分设中学。1911年投身于"四川保路同志会"的保路风潮。"五四"运动后,赴法国勤工俭学,开始从事法国文学研究翻译工作,深得左拉、福楼拜、莫泊桑诸作家的滋养,形成自己描写生活的细腻真切之风。1924年回国,先后任《川报》《新川报》等报纸刊物的主编、编辑,并在成都的大学当教授。

李劼人最具代表性的著作是长篇小说《死水微澜》(上海中华书局,1936)、《暴风雨前》(中华书局,1936)和《大波》(中华书局,1937年1月至7月),通称为"大河三部曲"。"大河小说"(法文 romance-fleave)是近代法国小说的重要体式,其特征是以多卷体连续小说的形式表现时代历史的社会生活全貌。巴尔扎克的《人间喜剧》、左拉的《卢贡—马卡尔家族》等都是"大河小说"。1925年,李劼人刚从法国回来,便萌生了用法国"大河小说"的文学形式来书写中国现代历史的念头。经过十年的酝酿,终于一举创作了这部一百四十万字左右的鸿篇巨制。这三部长篇小说依时间顺序,囊括了以成都为中心的四川社会自甲午战争到辛亥革命这十余年间的人间悲欢、思潮演进和政治风云,称得上是一部20世纪初叶四川社会生活的编年史巨著。

三部曲的第一部《死水微澜》以距成都不远的一个叫天回镇的小镇为背景,以小镇杂货铺老板娘蔡大嫂与当地袍哥头子罗歪嘴的恋爱苟合为情节主线,生动展现了1900年前后几年成都平原的社会状况和社会风俗的变迁,把天回镇作为民族历史的缩影和象征,揭示出晚清以降中国社会在长久沉淀之后积聚着大变动之力的历史趋势。《暴风雨前》采取的是双重线索、两条主线的结构方式,即维新派和成都半官半绅的郝达三的家庭生活,又由郝达三连接起上层社会和下层社会两条复线,展开错综复杂的关系和斗争,反映了维新运动的勃兴、红灯教会的扑灭和廖观音的被杀、革命党的起事和失败、旧式大家庭的纠葛和以及底层人们的生活,展现了重大历史变革之际社会思潮的激荡和人们思想意识的裂变。《大波》则采用多层次复线发展的结构方式,全面展现了四川保路风潮的整个过程。整个作品以同志会、革命党起义为代表的革命力量为一方,以清王朝、赵尔丰、端方为代表的势力为另外一方。作品中的一半是真人真事,与此同时,作家也虚构了不少中下层人物,这些人物都被卷在时代的"大波"中,他们的盛衰沉浮取决于保路运动这个事变,每个人都必须选择自己的阵营。作家注重表现保路运动这场历史变革对社会各个民众的影响,由此揭示出志士仁人探索民族命运的艰难步履和民族意识的觉醒。从总体上来看,《大波》拘于历史事实和正面处理生活题材的约束,因而限制了作品的深度发展。因此,尽管《大波》的篇幅数倍于《死水微澜》和《暴风雨前》,然而艺术水准反倒不及后者,这也许是李劼人所始料不及的。

在"大河三部曲"中,李劼人对特定时代环境下人们社会观、历史观、政治观、道德观和爱情观的变化展开了综合而又独立的剖析,塑造了数百个五花八门的人物形象,其中有声有色个性鲜明的就达上百个之多:有"游手好闲、掌红吃黑、茶坊出、酒馆进、打条骗人、专检魅头"的流痞和袍哥舵把子;有奉了洋教便立时"横了起采"的教民暴发户;有科举时代提过考篮的八股老酸;有满嘴洋话的留洋学生;有得了便宜"连屁股上都是笑"的市井之徒;有激进的革命党人,保守的立宪党人和骑墙的"冬瓜党"人;有狡黠刁滑的"官油子";有专靠金钱捐来官衔的显贵,也有专"拿人血来染红自己顶子"的酷吏;还有佃农工匠、士绅、洋牧师、少爷小姐、男仆女佣、打手捎客、酒鬼烟鬼、妓女等等,可以说在那个特定历史舞台上该上场的人物都上场了。与其他现代作家不同的是,在李劼人的笔下,没有一个高大完美的人物形象。李劼人把他的那些残缺不全的人物与特定时代的发展和整个民族的命运紧紧拴在一起,因而这些人物的缺陷越加明显,他们也越具有历史的深度和广度,因此具有了真实的现实概括力。李劼人这种独特的艺术眼光为现代文学史增添了一批鲜有同伴的艺术典型。

"大河三部曲"反映的是一个"新也新不得,旧也旧不得的时代",作品中的人物都毫无例外地打上了这种历史特点的烙印,半新半旧是这些人物形象的总风貌,多重矛盾是他们性格的总特征。在李劼人笔下,那些知识分子多是"旧也旧不到家,新也新不到家,胆子又小,顾忌又多"的角色。在改朝换代的时代暴风雨面前,他们容易接受时代的新因素,但也最容易使自己固有的旧因素同时代发生冲突,因而自身的弱点暴露得最充分。在革命紧要关头,"平日额头上挂着志士招牌的那些人当然有的请了病假,有的闷声不响,有的甚至逢人就声明:'本人历来便是两耳不闻窗外事,一心只读圣贤书的好好先生'"。同样,那些专事革命工作的革命党人,保路同志军和运动的领导们,也都不是什么高大的英雄,甚至"在他的大镜子里,那些革命英雄简直是很可笑的"[①]。例如在《大波》中举足轻重的保路运动领导人蒲殿俊,在人民的支持下终于迫使赵尔丰下台,成立了"大汉四川军政

---

① 曹聚仁:《文坛五十年》续编,247 页,北京,东方出版中心,1997。

府"。但"黄袍尚未加身,他就有点昏了",整天忙于服装、文稿这些琐屑俗务之中,以至于东校场点兵时枪声一响,他竟翻墙狼狈而逃,使刚成立12天的军政府就此垮台。

在"大河三部曲"中,作者塑造得最为拿手的是那些生命力旺盛的人物形象,他们是特定历史时代和社会环境混合产下的怪胎,他们性格的各个层次都显示出与众不同的怪相,他们命运的每一阶段都包含着比别人更多的矛盾。比较典型的是罗歪嘴,他15岁就开始"打流跑滩",并"加入了哥老会",以他的经历和本领,混到了"纵横八九十里,只要罗五爷一张名片,尽可吃通",并且能"走官府,进衙门"。这种特有的生活经历使他对生活也有着独特的理解。尽管三十好几还是光杆一个,但他觉得"家有啥子味道?家就是枷!枷一套上颈项,你就休想摆脱。女人本等就是拿来耍的……老是守着一个老婆已经是寡味了,况且讨老婆,总是讨的好人家女儿,无非是作古一些经验死板的人,那有什么意思?"他按照自己的这种理解过着吃喝嫖赌无所不为的放荡生活。同时,他对社会也有深刻的认识,他说:"洋教并不凶,就只洋人凶,所以官府害怕他。""因为他们枪炮厉害,连皇帝老官都害怕他们。""百姓木不怕洋人的,都是被官府压着,不能不怕。"而官府"自然也和百姓一样,被朝廷压着,不能不怕"。在他的思想里有一种对洋人、朝廷和官府的自发的反叛意识,只是在当时,这种自发意识没有也不可能转为自觉的行动,所以这并没有改变罗歪嘴游民无产者的本质属性。他心狠毒辣,性情放荡,但又爱打抱不平,拔刀相助,这些都体现了他那袍哥大爷的特有气质。特别是他和蔡大嫂的那场"情好","酽到彼此都着了迷!""酽到彼此都发了狂!"其中也确实包含着罗歪嘴的真情实意,像他那样"大江大海都搅过来的,却在阴沟里翻了船!"可见他对蔡大嫂的一片痴情。但是,一旦蔡大嫂在情网中不能自拔,提出要同他私奔,以便"名正言顺"地做"长久夫妻"时,却被他婉言拒绝,这既是他对女人逢场作戏的放荡性情的一贯表现,但同时也更多地体现出他对自身地位与命运的深刻了解。最后他因吃官司而仓皇出逃,这本身就是社会给他和他同蔡大嫂的这场"情爱"所安排的最好结局。

李劼人还塑造了许多独具韵味、风姿奇异的女性形象。他曾翻译过相当数量的描写妇女生活的法国小说(如福楼拜的《包法利夫人》),福楼拜、莫泊桑、左拉等法国作家刻画女性形象的方式,无疑给他很大的启发。在整个"大河三部曲"中,三个女主人公蔡大嫂、伍大嫂和黄太太占据着重要地位,是矛盾冲突的中心,是把握全局的"英雄"。李劼人倾注在人物身上的爱与憎，以及对生活的独到见解，正是在着力表现人物性格的过程中显现出来的，而这种性格的力量在"大河三部曲"的女主人公身上体现出了惊人的魅力。其中，《死水微澜》中的蔡大嫂刻画得最为成功。她是一个不安于生活传统规范、有强烈性格的女人，柔媚而富野性，聪明而又放浪。她羡慕浮华与虚荣，城市生活给她以遥远的幻想，时代也使她不安于"三从四德"的传统封建道德规范，羡慕成都街道的繁华，梦想到大户人家过太太似的生活。包办婚姻打破了她的幻想而被嫁到天回镇。但是，感情上的浪漫幻想使她不能忍受蠢如木头、毫无男子汉气质的丈夫蔡兴顺，她便一头栽进罗歪嘴的怀抱。当郫县打教堂案发，蔡兴顺受牵连入狱后，为了救出自己的丈夫，也为了贪图享乐的生活，又嫁给顾天成作了顾三奶奶。她视封建的伦理道德如粪土，敢想敢做，时代和现实造就了她惊世骇俗的性格，是一个光彩夺目的人物。我们可以看出，蔡大嫂与福楼拜的《包法利夫人》是有相似之处的。《暴风雨前》中的伍大嫂是一个能干、大胆、泼辣的女人，她热情奔放，轻佻无知，放任感情，虽然被人欺骗和生活所迫而失身，但她不甘沉沦，为追求幸福和生存而大胆地抗争。《大波》中的黄太太聪明能干，嘴尖舌利，放荡不羁，在大风大浪中镇定自若，果断决行。围绕在她身边的男人，都是畏首畏尾，不中用的，只有她才真正把握了现实，以放荡的方式挑战传统礼教。

在艺术表现方面，"大河三部曲"具有其特有的民俗史特色，补充了茅盾式长篇小说模式所忽略的"民俗史"视角。在这三部曲中展现出了一幅幅四川特有的时代风俗画面：青羊宫盛况空前的花会和劝业会，成都东大街热闹非凡的灯会，南校场上震惊全川的运动会和讲演会，新开张的"卫生理发馆"和尚悬着"发明蒸馏水泡茶"的第一楼茶馆，以及那些遍布成都的"耗子洞"小茶摊；川江里劈浪行驶着的新型大轮船和来回穿梭着卖唱及供人偷吸鸦片烟的小花船，成都大街小巷到处跑着的各色各样的轿子和川西平原上"咿咿呀呀"的叽咕车；成都皇城坝里数不清的各种担子、摊子、篮子和躲在各个角落装水烟的简州娃，少城公园里特有的那些"满吧儿"……这一幅幅别有风味的画面生动地反映了特定历史条件下社会的政治、经济、文化生活的各个侧面，从而使我们对时代的演进既有一种生活的整体感，又能深深体察到历史长河的细微流动。

此外，作为一个极富地方特色的作家，李劼人在运用方言口语方面也取得了独特的成就，整个三部曲呈现出一股浓郁的四川风味。方言口语与人物个性的结合，产生了特殊的艺术效果，使他的语言艺术明显地不同于现代文学史上其他任何一个作家。在三部曲中,同是达官显贵,郝达三满口之乎者也,表明着旧学根底之深和封闭型的经历,葛寰中则张嘴天南海北,横贯中西,显示着阅历之广、脑筋之活;同是留洋学生,苏兴煌总是慷慨激昂,新名词不断,尤铁民则发议论必谈革命,谈革命必论英雄,论英雄必谈美女,相同的经历体现了内心世界的极大差别;曾师母每句话必定伴随着那毋庸置疑的反问"是不是呢?"表明她仰仗洋人势力的狂妄和自负,罗歪嘴等一干粗人,"分明是一句好话,而必用骂的声口凶喊出来";同是骂人,蔡大嫂骂得伶牙俐齿,伍大嫂骂得粗声野气,黄太太骂得温文尔雅而又暗含杀机,因此这三位同具有四川辣味的女人,辣的滋味就很不相同:蔡大嫂的辣味里含有一种淳朴清香和诱人迷醉的甘美;伍大嫂的辣味中则有一股直率坦荡的野性、沉沦与自强相交织的苦涩;黄太太的辣味过后却又给人留下一种矜持孤傲带来的酸味……李劼人的语言艺术的独特魅力是其作品魅力不衰、活力长存的一个重要原因。

思考题

1. 茅盾对中国现实主义理论的倡导和确定有哪些贡献?
2. 为什么说茅盾的《子夜》标志着现代长篇小说走向成熟?
3. "社会剖析派"的共同特点和风格上的独异之处。
4. 家庭题材对巴金创作有什么意义?如何理解巴金创作风格的热情与真诚?
5. 李劼人"长河小说"有哪些重要的社会历史蕴涵?它在现代文学的文体尝试上有哪些意义?

第十二章　老舍与现代市民小说

第一节　老舍的文学史地位及创作生涯

○老舍的文学史地位　○生平　○创作历程

老舍是中国现代文学史上一位多产作家，一生共创作了一千多部（篇）作品，约八百万字，尤其在长篇小说创作上取得了举世公认的成就。老舍是第一个把中国市民阶层的命运、心理、情感引入中国文学，建立了完整的市民形象体系的作家；也是第一个在文学中全方位地致力于缔造北京文化的作家，被看做是"京味小说"的鼻祖。他的小说全景式地展示了北京的风土人情和市民生活，成为了北京文化的表征。老舍是现代文学的幽默大师，尤其贡献了长篇幽默小说的形式，占据了中国现代喜剧文学的一个重要的位置。同时，老舍也是一位语言艺术的大师，创造了具有独特的幽默风格和鲜明的民族色彩的雅俗共赏的语言形式。

老舍（1899—1966）生于北京，原名舒庆春，字舍予，笔名老舍，满族。在北京一个清贫的旗人家庭中长大，从小谙熟城市贫民生活，热爱为市民阶层所喜闻乐见的北京戏曲和说唱艺术。1913年考入北京师范学校，1918年毕业后担任方家胡同小学校长，1920年被任命为教育部通俗教育研究会会员，1922年9月到天津南开中学任国文教师。1924年赴英国，在伦敦大学东方学院任汉语讲师。在英国期间，大量阅读康拉德、威尔斯等西方小说，同时开始自己的文学创作。1925年创作第一部长篇小说《老张的哲学》，接着又写了《赵子曰》（1926）和《二马》（1929），在《小说月报》上陆续发表。这几部致力于探索"国民劣根性"的作品的问世，初步奠定了老舍"京味小说"的写作风格。《老张的哲学》连载到第二期时，开始使用"老舍"的笔名。

1929年夏天,老舍离开英国,回国的途中在新加坡任中学教师半年。1930年回国后,在山东济南齐鲁大学任教,此后的几年中,著有以新加坡华侨儿童的生活为题材的带有童话色彩的小说《小坡的生日》(1931)、含有政治讽喻的寓言式作品《猫城记》(1932)以及长篇小说《离婚》(1933)等。

《离婚》是老舍重返"京味小说"的重要作品,标志着老舍开始找到自己最理想的题材和风格,以及他第一个创作高峰的出现。这一时期,老舍也迎来了短篇小说写作的黄金时期,著有《赶集》《樱海集》《蛤藻集》等小说集。《柳家大院》《黑白李》《月牙儿》《微神》《老字号》《断魂枪》等都显示了老舍多方面的艺术才秉。1934年老舍到青岛山东大学任教,1936年,他辞去教职,专门从事创作,成为他自己所谓的"职业写家"。同年9月,在《宇宙风》上连载代表作《骆驼祥子》,次年发表中篇小说《我这一辈子》,长篇小说《牛天赐传》《文博士》等也在1936年出版单行本。其中的《骆驼祥子》是老舍足以传世的最优秀的长篇小说,也是中国现代文学中堪与鲁迅的《阿Q正传》、沈从文的《边城》媲美的不可多得的经典之一。

抗日战争爆发后,老舍积极投入抗战文艺宣传工作,1937年底赴武汉,参与筹备"中华全国文艺界抗敌协会",1938年7月,随"文协"迁往重庆。这一时期,老舍写相声、快板配合抗日宣传的需要,努力用各种文艺形式进行创作,在小说杂文之外,"还练习了鼓词,旧剧,民歌,话剧,新诗"①。此外,写有话剧《残雾》《面子问题》《归去来兮》等。1944年老舍开始发表描写沦陷区北平人民生活的长篇小说《四世同堂》,重新回到了自己最擅长的题材和艺术领域。《四世同堂》的问世,也标志着老舍的第二个创作高峰的来临。小说包括《惶惑》《偷生》《饥荒》三部,表现了抗日战争期间,沦陷区人民的苦难经历以及艰苦抗争,以祁家祖孙四代以及他们居住的小羊圈胡同为中心,铺展错综复杂的故事情节和五光十色的历史风俗画面。这是老舍在大后方怀着深深的乡愁写就的作品,字里行间充盈着对故乡的爱恋。尽管老舍没有经历小说所描绘的沦陷生活,主要依靠二手材料创作,但是记忆与印象里的北京依旧栩栩如生。这一时期,老舍还著有长篇小说《火葬》(1943)。1946年,老舍应美国国务院的邀请,赴美讲学一年,期满后便留在美国,其间创作了《四世同堂》的第三部《饥荒》和长篇小说《鼓书艺人》,出版有《我这一辈子》单行本,短篇小说《微神集》《月牙集》以及《老舍戏剧集》等。

---

① 老舍:《三年写作自述》,《抗战文艺》,第7卷第1期,1941-01-01。

1949年12月老舍回国,次年,发表了三幕剧《龙须沟》。1951年被北京市人民政府授予"人民艺术家"称号。1957年发表话剧代表作《茶馆》,成为老舍的戏剧高峰。1961年开始创作自传体长篇小说《正红旗下》,只写出11章,最终未能完成,但是已经表现出艺术上炉火纯青的造诣。1966年8月24日在"文化大革命"中遭受迫害,自沉于北京太平湖。

第二节 京味文化的缔造者

○什么是"京味儿" ○艺术化的北京 ○北京的文化史价值 ○魂牵梦绕的乡土 ○最后的回眸 ○对北京文化的审视

在30年代"京""海"对峙的格局中,北京是不可或缺的文化维度。但是作为一个有着自身悠久历史与传统的都市的形象,北京在文学中被充分地表达,还是在老舍的文学创作中。与30年代的京派不同,只有老舍是倾尽毕生之力去描绘和塑造北京,他在京派作家之外,创造了"京味文学"的传统,从这个意义上说,老舍是京味文化的缔造者。

"所谓'北京味儿',大概是指用经过提炼的普通北京话,写北京城,写北京人,写北京人的遭遇、命运和希望。"①老舍创作生涯中的绝大部分作品,差不多写的都是北京。北京构成了老舍小说和戏剧所讲的故事的独一无二、无法替代的背景,正如老舍在《景物的描写》中所说,这个作为背景的北京,"使整个故事带独有的色彩,而不能用别的任何景物来代替。在有这种境界的作品里,换了背景,就几乎没有故事"。而且老舍作品里的北京往往与虚构绝缘,是经得起从景观地理学的意义上进行实地考察的。"老舍笔下的北京是相当真实的,山水名胜古迹胡同店铺基本上用真名,大都经得起实地核对和验证。"②因此,老舍的北京,给人一种地方风物志一般的真实感,即使他的小说情节和故事是出于虚构,但是真实的地理和人文环境的勾勒,使老舍的作品具有一种真实生动的写实效果。

仅仅从题材和背景的角度着眼自然不能说明老舍之于北京的全部意义。老舍在北京的风俗地理人文风貌之外,还真正写出了北京的内在文化底蕴以及灵魂,"字里行间的这样那样的氛围、意象、境界、精神等等,的确

---

① 舒乙:《老舍著作与北京城》,见《走近老舍》,380页,北京,京华出版社,2002。
② 同上书,382页。

无法仅仅用'北京题材'来涵蕴包容,它们都属于北京特有的灵魂和神韵,即'京味'①。因此,老舍所营造的"京味儿",更是北京作为一种底色、氛围甚至境界的存在。老舍的"京味小说"所创造的市民世界和风土人文图景,传达着北京特有的灵魂和神韵,构成了一种文化史奇观,浓缩着社会史、文学史、心灵史等多重内容。在老舍之后,人们观照北京文化,就不能不带着老舍所塑造的心态和目光。从这个意义上说,老舍塑造的是艺术化的北京,以及对北京的艺术化的观照方式。

其中,从文化视野出发是考察老舍的"京味儿"的更行之有效的角度。老舍作品浓郁的"京味儿"集中体现在对北京风物、世态人情、习俗风尚、文化底蕴的刻绘,以及对北京方言和大众口语的运用上。其中对北京的社会风俗文化和风土人情的描绘,使老舍的笔下展开了一幅现代北京的"清明上河图"。正是这种总体性的风俗文化和风土人情的地理人文画卷,使老舍的作品鲜明地体现出一种文化史的价值。文化堪称是老舍笔下最重要的"主人公"。老舍作品中的文化,并没有停留在民俗展览的层面,而是与市民社会的存在方式息息相关,最终深入到北京人的生存方式和北京特有的人伦关系之中,获得了整体性。他笔下的世态人情与民风民俗,都试图升华到文化的视野,从而使其具有更深厚的底蕴,反映了市民阶层的生存状态、心理习惯和观念型范,构成着小说中的意义的载体甚至就是意义世界本身。这种文化视野的介入,也使老舍真正成为了雅俗共赏的作家。在现代作家中,老舍是少有的能俗能雅的大家,而其中"俗"的维度,更是老舍独一无二的品性。这是老舍出身于市民并与市民文化打成一片的结果。

40年代的费孝通在《乡土中国》一书中揭示了中国社会的乡土性特征。许多内陆文化也堪称是乡土的延伸,当上海已经成为所谓的"东方的巴黎"的同时,北京仍是传统农业文明的故乡,被研究者们称为"一座扩大了的乡土的城"。尤其在土生土长的老舍的眼里,北京永远是魂牵梦绕的乡土,是"家"与"母亲"的象征:

> 我真爱北平。这个爱几乎是要说而说不出的。我爱我的母亲。怎样爱?我说不出。在我想作一件讨她老人家喜欢的事时候,我独自微微的笑着;在我想到她的健康而不放心的时候,我欲落泪。言语是不够表现我的心情的,只有独自微笑或落泪才足以把内心揭露在外面一些

---

① 樊骏:《认识老舍》,见《走近老舍》,34页。

来。我之爱北平也近乎这个。夸奖这个古城的某一点是容易的,可是那就把北平看得太小了。我所爱的北平不是枝枝节节的一些什么,而是整个儿与我的心灵相粘合的一段历史,一大块地方,多少风景名胜,从雨后什刹海的蜻蜓一直到我梦里的玉泉山的塔影,都积凑到一块,每一小的事件中有个我,我的每一思念中有个北平,这只有说不出而已。(《想北平》)

一个"想"字,道出了老舍对北京的深情,这是一种发自心灵深处的爱,是难以用语言形容的,因此,老舍唯有把他对故乡的爱比作爱母亲,这称得上是一种血缘般的维系。老舍声称"我的最初的知识与印象都得自北平,它是在我的血里,我的性格与脾气里有许多地方是这古城所赐给的"。在离乱的40年代,老舍在回顾自己的创作生涯时,称其文字中的"十之七八是描写北平。我生在北平,那里的人、事、风景、味道,和卖酸梅汤、杏儿茶的吆喝的声音,我全熟悉。一闭眼我的北平就完整的,像一张彩色鲜明的图画浮立在我的心中。我敢放胆的描写它。它是条清溪,我每一探手,就摸上条活泼泼的鱼儿来"[①]。老舍的艺术生命正是由北京塑造的,同时他也以毕生的精力和热情去塑造特有的京味文化,这是一种文学家和乡土之间互相依存的图景。

老舍的创作充分展示了具有乡土传统北京所特有的一些恒久不变的魅力。如他的小说《老字号》所描绘的那样:

多少年了,三合祥是永远那么官样大气:金匾黑字,绿装修,黑柜蓝布围子,大机凳包着蓝呢子套,茶几上永远放着鲜花。多少年了,三合祥除了在灯节才挂上四只宫灯,垂着大红穗子;此外,没有半点不像买卖地儿的胡闹八光。多少年了,三合祥没打过价钱,抹过零儿,或是贴张广告,或者减价半月;三合祥卖的是字号。多少年了,柜上没有吸烟卷的,没有大声说话的;有点响声只是老掌柜的咕噜水烟与咳嗽。(《老字号》)

"多少年了"的排比句式,强调的正是一种时间上的永恒性,北京正是在这种永恒甚至静止的时间中显出诸种氛围和特征:庄严、气派、雍容、安详、自足、温馨等等,即一种内在的"京味儿",这其中浓缩着中国传统文化的精粹和魅力,对老舍这样的土生土长的知识分子而言,是一种永远的诱

[①] 老舍:《三年写作自述》,《抗战文艺》,第7卷第1期,1941-01-01。

感。同时，北京的博大精深、宽宏雅量，也使老舍深深着迷。正像老舍在《离婚》中所说："北平能批评一切，也能接受一切，北平没有成见。北平除了风，没有硬东西。"

隐含在老舍的北京文化深处的还有一种苍凉感：老北京的传统诗意已经被正在行进中的城市化和现代化进程所冲击和吞没。中国知识分子在理性上是欢迎工业化和现代化的，但是进入无意识领域，进入情感与审美层面，就有一种难以割舍的乡土情结，在传统美的一去不复返中产生一种深深的失落感。对老舍而言，失去的还不仅是传统的美感和文化，同时失去的还是一种精神故乡。在这个意义上，老舍所塑造的京味文化为人们保存了一份老北京甚至是老中国的诗意，老舍对北京的观照类似于一种最后的回眸，让人回味无穷。①

同时老舍并不是对北京文化一味赞美和陶醉，从创作伊始，他对北京所代表的传统文化就持一种自觉的批判态度，从《老张的哲学》《二马》《离婚》，到《骆驼祥子》《四世同堂》《正红旗下》，都可以令人感受到老舍对国民性的批判的锋芒。老舍的创作，大体上说汇入的仍是中国现代文学的改造国民性的主题。只是他所擅长的是文化的视域，他的批判国民性的主题，也因此主要体现为文化批判。他把相当一部分精力投入到对北京文化的长久审视和批判中。在他眼里，北京既有辉煌的可资炫耀的历史，同时也沿袭着传统文化的惰性，有渐趋平庸、保守和没落的特征。北京市民往往具有一种天子脚下的盲目的优越感，善于自欺，追求享乐，易于满足，不思进取，同时又沾染上了现代西方文明的时代病。老舍的改造国民性的思想，就集中在对北京文化和北京市民劣根性的揭露和批判中。

老舍绝大部分作品中的批判视角都指向一种文化批判，这既是老舍的长处，也构成了老舍的局限——无法深入到人性层面。只有到了《骆驼祥子》的写作中，老舍的批判才具有了深入人性的深度，同时也才从制度上进入对现代性的反思。

第三节　老舍笔下的市民世界

○"市民诗人"　○市民形象的长廊　○老舍笔下的四类市民○《骆驼

---

① 参见钱理群、吴晓东：《彩色插图中国文学史·新世纪的文学》，北京，中国和平出版社，1995。

祥子》 ○对城市文明病的敏锐体察与反思

老舍的作品大多取材于城市下层居民的生活,最初的《老张的哲学》《赵子曰》和《二马》写的就是北京的生活以及北京人在海外的经历,从而在创作伊始就进入了老舍最熟悉也最擅长的题材领域。其间经过寓言体小说《猫城记》的变革之后,《离婚》《牛天赐传》等很快又重新回到北京市民生活的题材,进而迎来了《骆驼祥子》《我这一辈子》《四世同堂》等小说的高峰,为中国现代文学史呈现了一幅全方位的市民生活图景,建造了完整的市民形象体系,老舍也因此获得了"市民诗人"的赞誉。

他笔下的市民形象系列构成的是北京文化的最重要的组成部分,对于考察中国现代史上市民生活形态,无论是从社会学、政治学,还从民俗学与人类学的角度,都提供了完整而逼真的材料。而从文学性的角度说,则呈现了中国现代文学史上不可多得的市民形象的长廊,许多人物形象都生动鲜明,栩栩如生,呼之欲出。

老舍笔下有四类市民形象。

第一类是老派市民,主要由商人、小职员、旗人、家庭主妇等构成,大都是晚清封建文化塑造的产物,如《二马》中的老马,《牛天赐传》中的牛老者,《离婚》中的张大哥、老李,《四世同堂》中的祁老太爷、祁天佑等。其中《离婚》中的张大哥是老派市民的生动而典型的代表:

> 张大哥一生所要完成的神圣使命:作媒人和反对离婚。在他的眼中,凡为姑娘者必有个相当的丈夫,凡为小伙子者必有个合适的夫人。这相当的人物都在哪里呢?张大哥的全身整个儿是显微镜兼天平。在显微镜下发现了一位姑娘,脸上有几个麻子;他立刻就会在人海之中找到一位男人,说话有点结巴,或是眼睛有点近视。在天平上,麻子与近视眼恰好两相抵消,上等婚姻。近视眼容易忽略了麻子,而麻小姐当然不肯催促丈夫去配眼镜,马上进行双方——假如有必要——交换像片,只许成功,不准失败。
>
> 自然张大哥的天平不能就这么简单。年龄,长相,家道,性格,八字,也都须细细测量过的;终身大事岂可马马虎虎!因此,亲友间有不经张大哥为媒而结婚者,他只派张大嫂去道喜,他自己决不去参观婚礼——看着伤心。这决不是出于嫉妒,而是善意的觉得这样的结婚,即使过得去,也不是上等婚姻;在张大哥的天平上是没有半点将就凑合的。

张大哥代表的老派市民,是保守文化的体现者,渴望与世无争,安安稳稳过日子,反对既成秩序的破坏,讲体面、排场、气派,追求精巧的生活艺术,如老舍后来在《正红旗下》中写的那样:"二百多年积下的历史尘垢,使一般的旗人既忘了自谴,也忘了自励。我们创造了一种独具风格的生活方式:有钱的真讲究,没钱的穷讲究。生命就这么沉浮在有讲究的一汪死水里。"他们讲礼、讲老规矩、谦和、温厚,但懦弱、苟安,一生沉醉于小刺激和小趣味里,生命的无用和空掷是这些人的最大悲剧。老舍本人与这些老派的市民有千丝万缕的联系,他为这些老派市民谱写的是一曲挽歌,同时也是老北京代表的传统文化的挽歌。老舍一方面看到老北京文化必然衰落的一面,另一方面则又有怀有深深的惋惜。老舍对待他笔下的这些老派市民的态度,是温情中又有批判。正是这种复杂的态度使这类老派市民成为老舍塑造的最成功的一类人物形象。

第二类是新派市民。以《老张的哲学》中的蓝小山,《离婚》中的张天真、小赵,《牛天赐传》中的牛天赐,《四世同堂》中的丁约翰、祁瑞丰为其代表。他们是东方文化与西式文化的杂交和混合所塑造的畸形的市民形象,讲虚荣、讲摆设、拾人牙慧、不中不西,是浅薄型的市民,其中最糟糕的则是小赵、蓝小山一类的洋场恶少。

第三类是"正派市民"或者说是理想市民形象系列,主要有《老张的哲学》中的赵四,《赵子曰》中的李景纯,《二马》中的李子荣,《离婚》中的丁二爷,《四世同堂》中的钱默吟等,是老舍探索新的社会理想和出路的载体。但正是这些形象身上却体现了旧小说中的侠客以及无政府主义小说中刺客的影子,微服夜行,锄奸惩恶,从而使老舍的作品最终透出一些微茫的光亮,但仍然掩盖不了这类理想市民的形象在总体上的苍白。老舍自我评价说:"假如我有点长处的话,必定不在思想","我的见解总是平凡"。在需要一种前瞻意识和历史预见力的时候,老舍多少显露出思想力的不足。

最后一类是"城市贫民",主要有《骆驼祥子》中的祥子、妓女小福子,《我这一辈子》中的老巡警,《四世同堂》中的车夫小崔、剃头匠孙七,《鼓书艺人》中的艺人方宝庆等。

贫民形象的典型代表是祥子。《骆驼祥子》也是老舍小说创作的代表作,集中刻画的是人力车夫祥子的遭际和命运。祥子在农村破产后来到城市,尚未脱掉农民的烙印,有淳朴的天性和坚忍的性格。老舍格外赞赏他身上所体现出的原始生命力的一面,"小说一开始,关于他的外形的描写,关于他拉车的刻画,都写得很有光彩,简直成了青春、健康和劳动的赞歌"①。他立志买一辆车自己拉,做一个独立的劳动者。经过三年的辛苦劳作,他终于换来了一辆洋车,但却在军阀战乱中被兵匪抢走;接着又被侦探诈去了他仅有的积蓄。小说还用相当一部分篇幅写了祥子和虎妞的纠葛。泼辣丑陋的老姑娘虎妞是车厂主人刘四的女儿,她对幸福的渴望和追求令人同情,但她富家小姐颐指气使的派头又引人厌憎。她设计使并不爱她的祥子与她结合,却葬送了祥子最后一份对爱情和家庭的梦想。连续不断的打击使祥子的愿望"像个鬼影,永远抓不牢,而空受那些辛苦与委屈";而他所喜爱的小福子的自杀,则使祥子对生活的希望完全破灭,最终在都市中彻底堕落。"他吃,他喝,他嫖,他赌,他懒,他狡猾",小说结束时,祥子已经沦为一具行尸走肉,一个"个人主义的末路鬼"。

评论者一般认为,在祥子堕落的命运中,隐含着老舍对于病态城市文明与人性的思考。在老舍看来,祥子的悲剧在于现代城市文明对人性的伤害,对心灵的腐蚀,老舍自称小说试图"由车夫的内心状态观察地狱是什么样子"。北京作为首善之区与文化之都的反面,却是一个现代文明的地狱,构成了祥子悲剧命运的深层原因,正像小说中写的那样:"人把自己从野兽中提拔出,可是到现在人还把自己的同类驱到野兽里去。祥子还在那文化之城,可是变成了走兽。一点也不是他自己的过错。"

在祥子的身上,体现着老舍从人性以及现代性的角度对城市文明病的敏锐体察与反思,体现了作者对30年代中国都市发展形态和文明现状的深刻认识。

第四节 老舍小说的艺术成就

○老舍的幽默艺术 ○幽默的审美化与平民化特征 ○作为叙事大师的老舍 ○对说书艺术的借鉴 ○讲述式的语态 ○反讽性评论 ○"语言艺术家"

老舍堪称是中国现代的幽默大师,在中国现代喜剧文学中占有举足轻重的地位,尤其贡献了长篇幽默小说的类型。

老舍的早期作品多少受到了英国幽默文学的影响,表现出幽默风趣和

---

① 樊骏:《论〈骆驼祥子〉的现实主义》,《文学评论》,1979(1)。

机智冷峭的特点。长篇小说《老张的哲学》《赵子曰》和《二马》即是"立意要幽默"的写作,充分显露了老舍的幽默才华和捕捉喜剧性因素的超凡本领。他善于从新旧杂陈的现实中挖掘笑料,尤其在所谓新派人物的不伦不类的行为举止和思想观念中提炼出诙谐的因素。这一点,在取材于大学生生活的《赵子曰》中得到集中表现。正如老舍自己说的那样:"我在解放与自由的声浪中,在严重而混乱的场面中,找到了笑料,看出了缝子。……在轻搔新人物的痒痒肉。"①到了后来《离婚》中的张天真更是活化出新人类的错乱和浅薄:

> 天真漂亮,空洞,看不起穷人,钱老是不够花,没钱的时候也偶尔上半点钟课……爱"看"跳舞,假装有理想,皱着眉照镜子,整天吃蜜柑。穿着冰鞋上东安市场,穿上运动衣睡觉。每天看三份小报,不知道国事,专记影戏园的广告。非常的和蔼,对于女的;也好生个闷气,对于父亲。(《离婚》)

老舍早期的小说偶尔有闹剧的成分,风格也不免流于油滑,用文学史家的概括,体现的是"京油子"式的"贫嘴",为了营造笑谑的气氛,会削弱对黑暗的揭露、对恶行的愤慨以及对弱者的同情诸般力量,从而弱化了主题的严肃性。其后老舍经历了对幽默艺术的自我反思过程,长篇小说《离婚》即是老舍重新"返归幽默"的新尝试,也是老舍的幽默艺术趋于成熟的作品。在这部小说中,老舍决心"把幽默看住了"。作者开始学习更好地驾驭幽默的才能,《离婚》也因此"有了技巧,有了控制":

> 匀净是《离婚》的好处,假如没有别的可说的。我立意要它幽默,可是我这回把幽默看住了,不准它把我带了走。饶这么样,到底还有"滑"下去的地方,幽默这个东西——假如它是个东西——实在不易拿得稳,它似乎知道你不能老瞪着眼盯住它,它有机会就跑出去。可是从另一方面说呢,多数的幽默写家是免不了顺流而下以至野调无腔的。那么,要紧的似乎是这个:文艺,特别是幽默的,自要"底气"坚实,粗野一些倒不算什么。②

《离婚》的成功在于风格的"匀净"和底气的"坚实"。其中的幽默"出自事实本身的可笑,可不是从文字里硬挤出来的"。深厚的生活底蕴使《离

---

① 老舍:《我怎样写〈赵子曰〉》,《宇宙风》,第 2 期,1935-10-01。
② 老舍:《我怎样写〈离婚〉》,《宇宙风》,第 7 期,1935-12-16。

婚》获得了底气,也使作者有了空前的自信——对自己的幽默艺术的底气十足的信心。在这一阶段,老舍更习惯从常规的生活形态中发现非常态的地方,更倾向于从生活与人性现象中洞察喜剧意味;同时,《离婚》也表现出作者的节制的艺术,渗透在幽默之中的,是力透纸背的对人物的怜悯和同情。正像老舍在《谈幽默》一文中写的那样:"讽刺家的心是冷的,而幽默家的心是热的"①,从而没有让幽默失于浮泛的笑谑和冷漠的嘲讽;同时又不失一种距离感,一种"浸润在亲切体贴中的心理距离",从而使幽默和机智终成一种审美的态度。老舍的幽默还表现出平民化的特征,按赵园在《北京:城与人》中所说,是"一种北京市民特有的智慧形态"。"北京人以其智慧领略了历史生活的讽刺性,又以其幽默才能与语言才能(幽默才能常常正是一种语言才能)解脱历史、生活的沉重感,自娱娱人。幽默也是专制政治下小民惟一可以放心大胆地拥有的财产。老舍不无幸运地承受了这份财产。他幽默,他的文字间的机趣,的确大半是源自民间的。"②

老舍也是一个叙事大师,有出色的讲故事的本领。他的叙事也有一种源自民间的平民化特征,这与他对北京民间和市井艺术的熟稔分不开,也与他对于书场艺术形式以及传统章回体小说的借鉴密切关联。在叙事艺术上,老舍自觉地借鉴了说书艺术,小说中拟说书人的叙事者的选择奠定了老舍别具一格的叙事风格,表现出鲜明的"讲述口吻"③。如小说《离婚》的开头:

> 张大哥是一切人的大哥。你总以为他的父亲也得管他叫大哥;他的"大哥"味儿就这么足。(《离婚》)

作者极力营造一种书场的效果,时时意识到有观众在听,叙事模式中也表现出与读者进行直接交流的格局,表现为叙事者经常代替读者发问:

> 老张也办教育?
> 真的!他有他自己立的学堂!(《老张的哲学》)
>
> 怎么办呢?只有两个大字足以帮助我们——活该!(《二马》)
>
> 怎么过这个双寿呢?祥子有主意……(《骆驼祥子》)

---

① 老舍:《谈幽默》,《宇宙风》,第 23 期,1936-08-16。
② 赵园:《北京:城与人》,44 页,北京,北京大学出版社,2002。
③ 吴福辉编:《二十世纪中国小说理论资料》,第 3 卷(1927—1937),12 页,北京,北京大学出版社。

尤其在《骆驼祥子》中,"老舍把说话口气为主要特征的小说叙述方式,发挥得淋漓尽致。有时候干脆就直截了当地以'介绍''说'这样的词语面向读者,使对方产生近距离的听觉感"①:

> 我们所要介绍的是祥子,不是骆驼,因为"骆驼"是个外号;那么,我们就先说祥子,随手儿把骆驼与祥子那点儿关系说过去,也就算了。
>
> 有了这点简单的分析,我们再说祥子的地位,就像说——我们希望——一盘机器上的某种钉子那么准确了。(《骆驼祥子》)

这种讲述式的语态,既平易又生动,有助于缩短与读者间的情感距离,使读者迅速认同作者意图,彰显了老舍平民化的叙事姿态。

说书技艺在老舍小说中的表现形式之一,是叙事者大量评论性干预的运用。一般来说,现代小说的发展趋势是小说家尽量避免在小说中直接发表评论,追求作者退出作品,极力减少叙事者的评论性干预。而老舍却反其道而行之,他的小说中的叙事者在小说中往往发表大量的评论。这种评论性干预,看似与现代小说的创作趋势相反,但却形成了老舍卓尔不群的叙述风格。同时,老舍还发明了一种反讽性评论,并使这种反讽性评论成为老舍讽刺艺术的重要技巧,大意是:如果一般的评价性评论是取得叙述主体各部分之间意见一致的手段,那么反讽性评论就很明显地暴露主体各部分间的分歧,使主体的分化变成主体的分裂。由此,体现着小说价值立场的隐含作者与讲故事的叙事者之间就产生了较大的距离,甚至两者所各自代表的立场和价值观有时截然相反,叙事者的话就不再可信,甚至要从反面来理解。这种反讽性评论构成的叙事干预在老舍的《老张的哲学》《赵子曰》《离婚》等讽刺幽默小说中常常出现。"在这些小说中,反讽干预通常会表现为对预设价值和各种成规的认可,正如拟说书人的叙述者所说,老张'确乎是镇里——二郎镇——一个重要人物!老张要是不幸死了,比丢了圣人损失还要大。因为哪个圣人能文武兼全,阴阳都晓呢?'(《老张的哲学》)叙述者似乎默认了暴力的效应及恶人的成功,但观众却会流露出默契的会心的微笑。"②这种反讽性干预,构成了老舍把讽刺因素编织进叙事形态的重要技术手段。

老舍也是一位无与伦比的语言大师。语言的创造是老舍的自觉:"我

---

① 周思源:《白话真正的香味是怎样烧出来的——老舍小说语言艺术观念的嬗变》,见《老舍研究论文集》,77 页,北京,人民文学出版社,2000。
② 王鹤丹:《说法中现身——老舍小说中的叙述者》,见《走近老舍》,369 页。

们创造人物,故事,我们也创造言语。"①尤其在《骆驼祥子》《四世同堂》和《正红旗下》等标志着老舍语言艺术高峰的作品中,其语言更加成熟。老舍注重"语言文化"的开掘和提炼,称自己的语言追求原汁原汤的本色,追求原味儿,对北京市民口语的艺术加工尤其卓有成效:"文字要极平易,澄清如无波的湖水。因为要平易,我就注意到如何在平易中不死板。……从容调动口语,给平易的文字添上些亲切,新鲜,恰当,活泼的味儿。"②一方面老舍重视北京口语的平实、浅易、生动、鲜活,另一方面又着力吸取北京话的繁复清亮的韵味。譬如老舍称他的小说《四世同堂》中女主人公小顺儿妈的北平话"词汇丰富,而语调清脆,像清夜的小梆子似的"。这也正可以用来形容老舍自己的语言:繁复、讲究、漂亮,有声音形象,发展到极致就会体现为动听比意义还要重要。老舍也因此被誉为"语言艺术家",这在中国现代作家中几乎是首屈一指的。

思考题

1. 老舍小说的北京的内在文化底蕴和灵魂指的是什么?
2. 举例说明老舍笔下的市民世界及其差异性。
3. 简评老舍小说的艺术成就。

---

① 老舍:《文艺的工具——言语》,《老舍文集》,第 15 卷,526 页,北京,人民文学出版社,1990。

② 老舍:《我怎样写〈骆驼祥子〉》,《青年知识》,第 1 卷第 2 期,1945 年。

第十三章　沈从文及京派小说家

1934年1月10日,沈从文在《大公报》文艺副刊发表了《论"海派"》一文,无意间引发了一场"京派"和"海派"的论争。这场论争看似偶然,却从根本上反映了30年代的文学格局,是乡土与都市两种文化背景的对峙在文学中的体现。其中蕴涵着20世纪中国文学的诸多基本母题:传统与现代、东方和西方、乡土与都市、沿海与内陆等等,折射着古老农业中国在向现代工业文明转换过程中的丰富景观。

京派作家是指20年代末到30年代居留或求学于以北京为中心的北方城市、坚守自由主义立场的作家群体,其基本成员是大学教师和大学生,以《大公报》文艺副刊、《文学杂志》《水星》为主要阵地。代表作家有沈从文、废名、朱光潜、凌叔华、萧乾、李健吾、芦焚、林徽因、卞之琳、何其芳、李广田、林庚等。其中最重要的小说家当是沈从文。

第一节　"乡下人"与"城里人"

○"乡下"的经验与身份体认　○从沅水流域追溯楚文化的源头　○湘西世界的自在性与自足性　○两类都市题材　○现代文明的审视者　○带有"自卑情结"的创作心理　○民族反思在抗战之后的继续延伸

沈从文,原名沈岳焕,苗族人,1902年出生于湘西凤凰县。凤凰地处湘西沅水流域,是湘、川、鄂、黔四省交界,土家、苗、侗等少数民族聚居区,地处偏僻,文化落后,因此,成名后的沈从文常自称"乡下人"。沈从文出身于行伍世家,高小毕业后当过几年兵,"五四"运动后接触到了新文学,开始憧憬外面的世界,1921年脱离军队到北京求学。进大学未果便开始练习写作,1923年起以"休芸芸"等笔名陆续发表作品。从此便一发不可收拾,共创作了四十余部作品,其中,重要的短篇小说结集有《龙朱》《旅店及其他》《虎雏》《阿黑小史》《月下小景》《八骏图》《从文小说习作》《新与旧》《主妇集》等,中长篇小说有《边城》《长河》等。此外有散文《从文自传》《湘西》《湘行散记》《烛虚》等,成为现代文学史上最多产的作家之一,创造了中国文坛一个"乡下人"的神话。

"乡下"在沈从文那里不仅是对自我身份的自谦性的体认,同时也表征着他的经验背景、文化视野、美感趣味和文学理想。他有着丰富的"乡下"经验,当兵的几年中辗转于沅水流域周边地区,谙熟于湘西的风土民情,见识过上千人的集体杀戮。这使边地生活和民间文化构成了他创作的最重要的源泉。尤其是故乡的河流沅水及其支流辰河,在沈从文创作生涯中更扮演了举足轻重的角色。在《我的写作和水的关系》中,沈从文这样谈到故乡的河流:"我在那条河流边住下的日子约五年。这一大堆日子中我差不多无日不与河水发生关系。走长路皆得住宿到桥边与渡头,值得回忆的哀乐人事常是湿的。""我虽然离开了那条河流,我所写的故事,却多数是水边的故事。故事中我所最满意的文章,常用船上水上作为背景,我故事中人物的性格,全为我在水边船上所见到的人物性格。我文字中一点忧郁气氛,便因为被过去十五年前南方的阴雨天气影响而来。"辰河带给沈从文经验、灵感和智慧,也给沈从文的创作带来地域色彩。正是通过这条河,沈从文把自己的创作与屈原所代表的楚文化联系在一起。两千年前,屈原曾在这条河边写下神奇瑰丽的《九歌》,沅水流域也是楚文化保留得最多的一个地区。沈从文的创作,正是生动复现了楚地的民俗、民风,写出了具有鲜明地域特色的乡土风貌。于是,在他的笔下出现了剽悍的水手、靠做水手生意谋生的吊脚楼的妓女、携带农家女私奔的兵士、开小客店的老板娘、终生漂泊的行脚人……这些底层人民的生活图景,为我们展示了一个色彩斑斓的湘西世界。湘西作为苗族和土家族世代聚居的地区,是一块尚未被儒家文化等外来文化彻底同化的土地,衡量这片土地上的生民的生存方式,也自有另一套价值规范和准则。沈从文的独特之处正在于力图以湘西本真和原初的眼光去呈现那个世界,在外人眼里,不免是新鲜而陌生的,而在沈从文的笔下,却保留了它的自在性和自足性。尽管沈从文最初向世人展示湘西世界的时候不无几分民俗展览的成分,但当他逐渐成熟之后,他的湘西便成为一个福克纳小说中"约克纳帕塔法式"的文学世界。在这个意义上,沈从文实现了他做一个"地方风景的记录人"的愿望。他以带有几分固执的"乡下人"姿态执迷地创造了乡土景观,"不管将来发展成什么局面,湘西旧社会的面貌与声音,恐惧和希望,总算在沈从文的乡土文学作品中保存了下来"。因此,他笔下的湘西世界构成了乡土地域文化的一个范本,"帮助我们懂得,地区特征是中国历史中的一股社会力量"。① 当20世纪中国文学不可避免地走向世界文学的一体化进程的时候,沈从文正是以"乡下人"的固执的目光,为我们保留了本土文化的最后的背影。

而当沈从文把目光转向"城里人"时,则或多或少减弱了几分自信心,也影响了他的判断的分寸感。贯穿他的创作始终,沈从文对都市一直没有太多的好感,他把城市文化视为一种扭曲人性的虚伪的掩饰的做作的文化,恰与湘西的自然淳朴的民风形成对比。他的都市题材大体上可以分为两类,一是写上流社会和上层家庭的无聊甚至糜烂的生活,一是嘲讽高级知识分子,如作家、学者、教授等。前者以《绅士的太太》最为有名,后者以《八骏图》为代表作品。所谓的"八骏",指的是客居青岛的大学的达士先生连同他周围的七位教授。小说追寻了达士先生的视角,使我们看到了他对七位教授的矫揉造作和虚伪变态的冷嘲热讽,然而,到了结尾,达士先生也受到了海滩上一个神秘女子的魅惑,推迟了归期,并向自己的未婚妻撒谎。原来,他自己也被置于小说叙事者的审视之中,最终仍与其他七位教授为伍。这多少有些反讽的意味,技巧自然比作者直接说话要高明得多。但由于沈从文批判的意图太过明显,讽刺的意味充斥于字里行间,最终有失分寸感。

有论者从创作心理的角度出发,称沈从文有乡下人的自卑情结,这可能触摸到了沈从文较隐秘的潜意识角落。但他的批判意识和眼光却是值得重视的,他在左翼作家以及"新感觉派"小说家之外,提供了又一种审视都市文明的姿态和立场,而且是他人无法替代的。

第二节 用诗构筑的生命牧歌

○《边城》的人类学意义　○在无奈命运下对各色人物的观照　○体现人性中庄严、健康、美丽的一面　○神话题材中的原始性内容与浪漫气质的呈现　○"文体家"的叙事艺术　○作品所显示的诗意特征

如果说早期的沈从文笔下的湘西还不乏民俗展览的色彩,那么,《边城》在1934年的出现,则标志着"湘西世界"已上升为一个具有人类学价值

---

① 金介甫:《沈从文传》,4页,北京,时事出版社,1990。

的文学世界,一个由高超想象力建构的想象的王国。

《边城》的基本情节是二男一女的小儿女的爱情框架。掌管码头的团总的两个儿子天保和傩送同时爱上了渡船老人的孙女翠翠,最终兄弟俩却一个身亡,一个出走,老人也在一个暴风雨之夜死去。这是一个具有传奇因素的悲剧故事。但沈从文没有把它单纯地处理成爱情悲剧。除了小儿女的爱情框架之外,使小说的情节容量得以拓展的还有少女和老人的故事以及翠翠的已逝母亲的故事,小说的母题也正是在这几个原型故事中得以延伸,最终容纳了现在和过去、生存和死亡、恒久与变动、天意与人为等诸种命题。此外,小说还精心设计了主要情节发生的时节——端午和中秋,充分营造了具有地域色彩的民俗环境和背景。这一切的构想最终生成了一个完整而自足的湘西世界。

笼罩在整部小说之上的是一种无奈的命运感。小说中的人物都具有淳朴、善良、美好的天性,悲剧的具体的起因似乎是一连串的误解。沈从文没有试图挖掘其深层的原因。他更倾向于把根源归为一种人事无法左右的天意,这里分明有古希腊命运悲剧的影子。但如果我们从沈从文笔下湘西世界的总体的大叙事的角度考察《边城》,则不难发现他的真正的命意在于建构一个诗意的田园牧歌世界,支撑其底蕴的是一种美好而自然的人性。他把《边城》看成是一座供奉着人性的希腊小庙,而翠翠便是这种自然人性的化身,是沈从文的理想人物。在这些理想人物的身上,闪耀着一种神性之光,既体现着人性中庄严、健康、美丽、虔诚的一面,也同时反映了沈从文身上的浪漫主义和古典主义式的情怀。正是在这个意义上,沈从文自称是"最后一个浪漫派"。这种浪漫气质在他的笔下还表现为对神话故事的追寻。他热衷的神话题材一方面积淀了原始性内容,尤其积淀了楚文化和少数民族的文化渊源;另一方面也禀赋着浓郁的浪漫气息,构成了沈从文所追求的神性的主要载体。如《月下小景》直接改写自佛经,《龙朱》写的是苗族的传说故事,《媚金·豹子·与那羊》则直接以本民族神话为题材。而在神话追求的背后,是对理想生存方式的寻找。用沈从文自己的话说,即追求一种"优美、健康、自然,而又不悖乎人性的人生形式"①。

但沈从文同时又是具有现代意识的作家,他的习用的语汇是"常"与"变"。这使他在思索湘西世界常态的一面的同时,又在反思变动的一面。他一方面试图在文本中挽留湘西的神话,另一方面已经预见到湘西世界的

---

① 沈从文:《〈习作选集〉代序》,《沈从文选集》,第5卷。

无法挽回的历史命运。从这个意义上说,《边城》正是"失乐园"的母题再现。① 小说结尾写作为小城标志的白塔在祖父死去的那个夜晚轰然圮坍。白塔显然不仅关系着小城的风水,而且已成为湘西世界的一个象征。塔的倒掉由此预示了一个田园牧歌神话的必然终结。这就是现代神话在本质上的虚构的属性。"这个诗意神话的破灭虽无西方式的剧烈的戏剧性,但却有最地道的中国式的地久天长的悲凉";沈从文的湘西世界中"沉静深远的无言之美正越来越显出超拔的价值与魅力,正越来越显示出一种难以被淹没被同化的对人类的贡献"。② 而到了他未完成的长篇小说《长河》中,牧歌的优美与隽永的旋律中,已交织了沉重与忧郁的不和谐音,这就是现代文明投射到看似自足的湘西世界上的影子。这也正是整个乡土中国的必然命运,诚如沈从文自己所说:"中国农村是崩溃了,毁灭了,为长期的混战,为土匪骚扰,为新的物质所侵入,可赞美的或可憎恶的,皆在渐渐失去了原来的型范。"③而当沈从文深入到湘西生活的内部,直面生存处境的时候,我们就看到了湘西世界更本真的一面,看到宗法制度下的悲哀与残酷,由此便"触摸到沈从文内心的沉忧隐痛",以及"那处于现代文明包围中的少数民族的孤独感"。

　　沈从文是少有的"文体家"。他对文本形式有着鲜明的自觉意识,在叙事层面寄寓着审美化冲动。写成于1930年的短篇小说《灯》便是把乡土背景和都市现实境遇结合为一体的小说,身居都市中的叙述者"我"为了打动令他倾心的女子,精心编造了一个关于"灯"的故事,故事中的老家人是淳厚质朴的乡土背景的象征。但意味深长的是小说的结尾,叙事者无意中泄露了机关:关于老家人的故事不过是一个想象化的虚构,这种叙事类似于套盒结构,套在外面的更大的盒子最终消解了讲述中的故事的旨意,从而在小说结构层面透露出沈从文笔下的湘西图景的想象化的特征。结构层面的内在张力和驾驭叙事的技巧都标志着沈从文已具备了卓然大家的素质。同年的《新与旧》也是这样一篇小说。它叙述的是一个刽子手在两个不同的历史时段价值错位的故事。小说上下两部分的开头都有"编年史"式的时间标示("光绪某年"与"民国十八年"),两个时间标示暗示着"传统"和"现代"的界分。尤其是后一个时间直接表征着小说题旨中所谓"新"的一维。

---

① 王德威:《小说中国》,257页,台北,麦田,1993。
② 李锐:《另一种纪念》,《读书》,1998年第2期。
③ 沈从文:《论中国现代创作小说》,《沈从文选集》,第5卷。

然而当沈从文把这两个时间所统领的叙事段并置在同一个文本中之后,所生成的意图却发生了偏转,新与旧的对垒被打破了,两者间价值内涵的对立也趋于消解。这使《新与旧》成为中国现代文化的一个寓言。它揭示的是一个新旧错杂的时代,对于打破决定论的线性历史观,瓦解现代的有关"进步"的整一性图景,是一个难得的文本。

沈从文的特殊贡献还有他所创造的小说文体,研究者们或概括为诗化小说,或称为抒情小说。前者强调小说文体的诗意特征,后者则注重小说中涵容的情感意绪。他的成熟时期的小说尤其善于造境,试看《边城》中写翠翠梦里听到傩送在山崖上为她唱歌一段:

> 老船夫做事累了睡了,翠翠哭倦了也睡了。翠翠不能忘记祖父所说的事情,梦中灵魂为一种美妙歌声浮起来了,仿佛轻轻的各处飘着,上了白塔,下了菜园,到了船上,又复飞蹿过悬崖半腰——去做什么呢?摘虎耳草!白日里拉船时,她仰头望着崖上那些肥大虎耳草已极熟悉。崖壁三五丈高,平时攀折不到手,这时节却可以选顶大的叶子做伞。

糅幻境、想象、联想于一体,字里行间则灌注着流动的意绪,是沈从文的抒情韵致的典范。

沈从文的散文在他的文学创作中有着不小的分量,尤其是《湘行散记》和《湘西》,是乡土牧歌的更具真实形态的部分。如果说,他的小说世界中的湘西有现代传奇的成分,那么散文则更是乡土写实,我们从中看到的,可能是更逼真的湘西世界。《湘行散记》创作于1934年,写的是沈从文离开故乡后第二次归乡途中的观感,由于观照故乡的视角和心态都发生了变化,与小说相比,读者更能体会到深沉的现实感触。同时,沈从文进一步实践着他在小说中就大量运用的夹叙夹议的笔法,在议论的部分更进退裕如地思考关于历史和生命的抽象命题。这种写法在他40年代的散文中发挥到了极致。

散文中一如既往的是沈从文的诗化文体,这种抒情诗的笔触在散文中更具一种动人的品质:

> 黑夜占领了全个河面时,还可以看到木筏上的火光,吊脚楼窗口的灯光,以及上岸下船在河岸大石间飘忽动人的火炬红光。这时节岸上船上都有人说话,吊脚楼上且有妇人在黯淡灯光下唱小曲的声音,每次唱完一支小曲时,就有人叫嚷。什么人家吊脚楼下有匹小羊叫,固执而且柔和的声音,使人听来觉得忧郁……此后固执而又柔和的声音,

将在我耳边永远不会消失。我觉得忧郁起来了。我仿佛触着了这世界上一点东西,看明白了这世界上一点东西,心里软和得很。(《鸭窠围的夜》)

流淌在文字中的是忧郁的诗情,这是沈从文把个人的一己体验投入到大千世界之中的结果,构成这种体验的底蕴的,是作家的同情和悲悯。

40年代的沈从文任职于西南联大,迎来了生命的沉潜时期,开始把"察明人类之狂妄和愚昧,与思索个人的老死痛苦"当成"伟大的事业"①。欧战的爆发更使他的思考的疆域从民族存亡上升到整个人类的成毁,上升到对人性和现代文明的反省层面。他常常端坐在一小小院落中的老槐树下,看着日影由树干枝叶间漏下,"心若有所悟,若有所契,无滓渣,少凝滞"。散文集《烛虚》正是这种沉潜思索的产物,标志着沈从文后期创作的高峰:

我需要清静,到一个绝对孤独环境里去消化消化生命中具体与抽象。最好去处是到个庙宇前小河旁边大石头上坐坐,这石头是被阳光和雨露漂白磨光了的。雨季来时上面长了些绿绒似的苔类。雨季一过,苔已干枯了,在一片未干枯苔上正开着小小蓝花白花,有细脚蜘蛛在旁边爬。河水从石罅间漱流,水中石子蚌壳都分分明明。石头旁长了一株大树,枝干苍青,叶已脱尽。我需要在这种地方,一个月或一天。我心需同外物完全隔绝,方能同"自己"重新接近。

第三节 京派文化与京派作家

○"京海"对峙和冲突与30年代中国社会的重要主题 ○深含着传统文化底蕴的"学院背景" ○文体中普遍带有的抒情性 ○萧乾 ○芦焚 ○林徽因等

"京海"的对峙和冲突是30年代中国社会的重要主题。它的一个主导层面,是乡土文明与都市文明的冲突。芦焚在40年代曾说:"中国的一切城市,不管因它本身所处的地位关系,方在繁盛或业已衰落,你总能将它们归入两类:一种是它居民的老家;另外一种——一个大旅馆。"②在芦焚眼里,

---

① 沈从文引周作人《伟大的捕风》,参见《烛虚》,《沈从文选集》,第5卷。
② 师陀:《〈马兰〉小引》,见《师陀研究资料》,75页,北京,北京出版社,1984。

上海就是这样一个大旅馆,尤其是对那些栖身于亭子间、以稿费为生的都市职业写作者而言;而北京则是"居民的老家",是心灵的故乡,是温馨的乡土。30年代的老舍,在游历了欧洲几大"历史的都城"之后,写了一篇有名的散文《想北平》:

> 就伦敦、巴黎、罗马来说,巴黎更近似北平,不过,假使让我"家住巴黎",我一定会和没有家一样的感到寂苦。巴黎,据我看,还太热闹。自然,那里也有空旷静寂的地方,可是又未免太旷;不像北平那样既复杂而又有个边际,使我能摸着——那长着红酸枣的老城墙!面向着积水潭,背后是城墙,坐在石上看水中的小蝌蚪或苇叶上的嫩蜻蜓,我可以快乐的坐一天,心中完全安适,无所求也无可怕,像小儿安睡在摇篮里。

老舍道出的正是北京的乡土特征:一是静寂安闲,有"小儿睡在摇篮里"般的家的感受,不像上海这类大都市有高速的节奏,而可以一整天坐在石上背靠城墙看风景,生活相对轻松。二是接近自然、田园与农村,有"采菊东篱下"的隐居情境,其中包含着田园牧歌般的文化价值底蕴。这些都昭示了在20世纪工业文明日渐进逼的过程中,北京的乡土背景依然可以构成文人们的心灵支撑与价值依托的基础。它是"最高贵的乡土城",是乡土中国的一个缩影。因此,京派文化在某种意义上可说是乡土文化的典型象征。沈从文的湘西世界,芦焚的果园城,废名的黄梅故乡,都可以纳入到广延化了的京派文化之中。

京派作家的学院背景,又赋予了京派文化以新的内质,即以传统文化的底蕴去对抗和融化西方文明与现代都市文明。从这个意义上说,京派文化并不完全采取保守主义的文化立场和姿态,京派的作家们也正试图用另一种方式建立现代性的文明景观。他们并不是以狭隘的心态去拒斥西方文明,但对资本主义商业文明又保持警醒和反思的立场。这一切,都作用于京派作家的文学观念和主张。一方面,他们以自由主义的姿态反对政治和意识形态对文学的干预和制约;另一方面,又以对"纯正的文学趣味"的追求,来对抗文学的商品化。在30年代的历史语境中,京派文化堪称是一种边缘化的存在,在海派三大作家群体的强大声势面前,多少显得有些微弱,但京派作家所追求的文化价值和人文理想,他们对人的尊严、对和谐生命境界的追求以及对传统文化的固守,都将穿透历史的时空,具有某种永久的启示意义。

京派作家共同的特质是他们的文体都带有一种抒情性，这可能关系到作为一个后发展的民族国家，其文学所带有的双重的文化和美学特征：一方面是现代性的焦虑，其中交织着对现代性的既追求又疑虑的困惑；另一方面则是在现代性的强大冲击下，面临本土的传统美感日渐丧失所带来的怅惘体验和挽歌情怀。京派的抒情品质和诗意正生成于这种挽歌式的意绪。正像本雅明在《普鲁斯特的形象》中说："的确有一种二元的幸福意志，一种幸福的辩证法：一是赞歌形式，一是挽歌形式；一是前所未有的极乐的高峰；一是永恒的轮回，无尽的回归太初，回归最初的幸福。在普鲁斯特看来，正是幸福的挽歌观念——我们亦可称之为伊利亚式的——将生活转化为回忆的宝藏。"在京派小说家那里，所谓的"太初"与"最初的幸福"正是生命之出发地，是本土的固有经验，是为乡土之根立传的冲动。小说家们的文化动力便来自于对本土经验的眷恋和回归的渴望，这在废名的《桥》、沈从文的《边城》、芦焚的《果园城记》等小说中都有突出的体现。沈从文以其自我宣称的"人性的希腊小庙"为他的地缘政治意义上偏僻的乡土"边城"立传，其中隐含了百年孤独式的主题。废名则干脆在假托的故乡土地上营造了一个镜花水月的桃源世界。《桥》可以看做是废名对乡土和传统文化的一次诗意的回眸。比起其他诗化小说来，《桥》中的乡土世界是一个相对完足的诗意世界，一个传统文化的乌托邦。这也是一个回溯性的世界。它呈现给我们的，亦如本雅明所说，是一种"挽歌形式"，是对传统的具有幻美特征的诗性文明的一曲挽歌。

就京派作家的具体创作而言，他们每个人都有自己相对独立的风格，彼此之间很难混淆。其中以小说著称的，除沈从文、废名之外，重要的小说家有萧乾、芦焚、林徽因等。

萧乾（1910—1999）著有短篇小说集《篱下集》《栗子》《落日》以及长篇小说《梦之谷》等。他的前期的作品值得注意的是"儿童视角"的运用。但他的儿童视角所展现的却是一个成人世界，含辛茹苦的母亲与寄人篱下的处境从一个孩子的眼睛见出，就别有一种酸楚的意味。这类作品有《篱下》《矮檐》等。同样出身于教会学校，萧乾看到的更多的是宗教的阴暗的一面，这使他的另一类宗教题材的小说不同于许地山和冰心的作品，而带有强烈的批判色彩。《皈依》《鹏程》《昙》等篇都把锋芒指向教会的伪善和冷酷，在一定程度上揭示了基督教在中国当时社会条件下与殖民主义相似的历史作用。这种图景是其他京派作家笔下不曾有过的，也使萧乾在京派作家群中有着自己的区别性的声音。

这些创作都或多或少显示出萧乾的个人成长背景对他的小说的决定性作用。这在他的长篇《梦之谷》中体现得尤为明显。《梦之谷》是一部自传体成长小说,依据的是作者自己的一次流浪和爱情经历。小说以第一人称叙述了一个18岁的北京青年只身流浪到岭东,在一家中学教国语,却深受语言隔阂之苦。在一次偶然的机缘中,"我"结识了一个也说一口纯正的国语但却有不幸遭际的"盈",两个人同病相怜,产生了爱情,在"梦之谷"中度过了一段甜蜜的日子。但美好的时光总是短暂的,姑娘后来被一劣绅霸占,一场惊心动魄的恋情遂以悲剧告终。这使《梦之谷》具有一种震撼心灵的力量,这种力量来自于男女主人公在情感丧失的过程中巨大的创痛体验,来自于它的抒情笔触所渲染的强烈的悲剧氛围。可以说,《梦之谷》是失落者所倾诉的美丽的挽歌。而"我"所经历的具有原型意味的成长模式也昭示了一个人只有经过丧失才能走向成熟的必经之旅。同时,小说中的"梦之谷"情境也唤起了读者对美好事物的集体性记忆,在作者充满诗意的笔下,两个人的幽谷仿佛是一块乐土:

> 那是一段短短的日子,然而我们配备了一切恋爱故事所应有的道具:天空星辰那阵子嵌得似乎特别密,还时有陨落的流星在夜空滑出美丽的线条。四五月里,山中花开得正旺,月亮像是分外皎洁,那棵木棉也高兴得时常摇出金属的笑音。当我们在月下坐在塘旁,把两双脚一齐垂到水里时,沁凉之外,月色像是把我们通身镀了银,日子也因之镀了银。

小说出版于1938年,在战争环境中,"梦之谷"超尘脱俗的品质与时代背景显然是格格不入的,它在文坛未引起太大的反响是很自然的。

除了沈从文和萧乾,京派作家中的另一个"乡下人"是芦焚。芦焚(1910—1988)更成熟的时期当是40年代以师陀为笔名时期,但30年代已经显示出强劲的创作势头,著有《谷》《里门拾记》《落日光》《野鸟集》等小说集。其中《谷》与曹禺的《日出》、何其芳的《画梦录》一起,获得了《大公报》文艺奖金。

沈从文之外,芦焚在京派小说家中最具才秉。他不像萧乾,把自己糅入作品,而更为超脱、冷静和客观。"他有一颗自觉的心灵,一个不愿与人为伍的艺术的性格,在拼凑,渲染,编织他的景色,作为人的活动的场所。"①他擅长以素描的技法勾勒民俗与自然风景,并在风景的衬托下刻画乡土人生百态。但他不擅工笔式的精雕细刻,而更长于刻绘木刻般的人物轮廓,最终凸显出的是一个个的人物群像,总体上构成了他的乡土世界。从这个意义上说,"乡土"才是他的真正的小说主角。这正像在后来的《果园城记》中把那失去的乐园——果园城写成主人公一样。

如果说沈从文自称"乡下人"多少是一种姿态的话,那么芦焚也自认为"乡下人"则是一种自我期许,他以"乡下人"的眼光呈示的乡土世界也因此比沈从文少了几分想象,多了几分真实。也许只有他的乡土世界才真正是原生的,"是活脱脱的现实",远离田园牧歌的拟想,而代之以中原农村的衰败与荒凉。李健吾认为芦焚的世界与《湘行散记》的作者的精神"背道而驰",可谓颇具眼光。

但芦焚的小说却有一种内在的诗意,同时正凭借这种诗意,芦焚汇入了京派小说家的大阵营。这种诗意源于他的散文化倾向,也和场景化的叙事技巧有关。而从叙事视角上看,这种诗意则可能根源于他的小说的"回溯性叙事"格局。尽管芦焚的小说在京派中最具讽刺性,但回溯性的故事讲述方式,却是一种沉湎的方式,从而把小说中的故事拉远,成为一种绵长的回声。

作为一代才女的林徽因(1904—1955)是京派中的沙龙女主人。她在中国现代文学史上的位置,多少有些像英国女作家弗吉尼亚·沃尔夫,均是名门闺秀,优越的地位和优裕的生活使她们有条件把文学真正作为独立而自由的人生与艺术理想,从而是天然的"为艺术而艺术"派。林徽因的《九十九度中》就被京派批评家李健吾看做"最富有现代性"的实验性作品,择取了溽暑的北平一天中的一个个片断场景,"其中包含着一种独特的看法,把人生看作一根合抱不来的木料"②。但尽管批评家都把《九十九度中》视为林徽因的代表作,但她更具有性别特征的作品还是描绘大家闺秀心态和体验的小说。《钟绿》《文珍》《绣绣》等篇是她的更本色的作品,渗透了小说家自己的切身体验和感悟。但沙龙的格局却最终圈囿也划定了林徽因的小说世界。

---

① 李健吾:《〈里门拾记〉——芦焚先生作》,《李健吾批评文集》,珠海,珠海出版社,1998。
② 李健吾:《〈九十九度中〉——林徽因女士作》,《李健吾批评文集》。

第四节　废名的田园小说

○特殊的风味和意境　○《桥》中小说世界的双重意义　○连贯的诗化小说的历史线索　○中国古典诗文影响的具体呈现　○玄想小说的一种类型

废名(1901—1967),原名冯文炳,字蕴仲,湖北黄梅人,1924年入北京大学英文系。读书期间开始创作,著有小说集《竹林的故事》(1925)、《桃园》(1928)、《枣》(1931)。此外,有长篇小说《莫须有先生传》《桥》(1932)等。他称得上是京派小说的鼻祖,同时又自成一家,文学史研究者更习惯称他的小说为田园小说。

废名的小说以其田园牧歌的风味和意境在中国现代小说史上别具一格。《竹林的故事》《桃园》《桥》是其中的典型代表,以未受西方文明和现代文明冲击的封建宗法制农村为背景,展示的大都是农村的老翁、妇人和小儿女的天真善良的灵魂,有一种净化心灵的力量。他的这类小说,尤其受传统隐逸文化的影响,笼罩了一种出世的色彩,同时又濡染了一种淡淡的忧郁与悲哀的气氛。因此周作人说:"废名君小说中的人物,不论老的少的,村的俏的",都在一种悲哀的空气中行动,"好像是在黄昏天气,在这时候朦胧暮色之中一切生物无生物都消失在里面,都觉得互相亲近,互相和解。在这一点上废名君的隐逸性似乎是很占了势力"。① 更能印证周作人上述论点的,是只出版了上部的长篇小说《桥》。

《桥》于1925年开始写作,前后延续了十余载,是废名的精心之作。这部小说没有总体上的情节构思和连贯的故事框架,通篇由片断性的场景构成,男主人公小林和两位女主人公琴子、细竹虽然构成了经典的三角恋爱模式,但彼此间的关系远没有《红楼梦》中宝、钗、黛三人间那么复杂,小说的每一章写的几乎都是读书作画、谈禅论诗、抚琴吹箫、吟风弄月,每一章独立成段落。这一切使《桥》逸出了经典意义上的小说成规。

《桥》的田园牧歌的情调,使人联想起陶渊明的《桃花源记》,它是在幻想里构造的一个乌托邦。……这里的田畴、山、水、树木、村庄、阴、晴、朝、夕,都有一层缥缈朦胧的色彩,似梦境又似仙境。这本书引读者走入的世界

---

① 周作人:《〈桃园〉跋》,上海,北新书局,1929。

是一个"世外桃源"。同时《桥》的世界中也有《红楼梦》和《镜花缘》的女儿国的影子。琴子和细竹的形象正是纯美的女儿国世界的象征。无论是桃花源,还是女儿国,都是东方的理想国,在这个意义上,《桥》中的具体人生世相,不过是一个乌托邦化的充满诗意的东方理想境界的象征图式。因此,《桥》中的小说世界获得了双重意义:它既是文本中的具体意境的生成,又是周作人所谓的"梦想的幻景的写相",象征了一个乌托邦梦。这种乌托邦色彩与"诗化小说"的文体是统一的。

"诗化小说"的概念可以追溯到法国象征派诗人古尔蒙在1893年提出的原则:"小说是一首诗篇,不是诗歌的小说并不存在。"从此,诗化小说作为融合了叙述方式和诗意方式的类型,在西方小说史上一直绵延不绝。而中国现代诗化小说的传统则可以说是由废名奠定的,从废名到沈从文、何其芳、冯至、汪曾祺,构成了一条连贯的诗化小说的线索。

周作人指出,废名小说独特的文体价值在于"文章之美"①。废名小说语言的精练、浓缩,正得益于古典诗词的影响。如《桥》中的文字:"一匹白马,好天气,仰天打滚,草色青青。"可以说充满了跳跃、省略和空白。废名还擅长直接引古诗入小说,如"琴子心里纳罕茶铺门口一棵大柳树,树下池塘生春草",古典诗境被移植进现代文本中,既凝练,又不隔,同时唤起了读者对遥远年代的古朴、宁静的田园风光的追溯和向往。而他的诗化文体的最突出的特色是追求意境的营造:

> 实在他自己也不知道站在那里看什么。过去的灵魂愈望愈渺茫,当前的两幅后影也随着带远了。很像一个梦境。颜色还是桥上的颜色。细竹一回头,非常惊异于这一面了,"桥下水流呜咽",仿佛立刻听见水响,望他而一笑。从此这桥就以中间为彼岸,细竹那里站住了,永瞻风采,一空倚傍。

一个普通的生活情景,在废名笔下化为一个空灵的意境,充满诗情画意,有一种出世般的彼岸色彩。

受佛教和禅宗的影响,废名的小说意境追求禅趣,有一种玄学意味。这一点在《莫须有先生传》和《莫须有先生坐飞机以后》(1947)中得到更充分的体现。废名创作这两部小说时带有几分"涉笔成书"的游戏态度:"笑骂由之,嘲人嘲己,装痴卖傻,随口捉弄今人古人,雅俗并列。"莫须有先生是

---

① 周作人:《〈枣〉和〈桥〉的序》,上海,开明书店,1932。

一个喜剧人物,颇有点儿像塞万提斯笔下的堂吉诃德,作者借助这个虚构的"莫须有先生"淋漓尽致地表达自己的哲理和玄想,使小说主人公成为废名的观念代言人:

> 莫须有先生对于花桥的桥字又那么思索着……他以为桥总是空倚傍的,令人有喜于过去之意,有畏意,决不像一条路,更不是堆砌而成像一段城池了。而就桥的门洞说则花桥下面是最美丽的建筑了,美丽便因为伟大,远出乎小孩子的尺度,而失却了莫须有先生小桥流水的意义了,故他对着桥思索着。他不知道桥者过渡之意,凡由这边过渡到那边去都叫做桥,不在乎形式。(《莫须有先生坐飞机以后·五祖寺》)

这是典型的废名文体风格,其观念的偶发性和跳跃性使读者很难追踪作者的思路。废名的玄想其实并非指向具体而明晰的观念形态,他执迷的更是一种观念的氛围和思考的意向。试图从中探寻废名所思考的系统化的观念形态是徒劳的。他的小说之所以以"晦涩"著称,最重要的原因恰在于此。废名的"莫须有先生"系列,为中国现代小说史提供了一种独特的观念小说或玄想小说的类型。

思考题

1. "乡下人"与"城里人"道德对照的文学史意义是什么?
2. 简论沈从文的文学观。
3. 京派文学的意义。

第十四章 礼拜六派的通俗小说

第一节 雅俗格局的演变

○通俗小说的历史沿革　○与新文学小说的复杂关系　○民族国家话语和市民话语的消长互动

在中国古代等级分明的文类体系中,通俗小说指的是宋元以后兴起的白话章回体小说,其对立面是文言笔记体小说。通俗小说产生了远远超过文言小说的优秀作家和优秀作品,中国古代小说的荣耀和成就大半应归功于通俗小说。到了近代,文类体系的大规模位移造成了雅俗界域的交叉混乱,文体类型对于雅俗格局的决定意义开始动摇。清末文坛最重要的现象,是小说地位的大翻身,由文学的最边缘急剧滑向正中心。雅与俗、新与旧、中与西,犬牙交错、动荡变幻。在民族革命浪潮和文学市场机制的双重语境下,通俗小说一方面追求启蒙精神、教诲色彩,另一方面又辞气浮露,迎合世俗。于是,具有现代意义的通俗小说便在清末民初之交登场了。

1912年,中华民国建立,传统的文化秩序礼崩乐坏,而强大的学院知识分子文化集团尚未形成。突然间出现了主流文化相对的"意义真空",这使得民国初年的文坛,成为通俗小说的一统天下。这一时期的通俗小说作家,后来长期被称为"鸳鸯蝴蝶派"或"礼拜六派"。鸳鸯蝴蝶派得名于这些作家经常写作缠绵悱恻的才子佳人小说,所谓"卅六鸳鸯同命鸟,一双蝴蝶可怜虫"[①],而且他们的笔名别号中往往有鸳、蝶、鹃、鹤、雏、鸾、燕等字。礼拜

---

① 该联诗句始见于晚清魏子安《花月痕》第31回,又曾见于鸳蝴派作家张春帆《九尾龟》第12回和李定夷《赏玉怨》第26回。

六派则得名于一份重要的代表性刊物《礼拜六》。该刊创办于1914年6月6日,在《〈礼拜六〉出版赘言》中,主编王钝根(1888—1950)所表达的办刊宗旨是提倡一种健康的娱乐,认为买笑觅醉等其他娱乐"不若读小说之省俭而安乐也"。《礼拜六》前后两个阶段共出了200期,内容"大抵是暴露社会的黑暗,军阀的横暴,家庭的专制,婚姻的不自由等等"①,基本上与时代思潮同步,既注重趣味和娱乐,又注重保持一种传统文人的格调。需要注意的是,礼拜六派认为自己是"雅",而新文学是"俗"。他们所标榜的趣味是"雅趣",既反对文学成为意识形态的工具,也反对文学成为诲淫诲盗的毒品。

礼拜六派并不是一个有组织的文学派别或团体,其成员以兴趣相投合,其思想随时代而迁徙。他们的文学观念既驳杂又矛盾,既有西方思潮的影响,又有陈腐道学的延续,文学主张与创作实际也往往不能一致。大体上说来,他们是文学改良派,但他们并没有系统而坚定的理论主张,他们的创作受到的是由文化市场折射过来的时代要求的间接制约,这就决定了他们的创作风貌虽然进步但不具有先锋性,虽然媚俗但又要追求高格调。这样的文学恰好能够满足大多数近现代读者既关心社会又寻觅消遣的心理需要,因此成为占据文学市场的主流读物。礼拜六派的作品以通俗小说为主,分为社会、言情、武侠、侦探、历史、宫闱、掌故、滑稽等类型。随着时代的变迁,这些类型之间进行着不断的分化组合,但总的精神是保持与世俗沟通的创作姿态和适应大多数读者审美水准的艺术风貌。鸳鸯蝴蝶派或礼拜六派虽然只是一个阶段性的存在,但这种通俗小说却伴随着中国的现代化进程一直延续下来。

礼拜六派产生于新文化运动开始之前,它本身其实也是一场自发的文学改良运动。礼拜六派宣传西洋文明,主张社会改革,提倡一种带有名士趣味的中产阶级生活观念。他们对传统社会的批判和控诉,对文学技巧的探索和创新,都已经为新文化运动的到来做好了充分的准备。新文化运动开始之后,对礼拜六派进行了严厉的攻击,以至于礼拜六派或鸳鸯蝴蝶派在文学史上长期成为一个贬义词。但是现代通俗小说并未因此而停滞萎缩,相反却经过调整综合而日益发展壮大。它的规模和影响,并不低于新文学小说。它拥有一个悠久的艺术传统,一支庞大的创作队伍,一个广阔的消费市场和数量惊人的作品。现代通俗小说不仅是大多数现代读者的实际读物,

---

① 周瘦鹃:《闲话〈礼拜六〉》,《花前新记》,南京,江苏人民出版社,1958。

而且与新文学小说之间存在着复杂的互动关联。这种关联的总和构成了现代小说的整体雅俗格局。

在现代小说的雅俗格局中,新文学小说对通俗小说的批判和利用是自觉的,而对通俗小说的借鉴和受其影响则是不自觉的。通俗小说向新文学小说学习和靠拢是自觉的,而保持自身与世俗沟通的娱乐性和晓畅性是不自觉的。二者都既有精品亦有次品,既有独创性的经典亦有模式化的雷同,它们的差别是类型上的,而不是审美等级上的。新文学是组织型文类,旨在组织民众,组织现代国家。通俗文学是非组织型文类,旨在供现代国家的民众消费。所以,新文学自居大雅的地位,对通俗文学的批判和改造都是十分严肃认真的。而通俗文学一方对此并不十分认真,他们主张平等竞争,"只要作品有进步,无论这作品是何人做的,都应该提倡,不必把新旧的界限放在心里"①。事实上,早期新文学在结构、技巧等叙事学方面得益于通俗小说甚多,越到后来,越演变成双向的交流。现代文学的雅俗格局在一定意义上可以视为民族国家话语和市民话语的消长互动。当民族国家的声音相对强大之时,通俗小说便会受到比较大的贬抑;反之,通俗小说便会兴旺繁荣。但通俗小说即使在处境艰难之时,也仍然受到广大读者的欢迎和保护。新文学所承载的先锋意识,往往是经过通俗文学的传递才成为全社会的普遍思潮。应该说,新文学小说和现代通俗小说是彼此依存,缺一不可的,二者共同组成的雅俗格局,使得20世纪的中国小说既呈现出现代化的风采,同时又蕴涵了对现代性的反省和批判。

第二节 一枝独秀的民初五年

○1912年至1917年:独居文坛中心的通俗小说　○言情小说家群体　○徐枕亚　○李定夷　○包天笑　○周瘦鹃　○天虚我生　○社会小说家群体　○李涵秋、孙玉生　○历史小说领域　○杨尘因、叶小凤　○小说与现代新闻、出版、印刷业的联姻

现代通俗小说是从1912年中华民国建立开始的。到1917年新文化运动之前的民初五年,通俗小说独居文坛中心,呈现出异常的繁荣。这种繁荣

---

① 胡寄尘:《一封曾被拒绝发表的信》,芮和师等编:《鸳鸯蝴蝶派文学资料》,181页,福州,福建人民出版社,1984。

一方面得益于晚清小说界革命所造成的小说热,另一方面得益于现代报刊业的飞速发展。而民国建立之初思想文化界的纷乱扰攘,莫衷一是,则为小说放下"启蒙"的重担,回归娱乐的本相,提供了绝好的外部环境。与其前后的晚清小说和"五四"小说相比,民初通俗小说不是理论先行的"运动"小说,所以对文本自身的兴趣远胜于对文本之外的兴趣。在对传统小说的革新改造和对西方小说的吸收借鉴上,民初五年是一个相当重要的阶段。

1912年,鸳鸯蝴蝶派的一部经典奠基作问世了,这就是徐枕亚用骈文创作的十几万字的言情小说《玉梨魂》。该书先连载于《民权报》副刊,1913年出单行本后,再版数十次,总销量达数十万册,曾被改编成话剧和拍过无声影片。这部作品揭开了现代通俗小说的序幕。

徐枕亚(1889—1937),名觉,别署东海三郎、泣珠生、青陵一蝶等,江苏常熟人。参加革命团体南社,任《民权报》编辑,还曾创办《小说丛报》。这两份报纸云集了众多鸳鸯蝴蝶派作家,发表了许多鸳鸯蝴蝶派作品,因此分别被称为鸳鸯蝴蝶派的"发祥地"和"大本营"[①]。《玉梨魂》是徐枕亚根据自己在爱情婚姻上的不幸遭遇写的中国第一部以寡妇恋爱为题材的长篇小说。书中写就教于异乡的多情才子何梦霞,客居在远亲崔家,兼做崔家小儿鹏郎的塾师。鹏郎孀居的母亲白梨影是一个资质高洁、多愁善感的才女。何白二人在诗函赠答的交往中,彼此产生了强烈的爱慕。然而二人的心中都横亘着礼教的堤防,只能望风洒泪,对月伤怀,在情与礼的交战中身心俱悴。白梨影为摆脱无奈,遂设计将受过新式教育的小姑崔筠倩许配给何梦霞。但何梦霞用情专一不移,白梨影为促成此事自戕身体,殉情而亡。崔筠倩因婚姻不能自主而抑郁寡欢,也不久病故。何梦霞遵白梨影遗嘱,东渡日本求学,后回国参加辛亥起义,战死在武昌城下,其时怀中还揣着与白梨影赠答的诗册,用殉国的方式完成了殉情。小说词句优美雅致,号称"有词皆艳,无字不香",写得缠绻缠绵,哀感动人,散发出强烈的悲情魅力,一时被誉为"千秋恨史"。不久,徐枕亚又用《玉梨魂》的题材改写成中国第一部日记体的长篇小说《雪鸿泪史》。此外还有《双鬟记》《余之妻》等作品。

《玉梨魂》的红极一时,有几个方面值得注意。

一是以骈文作小说,既不同于林纾式的古文和梁启超式的"新文体",也不同于传统白话和"五四"式的西化文体。这标志着现代通俗小说在语

[①] 参见郑逸梅:《民国旧派文艺期刊丛话·小说丛报》,魏绍昌编:《鸳鸯蝴蝶派研究资料》,380页,上海,上海文艺出版社,1984。

言上可以突破"低俗"的话本模式,不必再借用"有诗为证"来攀附高雅。以骈文做小说,唐代有张鷟的《游仙窟》,清中叶有陈球的《燕山外史》,但那主要是借小说显示才学,篇幅和影响都不大。而从《玉梨魂》开始,骈文小说形成了一个浪潮,影响到此后的通俗小说,普遍追求语言上的"装饰美"。所以现代通俗小说在语言层面上,有时比新文学小说要显得"优雅"。

二是大悲剧的结局,三个主要人物全部死去。中国古代的才子佳人小说多以大团圆收场,至晚清吴趼人的《恨海》和符霖的《禽海石》等几部作品,开始出现对悲情的偏爱。《玉梨魂》则是"蜂愁蝶怨",一悲到底。悲剧气氛与骈文语言结合起来,使言情小说融入了中国诗文的感伤传统,自然提高了其审美品位。此后的现代言情小说基本上都是以"装饰美"加"感伤美"作为其主调。悲剧结局除去审美意义外,还涉及是否能够直面人生的问题。周作人曾说:"近时流行的《玉梨魂》,虽文章很是肉麻,为鸳鸯蝴蝶派的祖师,所说的事,却可算是一个社会问题。"①"五四"时期对大团圆主义的批判以及"问题小说"的流行,实际上在民初五年已埋下了伏笔。

三是叙事技巧上十分讲究,既借鉴了西方小说的视角变换和用景物烘托人物心理的手法,又发挥了骈文本身富于意境及象征功能的特长,从晚清小说混杂矛盾的叙事状态下前进了一大步。有学者(夏志清)认为这本书的结尾,如日记之引用,叙述者之爱莫能助,苍凉景象之描述等等,都预告着鲁迅小说的来临。"五四"小说采用的许多西化技巧,实际是通俗小说成功实践的产物。

民初五年与徐枕亚并称言情小说"三鼎足"的还有吴双热、李定夷二人。吴双热(1884—1934),名光熊,字渭鱼,后改名恤,号双热,江苏常熟人。曾与徐枕亚同学,后同为《民权报》编辑。他的代表作《孽冤镜》与徐枕亚的《玉梨魂》同时在《民权报》上隔日登载。《孽冤镜》的主人公王可青迫于父命,先后两次娶巨富高官之女为妻,备受包办婚姻折磨,父母也被悍妇气死,而他自由结交的贫寒才女薛环娘却因不能与他结合,含悲病逝。最后王可青病愤交加,自缢在薛环娘的坟前。《孽冤镜》的叙事结构极为灵活,在当时具有一定的"先锋性"。吴双热另有一部《兰娘哀史》,也是著名的哀情小说。他除了擅写哀情小说外,还写有相当一批滑稽小说,如《军门之犬》《快活夫妻》和《滑稽四书演义》等。

李定夷(1889—1964),字健卿,别号墨隐庐主,江苏常州人,也曾任《民

---

① 周作人:《中国小说里的男女问题》,《每周评论》,第7期,1919-02-02。

权报》编辑。他的代表作《赏玉怨》写一对才子佳人刘绮斋、史霞卿一见钟情,彼此心许。然而史霞卿有个狠毒淫荡的继母,先将霞卿推入娼门,后又逼她另配富室。幸有侠客诛其继母,其父应允刘、史二人婚事。但忽又谣传刘绮斋覆舟丧生,史霞卿在多重刺激之下咯血而死。刘绮斋伤心欲绝,遁入空门。《赏玉怨》之后,李定夷又创作了《鸳湖潮》《美人福》《伉俪福》等。至此以徐、吴、李为代表,掀起了一股"骈四俪六,刻翠雕红,哀感顽艳"的哀情小说热潮。所谓"哀情小说",有人解释道:"这一种是专指言情小说中男女两方不能圆满完聚者而言,内中的情节要以能够使人读而下泪,算是此中圣手。"[1]民初言情小说名目繁多,诸如"苦情""怨情""惨情""奇情""幻情""侠情""谐情""趣情""艳情"……但其中以哀情为主旋律。

著名的言情小说家除了上述者外,还有包天笑、周瘦鹃、天虚我生和王钝根、严独鹤等。

包天笑(1876—1973),名公毅,字朗孙,江苏吴县人,南社成员。他既是鸳鸯蝴蝶派的重要作家,又是鸳鸯蝴蝶派的重要组织者,被称为通俗文学的"无冕之王"。他曾创编《小说时报》《小说大观》《小说画报》等许多鸳鸯蝴蝶派重要刊物,发表过一些具有指导性的文学改良主张,培养提携了一批鸳鸯蝴蝶派的作家文人。他翻译了《馨儿就学记》《苦儿流浪记》《迦茵小传》《空谷兰》等大量外国小说,创作有《碧血幕》《琼岛仙葩》《上海春秋》《留芳记》等各种类型的作品。他的著名短篇《一缕麻》写一位新旧教育都出人头地的美女,本来与一个风雅才子相恋,却迫于家庭"门当户对"的要求,嫁给了一个傻子。她结婚次日患了白喉症,傻子不怕传染,悉心照料。待她病愈康复,傻子却染疾身亡。她披麻挂孝,感激流泪,甘为傻子守节,长斋礼佛。包天笑作品的思想比较复杂,对旧事物既有批判又有留恋,对新事物既有向往又有疑惧,这也正是鸳鸯蝴蝶派的整体风格特点。

周瘦鹃(1894—1968),原名祖福,字国贤,别署紫罗兰庵主人,原籍江苏吴县,生于上海,出身贫寒,以勤奋写作成为著名作家,自称"文字劳工"。主编过《申报·自由谈》《礼拜六》《半月》《紫罗兰》等,翻译过《福尔摩斯侦探案全集》《亚森罗苹案全集》《欧美名家侦探小说大观》《欧美名家短篇小说丛刊》等,得到当时主持通俗教育研究会的鲁迅的褒奖称赞:"用心颇为恳挚,不仅志在娱悦俗人之耳目,足为近来译事之光……固亦昏夜之微光,

---

[1] 许廑父:《言情小说谈》(一),芮和师等编:《鸳鸯蝴蝶派文学资料》,39页。

鸡群之鸣鹤矣。"①周瘦鹃的创作,体裁多,数量大,尤其爱写哀情小说,比之徐、吴、李"三鼎足"还要后来居上,更胜一筹,因此被称为"哀情巨子"。他的《恨不相逢未嫁时》写一位画家遇到了理想中的绝色美人,而女方却身受包办婚姻的束缚,在婆家倍遭虐待,后来又随凶暴的丈夫远去他方,临行前二人对泣悲叹:"恨不相逢未嫁时。"《此恨绵绵无绝期》以女主人公的第一人称口吻写其丈夫在辛亥革命中身受重伤,不久于人世。丈夫有一好友,才貌俱佳,钟情于女主人公,丈夫有意从中撮合。但女主人公的爱情专注于丈夫一身,谢绝了好友的诚意,最后丈夫死去,女主人公陷入无边的哀伤。周瘦鹃的作品带有爱情至上的理想主义色彩,有时情节上显露出图解观念的痕迹,但由于他写得一往情深,文笔流丽隽雅,又十分讲究结构技巧,因此能够独树一帜,曾被称为"是当今青年小说家中最负时誉的一个人"②。除哀情小说之外,周瘦鹃的"爱国小说"和社会小说也有一定成就。

天虚我生(1879—1940),本名陈蝶仙,杭州人,曾任《申报·自由谈》主编,翻译过一批侦探小说,创作以言情小说为主。他的名篇《玉田恨史》除首尾两段外,通篇是一个女子的独白。女主人公出嫁后,与丈夫伉俪甚笃,婆母一家也都待她甚好。小说细致委婉地写出了夫妇二人以心换心、无微不至的真情。写丈夫异地求学,夫妻两地相思之缠绵,写小别重逢之欢悦,写丈夫猝死之巨痛,乃至写主人公求死之心,恍惚之情,都真切动人。小说的心理描摹相当出色,既赞美了建立在爱情基础上的夫妻关系,又批判了割肉疗亲等迷信观念。能够打破伦常观念来写夫妇情感,是哀情小说的历史进步。

这些早期鸳鸯蝴蝶派创作,既有商业化的一面,又有严肃认真、精益求精的一面。作家们往往将自己的小说视为"文章",不仅以此来展示才学,而且以此来自我表现。他们的许多作品都有生活"原型",甚至就来自作家自己的身世。这些言情小说在当时的历史条件下,已经比较深地触动了封建婚姻问题,并且将具有现代意义的爱情观念引入中国。鸳鸯蝴蝶派作家推崇爱情至上,表达平民思想,讲究"国家"观念,这些都是中国小说现代化的第一步。

民初五年除了言情小说之外,延续晚清传统的社会小说也有一定成就。李涵秋(1874—1923),名应漳,江苏扬州人。他的《广陵潮》是一部百万字的巨著,从1909年写到1919年,通过主人公云麟的感情经历,广泛展示了从鸦片战争到"五四"之前的中国社会变迁和思潮,塑造了一组时代激流中

---

① 鲁迅:《〈欧美名家短篇小说丛刊〉评语》,《教育公报》,第15期,1917-11-30。
② 严芙荪:《周瘦鹃》,魏绍昌编:《鸳鸯蝴蝶派研究资料》(史料部分),457页。

的典型人物。该书结构庞大,人物鲜明,语言生动,具有很高的文学价值和社会史价值。在其影响下,出现了许多以"潮"字命名的小说,如海上说梦人的《歇浦潮》,网蛛生的《人海潮》等。孙玉声(1863—1939),即海上漱石生,在清末写成了一百回的《海上繁华梦》,民初又写了一百回的《续海上繁华梦》。该书以妓院风光为主,广泛描写了上海作为一个消费社会纸醉金迷的各个方面,在当时影响很大,"年必再版,所销不知几十万册"。

在社会小说领域,这时还出现了"黑幕小说"的始作俑者,即平江不肖生的《留东外史》。小说主要描写了民初留日学生的风流游乐生活,既有展示,也有批判。平江不肖生后来主要创作武侠小说。

在历史小说领域,杨尘因的《新华春梦记》是揭露袁世凯复辟丑剧的,发表于袁死之后仅数月,颇受欢迎。叶小凤的《古戍寒笳记》写明末清初抗清斗争,在历史的背景上融入武侠色彩,语言劲健,格调悲壮,寄寓了一个失意英雄的现实感慨,对以后的历史小说和武侠小说产生了一定的影响。

鸳鸯蝴蝶派作家的短篇小说从题材到形式都已呈现出现代气息。主要短篇集有徐枕亚的《枕亚浪墨》、刘铁冷的《铁冷碎墨》等。这些小说广泛运用倒叙、插叙和人称变换等新式手法,可以说在技术上为"五四"小说的诞生做好了全面的准备。总之,民初五年的通俗小说类型齐全,无论思想观念还是叙述技巧都比晚清前进了一大步,尤其是借助与现代新闻、出版、印刷业的联姻,插上了商业化的翅膀,因此得以一枝独秀,格外繁荣。

第三节　面向现代观念的调整

〇在新文学的压力下被迫调整审美趣味　〇由哀情主调向多种旋律的转变　〇与新文学的有限交锋　〇"大规模描写中国社会"的艺术气魄对新文学社会剖析小说的渗透与影响　〇演变中的创作　〇毕倚虹、江红蕉〇张恨水　〇武侠小说的恢复生机和逐步类型化　〇平江不肖生　〇赵焕亭、姚民哀　〇程小青等

民初通俗小说正在兴旺繁荣之时,新文化运动开始了。新文学作家首先将通俗小说作为攻击的目标。通俗小说界一方面不擅长理论攻防,另一方面也的确存在新文学所攻击的许多事实,因此礼拜六派的作家们只好在我行我素地以创作实绩表明自己的生命力的同时,自觉不自觉地进行艺术调整。在整个20年代,通俗小说在文学市场上的实际影响仍然是大于新文学的。

通俗小说的调整首先表现在言情小说由哀情主调向多种旋律的转变。例如周瘦鹃在1914年至1916年的《礼拜六》前100期所发表的作品，主要是凄惨哀伤的爱情悲剧。而在1921年至1923年的《礼拜六》后100期所发表的作品，不但增加了很多社会问题的内容，而且结局也有许多比较完满的。如《十年守寡》写主人公再嫁，《真》写一对情侣分而复合。严独鹤（1889—1968）的小说不但寓意深刻，而且构思精妙。他的《月夜箫声》通过主人公三次听箫，既写出了吹箫女的悲凉命运，又折射出辛亥革命前后的社会变迁。他的《红》是《红》杂志创刊的点题之作，写一个艺名"客串红"的演员男扮女装，利用精湛的演技实施复仇计划，戏中套戏，将一个"红"字点染得十分精彩。在语言方面，包天笑在1917年1月就在《小说画报》创刊号上提出"小说以白话为正宗"。此时更受新文化运动影响，通俗小说普遍采用白话，徐、吴、李式的骈四俪六体告一段落。

针对新文学界对"黑幕小说"的批判，礼拜六派进行了一定的回击。他们认为新文学的《沉沦》等作品才是"黑幕小说"。这实质上是两派文学家对"黑幕"的理解不同。新文学家认为"黑幕"的本质在于趣味主义的文学观，展示丑行而不加批判，如李定夷1920年出版的《新上海现形记》，即为二十多起骗局的简单拼凑。通俗小说家更多从道德角度来考虑"黑幕"，认为不应该描写有违传统伦理的内容。礼拜六派的小说一般都回避性描写，他们认为新文学中的性描写是诲淫诲盗。而新文学家则认为自己的性描写是反封建的艺术必需。"黑幕小说"的发达实际上与新闻自由和社会的民主进步有一定关系。单纯暴露隐私的作品有时会使人反感，但"黑幕小说""揭秘发微"的功能往往在其他类型的小说中表现出来。

调整期重要的社会小说，除了李涵秋的《广陵潮》还在继续连载外，晚清"花界小说"《九尾龟》的作者张春帆（1872—1935）又在1925年开始续写了该书的后十二回。此外，包天笑的《上海春秋》，毕倚虹的《人间地狱》，江红蕉的《交易所现形记》，叶小凤的《如此京华》，程瞻庐的《茶寮小史》以及平襟亚的《人海潮》，海上说梦人的《歇浦潮》《新歇浦潮》，都影响较大。这些小说视野比较开阔，表现出一种"大规模描写中国社会"的气魄，对新文学的社会剖析小说具有相当的影响。

毕倚虹（1892—1926），名振达，号几庵，别署清波、婆娑生，江苏仪征人。生于官宦世家，16岁时即任兵部郎中。辛亥革命后弃政从文。曾以"春明逐客"的笔名写过《十年回首》。1922年1月至1924年5月，他在周瘦鹃所编的《申报》副刊"自由谈"上连载《人间地狱》，反响热烈，甚至被誉为"文坛唯一健将""今之小说无敌手"。该书"以海上娼家为背景,以三五名士为线索",将传统的"狭邪小说"题材人情化,突出描写士与妓之间的纯情。书中的人物大多都有原型,写得言行鲜明,栩栩如生。该书的独特意义一是从全社会的角度将青楼看做"人间相"的具体展示,二是从"人"的角度来看待妓女,这样的思想观念在当时是相当可贵的。

江红蕉(1898—1972),江苏苏州人。受包天笑和毕倚虹等人的影响和鼓励,从事小说创作。他的言情小说大多"秀丽有致",结局和美。1922年至1923年,他在《星期》上连载《交易所现形记》,详细描写了上海金融界的内幕,带有一定的"黑幕"色彩。小说中的投机商以造谣诈骗起家,彼此倾轧、出卖,唯利是图,丑恶糜烂。该书对后来茅盾的《子夜》有一定的影响,具有社会资料史的价值。

包天笑的《上海春秋》,海上说梦人(朱瘦菊)的《歇浦潮》、《新歇浦潮》,网蛛生(平襟亚)的《人海潮》,都是以上海为背景的长篇社会小说。它们穷形尽相地描摹了这个中国第一现代化大都会的生活百态,不仅具有保存历史记忆的价值,而且其旁观的叙事距离,写实的叙事笔法,都对后代作家具有重要的参考意义。

通俗小说的调整除了表现在语言技法方面外,在创作阵容上也不断推出新人。新作家能够带来新的知识结构和艺术眼光,使得通俗小说与时俱进,适应现代社会的需要。张恨水就是新一代通俗小说家中的佼佼者,他与包天笑、李涵秋、徐枕亚、周瘦鹃被并称为鸳鸯蝴蝶派的"五虎将"。

张恨水(1895—1967),原名心远,祖籍安徽潜山。自幼博览群书,喜爱文学。1918年任《皖江日报》总编辑,开始发表小说作品。"五四"运动后到北京任多家报社的编辑记者。1924年4月,张恨水在《世界晚报》开始连载百万字的巨著《春明外史》,在读者中产生了轰动效应,成为著名作家。《春明外史》以新闻记者杨杏园为主人公,以他与妓女梨云和才女李冬青的恋爱悲剧为中心,广泛揭示了北京文化界、商业界、娱乐界的生活真相。作者自称"用做《红楼梦》的办法,来做《儒林外史》"[①]。张恨水的文笔典雅,注意刻画人物性格,对西方小说的景物描写和心理描写多有借用,他立志要做一个通俗小说的改革派,并为此投入了大量的思考和探索。当《春明外史》还在连载之时,他又于1927年2月开始在《世界日报》连载另一部百万

---

① 张恨水:《我的小说过程》,张占国、魏守忠编:《张恨水研究资料》,274页,天津,天津人民出版社,1986。

字的长篇《金粉世家》，从而奠定了他一流小说家的地位。《金粉世家》以宦门公子金燕西与平民女子冷清秋从婚恋到离散的过程为主线，以一个总理的大家庭为描写核心，开启了现代文学"封建大家庭批判"题材的先河。它结构匀称，人物和情节都经过先行的整体构思，使用了大量的内心独白和景物衬托，这些都对此后的新文学和通俗文学的社会小说产生了很大影响。

通俗小说在调整过程中，一方面学习西方小说的新式技法，另一方面则保持和发扬自己的特长，这突出表现在武侠小说方面。

武侠小说自从晚清的《三侠五义》以来，几十年间没有佳作问世。到了民初五年之后，才渐渐恢复生机。1923年，终于产生了几部重要的武侠小说：平江不肖生的《江湖奇侠传》、赵焕亭的《奇侠精忠传》、姚民哀的《山东响马传》。这几部作品在创作界和读书界掀起了持久不衰的武侠小说热潮，并初步奠定了现代武侠小说的艺术风貌。

平江不肖生(1890—1957)，本名向恺然，湖南平江人。曾两度去日本，参加过"讨袁"等革命活动。1916年的"黑幕小说"《留东外史》使他成为知名小说家。而1923年1月在《红》杂志发表的《江湖奇侠传》则轰动到难以想象的地步。该书"以湖南省平江、浏阳交界地居民争夺赵家坪之归属问题为主线，以昆仑、崆峒两派剑侠分头参与助拳为纬，带出无数紧张热闹生动有趣的故事情节"。书中许多故事都有真实来源，但作者加以夸大渲染，并添加了飞剑道术等奇幻成分，带有"神怪武侠小说"的色彩。全书新旧杂糅，结构也比较混乱。但是书中创作的相对自由的江湖世界和人物的高超技击能力，深深吸引了读者。《江湖奇侠传》十几年畅销不衰，根据其部分情节改编的多集电影《火烧红莲寺》也名扬一时。同年6月，平江不肖生还在《侦探世界》上连载了另一部武侠小说《近代侠义英雄传》，以大刀王五和霍元甲为主要人物，将侠义与民族尊严结合起来，在武功描写上则比较注重写实性与科学性，提出了武功分"内家"和"外家"等武学理论，结构也相对完整。平江不肖生还有《江湖怪异传》等十几部长篇武侠小说，他的短篇武侠小说从艺术上说写得更加精彩，带有一定的"乡土小说"味。由于对武侠小说的巨大影响和贡献，平江不肖生被尊为现代武侠小说的鼻祖。

赵焕亭(1877—1951)，原名绂章，河北玉田人。他的《奇侠精忠传》以清代的平乱故事为题材，穿插了许多趣闻逸事。他采用说书人的叙述技法和方言土语，使作品诙谐生动。他的著名作品还有《大侠殷一官佚事》《英雄走国记》等。在武学理论上，他除了与平江不肖生一样强调"内力""罡气"外，还将所有技击腾挪修炼之术统称为"武功"，成为武侠小说的一个核心术语。在 20 年代的武侠小说界,赵焕亭的声誉仅次于平江不肖生,他们被并称为"南向北赵"。

姚民哀(1894—1938),江苏常熟人。南社成员,擅长说书。他的《山东响马传》是以 1923 年 5 月发生的"临城劫车案"为素材写成的融纪实性与传奇性为一体的武侠小说。姚民哀常年奔走各地,熟知江湖社会掌故,知识渊博,擅长溯源辨流,娓娓道来。他将各种下层社会组织当做一个整体来细致描写,从而形成一种独特的"会党小说",被称为"帮会武侠之祖"。

向、赵、姚等人的武侠小说,恢复了侠的自由精神,建立了一套武学术语,采用了许多新式技巧,从而促进了武侠小说的类型化,使武侠小说渐渐成为通俗小说的主力之一。

通俗小说中的侦探小说是从西方引进的。晚清和民初,《福尔摩斯探案》等作品得到大量的译介。许多中国作家也开始尝试。比较有成就的是程小青、孙了红、俞天愤、陆澹安、张碧梧、赵苕狂等。

程小青(1893—1976),原名青心,别署茧庐。祖籍安徽安庆,生于上海。因家贫靠自学成才。几十年投身于侦探小说的翻译创作和理论探索。从 1914 年开始写作"霍桑探案"系列,仿效英国作家柯南道尔的"福尔摩斯—华生"模式,以"霍桑—包朗"模式展开了一个侦探世界。程小青的作品布局严谨,格调严肃,塑造了一位正直高尚、敏锐智慧的大侦探霍桑的形象,在读者中吸引了一大批"霍桑迷"。名篇有《江南燕》《案中案》《怪房客》《险婚姻》等。1998 年,国家追授程小青侦探小说"终身贡献奖"。

侦探小说作家大多有自己的侦探系列。如孙了红笔下的鲁平、陆澹安笔下的李飞、张碧梧笔下的宋悟奇、赵苕狂笔下的胡闲等,都较受读者欢迎。侦探小说对作家的专门化技巧要求很高,许多作家难以长期坚持。1923 年 6 月,第一个侦探文学期刊《侦探世界》创刊,但办满一年 24 期后便因稿荒停刊。只有程小青和孙了红坚持创作下去。

历史类作品这一时期有蔡东藩的《历朝通俗演义》《西太后演义》,许啸天的《清宫十三朝演义》和包天笑的《留芳记》等,往往拘泥于史实而文笔不够生动,有时又带有新闻体的色彩。短篇小说在这时向类型化、风格化发展,如张舍我擅写"问题小说",徐卓呆擅写滑稽小说,何海鸣擅写"倡门小说"等。

通俗小说界在组织形式上没有像新文学中的文学研究会、创造社那样的严密团体,他们有两个成员交叉、组织松散的社团,即 1922 年 7 月成立于上海的青社和 1922 年 8 月成立于苏州的星社。两社都没有宣言、章程和正式的机关刊物。通俗小说就在这种顺其自然的默默努力中,走向它的中兴。

第四节　与新文学比翼齐飞

○在"文艺大众化"旗帜下的某种"合流"迹象　○主题的现代性在30年代的呈现　○"南向北赵"的影响仍在延续　○武侠小说后期的"五大家"　○抗战条件下的现代通俗小说

通俗小说在新文学的批判和排挤下,不但没有灭绝萎缩,反而进一步明确了自己的艺术定位,稳步扩大了自己的创作阵容和阅读市场。这使得新文学开始反思自身的立场和姿态。从1930年起,新文学界连续开展了三次文艺大众化的讨论,在创作上也明显增加可读性,并在长篇小说领域取得了大面积的丰收。与此同时,通俗小说也走向成熟,与新文学一起构成了30年代现代文学的整体繁荣。

在社会言情小说领域,张恨水(1895—1967)成为最负声望的小说大家。1929年,他应上海《新闻报》副刊主编严独鹤之邀,精心创作了一部《啼笑因缘》,迅即风靡全国,妇孺皆知。小说写富家子弟樊家树在北京天桥结识了天真美丽的鼓书女郎沈凤喜,他决心打破门第观念,与沈凤喜建立平等的爱情关系。容貌酷似沈凤喜的豪门小姐何丽娜也在追求樊家树,而樊家树鄙视她的浮华奢靡。正当樊家树资助沈凤喜读书自立,二人情好日笃之时,沈凤喜却在樊家树回乡探母期间,被刘将军威逼利诱娶走。樊家树在侠客关寿峰、关秀姑父女的帮助下,约沈凤喜逃走,却被爱慕虚荣的沈当面拒绝。后来,沈凤喜被刘将军摧残致疯。关氏父女救出被绑架的樊家树,并撮合他与放弃了奢华生活的何丽娜结合。小说的基本故事框架是常见的多角恋爱,即樊家树在沈、何、关三位各具特色的女子之间的感情经历。但张恨水一是写出了波澜起伏、引人入胜的故事情节,二是突出了人道主义的平等观念和揭露社会黑暗的主题,三是塑造了一组性格鲜明、具有一定典型意义的人物形象。因此这部只有二十多万字的作品胜过了许多百万言的巨著,成为通俗小说中的一流精品。该书多次被改编成各种电影戏剧和曲艺形式,它与徐枕亚的《玉梨魂》、李涵秋的《广陵潮》、平江不肖生的《江湖奇侠传》被合称为礼拜六派的"四大说部"。

从《啼笑因缘》开始,张恨水有意识地加快了改良通俗小说的步伐。30年代是他创作的多产期,他连续创作了反映西北人民苦难生活的《燕归来》,反映伦理观念冲突的《现代青年》,反映东北抗战斗争的《东北四连长》,反映下层人民苦难的《夜深沉》等作品。他的创作态度日趋严肃,既注重思想主题的现代性,又力图在艺术形式上翻新求变。张恨水的努力为现代通俗小说开辟了一条明朗而又艰辛的道路。

30年代声望仅次于张恨水的社会言情小说家是身居天津的刘云若(1903—1950)。他本名兆熊,曾任《北洋画报》编辑、《商报画刊》主撰等职。1930年任《天风报》副刊主编时,发表长篇处女作《春风回梦记》,一举成名,此后连续推出代表作《红杏出墙记》等数十部作品。因其小说以描写天津世态为主,文笔酣畅,摇曳多姿,故有"天津张恨水"之誉。"与张恨水作品比较,他不甚关注笔下人物存在的历史维度,而特别注意在情节冲突所展现的情境中,去描绘主人公们的主观情绪和心态流变。"①刘云若塑造了一系列的"至性人",既注重人物命运的悲欢离合,又能使不同人物的性格彼此映衬搭配,为通俗小说的人物塑造提供了宝贵的经验。

著名的社会言情小说作家还有北京的陈慎言(1887—1957)和上海的王小逸(1895—?)等,他们均是20年代进入文坛,到30年代成为通俗小说阵营的实力新锐。

武侠小说除了"南向北赵"的影响仍在延续外,姚民哀的"会党武侠小说"也越来越独具魅力。他的《四海群龙记》《箬帽山王》等作品,视野开阔,掌故丰富,将惊险的武侠传奇与神秘的会党历史结合起来,既具有纪实性的资料价值,又开拓了武侠小说的一个新领域。他还开创了"连环格"的写法,让多部小说的人物情节彼此补充照应,形成一个总的体系。这些都对后来的武侠小说创作产生了深远的影响。

此时,武侠小说界又出现了曾一度与向、赵、姚齐名的顾明道(1897—1944)。1928年,顾明道创作了侠情小说《荒江女侠》,将武侠和情爱融为一体。书中主人公方玉琴和岳剑秋,不仅是一对除暴安良的好搭档,二人于出生入死中更经历了种种缠绵、误会,最后琴剑和谐,结成美眷。此书的轰动程度直追平江不肖生的《江湖奇侠传》,曾被改编为13集电影和其他艺术形式。顾明道将武侠、言情、冒险和爱国熔为一炉的写作方式,也对后来的武侠小说产生了深刻的影响。顾明道还有《怪侠》《草莽奇人传》《国难家仇》等重要作品,他的短篇言情小说也有一定成就。把武侠与历史结合起来的是以"碧血丹心"系列闻名的文公直(1898—?)。他从1928年始,陆续创作了《碧血丹心大侠传》《碧血丹心于公传》和《碧血丹心平藩传》,以明代忠臣于

---

① 刘扬体:《流变中的流派——"鸳鸯蝴蝶派"新论》,190页,北京,中国文联出版公司,1997。

谦的事迹为主线，借古寓今，张扬中华民族的侠烈精神，文字沉雄，描写战场厮杀条理清晰，其思想境界和创作姿态在武侠小说中都是比较高的。

向、赵、顾、姚等人代表了20世纪旧派武侠小说前期的成就。旧派武侠小说的后期，出现了成就更大的"五大家"，其中成名最早的是还珠楼主。

还珠楼主（1902—1961），原名李善基，后名李寿民、李红。生于四川长寿县书香世家，自幼熏浸于旧学，博览佛道典籍，兼习武术气功。半生漂泊，经历坎坷。1932年，他在天津《天风报》开始连载《蜀山剑侠传》，后由励力出版社逐集出版，一直写到1949年尚未终卷。该书融神话、志怪、剑仙、武侠为一体，创造了一个表面看来荒诞不经，实际上高度综合了中国传统文化，深含普遍哲理，自成逻辑体系的宏伟的艺术世界。小说中的剑仙们几乎无所不能，他们操纵着各式各样的类似高科技武器的法宝，这里表现出人类战胜自然、战胜死亡的强烈愿望和对人体潜能、人类智慧的自信求索。小说针对国土沦丧的现实，突出正邪两道的斗法，弘扬人道主义的正气，文笔汪洋恣肆，尤其擅长大段的自然风光描写，绚烂雄奇，并处处体现出渊博的学识。小说的缺点是篇幅过长，结构不够讲究，人物性格也欠丰满。还珠楼主的文化精神、超人想象，极大提高了武侠小说的艺术品位，以后的武侠小说作家几乎都受到了他的影响。还珠楼主的重要作品还有《青城十九侠》《云海争奇记》《蛮荒侠隐》《峨嵋七矮》等，因大多与《蜀山剑侠传》有关，被称为"蜀山系列"。

相对于社会言情小说和武侠小说的兴盛，30年代的侦探小说没有明显的突破，只有一份名为《福尔摩斯》的小报和程小青、孙了红等少数专门作家。滑稽小说较好的作品南有程瞻庐（约1881—1943）的《唐祝文周四杰传》，北有耿小的（1907—1994）的《五里雾》。历史小说有张恂子、张恂九父子分别写的《红羊豪侠传》和《神秘的上海》等。短篇小说在叙事模式上已经与新文学小说十分接近，向恺然、姚民哀、徐卓呆等人的短篇都很耐读。现代通俗小说发展到抗战前夕，经过艰辛的调整，一方面出现了可喜的中兴，另一方面也进一步暴露出固有的局限，于是便产生了与新文学大幅度融合的客观需求，这一需求在抗战的条件下，转化成了现实。

思考题

1. 雅俗格局演变的历史原因。
2. 民初五年小说的基本概貌及其特点。
3. 调整期社会小说有哪些变化？

下 编

(1937.7—1949)

第十五章　战争时代文学的书写和选择

第一节　战争背景下的文学思潮及论争

○现代化进程的断裂与值得注意的文学思潮动向　○文艺与政治关系问题的突出与紧张化　○几次重要的论争　○在不同区域的渗透及纵横交错的历史线索

从 1937 年 7 月 7 日卢沟桥事变到 1949 年 10 月 1 日新中国成立,整整 12 年时间中国都处在战争时代。此时,"历史的强行进入"打断了现代文学原有的进程,家国离散、时代的颠沛流离、文化中心的散落和重新聚合、作家和战争现实的关系,这些都极大地规定着战争时代文学的走势和抉择,并造成这一时期文学气候的转换。在这种特殊的背景下,这一时期的文学思潮显得极为纷繁复杂:一方面,它包含有"五四"文学革命以来延续的基本主题,如关于文艺大众化和民族形式的论争,关于文艺与政治的关系的论争等等;另一方面,由于处在战争背景下,它又表现出不同的情势。不过,从整体上来看,可以分为三种:第一种是 30 年代末和 40 年代初对通俗化和民族形式的论争,这体现了现代文学"感时忧国"的传统,在抗战的压力下文学对自身责任的反省,以及"五四"时期民粹主义的发展;第二种是对梁实秋的"与抗战无关"、沈从文的"反对作家从政"、朱光潜等人的自由主义文艺思想的批判和论争,由《清明前后》《芳草天涯》两剧的讨论所引起的对创作"非政治化"倾向的批判,以及延安文艺整风期间对王实味的文艺观的批判等,文艺与政治的关系问题构成现代文学发展的两种理路,在 40 年代抗战及政权相争中显得尤为敏感和复杂,而且,随着政治形势的变化,论战方式也逐渐由个人意气、观点之争转为有组织的意识形态批判和"清算";第三种是关于现实主义和"主观"问题的论争,这关乎40年代小说美学和作家对现实的姿态,胡风坚持和重释了"五四"传统,但最终被毛泽东的《在延安文艺座谈会上的讲话》所引导的创作方法和美学趣味所淹没。此外,在沦陷区中,还有"写实主义"、乡土文学等论战和文学通俗化运动。

战争时代文学思潮纷争的引子似乎应当从"两个口号"之争开始。1936年3月,"左翼作家联盟"解散。同年6月,"中国文艺家协会"成立,并提出"国防文学"口号;稍后,有鲁迅参与的"中国文艺工作者协会"提出"民族革命战争的大众文学"口号。这两个口号除了所来自的理论资源不同、侧重点稍有不同外,其实质都是指向文学上的抗日统一战线,所以很难了解"口号"之争发生的真实原因。从现有的资料来看,很可能是由于中国共产党领导下的左翼作家和鲁迅的意气之争。但不管怎么样,论争最终使人们达成建立统一战线的共识(1938年3月,"中华全国文艺界抗敌协会"成立),并且促使两位理论新人出头:胡风和周扬。周扬原名周起应,湖南人,他执行共产党的文艺政策,并借鉴苏联文学的经验提出"国防文学"口号。胡风原名张光人,湖北人,他是鲁迅晚年的朋友和弟子,这次"民族革命战争的大众文学"口号即由他在《人民大众向文学要求什么》一文中公之于众。不久,周扬即赴延安,后来成为中国共产党文艺政策的代言人。在以后的论战中,两人所代表的作家群体还有多次交锋。

第一场是关于"与抗战无关"的争论。1938年12月,梁实秋在《中央日报》副刊《平明》上发表《编者的话》①,重提了他的"为艺术而艺术"的观点,并特别提出"与抗战有关的材料我们最为欢迎,但是与抗战无关的材料,只要真实流畅,也是好的……至于空洞的'抗战八股',那是对谁也没有益处的"。其后老舍代表"文协"写了一封未发出的公开信,指责梁实秋"态度轻佻,出语攛薄",认为"此种玩弄笔墨之风气一开","行将""有碍抗战文艺之发展",指出"目前一切,必须与抗战有关"。② 罗荪、宋之的、巴人等也发表文章进行批评。梁实秋认为这些文章是"人身攻击",不再应答,但在其主编的《平明》上发表了许多"谈酒说梦"的文章。1939年,沈从

---

① 载《中央日报》,1938-12-01。
② 老舍:《"文协"给〈中央日报〉的公开信》,《中华全国文艺界抗敌协会资料汇编》,成都,四川社会科学院出版社,1983。

文发表《一般或特殊》①,批评"一切文学都是宣传"的观点,后又发表《文学运动的重造》②,指出文学"堕落"的原因一是商业性二是政治性,疾呼把文学"从'商场'和官场解放出来,再度成为'学术'一部分"。罗荪、张天翼、郭沫若等人批判沈从文曲解了文学与宣传、文学与政治的关系。郭沫若在谈到沈从文反对"作家从政"时说:"不能笼统地谈反对从政,要分析政的性质",把"在抗战期间作家以他的文笔活动来动员大众","目之为'从政'","简直是一种污蔑"。③1940年,朱光潜发表《流行文学三弊》④,提倡"距离美学说",认为文学和现实是有一定距离的,文学家正如"看戏"。而在《文学上的低级趣味》一文中,他指出"如果想有比较伟大的前途,就必须作家们多效忠于艺术本身"。冯雪峰批评说,这样的作家"将从此走出了所谓的人生,也走出了艺术"⑤。1942年,施蛰存发表《文学之贫困》⑥,指出抗战文学之"贫困",并把文学分为"一般文学"和"纯文学",而现在文学愈来愈"纯","愈'纯'则愈贫困"。参与论争的还有郭沫若、茅盾、陈白尘等人。郭沫若指出文学需宽裕的环境才能不"贫困",茅盾指出以学术分科来当做文学分类标准和判断文学是否"贫困"是不科学的。此后,"与抗战无关"及"为艺术而艺术"的论争稍为平寂,但仍然时有泛起,一直延续到中华人民共和国成立前夕。其实,关于"为艺术而艺术"的论争在二三十年代早有涉及,只是在战争背景下,文学如何承担对于这个时代的责任?为人生还是为艺术?这一问题对每一个作家来说都是两难的,只是由于个人喜好不同、立场各异,又兼以时代的焦虑将这一问题凸显在作家面前,他们也选择了不同的尺度和姿态。

1938年,张天翼发表讽刺小说《华威先生》,讽刺了抗战阵营上层中以"领导抗战"为名抢班夺权的"抗战"官僚。这篇小说被日本翻译后,引起轩然大波,从而导致了关于"暴露与讽刺"的论争。有人认为暴露抗战阵营的黑暗和丑陋只会有利于敌人,也有人认为文学在反映抗战时必须同时改造旧社会和民族性,论争双方立场不一。其后又发生了关于"战国策"派的"民族主义文学"的论争。1940年,陈铨、林同济、雷海宗等人在昆明创办

---

① 沈从文:《一般或特殊》,《今日评论》,第1卷第4期,5—7页,1939-01-22。
② 沈从文:《文学运动的重造》,《文艺先锋》,第1卷第2期,3—6页,1942-10-25。
③ 郭沫若:《新文艺的使命》,《新华日报》,1943-03-27。
④ 朱光潜:《流行文学三弊》,《战国策》,1940(10)。
⑤ 冯雪峰:《"高洁"与"低劣"》,《雪峰文集》,第3卷,北京,人民文学出版社,1983。
⑥ 施蛰存:《文学之贫困》,《文艺先锋》,第1卷第3期,3—4页,1942-11-10。

《战国策》半月刊,提倡"国家至上、民族至上",鼓吹"强力政治"和"英雄崇拜",宣扬德国的"民族性格"与尼采的"反民治主义",要求"一切政论及其他文艺哲学作品,不离此旨"。之后他们在重庆《大公报》办《战国》副刊,又出版《民族文学》。"战国策"派由一群知识分子和大学教授组成,代表官方立场。1942年,张道藩发表《我们所需要的文艺政策》,提出当局的文艺政策,即"六不"和"五要",突出文学的"民族意识"和"民族主义",企图控制文艺,但遭到文艺界的普遍反对。梁实秋从自由主义文艺立场出发提出异议,而进步文艺界则进行了猛烈批判。国民党当局之所以抛出这一套文艺政策,其用意是与在延安出现的毛泽东的《在延安文艺座谈会上的讲话》相对抗。

"文协"成立后,大力推行文学的通俗化和大众化,如提出"文章下乡""文章入伍",茅盾对谷斯范的长篇通俗小说《新水浒》也予以较高评价。文学大众化这一命题是从二三十年代就一直延续的,但在抗战之时,由于民族化的潮流,它又表现为关于"民族形式"的论争。1938年,在解放区就有关于话剧民族化的讨论;在国统区,茅盾、向林冰等人围绕"旧瓶装新酒"展开了讨论。"民族形式"作为一个口号,是1938年毛泽东在党的六届六中全会上所作的报告《中国共产党在民族战争中的地位》中提出的,毛泽东指出要把"国际主义的内容和民族形式"结合起来,形成"新鲜活泼的,为中国老百姓所喜闻乐见的中国作风和中国气派"。1939年,在延安等根据地展开了"民族形式"的学习和讨论。1940年年初,毛泽东在《新民主主义论》中提出"民族的形式,新民主主义的内容,——这就是我们今天的新文化"。毛泽东关于民族形式的论述传到国统区,引起了极大的争议,其中的焦点问题就是怎样理解民族形式的源泉,也就是民族形式和旧形式的关系。1940年3月,向林冰发表《论"民族形式"的中心源泉》①,主张"以民间形式为民族形式的中心源泉",并否定"五四"新文艺的借鉴外国经验。这种狭隘的观点遭到了普遍反对。葛一虹在《民族遗产与人类遗产》《民族形式的中心源泉是在所谓"民间形式"吗?》等文中批判了向林冰的观点,却又矫枉过正,完全否定民间旧形式,斥为封建"没落文化",又全盘肯定"五四"新文学。这种片面的观点得到了很多人的赞同。1940年5月,光未然、潘梓年等人发表文章,主张对各种源泉一视同仁。1940年6月,《新华日报》召开民族形式座谈会,促进了讨论的深入。此后论争不再纠缠在"中心源泉"上,而是关注民族形式的基础和内涵等理论问题以及创作实践。郭沫若、胡

---

① 向林冰:《论"民族形式"的中心源泉》,重庆《大公报》,1940-03-24。

风谈到了民族形式的基础和内容是现实生活。茅盾指出:"民族形式的正解,显然是指植根于现代中国人民大众生活,而为中国人民大众所熟悉所亲切的艺术形式。"①1940年11月初,戏剧春秋社在桂林召开关于戏剧民族形式问题的座谈会,标志着讨论更加深入。可惜的是,皖南事变的爆发,中断了关于民族形式的讨论。后来,胡风编辑了《民族形式讨论集》。

40年代初期,最为重要的现象是毛泽东的《在延安文艺座谈会上的讲话》(下称《讲话》)的发表。《讲话》是马克思主义文艺理论"中国化"的产物,是共产党制定文艺政策的权威性方针,以后随着共产党在全国的胜利,《讲话》所代表的文艺路线逐渐取代了"五四"新文学的传统(当然,对此有着不同的阐释和理解),成为解放后文学的基本线索。

1942年5月2日至23日,中共中央在整风的基础上召开了延安文艺工作座谈会,毛泽东作了发言,是为《讲话》。毛泽东出于政治家的策略,阐述了党领导文艺的一些根本问题。首先他确定了文艺的工农兵方向,这是一个文艺"为群众"和"如何为群众"的问题。毛泽东在此突出了"知识分子的思想改造"这一途径,要求"文艺工作者从思想感情上和工农兵的思想感情打成一片"。其次他阐述了文艺与政治的关系,指出"文艺是从属于政治的",文艺批评"政治标准放在第一位""艺术标准放在第二位"。《讲话》还阐述了其他理论问题,如内容与形式、世界观和方法论、对文化遗产的批判继承等,发展了马克思主义文艺理论。随着《讲话》的出现以及向国统区的传入,40年代中后期国统区的文学论争逐渐表现为立场之争和带有政治批判的色彩。

在抗战和40年代初期,国统区曾发生关于世界观和创作方法的论争,如关于"文学应描写典型人物还是事件"之争等,但由于皖南事变的发生而中断。毛泽东的《讲话》传到国统区后,文学界对此的认识和理解不尽相同,毕竟解放区的现实对在亭子间里写作的国统区作家来说还有着相当的隔膜。如在对《清明前后》《芳草天涯》两剧的讨论中,王戎等人批判了《清明前后》的公式化,并将之归于"惟政治倾向";何其芳、邵荃麟等人用《讲话》的精神进行了批驳;而冯雪峰则反对将作品的"政治性"和"艺术性"割裂开来——这实际上已经显示了国统区的思想复杂状况和对《讲话》的争议。在此背景下,有关现实主义和"主观"的大论战就格外引人注目了。论

---

① 茅盾:《抗战期间中国文艺运动的发展》,《中苏文化》,第8卷第3、4期合刊,92—94页,1941。

战的一方是胡风,胡风以继承"五四"新文学传统为己任。在 40 年代,他批判张天翼、沙汀、严文井等人作品中的"客观主义"和"机械主义",提出"主观战斗精神"和"精神奴役底创伤"等命题。他在《置身在为民主的斗争里面》《现实主义在今天》等文里强调"主观创造精神""自我扩张"、体验现实主义、反对教条主义以及由此带来的概念化公式化。舒芜发表《论主观》一文,从哲学上将"主观"提到决定性位置。胡风在谈到作家和人民的关系时,提出不能"无条件"地结合,知识分子要有和"生活内容搏斗的批判的力量",正视人民"精神奴役底创伤"。① 这些观点显然和《讲话》的路线是相左的,因而遭到另外一些人的批判。邵荃麟指出胡风、舒芜的思想离开了"唯物论",认为文学创作要遵照《讲话》,解决好作家的思想认识和立场问题。乔木的《文艺创作与主观》②指出作家不是用"思想体系或人格力量",而是用"人民主体的健康精神,来批评人民的'奴役底创伤'"。此外,黄药眠、冯雪峰、何其芳等人对胡风、舒芜进行了批判。胡风在 1948 年写了《论现实主义的路》一文进行反驳。这场大论战几乎贯穿了整个 40 年代,直到中华人民共和国成立前夕才停止。

　　沦陷区的文学思潮由于其特殊的历史困境,一直在日本人的政治高压和坚持新文学传统之间、在"言与不言"之间寻找出路,出现了诸如"写印主义""乡土文学"等论战。1937 年 3 月,《明明》创刊,古丁提出"写印主义",主张"多写多印""没有方向的方向",鼓励"努力写出作品",这带有在日本人的高压下避世的意味,同时又有"为艺术而艺术"的纯文学倾向,对繁荣文坛有作用,但也有被日本人利用的成分。这一口号引起了争议。1937 年 5 月,疑迟的短篇小说《山丁花》发表,山丁写了《乡土与乡土文学》《乡土文学与〈山丁花〉》等文扯起"乡土文学"的旗帜;以古丁为首的"明明"派对"乡土文学"口号提出异议,指责乡土文学主张者是乱提"主义",认为乡土文学是"地域性,有褊狭性"。山丁为首的《大同报》"文艺专页"派奋起还击,山丁称乡土文学为"描写真实"和"暴露真实";楚天阔认为乡土文学是"新英雄主义""新浪漫主义"③,并批评了"明明"派的"写印主义"。1940 年,台湾文坛对《文艺台湾》的"文艺奉公""艺术至上"口号进行批判。1941 年,华北沦陷区文坛对公孙嬿的色情文学进行批判,等等。直至 1941 年日

---

① 胡风:《置身在为民主的斗争里面》,《希望》,第 1 集,第 1 期,3—5 页,1945 年 1 月。
② 乔木:《文艺创作与主观》,香港《大众文艺丛刊》,第 2 辑,8—19 页,1948 年。
③ 楚天阔:《三十二年的北方文艺界》,《中国公论》,第 10 卷第 4 期,51—58 页。

伪政府的《艺文指导要纲》出笼才告一段落。后来,在华北、上海等地兴起文学通俗化运动,一些杂志如《万象》等提倡通俗文学创作,它和国统区、解放区的文艺大众化运动一起汇合成40年代文学雅俗合流的浪潮。

第二节　文学创作的基本格局

○分裂成三个有意味的思想空间　○有差异的审美选择和走向　○国民性的缺失与重新认识　○怎样看待"五四"新文学的思想资源　○民间化与政治化的合流及向当代文学领域的涌动

随着战争时局的发展,中国原有的形式上相对稳定和统一的文学空间被渐次打破,和政治上的格局相对应,全国分裂成国统区、解放区、沦陷区三个话语空间,还有"上海孤岛时期"一个小小话语形态。由于各个话语空间存在着不同的政治气候、时代处境、地域特色和知识结构,所以当新文学话语系统流入不同的话语空间时,也就呈现出迥然相异的特征,从而使40年代文学显得纷繁、复杂而又多变。

国统区即国民党政府统治区域,其文学创作具有鲜明的阶段性特征:从抗战之初的亢奋热烈到相持阶段的凝重反思,再到40年代的喜剧性嘲讽,文学情绪的变化影响着文学风貌的转换。在抗战之初,作家们在严酷的战争现实的压力下,或"文章下乡、文章入伍",走向"前线主义",写作报告文学、速写小说、墙头诗、朗诵诗、传单诗、街头剧等即时性的短制作品;或因个人生活的磨难、出版业的萧条而难以写作。这一阶段,由于鲁迅先生的逝世,郁达夫远赴海外,二三十年代成名的老作家卷入具体的抗战事务,新兴作家致力于小型轻型作品,没有值得称道的作品产生,是为现代文学的凋敝期。但是,在国家民族命运最危难的时刻,作家们并没有放弃对于时代的承担,原本四分五裂、相互对立的文坛迅速集结起来,建立文学上的抗日统一战线。1938年3月27日,"中华全国文艺界抗敌协会"在武汉成立,囊括了包括无产阶级文艺运动、自由主义文艺运动、国民党民族主义文艺运动在内的各阶层、各派别的新旧作家。在宣言中,"文协"呼吁文艺工作者联合起来,完成救亡图存的历史使命。朱自清说:"抗战以来,第一次我们获得了真正的统一。"[①]1938年5月4日,"文协"会报《抗战文艺》创刊,这是抗战

---

① 朱自清:《爱国诗》,《朱自清全集》,第2卷,南京,江苏教育出版社,1988。

时期寿命最长、影响最大的文学刊物。战争在作家们的个人记忆和写作中打下了深深的印迹，但是抗战时代动荡的生活和宣传的功利性又使他们无暇写出更深入地反映抗战的作品，而带有公式化概念化的倾向。一时间，战争浪漫主义成为普遍的文学习气。而且，对于壮烈场面和英雄人物的描写也使这一时代充满悲壮的英雄主义色彩。当一些不和谐的音调出现在人们眼前，诸如张天翼的《华威先生》、丘东平的《一个连长的战斗遭遇》等讽刺暴露小说的勃兴引起人们的争议时，也使得人们开始关注抗战中的积弊和国民性的缺失，在乐观中带有深深的隐忧。

　　随着相持阶段的来临，尤其是皖南事变以后，国统区令人窒息的氛围促使作家们走出廉价的乐观主义，开始冷静而痛苦的反思，这时的文学形式一变而为长篇小说、多幕剧，长篇叙事诗、抒情诗，"史诗性"成为普遍的追求。这一时期有几个重要的主题：反思、讽刺、历史、知识分子、人民性等。反思小说的出现表明人们从抗战的热情中冷却下来，对于抗战以及中国20世纪上半期的历史和社会生活进行总结和反省，如茅盾的《腐蚀》总结了时代女性的命运，《霜叶红似二月花》展示了"五四"时期的社会图景，对资本家形象也有一定的总结；巴金笔下出现了时代转折中大家庭的崩溃的挽歌——这些作品沉雄博大，在悲天悯人的情怀中探索着人性。讽刺文学向暴露国统区的黑暗现实方向发展，如沙汀以冷峻的理性，不动声色地揭露着现实的荒谬；宋之的等人的戏剧暴露着抗战中的不合理现象，带有悲喜剧的成分。为了避开国民党当局的检查制度，很多作家转向历史题材，戴着历史的面具，借古喻今，这突出体现在历史剧创作的热潮上，其中以郭沫若的《屈原》为代表。在此剧中，郭沫若赞美了屈原的爱国主义精神，以古鉴今，充满着浪漫主义精神。战争引起人们对人民性的重视，除了延续"五四"时期民粹主义倾向外，作家们歌颂着"人民底原始的强力"，又批判着人民的"精神奴役底创伤"。对于抗战背景下知识分子的心灵历程的描写是这一阶段的热点，诗歌有艾青的长诗《火把》，戏剧有夏衍的《法西斯细菌》、宋之的的《雾重庆》、陈白尘的《岁寒图》、袁俊的《万世师表》，小说有路翎的《财主底儿女们》、沙汀的《困兽记》、李广田的《引力》、严文井的《一个人的烦恼》、夏衍的《春寒》等。路翎的《财主底儿女们》从知识分子和人民的关系入手探讨了知识分子的命运，他们从信仰人民到脱离人民，这实际上是对"五四"以来知识分子命运的一个"凭吊"。与此同时，随着文化中心的重新确立，出版业渐趋繁荣，作家们对"大体裁"的写作表现出浓厚兴趣，国统区文坛出现繁盛局面。在此，桂林作家群、重庆作家群和西南联大诗人群在文化心态上又有很大差异:桂林处于军阀统治下,政治环境较为宽松,山水秀丽,生活条件相对稳定,出版业兴旺,文化氛围浓厚,在长达6年的时间里,作家们过着比前线要悠游一些的生活,因此桂林作家群的创作降低了抗战之初的热烈,而侧重于反思和讽刺,并和现实拉开了一段距离。茅盾的《霜叶红似二月花》就是写成于此地,艾芜的长篇《山野》、骆宾基的代表作《北望园的春天》、长篇《幼年》等在桂林写作并发表,萧红的《呼兰河传》、林语堂的《京华烟云》汉译本也在桂林出版。重庆是国民党政府的战时首都,直接感应着抗战现实,由于当局的腐朽和积弊日深,检查制度严密,这一阶段作家的创作显得压抑,主要表现为直接对黑暗现实的暴露和反思,以及历史题材的创作。如茅盾的《腐蚀》、巴金的"小人小事系列"、《第四病室》、历史剧创作热潮等。西南联大偏处于昆明一隅,学院风气浓厚,"警报、茶馆和校园诗歌"构成其日常生存景观,又兼以处在中西文化的交叉点上,因此西南联大诗人群形成了逼视现实、探索人性的独特的现代主义诗风,冯至的十四行诗和穆旦的创作是40年代诗歌的一大收获。

  在抗战后期和解放战争时期,随着国民党政府的腐朽黑暗进一步加深,作家、知识分子日益站到批判立场上,讽刺小说、讽刺喜剧、杂文创作愈加繁盛,从而形成整个的喜剧式否定氛围。如诗歌有杜运燮的《追物价的人》、臧克家的《宝贝儿》、袁水拍的《马凡陀山歌》,小说有张恨水的《八十一梦》《魍魉世界》等,戏剧有宋之的的《群猴》、吴祖光的《捉鬼传》、丁西林的《三块钱国币》、陈白尘的《升官图》等,还有冯雪峰、聂绀弩等人的杂文。这种喜剧式的戏拟和模仿实际上宣告了一个旧时代的终结。此时,反思还在深入,老舍的《四世同堂》通过对抗战这一场中华民族的大浩劫中几户人家的命运的叙述反思了中国文化,解剖了国民性。

  1937年"八·一三"事变后,上海沦陷,但由于当时日本并未向英美法等国宣战,因此,从1937年11月到1941年12月太平洋战争爆发,上海的租界成为日军侵略洪水中的"孤岛",一些作家在此进行文学活动,史称"上海孤岛文学"。由于"孤岛"直接处于前线,热烈的抗战宣传和内在的封闭压抑并存,又承继了30年代都市文学的现代主义实验、洋场风貌和讽刺笔调,外部环境受战争破坏较少,所以保持了较高的艺术水准。其中以戏剧活动最为广泛,小说创作成就最高,散文、杂文创作也有收获。戏剧创作直接回应战争现实,有于伶的《夜上海》《长夜行》、阿英的《碧血花》、李健吾的《草莽》等为代表,出现了包括"上海戏剧界救亡协会"的"上海剧艺社"在内的专业、业余剧团达120多个,还出现了"大剧场"和"小剧场"相结合的壮观景象。小说创作有抗战小说,但其成就主要体现在具有独特的文体风格和描写、讽刺都市生活同知识分子的小说上,如师陀、钱锺书、徐訏等的创作。杂文方面,在巴人和阿英之间发生了关于"鲁迅风"的论争,杂文成为人们进行抗争的武器。陆蠡的散文集《囚绿集》立意不凡,寄寓深远。

太平洋战争爆发后,日军进驻租界,上海"孤岛文学"结束,被纳入沦陷区文学范围。而此前已有1931年"九·一八"事变后的东北沦陷区文学,1937年"七·七"事变后的华北沦陷区文学,再加上台湾地区文学以及后来沦陷的南京、武汉、桂林、香港等地的文学,统称为沦陷区文学。沦陷区文学处于政治高压下的"不自由"状态,在"言与不言"之间。日伪政府一方面严禁一切"激发民族意识对立""对时局具有逆反倾向"的作品,进行大规模的"焚书";另一方面力图引诱和胁迫作家为"建设大东亚新秩序"而写作,这给很多作家造成了压抑和梦魇的印象。这一时期的沦陷区文坛,由于一些成名作家的流亡,"新进作家"得以出现,如东北沦陷区作家自萧军、萧红之后,又有梁山丁、但娣、王秋萤、爵青等,华北沦陷区作家袁犀、梅娘、关永吉、纪果庵、南星、林榕等,上海沦陷区作家苏青、张爱玲等,台湾作家杨逵、吴浊流、吕赫若等。由于地域差异、日军侵略先后和政策重点不同,各沦陷区的文学创作呈现出不同的态势。一般来说,东北沦陷区文学在1939年前后进入中兴期,1941年华北沦陷区文学开始发展,1942年下半年上海沦陷区文学进入复苏,而到1944年后,各沦陷区文学逐渐萎谢。沦陷区文学有两种趋向:回归"五四"和凡俗人生的复现。这两股倾向相互交织、对立,形成沦陷区文学的独特景观。

由于处于沦陷区的"新进作家"和青年作者大多以"五四"以来的新文学为资源,不仅在创作风格和题材上不乏模仿者,而且新文学的主题也贯穿在较为成熟的作家的创作中,如对于国民性的批判。但由于处在新的时代处境下,很多"五四"时期的基本信念都遭到质疑,袁犀的《贝壳》《面纱》,梅娘的《小妇人》等表达了知识青年的迷惘、混乱和矛盾。在这样一个"大而破"的时代里,理想和现实的距离使青年们苦恼着,郑定文、王元化等作家描述着黑暗现实的梦魇。"乡土文学"的提倡,对"色情文学"的批判,都延续着"五四"的血脉,并隐含着民族主义立场和个人道德实践。有别于这种直接回应现实、探索时代变动中的精神痛苦和个人抉择的写作姿态的,是对于凡俗人生的发现。虽然作家们对现实的感受各异,对题材的处理方式不一,但这一姿态实际上也带有反抗现实的意味。

1942年11月,周作人在《中国的思想问题》中谈到"饮食男女"作为在乱世延续中的中国文化精神的意义,在沦陷区文坛上产生了影响。"因战争区域的人们,在别方面减少了活动与发言的机会,所以不得不从文艺的领域中去觅取精神的慰藉"①,写作已成为很多沦陷区作者的生存方式。无论是从写作策略还是从市场需求上,作家们都注重于"凡俗人生的复现"。早在 1934 年,东北沦陷区就围绕通俗小说开展讨论。1942 年,北平《国民杂志》围绕"小说的内容和形式问题"进行笔谈。上海《万象》推出"通俗文学讨论特辑",并推行通俗文学运动。华北沦陷区文坛上田园式诗化散文和随笔的风行,上海文坛上出入于雅俗之间的张爱玲、苏青等小说家的出现,不仅应和着 40 年代雅俗合流的潮流,而且这种"忧患时的闲适"也有在动荡时代追求个性和人生的成分,因而整个沦陷区的通俗文学创作都呈现出比较繁荣的面貌。

解放区是以延安为中心的抗日根据地扩大而来的,由于深处西北内陆,物质贫乏,文化水平落后,文学面临的首要任务就是与农民"对话",而且其特殊的政治现实使文学被纳入政治轨道,所以解放区文学呈现民间化和政治化趋向。自"七·七"事变后,在抗战的感召下,大批作家从全国各地投向延安和各根据地,他们和当地的工农兵联合,开展了很多文艺活动,创办了《文艺战线》《战地》《诗建设》《文艺突击》《文艺月报》等多种文艺刊物。这一时期的文学空气较为自由活泼,除响应抗战的小型作品外,还有丁玲的《在医院中》等暴露小说和指向现实阴暗面的杂文。但随着文艺整风运动和毛泽东的《在延安文艺座谈会上的讲话》的发表,解放区文学确立了工农兵方向,创作为中国老百姓"喜闻乐见"的"中国作风和中国气派"的作品成为他们的普遍追求。但是当他们真诚地进行"知识分子的思想改造""从思想感情上"和劳动人民"打成一片"时,却忽视了农民作为小生产者的落后性和劣根性。而且,过于狭隘的文学概念的提出,教条主义的束缚,再加上进入解放区的作家对解放区现实的隔膜,这都给其创作造成了局限。

解放区文学的特征表现在民间化和政治化的合流。诸如赵树理用民间的说书、快板等形式写作"问题小说",李季等人用陕北民歌信天游的形式写诗,大型歌剧《白毛女》运用民间曲调控诉地主恶霸的罪行等等。作家们追求史诗笔调,力图描绘正处在发生天翻地覆变化中的解放区现实,但往往带有图解政策的痕迹,故事情节和人物形象简单化、模式化,如丁玲的《太阳照在桑干河上》、周立波的《暴风骤雨》、欧阳山的《高干大》、柳青的《种

---

① 哲非:《文艺工作者之路》,《杂志》,1942 年第 10 期。

谷记》等。孙犁是这一时期独特的抒情小说家,他善于用诗意的方式来捕捉农民的内在美,结构散漫、随意,有一种散文美。总体来说,和国统区文学在凝重反思中夹杂嘲讽、沦陷区文学的梦魇和凡俗人生交织的风格不同的是,解放区文学呈现了一派明净素朴。自1949年10月1日中华人民共和国成立后,《讲话》成为文学创作的指导思想,并在长时期内,解放区文学成为作家创作所承继的几乎唯一的传统。

第十六章　东北作家群及流亡文学

东北作家群在中国现代文学的历史进程中，并不是一个严格的流派，而只是一个比较具有特色的创作群体。但是，这个群体所蕴涵的时代社会意义，所包容的地方文化色彩，所体现的执著而独特的审美追求，都给读者留下了深刻的印象并对现代文学的发展产生了较深的影响。东北作家群还具有流亡文学的某些内涵与特征，在流亡文学的表现形态中，具有较为典型的代表意义。

第一节　东北作家群：文学与文化的双重意蕴

○东北作家群出现的历史背景及文学史意义　○东北作家群的地域色彩和文化倾向　○东北作家群与流亡文学

1931年"九·一八"事变以后，中国东北沦陷，许多富有民族感情的年轻作者从白山黑水间相继流亡到关内。南下内地的风尘仆仆销蚀不去他们对故土刻骨铭心的眷恋与忧心如焚的牵挂。他们带着家园陷落、河山破碎的悲愤，胸间凝聚着深厚的民族情、乡土情，以一个地区作家的群体意识给全国文学主潮的发展打下了深深的烙印。他们的作品洋溢着东北旷野、河流、草原、山林的辽阔而悲郁的气息，粗犷而雄健，激昂而豪放。短短三五年间，这批青年作家逐渐汇聚到左翼文坛的中心上海，他们的作品广泛描绘东北那片广漠、肥沃的黑土地上人们的苦难与挣扎、觉醒与奋起，组成了一篇篇苍凉沉郁的关外地域史诗。这些作品一出现，便以强烈、悲愤的感情色彩和浓厚的乡土气息引起人们的特别关注，其作者群也成为一个在中国现代文学史上颇具影响的创作群体——"东北作家群"。该群体的代表作家有萧军、萧红、舒群、罗烽、白朗、骆宾基、狄耕、端木蕻良、穆木天、李辉英等。

"东北作家群"的发展经历了从萌生、崛起到成熟的过程。1932年,李辉英发表短篇小说《最后一课》,以东北现实生活为背景,表达了忧愤深广的反帝爱国主题,体现出一个流浪者的心声;同年,李辉英又出版长篇小说《万宝山》,以日寇制造长春万宝山事件为题材。虽然这两部小说尚未引起太多关注,但它们开了东北作家群创作的先声。1935年,萧军的长篇小说《八月的乡村》、萧红的长篇小说《生死场》由鲁迅作序,编入"奴隶丛书"问世,很快轰动文坛,为东北作家群赢得了文学荣誉,并初步造成了东北作家群的一定声势。1935年到1937年抗战爆发之前,更多的东北作家来到上海。1935年,罗烽在哈尔滨出狱,与白朗南下。舒群从青岛出狱到上海。1936年春,端木蕻良也由北平抵沪。舒群的短篇小说《没有祖国的孩子》,端木蕻良的短篇小说《鹭鹭湖的忧郁》《遥远的风沙》和长篇小说《大地的湖》,都是东北作家群的名作。此外,还有骆宾基的长篇小说处女作《边陲线上》等。这些作品真实生动地再现了东北沦陷区的生活,敢于直面抗日救亡的重大问题。1936年,周立波在概观当时的小说创作时,就把舒群、罗烽、端木蕻良列为"新近最活跃的创作家""创造力最丰富的新作家"。①

东北作家群表现出基本一致的文化倾向和艺术理想,同时又力图体现自己的创作特质,在抗日救亡的创作总主题下,分别进行了各具个性的艺术探索,渐渐发展成为一个风格独具又丰富多彩的作家群体。如萧军的小说充满强悍壮阔之风,作品中扑面而来的是塞外山野的原始生命气息;萧红主要是以女性特有的纤细敏感的笔触描绘出东北乡镇质朴悲凉的风俗画,其越轨的笔致闪耀着清新如诗、明净如水的动人光华;端木蕻良则是在粗犷的艺术特色中又带有几分"平淡的诡奇、流畅的顿挫"的色彩。如此既作为群体存在又各具独特风格,既有明显共同倾向又各自波澜迭起的地域性作家群,在现代文学史上,是屈指可数的。

在选材和主题上,东北作家群受到了左翼文学的影响,在描写东北人民在日本侵略军的铁蹄下的苦难生活的同时,着重表现人们的觉醒和反抗。他们用作品把个人和民族命运紧密联系起来,把反映人民灾难和敌人暴行以及东北人民不屈不挠的斗争精神当做自己神圣的职责。他们以疾风迅雷之势占据了30年代前期和中期抗日图存意识的前沿,并成为日后波澜壮阔的抗战文学的先头部队。萧军的长篇小说《八月的乡村》重版扉页上有诗

---

① 周立波:《一九三六年创作的回顾》,上海《光明》半月刊2卷2号,1936-12-25。

云:"三千里外家何在? 亿万黎庶国待存。热泪偷弹茫渺夜,秋风却立暮天云。"这可以说是东北作家群浓郁的民族忧患意识和强烈的文学使命感的写照。他们对东北这片土地遭受的苦难有着切肤之痛,他们以深切的感慨与激情紧贴时代思潮,树起了抗日爱国文学的鲜明旗帜。

但是,东北作家群的创作视野,不只是停留在以土地为对象的东北经济和由此体现出的民族斗争、政治斗争这些外在的层次,他们还深入追寻对文学的人性的、历史的思考这些内在的层次。如白朗的小说《生与死》,描写一位做监狱看守的老妇人,宁可以自己的死,换取八位反日政治犯的生,这是民族之魂的觉醒,人性的觉醒。再如萧红的小说《生死场》,描写北国农民的日常生活,以及他们在灾难袭来时把自身的生死和民族命运结合起来的新的价值追求。正如鲁迅在为该作所写的序言中所说,那是"力透纸背"的"北方人民对于生的坚强,对于死的挣扎"的描绘。这种"对于生的坚强,对于死的挣扎",不仅是萧红笔下对生命的感受与思考,也是整个东北作家群对生命、对人性进行历史反思的基本主题之一,无疑丰富了当时小说的表达内涵。可以说,在现代文学史上,将左翼文学的中长篇小说推向繁荣的,首先要归功于东北作家群。

关外地域文化所特有的开放性,潜移默化地陶冶了东北作家的艺术胸襟。这片辽阔荒漠的原野,有着特殊的人文构成:居民有很大一部分是闯关东的贫穷的冒险家,土地长期成为日俄角逐的场所。并且,东北大地原是满族集中的地方,是满人的故乡。他们能征善战,靠金戈铁马建立了自己的基业。满人入关坐定天下后,又产生了一批坐吃山空的败家子弟,靠吃皇粮的人逐渐变得无所事事,使东北大片土地荒芜。地理上的偏远、闭塞、高寒,促成了粗犷豪放的民风。历史和现实、本土和异族的杂错,使东北作家群的艺术思维具有剽悍而雄健的地域文化色彩。

东北作家群具有独特的"审美力学",即和东北这片土地的历史相默契的雄浑阳刚之美。如端木蕻良早在20年代在南开中学读书时就注意"力量的世界",发表《力的文学宣言》,倡导"力的文学"。在后来的创作中,他表现过农民的力、土地的力、大江的力。他在《我的创作经验》一文中写道:"土地传给我一种生命的固执,土地的沉郁的忧郁性,猛烈地感染了我,使我爱好沉厚和真实,使我也像土地一样负载了许多东西。"[①]他在表现土地的呻吟与呼唤时,带给人一种从辽阔荒凉的土地上生长出来的"力之美"。

---

① 端木蕻良:《我的创作经验》,《万象》,1944年4卷5期。

又如骆宾基,则侧重表现闯关东的汉子——淘金者、挖人参者、垦荒者的力。再如萧军,始终在原始野蛮的人们中发掘健全的人性和顽强的生命力,他在《绿叶的故事·序》中说:"我是在北满洲生长大的,我爱那白得没有限际的雪原,我爱那高得没有限度的蓝天;我爱那墨似的松柏林,那插天的银子铸成似的桦树和白杨标直的躯干;我爱涛沫似的牛羊群,更爱那些剽悍爽直的人民……虽然那雪和风会像刀似的刮着我们的脸,裂着我们的皮肤……但是我爱他们,我离开他们我的灵魂感到了寂寞!"①他的作品中所描写的人物,受原始的野性的力的驱使,不向自然、社会低头,同时又代表着中国"脊梁"的东北硬汉子的铮铮铁骨,使人感受到一种积极进取的崇高力量。

东北作家群的作品常以东北地名为题,以此寄托对沦陷的故土的刻骨怀恋,如《松花江上》《万宝山》《鹭鹭湖的忧郁》《呼兰河传》《科尔沁旗草原》《伊瓦鲁河畔》等等。东北作家群由于流亡漂泊的紧张生活和强烈的乡情、民族情的刺激,使他们来不及也不允许把自己的思想感情和艺术见解细腻而又完美地融化于艺术作品之中,加上他们身上那种北方民族固有的原始的活力,导致他们在当时多直接地向读者诉说自己的愤怒、爱憎和乡恋。如端木蕻良曾说:"我活着好像是专门为了写出土地的历史而来的。"东北作家群赋予故土中的山川大地、动物、植物以人格、人性,让它们成为人的生命形态的最重要载体,同时又对这片土地上的愚昧和野蛮进行深刻的剖析和批判,体现了高度的地域意识。

东北作家群对东北历史文化的剖析和批判,既继承了"五四"新文学的反帝爱国主义的优良传统,又继承和发展了"五四"新文化的批判现实主义精神,丰富和发展了中国现代文学史中改造社会形态、改造国民灵魂的"乡土文学"的主题,表现出深入解剖国民性弱点的文化倾向。比如端木蕻良的《科尔沁旗草原》,作者以史诗之笔,通过丁家四代人的兴衰,表现了东北近二百年的历史文化的变迁,特别是形象地展示了"九·一八"前后东北的社会经济半殖民地化的全过程,以丁家的兴衰,象征东北的兴亡。在此意义可以上说,《科尔沁旗草原》揭示了东北的悲剧。与此相同,东北作家群在对东北社会进行理性审视时,他们较多地关注那种原始的惰性,那种凝重的习惯势力,那些有碍人性健康发展和人类文明进化的国民性弱点,画出沉睡的国民的灵魂,并努力地去寻找这些劣根性的最终根源。也就是说,东北作家群对东北文化的批判,不仅仅停留在浅层次的野蛮陋习上,而且进入了文

---

① 萧军:《绿叶的故事》,上海,文化生活出版社,1936。

化心理和人格的深度,深刻批判这些人的内在生命力的萎缩和枯竭,在剖析中蕴涵着改造国民灵魂的愿望。

东北作家群的创作也有一个演变的过程。30年代中期,东北作家群大多选取沦陷区人民浴血奋战的场景,描写灾难、罪恶、战斗,反映特定历史时期占主导地位的审美需要,塑造受难者和反抗者的群像。到30年代后期,特别是"七·七"事变爆发后,东北作家开始将写作的坐标调整到时代的召唤——"下乡""入伍",由以前单一地写东北沦陷区生活转向写关内战事,尤其是写能够迅速反映抗日生活、起宣传鼓动作用、为人民大众所容易接受的作品,如报告文学、战地通讯、纪实小说、话剧等。40年代,即抗战相持阶段,东北流亡作家群创作出了萧军的《第三代》,萧红的《呼兰河传》《小城三月》,端木蕻良的《初吻》《早春》《科尔沁旗草原》《科尔沁前史》,骆宾基的《幼年》《蓝色的图们江》等一批作品。就创作倾向来看,题材由关外的时代风云转向关外的风土人情,由激流的弄潮转向童年的回忆。作家的创作主体意识由寻找社会转向寻找自我。

导致这种创作倾向改变的原因主要有两方面。一是外部环境的相对稳定。1940年以后,抗日战争进入相持阶段,流亡中的东北作家大部分找到了落脚地。如《呼兰河传》及《小城三月》等写于沦陷前的香港;《早春》《幼年》等写于桂林;《第三代》下部写于延安。外部环境的相对稳定给作家们提供了安宁自由的时空,他们的自我意识开始复苏。二是从东北流亡作家早期的文学特征来看,孤独、悲哀、感伤、憧憬、希望始终是其基调。当一段紧张的流亡生活使他们筋疲力尽之时,便自然去重温那无邪的、诗意的、快乐的、美妙的童年生活。这种诗化的回忆,包括美好的事物和悲惨的往事以及粗野、原始、自然的东西,都别有一番滋味。作为一种精神慰藉手段,它熨平了作家心灵上的创伤,平息了他们情感的波澜,于淡淡的哀愁中渗透着对故乡真挚动人的爱恋。

作为流亡者,东北作家群是失去乡土的,然而外在的失去转化为内在的苦恋。他们尽力从广阔的时代、社会、人生背景中发掘东北的不灭火种,正如有的研究者所指出的那样:东北流亡作家群的流亡文学具有悲愤而豪放的群体风格,有别于四川作家群为闭塞而黑暗的乡土焦虑时所带有的沉实而忧郁的作风。由于他们是流亡者,业已被乡土所放逐,也就不能像京派作家群那样,在都市愈益殖民地化的过程中向自然和乡土寻找心灵的归属。他们追求的不是山水幽静的过去,而是山河完整的未来。

第二节　萧军、萧红的创作

○从《八月的乡村》到《第三代》　○萧军长篇创作的史诗价值　○从《生死场》到《小城三月》　○萧红独特的女性写作

如果说东北作家群的主要创作特色是具有关外热血儿女的粗犷与强悍,那么萧军可称为其最典型的代表。

萧军(1907—1988),生于辽宁省义县,原名刘鸿霖,笔名有三郎、田军等。1917年随父到长春入学,1925年参加吉林陆军第三十四团,两年后入东北陆军讲武堂所属宪兵教练处,后任过少尉军事及武术助教等。他以"三郎"为笔名写作诗歌、散文和小说,开始了文学生涯。1933年10月,萧军与萧红在哈尔滨出版了合著的短篇小说集《跋涉》,其中包括了萧军写于1932年、1933年间的《桃色的线》《烛心》《孤雏》《这是常有的事》《疯人》和《下等人》等六篇小说。这些作品大都写小知识分子的穷愁生活,带有一定的自传性,同时也写了下层劳动人民的不幸和初步的反抗。萧军以遒劲雄放的笔墨,揭示了殖民地都市中官吏、老板等"上等人"对于平民百姓的苛酷压榨,表现出明显的前进姿态。从其带有鲜明个性印记的小说中,我们似乎可以听到那片黑土地上的人民在反抗异族入侵的血与火的斗争中的呐喊。在艺术上,这些作品表现出浪漫抒情的风格,但是结构和语言都比较粗糙。

长篇小说《八月的乡村》是萧军的成名作,署名"田军",出版于1935年7月,是萧军最为著名的作品。由于其自身的思想艺术力量和鲁迅的热情荐介,它产生了极广泛的影响。全书共十四章,约十四万字,描写了30年代初一支刚刚组成的抗日队伍的成长和战斗生活,既正面刻画了这支抗日游击队对日、伪军展开的反侵略的艰苦斗争,又表现了队伍内部成员之间不同思想意识与作风的矛盾冲突。与萧红的小说《生死场》不同——后者写了一个村庄自发的处于萌芽状态的抗日意识和行动——《八月的乡村》展示的是正面的武装斗争,在内容上可视为《生死场》的延续和拓展。

小说先由学生出身的萧明带领一支从敌人阵营中拉出来的仅有9人的队伍,去王家堡子与人民革命军的一个支队会合写起,然后集中笔墨叙述由司令陈柱率领的这个支队与敌人的几次交锋。铁鹰队长袭击了日本兵的给养车,夺取了枪支。为了避开敌人的进攻,陈柱下令撤退,由王家堡子转移到龙爪岗。为了进行休整,打下了一家地主的庄院。接着,支队要继续转移,萧明留守,照顾伤员。然而,萧明由于同司令的秘书安娜恋爱而受到打击,陷入沮丧、低落的情绪中不能自拔,他的领导职责由鞋匠出身的队员李三弟来承担。作者没有正面展开血腥的战斗过程,而是重点写战斗生活中队员的成长和变化。鲁迅在该书的序言中热忱地向读者推荐:"我……见过几种说述关于东三省被占的事情的小说。这《八月的乡村》,即是很好的一部,虽然有些近乎短篇的连续,结构和描写人物的手段,也不能比法捷耶夫的《毁灭》,然而严肃,紧张,作者的心血和失去的天空,土地,受难的人民,以至失去的茂草,高粱,蝈蝈,蚊子,搅成一团,鲜红的在读者眼前展开,显示着中国的一份和全部,现在和未来,死路和活路。凡有人心的读者,是看得完的,而且有所得的。"①小说在抗日情绪日渐高涨的30年代中期引起了热烈的反响,一年半时间销售了七版。鲁迅的话指出了《八月的乡村》结构上的特点,表明它不是一部结构严谨的长篇小说。在人物描写上,作者也没有浓墨重彩地去刻画主要人物,而是通过速写式的粗线条,描绘出参加民族解放战争的反抗者的群像。应该说,主要人物的面目是比较清晰的。这里有作为领导者的陈柱、铁鹰、萧明和安娜的形象,有队员唐老疙瘩、李七嫂、李三弟、崔长胜、小红脸、刘大个子等人的形象。陈柱沉着老练,目光远大,铁鹰严肃、猛鸷,同时又不乏细腻的感情,他们是革命队伍中的代表人物。其他人或多或少都有自己的缺点或不足。知识分子出身的萧明明白事理,富于感情,但有时不免脆弱,以至于影响到了革命事业。唐老疙瘩在爱情和纪律的冲突中,选择了前者,结果牺牲了自己,还搭上了几个同志的性命。作家心系那片沦陷却在反抗着的热土,作品故而激情迸射。小说中多用惊叹号,多用短句,多新奇甚至生涩的语句,粗糙,然而新鲜有生气。军人与"胡子"世家的出身,加上本人对军事的熟悉,使作家笔下的征战图景绝不苍白造作,战争的艰苦残酷与作者感同身受的热情一起奔涌冲决。作为一部崭新的军事题材小说,它不仅展现出由痛苦的呻吟到抗争的民族意识的觉醒,而且也开创了现代长篇军事题材小说的某种范式。

《八月的乡村》在主题、构思和人物塑造等方面受过苏联作家法捷耶夫的小说《毁灭》的启示,后者写的是苏联内战时期远东地区的一支游击队在敌人围攻下的顽强斗争。其主角不是个人,而是一个战斗着的群体。《八月的乡村》虽有明显的学习痕迹,但抒写的内容却是作者生于兹、长于兹的

---

① 鲁迅:《田军作〈八月的乡村〉序》,《鲁迅全集》,第6卷,287页,北京,人民文学出版社,1991。

故乡,是与作者呼吸相通、魂梦相系的故乡人民奋起抗战、反抗外侮的斗争历程。题旨的庄严和作者创作心态的肃穆在民族危亡的特殊时代激起读者的空前热情。

这部小说也有一定的不足之处,比如人物心理描写有些潦草、粗率,没有能够充分显示人物自身的逻辑。此外,情感的炽热带来稚嫩文字尚且无法承载的重量,造成叙述中不自觉的冗赘。真诚与本色使萧军成功,艺术上的幼稚又使作家执著于创作探索。

《八月的乡村》之后,萧军又出版了中、短篇小说集《羊》《江上》,小说、散文集《十月十五日》,中篇小说《涓涓》等。这些作品取材颇广,涉及工人、农民、学生、海员、囚徒、革命者、士兵、旧职员等。它们的主题是描写社会的黑暗,反映下层人民群众的疾苦。与《八月的乡村》的热烈相比,这些小说风格沉郁,不乏佳作。收入《羊》这个集子中的同名短篇小说就是一篇较为出色的作品。它通过政治犯"我"的眼光,着重写了他所接触到的几个囚犯:两个俄国少年急于回国,因无票乘船而被关进了监狱;一个偷羊贼,为了给母亲治病偷了几只羊,结果这个本来身强力壮的青年农民在监狱里被折磨致死;还有一个偷外国人大氅的小偷,因为没有把它低价卖给一个暗探,所以被逮捕。小说以关在栅栏里的被饿死的赃物——羊——的命运来象征人物的命运,以牢狱的黑暗来折射社会的黑暗。

《第三代》是萧军继《八月的乡村》之后的又一力作,是萧军最为成熟的一部长篇小说,标志着他在小说艺术的探索上所实现的高度,充分表现了萧军的艺术个性。全书共分8卷,长达八十余万字。他从1936年春开始创作,1954年7月完成,前后花了18年的时间。小说气魄宏大,以相当的规模反映了从辛亥革命后到第一次世界大战初期东北辽西一个山村农民在悲惨生活中的痛苦挣扎和不屈的反抗,从错综纷繁的生活景象中展现了民族灵魂。萧军在《〈过去的年代〉后记》中说:"除开这《过去的年代》(即《第三代》),如果生活和其他条件可能,我计划中还打算再写两部:《战斗的年代》和《胜利的年代》,企图把我国这几十年来的历史变动和一些可爱的、可敬的人物,以至可恶、可恨、可憎……的人物,在文艺作品里全给他们留下一些形象,让我们的后来者,也知道知道他们的前人是在怎样被侮辱与被损害、痛苦和折磨的生活中挣扎过来,又是用了多少、和怎样的血的代价才换得了幸福的今天和明天。"①作品生活容量巨大,涉及古老的农村和城市的社会、

---

① 萧军:《过去的时代》,北京,作家出版社,1957。

政治、经济、文化等各个层面。

在艺术风格上,小说充满了东北山野的强悍气息,粗犷而又沉毅,平实的描绘中常有豪奇之气,充分体现着作者的艺术个性。它塑造了城乡社会各阶层众多的人物形象,其主要人物身上带着原始、强悍的生命强力和反抗性。比如汪大辫子,他怯懦、自私,如兔子一般胆小怕事,却时时自充硬汉,属于阿Q的行列。他背负着沉重的精神压力,在现实的荆棘和泥沼中痛苦地挣扎、艰难地求生,性格是喜剧的,命运是悲剧的。还有当过"胡子"的女人翠屏,她在灾难打击下毅然到教会去当使妈,当窥破教徒的虚伪和对她的残酷奴役,她的宗教信仰便发生强烈的动摇,竟至于抱病数日。小说对她急速转变的心理变化写得极其生动细微。把这部小说与《八月的乡村》联系起来,我们可以看到后者所表现的反抗精神的历史渊源。然而,由于题材与时代热点的隔膜,这部小说在出版后没有得到应有的注意。

萧军把东北山野的强悍气息带进文坛,他笔锋强健,境界雄浑,在长篇小说创作中表现出史诗般的效果。他的长篇小说一般具有非常开阔的生活场面。如小说《第三代》不仅刻画了上流社会的凶残、卑劣、狡诈、虚伪和荒淫无耻,而且还展现了下层民众的苦难、挣扎、铤而走险和四方迁徙。它以惊心动魄的大场面揭示了官逼民反这条剥削社会中的生活逻辑。描绘的人物众多,形象各异,尽量挖掘各色人物的不同心态和复杂矛盾。如小说《第三代》,描绘了近九十个属于不同社会阶层的人物,有农民、猎户、土匪、工人、教员、艺人、商人、妓女、流浪者、官僚和军阀等,各行各业,三教九流,千姿百态。又如小说《八月的乡村》,作者描写抗日战士,也区分了种种不同的发展方向。乔木在1936年评论《八月的乡村》时写道:"这本书报告了中国民主革命的社会基础。在神圣的民族战争中谁是先锋,谁是主力,谁是可能的友军,谁是必然的内奸,它已经画出了一个大体的轮廓。"[①]萧军长篇小说的史诗价值由此可见一斑。

萧军的粗犷雄浑为东北作家群定下基调,萧红的明丽幽婉又为之添加了必不可少的丰富与多彩。

萧红(1911—1942),原名张迺莹,笔名悄吟,是东北作家群中成绩最为卓著的一位女作家。她出生在松花江呼兰河畔一个旧式家庭,是作为一个旧世界的叛逆者走进文坛的。她的处女作《王阿嫂的死》通过王阿嫂夫妇

[①] 参见1936年2月25日《时事新报》。

只为折断了一条马腿便先后惨死在地主手下的悲剧,控诉了地主老财的凶残,表现出进步的倾向。她的一生先后出版有散文集《商市街》、小说散文集《桥》、小说集《牛车上》《旷野的呼喊》等。1940年春去香港,在疾病和寂寞中完成了长篇《马伯乐》《呼兰河传》和短篇小说《小城三月》的写作。

出版于1935年的中篇小说《生死场》,是萧红的成名作。与萧军《八月的乡村》以热切峻急的心情表现征战与厮杀不同,萧红的《生死场》以沉郁的目光注视着东北那片失去的土地上的芸芸众生的生与死。小说写的是发生在哈尔滨附近的一个乡村的故事。人们像牛羊等动物一样生老病死,混混沌沌,永远体会不到灵魂,只有用物质来充塞他们的生活,春夏秋冬,岁月轮回。然而,他们却有着生的执著。日本人打着"王道"的旗子来了,到处烧杀淫掠,打破了乡村的静穆,改变了村民们生与死的方式。村民们本不知道什么是国家,也许还忘记了自己是哪国的国民。但民族的灾难唤醒了他们的民族意识,他们的求生意志得到了升华。他们开始见识了"亡国""救国""义勇军""革命军"这些出奇的字眼。于是,这些不愿做亡国奴的人们起来反抗,对着枪口跪下盟誓。小说重点写了二里半、金枝、赵三和他的妻子王婆三个家庭,特别是后者。跛脚的二里半在妻子、儿子被杀害后,告别心爱的山羊,投奔李青山领导的人民革命军。金枝在经历了种种人生不幸后想出家当尼姑,但她要去的尼姑庵因为日本人的入侵已经空了。赵三曾为了反抗地主的加地租,准备参加自发的组织"镰刀会",可在一次事故中得到过东家的帮助,他产生了忏悔的心情。他后来老了,对抗日心有余而力不及,不过他积极地进行抗日宣传。王婆丧夫再嫁,她的儿子反抗官府而被枪毙,她服毒自杀,临近下葬时又凭借顽强的生命力活过来,并产生了一种复仇心理,开始为抗日秘密团体站岗放哨。小说反映了"九·一八"前后东北农村十余年间的生活和变化。前半部分着力写出了当地农民在等级压迫下的悲惨命运,他们的生活像动物一样只知道"忙着生,忙着死",完全没有人的意识和觉醒;后半部分则写出了在民族生死存亡的关头,农民们的觉醒。他们不甘像蚁子似的被践踏而死,要杀出生存的血路来。萧红在这里把东北人民在平常岁月中如野草野花、任遗弃、任践踏的自在状态的生和死与民族的生和死凝结在一起,将斗争性与民族性都融合到人性里面,因而具有震撼人心的力量。许广平在《追忆萧红》一文中回忆道:"作为东北人民向征服者抗议的里程碑的作品,是如众所知的《八月的乡村》和《生死场》。这两部作品的出现,无疑地给上海文坛一个不小的新奇与惊动,因为是那么雄厚和坚定。"①

在艺术风格上,《生死场》也别具魅力,开阔而独特的景物描写,各种性格的人物形象,都给人留下深刻印象。小说对人物心态、风土习俗都写得细腻感人,特别是在对妇女悲剧命运的描写方面,显示了萧红作为一个女作家特有的细致和敏感。小说没有什么中心人物,也没什么中心故事,而是以场面推移的方法,将贫苦操劳的二里半、五婆、金枝几家农户的苦乐悲欢错杂交织起来,从而成为东北大地这一片"生死场"的写照。作为一个来自乡野而又禀性宽厚的作家,萧红关注的是质朴、可爱而又受难的普通农夫村妇。她虽然也写野蛮和愚昧,但她审视的是淳朴的人类天性;虽然也写缺陷和丑陋,但她挚爱着乡村生活内蕴的美质。她甚至以纤细的笔触细腻地描写了农民对家畜的感情。作家的这种特性融进了作品,遂使《生死场》在现代乡土文学中独步一时。

1936年、1937年,萧红又出版了散文集《商市街》、小说散文集《桥》、小说集《牛车上》。其中所收的《手》《桥》《牛车上》等都是能够表现作者创作才能的短篇佳作。这几篇小说拓展了《跋涉》集中反映下层劳动人民疾苦的主题。

《手》的主人公王亚明是女子中学录取的一个乡下姑娘,她的家庭是开染缸房的,她因劳作,手被染成了黑色。她珍惜来之不易的学习机会,抓紧一切空闲时间手不释卷地学习,但得不到同学和教职工的同情和理解。小说采用了第一人称的叙述视点,叙述态度冷静客观。与萧红同期的多数小说不同的是,《手》描写人物性格很成功。作家善于抓住人物的典型特征,善于选择生动的事例来描写王亚明性格的主要方面:刻苦、俭朴和笨拙。《桥》讲述了一个富家子的乳娘黄良子的悲剧故事。她家与主人家之间横亘着一条水沟,沟上有座桥。桥已破旧,无法通行,黄良子每次过沟都得绕行很远的距离。这桥象征着两家的距离。她渴望有一座畅通的桥。几年后,桥修复了,却给黄良子一家带来了厄运:她的孩子常过桥来,挨小主人的欺负,最后又落水而死。小说在构思和剪裁上都颇精致,紧紧围绕着桥的变化来展开情节,人物心理描写生动逼真,不足之处是象征的寓意过于显露,个别关键情节的安排不够自然,一定程度上影响了小说的感染力。

《牛车上》发表于1936年10月《文季月刊》第一卷第五期。小说以一个小女孩的视点,通过主人公五云嫂与车夫的对话,讲述了这个女人的人生

---

① 许广平:《追忆萧红》,《文艺复兴》1卷6期,1946年7月。

悲剧。由于车夫与她的丈夫有同样的经历,也是一个逃兵,并同情她,她便在从早行进到晚的牛车上断断续续地像落着小雨似的诉说自己的故事。她的丈夫去当兵,到了第三年仍杳无音信。冬天里,她去城里赶年市卖猪鬃。偶然从官家的告示中知道,她丈夫当了逃兵,要送到城里来处死。几个月里,她一直设法想在丈夫被枪毙前再见他一眼。她曾想投河自杀,但又舍不下孩子。逃兵们终于押来了,可五云嫂最终没有见到丈夫。原来其夫因为是逃兵头目,已就地"正法"。五云嫂是个良家妇女,是个好女人。她勤劳,丈夫不在家,她独自操持着家务,还为了谋生进城做小买卖。她善良,深爱丈夫和孩子,在牛车上对担任叙述者的"我"细加照顾。她热爱生活,尽管经历过人生的大不幸,但还从车上下去采各种各样的花。她顽强,在得知丈夫的不幸后,她还是坚忍不拔地活了下来。然而,小说也写了五云嫂的愚昧。她对世事所知不多,对产生其悲剧的原因缺乏认识。她想在见到丈夫的时候,质问他:"为啥当兵不好好当,要当逃兵……你看看,你的儿子,对得起吗?"在写五云嫂的悲剧时,作家点面结合,有意把它写成同类社会悲剧中的一个。五云嫂一次见到的逃兵就有二十来个,在看望逃兵的众多家属中那个年轻的媳妇和那个白胡子的老头也令人难忘。车夫无意中说起民国十年曾枪毙逃兵二十多个,这可能是另一次枪毙逃兵的事件。小说的结尾处有一句车夫的招呼语:"三月里大雾……不是兵灾,就是荒年……"这样,我们看到了一幅兵荒马乱、民不聊生的社会图景。

作者的构思颇具匠心,给作品带来了独特的艺术效果。小说采用小女孩"我"和五云嫂双重的第一人称的叙述方式,舒展有致,擒纵自如。两个人的叙述承担着不同的功能,小女孩的叙述提供了整篇的背景和氛围,五云嫂事实上是讲故事的主体。作品没有集中笔墨写五云嫂的故事,还用不少篇幅写了"我"对外祖父家所在的乡村的依恋,沿路的景色,人物之间的交流等。而这些都是由小女孩的叙述来完成的。由于她的叙述的介入,不时地打断、延缓五云嫂故事的叙述,使她的命运更为牵人心思。另外,牛车缓慢地行进在平静的北方原野上的情景与五云嫂沉痛的人生经历形成了对比,增添了作品的趣味。

小说朴实、自然、清新,又让人读后印象深刻,这与小说细节描写的功劳分不开。五云嫂见丈夫的努力屡次受挫,曾想投河自尽,但经过的船上的孩子喊妈的声音唤醒了她的母爱,她把睡着了的孩子紧紧地抱在了怀里。白胡子的老头在得知儿子已被"正法"后,"他就把背脊弓了起来,用手把胡子放在嘴唇上,咬着胡子就哭"。他悲痛欲绝,又强忍了情感,这个细节十分生动传神。那个年轻的媳妇与他的态度迥乎不同。她见到押解的逃兵过来,"发了疯似的……抢过去",当兵的把她抓回来,"她就在地上打滚",嘴里还喊着:"当了兵还不到三个月呀……还不到……"她的态度与老头形成了鲜明的对比。这些细节反映了作者敏锐地感受生活和善于描写生活的能力,给人以强烈的生活质感,具有打动人心的力量。

抗战爆发以后,萧红虽然也写了几篇表现民族意识的小说,如《黄河》《旷野的呼喊》《孩子的讲演》《朦胧的期待》《北中国》等,但她很快走上了一条与时代的主流文学不同的道路。在她生命的最后几年里,她留下了长篇小说《呼兰河传》《马伯乐》和短篇小说《小城三月》等重要作品。

《呼兰河传》是萧红的代表性长篇自传体小说,1941年出版。作者以她惯用的散文手法,疏疏落落地写出儿时难忘的记忆。它再次打破了以人物为中心的传统小说模式,而以呼兰城的公众生活和环境为中心,辐射出生活的种种方面。作品揭示了我国农村在封建统治下的种种弊病及黑暗,尤其是充分暴露和批判了传统的封建思想和封建礼教习俗对人们的毒害,表现出强烈的反封建精神。《呼兰河传》在艺术上取得较高成就。以淡笔写浓情的散文笔法,口语化、自然美的小说语言,画家般描绘景物的眼光以及难以忘怀的人物形象,显示了萧红独有的才情及艺术风格的成熟。

小说主要描绘了20世纪20年代呼兰河城的风俗民情,它们由三大部分构成:一是对北方城镇呼兰河的整体勾勒,写了它的卑琐、平凡的实际生活和迷信、保守的宗教生活。二是一个小女孩的寂寞生活,这里有作者早年生活的痕迹。三是通过胡家的小团圆媳妇、长工有二伯、卖年糕的磨官冯歪嘴子的命运,进一步具体地描绘呼兰河人的生活,揭示他们身上的劣根性。

《马伯乐》代表着作家的一种新的探索,她以讽刺的笔调、写实的手法,塑造了一个无用人马伯乐的形象。作家显然是把自私自利的马伯乐作为抗战时期中国人灰色人生的一个代表,从而批判国民性。萧红继承了"五四"文学中以鲁迅为代表的改造国民性的传统。不足之处在于马伯乐这个形象并不很深刻,性格较为定型化,缺乏发展。

短篇小说《小城三月》是萧红伏身病榻完成的最后一部作品。小说以饱蘸同情与痛惜的笔触勾勒出一个清秀明慧却欲爱而不得,最终在封建礼教的无形窒压下抑郁而死的薄命红颜"翠姨"的形象。在作者的笔下,"翠姨生得并不十分漂亮,但是她长得窈窕,走起路来沉静且漂亮,讲起话来清楚得带着一种平静的感情"。她的命运很悲惨,家贫,父死母嫁,身世寂寞,还因此受人歧视。她被许配给一个有钱的乡下人家,丈夫又小又丑,她一想到就觉得恐怖。翠姨爱上了"我"的在哈尔滨念书的堂哥哥。但这是深藏于内心的无望的爱，她不敢表露出来，只得压抑着自己，她无法反抗既定的命运，终于，一个鲜活而美丽的生命死去了。作者运用侧面描写、对比烘托、细节描写等手法，刻画翠姨柔美雅致、娴静孤傲的气质特点。整篇小说笼罩在一种貌似平淡、实则紧张的氛围中，在某种意义上，我们也可以将之作为萧红对自己追求新生活的坎坷一生的自我象征。

《小城三月》有着萧红写作惯有的特点——散文一样的小说。全文没有紧张的情节冲突，但是由于贯穿了一个总的情感基调和指向，显得颇为紧凑。小说以春天带给人们的感觉而引出翠姨，将翠姨拉到情感的中心，笔致由清新转为优雅、忧愁、焦虑、悲苦、思念，直至走完全文的情感历程，如行云流水，毫不阻滞。

萧红是一位处在爱与恨矛盾旋涡里的作家。萧红一生都有寄人篱下的伤痛屈辱之感，而她从小就不想受屈，她一生都渴求着成为一只自由自在高高飞翔的鸟。但终究飞不起来，多少次了，包括爱情在内，刚刚起飞，就跌落下来。当代女诗人王小妮写了一本有关萧红传记的书，书名叫《人鸟低飞》。女诗人是真懂萧红的，她准确抓住了萧红不甘屈从、不愿平庸而始终不得如愿的怨恨心理。如果将萧红的一生及其创作凝结为一个字，那就是"恨"。她对于人生的冷静的谛视与发自深心的对于乡野人物的挚爱相交融，是形成她乡土文学独特风格的最主要因素。萧红还以她感觉的独特角度区别于其他女作家。她的眼光常在人们通常不留意处驻足，她的思维常在人们自以为熟知的事物上面往复滑动，努力从中觅得一点光和色，一点真谛，一点她自己的感知。

萧红独特的女性书写，主要表现在她的散文化的小说文体上。她的作品没有小说惯常的结构，没有贯穿始终、跌宕起伏的故事情节，而是带有散文式的自由、洒脱的特点。《生死场》与《呼兰河传》都是这样。萧红以女作家特有的细腻的笔触描写了一个个人生片断和一幅幅生活场景。她的小说也不着意于人物性格的刻画，而是通过精心选择的故事片断和细节来作某些方面的突出描写。她注重渲染气氛和营造意境。如《呼兰河传》第四章第二节、第三节、第四节、第五节的开头第一句分别是："我的家是荒凉的"，"我家的院子是荒凉的"，"我家的院子是很荒凉的"，"我的家是荒凉的"，借复沓的语言，强化一种情绪气氛。又如《王阿嫂的死》，凄清的景物描写很好地衬托了人物的悲剧命运。再如《呼兰河传》第三章第一节描写了大花园，情景交融，本身就是优美的散文。她的描写语言常常饱含着诗意，带有很强的抒情性。

萧红独特的女性写作,还表现在自叙传性质的文字中。这在她的散文中表现得最为突出。《孤独的生活》写萧红旅居日本东京期间的苦恼和寂寞;《商市街》取材于萧红与萧军在哈尔滨共同度过的一段艰辛困苦的生活,文字生动,各种感觉都写得细致到位,诸如饥饿、寒冷、绝望等等,都具有极深的心理体验和感人至深的艺术效果。她自叙传性质的作品体现出极其充分的感性化和个性化。可以说,萧红在文学创作中把女性特有的感知方式推向了一个不易逾越的高度。

在萧红的作品中,还具有一种清丽空灵的儿童视角,在柔婉中蕴涵着忧郁悲凉。在生命的最后余光里,萧红怀恋着已逝的童年光阴和遥远的故土,心灵充满了一种不能拂去的寂寞之感。因此,她在《呼兰河传》中以儿童视角描述故乡,表达了作者历尽人生坎坷后对童年生活的皈依,饱尝漂泊流离之后对故土家园的思念。她以儿童视角描写小团圆媳妇、冯歪嘴等各个人物,用含泪的微笑描述呼兰河这个北方小城。

萧红独特的女性书写才华,使她的作品拥有了难以抗拒的艺术魅力。

第三节 端木蕻良、骆宾基、舒群、白朗等人的创作

○《科尔沁旗草原》及端木蕻良的创作　○东北作家群其他作家的创作

端木蕻良(1912—1996),原名曹京平,生于辽宁省昌图县。1928 年至 1931 年就读于天津南开中学,1932 年考入清华大学历史系,参加北平左翼作家联盟,并开始创作第一部长篇小说《科尔沁旗草原》。1936 年 1 月奔赴上海,著有长篇小说《大地的海》、短篇小说《鹭鹭湖的忧郁》《遥远的风砂》《浑河的急流》等,被称为东北作家群中的"行吟诗人"。

长篇小说《科尔沁旗草原》由上海开明书店 1939 年初版,作品显示了端木蕻良的过人才气,它全无一个年轻作者通常呈现的局促拘谨之感,而是酣畅淋漓,生机盎然。全书 19 章,32 万字,前半部分交待了丁府数代人的发家史和丁黄两家的宿仇,后半部分把笔墨集中在"九·一八"事变前夕的一个夏天,在科尔沁旗草原上,展示丁黄两家的纠葛,丁府与佃农的抗衡,以及丁府在帝国主义经济和军事势力的冲击下迅速走向衰落和崩溃。端木蕻良通过一个家族 200 年的盛衰史,集中概括了东北自清代中叶土地被开发、

利用,土地的所有权逐渐由皇室的封王手中落入汉人地主之手,直到"九·一八"前日本帝国主义对东北政治、军事、经济、文化侵略,致使东北崩溃的全过程,展现了在这一过程中纠缠着的满族与汉族、汉人地主与农民以及与日本侵略者的种种矛盾。

端木蕻良笔下的土地掠夺者和占有者,视土地为命脉,在他们的发迹过程中,既有大鱼吃小鱼的霸道和残忍,又有得到不义之财后的孤独和精神失落。那些失去土地或因没有土地而人身依附于地主的农民,为了自身的生存,或成为一家、一部分人的奴隶,或者同命运抗争,不屈于邪恶,顽强地自我挣扎。无论是土地的占有者,还是失去土地的农民,他们都既显现了东北人勇于冒险、开拓的精神和自由自主的命运意识,又暴露了原始、封闭、落后的地域性经济文化在东北人心理上投下的故步自封、盲目自大的阴影。

小说生动刻画了两个主人公形象:大山和丁宁。大山是黄家的后人,是科尔沁旗草原原始强力的化身,作品把他比喻为狮子、烈性的寒带虎等。当他结束在江北草原打狼的猎人生活,回乡奔父丧的时候,他听取的是父辈要向丁府复仇的遗言。他发现丁宁与渔家女水水相悦相恋,便把他绑在树上,历数丁家的罪恶,并用冰冷的枪管对准丁宁。大山发动佃户向丁家"推地",迫使丁家减租,鼓动大家要铁心,不能"随人家掐圆就圆,掐扁就扁"。此举失败后,他投奔"老北风"率领的义勇军,收复了土匪乘"九·一八"事变之乱洗劫过的草原古城,使整个科尔沁旗草原都为之震颤。丁宁是与大山性格相对立的一个人物,他想在动荡的草原上充当拯救人类的"超人",但是却成了失去自我的"苦吟的思想家,没有算盘的经济家",最终变成被抛离草原的"寂寞者、独语者、畸零者"。他既涌动着新一代青年的血液,又感染着败落的旧家族的苦恼和感伤,小说借他的书信表白了他的性格:"佛说人生悲剧有两章,哈姆雷特的哀伤,堂吉诃德的横冲直撞。如今,这两部戏,同一时间同一空间在我一个人的身上排成了一场。"作者以深沉而悲郁的历史命运感准确细微地刻画了人物形象。

整部小说充满一种与舒卷风云的大草原相协调的粗犷兼柔媚的抒情调子,给人开阔、苍茫、沉郁,间有明媚秀丽的美感。在小说用语上,既大量吸收表现民俗与个性的口语和东北方言土语,又将其有机融化在作者那种绵密流利的叙述之中,语言泼辣而有生气。

40年代后,端木蕻良的创作逐渐减弱了早期作品中那种自然生态景观与社会文化景观、大地与人的雄浑错综的元气,显示了作家由重庆移居香港时期心境的寂寥。但是,作为一个早慧的作家,端木蕻良在二十岁出头便写就了《科尔沁旗草原》,这部长篇小说标志着他的艺术高峰,也显示了他不可估量的创作潜力。从文学气魄和气势来说,端木蕻良无疑是一个相当出色的长篇小说的能手。

除了具代表性的萧军、萧红、端木蕻良,东北作家群的其他重要作家还有骆宾基、舒群、白朗等。

骆宾基(1917—1994),原名张璞君,生于吉林省珲春县,30年代中期南下上海,开始了文学生涯。其长篇小说《边陲线上》动笔于抗战前夕,小说通过刘强、王四麻子等人与日军的周旋、"胡子"出身的刘司令率领的救国军的内部矛盾与分化等情节,展示了东北人民在日军野蛮统治下揭竿而起的曲折过程,有力地宣示了民族大义。短篇小说《北望园的春天》以富有象征意味的居家宅院烘托对人生的深切悲凉的体悟。小说中桂林市区的北望园,就是一个充满众生百相的小小世界:一边是窗明几净的红瓦小洋楼,一边是类似乡下马厩、牛棚的茅草房。小说可以称为抗战时期后方城市的浮世绘。作家以幽深而略带调侃的抒情笔触,潇洒自如地描绘出人生的平淡、寂寞和辛酸,而且这种平淡、寂寞和辛酸的人生又套有种种枷锁,包括经济的枷锁、家庭的枷锁和礼俗的枷锁。多重的相互映照的人生,构成了一个被遗忘的角落。就像评论者所说:大时代遗忘了小人物,小人物也遗忘了大时代。在艺术上,骆宾基善于体悟人生和发掘自我,作品中散发着浓郁的人情味。

舒群(1913—1989),原名李书堂,生于哈尔滨的一个贫苦工人家庭。1936年,舒群发表中篇小说《没有祖国的孩子》,写一个亡国少年的家庭、肉体和心灵所遭受的难以弥合的创伤。朝鲜少年果里很想入苏联子弟学校,但苏联少年说他的血统不行,使果里深受打击。小说将故事置于"九·一八"事变的巨大背景之下,这种异邦少年的心灵创伤也曲折铭刻着作家的山河之恨。相似的民族遭遇所诱发的同情和共鸣,使这种爱国主义的情愫闪耀着国际主义的光彩。作品又挖掘出人物真挚、倔强的灵魂,讴歌了中华民族在巨劫下依然刚强执著的精神。在描写抗日题材的作品中,舒群往往不从正面落笔,而是从侧面着墨,攫取日常生活的细节,讲究谋篇立意,以小见大,于情见理,灵巧而自然,更带艺术意味。

白朗(1912—1994),原名刘东兰,辽宁沈阳人,随祖父迁入齐齐哈尔市后,1923年考入该市第一师范学校,1933年考入《国际协报》任记者,次年主编该报大型文艺周刊《文艺》,后在上海参加左联。白朗的小说带有女性作家特有的清婉细丽的抒情气息。小说《伊瓦鲁河畔》描绘沦陷区的灾难生活，虽能够使人体味到东北大旷野的强悍气息，但不足之处在于缺乏内在的力度。白朗的所长在于以女性的敏感去揣摩妇女和儿童的心灵，感受婉曲微妙的人际情绪。当白朗善于发挥这种女性感悟力的时候，她就能写出小说《生与死》这类佳作。作品写出了铁窗之内母爱的伟大。小说采取倒叙结构，突出了"一根老骨头换八条青春生命"的严峻而坦然的人生价值的体现。小说对母性的挚爱描写得极为体贴，层层深入，使主人公老伯母的形象在民族大义的高度上得到了升华。

此外，罗烽的短篇小说《粮食》、中篇小说《归来》，李辉英的长篇小说《松花江上》《雾都》等，也都是东北作家群的创作历程中产生过相当影响的作品。东北作家群的崛起与成长，在很大程度上标志着左翼文学真正走向成熟。

思考题

1. 如何理解东北作家群的文字与文化意蕴？

2. 萧军、萧红创作风格的不同是什么？萧红的女性书写显示了什么样的个性魅力？

3. 端木蕻良等人的创作显示了怎样的群体特色？其个性差异又在哪些方面？

第十七章　张爱玲、钱锺书及沦陷区作家

第一节　张爱玲与乱世传奇

○沪上才女的人生故事　○张氏小说里的"上海人"　○"参差的对照的写法"

1937年11月12日中国军队撤离上海,大批文化人滞留于"孤岛",即日本人暂时没有占领的英美公共租界和法租界,从事文化事业和各种爱国活动。1941年12月8日,日本突然发动太平洋战争,同时进占上海租界,"孤岛"沦陷,文化人或被迫辗转迁移内地,或韬光养晦,尽量减少甚至停止公开的文化活动,以免为敌所趁。

这种局面意外地因一个上海女子张爱玲从香港大学失学归来而被打破。这位按民族主义逻辑应该不受欢迎的缪斯,不仅搅扰了敌占区沉寂的文化空间,掀起轩然大波,而且使沦陷期上海文坛大放异彩。

张爱玲原名张煐,"爱玲"是进学时母亲据英文名字 Eileen Chang 的音译临时起的,1921年生于上海,其祖籍,按祖父、清末著名"清流"张佩纶一系来说是河北丰润,按祖母、李鸿章女儿李菊耦一系来说则是安徽合肥。张两岁至八岁时全家住在张佩纶与相府千金成亲时在天津安置的旧宅,八岁回上海。十岁时,留学归来的新派母亲与遗少气重、家道中落的父亲离婚,不久再度出洋,留下她在脾气暴躁的父亲和妓女出身的后母的家里充分领受人情阢陧和人生无常,认识了许多新旧杂陈的古怪人物,培养了敏感多思的个性。寂寞中酷爱读书,先是古书,接着是新文艺和民国通俗文学,进教会中学后又通过英文接触西洋文学,由此生成的文才很早便显露出来。18岁在《西风》杂志上发表的征文《天才梦》,就有不少包含着独特

人生体验的隽语:

> 我懂得怎么看"七月巧云",听苏格兰兵吹bagpipe,享受微风中的藤椅,吃盐水花生,欣赏雨夜的霓虹灯,从双层公共汽车上伸出手摘树颠的绿叶。在没有人与人交接的场合,我充满了生命的欢悦,可是我一天不能克服这种咬啮性的小烦恼。生命是一袭华美的袍,爬满了蚤子。

赞美生命,同时敏感着它的破绽,这也是她四年后创作爆发期的一贯主题。

从教会办的上海圣玛利亚女学毕业后,她考取英国伦敦大学,因欧战爆发,改入香港大学,毕业前一年碰上太平洋战争,港大停课,只好于1942年下半年回到彻底沦陷的上海,与单身的姑母合住,并决定自食其力。最初用英文给 The XXth Century(《二十世纪》)投稿,步中学时代崇拜的林语堂后尘,用灵动波俏的文笔给外国人介绍中国。这个短暂的英文写作阶段很快因她在中文写作上的大获成功而中断,但她并没有放弃这些作品,在后来创作中文小说随笔的同时将它们一一翻成中文。"Chinese Life and Fashions"后改为《更衣记》,"Wife, Vamp, Child"后改为《借银灯》,"Still Alive"后改为《洋人看京戏及其它》,"China's Education of Family"后改为《银官就学记》,"Demons and Fairies"后改为《中国人的宗教》,这些都是她1945年出版的第一本散文随笔集《流言》中的翘楚之作,无论通篇立意,还是具体的观察和论断,都奇崛峻拔,不肯落入凡庸。比如她说:

> 现代的中国是无礼可言的,除了在戏台上。(《洋人看京戏及其它》)

> 在政治混乱期间,人们没有能力改良他们的生活情形,他们只能够创造他们的贴身环境——那就是衣服。我们各人住在各人的衣服里。(《更衣记》)

> 对于生命的来龙去脉不感兴趣的中国人,即使感到兴趣也不大敢朝这上面想——中国人集中注意力在他们眼前热闹明白的、红灯照里的人生小小的一部。在这范围内,中国的宗教是有效的;在那之外,只有不确定的、无所不在的悲哀。(《中国的宗教》)

她的随笔虽然未能避免一般早熟的天才常见的青涩和张扬,但人生体验的深透与修辞造句的精练,并不逊于许多老作家。就文体来说,则已经脱去了20年代的生硬和30年代的驳杂,呈现出40年代特有的知心贴肉的圆融畅达。

　　文坛关注的还是她的小说。1943年春，经亲戚引荐，她携新作《沉香屑——第一炉香》《沉香屑——第二炉香》拜访了"礼拜六派"老将周瘦鹃，周立即将这两篇小说揭载于他主编的《紫罗兰》复刊号与第二期。从此便一发不可收，1943年至1944年短短两年，张爱玲接连在《紫罗兰》《天地》《万象》《苦竹》和《杂志》等刊物上发表了17个中短篇小说和大量散文随笔。1944年8月由上海杂志出版社出版了第一本小说集《传奇》，四十多天后再版，并于1946年11月由上海山河图书公司出版增订本。

　　张氏走上文坛，恰逢"孤岛"沦陷后到日本投降前上海文化界最消沉的时期，客观情势虽然还没有严峻到必须像古人那样凡事避讳的程度①，但自然也不会允许她表现"革命""抗日"的时代主题。她自己就清楚地知道，"一般所说'时代纪念碑'那样的作品，我是写不出来的——我甚至只是写些男女间的小事情，我的作品里没有战争，也没有革命"。但这并非完全因为情势所迫，也和她独特的文学观有关：

　　　　我发现弄文学的人向来是注重人生飞扬的一面，而忽视人生安稳的一面。其实，后者正是前者的底子——虽然这种安稳常是不完全的，而且每隔多少时候就要破坏一次，但仍然是永恒的——好的作品，还是在于它是以人生的安稳做底子来描写人生的飞扬。没有这底子，飞扬只能是浮沫。②

　　因此她的作品回避了时代主题，专注于"不完全"却"永恒"的"人生安稳的一面"，而这主要就是她最熟悉的战争期间"上海人"的生活。据说《传奇》里有七篇是为"上海人"写的"香港传奇"③，其实她认真写香港的只有《沉香屑——第一炉香》《沉香屑——第二炉香》《茉莉香片》和《倾城之恋》四篇，《心经》《琉璃瓦》《封锁》《金锁记》《花凋》《年轻的时候》，包括《倾城

---

① 短篇小说《等》（1944年11月）中，推拿医生庞松龄的一个姓高的病人反复抱怨"沦陷区"的风气真坏，"公馆"的车如何横行无阻；中篇小说《桂花蒸·阿小悲秋》（1944年9月）中，女佣丁阿小的儿子百顺在学堂里做的手工是青天白日满地红的小国旗；张氏自己在散文里则经常诉说自己所处的乃是不断"破坏"中的"乱世"——这些细节虽然无法说明她的政治立场，却可以说明外族入侵者似乎也未能在当时的上海编织起一张密不透风的文网。

② 张爱玲：《自己的文章》，《苦竹》第2期，1944年12月，收入《流言》。

③ 张爱玲在《到底是上海人》中说："我为上海人写了一本香港传奇，包括《沉香屑——第一炉香》《沉香屑——第二炉香》《茉莉香片》《心经》《琉璃瓦》《封锁》《倾城之恋》七篇"，显系笔误，《心经》《琉璃瓦》和《封锁》都明确点出故事背景地是上海。

之恋》前半段背景地都是上海。《传奇》增订本所收《留情》《等》《鸿鸾禧》《桂花蒸·阿小悲秋》和《红玫瑰与白玫瑰》的场景则完全搬到上海。张爱玲写香港,主要也是写在香港的上海人,至于香港的英国人、杂种人和广东人,只是上海人的陪衬(后来的"香港人"概念那时还没成熟),甚至香港本身也是上海的一种折射,所以她总是"试着用上海人的观点来察看香港"①。张爱玲40年代小说主要是为上海读者写的上海人的故事——她认为只有上海人才懂她"文不达意的地方"。

张爱玲小说里的"上海人",乃是40年代发展成熟的"中国人"的一种特殊类型,其主体,原是掌管中国近代农业社会经济政治文化大权的士绅、官宦和中产之家,随着革命爆发,农村破产,都市兴起,纷纷移居上海,一半为享受都市生活的便利和奢华,一半为躲避乡村混乱。到上海后确实享受了一番,但经过一代、两代、三代,生齿益繁,入不敷出,子弟们单会沉溺浮华,不问生计,逐渐成了"破落户",虽然像《第一炉香》中那位昔日上海小姐、后来成为香港富豪遗孀的梁太太所讽刺的,"越是破落户,越是茅厕里砖头,又臭又硬",拼命维持旧家的空架子,或者像《花凋》中的郑先生,以遗少自居,无非"知道醇酒妇人和鸦片","有钱的时候在外面生孩子,没钱的时候在家里生孩子",但毕竟内囊空下来了,无论如何拗不过上海这样殖民地兼商业化都市的金钱规则,所以一边自欺欺人地维持脸面,一边也只好处处作实质性的妥协;像《创世纪》中的匡家,听说有个"门第不对"的男子追求因为贫穷连初中都没毕业只好在犹太人开的药房打工的女儿,就觉得辱没了尊严,拼命反对,及至探听到毛耀球的父亲确实开着水电材料店,还有几家分店,便"千肯万肯"了。"破落户"俯就"暴发户",并不一定能得好处,往往反被"暴发户"所作弄;"暴发户"——三四十年代另一种类型的"上海人"——行事为人都按照殖民地和商业化城市的规则,处处和"破落户"相抵触,最后受伤的总是"破落户"。

如果张爱玲仅仅描写"破落户"和"暴发户"斗法,她至多是近代通俗文学的余脉,就像她如果只是塑造《金锁记》里曹七巧一流的人物,充其量也只能掇拾曹禺《雷雨》的余唾。张爱玲独辟蹊径之处,是抓住"破落户"最年轻也最敏感的一代女性,让这些走出破落旧家后旋即被时代潮流无情推向社会、碰得头破血流同时也磨练得异常灵明的"女结婚员",从婚姻恋爱的切身经验出发来体贴上海大都市的人情百态,她由此不仅塑造了一批"女

---

① 张爱玲:《到底是上海人》,《杂志》,第11卷第5期,1943年8月,后收入《流言》。

结婚员"的独特形象,也提出了她本人对那个时代的独特审视。

《沉香屑——第一炉香》中香港富豪遗孀梁太太,"做小姐的时候,独排众议,毅然嫁给一个年逾耳顺的富人,专候他死。他死了,可惜死得略微晚了些——她已经老了;她永远不能添满她心里的饥荒。她需要爱——许多人的爱——但是她求爱的方法,在年轻人的眼光中看来是多么可笑!"这位老一代"女结婚员"为弥补青春的失落,用失落的青春换来的金钱拼命捞取男色,追求物质享受,"一手挽住了时代的巨轮,在她自己的小天地里,留住了满清末年的淫逸空气,关起门来做小型慈禧太后";甚至利用侄女做诱饵,帮她找男人。梁太太年轻时不肯嫁给家里为她安排的门当户对的男人,宁可给年过半百的富人做妾,是因为不肯随"破落户"一道沉沦。这种"务实"出于无奈,也种下了恶果,日后的恣肆放荡,表面上是一种胜利,实际上却是更悲惨的失败。只是这种失败,被精明的梁太太以中年人的顽梗和技术主义甚至数字主义的疯狂求爱掩盖罢了。

但张爱玲巧妙地通过继她而起的同样务实而聪明的侄女葛薇龙在堕落过程中的所思所想,重现了梁太太不愿正视的心理感受。葛薇龙,"一个极普通的上海女孩子",父母因为扛不住香港的物价而退回上海,她自己却决定投奔那位从旧式家庭反叛出来的姑妈,预备靠她资助继续在香港的学业。当她发现姑妈收留她乃是用她做诱饵勾引男人时,她已经因为贪恋物质的虚荣,和那被唤醒的沉睡的欲望,不能自拔了。她虽然步梁太太的后尘,但她的心还没有像梁太太那样完全钝化,不过这样一来,就更加清楚地用心里的明镜照见了自己每天的堕落。

梁太太先是自觉地用青春换金钱,后来又用换得的金钱喂饲那永远不能满足的饥渴,在这两阶段,她都想做自己的主宰,结果同样深陷于悲剧。稍微不同的是《金锁记》里的曹七巧,本为"油麻店的活招牌",被兄嫂逼迫,嫁给有钱人家做妾,服侍残疾丈夫,和梁太太一样,也压抑了正常的生命欲望,并经受了大家族特有的折磨人的钩心斗角。七巧被"扶正",在丈夫死后分得遗产、另立门户以后,并没有在香港定居的梁太太那么"幸运",可以为所欲为,她要保住用青春和血汗换来的金钱——唯一可以确认其价值的证据——就不得不继续压抑自己,免得授人(主要是夫家族人)以柄,或为人(包括秘密情人)所趁。长久的压抑导致心理变态,使她甚至不能容忍儿女的幸福,强迫他们和自己一样在压抑中毁灭。"三十年来她戴着黄金的枷,她用那沉重的枷角劈杀了几个人,没死的也送了半条命"。

梁太太和侄女葛薇龙,曹七巧和小叔子姜季泽以及儿子长白、女儿长安的关系,是惊心动魄的灵与肉的绞杀。此外,张爱玲写的更多的则是出于相同的生存结构表现出来却近乎无事的悲剧。《心经》是一篇演绎弗洛伊德理论而用力稍猛的作品,但立意很微妙:许太太为了拴住丈夫,竟然默认乃至纵容女儿的恋父情结,使本为正常的少女性倒错倾向在一种畸形的家庭关系中发展得不可收拾。一个女人想获得"幸福",不得不眼看着至亲骨肉陷入罪恶,即使这样——或正因为这样——她与幸福的距离更加遥远。《花凋》中的郑川娥的肺病,起因是母亲肆无忌惮地在未来女婿面前倒苦水,毫不掩饰自己的粗俗和家庭的混乱,严重伤害了川娥的自尊心,让她在未婚夫面前抬不起头。比起曹七巧、梁太太故意地败坏后辈,许太太和郑太太可谓在无奈或无意中断送了女儿的幸福。

"破落户"旧家就这样吞噬着年轻的殉葬品,让他(她)们充分经受着"心灵的痛苦"①。但除了曹七巧和梁太太这两个狂人,那些辗转挣扎着的年轻的生命几乎没有一个表现出决绝的意志。要决绝,就只有彻底疯狂,但张爱玲笔下的人物却善于妥协、务实、忍耐、麻木、自甘下贱,这种"到底有分寸"的疯狂,才是生存的法宝,所以他(她)们都"不彻底"②,其年轻的生命和所痛恶的旧家一样,暧昧而灰暗。葛薇龙自以为清醒,恰恰在清醒中妥协、沉沦,清醒只能成为自伤自悼的虚幻的优越感;郑川娥懂得自尊,却没有勇气将自己和家庭分开,以独立的自我站在未婚夫面前,只能在不明不白的冤屈中凋谢。《创世纪》中的匡潆珠在"破落户"旧家和"暴发户"男友之间两无着落:"家里对她,是没有恩情可言的。外面的男子的一点恩情,又叫她承受不起。不能承受,断了也好。可是,世上能有几个亲人呢?"她就这样牵牵绊绊糊里糊涂走向灰暗的所在。

张爱玲对这些人物,因为看明白了他(她)们环境的恶劣和天性的软弱,而将"憎恶之心"变成了"哀矜"。此外,她还努力挖掘这些人物身上美好的因素,比如她到底不忍否定潆珠对粗俗的"暴发户"男子的爱(《创世纪》);虽然葛薇龙已经堕落为妓女,替姑妈拉男人,替所谓的丈夫拉钱,也仍然为她辩护,说她这样做完全出于对混血儿乔琪一厢情愿的爱;曹七巧临了对小叔子姜季泽也并非决然无情,她只是套在黄金的枷锁里身不由己,作

---

① 鲁迅在《答有恒先生》中将觉醒了的青年人的痛苦描述为"心灵的痛苦"。
② 在《自己的文章》(《苦竹》,第2期,1942年12月)中,张爱玲说,"极端病态与极端觉悟的人究竟不多。时代是这么沉重,不容那么容易就大彻大悟。这些年来,人类到底也这么生活了下来,可见疯狂是疯狂,还是有分寸的。所以我的小说里,除了《金锁记》里的曹七巧,全是些不彻底的人物"。

者甚至也没有忘记让她临终温情地回忆起年轻时在油麻店结识的几个可能的爱人;白流苏和范柳原在机关算尽之后不得不承认对彼此有爱,而且"就事论事,他们也只能如此"。《留情》中的敦凤,守寡十年,改嫁米先生,"完全为了生活"。她一直记挂着前夫,米先生也一直记挂着重病垂危的正室太太,他们彼此防范、猜忌和嫉恨,但也需要彼此的爱,"生在这世上,没有一样感情不是千疮百孔的,然而敦凤与米先生在回家的路上还是相爱着";至于《封锁》中的翠远,明明知道趁着封锁在电车上勾引她的宗桢没有真心,还是觉得即使她日后嫁了人,未来的丈夫也"决不会像一个萍水相逢的人一般的可爱——她只要他生命中的一部分,谁也不稀罕的一部分";佟振保为了自己的声誉和前程,辜负了情人"红玫瑰"王娇蕊,却未能斩断对她的依恋,但他虽然很快厌弃了妻子"白玫瑰"孟烟鹂,却经不住她一味退让,最后还是"改过自新"了(《红玫瑰与白玫瑰》)。像这样分不清高贵与低贱、可喜与可悲、真心与假意的感情迷阵,"那种不明不白,猥琐,难堪,失面子的屈服"①,正是张爱玲竭力要向读者呈现的"上海人"同时也是一部分"中国人"的精神状态。

她也用同样的方式审视着上海的"下等人",以及在家庭和社会中实际处于卑贱地位的人。《等》中的按摩师庞松龄喜欢显摆他和做官的顾客的交往,爱看"打得好一点"即"要它人死得多一点"的电影,不过他对顾客确实是尽心尽意地服侍着,有很好的敬业精神。那些前来推拿的"太太们",要么谈论"在里头"(重庆)讨"二夫人"的丈夫,要么谈论在眼面前"讨小"的丈夫,抱怨中夹杂着盼望和显耀,说明她们仍然把希望寄托在男人身上。偶尔有人信和尚,信耶稣,都不是真心的。在这样的谈论中,"生命自顾自地过去了",并不怜惜这些以卑曲的姿态贪恋生命的人。《桂花蒸·阿小悲秋》是张爱玲第一个以女佣为主角的中篇,"要强的苏州娘姨"丁阿小看不起好色吝啬的洋主人,但别人批评他,就会激发她的"母性"来回护,甚至拿出自己的户口面在妓女跟前为主人撑场面。她在别人的屋檐下认真经营着自己的生活,只要"不在她的范围内",别人"作脏"与她无关,但实际上正是这个善良本分的阿小始终帮着洋主人"作脏"。和上海的上等人一样,上海的下等人同样"也不坏,只是没出息,不干净,不愉快"②。

张爱玲所用的方法,就是所谓"参差的对照的写法",不是"善与恶,灵

---

① 张爱玲:《传奇》,再版序,上海,上海杂志出版社,1944。
② 张爱玲:《我看苏青》,《天地》,1945 年 4 月第 19 期。

与肉的斩钉截铁的冲突那种古典的写法"。"参差的对照",既指人的身份的复杂,人的世界的复杂,也暗示着人性的复杂。

《传奇》中大多数人的身份都是复杂斑斓的,他们处于大变动的时代,很难保持一种身份不变,往往是多种不协调的身份叠在一起,一如他们内心的芜杂。《创世纪》写破落户子弟的窘迫:"潆珠家里的穷,是有背景,有根底的——可是潆珠走在路上,她身上只是一点解释也没有的寒酸。"《留情》写杨家表嫂:丈夫留学归来,把太太"鼓励成了活泼的主妇",好像欧洲沙龙里的人物,但是中国版的,成天打麻将;敦凤以前做杨家的穷亲戚,"可得有一种小心翼翼的大方","现在她阔了,尽管可以吝啬些"。《红玫瑰与白玫瑰》写佟振保在母亲规劝下聘定了良家女子孟烟鹂,"烟鹂很少说话——她很知道,按照近代的规矩她应该走在他前面,应当让他替她加大衣,种种地方伺候着她,可是她不能够自然地接受这些分内的权利,因而踌躇,因而更加迟钝了。振保呢,他自己也不是生成的绅士,也是很吃力的学来的,所以极其重视这一切,认为她这种地方是个大缺点"。人物的身份心态就这样斑驳杂色。《传奇》中的世界,无论上海还是香港,也都如此,恰如葛薇龙初见梁太太豪宅时那种印象:"这里不单是色彩的强烈对照给予观者一种眩晕的不真实的感觉——处处都是对照;各种不调和的地方背景,时代气氛,全是硬生生地给掺杂在一起,造成一种奇幻的境界。"英国人统治下的香港无非将世界的复杂性充量彰显而已。这样的世界和世界中的人,自然无法用单一视角来打量,只能用多角度的"参差的对照的手法"来表现。

鲁迅在30年代初曾经预言:"在现在中国这样的社会中,最容易希望出现的,是反叛的小资产阶级的反抗的,或暴露的作品,因为他生长在这正在灭亡着的阶级中,所以他有甚深的了解,甚大的憎恶,而向这剌下去的刀也最为致命与有力。"[①]张爱玲本人或许属于小资产阶级,但她反叛或暴露的并不止于小资产阶级,还包括"正在灭亡着"的"破落户"与正在兴起的"暴发户",以及下层社会的或一侧面;她的野心,是要写出并非英雄的"这时代的广大的负荷者",并揭示"人类在一切时代之中生活过的记忆"。不管她有没有做到,这位鲁迅在世时曾经用小说家的眼光认真观察而仅以杂文家的笔法简单勾勒过的"上海的少女"长大之后创作的以长大了的"上海的少女"为主角的小说,对40年代"上海人"(某一种类型的"中国人")的写照,

---

① 鲁迅:《上海文艺之一瞥》,《鲁迅全集》,第4卷,300页,北京,人民文学出版社,1981。

还是部分地应验了鲁迅的预言。

　　张爱玲所有的只是"哀矜",感叹,并非鲁迅的"反抗"。她熟悉现代西方文学,也曾鞭辟入里地分析过"中国人的宗教"的无效,但终极感情上还是逃进了中国传统世情小说特有的无可奈何的悲悯和哀伤,连语言和叙述技法也不断回归传统。她固然也曾执著过"生活的艺术"①,"在物质的细节上"争取着"欢欣"②,甚至也曾火中取栗般地挖掘着"高级的调情"③与低级的勾引背后或有的真心,但最终所面对的还是"不可捉摸的中国的心",所收获的仍然是对一切的怀疑,"就因为对一切都怀疑,中国文学里弥漫着大的悲哀"④——这话也可以看做她的自省,所以她总是在认真的热闹上面照例涂抹一层颇不吉利的忧郁色彩:"有一天我们的文明,不论是升华还是浮华,都要成为过去。如果我常用的字是'荒凉',那是因为思想背景里有这惘惘的威胁。"⑤另一个场合,她干脆将自己的时代称作"乱世"⑥,这当然不仅是她对所生存的世界的判断,也是对所描写的世界的设定。

　　因为张爱玲在沦陷期大放异彩,她的大部分小说随笔均发表于多少具有日伪背景的杂志,因为她曾经和"东亚明星李香兰"一起参加过具有日伪背景的纳凉晚会,她和汪伪政府宣传次长胡兰成有过一段短暂的婚姻,她曾经收到"第三届大东亚文学者大会"的邀请(她自己说是写信坚辞了),所以日本一投降,就有人将她目为"文化汉奸",这是她 1945 年之后创作消沉的因素之一。40 年代下半期她一度热衷于电影剧本,《太太万岁》《未了情》(同时改写为小说《多少恨》)最为著名;50 年代初,化名梁京,发表了描写备受凌辱的陪嫁丫环终于自立门户而在抗战期间苦撑难局的中篇《小艾》,和同样具有通俗性质、刻画"乱世"男女悲情的第一部长篇《十八春》。这两部作品都有迎合时局的地方,但这对张爱玲来说毕竟十分勉强。1952 年,她终于以赴香港继续学业为由离开内地,开始了后期的创作生涯。但她最值得纪念的,还是 1943 年至 1944 年在上海的昙花一现,这无论对她本人,还是对中国现代文坛,都是一个不小的奇迹。

---

① 《张爱玲文集》,第 4 卷,18 页,合肥,安徽文艺出版社,1992。
② 同上书,114 页。
③ 同上书,239 页。
④ 同上书,114 页。
⑤ 同上书,138 页。
⑥ 同上书,238 页。

第二节　钱锺书的《围城》

○"写在人生边上"的策略　○对都市人生的冷静反讽　○《围城》的寓言意义

　　钱锺书,1910 年生于无锡一个书香门第,"出嗣"给长房伯父,后者为他取名"仰先",字"哲良","抓周"时又取名"锺书","仰先"成了小名,后来其父、著名文史学家钱基博为他改字"默存"。钱氏自幼博闻强记,旧学根底扎实。先后入苏州桃坞中学、无锡辅仁中学,在这两所美国圣公会办的教会学校成绩突出,英文尤佳,日后治学"颇采'二西'之书"①,实已种因于此。1929 年考入清华大学外国语言文学系,专习西方语文之余,"妄企亲炙古人,不由师授。择总别集有名家笺释者讨索之",西学中学,无书不窥。在清华读书以及 1933 年毕业后任职上海光华大学期间开始发表书评和论之文,显露惊人的博学与卓特的识见。1935 年取得英国"庚子赔款留学资助",赴牛津大学苦读两年,以论文《16 世纪至 18 世纪英国文学中的中国》获副博士学位,又在巴黎索邦大学研究一年,因被母校清华文学院聘为教授,遂于 1938 年夏回国,在当时清华大学已并入其中的国立西南联合大学外文系任教,后往钱基博所在的湖南蓝田国立师范学校任教一年,1941 年暑假回沪探亲,恰逢珍珠港事件爆发,"孤岛"沦陷,交通受阻,只好潜伏下来,艰难度日,一面整理积学,撰写研究中国古代"诗话"理论的名著《谈艺录》,一面从事文学创作。

　　1941 年他出版了随笔小品集《写在人生边上》,收《魔鬼夜访钱锺书先生》《窗》《论快乐》《说笑》《吃饭》《读伊索寓言》《谈教训》《一个偏见》《释文盲》《论文人》十篇,多为 30 年代在清华读书和留英期间所作,一小部分写于 1938 年夏回国之后至 1939 年 2 月写"序"之前,以创作为主,不包括已经发表的大量书评、书信及论学之文。《写在人生边上》是对人生的一种远距离的观察玩味。对话体小品《魔鬼夜访钱锺书先生》,就针对社会环境、人类全体尤其文人的堕落,一路批评下来:

　　　　人怕出名啊!出了名后,你就无秘密可言。什么私事都给访事们

---

① 钱锺书:《谈艺录》,1 页,北京,中华书局,1984。

去传说,通信员等去发表。这么一来,把你的自传或忏悔录的资料硬夺去了。将来我若做自述,非另外捏造点新奇事实不可。

现在是新传记文学的时代。为别人作传也是自我表现的一种——你若要知道一个人的自己,你须看他为别人作的传;你若要知道别人,你倒该看他为自己作的传。自传就是别传。

就是诗人之类,很使我失望;他们常常表现灵魂,把灵魂全部表现完了,更不留一点给我。

人类的灵魂一部分由上帝挑去,此外全归我。谁料这几十年来,生意清淡得只好喝阴风。一向人类灵魂有好坏之分。好的归上帝收存,坏的由我买卖。到了十九世纪中叶,忽然来了个大变动,除了极少数外,人类几乎全没了灵魂。

有种人神气活现,你对他恭维,他不推却地接受,好像你还他的债,他只恨你没附缴利钱。另外一种假谦虚,人家赞美,他满口说惭愧不敢当,好像上司纳贿,嫌数量太少,原璧归还,好等下属加倍再送。

这些批评并不期望马上收到现实的回应,更多倒是为了显示智慧上的优胜与满足,作者也特别经心于讽刺语言本身的锤炼:

有了门,我们可以出去;有了窗,我们可以不必出去。(《窗》)

猪是否能快乐得像人,我们不知道;但是人会容易满足得像猪,我们是常常看见的。(《论快乐》)

这种旨在显示主体优胜的讽刺很容易变成智慧的操练和语言的炫耀:

把饭给自己有饭吃的人吃,那是请饭;自己有饭可吃而去吃人家的饭,那是赏面子。交际的微妙,不外乎此。反过来说,给饭与自己没饭吃的人吃,那是施舍;自己无饭可吃而去吃人家的饭,赏面子就一变而为丢脸。这变是慈善救济,算不上交际了。(《吃饭》)

但毕竟才高,又确实抓住了值得讽刺的对象,到底不失分寸:

自从幽默文学提倡以来,卖笑成了文人的职业。幽默当然用笑来发泄,但是笑未必就表示着幽默……

这种幽默本身就是幽默的材料,这种笑本身就可笑——(《说笑》)

在非文学书中找到文章意味的妙句,正像整理旧衣服,忽然在夹袋里发现了用剩的钞票和角子;虽然是分内的东西,却有一种意外的喜悦。(《释文盲》)

巧思配合着博学，与直接的人生体验不同，得之于书本者更占优势。这些撷取英国随笔精华、充满尖利的人生讽刺和洞见的诙谐智慧之作，使钱氏成为现代随笔领域继徐志摩、梁遇春之后又一具有明显欧化风格的俊才。

钱锺书同时也开始了小说领域的尝试。1946年出版的《人·兽·鬼》，包含《上帝的梦》《纪念》《灵感》三个短篇和中篇《猫》，篇幅不大，分量不轻。《灵感》写一位高产作家梦见死后被笔下众多人物追讨性命，因为他从来没有将他们塑造成功，活在纸上。随笔的隽语和智慧在小说中到处可见，讽刺的对象则集中于人类用文化和情感掩盖的粗俗的动物本能，这本能因为毕竟被文化和情感掩盖着，经过了层层化装，更显微妙，揭示出来，也更惊心动魄。比如《猫》中的建侯为了掩盖自己的无能而雇用大学生齐颐谷为自己写传记，结果是为他的太太、八面玲珑的沙龙主妇爱默找来一个情人。那些在爱默的客厅卖弄口舌的人们，大都如此。《纪念》中少妇曼倩因为不满丈夫才叔的枯槁，爱上健硕的年轻飞行员天健，但天健死后她所能回味的也只是"结实的肉体恋爱"。这些小说说明他最擅长讽刺自己熟悉的人群即现代中国的知识分子。《上帝的梦》是一则寓言小说，显示了钱锺书作为一名深受现代西洋文明熏陶的中国作家对西方文明的选择。他和现代中国绝大多数知识分子一样，仅仅接受了文艺复兴以来的西方世俗文明，对西方宗教包括上帝的信仰基本没有认同。他把对现代中国现实的不满轻易转换为对现代中国并不太了解的上帝的讽刺，固然炫耀了他的智慧，也暴露了他的局限。因为并不寻求神，对"人"的问题的思索只能通向对人之下的"兽"与"鬼"的揭发，后二者无非"人"的变相而已。但"人"之上更加超越的情思意念，以及由此而来的更丰富更真实的分裂和冲突，都不是他愿意面对和能够面对的，这就无法避免博学底下的浅薄和巧思背后的轻浮。

长篇《围城》于1944年动笔，作者自述是在抗战后期"忧世伤生"的心境中以两年时间"锱铢积累"地完成。① 1946年发表于郑振铎、李健吾主持的抗战胜利后最负盛名的杂志《文艺复兴》上，1947年年初著名编辑家赵家璧在上海晨光出版社为它出单行本，次年再版，1949年出第三版，累计印刷六次。在抗战胜利后上海文坛的纷乱中，这样受欢迎的程度也是一个奇迹。

作者在第七章通过范小姐与赵辛楣谈论新派话剧、范借书给赵辛楣等细节来打趣新文学家。他看不起国内流行的新文艺，主要是不屑于其浅薄的浪漫主义和廉价的社会主义，《围城》正好得其反者，落入了袖手旁观的

---

① 钱锺书：《〈围城〉序》，1946年12月15日作。

个人主义和将一切都撕碎了加以暴露和讽刺的怀疑主义。这两个视角所形成的叙述张力,也许正是钱氏小说的某种特色,同时也为中国现代化文学的惯见叙事增添了新鲜的格调。在这个意义上,它们正是贯穿于《写在人生边上》《人·兽·鬼》中的精神,《围城》的表现更其充分而已。长篇的主体,是描写30年代末从英国和欧洲留学归来的青年学者方鸿渐在国内最初几年的经历,结构上采取欧洲"流浪汉体小说"的样式,依次叙述方鸿渐在归国的法国邮轮上与鲍小姐苟且,到达上海后拜见供他留学的名义上的岳父岳母,然后往乡下老家探亲,在当地中学胡乱做了一场关于中西文化交流的报告,接着回上海,暂住岳父家,在弄巧成拙地婉拒同学苏文纨小姐的笼络的过程中,结识了苏的表妹唐小姐以及留学美国的赵辛楣和曹元朗、董斜川、褚慎明等上流社会青年知识分子,不久发现知音寥寥,并很快因为和苏小姐周旋失败,与唐小姐恋爱关系破裂,又为岳家所嫌,不得不接受国立三间大学聘书,和"同情兄"赵辛楣及其朋友的女儿孙柔嘉以及已过中年的学者李梅亭、顾尔谦结伴,依靠战时简陋的交通,一路跋涉,来到位于湖南的国立三间大学。不料一到该大学,就陷入无聊的人事纠纷,并多少有些被动地落入了和孙小姐的恋爱关系中,一年以后就随着赵辛楣离开三间大学,经香港回上海,短期供职于某报社,因为婚后和孙小姐琴瑟难合,又无法处理和逃难来到上海的大家庭以及具有亲日倾向的报社老板的关系,只好准备再赴内地,托赵辛楣帮他在重庆另谋出路。但到此他已心灰意冷,对前途不抱希望。这个表面充满戏剧性色彩内里却颇为悲哀的失败者的荒唐故事,不仅广泛触及抗战期间上海沦陷区和内地各色人等与社会情状,也揭露了战时中国一大批知识分子的生存状态和心理素质。

方鸿渐,有时候也包括他唯一的好朋友赵辛楣,既是小说的主人公,又发挥着小说叙事的主要视角功能,读者经常借他们的眼睛来看整个小说世界,不知不觉透过他们洒脱自嘲的心意言行来欣赏他们的超然、纯洁、善良和风趣。但作者同样将他们置于被审视的地位,毫不掩饰他们的虚荣、浅薄、软弱、糊涂、随俗等缺点,他们比周围那些知识分子略好一点,也正是这略好一点使他们无法摆脱良善而清醒的无能者和堕落者的尴尬。学政治学的赵辛楣和学文学哲学的方鸿渐表面谦逊,骨子里则颇有抱负,但慢慢地,他们在自己也不省察的情况下放弃了当初的高迈和超然,主动降低格调,同流合污。即便如此也没有得到社会特别的回报,只收获了普通人所同有的烦恼沮丧。冷静的社会批判,结合着同样冷静乃至漠然的人生讽刺,使这部长篇小说的悲凉基调,无法为其幽默俏皮的语言艺术所掩盖。

作者自序他这部作品是想"写现代中国某一部分社会,某一类人,我没忘记他们是人类,只是人类,具有无毛两足动物的基本根性"。其实他未必一开始就写"无毛两足动物的基本根性",只是写到后来,现代人类各种漂亮的外衣被他一层层剥去了,只剩下那些动物的根性。这种讽刺精神,加上"流浪汉体小说"单线向前的叙事方式,使《围城》人物大多数为"扁平型",缺乏多层次多侧面的展开。

《围城》故事情节和精神蕴蓄并不丰满,人物塑造并不新奇,足以弥补这些不足的,是多姿多彩俯拾即是的比喻。全书七百多条比喻,平均一页两个,整个叙述过程几乎就是比喻连着比喻的智慧的展览。这部学者小说,同时也是一部智慧风趣的作品,它给读者带来的快乐,并不仅仅从故事情节而来。尽管个别比喻或许拟于不伦,有些比喻逸出情节的需要而成为附赘悬疣,但白璧微瑕,不为智者之累,绝大部分比喻都非常智慧乃至妙到顿然生辉,不仅凝聚了作者丰富的学识,也透显了他细微深致的人生体察。《围城》几乎全部由智光闪闪的比喻编织而成,这种独特的手法极大地丰富了现代中国长篇叙事艺术的样式,其文学审美价值得细细品味和研究。

第三节　沦陷区的文学叙述

○上海"孤岛"作家　○周作人与北平文坛

在这一时期,虽则众多成名作家或远走、或不言,但仍有一些作家或迫于生计、或甘心附逆,活跃在沦陷区文坛。总体而论,沦陷区文坛一方面延续了战前文化格局的某些特征,如以北平和上海为中心;另一方面又因战争形势的变动,各种势力的争夺、交错与情势之复杂而呈现较为混沌的局面。

苏青与张爱玲同时崛起于上海文坛,其1944年发表的代表作《结婚十年》为上海极畅销书,与张爱玲的《传奇》并美。苏青生于1914年,本名冯允庄,原籍浙江宁波,她曾为了婚育,中断大学学业,又因产女后的苦闷,发抒为文,开始创作,以"冯和仪"的笔名投稿,其后婚姻破裂,走上职业女性和职业作家之路。她的文章风格"平实而热闹"[①],且多为写实。《结婚十年》即为其生活之投影,女主人公先是遵父母之命成婚,又因生女孩遭夫家冷落,丈夫用情不专,为遣胸中苦闷而写作投稿,获得成功后丈夫不容,最后

---

① 胡兰成:《谈谈苏青》,《小天地》,第1期,1944年9月。

不得不分手。她顶着社会对离婚女人的巨大压力，勇敢地担当起支撑单亲家庭的责任。作者站在女性立场上，刻画出一个敢于向传统习俗挑战的女人。苏青的其他作品如小说集《涛》、长篇《续结婚十年》、中篇《歧途佳人》等都与之一脉相承，表现女性涉世终又幻灭的心路历程，直写女性的爱情和欲望，"能够做到一种'天涯若比邻'的广大亲切，唤醒了古往今来无所不在的妻性母性的回忆，个个人都熟悉，而容易忽略的，实在是伟大的。她就是'女人'，'女人'就是她"①，因而呈现出"健康"又"世俗"的风味②，而获得了市民读者的欢迎。此外，苏青还编有杂志《天地》。

胡兰成为汪伪文人，曾任南京伪政权的"中央委员""宣传部次长"及《中华日报》《国民新闻》主笔，出有政论集《战难和亦不易》等。胡兰成于1906年出生在浙江嵊县，1927年从燕京大学退学，后曾赴广西等地谋生，在香港期间为汪精卫所延揽，胡文名颇高，曾有"南胡北周"之说，除杂文和政论外，他还写随笔和批评文章，其小品"隽永有味"，其批评范围颇杂，且对新文艺有独到见解，文章散见于《国民新闻》《人间》《新东方》《杂志》《天地》《苦竹》等刊。在《皂隶·清客与来者》一文中，胡兰成由对《天地》上的作品的评论延及对文坛的看法，并涉及对张爱玲的小说《封锁》的探讨，认为"简直是写的一篇诗"，"但也为它的太精致而顾虑，以为，倘若写更巨幅的作品，像时代的纪念碑式的工程那样，或者还需要加上笨重的钢骨与粗糙的水泥的"。在《周作人与鲁迅》中，胡兰成认为"周作人与鲁迅是一个人的两面"，在"对于人生的观点上""有许多地方""是一致的"，但"周作人是寻味于人间，而鲁迅则是生活于人间，有着更大的人生爱"。胡兰成由苏青介绍，认识张爱玲，不久二人签订婚书结为夫妇，并共同创办《苦竹》杂志。1941年，胡兰成赴武汉任《大楚报》社长，以沈启无和关永吉为助手。日本投降后，胡兰成避匿乡间，后逃往日本。

路易士，本名路逾，字越公，1913年出生于河北清苑，1933年从苏州美术专科学校毕业，曾与戴望舒、徐迟一起创办《新诗》杂志。后又组织"菜花诗社"，出版《菜花诗刊》《诗志》，为现代派的重要成员，曾出版诗集《火灾的城》等，《在地球上散步》《奇迹》等诗为其名作。胡兰成在批评中以路易士之诗为时代标志，认为1925—1927年中国革命，是中国文学的分水岭；在诗的方面，革命前夕有郭沫若的《女神》做代表；革命失败后的代表作品，则是路易士的。《女神》轰动一时，而路易士的诗不能，只是因为一个在飞扬

---

① 张爱玲:《我看苏青》,《天地》,1945年4月第19期。
② 同上。

的时代,另一个却在停滞的、破碎的时代。在上海沦陷期间,路易士曾与胡兰成等汪伪文人往来密切,在其主持的汪伪刊物发表作品,并主办《诗领土》月刊。抗战胜利后,路易士改笔名为纪弦,并于1948年迁往台湾。

师陀是孤岛和沦陷时期最重要的作家之一,原名王长简,1946年以前用笔名芦焚,河南杞县人。"九·一八"事变发生后,他参加反帝大同盟,进行救亡宣传工作。师陀熟悉的是乡土中国,早期作品多缘自对于家乡小城刻骨铭心的记忆,后逐渐转向描写城市的中层社会。其文笔深沉淳朴,擅长描摹世态人情,刻画社会风习,笔端多带感情,著有短篇集《无名氏》《果园城记》,中篇《无望村的馆主》,长篇《结婚》《马兰》,散文集《看人集》《上海手札》等。《果园城记》是师陀最著名的作品,1946年出版,包括18个短篇,描写了一个小城的日常生活、人情世态,并将这一小城当做一切小城、当做一个人来反复摹写。① 其中,有小城如同"废墟"般的阴影,"凡是到果园城来的人,谁也别想幸全,他一起进城门,走在那浮土很深的街道,忽然,他会比破了财还狼狈,首先他找不到自己了",这种精心渲染的小说场景象征了现实生活中无处不在的文化语境和精神压力。有小城生活的亦哀亦乐,如终年等待早已被枪毙的革命者儿子回家的不知情的老母;水鬼阿嚏荡涤污秽的恶作剧;不停地为亲友缝嫁衣、绣寿衣,也为自己缝绣了够穿30年的衣衫的29岁的秀姑;给世界带来美丽和希望自身却横遭不幸的知识女性;等等;有游离于乡村与城市边缘的知识分子,如孟安卿外出闯荡十几年,回来后发现果园城已经忘记了他,于是继续出走;如孟季卿,独自一人在北京,而家乡的遗产则是堂兄弟们争夺的目标。这种"返乡"的叙事模式存在于师陀的大部分小说中,知识分子返乡时巨大的心灵震荡,交织着批判与感伤兼有的情绪渲染,构成了师陀小说独特的艺术魅力。在沪期间,师陀还参与话剧活动,与柯灵合作改编高尔基的《在底层》为《夜店》,轰动一时。

在以北平为中心的华北沦陷区文坛,除周作人、沈启无等著名作家外,尚有袁犀、梅娘、关永吉等新进作家,此外校园作家及左翼文人亦活动其间。自1938年后,留守北平的周作人渐与日方接近,终至接受伪职,相继担任伪北京大学文学院院长、华北教育总署督办、国府委员等职。与此同时,周作人继续着他的散文写作,在《中国的思想问题》等文章中,周作人试图建构

---

① 师陀在《果园城记》中精心地描写了一个能够代表"中国一切小城"的果园城,以小城为小说的主人公,并试图写出它的"生命""性格""思想""见地""情感"和"寿命"。《果园城记》有意从小城的历史中截取"从清末到民国二十五年"这一段,试图写出它的"像一个活的人"一样的生命历史。

一种以"儒家人文主义"为中心的思想体系,并与日伪意识形态勾连起来,以其为"大东亚文化"的"中心思想"。这一系列文章表达了周作人在"落水"之后对中国问题的思考,也即在"乱世"中如何保存中国文化,但这种文学叙述,却对其"落水"行为构成了某种讽刺效果。

1943年8月,在第二届东亚文学者代表大会上,日本作家片冈铁兵作了题为"中国文学之确立"的发言,指责"目前正在和平地区内蠢动之反动的文坛老作家",胡兰成在《周作人与路易士》一文中提及此事,周作人得知后,即发表了针对其弟子沈启无的"破门声明"。沈启无1902年生于江苏淮阴,字闲步,笔名有开元、童驼、潜庵等,出身燕京大学,与俞平伯、废名等人并称"苦雨斋四大弟子",时任伪北京大学文学院国学系主任,曾主持《北大文学》《文学集刊》等刊物,写有《闲步庵随笔》《筹夜笔记》《风俗琐记》等多种散文集,并出版诗集《思念集》及与废名的诗合集《水边》,其诗歌写作受废名影响,有"我有一首诗藏于我的心里/我轻轻捉一支笔/我的诗又不在笔里/我的诗又无所不在/像一面镜子似的"之语。沈启无因继任伪北京大学文学院院长及刊物事与周作人产生矛盾,化名"童陀"发表文章影射"老作家",继而将自己主持的《文学集刊》与周作人主持的《艺文杂志》对立起来,有"《艺文杂志》代表老作家,《文学集刊》代表青年作家"之语。片冈铁兵即因《中国的思想问题》诸文及沈启无的活动而攻击周作人。这一"扫荡反动老作家"事件,最后以沈启无被逐出师门和片冈铁兵的道歉而告结。

袁犀、梅娘皆是东北流亡作家,寓居北平从事文学活动。袁犀原名郝维廉,1920年生于辽宁沈阳,1941年从东北来到北平,其创作深受鲁迅、巴金等人及俄苏文学影响,力图真实展示挣扎在社会底层的各种人物,著有短篇集《泥沼》《森林的寂寞》《某小说家的手记》《时间》,长篇小说《贝壳》《面纱》等。袁犀的小说全景式地描写近代中国人民受苦受难的经历,但并不局限于此,更透过这一世相展示人类痛苦的灵魂。譬如《泥沼》探讨知识青年的生活道路问题,《一个人的一生》影射沦陷区现实,等等。长篇小说《贝壳》写的是20世纪30年代初处于北京和青岛的一群知识分子,在婚姻爱情上复杂的关系、纠葛和遭遇,反映知识女性真挚的爱情追求不但无法实现,还会遭致难以愈合的精神和肉体创伤。在结构和描写上,可见出作者受俄国作家阿尔志跋绥夫的《沙宁》的影响,趋于19世纪批判现实主义传统。《面纱》又名《盐》,是《贝壳》的续篇,描写三个女性不同的生活道路,而以"一二九"运动为背景,通过女主人公之一——金采参加示威游行,在与军警的混战中受伤住进医院,表现进步的知识女性的坚韧品质和献身精神。

梅娘原名孙嘉瑞,1920年生于吉林长春,是一个大户人家的庶出女,小学时期即经历了东北沦陷的种种现实和惨痛,1938年曾赴日本学习,1942年定居北平,著有短篇集《小姐集》《第二代》《鱼》《蟹》和未完成长篇《小妇人》《夜合花开》等。受其经历影响,梅娘小说中出现得最多的是战乱中的妇女,通过她们的坎坷经历和悲惨命运,以"女人和女人之间浓厚的感情",展示出女人的不幸和人世间的不平。其水族系列小说《蚌》《鱼》《蟹》即象征式地探讨了沦陷区大家庭青年女性的不同命运:"蚌"象征在社会、家庭的倾轧中心力交瘁而只能束手待毙的女子;"鱼"象征崇尚个性解放的反叛女子,将婚姻当做抗争的唯一手段,在家长制和封建贞操观编织的有形和无形的"渔网"面前,陷入经济拮据和情感苦闷中而苦苦挣扎;"蟹"象征与破败的旧式大家庭彻底决裂而勇敢走上新生活的女子。从"蚌"到"鱼"到"蟹",作者揭示的是女性只有摆脱借助婚姻而取得自由的幻想,才能变得更强大,才能有希望。在水族系列小说中,《蟹》尤为突出,它表现了沦陷区大家庭的破败,并凸显出在这一特定社会背景下,新一代与老一代之间的尖锐冲突。

关永吉1916年出生于河北静海,原名张守谦,曾在北平、武汉等地任编辑,同时发表小说、新诗和杂文。关永吉积极参与华北沦陷区文坛的文艺论争,提倡乡土文学,意在提倡爱自己的家乡、爱自己的土地人民,因而其小说多关注破败的农村和困顿的市民生活,出版有短篇集《秋初》《风网船》和中篇《牛》。在短篇《苗是怎样长成的》中,关永吉书写了农民因好年成而生出的希望被伪军的抢劫破坏的故事,饱含着愤慨之情,颇为大胆。而中篇《牛》则写田主高五家在乱世中的经历,由于乡村生活方式的变化,高五爷的梦在种种压榨和奴役下破灭了。"牛"是全篇小说的中心意象,一方面象征农民忠厚倔强的性格,及其对乡土的眷恋;另一方面则象征农民受奴役的命运。

沦陷区的散文、戏剧创作较为繁盛,除周作人继续发表作品,并一度"南下"而成为沦陷区文坛盛事,陈公博、周佛海的回忆录等随笔亦畅销,杨绛的《称心如意》、王文显的《梦里京华》(中译本)、姚克的《清宫怨》、袁俊的《富贵浮云》等戏剧也是一时的优秀之作,并收入孔另境主编的《剧本丛刊》。沦陷区文学,呈现出抗战年代某一侧面诸多作家的多元矛盾心态,有些现象值得认真反思,而有的现象则需要新的更深入的辨析与研究。

思考题

1. 简述张爱玲的文学态度。
2. 你怎样看钱锺书主体性优胜的讽刺。

第十八章　艾青与七月诗派

艾青30年代初走上诗坛,他作品深沉而忧郁的抒情风格受到人们普遍的注意。抗战爆发后,艾青事实上已成为最具代表性的诗人之一。30年代末到40年代中期,可以称之为"艾青的时代"。他的创作不仅开了一代诗风,而且深刻影响了这一时期乃至40年代后期的诗界,七月诗派即为其中的一个代表。

第一节　艾青诗歌的发展

○从"叛逆者"到"吹号者"的心路历程　○造一座农妇命运的塑像
○对新诗更高起点的综合

艾青(1910—1996)生于浙江金华,早年在金华、杭州读书,1929年赴法留学,后参加左翼文艺活动。抗战爆发后,辗转于武汉、山西、湖南、广西等地,1941年由重庆转赴延安。

艾青是由画家成为诗人的,在精神历程上,则从时代的"叛逆者"变成了"吹号者"。他早年的诗歌,明显有法国印象画派和超现实主义诗歌影响的痕迹。在诗的色彩处理上,追求瞬间、强烈的光的效果,立体与稳定的雕塑感;在诗绪上,注重反抗的、梦境式的潜在意识的刻画;在思想上,受到崇尚个人自由与革命要求的法兰西思想文化及卢梭人道主义思想的熏染。它们与艾青深沉、忧郁的个性相融合,形成了诗人早期创作的基本特色。写于巴黎的《会合》,在跳跃、奔突的诗行里,混合着"支那、安南"等东方青年的反叛情绪,以及个人生命的无着感。《透明的夜》中出现的"暴徒"形象,无疑是30年代蛰居上海亭子间某些具有左翼思想倾向青年的缩影。"凝聚的力"与"伸进火里的手",在这里不单透露着从"五四"延伸而来的思想的苦闷,也象征着不同于"五四"一代的中国新一代作家"思想即行动"的人生选择。艾青被胡风称为"吹芦笛的诗人"①。他的诗作《芦笛》的副标题"给阿波利奈尔"渲染了正是诗人同时代人的普遍心境:自由即人生目的。但这支"芦笛"连"法国大元帅的手杖也不换"的痛苦自白,却在另一种意义上向人昭示,一个诗人,只有与他多灾多难的土地取得血肉般的联系,并发出强烈、深沉的感情共鸣,才可能是民族的,也才可能产生真正震撼人心的力量。

1933年问世的《大堰河——我的保姆》,是艾青由"叛逆者"转向"吹号者",把思想感情和艺术个性真正融入民族生活大地的重要转折点。正如作者本人所说,当他得知乳母大堰河溺死自己刚生下来的女孩,用乳汁来"喂养我——地主的儿子"的情形后,便"成了个人主义者"②。表面上看,这首诗的写作来自艾青童年生活和身陷牢狱的双重激发,实际上,它是作者深切同情中国农民命运、并以民族的忧患为己任的思想的必然趋归。大堰河是中国乡村农妇历史命运的一座雕像。她生来没有名字,出嫁后被套上夫权的枷锁,然后又把博大的母爱无私地给予地主家的乳儿。艾青正是从大堰河愚昧与善良、勤劳与卑微相交织的历史性格中,深刻洞见了中国农民的宿命,也由此激发出对人类普遍生存境遇的巨大怜悯。因此,当他写出这是"呈给大地上一切的,/我的大堰河般的保姆和她们的儿子,/呈给爱我如爱他自己儿子般的大堰河"的沉痛诗句时,人们注意到,艾青诗的起点已远远超出了"五四"新诗的阶段,他的人道主义思想不再是表面化的浅吟低唤,而具有了更为忧愤深广、充满哲思的历史社会内容。

1938年到1941年间是艾青创作的高峰期。他的创作是以充任民族解放战争最有力的"吹号者",在新诗发展史上完成对新诗历史的"综合"为基本特点的。一方面,在严酷的战争考验的面前,艾青自觉思索着民族的命运;另一方面,他亦思考着,怎样在这伟大的时代奉献出记录它历史生活的伟大诗篇。诗集《北方》和长诗《向太阳》堪称是用现代技巧表现时代生活主题的典范性艺术实验。对发展到抗战前期的中国新诗,艾青曾有过清醒的估价:"中国新诗,已经走上可以稳定地发展下去的道路:现实的内容和艺术的技巧已慢慢结合在一起,新诗已在进行着向幼稚的叫喊和庸俗的艺术至上主义可以雄辩地取得胜利的斗争。而取得胜利的最大条件,却是由

---

① 胡风:《吹芦笛的诗人》,《文学》,8卷2号,1937年。
② 艾青:《赎罪的话》,《解放日报》,1942-04-04。

于它能保持中国新文学之忠实于现实的、战斗的传统的缘故。"①革命现实主义与艺术探索之间形成的矛盾,曾极大地影响着新诗的发展。在30年代,"现实的、战斗的传统"在一部分诗人那里被发展成诗歌的主潮,它进一步密切了新诗与时代和人民的关系,但对诗歌艺术规律的忽视,又往往使其流于"幼稚的叫喊";在此期间,后期新月派和现代派诗人对诗歌艺术的探索,受到了人们的注意,然而他们对时代生活有意疏离,不免又流露出"艺术至上主义"的倾向。抗日战争的严酷现实所唤起的爱国良知,暂时化解了现实与艺术的矛盾,革命现实主义顺其自然地成为诗歌的主流。但时代内容的拓展并不是对30年代革命现实主义诗歌流派的简单回复,艾青的创作显然意味着更高起点上的对新诗的综合,他所代表的恰恰是现实主义和现代主义在时代背景下相互交换、融合的历史趋势,是把中国新诗发展推向新的高度的一种努力。

第二节　土地的歌者

〇从"土地"意象中发掘忧患的美　〇具有动荡时代特征的人物群像及其类型　〇对"五四""人"的主题的主动回应

在冯雪峰看来,艾青之所以在新诗发展中具有不可替代的历史地位,很大程度上取决于"艾青的根是深深地植在大地上"的,他是在根本上就正和中国现代大众的精神结合着的、本质上的诗人。事实上,从30年代初的《大堰河——我的保姆》,中期前后的《雪落在中国的土地上》《北方》《乞丐》《手推车》《他死在第二次》,以及到延安初期的自传体诗作《我的父亲》等,这些一再地激动了抗战时期广大青年的心的深沉的作品,贯注了艾青颇富现代性的审察眼光:一方面,传统的爱国主义感情,通过"土地"这一触目的意象,得到了饱满、强烈的和木刻般深挚的表现;另一方面,从鲁迅开始的对农民命运的现代性追问,在诗人本时期的诗作中显示了纵深性的延伸。作者在描述"大堰河"的命运时,极力地铺排着这个乡村母亲沉默中的宽厚、仁爱、坚韧与淳朴。但同时,他又将思考的触须伸向造成无数出乡村命运悲剧的历史成因:"雪落在中国的土地上,/寒冷在封锁着中国呀","饥馑的大地,/朝向阴暗的天,/伸向乞援的颤抖着的两臂"(《雪落在中国的土地

---

① 艾青:《北方》,序,桂林,文化生活出版社,1942。

上》);"在北方,/乞丐用固执的眼光凝视着你,/看你吃任何食物,/和你用指甲剔牙齿的样子"(《乞丐》)。他无所保留地赞美着那些乡村之子——"太阳"下的兵士,倒在大地上的吹号者,然而更力透纸背地察觉到伤兵们未来的命运(《向太阳》《他死在第二次》)。在文章《为了胜利》中,他曾发人深省地发出过这样的呼吁:农民的问题乃是最为紧迫的建国问题。这就鲜明地提示出关于人的命题:与中国土地合而为一的普通农民的命运,其实是人的命运;诗人发自内心深处的对劳动人民深沉的爱,乃是与对于人的关切深深联系、血乳交融着的。

正像他在《我爱这土地》中所吟唱的:

假如我是一只鸟,
我也应该用嘶哑的喉咙歌唱;
这被暴风雨所打击着的大地,
这永远汹涌着我的悲愤的河流,
这无止息地吹刮着的激怒的风,
和那来自林间的无比温柔的黎明……
——然后我死了
连羽毛也腐烂在土地里面

为什么我的眼里常含泪水?
因为我对这土地爱得深沉……

艾青的土地情诗超出于同时代人的,正是他这种促人思考的"弦外之音"。他写的不单是一般性的乡村灵魂的颂歌,而是通过抗战时期农民特殊的历史际遇,令人震惊地预言了中国社会现代发展的复杂性、曲折性和艰巨性。

在艾青这一时期的作品中,出现频率最高的是农妇、伤兵和乞丐的形象。这些最具有动荡时代特征的人物形象再三受到诗人的关注,不是没有理由的。20世纪的中国,经历着从古老的封建王国向现代化社会的历史性转变。在不可避免的社会大动荡、大阵痛中,处于社会最底层的农民是历史痛苦的主要承载者。对他们而言,这是一段痛楚而漫长的人生之旅。在《雪落在中国的土地上》里,那个"蓬头垢面"低着头的"少妇",茫然无措地坐在不知将要飘向何方的乌篷船里;吱呀呀的手推车,响彻了寒冷、沉默和战火纷飞的北方,"你们的车轮,究竟要滚向何处呀?"(《北方》)艾青回忆说,在他辗转"北方"的日子里,感触最深的就是对沿途的伤兵和乞丐的印象①。作为乡村之子,也作为像农妇、伤兵和乞丐一样有家难归的"漂泊者",艾青从这些人物身上发现了"在路上"这一深刻的文学主题——"中国的苦痛与灾难,像这雪夜一样广阔而漫长呀!"几年之后,他在一篇文章里意味深长地说:"这个无限广阔的国家和无限丰富的农村生活——无论旧的还是新的——都要求着在新诗上有它的重要篇幅。"②无论流落异乡的少妇、沦为贱民的乞丐,还是身着军装的受伤兵士,都是来自乡村的农民;无论是日寇的铁蹄,还是更大背景之中社会历史的转变,都注定了他们"在路上"的命运。在艾青看来,这一历史的规定性几乎是不可逆转的。因此,在意识到人与历史这一残酷的"中间性"的同时,诗人情不自禁地寄寓着自己的忧郁和同情,在他笔端,始终回旋着这样沉重的调子:"中国的路,是这样的崎岖和漫长啊!"

在中国新诗发展史上,如此长久又如此执著地关切农民命运的诗人,大概要数艾青了。他同时也是把最多的农民形象列入现代文学人物画廊的一位诗人。艾青用木刻般简洁、有力的笔触,捕捉着农民最微妙、细腻的心理,又以洞察历史的深邃眼光,赋予其丰富而复杂的人的内涵。无论在深度还是广度上,他都是一个无人能比的真正的歌者。

第三节　艾青诗学的意义

○把新诗推进到新的阶段　○主要诗歌意象及形式的张力　○"散文化"的实验　○艾青式的"生命诗学"

艾青的出现,意味着中国新诗进入了一个新的阶段。他的诗歌主张极大地开阔和拓展了处于历史演变之中的现代诗学。艾青的诗学贡献撮其要者,主要集中在富有张力的意象创造、立体化和散文化的形式构筑、确立个体生命与时代精神相共振的新型关系等方面。

意象是呈现诗人情绪记忆的重要手段,是其独特的语言表达方式。"土地"与"太阳"是艾青诗歌的两个重要意象。它们或许有比利时大诗人凡尔哈仑和法国印象派画家的某种影响,但在本质上却是与灾难和希望相

---

① 参见艾青:《为了胜利》,《抗战文艺》,7卷1期,1941年1月。
② 艾青:《序》,《献给乡村的诗》,昆明,北门出版社,1945。

渗透、黑暗和光明相冲突的中国社会的现代化的焦虑深刻关联着的。于是人们注意到,"土地"和"太阳"构成艾青诗歌的两个意象系列:在《大堰河——我的保姆》《雪落在中国的土地上》《乞丐》《手推车》《北方》《旷野》《时代》等诗作中,褐色的土地象征着中国乡村的历史记忆、农民的悲哀和多灾多难的民族命运,掺杂着诗人极其复杂的感情:"为什么我的眼里常含泪水?因为我对这土地爱得深沉。"而在《复活的土地》《向太阳》《他死在第二次》《吹号者》《黎明的通知》以及写于湖南新宁山野的某些小诗里,"太阳"的意象则成为作品主要的结构因素,它象征着诗人对历史总体趋向的希望。正是这热烈燃烧着的、充满典型的诗人式幻想的"太阳"意象,给千百万读者的心以鼓舞和激动。基于对城市文明给乡村文明带来极大破坏力的资本主义社会性质的认识,凡尔哈仑的乡村观成为艾青认识中国乡村社会的起点,但却不是他思想的终点。① 他是从超越凡尔哈仑的历史局限上确立自己的历史哲学的。他曾经说:"没有色调,没有光彩,没有形象——艺术的生命在哪里呢?"②这种态度,暗含的正是中国社会现代化历史进程中的某种必然性趋向,是二者之间高度的"契合"。艾青诗歌意象创造的魅力恰恰在于,他不再像现代主义诗人申诉纯粹个人的痛苦,也不像革命现实主义诗人对未来作直露的呐喊,"土地"(苦难)与"太阳"(希望)在他的诗里不是截然对立的,而是多重色调的。即使在艾青的同一首诗作中,人们也能听到那种类似交响乐的复杂的共鸣。显然,艾青意在把握的正是这两个主要意象之间的张力,这种艺术自觉,无疑深化了中国新诗的美学内涵。

打破旧诗的格律限制,探索符合现代生活节奏的比较自由的形式结构,始终是新诗孜孜以求的艺术目标。30年代初,戴望舒所谓诗歌节奏"不仅是音乐的,更应该是内在和情绪的"③主张,开启了新诗散文化的艺术进程。如果说,戴望舒"雨巷式"缠绵细腻的形式结构,妥帖、深入地刻画了现代知识分子的情绪世界,那么可以说,艾青则是使其审美空间里具有了忧愤深广的社会内容,赋予这种散文化的诗歌形式以史诗般品格的第一人。

抗战伊始,口号诗和大鼓词一时成为诗歌创作的潮流。它们顺应了民族危急时刻暴风骤雨式和戏剧化的情绪要求,但随着现实生活的日趋复杂,

---

① 在后来的创作实践中,艾青逐渐远离了凡尔哈仑。
② 艾青:《诗论》,桂林,三户图书社,1941。
③ 戴望舒:《诗论零札》,《华侨日报·文艺周刊》,香港,1944-02-06。

它们逐渐显露出简单浅陋的弊端。在此情况下,艾青对诗的"散文美"的提倡,包含有扭转风气的用意。他认为:"散文是先天的,比韵文美";它最接近口语,"新鲜而单纯";"富有人间味,它使我们感到无比的亲切"。① 这种主张,在艾青的创作中有充分的体现。首先,在松散之中强调约束的形式结构,拓展了诗人想象与表现的空间,为格律诗逐渐衰微之后的诗坛带来了新气象。《大堰河——我的保姆》是这方面较早、也是较成功的尝试。全诗共13节,少则4行诗一节,多则16行诗一节;少则每行两字,多则每行20字,全诗不是以韵脚,而是以首尾句的重复造成复沓的情绪基调。这种形式不拘束于外形的限制、韵脚与行数的约束,融叙事、对白、抒情于一体,在变化中有节制,在奔放中有协调,明显增加了诗的表现手段和艺术空间。散文化的另一特点是口语的运用。1938年以后,艾青的诗作明显增加了口语的比重。长诗《向太阳》在极尽铺排之余,在人物的刻画中大量使用了口语,不仅使读者有亲临其境之感,更重要的是十分宏阔地呈现了抗战初期立体化、多侧面的社会生活,赋予诗作以史诗的气质。《火把》更是运用口语的典型例子。诗中主人公唐尼和李茵、唐尼内心的潜台词与宏大时代生活之间的对话,增加了这首长诗的小说、戏剧的成分,也保留了诗的种种特点,使它以一种平易近人的方式贴近了整个时代的情绪。所以,闻一多在盛赞《火把》的同时,还亲自当众朗诵了它。②

诗与时代、现实与艺术的关系是抗战文艺界争论的一个焦点。1939年前后,艾青连续发表了《诗与时代》《诗与宣传》等文章和《诗论》的若干片断,尖锐批评了梁实秋、沈从文等"与抗战无关"言论,但也不同意将文学作品简单当成宣传工具的观点,重新阐发了自己对上述关系的看法。他在《诗论》中说:"叫一个生活在这年代的忠实的灵魂不忧郁,这有如叫一个辗转在泥色的梦里的农民不忧郁,是一样的属于天真的一种奢望。""忧郁"是艾青自幼形成的个人气质,它在诗人早期创作中曾郁结为一种深深的"流浪感"。③ 在抗战的动荡岁月里,艾青在辗转"北方"时不仅理解了北方农民的现实苦难,而且对这"世界上最艰苦与最古老的种族"感时忧世的精神传统在心灵上产生了强烈的共鸣——他对生命和时代都有了更深入的认识和体验。"农民式的忧郁"升华到新的时代精神的高度,诗人的作品也因此产

---

① 艾青:《诗论》,桂林,三户图书社,1941。
② 参见闻一多:《艾青与田间》,昆明《联合晚报》,1946-06-22。
③ 参见艾青:《在汽笛的长鸣声中》,《读书》,1979(1)。

生了个体生命与民族苦难相碰击、相渗透的强烈而深沉的和弦。在"吹号者"倒在泥色的大地上的一瞬间，生命因此有了更严肃、壮丽的意义，大地也由此拥有了更丰润、充实和感人至深的内容。把时代生活个体化，同时又将个体的存在时代化，成为艾青这一时期思想和艺术双重的自觉追求。因此，在"农妇""乞丐"和"士兵"长长的人物形象系列中，简单地把诗人的情绪解释成悲剧或是正剧都是短视的、不全面的。可以说，艾青式的这种"生命诗学"正是时代精神、民族传统与个体生命的高度融合。艾青艺术的成功很大程度上来自于这种浑然天成、朴实真诚的融合。这不仅使艾青在中国新诗史上葆有经久不衰的艺术魅力，也是他在新诗人中最具有世界性影响的关键所在。

第四节　田间和七月派诗人

○田间诗作在抗战前后的变化　○七月派诗人的思想特色　○胡风理论和艾青诗歌的影响　○两个基本的诗学命题　○绿原、阿垅等

田间是30年代初开始诗歌写作，在抗战的烽火中形成鲜明艺术风格的另一位代表性诗人。

田间是安徽无为县人，1916年生，1933年自故乡去上海，之后加入左联。抗战前出版的诗集有《未明集》《中国牧歌》和《中国农村的故事》等。这些早期作品受到左翼文学文风的影响，但也有自己的特色。它们大多表现工人、农民和兵士悲苦的命运，笔端常露出同情；它们给人的另一印象是，作品的视野里有一种热烈的"中国情结"，如表现东北大地所经历的侵略战争时，诗句显得十分激切："射击吧，东北的民众呵"（《松花江》）；"在中国，养育吧，斗争的火焰"（《走向中国田野的歌》），后来它们成为田间创作一贯的特色。田间早期作品大多朴实硬朗，语言比较大众化，关注现实是其主要的思想追求，但总体上看艺术尚不够成熟。

抗战爆发后，作者的思想和创作均发生了很大变化。在他最为活跃的抗战前期，贡献给诗坛的主要是抒情长诗和战斗性的街头短诗，如《给战斗者》《假如我们不去打仗》和《义勇军》等。1938年年初，他转道西北，不久赴延安；同年冬，穿过封锁线到达晋察冀边区。田间是当时街头诗运动的

"积极分子,是发起人和坚持人之一"①,并且是"晋察冀诗派"的主要诗人。延安文艺座谈会召开后,作者开始转入《戎冠秀》《赶车传》(第一部)等叙事长诗的创作,诗风趋向沉稳,前期创作激昂的基调相对减弱。

1938年初写的诗集《给战斗者》的序文《论我们时代的歌颂》,为田间整个抗战时期的创作定下了基调。在他曾产生过较大影响的长诗或短小精炼的街头诗中,诗人塑造的是一系列保家卫国和投入实际斗争的战士的形象。写于1937年底的长诗《给战斗者》,以质朴有力的诗句讲述祖国遭受欺凌的命运,号召人们"在斗争中胜利或者死",这是因为"战士底坟场会比奴隶底国家更温暖,要明亮"。战争赋予了战士必死的壮烈情怀,同时也使得他对祖国深沉的爱里充溢着感人肺腑的诗意:

> 我们怀爱着——
> 五月的
> 麦酒,
> 九月的
> 米粉,
> ……
> 从四万万五千灵魂的幻想的领域里
> 飘散着
> 祖国底
> 芬芳。

《义勇军》刻画的是另一类勇敢而可爱的兵士形象:

> 中国的高粱
> 正在血里生长。
> 在大风沙里
> 一个义勇军
> 骑马走过他的家乡,
> 他回来了:
> 敌人的头,
> 挂在铁枪上。

---

① 田间:《写在〈给战斗者〉的末页》,《诗刊》,1958(1)。

镜头摇向山高林深的长白山,一个面庞年轻英俊的小战士正横马远看,昔日朴实羞涩的乡村少年,如今已变成杀敌的勇士。这个形象含义深远地启示人们:中国广大的国土像高粱一样的在血泪中生长着,一代又一代的人将会前仆后继地投入民族救亡之中,直至迎接最后胜利的曙光。战斗的现实主义文学传统在 30 年代田间的诗里得以发扬光大,成为那一时期的绝唱,诗人也因此被闻一多称赞为抗战"时代的鼓手"①。

七月诗派是抗战中期出现的影响较大的诗歌流派。他们以新诗现实主义的传统为旗帜,以战斗的、火热的人生为底色,直接用诗投入实际的斗争,在国统区广大青年中产生了很大影响。七月诗派以《七月》《希望》《诗创作》《诗垦地》《呼吸》和《泥土》等杂志为阵地,以重庆、成都两地为主要活动中心,他们的作品多收集在胡风主编的《七月诗丛》《七月新丛》《七月文丛》等丛书之中,主要成员有阿垅、绿原、鲁藜、冀汸、彭燕郊、芦甸、孙钿、牛汉、罗洛、方然和曾卓等。

在七月诗派的形成与发展中,显而易见的是胡风理论和艾青创作的影响。绿原曾说,七月诗派中的"大多数人是在艾青的影响下成长起来的",并认为,他们"努力把诗和人联系起来,把诗所体现的美学上的斗争和人的社会职责和战斗任务联系起来",②在很大程度上又体现着胡风文艺理论的色彩。正如胡风所概括的:"现实主义者底第一义的任务是参加战斗,用他的文艺活动,也用他底行动全部。"③上述影响概括起来,即是七月诗派两个基本的诗学命题:生活态度与诗人的主体性。七月诗人大都是在抗战的烽火中走向人生同时也走向诗坛的,民族灾难与个人命运共同铸造了他们的艺术个性。因此,他们从艾青、胡风身上承继的不单是现实主义的诗歌传统,更有对生活提出的新的要求。绿原的话就很形象地揭示了七月诗人"生活态度"的时代特点。据他回忆:"七·七"事变的爆发,将他诸多小布尔乔亚式的幻想一扫而光,心灵失去了平衡,他深刻认识到"原来任何美妙的艺术都脱不了时间和空间的限制,不可能是普遍的和永恒的"。④ 所以他在民族危亡之际热烈地吟诵道:"人必须用诗开拓生活的荒野/人必须用诗战胜人类的虎狼/人必须用诗一路勇往直前/即使中途不断受伤。"(《白色

---

① 闻一多:《时代的鼓手——读田间的诗》,《闻一多全集》(三),上海,开明书店,1948。
② 绿原:《白色花》,序,北京,人民文学出版社,1981。
③ 胡风:《论战争期的一个战斗的形式》,《胡风评论集》(中),23 页,北京,人民文学出版社,1984。
④ 绿原:《人之诗》,自序,北京,人民文学出版社,1983。

花》)阿垅则进一步把"生活态度"说提升到理论的高度,提出了诗学一元论,认为"人,生活,风格,是一元的"①。这种一元论揭示了生活对诗歌创作的决定性作用,这样的诗的问题,归根结底,都可以看做是生活的问题。在这种思想的支配下,诗学的诸多命题则被简单地还原为诗人的生活态度问题,于是,把诗歌形式看得与生活态度同样重要的艾青以及其诗学观,在这里发生了某些变异。胡风把新月派、现代诗派的形式追求概括为"走向"了"形式主义"。②阿垅则写出了《我们今天需要政治内容,不是技巧》一文。这种主张对七月诗人倾心于生活深度的表现但疏于复杂形式探求的诗风的形成,无疑产生了显著影响。与之相联系的,是七月诗派对诗人主体性的高度张扬。胡风曾提醒人们:创作不应该只是一味地"向生活学习"③,而应该比后者站得更高。因此,写作的目的是将诗人的人格、情感强烈地渗透到客观对象中,达到主客观的契合,"它是这样以形象的力量去启示人们底感觉,它是这样以感情的力量去冲击人们底灵魂"④。这种由外向内的过程,与它坚持诗是生活的由内而外的过程相统一,构成了七月诗派既重生活、又重主体的双向认知特点。它与艾青的重视诗人的艺术感觉、强调个体生命与时代精神的共振说是强烈响应着的。七月诗人常将"燃烧""温暖""血肉""搏斗""融合"等字眼纳入诗歌创作之中,正是产生这种呼应的有力证明。

　　强调力与美的统一,是七月诗派的另一重要主张。七月诗人反对现代派艺术的任何趣味,但由于受到艾青的影响,却对未来主义另眼相看。歌唱新的生活,追求力的美感的未来主义者马雅可夫斯基,成了处于20世纪30年代到40年代,以反抗沉重黑暗现实为人生快乐的七月诗派的知音。阿垅曾说诗人只有两种,或者唱着进行曲,或者唱着凯旋歌。这正像马雅可夫斯基所说的"诗是炸弹和旗帜"一样,把力与美的表现看做是诗的最高境界。正因为如此,诗在他们看来是壮阔宏大而非贫弱纤巧的,是力和美的高度体现,而非才子佳人的浅吟低唤。阿垅的《纤夫》,从纤夫"四十五度倾斜的铜赤的身体和鹅卵石滩所成的角度",发现了民族历史进程"动力和阻力的强度",甚至纤夫的牺牲也是"悲壮的"和"美的",死与美正是力量和壮美在诗

---

① 阿垅:《风格片论》,见《人·诗·现实》,144页,北京,三联书店,1986。
② 胡风:《略观战争以来的诗》,《胡风评论集》(中)。
③ 胡风:《关于创作经验》,《胡风评论集》(上)。
④ 阿垅:《风格片论》,见《人·诗·现实》。

意上的统一。绿原的诗之所以在40年代产生了难以想象的震撼力,他作品中繁复的意象与政治尖锐性的复沓、共振,在朗诵中产生的力与美的强烈号召力,不能不说是一个重要因素。这种追求在总体上反映出七月诗人对诗美的一种独特期望:将力与美统一起来,正是要实现诗与人、诗与生活的统一。诗的功用,在这里规定了;诗的创作心态甚至风格,也得到鲜明和强烈的展示。

　　绿原(1922—　)被公认为七月诗派最有代表性的诗人之一。他因《童话》而得名,但他在当时产生较大影响的却是政治抒情诗《给天真的乐观主义者们》《伽利略在真理面前》《你是谁?》《终点,又是一个起点》等。绿原观察尖锐,思想机智,作品充满思辨的色彩,然而又满含内在的激情。因作品多触及社会的重要问题,情绪愤激而暗含嘲讽,据说朗诵效果颇佳,流布甚广,诗人因此获得了"政治抒情诗人"之名。鲁藜是以舒缓、清丽的调子登上诗坛的,《延安散歌》《草》《红的雪花》给人耳目一新的印象,《泥土》则在朴实的风格里暗含哲思。阿垅的《纤夫》在坚忍之中透出生命的沉重,而且较多牺牲的色调。牛汉(1923—　)的《鄂尔多斯草原》带来草原浓厚的气息,充溢着生命的骚动。冀汸(1920—　)的《跃动的夜》等诗刚毅、悲壮,有种暴风雨将至的紧张气息。曾卓(1922—2002)的《铁栏与火》透出年少的纯真与决绝的勇气。七月诗派沉雄悲壮的诗风显然来自艾青诗风的某些影响,其中也透出俄国十二月党诗人与生命诀别的悲剧意味,无论是诗人人格还是诗的气质,它在新诗史上都是十分鲜见和独特的。

思考题

1. 请举例分析艾青诗歌中的"人民性"内涵。
2. 七月派诗歌创作的特色和不足。

第十九章　穆旦与西南联大诗人群

　　40年代的中国,进入了它支路横生的特殊时期。人们从未遭遇过如此尖锐、复杂的历史冲突:民主与专制、光荣与耻辱、个人与时代,在激烈的交锋之中寻求着新的整合。在经历了几年的中断和停滞后,新诗再次加入到世界诗歌的潮流之中,它敏锐地感应着时代的变动。人们内心深处的渴求和矛盾,在历史的漩涡中准备着新诗发展中的又一次高潮。在当时两大诗歌中心之一的昆明西南联大,出现了新诗历程中一个少见的奇观:师长辈的闻一多、朱自清、冯至、李广田、卞之琳,仍在以诗歌的理论建树和创作发挥着引导、示范作用,而学生辈的一批青年诗人正在迅速崛起。中国新诗中的现代主义诗歌潮流,即将在两代人的辛勤探索和努力中趋于成熟。穆旦是在诗星闪耀的天空中出现的一个耀眼的名字,他的极富创造力的诗歌创作,标志着中国新诗将会走向一个新的高度。

第一节　大时代背景下的校园诗

　　○矛盾与追求　○师长辈和学生辈诗人共存的特殊现象　○打开西方现代诗歌大门的燕卜荪　○两重危机的反应:结社、写诗热悄然兴起　○推出新诗现代化的主题

　　诗歌总是最先感应到时代的剧变,同时也容易蕴涵着本时代的矛盾和痛苦。1937年夏,陷于战火的华北三所著名学府北京大学、清华大学和南开大学举校南下。先在湖南长沙合并为"国立长沙临时大学",之后师生徒步行走一千余公里,到达西南边陲重镇昆明,更名为"国立西南联合大学"。同上海新文化中心西迁重庆一样,三校的南下意味着中国的学术和文化中心自1926年以来的第二次非同寻常的大迁徙。它不仅是中国知识分子在

动荡的大时代背景下又一次文化与人生的选择,而且对新文学价值追求和审美趋向的影响,也是相当深刻和久远的。杜运燮后来回忆说:"如果有人问我……你一生中印象最深、最有意义的经历是什么?我会随口用四字回答:西南联大。"①时代生活所铸造的不只是一代青年的思想灵魂,更有对处于这一变动和抉择之中的魂灵的追索与思考。

中国新诗是执著于自己的历史使命来开辟新的发展道路的。在新诗的历史进程中,始终激荡着两条或合而为一、或分头并进的河流:一条是20年代郭沫若所开创、30年代革命现实主义诗歌流派进一步推动的新诗时代性和人民性的战斗传统;另一条则是象征派、新月派和现代派认真探索并孜孜以求的新诗现代化的发展途径。这两个新诗发展的基本走势,必然会影响到后来诗人对艺术的选择。就西南联大学生辈的青年诗人而言,他们所处的文化语境是开阔的,同时也是比较复杂的。一方面,他们从闻一多、朱自清、冯至、卞之琳等前辈诗人身上承袭着继续探索新诗现代化的历史使命;另一方面,当时在联大任教的英国当代著名诗人和理论家威廉·燕卜荪,则把他们带到了一个新的西方现代主义诗歌的世界。更重要的是,他们还必须面对战火纷飞的社会现实,在民族的救亡图存与个人的方生未死之间,艰辛地探索人生与新诗的"综合"之路。

除朱自清外,闻一多、冯至、卞之琳和李广田都是以现代派诗重镇和老师的双重身份走进西南联大校园诗人的艺术世界的。在异常艰难的时代,师长们为学生营造了一个诗意浓厚的文化环境:"既有战时物质条件的贫乏,也有'笳吹弦诵在春城'精神上的十分富有。"②朱自清此间完成了诗论著作《新诗杂话》,冯至写出名噪一时的《十四行集》,李广田、沈从文、闻一多亲自担任诸多诗社的"导师",闻一多还当众朗诵过艾青的长诗《火把》,他们热烈的诗情和醇厚的人格,给予校园诗人以深深的感染。由闻一多在20年代倡导、卞之琳后来倾力实验的"诗歌戏剧化"理论,也给他们诗的探索以某种启发,例如袁可嘉后来所写的《诗的现代化》等文章。

但40年代的时代境遇,毕竟与20年代有了很大不同。这决定了年轻的校园诗人们的诗歌理想和艺术趣味必然会发生变化:"他们正苦于缺乏学习的榜样——当时新月派诗的盛时已过,他们也不喜欢那种缺乏生气的后浪漫主义诗风——因此当燕卜荪在课堂上教他们读艾略特的《普鲁弗洛

---

① 杜运燮:《序》,《西南联大现代诗钞》,北京,中国文学出版社,1997。
② 同上。

克的情歌》、奥登的《西班牙,1937》和十四行诗的时候,他们惊奇地发现:原来还有这样的新的题材和技巧!"①战争的局势扑朔迷离,物价日日腾飞,在艰苦的生活环境里,这些面临思想与生活双重苦闷的青年知识分子没有找到庇护艺术的象牙塔,倒意外地发现了西方的现代主义诗歌,并将之运用到中国的现实中来。王佐良认为,西方现代派诗对穆旦和他的朋友们的影响,主要是通过他们的老师威廉·燕卜荪传达的。燕卜荪当时在西南联大开了一门很奇怪的课:"当代诗歌",对艾略特、奥登等西方现代诗人的作品进行文本分析。这门课基本上没有人完全听懂,"但是通过教学和他的为人,学生们慢慢学会了如何体会当代敏感"②。袁可嘉在谈到西南联大的现代主义诗歌运动时也说:"英国著名批评家和诗人燕卜荪教授在当时所发挥的影响当然是必须给予充分估计的。"③如果说,在西南联大学生发起这场新的旨在探寻诗歌现代化道路的运动中,朱自清、闻一多和冯至主要扮演着师长和"监护人"的角色,他们是以人格和洋溢的诗情影响着弟子们的话,后者在燕卜荪那里接受的却是一个别有新意的西方现代派诗歌的艺术世界,在艾略特、奥登、里尔克的诗和严酷的现实生活中,他们"学会了"诗歌的"现代感"。

30年代末和40年代初,是中国抗战最为困难、艰辛的年代。皖南事变的发生,标志着全民族的抗战开始由高潮走向低潮,文化压制日益加剧,使国统区的大部分作家普遍感到了精神的压抑和苦闷。物价腾飞,住房困难,贪官污吏横行,前线的局势则扑朔迷离,令人难见胜利的时日。以北方流亡学生为主体的西南联大的学子们,从民族危机到个人内心都痛切地经验到了生存的"流亡感"。校园诗人中的一些人如穆旦等,曾参加远征军到缅甸,又从印度退回昆明,经受了战争九死一生的残酷考验,但更多的青年诗人则在战时物质极度的贫乏中,面临着类似哈姆雷特那样的"活着还是死去"的两难人生命题。

在这个意义上,如火如荼地在西南联大校园内勃然兴起的"诗社热",既意味着对这两重"危机"的反抗,又无异是一种精神上的"守夜"。青年的心永远都是诗意的,在时代的严冬里,它尤其弥可珍贵。"当时,确实谈诗成风,写诗成风,老师们(包括小说家沈从文)在写,学生们学写的更多。外

---

① 王佐良:《论穆旦的诗》,《穆旦诗全集》,北京,中国文学出版社,1996。
② 同上。
③ 袁可嘉:《诗人穆旦的位置》,《一个民族已经起来》,南京,江苏人民出版社,1987。

文系、中文系,以及哲学系、经济系、社会学系,都有学生醉心于诗。"①联大出现过不少诗社或文艺社,最早的应是蒙自分校的"南湖诗社",昆明联大时又扩充改名为"高原社"。另外还有"南荒社""冬青文艺社""文艺社""新诗社""耕耘社"以及叙永分校的"布谷社"等。其中,要数"冬青社"的活动较为频繁,存在的时间也较长。在联大校园内,冬青社先后出版过"冬青壁报""冬青诗钞""街头诗页""冬青散文钞"和"冬青小说钞",举办过不同形式的演讲会、朗诵会。在昆明的《中南三日刊》、贵阳的《贵阳日报》等报刊上,开辟过《冬青副刊》,部分社员还在昆明办过《文聚》杂志。在1940年到1946年的7年之间,"冬青社"就如联大校园内的一束"火把",久久燃烧着年轻的校园诗人诗与火的热情。

联大师生发表诗作最多的是香港、重庆、桂林三地的报刊,如《大公报》文艺副刊、《文聚》杂志等。香港时期《大公报》文艺副刊主编杨刚女士是师生们最热情的支持者,而在该刊发表诗作最多的是卞之琳和穆旦。另外,还有冯至、林蒲、郑敏、杜运燮、赵瑞蕻、何达、叶华、王佐良、袁可嘉、罗寄一、杨周翰、周定一、秦泥、闻山、俞铭传、马逢华等人。尤其令人注目的是,冯至的《十四行集》,卞之琳的《慰劳信集》,穆旦的《探险队》《穆旦诗集(1939—1945)》《旗》,郑敏的《诗集(1942—1947)》,杜运燮的《诗四十首》《南音集》等诗集,都在这一时期先后问世。1946年,西南联大复员返回京津,因种种缘故,一部分作者的诗作写于昆明,但直到1947、1948年才得以发表;有的虽离开联大,但作品仍旧保持着联大的风格。因此,有人又称之为"后联大时期"。

在中国新诗史上,"校园诗"始终是一支不可忽视的新生力量。可以说,众多新诗人身上都或多或少地保留着校园诗人的某些"影子":俞平伯的诗集《冬夜》受到他的北大老师胡适、周作人的直接影响;如果没有清华大学的"清华文学社"和北京大学的"沉钟社",大概不会有闻一多后来的《红烛》《死水》,也不会有在20年代诗坛就显示出成熟、深沉气质的冯至的《北游及其他》;在30年代北大、清华和中央大学校园内再度兴起的"现代诗歌热",涌现出了一批新诗人如卞之琳、林庚、何其芳、陈梦家、方玮德等,标示着后期新月派和现代派诗在这一时期的新进展。值得注意的是,在校园诗的历史发展中,始终贯穿着新诗现代化的基本主题。如果说,抗战爆发前的校园诗着重的是个人生存现代化的探索,充分反映了"五四"青春期的

---

① 杜运燮:《序》,《西南联大现代诗钞》。

时代精神,那么,西南联大时期的校园诗人所关注的则不仅是个人的现代化,他们把国家和民族精神的现代化也纳入到自己的艺术视野之中。他们笔下出现的经过抗日民族解放战争洗礼的"现代的哈姆雷特"形象,显示了新诗现代化主题新的探索。他们比前几代诗人更为清醒地意识到,新诗应该"追求一个现实、象征、玄学的综合传统"①。

第二节 穆旦:新诗现代性的冲突与整合

○"雪莱式的抒情" ○艺术观念的现代性转变 ○"现代哈姆雷特"式的自我分析与人格分裂 ○穆旦诗歌的几个特征 ○现代主义诗歌在他身上所显示的成熟

穆旦(1918—1977),原名查良铮,祖籍浙江海宁,生于天津。1935年考入清华大学外文系。抗战爆发后,随清华、北大和南开三校师生从长沙步行至千里之外的边城昆明。1940年毕业留校,任西南联大外文系助教。1942年5月至9月毅然加入中国远征军赴缅甸作战,随后大撤退至印度,"他的身体经受了一次大考验,但终于活着回到昆明"②。这两次不寻常的人生经历,促使他的生活态度和创作风格发生了很大变化。

穆旦最早写诗是在他的少年时代。在这些被人称做"雪莱式的抒情诗"③里,少年的幻想和激情,与远比这个年龄阶段成熟的对事物的沉思已初露端倪。但这种纯粹的色调很快被抗战的烽火遮盖了。战争使穆旦的心灵和肉体受到双重的考验,长沙至昆明的艰苦之旅,在诗人眼前展开的不仅是烽火连天、山河破碎的现实,更有对民族生存现状的痛苦记忆。这种见闻和经历引起诗人对坚忍不拔的民族性格的深思,如他对战时中国农民非凡忍耐力的注意。但他与人不同的是,在忧伤与希望的双重变奏中,对人在现实生活中的真实境况,他常常又抱着哈姆雷特式的怀疑。在行动的个人与思想的个人之间,寄寓着穆旦人格深层次的搏斗和冲突。于是人们发现,穆旦诗作充溢着对坚忍的民族生存力的礼赞:"一个农夫,他粗糙的身躯移动在田野中,/他是一个女人的孩子,许多孩子的父亲,/多少朝代在他身边升

---

① 袁可嘉:《新诗戏剧化》,《诗创造》,第12辑,1948。
② 王佐良:《论穆旦的诗》,《穆旦诗全集》。
③ 同上。

起又降落了/而把希望和失望压他身上/而他永远无言地跟在犁后旋转,/翻起同样的泥土溶解过他祖先的,/是同样的受难的形象凝固在路旁。"(《赞美》)同艾青笔下主观色彩强烈的中国农夫形象稍有不同的是,穆旦的感情色调里明显增添了理性的成分。民族的忧患感与个人存在的真实性,成为诗人思考的焦点之一,它们以独具心裁的言说方式进入了诗句:"蓝天下,为永远的谜迷惑着的/是我们二十岁的紧闭的肉体,/一如那泥土做成的鸟的歌,/你们被点燃,却无处归依。"问题的触目之处还在于,生活中的真实性原来被遮蔽在生活当中:"勃朗宁,毛瑟,三号手提式,/或是爆进人肉的左轮,/它们能给我绝望后的快乐。"(《五日》)现代意识与历史感,被组合在"历史的扭转的弹道里"这种奇妙的想象之中。短短数行,写出了一个当代知识分子真实的处境和心情。

穆旦诗歌观念的现代性转变是在1942年。在缅甸前线,他亲眼目睹了人的肉体是怎样在现代钢铁中顷刻间被摧毁的残酷现实;通过燕卜荪的课,艾略特,尤其是奥登十四行诗和《西班牙,1937》的新的题材与技巧,更是带给他另一种思考世界的角度和异样的现代感觉。燕卜荪在理论上给穆旦的主要启示是,歧义是语言的固有特征,科学符号与语言符号的根本区别就在语言符号的这种歧义的性质。他使穆旦意识到,对语言"歧义"的把握和应用,实际上就是开放语言自身。它也使穆旦明白了,为什么伟大和不朽的诗篇对不同时代或同一时代的读者来说,总会滋生出不同的意义。奥登的现代诗无疑是语言歧义性的典型例证,他那戏剧性的、独白的场景和书写方式,把现代人的深刻性和复杂性极大限度地呈现了出来。穆旦的诗歌明显受到上述诗歌观念的影响,有一段时间,他的作品甚至较多地留下了奥登的痕迹。但他的思维却是中国的、东方式的,如最为人称道的《诗八首》:

> 你底年龄里的小小野兽,
> 它和春草一样地呼吸,
> 它带来你底颜色,芳香,丰满,
> 它要你疯狂在温暖的黑暗里。
>
> 我越过你大理石的理智殿堂,
> 而为它埋藏的生命珍惜;
> 你我底手底接触是一片草场,
> 那里有它底固执,我底惊喜。

这里有现代人情与理之间的冲突和人格的分裂,又透露出希望沟通的心灵矛盾;有坚定的冷酷和犀利的洞察力,但也夹杂着深刻的迷惑和迟疑。"静静地,我们拥抱在/用言语所能照明的世界里,/而那未成形的黑暗是可怕的,/那可能和不可能的使我们沉迷。"1942年以后的一个时期,穆旦从语言的歧义走向人性的歧义,同时返回到语言自身,从而形成语言与人性充满矛盾的循环过程。例如,他在《伤兵之歌》中一方面深省到兵士对城市的破坏;另一方面,又意识到兵士复员回到城市中的尴尬境遇。它既是人性的"歧义",也是描述这种人生处境的语言的"歧义"。正是在这根本无法解决的生命冲突和矛盾中,透露出40年代中国一部分敏锐的知识分子对生存环境难以言状的感受。这种关于人的现代性的思考,被带入到这一时期陆续问世的诗集《探险队》《旗》和《穆旦诗集》中。

现代性是一个内涵繁复、充满矛盾的西方概念。它一般是指一种时间观念,一种直线递进、不可重复的历史时间意识。40年代初,当它进入西南联大青年诗人的艺术视野时,在多数诗人的心目中,它体现着的是现实与未来、外在与内在之间充满焦虑的矛盾。40年代是一个为未来而生存的时代,一个向未来的"新"而敞开的时代,必然会带着否定过去,同时又在今天与未来之间痛苦冲突的思想特征。在一篇题为《诗的新生代》的文章里,唐湜干脆把穆旦及同时代诗人朋友称做"现代的哈姆雷特",认为他的诗最醒目的特点是"丰富的痛苦",是一种"诗人的自我分析与人格分裂,甚至自我虐害的抒情",其诗歌意象之所以充满了死亡、恐怖的气息,原因即在穆旦的心灵"永远在自我与世界的平衡、寻求与破毁中熬煮"[①]。对穆旦而言,所谓的现代性追求,根本上是对"主体的自由"的追求与拷问。正由于它并不都是在传统/现代的二元对立之中,也不完全都是人与时代环境的不谐调所致,因此,它本身不仅充满了紧张与矛盾,充满对社会的批判和个人生存的尖锐反省,更成为现代文学中关于人的一种新的历史叙事。这种对中国新诗审美空间的新拓进,使穆旦成为西南联大校园中一位最具思想深度和创造性的诗人。更值得注意的是,他把自20年代开始的新诗现代化的艺术实验,带进了一个相对成熟的历史阶段。

女诗人陈敬容(默弓)在一篇文章里认为,诗的现代性是一种综合的要求:"现代是一个复杂的时代,无论在政治、文化、以及人们的生活上、思想上和感情上,作为一个现代人,总不可能怎样单纯。"诗人还认为,中国新诗

---

① 唐湜:《诗的新生代》,《诗创造》,1卷8辑,1948。

史上存在着"两个传统":"一个尽唱的是'爱呀,玫瑰呀,眼泪呀',一个尽吼的是'愤怒呀,热血呀,光明呀',结果是前者走出了人生,后者走出了艺术。"而现代诗需要的正是对"这一切的综合":"得用复杂错综的情绪,多方面地(而也就更有力地)发挥诗的功能",创造"多样的""只有各个成就差异,而无本质上高低之别"①的美。如果说李金发、闻一多(后期)等人对现代性的追求,主要是集中在对诗歌形式的实验上,戴望舒、卞之琳虽有所发展,但仍未脱"象征派的形式,古典派的内容"的格局,也即未脱掉传统文人的气质的话,那么可以说,穆旦则是那种唐湜所评价的"自觉的现代主义者"。② 在他的颇富现代特征的人格里,有一种前几代诗人所缺乏的惊人的自省力和彻底性。同时,又由于它是建立在对个人生存的世界充满自虐特征的怀疑上,因此,他把诗歌真正带入到现代人那种焦虑、不安,在自我分析中自我否定的悲剧性的灵魂状态之中。在这样的叙事中,穆旦的诗歌写作充满了象征意味:在社会历史的生活里,人的死是绝对的,无可挽回的,充满了灵与肉的剧烈冲突和挣扎;与此同时,语言却进入了一个意想不到的开放自身的过程,它在对自己的否定状态中葆有新的张力。在燕卜荪所言的歧义里,诗歌的语言被证明是能够创造这样的奇迹的:在诗所创造的多幕场景中,既有哈姆雷特式的内心自白,也时时处处充满反讽的意味;语言自身显示出令人惊讶的戏剧性,诗人一方面是语言的操纵者,另一方面也成为语言所描述的对象。

在朝向未来而敞开的过程中,40年代又是一个充满着知识者的冲突、怀疑与自省的时代。这种背景为穆旦诗歌艺术的开放性提供了契机,同时也对他提出了重新整合各种复杂的诗歌因素的要求。

在对死亡和恐怖的关注中,穆旦诗中有一种残酷和冷静的自我分析。在近于哈姆雷特式的"活着,还是死去"的人生选择里,人格的二重性不仅表现在无法把握的死的结局上,它更触目地出现在与死亡不对称的关系中,如《诗八首》:

> 那窒息着我们的
> 是甜蜜的未生即死的言语,
> 它底幽灵笼罩,使我们游离,
> 游进混乱的爱底自由和美丽。

---

① 默弓:《真诚的声音》,《诗创造》,1卷12辑,1948。
② 唐湜:《诗的新生代》,《诗创造》,1卷8辑,1948。

在这里,人生又一次遭到了嘲弄,因为它神圣的意义"游离"在幽灵的恐怖和混乱的人生秩序之间。

他的作品另一引人注意的特点是,在充满现代意识的诗行里,又伴随着历史感;肉体的感觉常常和玄学的思考结合起来,因而在阅读上实现了"复调"的效果。如《五月》:

> 而五月的黄昏是那样的朦胧!
> 在火炬的行列叫喊过去以后,
> 再也不会看见的
> 被恭维的街道就把他们倾出,
> 在报上登过救济民主的谈过后,
> 谁也不会看见的
> 愚蠢的人不扑进泥沼里,
> 而谋害者,凯歌着五月的自由
> 紧握一切无形电力的总枢纽。

旧的感伤在爱情场面被政治彻底地制服,其中的工业性形象(无形电力的总枢纽)和典型化的人物(谋害者)宛如奥登的诗所呈现的现代场景,但它实在又是 40 年代社会历史的真实写照。又如《诗八首》中现代性的两性关系:"我越过你大理石的理智殿堂,/而为它埋藏的生命珍惜;你我底手底接触是一处草场,/那里有它底固执,我底惊喜。"这里有肉体的战栗,不妨也深含着对人性的品悟。

穆旦的诗歌语言常带戏剧性,然而又是明亮的、灵活的,能适应他情绪的不断变化。他使用的词汇是简单的,但它们的搭配则不寻常,形象更叫人惊讶,如"你给我们丰富,如丰富的痛苦","水流山石间沉淀下你我","我缢死了我的错误的童年",等等——这些诗句不是一读就懂,由于它们所表达的不是思想的结果而是思想的过程,所以尽管有时不免深涩,仍显得深沉和富有启示性。

穆旦的魅力在于几种诗歌因素在他的作品中实现了高度的"契合"。他具有比其他人更为突出的现代派诗人的气质,正如有人所评价的,"毕竟,他的身子骨里有悠长的中国古典文学传统……他对于形式的注意就是一种古典的品质,明显地表露于他诗段结构的完整,格律的严整,语言的精粹"①。这些表明,现代主义诗歌在穆旦身上所显示的高度成熟,有其复杂的原因。

---

① 王佐良:《论穆旦的诗》,见《穆旦诗全集》。

第三节　联大时期的诗学与创作

○简单的历史回溯　○命题的酝酿、准备与提出　○冯至诗作和"中年人"的情调　○接受里尔克、奥登影响与回到自己　○与联大学生诗风接近的几位青年诗人　○结束或开始

30年代末到40年代中后期,地处西南边陲的西南联大,出现了新诗创作的兴盛与繁荣。这一阶段,被人称为新诗史上的"联大时期"。

如前所述,这一时期联大诗歌创作的成就,得益于两代诗人的共同努力。20年代就已蜚声诗坛的老诗人朱自清、闻一多,这时虽专注于古典文学的学术研究,但依然不忘当时的诗坛。朱自清发表了《诗与哲理》《诗与感觉》等一批有影响的诗论文章,它们既是对20年代、30年代新诗创作得失的回顾与总结,也是对当前诗歌创作的某种针砭。他对诗歌格律化、散文化问题发表的见解,不失新鲜的诗学意义。在此前后,闻一多写出了《诗的戏剧化》《诗的人民性》和《艾青与田间》等文,见解深透,论说精辟。他的所谓"诗应当作小说、戏剧来写"的主张,以及"人民至高无上"的诗学命题,在风云际会的40年代显得颇为醒目,有明显的建设性意义。但给诗坛带来新气象的,仍然是年轻学生们的艺术探求。其中最为活跃的当是袁可嘉和唐湜。袁可嘉是一位诗人,对诗歌贡献较大的却是理论色彩浓厚的诗学文章,如《新诗戏剧化》《诗的现代化》等等。他的诗学思想一定程度上受到艾略特的启发,如比较关注诗的现代化问题、诗与传统的复杂关系等等,既与新月派浪漫主义倾向表现出某种游离,也同革命现实主义诗歌流派乃至七月派的某些主张,保持着一定距离。由于他喜欢从"40年代新诗现代性"这一特殊角度来看问题,这使得他的诗学理论不仅对新诗史的艺术规律带有"回顾"与"综合"的意味,对当时联大的青年诗界,也有积极的建设性作用。在诗与现实的关系上,袁可嘉主张既要表现自我心灵与大时代的内在感应,又要有"不可或缺的透视或距离",诗人的目的不是要"粘于现实,而产生过度的现实写法",一味地宣泄"激情",而是应该追求"表现上的客观性和间接性",即所谓"客观对应物"①。在此基础上,他提出了"新诗戏剧化"这一重要诗学命题。"新诗戏剧化"曾在早期新月派的创作中有所尝试,在此前

---

①　袁可嘉:《新诗戏剧化》,《诗创造》,1948(12)。

后,闻一多也有"把诗写得不像诗,而像小说与戏剧"的见解。但如此明确、完整地表述这个问题,并把它当做新诗现代性的核心概念来认识并大力阐扬的,则是袁可嘉。另外,袁可嘉还明确提出,40年代新诗的要务在于"追求一个现实、象征、玄学的传统"。虽然新诗一开始就标榜过反传统的现代主义,但新诗后来的发展一直为主情与主张写实两条主线所左右,现代主义实际并未得到充分发展,某些主张还停留在胚胎或实验状态。之后,戴望舒发表了"诗是内在的、情绪的"的看法;艾青力倡"散文化"的写诗方法;卞之琳也认为,诗歌的旨趣是"客观化"的,它不一定非得以抒情为主要目的。这些不失精彩的诗学思想或因抗战的烽火而搁置,或因它的片断化和语录体最终没有形成系统的理论。众所周知,建立现代诗"现实、象征、玄学的传统"的命题,是艾略特在《传统与个人才能》《玄学的诗人》等文中最先提出来的。它的要旨是反对西方维多利亚的浪漫主义倾向,要求诗人适应现代社会复杂、立体与多层次的思想变化,并促成诗歌在观念、文体、语言上的现代化。在这个意义上,袁可嘉的上述主张可以说是艾略特诗学思想的"中国化",显示了青年诗人对中国新诗现代性的执著探索。袁可嘉的理论主要表现为以下几个方面:其一,肉体的感觉,玄学的思考和热烈的情绪不再是彼此分离的诗歌因素,应该也可能被整合在同一首诗里,形成互动性的张力关系。其二,象征和联想不是单向度的,应是主、客体的结合,它们借助于听觉、视觉在诗中的作用,在具体可感的意象上呈现出来,即所谓"思想的知觉化""知性与感性的溶合"①。其三,与古典诗歌相比,意象失去了固有的稳定性而出现了较大跨度的跳跃,含义不同的意象被"用蛮劲硬拉"在一起,从中产生出令人惊讶的"陌生化"效果。唐湜是通过对穆旦作品的文本阐释提出其诗歌现代性主张的。他认为,穆旦之所以被称为"现代的哈姆雷特",是由于他个人秉性气质里有一种"自我分析与人格分裂"的冷酷和清醒。在他的内心世界里,充满既迥异于传统士大夫,也迥异于新诗人的"丰富的痛苦";在他的作品中,不同类型的意象经常被出乎意料地结合在一起,异质的语言被安排在同一首诗里。这使得穆旦在外在形式上最为接近西方的现代派诗歌,在内容上呈现的却是40年中国知识分子异常焦虑的精神状态。于是唐湜得出的结论是,穆旦是那种"永远在自我与世界的平衡、寻求与破毁中熬煮"②的现代诗人。

---

① 袁可嘉:《序》,《九叶集》,南京,江苏人民出版社,1981。
② 唐湜:《诗的新生代》,《诗创造》,1卷8辑,1948。

在这一时期,诗歌创作也呈现出空前活跃的气象。在师长辈中,创作上引人注目并产生了影响的,是冯至的《十四行集》。早在20年代,冯至曾因《蛇》等诗作被鲁迅誉为"中国最优秀的抒情诗人",其实他同时期的《北游及其他》,亦是当时的深沉、成熟之作,显示了诗人沉思与早熟的敏感气质。冯至留学德国时深受海德格尔、雅斯贝斯的思想影响,并深深迷恋充满存在主义气息、追求内在沉静和执著的德语诗人里尔克。可以说,几位哲人和诗人的精神气韵渗透于《十四行集》的写作中,它们与诗人在40年代的处境和心境发生了一种奇妙的结合,使这部诗集成为在新诗史上并不多见的个人的"精神笔录"。在这部"山间之作"中,大自然的万物生灵,生活中琐屑的细节都被诗人纳入视野,成为他观察时代、检讨自己精神世界的丰富的诗歌素材。另一方面,意象的精警与自然,语言的节制与沉厚,又令人想到步入中年的作者在艺术上日臻圆熟,心情渐入化境。正如朱自清所评论的,这些诗作是"从敏锐的感觉出发,在日常的环境里传味出精微的哲理","在平淡的日常生活里发现了诗",并援引闻一多的话说:"我们的新诗好像尽是些青年,也得有一些中年方好,冯先生这一集大概可以算是中年了。"①这种"中年人"的情调,不单是那种里尔克式的哲学意味、沉思气氛和孤寂感,而是反映了大时代背景下中国知识分子对操守和人格的省思与坚持。"中年人"的境界与眼光一直是追求新意的新诗史所缺乏的,它之开始出现于冯至笔下,说明了新诗已开始走上艺术的自觉,也说明了知识者不再是以流行的观点,而开始以独特的眼光来冷静审度历史的沧桑巨变。

郑敏是较多从冯至那里传承了里尔克气质的一位女诗人。她在这一时期出版了诗集《诗集(1942—1947)》,被人称道的诗作有《雕像》《水塘》等。郑敏的诗有雕塑的质感,在新颖和沉静的意象中有耐人寻味的哲思。例如在《雕像》中,那有如远山一般静默的"农妇"背影不只渗透着对乡下妇女命运的咏叹,更渗透了对民族命运的深沉忧虑。内在和具有穿透力的关于人的思考与抒情,使郑敏的作品有种丝毫不逊于男性诗人的深邃感。杜运燮的《追物价的人》充满了奥登式的机智和谐趣,但他歌颂在现代化工业建设中体现出坚韧的民族性格的《滇缅公路》,对当时读者有一种审美上的震撼力。在这首被朱自清誉为"歌咏现代化"的"现代史诗"②里,令人印象深刻的还有诗人对战时建设生活的"现代性"的深刻观察,作品中有爆发力的诗

---

① 朱自清:《诗与哲理》,《新诗杂话》,作家书屋,1947。
② 朱自清:《诗与建国》,同上书。

句,以及它们深长的寓意。

值得说到的还有一些虽不是西南联大学生,但因诗风接近而后来被称做"九叶诗人"的辛笛、陈敬容、唐祈、杭约赫等人。辛笛在这些人中年龄稍长,出版有《珠贝集》《手掌集》等。辛笛的诗朴实、质厚,在平常之中深蕴诗味。陈敬容、唐祈当时在上海办诗刊,与联大学生遥相呼应,构成40年代现代主义诗歌的呼应之势。正像陈敬容在《和唐祈谈诗》一文中所说的,她诗中的"现实"是双重的,有着开阔的时空背景:既有时代生活,也注意对人内心真实的开掘,含蕴着自我与社会相融合的"现代化倾向"①。陈敬容的作品往往给人想象之外的"惊讶感"。她的艺术世界开阔,语言有力度且十分警策。如《雨后》中的诗句:"当一只青蛙在草地上跳跃,我仿佛看见大地在眨着眼睛",一瞬之间,个人的命运与大地的存在融为一体,在有限的人生悲剧中,又迸发出了无限的诗意。杭约赫的作品延伸着对现代文明的思考,都市中人的失落、扭曲与寻找,呼应着西方现代文学中的人性主题。但诗人的追求又使人相信,它与中国现实生活的情状有着紧密的联系(如《复活的土地》等诗)。唐祈早先有透露出草原新鲜气息和异域情思的作品。他后来移居上海,在这座"冒险家的乐园"里敏锐地感应到西方式的世纪末气氛,以及个人存在的荒诞感。在《女犯监狱》里,他发现"世界"原来是"一个乞丐";在貌似现代世界的另一面,是"老妓女""深凹的窗,你绝望了的眼睛"(《老妓女》);人深陷在自我谎言之中无以自拔,仿佛临近了"最末的时辰"(《最末的时辰》)。由于这些诗人的创作事实已成为40年代现代主义诗歌运动的一个重要组成部分,他们中大部分人的艺术旨趣与联大学生可谓异曲同工、珠联璧合,因此人们视其为同一个现代诗潮流,称之为"中国新诗派"。80年代复出诗坛后,又被称为"九叶诗人"。

1946年入夏,西南联大宣告结束。部分师生复员返回京津等地的北京大学、清华大学和南开大学;亦有部分诗人留学英美,如穆旦、郑敏等人。有些诗作虽在昆明写就,但因种种缘故,直到1947、1948年才刊行于世,但风格一如从前。因后来形势剧变,历史处境与人的心情皆异于昆明时期,所以,一些人的诗与联大时期略有不同,个别诗人的作品甚至出现了异变。这一时期虽不再是西南联大诗歌创作的鼎盛期,但仍然应该在新诗史上有一席地位。

---

① 成辉(陈敬容):《和唐祈谈诗》,《诗创造》,1947(12)。

第二十章 国统区的历史剧和讽刺喜剧

第一节 《屈原》及历史剧创作

○历史剧运动诞生的社会环境　○《屈原》呈现的意义　○阳翰笙
○阿英　○历史剧创作的两种倾向

皖南事变以后,抗战前期蓬勃发展的救亡戏剧受到挫折。国民党发动第二次反共高潮,实施政治和文化的高压政策,抗战戏剧运动的中心被迫西移,重庆、桂林等地以及"孤岛"沦陷区话剧的演出活动空前活跃。特定的国际国内环境使得这时期创作和上演的话剧主要以历史剧居多,作家们通过这种相对隐蔽的方式,以古喻今,呼应现实的时代主旋律,鼓舞人民的抗日斗志。同时,许多戏剧工作者也力图通过历史剧的创作在回顾与研究历史的同时,探讨中国社会的发展方向问题。因此,在抗战后期,历史剧的创作蔚然成风,甚至形成了一个历史剧运动。

郭沫若后期历史剧便是其中的卓越代表。从 1941 年年底至 1943 年年初,郭沫若连续写下了《棠棣之花》(1941)、《屈原》(1942)、《虎符》(1942)、《高渐离》(1942)、《孔雀胆》(1942)、《南冠草》(1943)六部历史剧,它们标志着中国现代历史剧创作高峰的到来。这六部历史剧取材历史的角度不同,从不同侧面反映了现实社会,但与黑暗反动势力进行顽强不妥协的斗争,坚决维护民族和祖国的根本利益则是贯穿于这些剧本中的共同精神实质。六个剧本都突出反映了这样一个鲜明的主题:反对侵略,反对卖国投降,反对专制暴政,反对屈从变节,颂赞爱国爱民,主张团结御侮,高扬坚守气节。在艺术风格上,以《屈原》为代表的郭沫若后期历史剧更加气势浩瀚,构思新奇,在历史与现实的融合方面均达到了出神入化的境地。

《屈原》是郭沫若历史剧的主要代表,同时它也标志着现代文学史上历史剧创作的最高成就,至今仍有着不朽的艺术生命力。全剧分五幕六场,写于1942年1月。该剧取材于战国时代楚国爱国诗人屈原一生的事迹,集中描写了以屈原为代表的联齐抗秦的爱国力量与以郑袖、靳尚等为代表的投降势力之间的矛盾冲突。在剧中,屈原敏锐地识破了秦国吞并六国的野心,力主联齐抗秦;但南后郑袖、上官大夫靳尚等人贪图私利,暗中与秦使张仪勾结,促使楚怀王做出亲秦绝齐的决策。结果,屈原的正确主张不仅没有被楚怀王采纳,他自己反而遭到南后、靳尚等人的迫害。屈原并没有屈服于黑暗邪恶势力,他置个人安危于不顾,始终坚持斗争。在最黑暗的时刻,他高吟《雷电颂》,呼唤风雷闪电,呼唤正义和真理,向昏聩和黑暗发出愤怒的诅咒,表明自己坚定不移的斗争意志。

该剧成功地塑造了一系列不同的人物形象,如屈原、婵娟、郑袖、宋玉等。其中屈原的形象寄托着作家的理想,鲜明生动,满怀激情,感人至深。郭沫若没有将笔墨过多地用于描写屈原的悲痛、绝望,而是强调了他的斗争精神,赋予他雷电般的性格。虽然屈原形象也并不是完美无缺的,他无法摆脱时代的和阶级的局限,但可贵的是,郭沫若在创作历史剧《屈原》时,尽管将屈原作为一个理想化的人物来刻画,倾注了强烈的理想色彩,但他还是有意识地注意到了史实的客观性,将屈原所固有的各种局限性也揭示出来。如剧中对屈原虽凛然难犯却屈从王权的描写,就将屈原性格中恪守封建忠义伦理的一面展示给了读者和观众。屈原是胸襟坦诚、见解深刻的伟大政治家和诗人的艺术典型,蕴涵于这个形象之中的那种深切的爱国爱民思想和英勇无畏的斗争精神是具有高度的现实意义的。可以说,屈原的性格即是抗战时代里中国勇于抵抗帝国主义侵略的无数大众的性格的总代表,而屈原也便成为争取自由、反抗侵略、捍卫真理、奋不顾身的中华民族的化身。对屈原性格的赞美,一方面是对整个中华民族的赞美,另一方面也是对国民党当局卖国投降罪行的无情揭露和鞭挞。

以《屈原》为代表的郭沫若的历史剧创作,形成了独特鲜明的艺术风格和魅力。

第一,在史剧的选材和剪裁方面,充分显示了郭沫若独到深刻而富有创造性的见解。郭沫若多次表明自己是"喜欢研究历史的人",也喜欢用历史的题材来创作。他对历史题材的喜好和选用,并不只是因为历史题材可以映现现实,他还发现在历史题材中有许多可以由作家自己去发掘、发挥和创造的东西,他生动而准确地把历史研究和史剧创作的根本区别概括为"实事求是"与"失事求似"。因此他强调史剧家应该是一个"凹面镜",不仅要汇集无数历史的线索,而且要把这些史实扩展开去,创造一个"虚的焦点"。这个焦点就是史实与创造的结合。① 郭沫若不仅把握了历史与现实的关联,更把握住了历史与创造的契机。他从不机械被动地描写历史事件和历史人物,即使是为反映现实所作也没有被所反映的现实限制住,他总是自我投入,能动地挖掘和创造历史,并以一种整体的全局性的眼光来进行创造。他在史剧中对王昭君、卓文君性格的根本改造,对婵娟形象的大胆虚构,特别是对屈原形象从思想个性到整个命运的重新塑造,虽然与历史原貌有所差别,但这些人物形象是郭沫若所理解和独创的。在这些人物形象身上我们看到的不只是历史,更是现实,尤其是作者独特的艺术个性。因此这些人物更贴近艺术的真实,更富有鲜明的艺术感染力。郭沫若创作历史剧特别注重选取与现实社会密切相关的历史题材,使读者和观众从历史中很自然地联想到身边发生的重大现实问题。《屈原》所取材的战国时代合纵抗秦的历史故事与40年代初期中国当时抗日战争的特定形势有着极为相似和相通的精神内涵,而主人公屈原的性格和气质也正是当时中华民族迫切需要弘扬光大的。正因为如此,郭沫若的历史剧既有作者独立人格和独特感受的创造力,又有鲜明的现实启发性和强烈的时代战斗性。

第二,在历史人物的重塑方面,郭沫若始终遵循着"并不是想写在某些时代有些什么人,而是想写这样的人在这样的时代应该有怎样合理的发展"②的原则,这给历史人物的塑造留下了很广阔的自由发挥空间。郭沫若的历史剧立足于刻画人物性格,并以人物命运来构造中心冲突,通过人物强烈的自我表现来揭示主题,带动全剧。这就打破了现代话剧以剧情发展为主要线索的基本格局。郭沫若在《我怎样写五幕史剧〈屈原〉》一文中表明,他刻画历史人物的根本依据并不全是史实,甚至没有一定的线索和步骤,最重要的是他自己内心情感的起伏和他所认定的人物性格应该发展的方向。因此,屈原不再是历史上那个郁郁不得志,最后投汨罗江而死的三闾大夫,而是一个具有火一般刚强热烈性格的斗士;为增加子兰内心的丑恶,郭沫若把他写成跛子;而"让婵娟误服毒酒而死,实在是在第五幕第一场写成之后才想到的","所以又不得不把郑詹尹写成坏人";"祭婵娟用了《橘颂》这个

---

① 参见郭沫若:《历史·史剧·现实》,《戏剧月报》,1943(4)。
② 郭沫若:《献给历史的蟠桃——为〈虎符〉演出而写》,《沸羹集》,上海,上海大学出版公司,1947。

想法,还是全剧写成之后"才出现的,原有剧情的发展在创造过程中"完全打破了","各幕及各项情节差不多完全是在写作中逐渐涌出来的。不仅写第一幕时还没有第二幕,就是第一幕如何结束,都没有完整的预念",任凭"自己的想象就像水池开了闸一样,只是不断地涌出,涌到了平静为止"。从这段自述,我们可以看出,郭沫若所创作的历史剧,其情节的推进完全是作家自身主观情感的起伏变化以及人物性格"合理"发展的产物,剧情的发展已经退居到次要的位置上。也就是说,一切情节线索都是为人物性格和命运的塑造而设置的。正因为如此,郭沫若史剧中的每个人物形象性格都很鲜明,都有很强的独立性和分量很重的思想内涵。并且,这些形象通常栩栩如生,仿佛他们不是历史舞台上的角色,而是活的人,是活在作家头脑中的人,更是活在现实中的人。郭沫若创造性的发挥和解释,使得屈原等一系列历史人物形象具有了更加崇高伟大和深沉悲壮的艺术感染力。

第三,郭沫若的历史剧始终洋溢着浓烈的抒情色彩并贯穿着一种沉郁的悲剧气氛。郭沫若的历史剧中,往往穿插着大量的民歌和抒情诗,有的根据剧情的发展反复出现,有的则直接由主人公反复吟诵,如《屈原》中的《橘颂》和《雷电颂》,《棠棣之花》中的《北行诗》,《南冠草》中的《大哀赋》,《虎符》中的赞颂歌等等。这些抒情的诗和歌不仅渲染了氛围,突出了人物性格,强化了剧本主题,而且其本身已经融为整个剧本的一个不可分割的有机组成部分。可以想象,如果没有《橘颂》和《雷电颂》,整个《屈原》一剧将大为减色。郭沫若还善于在史剧中运用富有韵味的长篇独白以充分揭示人物丰满复杂的内心世界,剧中人物的对白以及作者的叙述语言也充满了音乐的节奏和诗的激情,这种诗化的语言显示了郭沫若独有的诗剧合一的特色。

除了郭沫若的历史剧外,抗战时期比较著名的历史剧创作还有欧阳予倩的《忠王李秀成》(1941)、阳翰笙的《李秀成之死》(1937)、《天国春秋》(1941),阿英的《碧血花》(1939),陈白尘的《大渡河》(1943),于伶的《大明英烈传》(1940)等。与郭沫若相似,这些剧作家的创作也多选取民族矛盾和阶级矛盾尖锐的时代,讴歌爱国主义,批判投降变节,表彰民族正气。值得一提的是,太平天国时期的历史素材为许多作家所看中,这从某种角度上印证了当时历史剧创作兴盛的一个重要原因:现实的要求需要在历史中找到寄托,而历史剧恰好传达了这种精神。作家们选取太平天国时期的史料进行创作,是因为太平天国内讧造成失败的历史教训,对抗战的现实具有极强的借鉴意义,与当时人们希望团结御侮,共同对敌,反对分裂投降的呼声相一致,因而容易引起共鸣。

阳翰笙(1902—1993)是本时期历史剧创作比较重要的一位作家。阳翰笙原名欧阳继修,笔名华汉,四川高县人。毕业于上海大学,在黄埔军校做过党的组织工作,并参加了北伐及南昌起义,1928年加入创造社,开始文学创作活动。曾担任左联领导工作,抗战前后在国统区担负统一战线及党的地下工作。从抗战初期开始,他致力于戏剧创作,并取得了较高的成就。

1936年冬,阳翰笙完成了他的第一部剧作四幕剧《前夜》。这个剧本以抗日战争为题材,描写了爱国青年与汉奸、走狗作斗争的故事。写于1938年的《塞上风云》,描写了蒙汉两族人民团结抗日、粉碎汉奸特务破坏的斗争生活,歌颂了蒙汉人民的勇敢和高度的爱国主义情操。完成于1943年的《两面人》则揭露了表面抗日实则妥协投降的两面派的丑恶行径。这些剧作上演后都曾引起了强烈的反响,但成就更大、更有影响的剧作还是以《李秀成之死》《天国春秋》《草莽英雄》等为代表的历史剧。

《李秀成之死》(1937),描写了忠王李秀成率领太平天国军民誓死保卫天京,最后以身殉国的英雄事迹。李秀成忠贞刚强、智勇双全,他英勇抗敌、宁死不辱气节的崇高精神在当时极大地鼓舞了国人的抗日斗志。作者表面歌颂李秀成,实际是在为抗日军民高唱赞歌。皖南事变发生后,阳翰笙怀着满腔怒火创作了他的主要代表作《天国春秋》。《天国春秋》围绕着"杨韦事变",描写了太平天国革命的失败过程,反映出内部分裂是导致革命失败的根本原因。作者通过历史事件以古喻今,间接地揭露了蒋介石在国内搞分裂破坏抗日的罪行。剧本通过复杂的矛盾冲突,成功地塑造了杨秀清、韦昌辉、洪宣娇、傅善祥等栩栩如生的人物形象。杨秀清有统帅之才,善于用兵,为建国立下了卓越功勋,拥有军权、政权及神权,但他刚愎自用、恃功骄矜、独断独行的作风,终因遭人嫉恨而身陷阴谋,招致杀身之祸。韦昌辉阴险奸诈,投机革命又背叛革命,造成太平天国的惨重失败。他的得逞在于阿谀谄媚、进谗言于洪宣娇。洪宣娇是剧中塑造得最成功的人物形象,她性格豪迈,武艺超群,驰骋疆场,屡立战功。但她缺少文化,性格褊狭。她的骄横、妒忌、处事随心所欲,给韦昌辉的阴谋以可乘之机。傅善祥同杨秀清的纠葛,使她妒心蒙目,造成不可挽回的悲剧,断送了太平天国。傅善祥身为天国状元,才华绝代、博古通今,杨秀清的信任和重用,使她遭人嫉恨,最终含冤而逝。这四个人物共同构成了戏剧矛盾冲突的主线,太平天国的命运与这四人密切相关。作于1942年10月的《草莽英雄》主要描写四川人民保路运动的斗争,对清政府丧权辱国的可耻行径给予了猛烈的抨击。这部剧在人物形象塑造、艺术风格和语言运用上都很有特色,它所阐发的深刻的主题思想启发人们去思考农民革命的胜利果实被篡夺的历史教训。

阳翰笙的历史剧非常注重从对现实斗争的深刻思考去反观历史，寻找具有现实意义的主题，以振奋民族精神。其剧作充满激情，气势雄浑，但在人物形象塑造方面，往往因缺乏深度挖掘，而显得有些单薄。

阿英（1900—1977），即钱杏邨，原名钱德赋，安徽芜湖人。1927年开始从事文艺工作。抗战时期，在沦陷区上海"孤岛"，以魏如晦为笔名，连续创作了《碧血花》（1939）、《海国英雄》（1940）、《杨娥传》（1941）等八部宣扬爱国主义、高扬民族气节的作品。阿英的历史剧十分注重艺术氛围的营造，在"孤岛"公演中，对于唤起民众的爱国意识与抗敌情绪，发挥了巨大的作用。四幕话剧《碧血花》，以秦淮名妓葛嫩娘为主人公，赞扬了她蔑视邪恶的凛然正气。葛嫩娘在清兵南侵、国家危急之际，毅然拿起武器参加义军，苦战数年，终因力量过于悬殊而兵败被俘，落入清帅博洛手中。面对敌人的引诱和威胁，她毫不动摇，誓死不从，最后咬断舌头，从容就义。该剧以明末的忠臣烈士来鼓舞中华民族的忠贞之气，用觍颜事敌的乱臣贼子来影射威胁毒害人民的汉奸敌伪，慷慨激昂，具有极强的现实针对性和艺术感染力。《海国英雄》描写的是民族英雄郑成功悲壮殉国的史实。为了挽救国家的命运，郑成功勇敢地担当起抗清复明的重任。虽然因寡不敌众而屡遭挫败，但仍不屈不挠，抗战到底，表现出崇高的民族气节。《杨娥传》写的是明朝末年，一位名叫杨娥的女子在投敌受封的平西王吴三桂府外开设酒店，密谋刺杀背叛民族的汉奸败类，不幸未及行事重病身亡，壮志未酬，遗恨千古。剧作突出歌颂了杨娥的侠胆义气，赞扬了她誓报国恨家仇的执著斗争精神。阿英在上海"孤岛"时期创作的历史剧通常被称做"南明史剧"，以上提到的三部就是"南明史剧"中的系列作品。这些剧作上演后引起了强烈的反响，奠定了阿英在现代戏剧史上的重要地位。

为推动历史剧的创作及理论建设，《戏剧春秋》杂志曾出版"历史剧问题"特辑，对历史剧创作的原则、历史与现实的关系等问题发表过座谈记录。《戏剧月报》也刊出过"历史剧问题专辑"，发表了郭沫若、陈白尘、葛一虹、张骏祥、刘念渠等人的文章，探讨戏剧理论及创作。关于历史剧创作的原则，大致上有两种倾向：一种倾向强调历史剧是对现实的反映，另一种则倾向于强调历史剧只反映历史本身。有人把这两种倾向分别概括为"历史镜子论"和"历史水晶球论"。应该说，这两种类型的历史剧对现实而言都是十分需要的。

总而言之，1937年至1949年间的历史剧创作，其价值已经远远超出了文学本身的范畴，这些剧作的发表及公演在突破国民党文化专制主义的统治，弘扬优秀的民族文化，服务于当时的抗战需要等方面都取得了突出的成绩。

第二节　讽刺喜剧的潮流

○"喜剧"时代的产物　　○陈白尘　　○吴祖光等

抗战后期和解放战争时期，讽刺诗和讽刺剧的盛行，成为国统区文学创作的一大特色。许多作家都拿起讽刺和暴露的武器，抨击国民党的黑暗统治，以唤醒国人的良知，鼓舞他们与敌人战斗到底。在戏剧创作中，讽刺喜剧尤其令人瞩目，出现了一大批颇具艺术价值的传世之作，如陈白尘的《升官图》《禁止小便》，吴祖光的《捉鬼传》，宋之的的《雾重庆》《群猴》，袁俊的《美国总统号》，瞿白音的《南下列车》等。这些剧作有的暴露国民党官场的丑恶腐败，有的揭示官僚资本主义对中小企业的扼杀，有的表现人民的苦难生活和反抗意识，尖锐地讽刺和鞭挞了黑暗的社会现实，具有强烈的时代性和现实性。喜剧的大量出现正是社会上喜剧因素增加的反映，当统治者走向末路，变成历史的丑角时，喜剧时代的来临便是一种正常现象。

陈白尘（1908—1994）祖籍福建，生于江苏淮阴。原名陈增鸿，后改陈征鸿。早期从事小说创作，讽刺喜剧《恭喜发财》、历史剧《金田村》的创作，标志着他由小说向戏剧的转向。抗战时期是陈白尘从事戏剧运动与戏剧创作的活跃时期，他积极参与抗日救亡的戏剧运动并成为骨干，为抗战戏剧做出了卓越的贡献。在这一时期创作的主要剧本有：讽刺喜剧《魔窟》（1938）、《乱世男女》（1939）、《未婚夫妻》（1940）、《禁止小便》（1941）、《结婚进行曲》（1944），历史剧《翼王石达开》（又名《大渡河》，1943）以及悲剧《岁寒图》等。

《魔窟》以饱蘸民族义愤之笔，毫不留情地描出了一幅汉奸卖国贼的群丑图，实际上是对当时汪精卫的公开投降、蒋介石的消极抗日进行了辛辣有力的鞭挞。它虽然还算不上是陈白尘的代表性剧作，但为其以后的创作，做了思想和艺术方面的准备。

"大时代的小喜剧"——《乱世男女》被公认为是抗战初期的一部佳作。作品勾画了一群由南京逃难后方的都市男女形象，着重揭露了他们的丑恶德行，对这些混迹于乱世的"特产"给予了"沉重的一击"。故事在从南京逃难去后方的火车车厢里开始，全剧没有复杂或统一的情节，只是在作者精心构思的"乱世"背景中，人物一一出场亮相。"看样子像可又有点像大学生，又像电影演员，又像文学青年之流，新闻记者，但又全都不是"的无聊之人蒲是今;终日不忘饮酒及与女人厮混,有所感则写下一首内容不详的诗的中国名士王浩然;热衷于妇女运动,张口"山育娜拉"(日语"再见"),闭口"得死龟哦大尼亚"(俄语"再见"),对任何人都一见如故,随时在朗诵、表演的"女诗人"紫波;他们性格各异、特点突出,穷形尽相地活跃在纷乱的舞台上,生活在污秽的环境里。《乱世男女》以犀利的笔触,暴露了黑暗的现实,嘲弄了这类"都市的渣滓",同时,也开始显示出作家超凡的讽刺艺术才华。

《禁止小便》是陈白尘独幕剧的优秀代表。全剧围绕着上面将派王委员来巡查,局长、科长为应付门面亟须一块"禁止小便"的铁牌挂在墙上这一冲突展开情节,将后方城市某官僚机关一群卑琐的小官僚安置于其中,在一片喧闹中开场,又在同样的闹剧中结束。该剧在一块"禁止小便"的牌子上大作文章,以小见大,以夸张的手法从荒唐可笑的小事件中发掘出令人震撼的严肃主题,让人在捧腹之后不禁会摇头、慨叹,并更加深入地思考社会,它的思想及艺术魅力并不亚于一出大剧。

五幕剧《结婚进行曲》是在独幕剧《未婚夫妻》的基础上加工扩充而成的。该剧主人公黄瑛是一个有着美好幻想,聪明、天真的少女。她为反抗父亲的包办婚姻,逃出家门,但与她相爱的刘天野因遭母亲的干涉也无力将她安置在自己家里。黄英愤而去租房另住,但房主不接受未婚青年;要找到职业安身立命,聘人机关又不要已婚女子。要租房必须结婚,要工作必须未婚,这就是活生生的社会矛盾。戏剧围绕着这样一个冲突逐步展开,其结果就是将黄瑛这样一个有个性、渴望独立的青年女子逼得走投无路。剧本的结尾,极端疲惫的黄瑛,在梦中喃喃自语:"我有行动的自由,我有独立的人格!""我只要一个职业呀!"整部作品没有说教式的议论,却充满了喜剧性的笑料和令人回想的韵味。

1945年10月,抗战刚刚胜利不久,陈白尘完成了他最重要的一部代表作,政治讽刺喜剧《升官图》。这部剧作除了序幕和尾声,中间分三幕五场。它主要描写民国初年两个强盗为逃避官方追捕,在一个凄风冷雨的深夜,躲进一所古老的住宅。在一盏昏黄的油灯下,在一间阴暗的客厅里,他们走进了一场升官发财的黄粱美梦。在梦中,两人浑水摸鱼,冒充知县和秘书长,与原知县夫人、各局局长既互相勾结又互相倾轧,贪赃枉法,营私舞弊,干尽了罪恶的勾当。最后,在省长与假县长联合举行的婚礼上,一群愤怒的群众冲进来把他们统统地抓走了,两个强盗遂从梦中惊醒,最终被官役捕捉。故事写的虽然只是强盗所做的一场"升官"梦,但读者和观众一看便能心领神会——这是现实社会丑剧的真实写照。

以《升官图》为代表的陈白尘的喜剧创作,一般都具有奇妙的艺术构思,生动诙谐的人物和辛辣犀利的对话。作者通过运用夸张手法,制造许多离奇怪诞的笑料,引得读者发笑,同时又引得读者在笑声中深思,进而挖掘并展示出作品的主旨,揭露社会的政治本质。除此以外,作者还善于将象征、夸张、讽刺等艺术手法与戏剧的矛盾冲突有机地融合成一个整体。《升官图》就是在这方面具有独特艺术魅力的一部作品。

　　《升官图》采用时间推移手法,表面上写历史,剧本在梦境中展开情节,梦中的官僚互相勾结、横征暴敛、敲诈勒索、包庇走私、买卖壮丁,实际上写尽了当时官场的黑暗、腐朽。在尾声中,看门的老头儿一边弹着灰尘一边念叨着:"鸡叫了,天快亮了!"其内涵是不言自明的。至于那古老的住宅,与中国当时的社会有着诸多相似点,而从整个剧情中又仿佛可以看到某种旧官僚机构的缩影,则正是在象征意义下,作者与读者达成的默契。象征手法的运用,给作家的想象留下广阔的驰骋空间。夸张往往是喜剧艺术不可或缺的重要元素。通过夸张,将从生活中提炼出来的具有喜剧性的素材放大或缩小到变形甚至荒诞的程度,是获得喜剧性效果的重要手段。《升官图》中用金条治疗省长大人头痛病的办法就很奇特:"左边头痛,一根金条就够;右边头痛,要两根;前脑痛,三根;后脑痛,四根;左右前后都痛呢?那就要五根!""第二次如果痛起来可要换新的才行。"世间竟也有如此怪异的药方!通过夸张,省长大人的"隐蔽"的生财之道被放大了,很容易被读者看清楚。陈白尘的喜剧,因其精妙的讽刺手法而被称为讽刺喜剧。在《升官图》中,讽刺的利剑无处不在。例如用色调鲜明的讽刺语言使剧中人物互揭老底,工务局长攻击警察局长:"你是四条腿的马,一拍就跑,当然快!"对方则反唇相讥:"女人是你的命,又给裙带子扣住了!"工务局长号称"品花能手",教育局长则为"持久战"的名将(可以连打120圈麻将)。但攻击归攻击,在没有利益纠葛时他们又动辄便是"老兄的德政""阁下的功劳",互相吹捧,用虚伪的假象掩盖起曾经的互相倾轧。陈白尘也善于运用言行的背离及自我暴露的手法来达到讽刺的目的。口称廉洁,而自己却大肆贪污受贿。言行相悖,现象与本质不相符产生了喜剧性效果,这有利于作家创作意图的传达,也容易给人留下深刻的印象。陈白尘喜剧创作不仅吸收了我国传统戏曲中的有益成分,而且也大胆地学习和借鉴了外国戏剧创作的思路和艺术手法。从《升官图》中,我们明显地可以看到果戈理《钦差大臣》的痕迹。陈白尘的继承传统与融会西方特长的完美结合以及对中外讽刺艺术的融合创造,使他在戏剧创作上取得了巨大的成就。《升官图》将"五四"以来逐渐发展成形的讽刺喜剧推进到了一个新的高度。

与《升官图》同样产生很大影响的,还有创作于 1944 年的剧本《岁寒图》。这是一部现实主义悲剧,它以抗战时期后方某城市私立医院为背景,塑造了忠于职守、克己为人的医师黎竹荪的形象,歌颂了主人公在严寒如冬的社会环境中的坚贞自守。通过病人求医,黎竹荪废寝忘食为病人诊治的一连串感人细节,对黎竹荪美好的心灵作了细腻的刻画,同时也猛烈地抨击了冷酷的旧社会。

陈白尘之外,吴祖光和宋之的的讽刺喜剧也取得了相当的成就。

吴祖光(1917—2003),原籍江苏武进,生于北京,出身于官宦世家。1937 年发表第一部剧作时只有 20 岁。他的剧作风格多样,有正剧、悲剧、讽刺剧、抒情剧,但无论哪一种形式,字里行间都洋溢着诗情。他创作的讽刺喜剧以取材于神话故事的《捉鬼传》(1946)和《嫦娥奔月》(1947)最为著名。《捉鬼传》借助于民间传说"钟馗捉鬼"的故事,发泄了作者对"盟友、长官、将军、恶霸"当道的社会的愤懑,发出了"加倍的反抗才有生路"的呼声。该剧主要写钟馗捉尽人间鬼怪,痛饮大醉一千多年,醒来时却发现人间又"遍地是鬼",且道法高深,自己已经无力与他们抗衡,只好大败而归,退隐山林。时空的交错拉近了古今的距离,钟馗既是神话的,又好像就活在现实社会里。这样一个家喻户晓的捉鬼能手竟然无法战胜人间鬼怪的魔法,这个社会已经荒谬到何种程度,自是可想而知。该剧揭露了当时社会的黑暗,同时对国民党勾结帝国主义残害百姓,掀起内战的罪行也进行了有力的讽刺和鞭挞,令广大读者和观众叹为观止。《嫦娥奔月》则通过写嫦娥为反抗国王后羿的独裁暴行,偷吃仙草飞进月宫追求自由幸福生活的故事,痛斥了国民党反动统治的凶残,表达了人民对和平、民主生活的向往。

宋之的(1914—1956),原名宋汝昭。1930 年后参加左翼戏剧运动。抗战时期,他创作了《烙痕》等六部独幕剧和《雾重庆》等六部多幕剧。抗战胜利后,宋之的于 1946 年创作了讽刺喜剧《群猴》。在这部喜剧里,宋之的一改以往的创作风格,通过描写国民党在竞选国大代表过程中,一群代表各派系的男男女女耍猴式的种种丑态,尖锐地讽刺了国民党政治的腐败,揭露出所谓"民主宪法"不过是各派系之间的斗争而已,取得了较高的艺术成就。

思考题

1. 历史剧兴盛的时代氛围及其矛盾。
2. 《屈原》的艺术成就和不足。

第二十一章　国统区的长篇小说

第一节　40年代小说概貌

○主题的变异与分歧　○讽刺暴露和体验追忆的两大创作潮流　○感受方式和审美格调的变化　○两个焦点：知识分子和人民性　○反思小说中的"家庭"模式

抗战的爆发,中断了现代小说自二三十年代以来开始的探索,使作家们卷入长期的战乱当中。这对中国现代小说的发展,影响甚大。不过,虽然最初的抗战小说风靡一时,因积极宣传抗战而为人欣赏,但艺术水准的明显下滑也是公认的事实。一般认为,1941年抗战进入相持阶段后,作家的创作心态由热情高涨转为深沉凝重,由此成为抗战初期小说与40年代小说的一个分界。但实际上,由于地域和流派的不同,40年代小说在总体上本来就存在着差异,表现为"众声喧哗"的丰富的创作形态。

40年代初,大规模的正面战争一度减少,文人的疏散流浪状态基本结束,随着战时文化中心的确立,作家群体和文学杂志完成了集结。在胡风主编的《七月》《希望》周围,出现了七月派小说群。由于《文艺阵地》和茅盾等人大力扶持,一批"新生代"作家也开始受到文坛的注意。这一时期,因为西方文学译介的增多,出版业的恢复和发展,刺激了长篇小说的创作。不少搁笔有年的老作家重新拿起笔来,一些青年作家也加入这一行列,开始通过长篇小说巨大的叙述空间来反思抗战生活,也有的把想象延伸到抗战以前的各个阶层的生活中去,一时间出现了为人瞩目的长篇小说创作热。仅本时期和后来引人注目的中长篇,就有茅盾的《霜叶红似二月花》《腐蚀》,巴金的《憩园》《寒夜》,沈从文的《长河》,老舍的《四世同堂》,萧红的《呼兰河传》《马伯乐》,丁玲的《太阳照在桑干河上》,周立波的《暴风骤雨》,林语堂的《京华烟云》,沙汀的《淘金记》,冯至的《伍子胥》,徐讦的《风萧萧》,钱锺书的《围城》,张爱玲的《金锁记》,路翎的《财主的儿女们》,赵树理的《李有才板话》等。40年代中后期,由于大后方开始向内地复员,上海、北平重新成为文学的中心。同时,以文化生活出版社等一批重要出版社,以《文学杂志》《文艺复兴》《文艺春秋》《文艺先锋》《中国新诗》《大众文艺丛刊》等杂志为中心,开始了与抗战时既有联系、又有所不同的文学生产。它们对40年代中后期小说的构造、组织和传播,均产生了十分广泛的影响。

  40年代的国统区小说,在取材上显示出多样化的态势。讽刺和暴露,成为一部分作家创作的主要视角。民众抗战的热情逐渐沉淀后,国民党政府官僚专断的面目日渐露骨,陈腐的社会体制阻碍着进步的呼声。在这种情况下,作家与当局的对立情绪加剧。但是,由于环境和检查制度的限制,不可能形成公开的批判,于是,讽刺时弊便成为不少作家的选择。与讽刺诗、讽刺喜剧相比,讽刺暴露小说更趋活跃,形成了一股不可忽视的创作潮流。张天翼的短篇小说《华威先生》,1938年4月在《文艺阵地》上发表。这是抗战以来,最早突破战争浪漫主义创作模式,暴露抗战时期社会阴暗面的作品。战前作者是左翼文学"写实小说"的代表性作家,曾有短篇《皮带》《包氏父子》,中篇《清明节》《一年》等个性鲜明的作品问世。《华威先生》以作家惯用的幽默笔法,漫画式的人物特写效果,辛辣地勾勒了一个整日忙于开会、不做实事的"抗战官僚"的喜剧形象,并因此在文学界引发了一场关于"暴露与讽刺"的争论。张天翼另外还有《谭九先生的工作》《新生》两篇小说,对留学生和艺术家与抗战工作的"格格不入"也进行了讽刺。由于作者敏锐地发现了隐藏在抗战大背景下的社会积弊,且显示出比一般"抗战小说"更趋冷静的创作态度,写作风格也比较独特,所以,这些小说不仅开拓了40年代小说的新领域,而且在读者中产生了广泛影响。但张天翼的小说也存在着"脸谱化"的问题,在开掘的深度上似有不足。将这一题材引向深入的是沙汀。沙汀关注的人物形象,是战时四川地方帮会头脑、联保主任、土财主和县治官吏,这些人的阴暗、丑陋心理及其行为,在当时社会阶层中有普遍的意义和代表性。作者的艺术表现冷峻、客观,因而显得格外尖锐、沉郁,令人读后能产生丰富的思考。《防空——在堪察加的一角》写围绕争夺县"防空协会会长"一职而发生的一场闹剧。《在其香居茶馆里》通过一个小镇抽壮丁过程中,当地头面人物纷纷争权夺利、勾心斗角的丑态,由点及面地暴露了所谓"整顿兵役制"运动中的各种黑幕,以及在中国下层社会普遍存在却无法根除的问题。作者对这些现象和问题的思考,与"五四"思想传统和鲁迅的讽刺传统有更深的精神联系。对话是作者依托一个小茶馆来展现人物性格和心理时的精彩手段,它在整个过程中起伏变化,颇具艺术张力,这篇小说因此被视为沙汀的代表作。最具影响力的,是作者的"三记"——长篇小说《淘金记》《困兽记》《还乡记》。《淘金记》以开采金矿事件为中心,多维度、多层次地展现了地方上的各种势力,例如地主、士绅、流氓、帮会头子和下层官吏的阴险、狡诈与无赖等行径,对复杂的矛盾、冲突做了充分的描写。小说有浓厚的地方色彩和时代氛围,显示了作者驾驭较大题材和丰富的现实生活的能力。艾芜在流浪汉小说《南行记》之后,创作兴趣转向了暴露小说。在《山野》《春天》《故乡》等长篇中,《故乡》较为人们所称道。它描写了一位大学生在返乡过程中目睹的社会病态和腐朽现象,展示了一般抗战小说所回避的某些阴暗面。另外,腾出手来写讽刺小说的张恨水,这时也有《八十一梦》《牛马走》和《五子登科》奉献给读者。在二三十年代,他曾是言情小说的大家,其《啼笑因缘》《金粉世家》在市民读者中风靡一时。人生的困顿与现实的丑陋,使这位通俗小说家转向了对社会的尖锐批判。《五子登科》对重庆社会的乌烟瘴气、腐败黑暗,做了全方位的描写和揭露。由于"接收大员"的腐败在战后成为一个"社会公害",小说发表后,它在广大读者中激起强烈反响。

  非常年代动荡的生活,改变了作家的时空意识,从而引起观察方式和感受角度上一系列的变化。一些作家选择"客观主义"的取材方式,另一些作家则主张"主观战斗精神",突出强调作家主体性对生活的干预或拥抱,由此引发以胡风为领袖的七月派小说群与中共主流派文人之间关于现实主义的一场大论战。实际上,尽管七月派小说群的文艺主张比较接近,但具体创作仍然存在着差别。前期以丘东平为代表的描写战地的小说,偏向于对战场的真实记录,有强烈而直接的现场感。例如《第七连》《我们在那里打了败仗》,由于表现的生活距离过近、体裁上强调记录性和真实性,所以被许多人误认为是报告文学。1941年丘东平在苏北反"扫荡"时不幸牺牲。这时期他的小说,如《友军的营长》《茅山下》(未完成)等,表现新四军与国民党消极行为的斗争,同时也交错着阶级、民族和革命内部矛盾的多重叙事空间。虽然丘东平的创作强调记录与真实,但作品仍明显附着他的主观感情气质,比如不在意细节生活的刻画,而注重审视人的精神状态。这些特点,已显露出七月派小说的主要特色和发展趋向。相比之下,后来路翎等人的创作更能体现七月派小说的"体验现实主义"的审美取向。他的大量自我扩张式的、有着诸多情绪积淀的中长篇小说,把七月派小说推向了一个新高潮,其感受方式和艺术形式,对40年代小说产生了相当大的冲击。

不带有群体性特征的作家的创作,也引起了人们的关注。这些作家创作的兴奋点,与抗战生活没有必然联系,回忆构成了他们处理题材和文学想象的重要视角。此时的沈从文,继续着他30年代对生命形态和形式,以及在现代文明过程中传统社会日益崩溃的思考,未完成的长篇《长河》就是这一过程中的产物。遥远的湘西,在作家的回忆中被重新呈现。然而,在对这一即将消逝的传统文明的悲叹性的注视中,一种不可克制的寂寞也深深渗透其中,成为作品特有的抒情气质。沈从文对人的别样的思考,以及对文体的特殊嗜好,也影响到后期某些京派作家的艺术表现。例如汪曾祺。这位年轻作家运用意识流的手法,客观地呈现了他故乡高邮的小镇、水乡和各色生活,从而把京派文学的创作推向了一个新阶段。萧红的《呼兰河传》是40年代小说创作的另一重要收获。作者从童年视角出发,揭示了呼兰河小城的日常生活和精神的麻木状态,它的别致的抒情格调,让读者与其一起回到了过去的岁月之中,从而唤起对传统世界的种种温馨和伤感的记忆。这部小说的特异之处,不仅在于它在追忆童年生活时的语言和结构方式,还在于深化了二三十年代同类小说的儿童的心理世界,变成对人性问题的探讨。

这一时期的小说,还表现出对知识分子问题和人民性的关注。在40年代,一方面是抗战生活对全民族精神世界的震荡和影响,另一方面是文学作品中知识分子意识的重新觉醒,而在知识分子的思想视野里,人民性问题则被提升为时代性的话题之一。姚雪垠的《差半车麦秸》,为读者提供了一个绰号叫"差半车麦秸"的农民出身的游击队员的艺术形象。与30年代被动性的农民形象不同的是,这个人物的眼光、心态超越了过去的同类人物。他开始从家庭圈子中走出来,通过"同志"的特殊含义,感受到个体与千百万中国人之间生死与共的密切关联,"人民性"不再是一个缺乏主体性的象征符号,而具有了某种"人"的自觉。另外,作品的乡土气息也比较浓厚,对当地的口语有较为敏感的感知和表现,这样就使"人民底原始的强力"更为具体和形象化了。巴金的《寒夜》、夏衍的《春寒》、李广田的《引力》等,或是表现知识分子在离乱生活中的弱点和苦闷,或反思抗战胜利后知识分子人性的变异,或直接写摆脱幻想后奔向人民的"引力"的新天地,从不同角度展现了作家在特殊年代的严肃思考。但是在解放区文学中,以丁玲、萧军、艾青等为代表的对知识分子问题的再思考,最后逊位于知识分子思想改造的强大主题,这也说明在40年代小说的空间中,存在着不尽相同的作家姿态和创作态势。而这些现象,足以证明40年代的多元性、分裂性,它是时代丰富性和历史道路曲折性的最有说服力的证词。

第二节　老一代作家的创作

○对凝重和复杂的中年写作风格的展示　○观察的深入与悲剧气韵　○茅盾　○巴金　○老舍　○沈从文

在40年代,一些成名于二三十年代的老一代作家在兼顾社会性工作之余,仍热情投入文学创作,写出了一批重要的中长篇小说。但是,由于历史总体语境的变化,离乱生活的磨难,以及踏入中年后心态的变化,使其开始调整创作与现实的关系,变过去热情的呐喊为冷静的观察,这使他们的创作姿态都呈现出与过去不同的更趋复杂、凝重和中年化的特征。

茅盾二三十年代的长篇小说主要是以时代为主轴,以武汉、四川、上海三地为描写对象而展开的鸿篇巨制。虽偶有幻灭情绪夹杂其中,但其作品的主旋律仍是昂扬的、乐观的。对时代的关注与敏感,是他前期小说创作的主要追求。这一时期,作家的创作兴趣转向长时段的社会历史生活,对资本家和时代女性的批判性反思,自然带上了某种回溯和总结的意味。他本时期受人注意的,有长篇《第一阶段的故事》《腐蚀》《霜叶红似二月花》《锻炼》,中篇《走上岗位》、话剧《清明前后》等。

《第一阶段的故事》带有为抗战服务的痕迹,叙述框架令人想起《子夜》,人物和基本情节有似曾相识的印象。小说叙述抗战爆发后,一群上海的民族资本家、政治投机家、金融商人、大学教授和一些青年男女的精神状况、各式各样的社会活动,全景观地展示了中华民族的觉醒和抗敌意志。由于作者当时生活极不稳定,一些篇章写于旅途,所以小说结构比较松散,人物缺乏鲜明特色,这在精于冷静构思、写作从容的作者创作生涯中,是不多见的现象,然而,有些人物心理的分析还算细腻、深入,对全书不失为一种弥补。与此有着相似特征的,还有《锻炼》《走上岗位》等。后者走的仍然是反映上海各个社会阶层生存状况和生活方式变化的创作路子,通过冷静观察展开数十年间的中国社会变迁,以收到史诗般描写历史生活的效果。虽然作者热情可嘉,但作品艺术上并不理想,诸多评论者也不太看好。

《腐蚀》的出版,使茅盾终于走出抗战初期创作的低谷。它通过历史反思的角度,把对时代女性的检视和反省提高到了一个新的高度,其深度也超出了作者自己早期的同类小说。女特务赵惠明,早年曾是理想而浪漫的热血青年,上街游行,背叛家庭,与小昭自由结合。后来误入国民党特务机构,经历了一连串的曲折与挫败。她与丑恶、卑鄙的特务同事相互勾结,对许多无辜者施以残酷迫害,陷入可耻、阴险与污浊的深潭而不能自拔。当她被派往监狱审讯革命者时,才发现对方是过去的恋人小昭。她企图设计套出小昭的口供,但遭到他的严词拒绝,小昭最后被杀。小昭的死使她终于幡然醒悟,进一步看清了自己的堕落。于是,当她后来"打入"一所大学搞特务活动时,冒险帮助女学生N逃脱,自己的精神也因此获得自救。《腐蚀》实际是一部"忏悔之作",它因为深刻写出一代人的精神创伤和曲折道路,而获得广大读者的欢迎。小说运用日记体的形式,通篇有陀思妥耶夫斯基那种强烈而扭曲的心灵描写,以及精神上自我搏斗的极深痕迹,加之作者发挥了他擅长观察与挖掘青年女性心理的艺术功力,所以,读来虽然曲折复杂,但也淋漓酣畅,颇具艺术的震撼力。有论者认为,《腐蚀》的问世,标志着作家的历史视野所发生的变化,他不再单一地看到新女性与时代方向的同一性,而且也注意到她们身上的某些固有的弱点,也即"日常性"的一面。随着茅盾浪漫主义激情的减弱,传统女性的价值和形象,开始进入他关注的范围。

鉴于上述心态的变化,《霜叶红似二月花》开始与现实明显保持了审美距离。出现在小说舞台上的,是"五四"时代江南的某个县城世界。中国在近现代之交社会转型过程中交错杂陈的情状,在这座小城新旧势力的矛盾、冲突中,得到了复杂而曲折的展现。围绕积善堂存款的处理问题,以大地主赵守义为代表的守旧势力与资本家王伯申为中心的新兴商人集团,展开了激烈的争夺。虽然最后以妥协方式解决了双方的争端,但它作为一个历史时期的缩影仍然给人们提出了许多值得深思的命题。一是老中国向现代中国转化的复杂和艰难超出了人们的预期,正因为这种"中间状态",才会引起人们进一步思考与探索的热情。二是在这场戏剧中,农民永远是局外人和看客的身份,他们精神的麻木虽然不是茅盾小说关注的中心,但在小说叙述中出现,是应该引起注意的。小说的标题具有象征意味,它引起人们丰富的联想是不奇怪的,不过,作品蕴涵的中国古典白话小说的某些艺术成分,却让有的研究者发生了兴趣。例如他文字上的民族特色,细密,典丽,诗词与成语在文中的灵活运用,等等,这都使小说宛若雨中的江南,别有一番朦胧之中意绪翩然的感受。小说原来设计为三部,因战争原因仅写了一部,整个故事没有充分展开。后来作者几次提笔,都因繁重的社会事务而打断。

在二三十年代，由于受到无政府主义、进化论思潮的影响，社会批判与青年控诉成为巴金整个小说创作的焦点和表达情结，《家》《春》《秋》正是这一高潮中的作品。"七七"事变后，他从上海迁移到重庆，经历了战争和离乱生活的考验，眼光和心态发生了意料之中的变化。他开始检视过去的创作，调整自己的艺术视角，这期间一些短篇零零星星的发表，已让人看出某种变动的痕迹。

《憩园》《第四病室》和《寒夜》，构成了巴金40年代小说的基本阵容，它们对人性和民族文化心理的探索，显示出作者已走出"大家庭"的叙述模式，开始向曲折与深沉的方面发展。但这一过程并不是一次完成的。《憩园》发表后，就有人指出，虽然该小说的观察又进了一步，但总的讲是不尽如人意的，"它的内容犹如它的笔调，太轻易，太流畅，有些滑过的光景。缺的是曲折，是深，是含蓄"①。《憩园》通过"我"返乡后的见闻，叙述了一个旧式家庭在时代转折之际的没落。小说是在两条线索上展开的：公馆的新主人姚国栋是一个奥勃洛摩夫式的人物，他整天无所事事，沉湎于幻想，过着养尊处优、不思进取的生活。公馆的旧主人杨梦痴是一个依赖祖上遗产混日子的败家人物，他任意挥霍，终至倾家荡产，死于狱中。作者通过两种人物的不同命运，揭露了大家族不可挽回的没落趋势，及其子弟的懒惰和堕落。与过去作品不同的是，《憩园》没有采取激情四溢的抒情方式，而力图在叙述上予以节制。它平淡、诗意的氛围，使整个作品笼罩在一种古典式的、挽歌的格调之中。

《第四病室》在取材上显然受到陀思妥耶夫斯基某些小说的影响，它将主要舞台搭建在"医院"——这个象征着近代中国以来社会状况的特殊符号之上，已经暗示了作者的创作意图。叙述者陆怀民是该医院的病人，通过他的眼睛，这座内地设备陈旧、落后的三等医院，二十多张病床，在阴森、黑暗、病态和痛苦中挣扎的各色病人，使读者尽收眼底。在叙述者三天的日记中，尽管这个环境非常压抑、污浊，令人感到难以忍受，但杨木华大夫的出现，又使这个沉闷的世界显出了一线光明。显然，小说的象征意味大于它写实的意义，从构思、酝酿到写作的整个过程，都渗透了巴金的气质和他对40年代的基本认识。但作者对环境的无奈已与早年的抗议大异，给人留下极深的印象。进入中年的作者，对现实世界的洞察，已远比过去单纯的幻想显得深厚，这使作品的视角和观察的敏锐度都深入了许多。

---

① 长之：《〈憩园〉》，《时与潮文艺》，第4卷第3期"书评副刊"，1944-11-15。

用华裔美籍学者夏志清的说法，《寒夜》是巴金一生创作中最为出色的小说。它之所以重要，不光是作者在叙事方式、题材处理和艺术表现等方面发生了一系列惊人的变化，而且由于它把镜头拉向第二次世界大战之后的中国，首先在题材上占了"地利"之先。因此，它对历史的敏感，对战后知识分子群体心灵世界的剖析，都达到了不仅作者本人、包括中国现代文学都少见的深度。小说主人公汪文宣和曾树生都是受"五四"熏陶、思想先进的新式人物，他们受过现代大学教育，有过理想和热情，也是靠自由恋爱走到一起的。在现代中国人的想象中，这本是一个志同道合的理想型的家庭模式。然而，抗战胜利后，贪污遍地，丑陋横行，却使这个小家庭在一夜之间走向了崩溃。汪文宣清白正直，但优柔寡断，充满矛盾，他可以承受日益加重的生活负担，却无力化解他所爱的母亲与妻子之间的尖锐冲突，以至吐血而死。曾树生的性格比较立体和复杂，她爱汪文宣，珍惜两人美好的过去，但在贫困的生活中，又无法拒绝虚荣心的诱惑；她富有活力，朝气蓬勃，希望通过自己的打拼，为小家庭赢得新的生机，却厌恶与婆婆之间无休止的私斗。最后，她怀着对丈夫的愧疚离开，远走兰州，做了上司的花瓶。小说的长镜头，一直从抗战前的汪文宣回溯到他的死，在抗战八年的时代大背景上，再现了一个小人物无辜的悲剧，从而构成对"抗战胜利"之历史效果的一个最尖锐的讽刺。"寒夜"是贯穿全书的基本氛围和情绪，也是作者对40年代的感受。读者感觉到，至此，作家实际等于为自己的前期创作画上了一个颇有意味的句号。

老舍二三十年代因《离婚》《老张的哲学》和《骆驼祥子》等优秀的中长篇小说而名世，但他与新文学阵营始终有一个若即若离的距离。1938年，他在担任中华全国文艺界抗敌协会总务主任，事实上负担起该协会的日常运转工作之后，这种局面有了很大转变。抗战初期，为宣传的需要，他写了一些不太成功的大鼓词、宣传剧，一定程度上影响了作者的声誉。其后数年，他潜心思考、构思和写作，终于在1946年拿出八十余万字的长篇《四世同堂》的前两部《惶惑》和《偷生》，从文化反思的角度，对抗战前与抗战中的北平做了全景观的描写和剖析。

《四世同堂》是老舍倾心而为的长篇力作。经历了世事沧桑和民族巨变，他的心境更加沉潜，早年作品中喜剧幽默的成分荡然无存，一变而为冷静的思索和观察。某种意义上，《四世同堂》不单纯是写北平市民的"抗战史"，还通过这个非同寻常的平台，进而观察和检验了他们在历史大变局中的文化心理及矛盾。居住在小羊圈胡同的是祁姓的一个四代同堂的大家庭,祁老太爷已届七十,他平生的骄傲是拥有一个自家的旧四合院,能够儿孙满堂,所以,抗战一起,他满以为用装满石头的一口水缸顶住大门,就可以自保平安,万事大吉;长子祁天佑是一家布店老板,他性情温和,举止得体,有着传统的中国人的生活态度和处世方式,后来因不堪日本人的羞辱而自尽;长孙祁瑞宣虽是正派的读书人,但懦弱无能,他的全部矛盾就在于,既目睹且未阻止瑞丰落水当汉奸,以便求得大家庭的安全和完整,同时,也不甘于死心塌地地做亡国奴,又鼓励瑞全参加抗战活动。值得注意的是,老舍在塑造三代人的形象时,避免了抗战小说中那种二元对立式的、脸谱化的倾向,而采取了比较中性的方式来处理,这就使得人物形象显得真实、可信和复杂。冠晓荷、"大赤包"是被作者嘲讽的对象,他们靠告发邻居来谄媚日本人,行为心态极其庸俗。诗人钱默吟刚直不阿,他富有反抗精神,是这部令人沉郁的书中透出的一线希望的曙光。这部小说,是老舍过去批判国民性主题在战时背景下的延伸,抗战是他作品检验中国文化的一块试金石,作者显然对民族文化精神是充满自信心的。通读全书,令人有一种经历了生死搏斗后的从容与宽阔的感受,作者以博大的情怀,表达了他对生死、对民族命运的全新的读解,而这种读解,正是小说的重心所在。由于写于战时重庆,主要情节又通过别人的"讲述"虚构而成,所以作品难免有一些不尽如人意之处,这是可以理解的。

抗战以后,沈从文任教于西南联大,在授课与辅导学生文学创作之余,偶有新作。《长河》《云南看云集》《湘西》和《昆明冬景》等,便是这一背景和心态下的作品。1937年冬,沈从文再次回到湘西,那个世界的破败、萧条与他小说构筑的美妙图景形成残酷对比,它给作家精神上带来极大的震惊。长篇《长河》即是之后的沉思之作。该书原设计为三部,但仅完成一部,实际是一个残卷。由于时空的巨大变迁,这里原先牧歌的气氛已为悲喜剧的长镜头所代替。作者告诉读者,乡民与政府、原始文明与现代文明的对峙已由虚幻的想象,演变成了活生生的现实,一种古老的文明,终于走向了崩溃。很显然,作者是以一种悲天悯人的眼光来看待这一不可逆转的历史趋势的。这部长篇,无疑是一部无法掩卷的历史场景。

《云南看云集》等几部作品,仍然以山水风俗为主,但成色似不如早先的散文那么纯净,有世外桃源之感。在一些短篇中,作者的感情、生命也不像过去那么投入,日显淡漠和超然。40年代后期,鉴于时局的变化,沈从文写过一些时评文章,曾一度卷入文坛人事纷争当中。

第三节　路翎和七月派小说

○40年代文坛的"异类"　○《财主底儿女们》等对知识分子问题的继续探索　○七月派小说:直逼主体精神的创伤　○丘东平　○曹白等　○另一支创作潜流

在40年代小说界,路翎(1923—1994)显然是一员"异军突起"的大将,他的姿态,在众多小说好手中是非常独特的。

事实上,路翎走的是20年代鲁迅、郁达夫等开启的"抒情小说"的路子,而又把这一路向推向了某一极端。作为左翼文学阵营的作家,他的创作与当时关于文艺大众化、民族化等带有功利性的主张显然是"异质"的。他和其他七月派小说家一起,追随胡风,以其鲜明地体现"主观战斗精神"的作品,批判"客观主义""机械主义"的文学观点,这些都使他成为七月派小说、乃至40年代最具影响力的作家,同时也遭到了左翼内部最猛烈的批判和攻击。他的主要作品是中篇《饥饿的郭素娥》《蜗牛在荆棘上》,短篇小说集《求爱》《青春的祝福》《在铁链中》。八十余万字的长篇《财主底儿女们》是他的代表作。

路翎小说创作的"兴奋点",在下层各色人物和知识分子两个方面。前者包括矿工、破产农民、船工、手艺人、逃兵、商贩、妓女和工匠等,但写得最多、最生动的,还是那些手无一技之长的流浪汉,例如《卸煤台下》里的孙其银,《何绍德被捕了》里的何绍德等人。《饥饿的郭素娥》中的同名女主人公,是一个"强悍而又美丽的农家姑娘",无家无业,流落途中被一个行为卑琐的中年男人收留,但是,从肉体到精神都陷入极度"饥饿"的她,在这里却得不到她的所爱。"她的修长的青色眼睛带着一种赤裸裸的欲望与期许,是淫荡的","她争取生命的基本存在:性和粮食",固执而绝望地追求着"人"的价值。正如作者所说,他写的不是"旧社会的女人",而是为了揭示"人民底原始的强力"。也如有的研究者认为的,描写他们几乎处于绝境的生活遭遇,以及从他们身上迸发出来的强烈的反抗精神,是作家创作的主要注视点。由于郭素娥和路翎笔下的许多人物大多带着"病态"的欲望,酿成作品躁动不安的氛围,所以有人评价说,他小说构筑的是与40年代许多小说迥然不同的审美旨趣和艺术王国:

这是一个狂野、雄放、不同程度地染着原始蛮性的世界。打开他早期作品《饥饿的郭素娥》，人物——乡村女人郭素娥与她的情人矿工张振山，俨然由"创世纪"一类的传说中走出来。他们美得丑陋，雄伟得粗野，像希腊神话中的半人半兽，而且也像那些半兽一样，有捉摸不定异乎寻常的性欲。这无论如何不像那一时代中国人日常的生活世界。这儿是一片原始的榛莽，生命发出震耳欲聋的喧嚣，苦壮得惊人。在《饥饿的郭素娥》之后，路翎笔下的生活，愈益靠近人间世。但是形象的雄伟性，仍然构成路翎小说的醒目标志。尽管渐渐地，由"雄强"而"原始"，到"雄强"而"现代"。人物的生活状态也在摆脱作者一度酷爱的"原始的山林的性质"。①

探索抗战前后知识分子的心灵道路，是路翎小说的另一重要选择。短篇小说《旅途》《谷》《人》等，以揭示知识分子内心的冲突和搏斗的方式，展现了这些人物身上过去/今天、传统/现代的矛盾。1945年，他的长篇《财主底儿女们》把这一思考推向了一个新的高潮。正如胡风所说，该小说"所追求的是以青年知识分子为辐射中心点的现代中国历史底动态"。作品在从1931年"一·二八"事变到1941年太平洋战争，上海—苏州—南京—重庆这样广大的时空背景下，通过苏州蒋捷三这个大家庭的衰败、没落，以及儿女们的不同命运，反映了十年间中国社会的动荡与知识分子复杂的心路历程。长子蒋蔚祖耽于幻想，又无所事事，因此不可能阻止旧世界消逝的步伐。次子蒋少祖接受过"五四"精神的洗礼，曾是这个家庭的叛徒，最后，他的思想又转向复古与消极的方面。小儿子蒋纯祖的生命之路是两位兄长的聚合，既是社会、现实的，又是个人的、纯心理的，带有托尔斯泰《战争与和平》中某些知识分子在超越时空中充满矛盾的色彩，在今与古、正义与邪恶、理性与疯狂、反抗与退缩之中，经历了一系列灵与肉的痛苦冲突，也洞察了大时代的悲喜剧。蒋纯祖这种在纯精神与心理层面上思考，而无法与民族、大众实现真正结合的矛盾和犹疑的知识分子的典型，在抗战时代有较大的代表性，而作者对这个人物的"未完成"性的处理，恰恰体现了他对现代中国政治、文化的敏感和体察能力。这是巴金的《家》之后，又一部叙述大家庭及其儿女们人生道路选择的鸿篇巨制。

路翎是最能实践胡风理论的小说家，他通过主观精神的"扩张"来"突

---

① 赵园：《论小说十家》，191页，杭州，浙江文艺出版社，1986。

入"客观世界,以强烈燃烧着的生命力和思想力量观照、批判现实的冷漠,从而把人的生命纳入搏战过程,并使之得以极大的升华。他对人的心理的探索,既有原始的、兽性的成分,也包含有现代派的观念。因为他认为,人的本性必须打破社会表象的遮蔽才能显示逼人的真实,这样,他对人物深层意识的挖掘就达到了令人战栗的程度。在路翎身上,有陀思妥耶夫斯基的神经性的敏感气质,同时也具有托尔斯泰小说那种对"心灵史诗"的自觉表现。他对人物心理的刻画,在揭示人的灵魂的丰富与复杂方面所显示的深度和广度,在中国现代作家中是比较少见的,集中反映了七月派小说对文体、审美经验的创作追求。但是,路翎有些作品对人物内心激情缺乏必要的节制,略显芜杂,一定程度上也影响到读者对他作品的阅读,给人生涩的印象。

七月派小说是中国现代文学中一个流派意识浓厚、风格独异的创作群体。它以胡风文艺理论为旗帜,以诗人的激情为创作动力,在重提"五四"精神、强调"主观战斗精神"上,在揭示"精神底奴役的创伤"等重大命题上,都为40年代文学增添了异样的光彩。同时,七月派小说与胡风文艺理论又形成了"互动"的、"互相激发"的话语关系。它以作家的主体精神回应时代的迫力、时代苦难和心灵探索,构成一种激越、沉雄和悲壮的美感,进一步丰富发展了胡风文艺理论对现代中国文学的探求与观察。鲜明地体现了七月派小说狂野、雄放的战争浪漫主义风格的,是丘东平、彭柏山、曹白、阿垅、冀汸、贾植芳等作家。

彭柏山(1910—1968),笔名柏山。1936年,他的短篇集《崖边》作为巴金主编的《文学季刊》之一种出版,题材多取自根据地的生活,着重表现新生活对人们精神生活的冲击。他笔下的人物,无论在战争环境中,还是在战斗间隙里,精神上大多处在一种紧张的状态,而且由于主人公的这种状态,又营造了作品的特殊氛围,读后令人感到心理上的刺激。

曹白(1914—2007)以描写难民生活的报告文学而名世。他的作品,大多取自第一手的"采访",有逼真的现场感。而且由于在抒情与议论夹杂的风格中,以平淡的视角向人展示动荡年代的生活氛围,所以,读来往往能收到震撼人心的效果。例如,《杨可中》从一个人的遭遇侧写抗战,主人公热心于难民收容工作,却遭人陷害,最后在众人的冷落中死去。

贾植芳(1915—2008)曾用笔名冷魂、鲁索等。抗战时期的作品多发表在《七月》《希望》和《抗战文艺》上。1947年,短篇集《人生赋》作为"七月文丛"之一种由上海海燕书店出版。《理想主义者》通过几位知识分子的对话,表达了对大后方现实生活的极度失望,但在参与建国与追求个人目标、留学还是坚守国内等问题上,又表现得犹豫彷徨。作品虽是借助小说叙述组织故事的,但感情的投入较多,人物的意识活动满溢于文字之外,类似于某些抒情性小说。

尽管在表现"原始底人民的强力"的前提下着意挖掘人物心理是七月派小说的共同追求,但因为战争环境存在着多样性,作家的个性特点又千差万别,所以,有的擅长于抒情,有的偏重于理性分析,有的又在审美上体现出精致优美的特点,揭示出"战争浪漫主义"的丰富性和复杂性。阿垅(1907—1967)的小说充满诗人的冲动和热情,例如长篇《南京血祭》就带有故事性、抒情性和文学报告性等多种特点,是杂语交汇的艺术效果。冀汸(1920—)是诗人出身的小说家,其心理的活跃敏感无一不渗透到作品的结构、情节组织和人物刻画的过程之中。他的小说《走夜路的人们》从抗战年代"土地与人"的关系入手,叙述了农村三个家庭的矛盾纠葛。其中,女主人公为追求真爱对宗族的反抗,是作品亮丽的一笔。它同时也说明,即使是在战争状态中,人性与传统秩序的对立也是难以避免的。七月派小说,除犷野、雄放的主要风格外,还存在着长于冷静观察、追求温丽自然和表现心灵追忆的其他一些支流,只是这些支流没有发展成主体性的小说意象,所以一般不大为人提起。

第四节 风采各异的新生代

〇由茅盾、胡风推出的一批新人 〇王西彦 〇严文井 〇郁茹
〇于逢、黄谷柳、穗青、汪曾祺

40年代,在茅盾、胡风等人的大力扶持下,新生代以迅猛的崛起之势出现于文坛。他们中的一些人,虽然抗战前已开始文学创作,但对现实生活的深透把握,对时代主题的敏锐捕捉,却是在战争年代逐步获得的。由于战时的艰苦环境,杂志出版和传播上的诸多困难,一定程度上影响了他们艺术才华的发挥,通过坚韧的努力,这些新生代作家后来以卓越的才识争取到较大的发展空间,并呈现出不同的风采。这些作家是:王西彦、严文井、于逢、郁茹、黄谷柳、易巩、穗青和汪曾祺等。

王西彦(1914—1999),浙江义乌人。他的创作开始于30年代初,"当

我采用短篇小说的形式来描写社会现实时,浙东家乡农民的苦难生活,就以一种十分鲜明的形象重现在我的眼前"①。乡村生活的体验,使他的创作视角首先转向生活贫困的农民,并在抗战前后较长一个时期内在这一领域开掘。其为人称道的乡村小说,有《鱼鬼》《寻常事》《眷恋土地的人》《麻舅舅丢掉一条胳膊》《死在担架上的担架兵》,以及长篇《村野恋人》等。一般情况下,作者是近距离地表现乡村生活的,他笔下的农民有着悲哀、痛苦的命运际遇。例如《村野恋人》描写了庚虎和小金兰的爱情悲剧,以此又辐射到安隆奶奶等"命运的牺牲者",揭示了抗战时期乡村社会的现实真相和演变。在40年代中后期这个历史转折关头,知识分子的分化愈来愈急剧,它在作家的创作中留下了鲜明的印迹。《乡下朋友》《病人》《静水里的鱼》《古屋》等,从不同角度传达出这一群体中复杂的心声和精神探索。王西彦这些颇具艺术个性的小说,受到评论界的赞扬。

严文井(1915—2005)生于湖北武汉,抗战前即有作品发表。1938年,从国统区去延安,不久转入鲁迅艺术学院任教。严文井最早写散文,后在儿童文学上取得较大成绩。这一时期,他比较引人注目的是揭示知识分子心路历程的长篇《一个人的烦恼》。小说叙述青年知识者刘明在抗战初期的个人经历:抗战爆发后,他毅然投身于民族救亡的活动当中,但在严酷的现实面前,软弱自私、敏感犹豫的个性又使他从时代激流中退却,退向社会的边缘。刘明的形象中,隐现着一部分知识者在时代冲击与个人抉择之间充满矛盾、彷徨的长长的身影,他之所以能激起读者心灵的共鸣,与作品敏锐把握着这一精神"焦点",并能深入挖掘人物内心世界的真实成分有很大的关系。当然,作者批判了知识分子的软弱和动摇,表示要与自己的"过去"诀别,与他当时的立场应该是比较吻合的。

黄谷柳(1908—1977)生于越南海防。20年代末,他在香港报社工作时,开始接触新文学作品并尝试写作。1947年,他以流浪儿为主人公的长篇通俗小说《虾球传》在《华商报》连载,受到读者热烈的欢迎。小说以流浪儿虾球的漂流生涯为中心,展现了40年代后期香港和珠江三角洲多变、复杂的生活长卷,从一个特殊视角,传达了一种对前途怀着忧虑的普遍的社会情绪。全书受中国传统章回小说的表现手法的影响,具有传奇色彩和很强的故事性。在叙述中,虾球的个人历险可以说是一波三折、惊心动魄的,他先是误入香港的黑社会,沾染了一些不良行为,但后来,他加入游击队,潜入

---

① 王西彦:《王西彦小说选·序》,《王西彦小说选》,北京,人民文学出版社,1982。

鳄鱼头内部消灭了保安团,使读者在一惊一乍中获得了阅读的快感。流行性、市民趣味和文字的大众化,是这部长篇的显著特色,它在40年代小说创作中独占一席应在情理之中。

汪曾祺(1920—1997)生于江苏高邮,30年代末进入西南联大读书,师从作家沈从文学写小说。40年代后期,开始在《文艺复兴》《文学杂志》《文艺春秋》等杂志上发表小说,他对意识流小说技巧的娴熟运用,对故乡小镇、寺庙和民俗生活的逼真状写,受到人们的普遍好评。1949年出版的《邂逅集》,把作者的创作带入一个新的阶段。其中,《老鲁》《鸡鸭名家》《复仇》《异秉》等,既继承了京派小说的意识和审美观念,又展现出汪曾祺本人对现代小说技巧的过人才华。这些小说在结构上较为松散,类似中国传统笔记小说,但他的眼光是现代的,在非常自然、松弛的笔调里,经营了一种诗意浓厚的艺术氛围。由于作者对传统乡村社会及其风俗人情有潜在的回溯和赞美,所以有人又把它们称为"文化小说"。汪曾祺虽是京派文学最后一个传人,但他显然创造了该流派后期创作的一个小高潮。

思考题

1. 试述40年代小说创作的多样性。
2. 与前期创作相比,这些老作家本时期的小说有哪些变化?
3. 举例说明七月派小说的主要创作特色。

第二十二章　都市通俗文学的新局面

第一节　走向新文学的张恨水

○通俗小说理论的新视野　○得到新文学的承认　○"国难"视角中的三类题材　○通俗小说的改良之路

抗战爆发所造成的民族意识空前统一的文化局面，使现代通俗小说的进一步变革由可能转化成了现实。

在1938年3月27日成立的中华全国文艺界抗敌协会中，张恨水名列理事之一。他抛弃了北平舒适安逸的物质条件，辗转来到重庆，过着艰辛窘迫的生活。作为国统区章回小说的唯一重镇，张恨水不负众望，抗战以后写出了二十余部长篇小说，成为大后方销行最广、销路最大的文艺作品。

张恨水在抗战期间，对通俗小说进行了相当深入的理论思考。他通过下乡调查，发现"乡下文艺和都市文艺，已脱节在50年以上。都市文人越前进，把这些人越摔在后面"，因此他反对脱离大众的象牙塔里的"高调"，希望自己的作品"有可以赶场的一日"。① 他一方面坚持"抗战时代，作文最好与抗战有关"；另一方面又清醒地认识到：

> 文艺品与布告有别，与教科书也有别，我们除非在抗战时期，根本不要文艺，若是要的话，我们就得避免了直率的教训读者之手腕。若以为这样做了，就无法使之与抗战有关，那就不是文艺本身问题，而是作者的技巧问题了。②

---

① 张恨水：《赶场的文章》，重庆《新民报》，1944-04-11。
② 张恨水：《偶像·自序》，《偶像》。

张恨水的通俗小说理论,第一强调"服务对象",他指出"新派小说,虽一切前进,而文法上的组织,非习惯读中国书,说中国话的普通民众所接受";第二强调"现代",他指出浩如烟海的旧章回小说"不是现代的反映"①,因此他力图在新派小说和旧章回小说之间,踏出一条改良的新路。

张恨水的改良取渐进之法。在具体的手法上,张恨水仍喜欢"以社会为经,以言情为纬",因为这样便于故事的构造和文字的组织,这表现了张恨水"恋旧"的一面。同时,他又注意增加风景描写和心理描写,注意细节描写等西洋小说技法,这表现了张恨水"求新"的一面。

张恨水关于通俗小说的理论思考,既有与新文学阵营不谋而合之处,也有他自己的独见之处。而新文学阵营更看重的是张恨水的"气节"和"立场"。1944年5月16日,张恨水五十寿辰,重庆文化界联合发起祝寿。数十篇文章盛赞张恨水,主要强调的是他"坚主抗战,坚主团结,坚主民主"的立场和"最重气节,最重正义感"的人格②,这对张恨水的通俗小说改良产生了相当大的指导作用。

张恨水从创作之初,就有一条对通俗小说进行雅化思路。他一方面在思想内容上顺应时代潮流,另一方面在艺术技巧上花样翻新。他先以古典名著为雅化方向,精心结撰回目和诗词,后来发现现代人对此已不感兴趣,便转而学习新文学技巧,更注重细节、性格和景物的刻画,在思想观念上也逐渐淡化封建士大夫立场,接受了许多个性解放意识和平民精神。这使他成为二三十年代通俗小说的第一流作家。但在抗战之前,张恨水的顺应潮流也好,花样翻新也好,主要出于使人"愿看吾书"③的促销目的。尽管有着个人的痛苦和对社会的愤慨,但他的创作宗旨并非是要"引起疗救的注意",更多的是把文学"当作高兴时的游戏或失意时的消遣"④。所以不论他写作"国难小说"还是改造武侠小说,一方面在通俗小说界显得过于时髦,另一方面在新文学阵营看来却是换汤不换药,依然属于"封建毒素"。直到抗战时期,张恨水通俗小说的雅化才飞跃到一个新的阶段。

在创作宗旨上,张恨水把写作从谋生的职业变成了奋斗的事业。他宣称要"承接先人的遗产","接受西洋文明","以产出合乎我祖国翻身中的文

---

① 张恨水:《总答谢,并自我检讨》(中),重庆《新民报》,1944-05-21。
② 参见潘梓年:《精进不已——祝恨水先生创作三十周年》,重庆《新民报》,1944-05-16。
③ 张恨水:《金粉世家·自序》,《金粉世家》,贵阳,贵州人民出版社,1985。
④ 《文学研究会发起宣言》,《小说月报》,12卷1期。

艺新产品"。① 他吸取新文学的现实主义创作理论和方法,接受新文学的批评和鞭策。这使得他抗战期间的创作呈现出新的面貌。

张恨水抗战以后的中长篇小说共有二十多部。按题材可以分为三类。第一类是《巷战之夜》《大江东去》《虎贲万岁》等抗战小说,第二类是《八十一梦》《魍魉世界》《五子登科》等讽刺小说,第三类是《水浒新传》《秦淮世家》《丹凤街》等历史、言情小说。他的抗战小说追求"写真实",多以民众自发组织的游击队为主要描写和歌颂对象,因此引起当局注意,经常连载到中途就被"腰斩"。这类小说由于仓促求成,往往因为拘泥于生活真实而忽略了艺术真实,平铺直叙,又急于说教,故而艺术性平平,其中《巷战之夜》写日寇狂轰滥炸,《大江东去》写日寇灭绝人性的南京大屠杀,很有控诉力量。《虎贲万岁》写常德会战中国军某师在日军四面包围下苦战不屈,全师八千余人只有83人生还的可歌可泣的事迹,因为以真人真事为依据,发表后引起了较好的反响。

相比之下,他的讽刺小说取得了较大成功,并且得到了新文学界的高度肯定。与民国初年的"黑幕小说"和张恨水早年的"新闻小说"不同,这一时期的讽刺小说贯穿着统一的叙事立场,即从人民大众根本利益出发的正义感和深切的民族忧患意识,这是此前的通俗小说所达不到的境界。如《八十一梦》《魍魉世界》,揭露贪官污吏巧取豪夺,武力走私,社会腐败,全民皆商;发国难财者花天酒地,威风凛凛;知识分子朝不保夕,心力交瘁;下层百姓饥寒交迫,怨声载道。这与巴金的《寒夜》、沙汀的"三记"等作品一道,共同构成了一部文学中的国难史。

《八十一梦》连载于1939年12月至1941年4月的重庆《新民报》,1943年由新民报社出版。小说借鉴了《西游记》《镜花缘》《儒林外史》及晚清谴责小说的笔法,用14段荒唐的梦来抨击大后方的腐败荒淫和空谈误国等恶劣现象。其中的《天堂之游》写警察督办猪八戒勾结奸商,走私偷税。西门庆开办了120家公司,做了10家大银行的董事和行长,他的太太潘金莲身穿袒胸露背的巴黎时装,驾车乱闯,还打警察的耳光。而孔夫子却绝粮断炊,不得不向伯夷、叔齐借点薇菜糊口。《在钟馗帐下》里有个"浑谈国",只知空谈,不做实事,国破族灭之时,还在成立"临渴掘井讨论委员会"。张恨水在《尾声》中说:"我是现代人,我做的是现代人所能做的梦。"这部书的悲愤和大胆引发了读者强烈的共鸣,也引起了国共两党的重视。周恩来认为

---

① 张恨水:《郭沫若、洪深都五十了》,重庆《新民报》,1943-01-05。

这是"同反动派作斗争"的好办法①,而国民党方面则对张恨水发出了威胁,迫使张恨水匆匆结束全书。小说史家认为:"这是继张天翼《鬼土日记》、老舍《猫城记》、王任叔《证章》之后,现代文学史上的一部奇书。它表明作家已同一批优秀的新文学家一道,对民族命运、社会阴影进行慧眼独具的省察和沉思。"②

《魍魉世界》原名《牛马走》,连载于1941年5月至1945年11月重庆《新民报》。小说描写了两类牛马:一类是奉公守法,甘赴国难的牛马;一类是被金钱驱使,寡廉鲜耻的牛马。两相对比,反映出大后方严峻的生存现实。书中有句名言:"当今社会是四才子的天下,第一等是狗才,第二等是奴才,第三等是蠢才,第四等是人才。"这样的一个世界,当然称得上是"魍魉世界"。

《五子登科》写于1947年的北平,揭露的是抗战胜利后,国民党政府的"接收专员"趁机敲诈勒索,大发横财,到处侵吞"金子、女子、房子、车子、条子",变"接收"为"劫收"的丑恶内幕。至此,张恨水的政治立场已经十分鲜明,他所在的北平《新民报》因常有"反动言论"而一再受到国民党当局的压迫。

张恨水此一时期的历史、言情类小说,也自觉突出了时代性和政治性。《水浒新传》写的是梁山英雄招安后抗击金兵,为国捐躯的悲剧。《丹凤街》等赞颂民众的"有血气,重信义"。总体看来,张恨水的雅化过程是逐渐由消遣文学走向了"听将令文学",在创作宗旨和思想主题方面日益靠近新文学,而在具体的艺术技巧上,则不如抗战之前用力更多。《八十一梦》的结构颇有独到之处,《魍魉世界》的心理刻画也比较自觉。但他的叙述语言不如以前流畅精美,生动的人物形象也不多。张恨水的通俗小说改良之路,其取舍得失,在现代文学史上给人们留下了深深的思考。

第二节 后期浪漫派:现代化的通俗小说

○雅俗之间的新类型 ○徐訏 ○无名氏 ○作家创作与世俗读者群的形成

在国统区新旧两种小说的发展中,出现了一些介乎雅俗之间的新的类

---

① 张友鸾:《章回小说大家张恨水》,《张恨水研究资料》,136页,天津,天津人民出版社,1986。
② 杨义:《中国现代小说史》,第3卷,728页,北京,人民文学出版社,1998。

型。其中以徐訏和无名氏为代表的后期浪漫派,已经是相当成熟的现代化的通俗小说。

徐訏(1908—1980),原名徐传琮,笔名还有徐于、东方既白、任子楚、迫迁等。浙江慈溪人。1931年毕业于北京大学哲学系,又在心理学系修业两年。30年代中期,在上海与林语堂等人编辑《论语》《人间世》《天地人》等刊物。1936年前往巴黎大学研究哲学,1938年返回上海孤岛。1942年到重庆,任职于中央银行和中央大学,1944年任《扫荡报》驻美国特派员。50年代后在香港和新加坡写作任教,在海外被誉为"文坛鬼才"和"全才作家"。

徐訏在大学期间就尝试多方面的创作,早期作品关注社会的不公和人民的苦难,表现出"为人生"的现实主义倾向和社会主义思想的影响。30年代中期以后,对马克思主义产生了怀疑,转而信奉自由主义思想,加上法国艺术的熏陶,使他创作出了《阿拉伯海的女神》《鬼恋》《禁果》等充满浪漫气息的"别样格调"的小说。

《阿拉伯海的女神》写"我"在阿拉伯海的船上与一位阿拉伯女巫谈论人生经历和阿拉伯海女神的奇遇,而后与女巫的女儿发生恋爱。但伊斯兰教不允许与异教徒婚恋,于是一对恋人双双跃入大海。结果最后是"哪儿有巫女?哪儿有海神?哪儿有少女"?原来"我一个人在地中海里做梦"。小说的几个层次都弥漫着一种虚无缥缈的感觉,既有奇异的故事,又有哲理的气息。

《鬼恋》写"我"在冬夜的上海街头偶遇一位自称为"鬼"的冷艳美女。"我"被她的美丽聪敏博学冷静所深深吸引,但交往一年之久,她始终以人鬼不能恋爱为由,拒绝与"我"恋爱,使"我"陷入万分痛苦。直到"我"发现她确实是人不是鬼后,她才承认:"自然我以前也是人……还爱过一个比你要入世万倍的人。……我们做革命工作,秘密地干……我暗杀人有十八次之多,十三次成功,五次不成功;我从枪林里逃越,车马缝里逃越,轮船上逃越,荒野上逃越,牢狱中逃越。……后来我亡命在国外,流浪,读书,……我所爱的人已经被捕死了……但是以后种种,一次次的失败,卖友的卖友,告密的告密,做官的做官,捕的捕,死的死,同侪中只剩我孤苦的一身!我历遍了这人世,尝遍了这人生,认识了这人心。我要做鬼,做鬼。"当"我"劝她一同做个享乐的人时,她离开了"我"。"我"大病一场,痊愈后去住到她曾住过的房间,"幻想过去,幻想将来,真不知道做了多少梦"。小说情节扑朔迷离,气氛幽微诡谲,人物的命运和归宿令人久久难以释怀。

抗战以后,徐訏在蛰居上海孤岛期间,创作了《荒谬的英法海峡》《吉布赛的诱惑》《精神病患者的悲歌》等中篇,集中体现了他对理想人性的追求,确立了自己独特的艺术风格。

《荒谬的英法海峡》写"我"在英法海峡的渡轮上,感叹资本主义国家把大量金钱用于军备和战争,突然轮船被海盗劫持。在海盗居住的岛上,没有种族、阶级和官民之分,人人平等,首领也要在工厂上班,没有商店和货币,一切按需分配。"我"在岛上经历了一场奇异的爱情,最后发现又是南柯一梦,不禁叹息:"真是荒谬的英法海峡!"小说以梦境和现实的对照,表达了对现代文明的批判和反省,并显露出对梦幻艺术的偏爱和依恋。

《吉布赛的诱惑》写好奇的"我"在马赛听从吉布赛算命女郎罗拉的指点,去观看一场美中之美的时装表演,并对模特儿潘蕊一见钟情。几经屈辱误会磨难之后,终成眷属,共回中国。但潘蕊与"我"的家人和中国的环境格格不入,日渐寂寞和憔悴,"我"又与潘蕊重返马赛。潘蕊担任广告模特儿后如鱼得水,容光焕发,而"我"却陷入孤独和妒忌之中。这时,又是吉布赛人乐观朴素的生命哲学启发了他们,他们与一群吉布赛人一道远航南美,以流浪和歌舞享受着大自然的蓝天明月,感受着人世间的喜怒哀乐。在此所谓"吉布赛的诱惑",就是自由的诱惑,自然人性的诱惑。

《精神病患者的悲歌》写"我"应聘去护理一位精神变态的富商的独女。这位小姐受家庭沉闷的空气的压抑,不相信人与人之间有无私的爱,常常出入下等舞厅酒馆以求发泄。"我"按照医师的指示,表面上是富商的藏书整理员,暗中接近小姐,取得她的信任。侍女海兰为治愈小姐的病,积极与"我"配合,并与"我"产生了爱情。不料小姐也爱上了"我",海兰为成全他人,在与"我"一夕欢爱之后服毒自尽。小姐深受震动,病愈后入修道院做了修女,"我"也矢志不婚,到精神病院就职,把灵魂奉献给人群。小说情节波澜起伏,宗教式的人格升华出一种净化的艺术氛围,在解剖人物心灵方面也颇见功力。

1943年,徐訏在重庆《扫荡报》开始连载40万字的长篇小说《风萧萧》,立刻风靡一时,"重庆江轮上,几乎人手一纸"[①]。加上这一年徐訏的作品名列畅销书榜首,故而1943年被称为"徐訏年"。

《风萧萧》仍然以作者惯用的独身青年"我"为故事的视角和核心。"我"是生活在上海孤岛的一位哲学研究者,在上流交际圈里结识了白苹、

[①] 陈乃欣等:《徐訏二三事》,台北,尔雅出版社,1980。

梅瀛子、海伦三位各具风采的女性:白苹是姿态高雅又豪爽沉着的舞女,具有一种银色的凄清韵味,好像"海底的星光";梅瀛子是中美混血的国际交际花,机敏干练,具有一种红色的热情和令人"不敢逼视的特殊魅力";海伦是天真单纯的少女,酷爱音乐,像洁白的水莲,又像柔和的灯光。"我"与几位女性产生了复杂的感情纠葛,诡谲的人物关系和激烈的内心冲突使小说悬念迭起。而小说的后半部,忽又别开洞天,原来白苹和梅瀛子分别是中国和美国方面的秘密情报人员,她们几经误会猜疑,弄清了彼此身份,遂化干戈为玉帛,联手与日本间谍斗智斗勇,获取了宝贵的军事机密,白苹为此还献出了生命。"我"和海伦也加入到抗日的情报队伍中,在梅瀛子为白苹复仇后,"我"毅然奔向大后方,去从事民族解放战争的神圣工作。

《风萧萧》将言情小说与间谍小说成功地糅合在一起,浪漫、神秘、惊险,既能满足读者的好奇,又能启发读者的思考。抒情而典雅的语言,飞动而奇丽的想象,使这部小说产生了长久的艺术魅力。

徐訏50年代后著有《彼岸》《江湖行》等小说,比前期减少了浪漫气息,"开始了对人生境界的哲学思索与形而上追问,文风也更为凝重深刻了"①。他的多种创作对港台和东南亚文学产生了比较大的影响。

徐訏由于学养丰富,经历又多,所以能够把各种类型的小说因素综合运用,既有"人鬼奇幻与异域风流",又有"民族意识与人性焦虑","透迤于哲理、心理和浪漫情调之间"②。可以说,他所创作的已经是一种十分高雅的现代通俗小说。

无名氏,原名卜宝南,后改名卜乃夫,笔名还有卜宁、宁士等。1917年生于南京,抗战前在北京大学旁听及自学,抗战后当过记者和职员,在韩国光复军中生活过一段时间。抗战胜利后隐居写作,1982年到香港,1983年到台湾。

无名氏1937年开始发表作品,早期的《逝影》《海边的故事》《日耳曼的忧郁》等小说,感情凄切,用语铺陈,表现出文学上潜藏的过人才华。40年代以后,无名氏创作了一系列与韩国抗日斗争有关的小说,如《骑士的哀怨》《露西亚之恋》《荒漠里的人》《北极风情画》等,充分显示出作者巨大的浪漫情怀和奇绝的艺术想象,其中1943年年底创作的《北极风情画》,引起

---

① 吴义勤:《漂泊的都市之魂——徐訏论》,113页,苏州,苏州大学出版社,1993。
② 杨义:《中国现代小说史》,444页,北京,人民文学出版社,1998。

极大轰动,使无名氏声望大振。

《北极风情画》写"我"在美如仙境的华山养病,除夕之夜,忽有一粗豪狞厉的怪客奔上雪峰绝顶,遥望北方,发出"受伤野兽的悲鸣"般的歌唱。经过"我"的苦苦追询和激将,怪客在酒后讲述了一段凄惨哀艳的痛史。原来怪客本是一位韩国军官,十年前是抗日名将马占山的上校参谋,随东北义勇军撤退到西伯利亚的托木斯克,除夕之夜意外结识了"美艳得惊人"的少女奥蕾利亚。二人相互倾慕于对方的气质和才华,产生了热烈的爱情。后又得知奥蕾利亚是波兰军官的遗孤,两个亡国青年在"同是天涯沦落人"的情怀中更进一步成为知音情侣。他们度过了一段甜蜜到极顶的爱情生活。但上校突然接到命令,部队要调回中国,在离别前的四天中,他们把每小时当做一年,疯狂而又凄绝地享受和发泄着生命。当上校途经意大利回国时,接到奥蕾利亚母亲的信,告知他奥蕾利亚已引刀自杀。信中附有奥蕾利亚的伤惨的遗书,要求上校"在我们相识第十年的除夕,爬一座高山,在午夜同一时候,你必须站在峰顶向极北方遥望,同时唱那首韩国《离别曲》"。上校讲完了他的十年痛史后,就不辞而别了。小说在戏剧化的情节布局中融入了反抗侵略压迫的民族意识,描绘了奇寒异荒的西伯利亚风光,探究了天地万物的哲理,因此具有一种立体的综合的艺术魅力。

《北极风情画》问世不久,无名氏接着推出号称"续北极风情画"的《塔里的女人》,在读者中再掀波澜。

《塔里的女人》写"我"创作完《北极风情画》后,重返华山排遣郁闷和孤独,发现道士觉空器宇不凡,又发现觉空深夜在林中"如醉如狂地"拉琴。觉空知道"我"对他产生了兴趣,在经过一番对"我"的考察后,将一包手稿交给"我",手稿中觉空自述的身世就构成了小说的主体。原来觉空本名叫罗圣提,16年前是南京最著名的提琴大师和医务检验专家,在出席一场晚会演奏时,认识了南京最美丽的女郎黎薇。黎薇身边有无数男子追求,但罗圣提只以一种审美的态度与她保持淡淡的友谊。即使后来黎薇跟罗圣提学琴,二人也只是平淡的师生关系。"不过,在这拘谨与沉默中,我们说不出的觉得接近,默契。"三年之后,黎薇再也忍耐不住对罗圣提深深的爱慕,她把记录自己内心秘密的四册日记交给罗圣提,于是,两人的情感汹涌决堤,他们"好像两片大风暴,大闪电"一样地热烈相爱了。但在天旋地转的狂热之中,罗圣提仍然用理智克制住了情欲冲动。原来罗圣提在家乡已有妻室,他既不忍心抛弃家乡的妻子,又不忍心让黎薇为自己牺牲。于是,三年后,罗圣提把一个"无论就家世,门第,财产,资格,地位,政治前途,相貌风度,这个人都比我强得多"的方某介绍给黎薇。黎薇为了成全罗圣提的道德完善，毅然答应了与方某结婚。然而方某其实是个粗俗跋扈之人，他对黎薇很不好，后来又喜新厌旧，遗弃了黎薇。罗圣提痛苦漂泊十年，好不容易在西康一个山间小学找到了黎薇，而此时的黎薇已经容貌苍老，言行迟滞，连说："迟了！……迟了！……过去的已经过去了。"罗圣提从此过起粗简的生活，"变卖了一切，来到华山，准备把我残余的生命交给大自然"。罗圣提把手稿给"我"后，就不辞而别。"我"整理好手稿准备出版之时，觉空忽来抢走稿本，并把"我"打倒在地，原来这又是一个长梦，"哪里有什么觉空？我又哪里再到过华山"？最后，"我"希望读者"能真正醒过来"！小说多层的结构和变幻的视角，增加了对人物心理的透视力以及对荣辱悲欢的梦幻感。悔恨交加的叙述方式，把对旧式婚姻的反省和人物心灵的拷问结合起来，写出了美和善、福和祸的变化无常。而所谓"塔里的女人"，是说"女人永远在塔里，这塔或许由别人造成，或许由她自己造成，或许由人所不知道的力量造成"。

无名氏把自己1945年以前的写作称为习作阶段，以后的称为创作阶段。创作阶段的代表作是七卷系列长篇《无名书初稿》，包括40年代的《野兽·野兽·野兽》(初名《印蒂》)、《海艳》《金色的蛇夜》和50年代后的其他几卷。《无名书初稿》结构庞大，具有探究人类社会、历史、情感、生命的宏大气势，但主要精华还在于主人公印蒂的浪漫而曲折的人生经历。印蒂在"五四"时期走出家庭，曾加入共产党，参加过北伐，"四·一二"被捕，出狱后受同志怀疑而愤然脱党。经历了一场狂热又失落的恋爱之后，印蒂又去东北参加义勇军抗日，溃散后回到上海参与黑社会走私，在醉生梦死中企图以堕落来拯救自己的灵魂……小说上天入地，激情奔泻，将通俗惊险的故事与现代主义的沉思融为一体，使读者得到极为复杂的艺术感受。

徐訏、无名氏的创作，开拓出一种与世界通俗小说接轨的畅销书。他们的作品中有世俗读者所好奇和渴慕的一切：艳遇、历险、战争、革命、艺术、宗教。它有十分高雅的一面，挖掘人性，追觅哲理，文风清新华丽，技巧全面现代。但它又有俗的一面，即故意过分地制造传奇，以"超俗"的面貌来满足现代读者企图摆脱现实烦恼和生活欠缺的乌托邦心理。40年代的中国，受"五四"现代教育成长起来的读者群已经形成，现代大众需要一种现代形式的通俗小说作为精神食粮，后期浪漫派的小说，正是此中的精品。他们把中国的都市通俗小说，提高到一个相当成熟的阶段。

第三节　武侠小说的繁荣

○新文学空间的转移与武侠小说的再度勃兴　○白羽　○郑证因、王度庐、朱贞木、还珠楼主　○陈慎言、予且、秦瘦鸥　○侦探小说的本土化努力　○滑稽小说对社会意义的深化　○几大类型构成的新格局

抗战爆发后,新文学阵营几乎全部转移到国统区和解放区,于是,通俗小说在沦陷区获得了宽广的空间和较大规模的发展。其中武侠小说界涌现出一批成就卓著的作家,他们中有早已成名的还珠楼主,加上白羽、郑证因、王度庐、朱贞木,合称为"北派五大家"。他们的创作,给现代武侠小说带来了第二个繁荣时代。

白羽(1899—1966),原名宫竹心,学名万选。笔名宫幼霞、杏呆、耍骨头斋主等,"白羽"为其写武侠小说所用名,亦称宫白羽。祖籍山东东阿,生于天津马厂,父为北洋军官,曾随父移驻东北。19岁丧父后陷入困顿,做过小贩、编辑、教师、书记、税吏、邮差等。自幼喜欢文学,受"五四"新文学影响亦深,曾与鲁迅、周作人兄弟通信来往,多承教诲。在投稿生涯中被《世界日报》张恨水赏识,1927年在《世界日报》连载武侠处女作《青衫豪侠》。1937年开始研究金文、甲骨文。1938年以《十二金钱镖》成名,同年创办正华学校,1939年创办正华学校出版部,40年代创作了大量武侠小说。1949年以通俗文学作家、天津代表身份参加全国第一次文代会。50年代后,继续其甲骨文、金文研究。后经有关部门批准,为海外报刊撰写武侠小说。1966年3月1日因肺疾逝世。重要作品还有《偷拳》《联镖记》《武林争雄记》《摩云手》《血涤寒光剑》《大泽龙蛇传》和自传《话柄》等。

《十二金钱镖》1938年开始连载于天津《庸报》。小说写江南大侠俞剑平以太极拳、太极剑和十二枚独门金钱镖称雄武林,开设镖行,晚年本想封剑退隐,不料老友借用他的"十二金钱镖旗"所押送的二十万盐镖被一豹头老人率众劫夺,并拔去镖旗,逼迫俞剑平出面决战。于是俞剑平约请各路豪杰,与劫镖者斗智斗武。但那豹头老人来历不明,神出鬼没。小说写过了一半,俞剑平仅知他绰号"飞豹子",写到大半,才间接得知此人是"关外马场场主袁承烈",几经周折,方弄清袁承烈就是俞剑平30年前的师兄,他因师父越次传宗而一怒出走,30年后特来比武雪耻。故事并不复杂,却写得一波三折,起伏跌宕,令读者大吊胃口,直到终篇,俞袁二人仍未分出高下。一

时在读者中成为热点话题,以致书铺门前曾贴出"家家读钱镖,户户讲剑平"的对联①。

《武林争雄记》是《十二金钱镖》的前传,写 30 年前俞袁师兄弟结怨的始末。加上《血涤寒光剑》等内容互有关联的作品,构成"钱镖系列"。

白羽小说最受推崇的当数创作于 1939 年的《偷拳》。小说以清末太极拳杨派创始人杨露蝉的故事为素材,写杨露蝉痴心学武,不是碰壁,就是受骗,但他苦心孤诣,装成哑丐,在陈派太极拳掌门家中做仆人,偷偷学艺,终于感动了师父,得到真传,成为一代宗师。小说的布局极见匠心,杨露蝉从第五章离去后,久不露面,叙事视角一直在陈家。直到第十七章才点明哑丐就是杨露蝉,此时距杨露蝉离去已经过了八年,然后又倒叙杨露蝉漂泊五载的江湖经历。小说写出了江湖社会的险恶和一个年轻人学习真实本领的艰辛。

白羽的武侠小说具有明显的"反武侠"意味。他笔下的侠客大都是现实生活中的普通人,他们除了身具武功之外,并无超凡的人格光彩。他们懦弱、世故、胸无大志,经常丢乖露丑。这是白羽"武侠不能救国"思想的自觉表现,也是他对现代社会道义沦落、侠义不张的沉痛批判。白羽本来立志从事新文学创作,却为生活所迫写了大量武侠小说,于是他在武侠小说中渗透了大量的新文学精神和技巧,他以写实化的风格开拓出一种"社会反讽"派的武侠小说。另外,白羽的武打描写层次分明,注意视觉美,他还发明了许多蕴涵文化色彩的武功招数。"武林"一词用来概括武侠世界,也为白羽首创。白羽的创作提高了武侠小说的现代性,在现代武侠小说史上起着承前启后的作用,对 50 年代以后的新派武侠小说产生了多方面的影响。

郑证因(1900—1960),原名郑汝霈,天津西沽人。自幼家贫,广读诗书,曾任过塾师,后开始向报刊投稿,并结识白羽。曾在"北平国术馆"学太极拳,能使九环大刀,曾公开表演献艺。故白羽邀他代写《十二金钱镖》初稿。写至一回半,去另谋生路,因经营失败,又协助白羽经办正华出版部。其《武林侠踪》经白羽校改后,始露锋芒。后以《鹰爪王》一举成名,其所作武侠小说八十余部多半与《鹰爪王》有联系,形成"鹰爪王系列"。另还写过侦探小说及社会小说。50 年代初在北京通俗读物出版社工作,后调至保定,工作于河北省文化艺术学院图书馆。1960 年病逝。

《鹰爪王》1941 年始载于北京《369 画报》,全书 73 回,一百多万字。小说写淮阳派和西岳派的两名弟子先被官府误捕,后又被凤尾帮劫走。淮阳

---

① 冯育楠:《泪洒金钱镖》,引言,南京,江苏文艺出版社,1986。

派掌门人——江湖人称"鹰爪王"的王道隆,联合西岳派等各路豪杰,奔赴凤尾帮总舵,与凤尾帮连番鏖战,最后凤尾帮因大规模贩盐被官军剿灭。整个故事并不复杂,但情节紧张起伏,扣人心弦。武打场面的密度极大,人物所用的武功五花八门,精彩纷呈。对于江湖组织的描写虚实结合,引人入胜。小说展示出一个广阔而又现实的江湖世界,充满阳刚粗豪之气。作者发明的许多"纸上武功"、江湖术语,都为后来的武侠小说家所继承发挥。郑证因质朴的文字,带有天津韵味的语言,也成为其小说的一大特色。

王度庐(1909—1977),原名葆祥,后改为葆翔,字霄羽,生于北京贫苦旗人家庭。七岁丧父,无力求学,只断续读过几年书,但勤奋好学,练写诗词。中学未毕业便做小学教员和家庭教师。经常到北京大学旁听,到北京图书馆自学。因投稿被邀任编辑,开始发表侦探小说,形成"赛福尔摩斯"鲁亮系列。后到晋豫陕甘漫游,1937年赴青岛。抗战爆发后,以"度庐"为笔名创作武侠小说《河岳游侠传》,又接连创作《鹤惊昆仑》《宝剑金钗》《剑气珠光》《卧虎藏龙》《铁骑银瓶》这一套"鹤铁五部作",跻身武侠小说名家之列,另写有言情小说多部。1949年后移居辽宁,先后在大连、沈阳等地任教。1956年加入"中国民主促进会",当选沈阳市政协委员。1977年春病逝。

王度庐对武侠小说最杰出的贡献,公认为是"悲剧侠情"。他的代表作"鹤铁系列",将情放到与侠有关的各种观念的网络中加以"千锤万击"。《鹤惊昆仑》中,昆仑派掌门鲍昆仑出于狭隘的观念和一己的私情,冷酷地杀害了私有艳遇的徒弟江志升,后又斩草除根,欲杀江志升之子江小鹤。江小鹤出逃,学成绝艺归来报仇。为对付江小鹤,鲍昆仑强令与江小鹤青梅竹马的孙女阿鸾另择夫婿。一对情侣,却因两家之仇,爱恨交织,终于情不敌仇,阿鸾自刎而死,鲍昆仑也悬梁自尽,江小鹤一片茫然失落,遂云游归隐。

《宝剑金钗》和《剑气珠光》中,江小鹤义兄之子李慕白与俞秀莲两相爱慕,只因秀莲已于幼年订亲,许给孟思昭,加上孟思昭为成全他们二人赴敌身死,李、俞二人遂以"大义"为重,终身以兄妹相称。《卧虎藏龙》中,玉娇龙与罗小虎早年私订终身,只因罗小虎弄不到一官半职,始终是个强盗,玉娇龙便不能以贵小姐之身下嫁。《铁骑银瓶》中,玉娇龙与罗小虎的私生子被调包成一个女婴,一男一女长大后分别叫韩铁芳和春雪瓶。韩铁芳先后与玉娇龙和罗小虎结为忘年交,并与春雪瓶互生爱慕。玉娇龙和罗小虎都死在韩铁芳的面前,最后,一对情侣查明了自己的身世,终成眷属,算是完成了先辈的心愿。

在王度庐的笔下,情的探讨达到了相当的深度。在仇、义、名的面前,情往往是十分脆弱无力的。这里主要不是外力阻挠主人公成为眷属,而恰恰在似乎可以自己选择的时候,人才发现不存在"自由"。但仅此还不能说明悲剧的震撼力。可以发现,这些情人们对"情"在心底都怀着深深的恐惧感。他们深情、挚情,可一旦情梦即将实现,他们非死即走,退缩了,拒斥了。他们舍弃现实的所谓"幸福",保持了生命的孤独状态。而侠的本质精神,正是孤独与牺牲!阿鸾用小鹤之剑自刎,小鹤九华山归隐,李慕白、俞秀莲终身压抑真情,玉娇龙与罗小虎一夕温存即绝尘而去,这些尽管有封建观念在作祟,却恰恰成就了人物的"大侠"形象,令人感到同情与向往、感动与惋惜、寂寞与悲凉。一种带有本体询问意义的悲剧被作者笔酣墨饱地展示出来。什么是侠?什么是情?什么是侠情?王度庐将这些问题提到空前高度。

朱贞木(约1905—?),名桢元,字式颛,浙江绍兴人。20年代在天津电话局任文书股课员,公余作画、治印、撰文。后与还珠楼主共事相识,乃作《铁板铜琶录》和《飞天神龙》《炼魂谷》《艳魔岛》武侠三部曲,影响一般。后另辟蹊径,以诡异笔法融武侠、言情、冒险为一体,写出《虎啸龙吟》《千手观音》《七杀碑》《蛮窟风云》《罗刹夫人》等名作。其小说不拘传统格式,博采众长,多用新名词,讲究推理和趣味,多被后人模仿和继承,甚至被称为"新派武侠小说之祖"。其代表作当推1949年问世的《七杀碑》,写明末四川奇人杨展文武双全,侠情并茂,情节曲折,语言流畅,将传统章回体的对仗回目,改作新文艺体的随意短语,人物的理想化和细节的写实化相结合,的确可说是开新派武侠小说之先声。

上述五大家之外,还有徐春羽、望素楼主、邓羽公、高小峰等人。武侠小说到40年代已经成为通俗小说的主力类型,名家名作辈出,"纸上武学"充分地系统化、艺术化,对侠义的探寻,对文化的融会,对人性的挖掘,都在现代化的道路上有明显的飞跃,这一方面直接开启了五六十年代港台新派武侠小说的创作,另一方面从整体上提高了中国通俗小说的审美品位。

第四节 其他类型的深化

○社会言情类小说　○秦瘦鸥与《秋海棠》　○侦探小说　○滑稽小说

抗战以后,社会言情类通俗小说在沦陷区始终保持着比较旺盛的势头。

与张恨水齐名的刘云若在战前就以《春风回梦记》《红杏出墙记》等赢得盛名。抗战爆发后，因张恨水转入大后方，刘云若遂成为沦陷区社会言情小说之王。他此时创作出版的小说主要有《花市春柔记》(1940)、《翠袖黄衫》(1940)、《春水红霞》(1941)、《燕子人家》(1941)、《情海归帆》(1941)、《小扬州志》(1941)、《旧巷斜阳》(1942)、《回风舞柳记》(1943)、《粉黛江湖》(1943)等。他的小说笔墨酣畅，情感淋漓，感人之深甚至强于张恨水的小说。所以在华北沦陷区有很多刘云若迷。

华北沦陷区另一位著名社会言情小说作家陈慎言此时的作品有《名士与美人》《花生大王》《幕中人语》《情海魂断》《热中人》《恨海难填》《云烟缥缈录》等。其中《恨海难填》写父子二人分别爱上了同一个女子，由此构成复杂的心理矛盾和情节起伏，引发了读者对人性和情爱问题的深入思考。陈慎言文笔老练，功夫全面，一直受到各种报刊的欢迎。另外，华北文坛此类小说的名家还有李薰风、左笑鸿等。

南方沦陷区的社会言情类通俗小说，基本由两代作家共同创作。老一代的包天笑、周瘦鹃等，此时产量不低，但艺术水准大体维持原貌。而新一代的予且、丁谛、谭惟翰等，则以十分接近新文艺的笔法写出一种具有时代气息的通俗言情小说。

予且(1902—1989)，原名潘序祖，字子瑞，早年曾用笔名水绕花堤馆主。安徽芜湖人。1925年前后开始创作，30年代任教于上海光华大学附属中学，以长篇小说《菊》《凤》《如意珠》，短篇集《两间房》《妻的艺术》，散文集《予且随笔》等奠定了在文坛的地位。40年代进入创作高峰，写有长篇《女校长》《乳娘曲》《金凤影》《心底曲》《浅水姑娘》和短篇集《七女书》《予且短篇小说集》等。另有几十篇以"××记"命名的小说，是他"百记"创作计划的一部分。沦陷期间曾任《中华日报》主笔，出席"大东亚文学者大会"，《予且短篇小说集》获"大东亚文学奖"。50年代后一直任教于中学。

予且的作品大多描写上海市民的婚恋生活和观念，追求趣味和巧智，不仅采用新文艺笔法，而且很注重主题的社会意义和哲理深度，可说是十分现代化的通俗小说。他的一些短篇单独看来，与新文学小说已无甚区别。予且笔下没有那种毫不考虑衣食住行、生活在爱情虚空里的浪漫男女。他大力探讨夫妇之谜，两性之谜，婚姻恋爱之谜。他的《乳娘曲》《金凤影》《浅水姑娘》等长篇和大量短篇中的女主人公，都从物质生活的实际利益角度来调整自己的婚恋方向，经济砝码在感情的天平上显得格外沉重。这些人不是不懂感情和生活趣味，而是发现和懂得了还有比爱情更重要的东西。残酷而庸俗的日常生活教会了他们先要有稳定的温饱，而后才能谈情说爱。予且小说一方面可以视作是对浪漫纯情派的矫正，另一方面则是普通市民婚恋观念在社会言情小说中的体现。这种十分现实的爱情观其实并没有玷污爱情的本质，倒是加深了人们对爱情及其社会基础的思考。

社会、言情类通俗小说若以单部作品论，应首推1941年连载于《申报》的秦瘦鸥的《秋海棠》。该书连载未完，即有人想把它编为戏剧，搬上舞台。1942年，秦氏亲自执笔改为话剧剧本的《秋海棠》，轰动了大上海，连演五个多月。沪剧、越剧也纷纷改编。1943年该书又被搬上银幕，扩大了在全国的影响。这在通俗小说界，是张恨水《啼笑因缘》之后十年间罕见的盛况。

秦瘦鸥(1908—1993)，原名秦浩，笔名刘白帆、万千、宁远、陈新等。江苏嘉定人。自幼醉心于戏曲，熟悉艺人生活。1928年发表长篇小说《孽海涛》，后任报社编辑、主笔等，兼任大学讲师，专授中国古典文学。30年代翻译美籍满族女作家德龄的宫闱小说《御香缥缈录》和《瀛台泣血记》。抗战时期发表其代表作《秋海棠》，被改编成多种艺术形式，影响空前。解放后历任香港《文汇报》副刊组组长、上海文化出版社编辑室主任、上海文艺出版社编审等职。"文化大革命"结束后写有《劫收日记》和《秋海棠》的续篇《梅宝》，另有大量杂文和读书笔记。《秋海棠》的主人公——艺人秋海棠，因与军阀的姨太太罗湘绮真心相爱，被军阀在脸上刻下了十字，他隐居到乡下，抚养女儿梅宝。后来军阀死去，秋海棠父女又到梨园艰苦谋生，在临终之际，才又与罗湘绮相逢。这本来是20年代末的一件真实新闻，作者酝酿构思十余载，确定了"揭露社会/人生无常"的双重主题，跳出素材本身的新闻性、玩赏性，围绕人的命运、人的尊严这样的大问题展开凄婉深挚的笔墨，歌颂了高尚的爱情、友谊、事业心和牺牲精神等人类品质中的真善美，控诉和鞭挞了对真善美的摧残玩弄。在写作手法上，删繁就简，条理清晰，重描写，轻故事，情节密度小，以塑造性格为主，注重环境、气氛和特定境况下的人物心理描写，具有很强的话剧感、电影感。《秋海棠》的人道主义精神、现实主义笔法以及它所引起的连锁轰动实已超越了张恨水当年的《啼笑因缘》，在现代通俗小说革新史上写下了重要的一页。

抗战以后的侦探小说在本土化方面进行了较多的努力。首先是社会视野得到了拓展，由简单地讲述破案故事，变为通过故事展现社会问题。其次是打破了传统的封闭式结构布局，加强了对人物心理的分析，情节发展富有弹性。再次是引入了武侠和言情的因素，使人物和故事都更加精彩好看。40年代最有成就的侦探小说家是孙了红，他笔下的侠盗鲁平做事不按法律,而是按照"公平",他劫富济贫,但"首先要济自己之贫"(《血纸人》),他总是跟绅士们过不去,举动怪异,具有自嘲和反讽意味。这样的形象缩短了与读者的心理距离,从而加强了对社会的批判力。孙了红这一时期的重要作品有《紫色游泳衣》《血纸人》《三十三号屋》《一〇二》《囤鱼肝油者》等。

滑稽小说在抗战以后也提高了滑稽趣味,深化了社会意义。徐卓呆的《李阿毛外传》以匠心独运的夸张手法揭露了日伪统治下的经济萧条,画出了一幅上海下层市民在贫困线上的挣扎图。耿小的的《滑稽侠客》《摩登济公》大写侠义精神与时代风气的不谐和。他们的滑稽中透出许多苦涩,有时已近乎讽刺小说的题旨。

通俗小说发展到40年代,已全面完成了从古代向现代的过渡与转变,确定了社会、言情、武侠、侦探等几大类型所构成的新格局,它与新文学小说的雅俗互动对整个现代小说的进程产生了举足轻重的影响,使中国的小说得以在更宽阔的领域内与世界小说进行接轨和对话。

思考题

1. 张恨水与新文学的汇合说明了什么?
2. 后期浪漫派创作的主要特点有哪些?
3. 为什么武侠小说会在沦陷区再度繁盛?

第二十三章　赵树理：文学转型的一个标志

第一节　"文艺大众化"的继续与进展

○来源与前提　○对"五四"以来文学格局的突破　○《在延安文艺座谈会上的讲话》在小说界的成功实践

"五四"新文学一开始就标举文学的平民化与大众化，但中国文学传统历来缺乏平民意识，文学革命以后也很少有真正平民出身的作家，因此要在短时间内产生平民大众的文学，实属不易。文艺大众化从20世纪20年代一直争论到40年代，才渐渐有了结果。这首先当然是由于"五四"新文学本身的自觉意识，许多非平民出身的作家积极创作反映平民生活并且为平民读者所易懂的作品，虽然未能立刻成功，但积累了许多可贵的经验。其次，20年代中期以来革命文学的呼声不断增高，最初的尝试尽管不尽成熟，但毕竟显示着无限生机，吸引了众多后继者。新文学的平民意识和革命文学在30年代相汇合，30年代初期左翼文学勃兴，抗战爆发以后进步文艺界又提出了"文章下乡、文章入伍"的口号，文艺平民化和大众化于是进入了新的历史阶段。从20年代开始，中国共产党人就一直将文学理解为整个革命运动的重要组成部分，他们对文学的诠释在30年代末已基本成熟，40年代初终于产生了具有普遍指导性质的文件，即毛泽东1942年5月发表的《在延安文艺座谈会上的讲话》（下称《讲话》）。《讲话》对一贯以文艺大众化为单纯政治策略的人来说也许不过是多了一个更有力的宣传的凭借，而对自觉地追求文艺大众化的作家来说，则无疑是莫大的支持和鼓励。在这以前，即使在革命作家内部对文艺大众化也并未取得一致意见，即使看到文艺大众化的必要性与重要意义，但关于大众文艺的性质、目的、内容、形式、创作方法和批评标准,也不可能有《讲话》那样完整而具体的规定。单靠新文学作家的自觉意识和持续努力而没有共产党人的积极倡导,文艺大众化不可能结出实际的果实,40年代解放区乃至全国也不可能继二三十年代之后出现又一次小说创作的高潮并由此走上新的政治文化轨道。

30年代上海文艺界讨论文艺大众化时,对这个问题抱有浓厚兴趣、热心呼吁倡导但同时又深感困难的鲁迅就曾明确指出:"若是大规模的设施,就必须政治之力的帮助,一条腿是走不成路的"①,这确乎是先见之明。但"政治之力"促成的文艺大众化很容易演化成文艺政治化,即使个别文学现象本身并不如此,但也无法改变它们政治化的客观效果。赵树理便是其中一例。

赵树理(1906—1970),原名赵树礼,山西省沁水县人,出身贫寒。他靠父亲借债读了几年书,但并没有因此摆脱贫困。青年赵树理由于"五四"新文化的熏陶,思想左倾,迭遭迫害,蹲过一年国民党监狱,其他时间则流离失所,到处漂流,在这其中进一步体会到农民的困苦,产生了代他们说话的强烈愿望。他通晓农业生产与北方农村风俗习惯,爱好并擅长民歌民谣和多种民间艺术,掌握了丰富的民间语言,为后来从事文学创作积累了大量生活经验和民间艺术营养。赵树理熟悉农民的欣赏口味,他曾将自己喜爱的新文学书刊推荐给农民朋友,把《阿Q正传》读给父亲听,可惜他们都不能接受,这使赵树理清醒地认识到以少数知识分子为主体的新文学与广大群众特别是农民之间有着深深的隔膜,因此当他在漂流中开始文学创作时,首先就考虑到他的作品至少要让农民大众听得懂,可以"叫农村读者当作故事说"②。他认为当时的文坛"太高了,群众攀不上去,最好拆下来铺成小摊子"③。他说:"我不想做文坛上的文学家,我只想上'文摊',写些小本子夹在卖小唱本的摊子里去赶庙会,三两个铜板可以买一本,这样一步一步地去夺取那些封建小唱本的阵地,做这样一个'文摊文学家'就是我的自愿。"④他在漂流中独自进行文学大众化通俗化的探索,写过二三十万字的稿子,但大多没被报刊采用,而且未能保存下来。到1942年以前又写了"几十万字的小快板、小鼓词、小戏、小杂文、小小说以及其他多种形式的小文章"⑤,也

---

① 鲁迅:《文艺的大众化》,《鲁迅全集》,第7卷,350页,北京,人民文学出版社,1981。
② 赵树理:《卖烟叶》,《赵树理文集》,第2卷,881页,北京,中国工人出版社,1980。
③ 转引自陈荒煤:《向赵树理方向迈进》,载《人民日报》,1947-08-10。
④ 转引自吴调公:《人民作家赵树理》,四联出版社,1954。
⑤ 韩玉峰等:《赵树理的生平与创作》,28—29页,太原,山西人民出版社,1981。

几乎全部散逸。这些早期的大量创作虽都没有得到承认，却为他后来一鸣惊人准备了充足条件。

赵树理第一部引起轰动的短篇小说《小二黑结婚》于1943年5月完成，虽然他在中共北方局党校第一次听《讲话》的传达是1943年夏，但他创作这部小说以至在此之前的默默追求，和《讲话》的精神确实是相通的。继《小二黑结婚》之后，同年10月写成中篇小说《李有才板话》，年底又发表了长篇小说《李家庄的变迁》，此外还有不少优秀的中短篇小说，如《地板》(1944)、《孟祥英翻身》(1945)、《福贵》《催粮差》(1946)、《小经理》《刘二和与王继圣》(1947)、《邪不压正》(1948)、《传家宝》《田寡妇看瓜》(1949)等。毫无疑问《讲话》给了赵树理极大的鼓励与帮助。没有《讲话》以后解放区乃至全国文艺界对文艺创作形成的共识，赵树理的小说不会引起那么巨大的影响；《小二黑结婚》如果不是得到八路军副总司令彭德怀的赞赏，甚至还会压上更长时间才能出版。彭德怀给《小二黑结婚》的题词是"像这样从群众调查研究中写出来的通俗故事还不多见"。周扬1946年8月在延安发表《论赵树理的创作》，全面分析了《小二黑结婚》《李有才板话》和《李家庄的变迁》，充分肯定它们在思想主题、人物塑造和语言艺术上的巨大成就，称它们是"真正的艺术品"，"把艺术性和大众性相当高度地结合起来了"，是"实践了毛泽东同志文艺方向的结果"。同时郭沫若在上海《文汇报》副刊《笔会》发表了《板话及其他》："我是完全被陶醉了，被那新颖、健康、简朴的内容和手法；这儿有新的天地、新的人物、新的意义、新的作风、新的文化，谁读了我相信都会感着兴趣的。"《李家庄的变迁》发表后，郭沫若又在《读了〈李家庄的变迁〉》中指出："这是一棵在原野里成长起来的大树子，它扎根得很深，抽长得那么条畅，吐纳着大气和养料，那么不动声色地自然自在⋯⋯作品本身也就像一株树子一样，在欣欣向荣地不断成长。"1947年7月晋冀鲁豫边区文联召开文艺座谈会，"大家都同意提出赵树理方向，作为边区文艺界开展创作运动的一个号召！"① 人们一致公认赵树理是40年代解放区最有成就的作家，他的影响迅速从解放区扩展到全国，部分作品还被翻译介绍到国外，引起了世界的注意。

《小二黑结婚》是赵树理的成名作，发表后引起解放区和国统区广大读者的浓厚兴趣，仅太行一地就销行三四万册。小说如此受欢迎，主要因为它用普通中国读者喜爱的生动明快高度口语化的朴素形式，讲述了一个姻缘

---

① 陈荒煤：《向赵树理方向迈进》，《人民日报》，1949-08-10。

好合的通俗故事,又将当时根据地的政治关系巧妙地融在里面,赋予传统形式以鲜明的时代内容。代表翻身觉悟追求民主幸福新生活的农村青年小二黑和小芹,反抗二诸葛和三仙姑这两个或者胆小怕事迷信阴阳或者好逸恶劳轻浮放浪的家长的阻挠,以及混入农村干部队伍的地痞流氓金旺兴旺兄弟的迫害,最后在民主政权的支持下喜结良缘。地痞流氓在斗争大会上受到应有惩罚,糊涂落后的家长备受嘲弄之后也相继认输,被迫进行自我改造。二诸葛收起了他那一套阴阳八卦,三仙姑则"把自己的打扮从顶到底换了一遍,弄得像个当长辈人的样子,把 30 年来装神弄鬼的那张香案也悄悄拆去"。经过这段波折,村里人"也都敢出头了。不久,村干部又都经过大改选,村里人再也不敢乱投坏人的票了"。小说与其说是歌颂自由恋爱的胜利,歌颂新一代农民的成长,不如说是借自由恋爱的故事"讴歌新社会的胜利(只有在这种社会里,农民才能享受自由恋爱的正当权利)"①。

《李有才板话》围绕阎家山改选村政权、实行减租减息两件大事,展开抗战期间中国农村的复杂政治关系。阎家山是阎锡山统治下的山西农村的缩影,这里抗战后成了共产党实际掌握的敌后根据地,但地主阎恒元仍用各种手段把持村政权,为非作歹。区上委派的章工作员被阎恒元一伙包围,脱离群众,不明真相,反而让阎家山得了"模范村"的称号。但群众毕竟觉悟过来了,农村艺人快板词能手李有才和接近他的"老槐树下的小字辈"用自己的方式不断和旧势力斗争,终于在共产党优秀干部县农会主席老杨同志的带领下,也是用斗争大会的方式发动群众,扳倒了阎恒元。在斗争中成长起来的一班小字辈被选为新的村干部,阎家山彻底实行减租减息。这篇小说除了和《小二黑结婚》一样用小标题分段结构,叙述简洁明白有头有尾以外,还有一个特点,就是配合情节发展,加入大量假托李有才"创作"的清新活泼的快板词。比如快板词这样讽刺阎家山被评为模范村:

> 模范不模范,从西往东看;
> 西头吃烙饼,东头喝稀饭。

西头是富裕的姓阎的本家,东头是外来开荒与家道败落的杂姓。对阎恒元用假改选的手段连任村长,李有才给编的快板是:

> 村长阎恒元,一手遮住天,
> 自从有村长,一当十几年。

---

① 周扬:《论赵树理的创作》,《周扬文集》(一),487 页,北京,人民文学出版社,1984。

> 年年要投票,嘴说是改选,
> 选来又选去,还是阎恒元。
> 不如弄块板,刻个大名片。
> 每逢该投票,大家按一按,
> 人人省得写,年年不用换,
> 用他百把年,管保用不烂。

村农会主席张得贵没有骨气,凡事都听阎恒元的,快板词讽刺他:

> 张得贵,真好汉,
> 跟着恒元舌头转:
> 恒元说个"长",
> 得贵说"不短";
> 恒元说"方",
> 得贵说"不圆";
> 恒元说"砂锅能捣蒜"
> 得贵说"打不烂";
> 恒元说"公鸡能下蛋",
> 得贵说"亲眼见"。
> 要干啥,就能干,
> 只要恒元嘴动弹!

这些快板词有点像旧小说里的"有诗为证",但采用农民易懂上口的语言,表达人物而非叙述者的观点情绪,直接加入叙述过程使其更见声色,强化了作品的泥土气息和民族化风格,则是赵树理继承传统形式时的独立创造。书中人物李有才把阎家山的事用快板及时反映出来,本身就是小说的一项重要内容。作者称"这本小书既然是说他作快板的话,所以叫做《李有才板话》",就像古人"说作诗的话,叫'诗话'",书名由此而来。

《李家庄的变迁》是赵树理40年代完成的唯一一部长篇小说,叙述太行山区一个村庄从抗战前八九年即20年代末大革命失败到抗战胜利长达十六七年之间翻天覆地的变化,涉及的历史事件,有1930年蒋介石中央军和地方军阀阎锡山的混战,1936年红军北上抗日,1937年抗战开始后"山西省牺牲救国同盟会"和决死队的活动,1939年阎锡山破坏抗日民主统一战线残杀共产党人的"十二月政变",特别是共产党在广大农村领导农民抗日,揭露和打击一切卖国行为,发动群众建设农村民主政权,实行减租减息。

作者将如此繁复的历史画卷通过一个村庄的今昔变化徐徐开展，主线是以铁锁为代表的不断自觉的农民与以李如珍为代表的乡村封建势力的殊死较量，但作者不失时机地旁逸斜出，展开与主线密切相关的众多副线。如铁锁如何流浪到太原打零工，做匠人，当勤务兵，接触青年共产党员小常，以及回乡路上的一路所见；李如珍一伙如何勾结地方政府反动势力直至和阎锡山本人互通声息；共产党如何在群众中开展工作，发展党员；八路军如何坚持敌后抗战；等等。保持故事性首尾完整的一贯风格的同时，对一些人物，特别是主要人物铁锁，还有不少精彩的心理描写。也许因为大多细节都带有强烈的自传色彩，所以作者安排这些丰富复杂的内容，错落有致，指挥若定，显示了少有的恢弘气势和驾驭重大题材的能力。作者后来再也没有写出和《李家庄的变迁》水平相当的长篇。

其他中短篇小说，《邪不压正》《福贵》和《催粮差》最充实，艺术上皆有一气呵成的效果。《邪不压正》开头写"下河村"地主刘锡元强迫农民王聚材把女儿软英嫁给自己的儿子做继室，但下河村很快成为八路军敌后抗日根据地，后来又是解放区，多次实行减租减息，还搞了土改，刘王两家婚姻纠纷自然结束。但问题马上又变成农会主任小昌像刘锡元一样布置流氓小旦强逼软英嫁给自己的儿子，以及小昌等农村干部与冒充土改积极分子的地痞流氓一起钻土改工作的漏洞，假公济私，巧立名目，侵吞中农利益。作者敏锐而大胆地揭露了当时华北解放区土改运动普遍存在的左倾现象，也暴露了农民损公肥私损人利己的劣根性。这一切都在北方农村浓郁的风俗人情和泥土气息中展开，场景细节真实而丰满。描写刘家送聘礼和王聚材一家的苦恼，尤其成功。在作者的全部创作中，《邪不压正》是不可多得的佳作。《福贵》写诚实勤劳的青年农民福贵被地主又是族长的王老万盘剥得倾家荡产，为偿还高利贷，只好给王老万打长工，但年终结算下来，欠王老万的债反而越来越多。他走投无路，只得抛妻别子，四处流浪，赌博，乞讨，给人家新死的小孩送葬，当殡仪上的吹鼓手，勉强糊口。但这种被逼无奈的求生方式在亲手造成福贵"堕落"的王老万和许多"古脑筋的人们"看来却十恶不赦。他们认为福贵是"败家子""狗屎"和"忘八贼汉赌博光棍"，有辱"一坟一祖"的脸面，要不是走漏风声，使福贵得以连夜逃脱，非将他"活埋"不可（福贵的原型确实被活埋了）。小说的精彩之处在于极写一个被欺诈被冤屈的农民及其家人的痛苦，而非结尾处离家八年的福贵在民主政权支持下愤怒声讨王老万那一幕。《催粮差》写抗战前山西某地仍用前清征粮制度，农民交不起粮，或忘交、缓交，就要被拘捕受审，已是一奇；在县里当了一辈子法警的崔九孩领了催粮拘人的传票,嫌路远,赚头不大,竟然雇个煎饼铺伙计代他去办差事,又是一奇;一户"有势头"的人家不仅不理这个伙计,还赏了他一记耳光,扣下传票,更奇;崔九孩上门赔礼道歉,百般求饶,才讨回传票,奇上加奇。作者写到这里,笔锋一转,叙述崔九孩从有势头的人家出来,去一户"种山地的"人家催粮,"快到上山的地方,他拿出一副红玻璃眼镜戴上。这眼镜戴上不如不戴,玻璃也不平,颜色又红得刺眼,直直一棵树能看成一条曲曲弯弯的红蛇;齐齐一座房能看成一堵高高的红墙。他到大村镇不敢戴,戴上怕人说笑话;一进了山一定要戴,戴上了能吓住人。一根藤手杖,再配上这副眼镜,他觉着够味了"。到了目的地,果然把官差架子摆得十足,威逼恐吓,连蒙带抢,硬将穷苦农民孙甲午临时借来的五块银洋装进腰包,一边拿钱一边还笑道:"这我可爱财了!"通篇对崔九孩并无褒贬,只用闲闲一笔收尾:"第二天早上崔九孩又到别处催粮,孙甲午到集上去粜米。"在赵树理短篇小说中,《催粮差》写得最具神采,这大概是因为他在实际生活中对崔九孩那样的二丑式官奴感受最深的缘故吧。

《刘二和与王继圣》是未完成的一部篇幅较长的中篇,写长工的儿子刘二和与地主少爷王继圣解放前后的不同遭遇。另一个主要人物王聚宝似乎是福贵和李有才的合体,他多才多艺,富有正义感和反抗精神,受地主逼迫,背井离乡十多年,解放后回乡,是想看看仇人斗倒了没有,穷苦乡亲真的翻身了没有。二和的被屈含冤,继圣的蛮横娇弱,聚宝的深沉正直,都写得很成功。第三章关帝庙唱戏,颇有福楼拜在《包法利夫人》中渲染农展会的声势。作者一支笔同时写管事的"老领",打杂的长工,看戏的农民、儿童,看戏兼谈事情的地主乡绅和看戏兼摆威风的太太少爷,以及演出的剧团,正在上演的戏剧,台上台下各色人等的关系、来历、动作、语言和心理,都照应得周到细密,充分显示了作者驾驭大场面的能力。写开戏前几个地主乡绅煞有介事地边吃边谈,顺带关于小地主李恒盛的寥寥几笔,尤见作者捕捉人物心理的手段:

> 李恒盛是小户人家,跟人家三个人凑在一起,本来不相称,可是时时总想跟人家往一起凑;见人家说得很热闹,早就想凑几句,只是一时想不起说句什么话合适——顺着王海说吧,怕赵永福不满意;奉承赵永福几句吧,又不合王光祖和王海的意思;不说这个另说个别的什么吧,又跟人家两个的话连不起来,他猛一下想起一句合适的话来正要去说,可是已经冷了场,人家都又吃起菜来,话误了菜可不敢误,他赶紧也跟着去夹了一块海参送进嘴里。吃了一口菜以后,他又觉得费很大劲想

好的那句合适话,不说一说实在可惜,就拿了拿劲说:"永福老哥虽说每多吃过好东西,可也没有——",他正说着"可也没有枉花过钱",可巧遇着王光祖开了口,把这句得意的"合适话"碰散了——李恒盛直到吃了几碗菜以后还觉着可惜。

这一类妙语是作者的拿手好戏。

第二节　变化的意义

○赵树理式的道德热情　○干预生活与政治认同的深层矛盾　○农民立场的单向叙述者　○知识分子叙述身份的让位与退场

赵树理小说最引人注目处,首先是分明的爱憎。他成功地塑造了一系列善恶迥异的农民和地主劣绅形象,克服了30年代一些左翼作家同类题材小说的粗糙幼稚,同时表达了作家对这两类不同人物鲜明而成熟的价值评判。其次是浓郁的乡土气息。赵树理在继承中国传统小说艺术方面比鲁迅走得更远,他全然不去"描写风月",在他的小说中,风景描写是找不到的,但因为赵树理熟悉北方农村的风土人情、群众语言和多种民间艺术,熟悉农民的喜怒哀乐,这些在他笔下自然而然地流淌出来,构成了不可重复的个人风格,完整而生动地再现了中国北方农村的生活世界,其中已经包括了在农民的感受中出现的自然环境。乡土气息,主要就是指真切细腻的人情世故,这是单纯的景物描写所传达不出来的。再次是乐观幽默的情感智慧,这同样得力于民间生活和文化的熏陶(农民深知生活的苦但也加倍地珍惜和敏感于一切实有的快乐);同时也可以看出"五四"新文学和左翼作家革命文学的影响(进化论思想和政治认同所包含的乌托邦憧憬)。这三种因素以前都有,但第一个将它们熔为一炉,并以明确的政治认同表现出灵魂来,是赵树理。

然而这些引人注目之处还不是赵树理小说的核心。赵树理小说的核心,是潜隐更深的赵树理式的道德热情,即要求社会绝对平等绝对公正的民间原始的生活理想。他说自己写的东西都是"问题小说"①,"我在做群众工作的过程中,遇到了非解决不可而又不是轻易能解决了的问题,往往就变成

---

① 赵树理:《当前创作中的几个问题》,《赵树理文集》,第4卷,1651页。

所要写的主题"①。其实从他小说的实际描写看,"非解决不可而又不是轻易能解决了的问题",往往就是有没有平等与正义。政治黑暗丑恶当道之时,或者政治清明好人掌权以后,平等公正都须臾不可或缺,这才是赵树理真正关心的"问题",是他的分明的爱憎和强烈的政治倾向的落脚点。赵树理尤其敏感于巧滑之辈利用政治以为济私助焰之具,旧政治中像李如珍、春喜、小喜、小毛、小旦之流固然如鱼得水,新政治里一旦他们混进来,事情也照样会弄糟,贫弱善良的人们照样会被他们任意欺诈凌辱。赵树理几部真正有分量的作品,其矛盾的焦点都集中于平等和公正的缺失。特别是《邪不压正》,作者在小说前后两部分用了几乎相等的篇幅,关注新旧两种不同政治条件下存在着的基本相同的道德问题。在这个意义上,《邪不压正》可以说是赵树理全部作品的一个经典。道德与政治的和谐或背离,是赵树理小说的内在意义结构。二者和谐,小说就洋溢着乐观欢喜的气氛;二者背离,小说就笼罩着悲剧的忧患、凄惨与愤恨。

不过这种内在意义结构经常要被掩盖,因为在赵树理小说中,一切矛盾,包括婆媳之争(《孟祥英翻身》),最终似乎都得仰仗政治权力的干预,尽管作者已经意识到,更深的道德疑问原本不是政治因素"轻易能解决了的",他也只能将自己的疑问压在某个不易觉察的暗角,或干脆模糊过去,不了了之。原始的道德热情不能不迁就于更加强烈的政治认同,这就造成了赵树理小说的复杂和矛盾。

赵树理塑造觉醒反抗的新一代农民形象并没有像写老辈农民那样成功,但他本着自己的政治认同,确实始终把青年农民置于作品意识的中心,对他们的前途寄予无限希望。人们因此将翻身农民的形象当做赵树理对"五四"新文学的根本性突破,把他视为阿Q时代已经死去的标志。其实,作为一个真诚地关心农民喜怒哀乐的作家,赵树理的小说和鲁迅开创的"五四"新文学传统具有无法斩断的血缘联系(虽然表面上他和鲁迅是那样不同)。50年代以后,描写农村新人形象是作家们的一致追求。赵树理本人却因为更多地关注农民中的中间落后分子而一再受到责难与批判。这当然不是因为他的政治认同减弱了,而是因为他不能仅仅凭借单一的政治认同来体察农民的生活实际。他自然不会再写阿Q式的农民了,但也很难成功地写出和他熟悉的旧式农民在精神上毫无联系的新人形象。

赵树理小说中人物语言扑面而来的乡土气息成为后来作家们的榜样,

---

① 赵树理:《也算经验》,《赵树理文集》,1398页。

他在人物语言中偶尔夹杂一些政治术语,也有不少仿效者。政治术语和方言土语的杂糅有利于显示人物的政治角色,更深一层还可以见出人物和政治的关系情状:是真诚地信仰政治术语实际包含的政治指令,还是人云亦云随口道来;是被迫如念符咒,还是利用其来达到和政治相反的隐秘目的,或竟只是一般的调侃与讽刺。现代小说中政治术语的复杂运用,始作俑者是鲁迅,比如《采薇》中写"华山大王小穷奇"由周武王的"恭行天罚"而发明自己的"恭行天搜",既讽刺了小穷奇的油滑善变,也讽刺了武王的冠冕堂皇。赵树理让善良的农民偶尔讲一些政治术语时,总是有意识地强调因为不理解不熟练而产生的心虚和羞涩。他没有违反实际,勉强他们说得流畅自然,这就比较真实地反映了农民在当时历史条件下的政治觉悟和思想水平。

赵树理小说清楚明白、但多少有点单调呆板的传统叙述方式并没有被广泛地继承下来,但他的叙述语言却得到了全面的肯定(这并不限于直接受赵树理启发的"山药蛋派")。这种叙述语言的特点是尽量和人物语言看齐,尽量避免"五四"以来占主导地位的知识分子话语主体。其实,谁都不能规定叙述者的语言非要和叙述对象完全一致不可。用什么样的叙述语言是作家的自由,它可以和人物语言一致,也可以和人物语言不一致,完全有自己的一套;一定要强求一致,一定要将和人物语言不一致的叙述语言"打扫一番",那就是要放逐知识分子身份的独立叙述者,而代之以单纯人物(也就是农民)的观点或先验的政治话语主体(借助农民语言出场)。赵树理小说确实为这种对于文学的整体化要求提供了有力佐证,尽管他的本意或许只是在取消知识分子叙述者之后,树立一个真正合格的农民利益的代言人,但如果彻底放逐知识分子身份的独立叙述者,这样的代言人也就无法树立,因为此时占支配地位的只能是单纯的农民意识和具体的政治观点。

赵树理小说是复杂的,他的出现也具有多方面的意义,不仅宣告了文艺大众化在解放区的成功,也不仅意味着一种新的农村题材小说模式的崛起,更重要的是,它还标志着知识分子叙述者全面让位于政治话语主体,标志着"五四"以来的中国新文学真正开始了整体结构的转型。

思考题

1.赵树理小说对文艺大众化实践的贡献。
2.怎么看赵树理小说的道德热情?

第二十四章　戏剧、诗歌的新天地

第一节　基本的发展与风貌

○走向民间的戏剧　○秧歌、新歌剧的活跃与话剧的困难进展　○民歌加入叙事诗的创作　○解放区诗歌变化的几个特点

敌后根据地和解放区一般都处在北方贫瘠、落后的地区，但与地理自然条件形成鲜明反差的，是它有着丰富的民间诗歌和戏剧资源。由于它最易传诵、演出等"喜闻乐见"的特点，容易与中国革命重视"组织、动员群众"的政治和军事要求一拍即合，所以戏剧和诗歌的发展一直优越于其他文学形式。①

在敌后根据地，戏剧是最先受到重视、因此也最活跃的文艺部门。1937年至1942年5月间，光延安一地就有一百五十多个剧目上演，其中有京剧、多幕话剧、多幕歌剧、独幕剧、小歌剧、秦腔、昆曲等。一部分是自国内大城市流传过来或翻译的作品，另一部分则是根据地文艺工作者依据当地素材创作出来的新剧目。除鲁艺实验剧团、人民抗日剧社、陕北公学文工团、延安平剧院等专业性文艺团体外，各根据地还有大量的随军"抗敌剧社""战斗剧社"，它们在戏剧发展中扮演着不可小看的角色。这一时期，引人注意的有王震之的三幕话剧《流寇队长》、丁玲的独幕话剧《重逢》和李伯钊的二幕话剧《老三》等。在最初阶段的创作中，由于剧团多，小型作品多，战时生

---

① 戏剧和诗歌在40年代形成的"特殊地位"，一直延续到50年代至70年代的文学过程中，例如政治抒情诗的繁盛，规模空前的全国性的戏剧调演，"文化大革命"中八个样板戏的广泛传播等等。

活的急迫而多变,多数作品都来不及推敲和提炼,普遍存在着公式化、概念化倾向。另外,一些戏剧还由于带有"即兴表演",在战斗间隙中为战士"娱乐"的性质,甚至还未脱出"媚俗化"的痕迹,因此,在思想意义上就难以避免某种不确定性、摇摆性,无形中减弱了它们的教育价值。

《讲话》发表后,一方面是延安"阳春白雪"式的经典话剧不再被提倡;另一方面,在"为工农兵服务"方针的规范和指导下,对民间戏曲和京剧的改革也被提上议事日程,这样就促进了秧歌剧、民族新歌剧、京剧等进一步的探索和发展。首先发生变化的是传统秧歌。秧歌在中国北方广大地区,是较普遍的农村娱乐形式,农闲时节特别是过年时的"闹秧歌"便是传统的娱乐活动。文艺工作者于是对秧歌进行了改造创新,他们删改了其中"打闹挑逗"的段子,低级色情的夸张动作,以及纯粹娱乐的内容,有意加进去宣传、教育的成分,使旧秧歌剧的面貌为之一新。自1943年2月开始,一百多人的鲁艺秧歌剧连续在杨家岭、中央党校、文化沟等处表演,其中王大化、李波演出的秧歌剧《兄妹开荒》尤其受到欢迎。毛泽东说:"这还像个为工农兵服务的样子。"朱德表示:"不错,今年的节目和往年大不相同了!革命的文艺创作,就是要密切结合政治运动和生产斗争啊!"周扬也著文赞扬道:"群众欢迎新的秧歌,不是没有理由的。这些秧歌演的都是他们切身的和他们关心的事情,剧中很多人物就是他们自己。"①秧歌剧的突出特点是一种新的生活气氛的出现,这种愉快、活泼、健康、新生的气氛反映了根据地翻身农民崭新的生活面貌。它还吸收了话剧、歌剧的一些表现手法,对曲调做了明显的改造,因此具有了清新活泼的形式和浓郁的喜剧色彩。这一时期涌现出来的优秀秧歌剧还有:周而复、苏一平的《牛永贵挂彩》,马可的《夫妻识字》,苏一平的《红布条》,尚之光、王世俊的《小放牛》,谢力鸣的《组织起来》,马健翎的《十二把镰刀》,柯仲平的《无敌民兵》等等。在此基础上,贺敬之、丁毅执笔的《白毛女》,魏风等人的《刘胡兰》,孔厥、袁静的《蓝花花》,阮章竞的《赤叶河》等,在向着民族新歌剧的发展上又前进了一大步,它们鲜明的民族特色和强烈的时代精神,都给人留下较深的印象。其中,随着解放战争的进展,《白毛女》在之后的演出中更显耀眼。

与秧歌剧的"就地取材"不同,话剧的改革经历了一个痛苦曲折的过程。基于对话剧与观众关系的不同认识,40年代初在延安上演的中外话剧名剧,例如果戈理的《钦差大臣》、莫里哀的《伪君子》、曹禺的《雷雨》等曾

---

① 周扬:《表现新的群众的时代》,延安《解放日报》,1944-03-21。

一度受到知识分子的青睐,但也被视作"脱离群众"的不正常现象。在中外话剧停演之后,由解放区文艺工作者自己创作的反映火热斗争生活的话剧作品,获得了较大的演出市场。1942年7月,鲁艺推出了荒煤的《我们的指挥所》、袁文殊的《军民之间》、姚时晓的《民兵》等话剧;青年艺术剧院上演了李之华的《刘家父子》;8月演出的多幕与独幕话剧,还有莫耶的《丰收》、胡丹佛的《把眼光放远点》。其中,胡丹佛的作品受到了人们的赞扬。在此前后,吴雷等人的《抓壮丁》,姚仲明、陈波儿的《同志,你走错了路》,鲁煤的《红旗歌》,胡可的《战斗里成长》,林扬、严寄洲的《九股山的英雄》以及陈其通的《炮弹是怎样造成的》等话剧,先后出现于解放区的舞台。本时期的话剧除具备为政治、战争服务的特点外,还在发展过程中逐步形成了自己的创作风格。例如艺术形式多种多样,布景美工因地制宜,剧情中时常穿插些民歌小调、方言俚语,地方特色和乡土气息都较浓厚,所以容易被一般群众所接受。但其艺术性难与中外名剧比肩,有些作品过于通俗化、大众化,也是不容忽视的。另外,戏曲改革也取得了骄人的成绩。根据地戏剧运动初期,就十分重视旧戏改革,其中最流行的是"旧瓶装新酒"的新编京剧,例如王震之的《松花江上》、裴东篱的《白山黑水》等。延安文艺座谈会后,中央文委明确提出了"为战争生产教育服务"的戏剧运动路线。① 西北局文委也指出:"我们一方面反对一切宣传封建秩序的旧剧,另一方面又利用各种旧形式(秦腔、平剧、秧歌等)来作为我们的宣传武器。"②1944年元旦,继杨昭萱、齐燕铭的新编京剧《逼上梁山》在延安演出获得成功,并受到毛泽东的赞扬后,又有《三打祝家庄》《红娘子》《九宫山》《九件衣》《血泪仇》《一家人》等一批优秀的剧目先后问世,掀起了戏曲改革的一个小高潮。

  诗歌的创新也不示弱。1942年以前,艾青、萧三、柯仲平、光未然等并没有"耀眼"的表现。艾青虽写出了《父亲》这样技巧圆熟、情感复杂的抒情诗,光未然的《黄河大合唱》经过谱曲后传遍了大江南北,但仍被认为是"知识分子腔"的,与向工农兵普及的目标还差了那么一步。诗朗诵、街头诗运动实际上也存在着类似的问题。《讲话》发表后,民歌资源的发掘和利用成为诗人们普遍的取材方式,但"大诗人"的艺术尝试没有"小诗人"们那么成功,运用起来也没那么得心应手。当时还是"小诗人"的李季与阮章竞,通过多年对陕北"信天游"和河北民歌的采集以及艰苦的艺术摸索,写出了充

---

① 参见延安《解放日报》,1943-03-27。
② 《西北局文委召集会议总结剧团下乡经验奖励优秀创作》,延安《解放日报》,1944-05-05。

满民歌风,同时又非常自然地展现中国革命历程与翻身妇女解放内容的叙事长诗《王贵与李香香》《漳河水》,从而完成了"五四"新诗向解放区叙事诗的艺术转型。随后,张志民的《王九诉苦》、田间的《戎冠秀》等民歌体叙事长诗,也步入了解放区优秀诗歌的艺术殿堂。解放区诗歌的艺术创新,首先表现在叙事诗潮流的涌动上。它们以中国革命为歌颂对象,以"工农兵"为主人公,开拓了不同于"五四"以来新诗的另一种走向;其次,对诗人主体精神的漠视,对民歌资源的强调和借重,对口语化、平实语言的使用,是本时期诗歌创作的优先的选择。与此同时,解放区的诗歌在排斥对西方现代诗歌的借鉴和吸收后,实际走到古典诗歌加民歌的狭窄道路上去,这种风气和审美选择,一直影响到 50 年代至 70 年代中国诗歌的发展。

第二节 《白毛女》与民族新歌剧

○进程中的提示 ○《白毛女》革命性的象征意义 ○剧本修改与政治功能的加强 ○歌剧系统和舞剧系统 ○潜伏着另一种民间话语

在秧歌基础上,对民族歌剧的改编、加工、充实和提高也在紧锣密鼓地进行。1943 年,诗人邵子南从前方回到延安,带来了一个晋察冀边区流传的民间传说,引起鲁艺师生的兴趣。两年后的 4 月份,根据这个素材改编,由贺敬之、丁毅执笔,马可、张鲁作曲的民族新歌剧《白毛女》在延安党校礼堂正式演出后,获得了巨大成功。演出的第三天,中央办公厅传达了毛泽东等人的三点意见:第一,这个戏是非常适合时宜的;第二,黄世仁应当枪毙;第三,艺术上是成功的。

正如有人指出的:"显然,《白毛女》的叙事取得了成功。在解放区的土改斗争中,在解放战争中","《白毛女》都发挥了巨大的激励教育的作用","不少地区的土地改革,首先用演《白毛女》来发动群众,'为喜儿报仇'成为解放战争中战士们的普遍的口号。许多战士还把口号刻在自己的枪托上,表示时刻不忘对'黄世仁们'的仇恨"。① 这个剧本之所以后来被视为中国新歌剧的一个里程碑,是它"适合时宜"地讲述了一个"经典"故事:在年关,农民杨白劳被地主黄世仁逼债,无奈之下,用女儿喜儿抵押,然后羞愤自杀。17 岁的喜儿到黄家后受尽欺凌,还被黄世仁糟蹋,逃到山洞里躲避三年,因

---

① 李杨:《抗争宿命之路》,281 页,长春,时代文艺出版社,1993。

缺少盐和日照,头发全部变白,直到八路军到来后她才重见天日,报仇雪耻。这个戏向观众揭示了一个真理:旧社会把人逼成"鬼",新社会把"鬼"变成人;无产阶级只有解放了全人类,才能最后解放自己。

它的成功,还在于剧本修改中的变动和提升。最初的剧本,描写喜儿被奸污,在悲痛欲绝时自寻短见;但在怀孕七个月后,她又对黄世仁产生了幻想,后来在山洞中生下了一个小孩。因此,在最初的演出中,出现了这样的表演——喜儿误以为黄世仁会娶她,于是穿起张二婶给做的红棉袄,在舞台上载歌载舞,表示内心的喜悦。在50年代初的定稿本中,这些情节都被删掉了。在修改本中,喜儿的阶级觉悟得到了提升,她不仅没有上当,最后,还把黄世仁的"本质"看得非常清楚。她这样唱道:

喜儿(唱第八十六曲):
我说,我说,我要说!——
我有仇来我有冤,
我的冤仇说不完,说不完,
高山哪——砍不断,
海水呵——舀不干
……

在这种变化中,农民不再是自己命运的被动接受者,而是要真正获得自己的本质和主体性,成为主宰命运的主人。于是,60年代被改编成芭蕾舞剧的作品进一步"用高昂的基调,革命的旋律塑造了喜儿的反抗形象。那眼神、那表情,那旋风般的反抗的舞蹈,那愤怒'控诉'的歌声——'鞭抽我,锥刺我,不怕你们毒打我,我要冲出你们黄家的门,仇上加仇仇更深',无不燃烧着仇恨的火焰,无不倾诉着阶级的反抗"①。

《白毛女》在艺术探索上,也有很多值得称道的特色。首先,它汲取了西方歌剧的创作手法,突出了歌剧长于抒情的特点,一些精心设计的唱腔非常注意展现艺术的氛围和人物的性格发展,例如,《扎红头绳》《北风吹》《我们的喜儿哪里去了》等。其次,为了适合人民群众的欣赏习惯,剧中加进了许多明白晓畅的话剧说白,达到了台上、台下感情呼应和交流的叙事目的,"以新的面目,鼓舞了群众的斗争热情,收到了很大的教育的效果"②。不

① 李杨:《抗争宿命之路》,288页。
② 艾思奇:《从春节宣传看文艺的新方向》,延安《解放日报》,1943-04-25。

过,后来也有人指责该剧"话剧腔"太浓,在风格上不够协调。另外,在剧情安排上,吸收了民间戏曲的某些叙述套路和艺术养料,例如"绝处逢生"的传奇色彩,"善恶对立"的剧情渲染;同时,戏中插入农民所熟悉的"过大年"的欢庆气氛,黄世仁、穆仁智对这一日常伦理的破坏等等。这样,既让群众把对旧戏的"审美接受"与《白毛女》很自然地衔接起来,又实现了"民间话语"(翻身解放)与"政治话语"(革命斗争)的完美统一。

在民族新歌剧《白毛女》的带动下,敌后根据地的新歌剧创作也发生了一系列喜人变化。原先的戏剧创作和演出局面是比较沉闷的。有人批评说:"抗战以来,特别是在延安这样后方地区,在许多文艺工作者中发生了脱离实际政治斗争的偏向。许多文艺工作者用主要的精力去学习外国的、旧时代的作品的技巧,在音乐台上、舞台上原封不动地搬上外国音乐、外国戏和中国的旧戏。至于怎样使我们的文艺工作充满着革命斗争的内容,怎样根据现实的政治任务来创造新的文艺作品","注意的人却不算多"。[①]1938年、1939年两年,出现了李伯钊编剧、向隅作曲的三幕歌剧《农村曲》和王震之等人编剧、冼星海作曲的《军民进行曲》。两部歌剧倒是以军民抗战为题材,在音乐上注意将西方歌剧和民歌的唱腔融为一体,歌词也通俗易懂,不过,音乐剧情和人物性格结合得不好,因此连作者也承认"这是'山上来的'和'亭子间的'结合的产物"[②]。1944年后,这一局面有所改观。柯仲平的《无敌民兵》和水华、王大化的《惯匪周子山》(后更名《周子山》)内容充实,剧情曲折复杂。由于吸收了民歌和陕北道情等地方戏曲的音乐素材,在音乐上有鲜明的西北乡土风味,开始形成大型歌剧剧情、音乐和表演的雏形。《白毛女》的成功,极大地刺激了文艺工作者的创作热情。一大批比较优秀、艺术上也较成熟的新歌剧涌现在根据地的舞台。它们是:《蓝花花》(孔厥、袁静编剧,梁寒光、金紫光作曲),《刘胡兰》(魏风、刘莲池、朱丹原作,严寄洲、董小吾改编,罗宗贤等作曲),《王秀鸾》(傅铎编剧,艾实惕作曲),《赤叶河》(阮章竞编剧,梁寒光等作曲),《英雄刘四虎》(王宗元、杨尚武编剧,李耀先等作曲)和《不要杀他》(刘佳执笔,张非、徐曙等作曲)等。这些作品之所以在思想、艺术上比前者更进了一步,一是因为有《白毛女》做"蓝本",剧作者和作曲家们知道应该在哪些方面利用西方歌剧和民间戏曲的长处,实现"革命的内容"与艺术形式的完美的结合,这使他们的创作

---

① 艾思奇:《从春节宣传看文艺的新方向》,延安《解放日报》,1943-04-25。
② 李伯钊:《关于新歌剧》,《新歌剧问题讨论集》,北京,中国戏剧出版社,1958。

意识与根据地的环境有了更加贴近的基础;二是通过下部队和下乡,文艺工作者不必再借助间接的渠道,而是直接到生活中去提取素材、寻找人物原型,这样不单发现了群众喜闻乐见的语言,增强了作品的生活气息,而且这些作品更容易给观众一种"现场感",能够身临其境地接受革命思想的教育。但是,这些作品的影响都未超过《白毛女》,由于是成批生产出来的,有些公式化的倾向就难以避免。

第三节　以《王贵与李香香》和《漳河水》为代表的叙事诗

○中国新诗的"歌谣化"背景　○《王贵与李香香》叙事的意识形态化及其他　○《漳河水》:从单线叙述到多线叙述的结构形式　○预示着一个新的诗歌秩序的到来

比起根据地的戏剧和小说来,叙事诗的出现稍晚一些。主要原因是,虽然"新诗歌谣化"在文学革命初期就已经有人提倡,而且经早期白话诗人之手有过艺术尝试,30年代"中国诗歌会"诗人的创作又有所发展,但总的看,新诗中的精英化和贵族化审美趣味一直压抑着这一叙事诗的源流,使其得不到充分的扩张。具有知识分子话语特征的"现实战斗精神"的抒情诗和现代主义诗歌,始终是新诗发展中的主要潮流。《讲话》发表后,这种局面在根据地诗坛有根本的改变;但实际上,艾青的《吴满有》《雪里钻》和柯仲平的一些诗对新诗叙事化的探索,起初进行得并不非常顺利。因为,这些来自都市的诗人未能找到本地的民歌资源,所以他们作品中的"知识分子腔",一开始并没有受到人们的欢迎。

《讲话》发表后,根据地诗歌创作进入了一个新阶段,长期受到压抑的叙事诗追求被提到议事日程上来。这种整体性的转变是自收集民歌开始的。在当时,广为流传的是《移民歌》①《咱们的领袖毛泽东》《十绣金匾》等新民歌,以及战士诗人毕革飞比较粗糙的快板诗。这些新民歌乡土气息浓郁,语言质朴生动,节奏流畅明快,比兴的手法也运用得非常巧妙、聪明,对诗人们的创作产生了较大影响,但它们也暴露出手法简单、层次变化少等艺术上的缺陷。

---

① 《移民歌》又名《毛主席领导穷人翻身》,系李有源、李增叔侄俩根据民歌原来的"曲牌"集体创作的,其中的第一段,即为著名的《东方红》前四句歌词。

使新民歌进入新诗的"叙事诗家族",并在进一步加工、改造和提升的基础上使之经典化的,是李季(1922—1980)、阮章竞(1914—2000)分别创作的长篇叙事诗《王贵与李香香》(1946)和《漳河水》(1949)。《王贵与李香香》采用陕北民歌"顺天游"(又称"信天游")的形式,讲述了第一次土地革命时期的一个美丽、动人的爱情故事:王贵与李香香原是一对朴实的农村青年,他们在劳动和生活的接触中相爱了。没想到,地主崔二爷却对香香打起了坏主意。他赶走了王贵,企图霸占香香,但遭到后者的拒绝。后来,参加红军的王贵返回家乡,斗倒了崔二爷,并与心上人李香香重续情缘。这样,一则普通的民间爱情就自然地纳入到革命叙事之中,"不是闹革命穷人翻不了身,/不是闹革命咱俩也结不了婚",而乡村恶霸恃强凌弱的故事,也从日常伦理层面上被提升到阶级对立的宏大叙事模式中来。加之作者对两位青年形象、心态和坚贞爱情的出色描写,"一对大眼水汪汪,/就像那露水珠在草上淌","烟窝窝点灯半炕炕明,/酒盅盅量米不嫌哥哥穷",又与一般读者"怜香惜玉""憎恨恶人"的传统心理产生了强烈共鸣,所以,这首长诗不但完成了对革命文学主题的构造,也有相当成功的阅读效果,它在发表后很快引起轰动,几乎是不容置疑的。最先肯定《王贵与李香香》的是陆定一,长诗在《解放日报》载完第5天,他就撰文指出,该诗"用丰富的民间语汇来做诗,内容形式都好",读了之后,给自己带来了"极大的喜悦"。① 郭沫若把这首诗与《李有才板话》《李家庄的变迁》《吕梁英雄传》《白毛女》相提并论,称赞它有"意识的美,生命的美,因而也就有形式上的充分的自然和健康",真正体现了"文学的大翻身"。② 长诗被称作"照耀着今天和明天的文坛"的"一颗光辉夺目的星星",是"一篇优美出色极有价值的叙事诗",并说它的出现,无疑是"中国诗坛上一个划时代的大事件","新文坛上一个惊奇的成就……"③尽管这些好评有溢美之嫌,个别评价还有失准确,但可以看出作品在当时所处的位置和影响。在艺术上,《王贵与李香香》有不少可取之处。一是结构上比较开阔、严密。作品分三部三十三章,共七百四十多行,虽然篇幅较长,但并不显得累赘。它展现的是1930年前后陕北三边地

---

① 陆定一:《读了一首诗》,延安《解放日报》,1946-09-28。
② 郭沫若:《序〈王贵与李香香〉》,香港《华商报》,1947-03-12。
③ 周而复:《王贵与李香香》,后记,香港,海洋书屋,1947;葆璎:《人民的诗歌》,1947年3月《冀东日报》增刊;小凡:《〈王贵与李香香〉》,《联合晚报》,1947-05-10;胡里:《读〈王贵与李香香〉》,《联合晚报》,1947-05-18;静闻:《从民谣角度看〈王贵与李香香〉》,香港达懿学院《海燕》,1948第5期。

区农村社会矛盾的长卷,其中有劳资对立、土地问题,情节一波三折,故事也富有变化,主线与各条副线结合得比较自然。二是比兴手法的成功运用。受民歌影响,作者在作品中大量使用了一般读者容易接受的比兴手法,对人物的塑造起到了画龙点睛的显著作用。例如,写李香香出众的相貌,先用"比"——"山丹丹开花红姣姣",再以"兴"点出意图——"香香人才长得好",这就为李香香后来命运的挫折做了很好的铺垫。三是"信天游"形式的运用。"信天游"两行一节,每节在最后一行押韵,而且允许在中间换韵,这样,作品既有鲜明的节奏感,又富有音节和朗诵的变化,使作品不至于过于呆板、乏味。从新诗史看,此前运用民歌进行新诗创作的成功的例子不多,《王贵与李香香》可以说是一次有益的尝试;另外,在通过文学作品来教育民众方面,它作为一种范例对后来新诗的发展也产生了深远影响。

阮章竞的《漳河水》是继《王贵与李香香》之后又一部优秀的长篇叙事诗。在主题上,它与后者略有不同,通过荷荷、苓苓、紫金英三个妇女争取个人幸福的故事,提出了根据地妇女解放的新的时代主题。在结构上,不是以男女恋爱为主线,而是以三条线索平行地展开了三个人的人生故事。它们有共同点,但也有各自的特色,组成了一幅有层次感的、多彩的生活画卷。《漳河水》汲取了漳河地区流行的多种民歌,同时融入了作者对诗歌意象的提炼,既有北方的苍劲,也有南方的秀丽和柔美,然而,作品在表现力度上却不及《王贵与李香香》。此前,作者还有《圈套》问世,但影响不大。

除上述作品外,根据地诗人刘御、李冰、公木、张志民、王搏习、王希坚等人也写出了有民歌风的叙事诗,形成了叙事诗创作的小小的潮流。例如,张志民的《死不着》(1947)、《王九诉苦》,李冰的《赵巧儿》(1949),也都产生了一定的影响。但是,叙事诗的创作也不是没有缺点,它尽管补充了新诗偏重抒情诗的欠缺,然而,由于战时文化和文学观的影响,它在突出工农兵主体性的同时,造成了作者主体精神的缺失;而且,鉴于它过于强调"生活体验",强调喜闻乐见的民间形式,这样,就限制了它对更大审美空间的追求,被艺术形式束缚了自己的手脚。

思考题

1. 在解放区文学中,为什么戏剧最受欢迎?
2. 《白毛女》剧本的修改意味着什么?
3. 简述《王贵与李香香》的艺术特点。

第二十五章　小说和散文的创作

第一节　孙犁：追求诗意的抒写者

○对流行格局的有条件突破　○营造诗意化的境界　○对日常生活中人性美的揭示　○战争的庄严与个人趣味之间的艺术策略

40年代下半期华北文坛最引人注目的作家,除赵树理之外,就是孙犁。

孙犁(1913—2002),原名孙树勋,河北省安平县东辽城村人。40年代下半期(1944—1945)的创作,主要以抗日战争为背景,几乎每篇都写到冀中平原和晋察冀边区(主要是晋西山区)中国军民的抗战。1945年抗战结束,孙犁作为先遣队从延安返回家乡,一面参加早于全国大部分地区的华北解放区的土改,一面潜心写作。国共内战的烽火并未燃烧到冀中,孙犁没有亲历解放战争,所以抗战之后,他的作品仍然更多地围绕抗战主题展开,这种情况一直延续到50年代中期长篇《风云初记》和中篇《铁木前传》的问世。孙犁称自己这一时期的小说为"抗日小说",是非常确切的。

对自己的作品,孙犁有很清楚的定位。他说:"我的创作,从抗日战争开始,是我个人对这一伟大时代、神圣战争,所作的真实记录。其中也反映了我的思想,我的感情,我的前进脚步,我的悲欢离合";"我最喜欢我写的抗日小说"。[①] 孙犁在这段自白里一连用了四个"我的",可见他对主观个性的强调。孙犁前期小说的突出特点,是题材的自传性和风格的个人性。从1945年在延安《解放日报》副刊发表《杀楼》《荷花淀》《村落战》《麦收》《芦花荡》等作品以来,他就一直根据自己在冀中参加抗战的亲身经历,深情讴

[①] 孙犁:《孙犁文集·自序》,《孙犁文集》,天津,百花文艺出版社,1982。

歌战争年代的人情美、人性美,而为广大读者所欢迎。他的热情赞美的笔墨,毫不吝啬地用来描写那些接受了革命思想、支持共产党、对未来充满信心的新型农民,特别是那些既有革命热情又富于美好人性的乡村女性。他的作品,在萧条粗粝的背景下,别具一种丰足的阴柔妩媚的幽美。

孙犁的幽美多情的作品是否"真实记录"了中国北方人民抗击日本侵略的"神圣战争"?回答这个问题,关键在于弄清读者向孙犁要求何种意义上的"真实"。孙犁说过,"看到真善美的极致,我写了一些作品;看到邪恶的极致,我不愿意写",这句话前半段是指他讴歌抗日军民美好人情的"抗日小说",后半段是解释他为什么经历了"文化大革命"却没有写出更多有关"文化大革命"的作品(其实他并非没有写关于"文化大革命"中"邪恶的极致"的作品,《鸡缸》《女相士》《言戒》《幻觉》《小D》等就都是的),但也可以借用这句话来说明他的"抗日小说"的特点——他的"抗日小说"不就是浓墨重彩地描写了战争年代"真善美的极致"而尽量回避了"邪恶的极致"吗?

谁都不能说,孙犁根据主观趣味和性格从正面描写战争年代"真善美的极致"是缺乏真实性的,因为孙犁所写的"真善美的极致"不仅客观存在着,也符合人们的主观愿望。如果真实就是"真善美的极致",那么在孙犁的作品中不仅不缺乏,反而十分充盈。但是,在残酷的抗日战争和同样残酷的国内矛盾交织中,"真实"是否就限于"真善美的极致"?有些读者对孙犁"抗日小说"的真实性的看法,与其说是"怀疑",不如说是"不满",即不满他只愿写"真善美的极致"而不愿写"邪恶的极致",因此无法抵达更全面更深刻的真实。

确实,从境界上说,孙犁的小说不是托尔斯泰的《战争与和平》那样宏大壮观的史诗,也不属于苏联作家巴别尔的《骑兵军》那样混杂着血腥和丑恶的英雄传奇,甚至没有达到一生坎坷的女作家萧红30年代创作的《生死场》以及40年代创作的《马伯乐》的水平。萧红前一部长篇被鲁迅誉为展现了"北方人民的对于生的坚强,对于死的挣扎",且多有"越轨的笔致"的力作,后一部长篇更自觉坚持鲁迅的传统,即使在抗战初期中国军民浴血抵抗并严重失利的情况下,也不放弃"国民性批判"的严峻立场。孙犁的"抗日小说"也写了"北方人民的对于生的坚强,对于死的挣扎",但风格温婉、柔和乃至带着几分妩媚,萧红式的"越轨的笔致"很少见,像萧红那样从民众中提出"马伯乐"式的典型加以辛辣的嘲讽的,则绝无仅有。

围绕孙犁的"抗日小说",至少有三个问题无法回避。

问题之一,在孙犁的"抗日小说"中,为什么没有出现基于正面把握中华民族内部矛盾而进行的上述萧红或40年代初期胡风派青年作家路翎的那种不妥协的国民性批判,那种对农民身上数千年"精神奴役的创伤"的无情揭示?抗战中北方农民真的都那么单纯,那么可爱吗?孙犁是否因为政治宣传而美化了战争中的国民?

孙犁在描写抗战时期的"北方人民"时,主要挑选那些热心抗战、支持共产党、对战争的正义性和必然胜利充满信心、无私地奉献一切、相互提携彼此关爱的底层民众作为描写对象,尤其是具有上述一切优秀品质而又青春勃发、活泼健康、温柔多情的农家少女和少妇,始终是孙犁作品的主角。她们热情支持并积极参与抗战,热爱第一线的子弟兵,代表着战争年代"真善美的极致"。时代的"政治正确性",人类亘古不变的美好情性,特别是男女之爱和女性的青春,是孙犁描写战争年代的人民的主要着眼点,也是满目疮痍的中华大地仅存的两大美的源泉,是在诗人艾青反复吟诵的"北国人民的悲哀"里唯一能够鼓舞和激励人们热爱生活、热爱土地、热爱国家和人民的力量源泉。为了中国的抗战,"北方人民""北国人民"确实做出了极大的牺牲,确实在这种牺牲过程中表现出亘古未见的人性和人情之美,因此,孙犁在反复歌颂"北方人民"的优秀代表时,并没有做什么特别的"美化"。

值得追问的不是孙犁的"美化",而是孙犁的"选择"。选择了"北方人民"的主流和优秀代表作为讴歌的对象,却较少正视作为集体概念的"北方人民"必然包含的缺陷。

说"较少",是因为他也并非没有写到"北方人民"中的"阴暗面",比如在短篇小说《钟》(1946)里,他写了风流成性、良心泯灭的老尼姑、和老尼姑通奸又企图霸占小尼姑的地主林德贵,以及来历不明的某汉奸。如果说这些人因为身份关系只属于"北方人民"的极少数,那么《光荣》(1948)中的小五就有一定的普遍性了。她自己出生于贫苦农家,却嫌贫爱富,不喜稼穑,只图眼前利益,不理解、不支持、不肯等待出门抗日的未婚夫,把众人眼里保家卫国的光荣看得一钱不值。这等"闲人"和"落后分子",虽然始终处于孙犁小说世界的边缘,然而就像阴影一样侵蚀着光明。孙犁并没有把他们从"北方人民"中剔除。

如果说孙犁在描写"极少数"坏人和像阴影一样占据着背景的一大批"闲人"和"落后分子"时,严格按照战争年代的政治标准将他们划入"败类",或归为"另类",因而还是没有触及"北方人民"本身的缺点,那么,小说

《钟》里面写"抗日村长"大秋的糊涂思想,性质就不同了。

在地主林德贵的铺子里打工的大秋和村里的小尼姑慧秀有私情,后来老尼姑死了,敌人被赶走了,大秋、慧秀成为一对恩爱夫妻,这是故事的结局。这之前,大秋始终不敢公开自己和慧秀的私情,一夜苟合令慧秀有了身孕后,大秋再也没有露面,也没有给忧愁绝望的慧秀任何帮助。慧秀在林德贵和老尼姑的责骂和奚落中痛苦而屈辱地生产、忍着巨大的悲哀掩埋她和大秋的私生子,这些事大秋明明知道,还是忍心不去看望。那时日本人并未"扫荡",身为抗战积极分子的大秋没有理由隐蔽自己。抗战提高了北方农民的思想觉悟和道德水平,这是包括孙犁在内的众多革命作家共同的叙述模式,但是抗战并没有一下子抹去大秋心里的历史积垢,相反,他忍心不去看望无助的情人,理由是他既然参加了抗战组织,受到同志们和领导的"看重",就必须"自重","一切都积极,一切都勇敢,一切都正确,不要有一点对不起上级"。当他听到尼姑庵的钟声而想去看望慧秀时,"他又想:这是不正确的,不要再做这些混账事"。如果仅仅因为碍于小尼姑出家人身份而不敢公开自己与她的私情,那还是"旧道德"在作怪,但用从共产党所领导的抗战学到的道理和"积极""正确""勇敢""不要有一点对不起上级"的标准来决定弃绝在困境中的情人,甚至把看望她说成是"不正确""混账",就不能不说是大秋的糊涂思想了。慧秀后来在日本人的刺刀下掩护"抗日村长",大概正是这一点"积极""正确""勇敢"的表现,使大秋觉得她已经在村里人面前改变了先前作为小尼姑的形象,这才"提出来和她结婚。组织上同意,全村老百姓同意"。大秋最后"接受"被他长期弃绝的慧秀,主要理由是他自己意识中的"政治正确性",以及来自"组织上"和"全村老百姓"的认可,而不是两人之间私下的爱情。《钟》里面个人感情的被压抑被曲解以及在集体意志中被公开和被承认,和《光荣》中描写思想积极并尊敬老人的秀梅代替落后的小五,光荣地成为抗日英雄原生的妻子,具有异曲同工之妙;中国古代戏曲小说中"奉旨完婚"的叙事模式,隐然可见。

不过,在孙犁"抗日小说"所塑造的人物形象中,像大秋这样的是正面人物却又隐藏着微妙的缺陷的毕竟并不多见,孙犁走笔的方向,更多的是像写《邢兰》(1940)中的邢兰那样,着重刻画其貌不扬、乏善可陈的、平凡的北方农民如何在战争的锤炼中焕发出惊人的美好,或者就像《光荣》中的原生、《浇园》(1948)中的李丹、《"藏"》(1946)中的新卯、《小胜儿》(1950)中的小金子那样毫无缺点可言的抗日战士。至于女性形象,占绝对优势的则是《荷花淀》《嘱咐》(1946)里的水生嫂,《"藏"》中的浅花,《蒿儿梁》

(1949)中的主任那样积极上进的少妇,以及《光荣》中的秀梅、《吴召儿》(1949)中的吴召儿、《小胜儿》中的小胜儿、《山地回忆》(1949)中的"女孩儿"那样美丽、温柔、进步、勇敢的少女。她们是孙犁正面描写的"北方人民"的精华,《荷花淀》《嘱咐》(1946)中的水生嫂和《光荣》中的秀梅,则是这一群女性形象的代表。

孙犁正式走上文坛是1944年到达延安以后。这时的延安刚刚结束清查和整风运动不久,孙犁作为清查、整风以后从敌后抗日根据地来到延安的知识分子,没有经过那番革命组织内部的严酷洗礼,思想包袱不多。但1944年延安文坛正处于清查、整风后的萧条期,以《野百合花》等杂文直率地揭露边区内部缺陷而被指为国民党奸细、"托派分子"并遭逮捕的王实味,仍然关押在边区监狱,许多受到"批评"和"帮助"的来自"亭子间"的小知识分子身份的作家纷纷放下手中的笔,或下基层,或上前线,希望通过改造自己的思想而在创作方面寻找和工农兵相结合的新的出路。1944年已经发表了《小二黑结婚》《李有才板话》《李家庄的变迁》的赵树理,暂时还没有获得广泛的认可。对于这种政治气候,在冀中即以文学理论开始其文字生涯的鲁迅艺术学院研究生孙犁,不可能完全隔膜,他在延安的窑洞里写《荷花淀》时,也不可能一点儿没有创作禁区。他之所以写出了几乎洗净尘埃的幽美的抒情作品《荷花淀》,固然因为在延安受到"贵宾待遇",因为31岁的他对远在家乡的年轻妻子的思念,因为特别爱美、特别崇拜年轻貌美的女性的"天性",因为身在黄土高原而倍加怀念冀中平原的山水,但政治因素的作用也许更加重要,只不过他呼应政治的方式比较特别,即在不违背当时"政治正确性"的前提下,巧妙地选择了自己熟悉的题材,并充分挖掘了这个题材可能蕴涵的美。

在"全民抗战"的意识形态的笼罩下,战争是最大的政治,也是最具超脱性的政治——抵御外寇的民族解放战争超脱了革命内部一切复杂的矛盾。对于孙犁来说,他选择华北敌后的抗战生活作为小说的题材,就完全可以把国内和党内政治的复杂问题摆在一边,聚精会神地表现战争年代那些美好的人性内容,而美好的人性内容确实可以成为背井离乡的革命战士的精神滋养,确实可以从另一个角度服务于政治。何况,被孙犁大书特书的那些美丽、温柔、青春焕发、积极上进的青年男女形象,都是工农兵身份,这就使孙犁的创作在抗战之外又获得了另一种更加切实的"政治正确性"。从1945年到1956年,他也因此成为从敌后抗日根据地和解放区出来的少数几个能够坚持以自己的风格创作而较少受到外界影响的作家之一。

人情的美，人性的美，尤其是女性的青春之美，就是在这种主观"选择"和客观"规训"的统一中得到了集中和强化的表现，但恐怕并不能说，孙犁的这种"选择"是为了政治宣传而对"北方人民"进行了"美化"——尽管客观上可以起到某种美化和宣传的作用。

问题之二，在孙犁的"抗日小说"中，为什么没有正面描写挑起战争的日本人？对战争中敌人一方的形象始终作淡化处理，甚至将敌人远远地放在视野的尽头，是否会不利于理解战争本身？

日本人——确切地说是日本军人——在孙犁小说中确实很少出现。即使出现，形象也十分模糊。《钟》只含糊提到"一个汉奸两个鬼子"站在慧秀的门外，勒令慧秀出来受审，但他们的形象，并没有任何具体的描写。后来"鬼子"干脆换成更加抽象的"敌人"，并很快就被由人丛中跃出的"青年游击组"赶跑了（另一篇小说《藏》在这方面如出一辙）。在《荷花淀——白洋淀纪事之一》中，"鬼子们"坐在大船上，被游击队用手榴弹炸沉；他们面目不清，没有任何言语动作，处在叙述者视野的边缘。在《芦花荡——白洋淀纪事之二》（1945）中，一群洗澡的"鬼子"被一个神勇的老船工骗进一片布满鱼钩的水面，下身被钩子咬住，动弹不得，任凭老船工用竹篙打他们的头，"像敲打顽固的老玉米一样"。把刚刚打伤中国小女孩的日本侵略者的头比作"顽固的老玉米"，并无多少憎恶和丑化的意思。在《碑》中，老百姓隔着一条河远远看到那将十八名八路军战士逼下冰河的凶狠的"敌人"，也只是模糊的人影。而在反映游击战士躲避日军"清剿"和"扫荡"的《蒿儿梁》《吴召儿》中，"鬼子""敌人"根本没露面，只出现在我方情报里，或者通过放哨的警号来推断他们到了某个地方——他们总是被八路军游击队远远甩在后面。

孙犁这样描写日本军人，主要有两个原因。第一，他主要想表现的是中国军民在抗战时期勇于献身、坚强不屈、相互提携、彼此关爱并充满必胜信心的美好情操，这种创作意图不需要正面描写或丑化日军形象也能实现。第二，孙犁在冀中参加抗战，最初加入吕正操部队。吕曾担任张学良副官、秘书，西安事变后秘密加入共产党，1937年抗战爆发，遵照中共北方局指示，率原东北军691团随国民党第53军南撤，半路脱离主力部队，放弃原来番号，改称"人民自卫军"，和共产党领导的地方武装会合，建立敌后抗日根据地，长期坚持游击战。孙犁起初属于"人民自卫军"文职人员，因为体弱不宜做战地记者，只在军中担任宣传鼓动和文件编辑工作，基本没有遭遇实际战斗，也没有和日本人照面，加上他不懂日语，没有好好研究过日本的文化(恐怕也没有这个兴趣),因此,即使他想正面描写日本军人,也没有经验的基础。他不是有意要在自己的作品中淡化日本军人的形象,而是主观上不必写,客观上不能写。在这一点上,孙犁是有代表性的,他不是一个例外。当时绝大多数反映抗战的中国作家,都很少从正面描写过日本军人。但这并不等于说,孙犁完全不了解或不写日本军人。他在小说中经常渲染敌我对抗的紧张气氛,他反复描写日本侵略者带给北方人民的深重灾难,以及中国军人在后方缺医少药的条件下养伤的情景,已经足以让任何没有战争经历的读者感受到中华民族的敌人是如何凶残了。

问题之三,不正面描写敌人,只一味追求我方军民表现出来的人情美、人性美,必然带来一个结果,就是无法正面和具体地描写战争或战斗的场面,这样会不会掩盖至少是让读者看不到战争本身的残酷,乃至一定程度上美化了战争?尤其当作家代表着战争受害者一方写作的时候,这种未能充分表现战争的残酷而一味追求美好的写作方法,会不会本末倒置?

孙犁的"抗日小说"确实不经常写到大规模的战争场面;对于小规模的战斗,也避免描写血腥的屠杀。无论是敌人的覆灭还是我方的牺牲,他都以极俭省的笔墨带过,并始终将实际的战斗场面放在远景。《钟》里面不肯屈服的慧秀的遭遇,是"鬼子一刺刀穿到她的胳膊上,她倒下去,血在地上流着"。《"藏"》里面鬼子惩罚不肯交出抗日头领的村民,方法是"看着人们在那里跪着,托着沉重的东西,胳膊哆嗦着,脸上流着汗。他们在周围散步,吸烟,详细观看",这和当时以及以后某些描写抗日战争的作品中大量出现的血腥、残酷、疯狂的场面,有天壤之别。

涉及我方军民牺牲的情节,孙犁更是尽量避免直接详细的描写,总是用间接的方式寥寥数语交代过去。比如《小胜儿》写"华北八路军第一支骑兵部队"的失败:

> 杨主任在这一仗里牺牲了,炮弹炸飞的泥土,埋葬了他的马匹。小金子受了伤,用手刨着土掩盖了主任的尸体,带着一支打完子弹的枪,夜晚突围出来,跑了几步就大口吐了血。

完全不事渲染。

可能是孙犁最残酷的小说《碑》,写18名八路军游击战士被"敌人"逼到冰河里的场面,全部文字如下:

> 他们在炮火里出来,身子像火一样热,心和肺全要炸了。他们跳进结冰的河里,用枪托敲打着前面的冰,想快些扑到河中间去。但是腿上

一阵麻木,心脏一收缩,他们失去了知觉,沉下去了。

没有写八路军战士在三面之敌的枪弹中倒下,也没有写他们在冰河里继续受到敌人的扫射,只是写冰冷的河水让他们沉入水底——写我方战士的牺牲,他宁愿强调最后导致他们死亡的不是敌人的无情的枪弹,而是自己家乡的河水,目的显然是要减少牺牲场面所激起的悲哀和绝望。

至于以我方胜利为结局并且没有我方人员牺牲的战斗,孙犁的笔致就更加轻松明亮——或者说更加"美"了。《吴召儿》写漂亮的山地姑娘独自为游击队断后,"截击"扫荡的日军,本身就有点传奇色彩,具体战斗场面则间接而优美地呈现出来:

她登在乱石尖上跳跃着前进。那藏在里面的红棉袄,还不断被风吹卷,像从她身上撒出的一朵朵火花,落在她的身后。

当我们集合起来,从后山上跑下,来不及脱鞋袜,就跳入山下那条激荡的大河的时候,听到了吴召儿在山前连续投击的手榴弹爆炸的声音。

这与其说是描写战斗,不如说是借战争来欣赏女性美的表演。这种场面,以前也许只有在有关花木兰、杨家将、樊梨花等的民间传说与说唱文学中才会出现。

最有名的是《荷花淀》,写刚刚成立的游击队成功地伏击一船日军,整个战斗只用了短短两句话:

枪声清脆,三五排枪过后,他们投出了手榴弹,冲出了荷花淀。
手榴弹把敌人的那只大船击沉,一切都沉下去了。

而在这之前和之后,年轻媳妇们的欢歌笑语、她们在背后对解救她们的丈夫们的充满娇嗔和自豪的议论,远远超过枪弹的声音,成为小说的主体。

将激烈的战斗场面有意处理得轻松自若,甚至走向极端的,是《纪念》(1947)。这篇小说写"我"率领的一队八路军战士(当时还没有改称为"解放军")在一个军属家的屋顶上抗击"还乡队"的进攻,"我"一面射击,一面和躲在屋里的姑娘"小鸭"和她的母亲从容谈笑,直到我方占据优势,准备"冲锋"为止。这就确实如茅盾所说,是用谈笑从容的态度,来描摹风云变幻了。

然而,如果说在孙犁的"抗日小说"中看不到战争的残酷,那肯定是错误的。孙犁所写的"残酷",主要不是指具体的战斗或敌我之间直接对抗所造成的流血与死亡,而是充满他作品的北方人民因为日本强加给中国的这场战争而遭受的极度的贫穷和苦难;描写战争的小说所显示的"残酷",从战场转移到北方人民的日常生计的艰难,体现为日常性的贫穷、哀伤、凄凉和恐惧,这一点根本无须渲染,即使孙犁的唯美的笔致也不会令其减少分毫。

"北方人民"日常性的贫穷、哀伤、凄凉和恐惧,是孙犁小说的固定背景,因此他就更加需要在这满目疮痍的固定背景中为读者寻找一些美好的安慰和激励。他的任务不是在纸上重复当时的中国读者已经难以承受的无处不在的"残酷",而是要用北方人民的坚韧、乐观、无私和美好来战胜"残酷"。表现战争中的残酷现实,孙犁完全有能力,但他节制了自己的笔墨,留出更多的空间来表现他想表现的。另一方面,有节制的表现往往更容易使读者在"不写之写"中发挥想象,具有更大的暗示性,所以他丝毫不担心这样节制的描写会冲淡战争的"残酷"。只有没有经历战争年代的磨难、不知道"残酷"为何物的作家才会拼命渲染"残酷"。在这方面,孙犁的"含蓄"和许多没有经历战争年代的作家对战争中的"残酷"景象的刻意渲染,是有根本区别的。

孙犁是40年代中期以后革命文学队伍中主要以抵御外寇的敌后抗战生活为背景创作小说的作家,他的大量"抗日小说",乃是关于中国抗战的一首清新优美的抒情诗。他的"抗日小说"的所有特点,都由此而来。

第二节 "土改史诗"和"新英雄传奇":长篇小说的新视野

○写作身份的变异 ○《太阳照在桑干河上》:"翻身农民"的现代演义 ○《暴风骤雨》:阶级对立的崭新叙事 ○"典型化"形象塑造的审美功利性 ○马烽、西戎 ○孔厥、袁静

毛泽东的《讲话》发表后,不仅直接影响了解放区作家在材料选择、主题提炼、艺术形式等方面的创作追求,还深刻地震撼了一代作家的心灵。他们清醒地意识到必须放弃作为知识分子身份的"自我",投身到群众中去,虔诚地向工农兵学习,进行彻底的自我改造,除此之外别无出路。这种强烈的政治自卑感驱使作家主动地调整和改变创作方向,在与现实斗争生活和时代精神的热烈拥抱中取得了小说创作的新视野。

1946年夏天,党中央颁布了关于土地改革的"五四"指示。丁玲响应党的号召,参加了晋察冀中央局组织的土改工作队,在河北怀来、涿鹿一带农村参加了近两个月的土改工作,后来又先后两次去冀中体验生活。1946年10月,在冀热辽区党委机关报《民声报》任副社长的周立波(1908—1979),也随一支工作队到松江省珠河县元宝区参加了那里的土地改革。火热的斗争场面,土改中农民思想感情的动荡变化,使这两位以独特的"土改干部"与知识分子双重身份置身其中的作家,产生了无法抑制的创作激情和冲动。丁玲于1948年6月完成了《太阳照在桑干河上》(以下简称《桑干河上》),周立波的《暴风骤雨》上、下卷也分别于1947年10月及后一年写成。这两部完整反映土地改革的史诗性巨著,以其崭新的思想风貌和宏阔的艺术视野与成就标志着解放区长篇小说的现实主义创作达到了一个新的高峰,作品问世后引起了文坛的巨大震动。其后不久,《桑干河上》与《暴风骤雨》分别荣获1951年度斯大林文学奖金二等奖和三等奖,赢得了广泛的国际声誉。

《桑干河上》以华北一个叫暖水屯的村子为背景,真实而细致地描写了土改运动的整个过程,既深刻地反映了农村土地改革运动中尖锐复杂的阶级差异和阶级斗争,又形象地揭示了各阶层人们的精神状态,进而表现出中国农村和农民在党领导下所取得的历史性巨变。丁玲亲身参加与体验了这场运动,正是她亲眼目睹的这一巨大变化触发她的艺术灵感,促使她完成了这一史诗性巨著。《桑干河上》共分58章,前10章描写土改风暴即将席卷暖水屯时,村上各个阶层人们的动态;中间部分写工作组进村后发动群众开展斗争,取得对地主阶级斗争最初胜利的经过;41章至50章写暖水屯农民终于找准了斗争的对象——钱文贵,并把他扳倒,取得土改的决定性胜利。结尾部分则以轻松的笔调描写了农民的"翻身乐"和参军参战的情景。全书波澜壮阔,气势磅礴,生动地再现了农民翻身解放的复杂过程和解放后欢欣鼓舞的新气象。但小说的最大成就不是单纯地歌颂土改斗争,而在于它以现实主义的艺术力度真实地反映了这场斗争中农村与农民心理的复杂性,这种复杂性所带来的农村改革的艰巨性以及这种复杂性与艰巨性所昭示的更为深刻的启示。

小说以大量的笔墨描写了农村阶级关系和血缘关系的交叉渗透给土地斗争带来的错综复杂性。在暖水屯这个中国农村的缩影中明显地存在着两个阶级的对立:一是以钱文贵、李子俊为代表的地主阶级,一是以张裕民和程仁为代表的贫苦农民。作者的可贵之处在于没有用理论来图解现实生活,也不把马克思主义的阶级分析学说简单化,没有回避农村生活本身所固有的复杂性。读者看到的是在两个阶级的对立中,又存在着枝缠蔓绕、难解难分的异常错综复杂的关系。钱文贵是村里有名的"八大类"中的第一类,但他的二儿子却是八路军战士,大女婿张正典是村治安委员,大哥钱文富、弟弟(黑妮的父亲)都是贫民,侄女黑妮与长工程仁有恋爱关系。复杂的社会阶级关系使得暖水屯在地主之间、农民之间,甚至是工作组内部都充满了矛盾和性格的差异。例如,曾当过钱文贵的长工,深受压迫的程仁,在当上农会主任后,仅仅由于黑妮是钱文贵的侄女,就一度对斗争钱文贵采取了逃避态度。土改斗争的艰难首先就来自于这一错综复杂的阶级关系。长期以来生产力发展的极度缓慢,造成了暖水屯封建性社会关系的自然延续。然而,土改斗争必须冲破这种充满了历史惰性的社会结构,使农村社会每个成员的地位发生急剧变化,这样就不可避免地引发了暖水屯不同阶级、各个阶层人们之间既尖锐激烈又复杂微妙的矛盾与斗争。

小说还展现了几千年来封建制度和封建思想在农民文化心理结构中留下了怎样的历史积淀,以及这一精神负担又是在何等程度上束缚了他们反封建的积极性,阻碍了他们自身解放的历史进程。作者在小说中借人物之口说翻身要翻透就得"翻心"。前者是社会制度的变革,后者是农民社会心理的变革。丁玲不仅艺术地创造了"翻心"这一独特词汇,而且倾其全力试图透过火热而复杂的"翻身"运动的表面,去体悟、感受人们的情感、心灵世界。暖水屯的农民普遍存在着怕"变天"的心理,他们对钱文贵有刻骨的仇恨,但生怕扳不倒他,待他卷土重来时反而自身难保。迷信麻木的老农民侯忠全竟然把斗倒他过去的主人——地主侯殿魁后分给他的一亩半地悄悄地退回去。因为他不相信农民能掌权,不相信自己有翻身当主人的日子。当他与刚被斗争过的侯殿魁目光对视的一刹那,他甚至"觉得像被打了一样","连忙把两手垂下,弯着腰,逃走了"。从这一人物身上,我们看到中国农民要真正地从地主阶级的统治下,尤其是从奴隶主义的精神桎梏中解放出来,真正掌握自己的命运,是何等的艰难! 即使是身为暖水屯党支部书记的张裕民也会在心烦意乱时到巫婆那里求仙拜佛,也一度对斗争地主畏首畏尾。从社会发展规律上说,40年代中国农村的这一场巨大变革并不是农村生产力发展到一定程度后自然而然地引发社会制度发生相应变动。它在很大程度上是战争外力作用下的产物。因此,农民文化心理结构的变化没有经过充分的从量变到质变的发展过程,不可能一下子从封建传统的束缚中解放出来,这是中国农村变革不得不面对的严峻的客观事实。从这个意义上说,《桑干河上》对农民心理状态的刻画与错综复杂的阶级关系的描写,既具有高度的社会真实性与现实针对性,又表现出了历史的心理的纵深感。

《暴风骤雨》上部反映的是东北松江县元茂屯土改初期的斗争生活,下部描写了当地农民在《中国土地法大纲》颁布以后深入开展土改及参军的情况。与《桑干河上》的凝重深沉相比,《暴风骤雨》在总体上表现出鲜明的理想主义色彩。《桑干河上》由于较为注重对农民文化心理的历史积淀的挖掘,因而在主题思想上客观地表现出这一场伟大的土改运动所不可避免的艰巨性和复杂性,主人公也大多是处于成长或成熟过程中的形象。而《暴风骤雨》则意在通过暴风骤雨般的农民运动推翻地主阶级的革命来展现新的精神世界,对农村阶级关系的描写较为简单化、规范化,难见前者那样错综复杂的"你中有我,我中有你"的关系,斗争双方壁垒分明,阶级对立几乎与政策条文相吻合,这不免削弱了作品的思想力度和深度。在人物形象塑造方面,《暴风骤雨》从赵玉林、郭全海到白大嫂子、赵大嫂子等也组成了具有理想化色彩的新人群像。赵玉林人穷志不穷,苦难的生活和残酷的阶级压迫,磨炼出了他钢铁般的意志。在工作队的启发下,他首先觉醒起来。在艰苦的斗争中,他毅然加入共产党,勇往直前,无私无畏,并最终为革命献出了宝贵的生命。郭全海继赵玉林牺牲后成为第二部的中心人物,从土改骨干到农会主任,他始终经得住斗争的严酷考验。在捉拿韩老五的斗争和以后的砍挖运动中,在重分土地和胜利果实以及参军参战的热潮中,他既表现出一个党员干部身先士卒、克己奉公的高尚品德,又锻炼出了极强的组织才干和较高的政策水平,他是作者热情讴歌的英雄形象。即使对老孙头、老田头等老一代农民形象的塑造,作者也侧重于描写他们在时代潮流的推动下"变"的可能性、现实性甚至与土改的同步性,较多的是以欣喜的热情的目光去欣赏他们的经济翻身与"精神翻身"的过程,在作品中我们很难见到侯忠全那样对传统思想既"忠"又"全"的人物形象,这显然也是作者的主观善良愿望使然。

就艺术成就而言,两部小说都力图以史诗性的结构框架真实全面地反映土改运动的全貌,表现出艺术构思的真实性、独创性和深刻性,同时又力求贴近当地农民的现实生活、思想感情以及口语习惯,颇具地方色彩与生活气息,为长篇小说艺术的民族化、大众化做出了可贵的成功尝试。但二者在艺术上又各有千秋。在刻画人物方面,《桑干河上》擅长运用深入细腻的心理描写和性格叙述,而《暴风骤雨》更多的是把人物放在矛盾冲突中,通过富于特征性的外部行动表现人物性格。在语言上,《桑干河上》虽也注意向农民学习,但仍夹杂了较多的知识分子化的欧化句式,精细微妙有余而通俗朴实不足,《暴风骤雨》则以单纯、明朗而简洁的语言形式,表现出幽默活泼的农民情趣,比《桑干河上》显得更为符合中国小说传统以及中国读者的审美习惯。

由于时代的和作家主体的原因,两部作品在对土改生活的感受、理解与艺术描绘上存在着明显的缺陷与不足。《暴风骤雨》表现的生活进程与土改的发展走向是一致的,但作家对这一进程的展开与生活描绘却是不充分的,如对韩老六的塑造就带有概念化、简单化的痕迹,作者也很少顾及表现群众觉醒的艰难复杂过程。《桑干河上》虽注重了地主与农民的非正面冲突、村干部之间的思想斗争和各种人物的内心情绪的呈露,却又忽视了对农民斗争的"气势"与农民形象觉醒的表现。两部作品这些缺陷有着来自作家思想深处的共同的根源。他们有意避开土改过程中出现的"偏向"、失误和复杂,而是通过过滤生活去突出对这一历史事件的既定结论的认同。在作家看来,"典型化的程度越高,艺术的价值就越大",而"典型化"就是"站在无产阶级立场上、站在党性和阶级观点上所看到的一切真实之上的现实的再现"①。由此造成了生活真实、政治倾向与艺术表现上的深刻矛盾。这一内在的矛盾还直接影响了作品的结构。总起来看,《暴风骤雨》的结构明显前紧后松,后部分的不少章节常常是整章整节的叙述和材料交代,既枯燥又显得吃力,影响了作品整体结构的平衡和审美品位。《桑干河上》在第五节后,基本上也是用材料和叙述来支撑的。两位作家都曾谈到他们深入土改运动的时间之短和生活积累之不足,但在政治任务的感召下急就了长篇结构,其不足也就不可避免了。

在解放区长篇小说创作中,除了上述以土改运动为题材的作品外,还有一类也颇为引人注目,这就是以民族战争为表现对象的章回体英雄传奇。马烽(1922—2004)与西戎(1922—2001)合写的《吕梁英雄传》于1945年完成,并先后在解放区的《晋绥大众报》和国统区的《新华日报》上连载。小说以吕梁山下的康家寨为时空背景,生动形象地展示了吕梁人民在极端恶劣的环境中坚持抗战取得胜利的过程,有力地表现了人民战争思想和游击战术的重大胜利。作品发表后,一时成为广大读者,尤其是边区民众争相传阅

---

① 周立波:《现在想到的几点——〈暴风骤雨〉下卷的创作情形》,《周立波研究资料》,287页,长沙,湖南人民出版社,1983。

的长篇战争佳作。《吕梁英雄传》之所以引起强烈反响,首先是由于它以富有浓厚乡土气息的山西话,细致描写了边区百姓所熟悉和关心的战事,而这在此前的长篇小说创作中尚未全力展现过。同时,小说创造性地借鉴了中国传统小说的章回体叙事模式,注重情节性和故事性,尤其是战斗场面描写得有声有色,引人入胜,既富悲壮感,又透射出英雄传奇的浪漫气质。不过,《吕梁英雄传》在整体结构上显得较为松散,在人物描写上也尚嫌粗疏,这无疑在一定程度上影响了作品的艺术生命力。

继《吕梁英雄传》之后,孔厥(1916—1966)、袁静(1914—?)于1949年发表的《新儿女英雄传》,沿着同样的章回体英雄传奇的路子,取得了新的成就。《新儿女英雄传》具有较为完整的长篇结构,克服了《吕梁英雄传》式的故事连缀的弱点。全书以冀中白洋淀为背景,以张金龙、牛大水与杨小梅之间的婚姻关系的变化发展为主要线索,描绘了一幅人民群众英勇抗日的壮美图景,极为精细地再现了抗日民族战争的艰巨性和新的民族英雄的成长过程。在主题的提炼、人物形象的塑造及民族精神的挖掘上,《新儿女英雄传》也大大超过了同类题材的作品。小说虽讲究故事的曲折动人,但并不因此忽视人物成长和性格的复杂性。主人公牛大水与杨小梅都是抗日战争中成长起来的英雄,作者着力描写他们是如何一步步循着战争发展的历史进程并最终完成了各自性格的形成和发展。牛大水起初只是个淳朴怕事、眼睛只盯着自己那五亩地的憨厚农民,在共产党员黑老蔡的启发和引导下,他带着朴素的民族仇恨和阶级觉悟,走上了自觉革命的道路,并成长为一个坚定成熟的八路军连指导员。杨小梅的道路更为曲折,她因不堪婆婆的虐待与丈夫的毒打,逃出家庭投入到八路军的怀抱,并义无反顾地与张金龙割断关系。后来在残酷复杂的斗争中逐渐成长为坚强不屈、有勇有谋的革命战士,而且终得与有情人牛大水喜成眷属。小说将主人公别出心裁地置于政治军事斗争和家庭伦理、个人感情动荡的交接处,尽管因受传奇故事的牵制而影响到对生活开掘的深度,但毕竟显示出了将阶级意识、民族意识和个人意识融为一体的主题。

新英雄传奇将民族化、大众化与时代气息相结合,以农民的思维、语言、心理特征去表现战争生活,具有很强的功利性、教育性与认识价值;但同时它又缺少心理刻画和细腻描写,缺乏对人性的全面探索和对战争本体的思考。这一审美模式由于囿于特定的政治倾向、正义与非正义观念,不利于对战争题材本身所具有的深层文化意蕴的挖掘与反思,它几乎成为40年代及此后几年间战争文学创作的主要形式。直到新时期这种局面才被打破。

第三节 其他作家的创作

○"歌颂"主潮的涌现　○刘白羽、康濯等　○追踪时代前进步伐的报告文学　○"见闻""剪影"式的叙事抒情散文

解放区的小说、散文创作在总体上以新的主题、新的人物开辟了现代文学史上以弘扬革命英雄主义精神为主调,以歌颂为主潮的崭新时代。在时代浪潮的激荡下涌现出了大批的作家作品,创作成就蔚为大观。

解放区长篇小说除了前述创作之外,较有影响的还有欧阳山的《高干大》、柳青的《种谷记》。作品通过对办合作社、"集体种谷"的生动描述,使人们看到了解放区农民在政治、经济和思想方面的深刻变化。草明的《原动力》将读者的视线引向东北某地一个水力发电厂,那里的工人以坚忍不拔的毅力抗击日本帝国主义和国民党的破坏,从而保证了源源不断地向四周输送着光明和动力……

中短篇小说的创作显得更为丰富多彩。像当时许多作家一样,小说家刘白羽曾以随军记者的身份亲身经历了火热的斗争生活,切实感受到了远离战火的知识分子难以体会到的硝烟弥漫的战争氛围和浓厚的生活气息,先后写出了《五台山下》《龙烟村纪事》《勇敢的人》《政治委员》《早晨六点钟》等短篇小说集和中篇小说《火光在前》。刘白羽的可贵之处在于他虽以描写部队生活见长,但小说着眼点并不在反映战争生活本身,而在于挖掘战争背后人的精神和时代的精神。如其代表作《无敌三勇士》刻画了分别属于三种不同类型的战士形象:英雄阎成福、"老油条"李发和、解放战士赵小义,起初三人之间时有矛盾和摩擦,甚至相互嫉妒和轻视,后来经过部队忆苦思甜等形式的政治思想工作,使他们认识到了彼此之间几乎相同的悲惨家史和受苦的共同根源。共同的阶级仇恨沟通了他们的心灵,消除了相互的矛盾和分歧。在一次突击战中,三人互相协作,前仆后继,炸掉了敌人的碉堡,被誉为"无敌三勇士"。小说既歌颂了革命英雄主义精神,又表现了战士丰富的内心世界。杨朔的中篇小说《帕米尔高原的流脉》《红石山》《望南山》,短篇小说集《月黑夜》《北黑线》,于黑丁的《母子》,峻青的《血衣》等等也都是战争题材小说创作的重要收获。华山的《鸡毛信》、管桦的《雨来没有死》等则将革命乐观主义精神渗透到少儿形象的塑造中,成为颇具机巧和童趣的小英雄传奇,深深地吸引和影响了此后几代小读者。

在以农村生活为题材且不去正面描写民族战争和阶级斗争的小说创作中,康濯是较为独特的一个。他善于通过新旧不同时代的对比来展现农民精神世界的变化。代表作《我的两家房东》通过农村姑娘金凤和农村干部栓柱的恋爱故事,反映了解放区农民新的思想意识和道德观念,这很自然地让人联想到赵树理的《小二黑结婚》,但《我的两家房东》却少了后者那样尖锐的矛盾纠葛和戏剧意味,而多了几分细腻和深沉,使读者能够从中品味到新的思想观念是如何透入农家渗入人心的。

解放区散文创作的一个最大的特点是报告文学取得了空前的繁荣和发展,这深深地得力于战争的特殊环境与高昂的时代精神。为了积极响应党的号召,深入到实际斗争中去,同时为了既能够以自己的创作真实及时地记录战争反映战争,起到激发人心、鼓舞斗志的作用,又能够发挥自身的艺术特长,许多散文家、小说家乃至诗人都主动选择了报告文学这一形式,将其推向发展的高潮。从题材上说,大量作品以饱满的政治热情,生动地抒写和反映人民革命的伟大进程与英雄事迹。如刘白羽的《为祖国而战》真实地展现出人民解放军解放东北、平津和挺进江南的光辉历程。《光明照耀着沈阳》着力描绘沈阳解放后人们欢欣鼓舞的情绪。周而复的《海上的遭遇》以叙事与抒情相结合的笔法,描写了一支赴延安队伍冲破敌人封锁和海上的一次围剿终于到达目的地的英勇事迹,具有较强的艺术感染力。丁玲的长篇报告文学《一二九师与晋冀鲁豫边区》反映了晋冀鲁豫革命根据地的艰难创建与发展的历程,透射着感人的力量。以写人物为主的报告文学也大量涌现。如丁玲的《田保霖》、马烽的《张初元的故事》歌颂了普通农民中的先进人物;白朗的《一面光荣的旗帜》记述了东北抗联女英雄赵一曼的英雄事迹;沙汀的长篇报告文学《随军散记》集中表现了贺龙同志的崇高的精神品质和美好的内心世界;而周而复的《诺尔曼·白求恩片断》则描写了一个为国际共产主义运动而献身的白衣战士的高尚品格。

这时期的报告文学不仅数量众多,题材广泛,而且表现出形式的多样化和艺术手法的成熟。由于 30 年代报告文学的创作积累了丰富的经验以及对文学民族化、大众化的提倡,使得大多作者在注重时效性、真实性的同时,更着力追求文学的艺术性与感染力量。大部分作品改变了过去形象苍白、语言欧化的缺点,不但具有感人的情节与叙事,而且注重对人物形象进行典型化塑造,在很大程度上实现了报告文学由以事件为中心到以人物为主体的艺术转变,标志着中国现代报告文学发展的最高成就。

解放区散文创作的另一大成就是叙事抒情散文的发展。这类散文作品题材极为广泛,有的反映边区劳动人民和人民军队在党领导下的生产和战斗业绩,有的着力歌颂人民群众翻身解放、当家做主的新生活,还有的表现了知识分子深入工农兵生活后的思想发展。代表性作品集有丁玲的《陕北风光》、何其芳的《星火集》、吴伯箫的《出发集》、杨朔的《潼关之夜》、卞之琳的《沧桑集》、草明的《解放区散记》、陈学昭的《漫走解放区》等等。其中,何其芳的《我歌唱延安》《差别》等作品一改过去"隐晦曲折"的写法,用通俗朴实的形式描写了初到延安的见闻和兴奋心情,客观地反映了解放区崭新的现实和丰裕的生活。丁玲的《秋收的一天》不仅描画了秋天丰收的景象,更令人心舒气爽的是表现了劳动中人们的干劲与热情。茅盾的《风景谈》和《白杨礼赞》更是这一时期描绘解放区生活的艺术珍品。《风景谈》以沙漠中沉毅前行的驼队象征边区军民在民族危亡关头肩负着民族解放的历史重任,又选取"生产归来""鲁艺风光""黎明剪影"等镜头来描写解放区的新生活、新人物、新风貌,艺术地展示了这块土地所蕴涵的深沉而蓬勃的民族精神。《白杨礼赞》则通过对那些正直、坚强不屈的战士的礼赞,象征了"在华北平原纵横决荡用血写出新中国历史的那种精神和意志"。

同其他体裁一样,解放区叙事抒情散文在文体风格与艺术形式上也显示出新的特色。由于文章所写的是许多读者所陌生、向往的新事物,而且作者在反映新生活的时候侧重于抒发他们新的感受和激情,因而无论是陕北风光,还是燕赵人物,都带着传奇的意味和崇高的美感诗意,充满了现代散文发展史上少见的乐观精神和明朗的色调。在表现上,作家们善于截取富有深意、新意的生活片断,运用小说、报告文学等再现场景和心境的手法,吸收了丰富的群众语言,形成了朴素清新的艺术风格。

思考题
1.为什么说孙犁小说写的是"真善美的极致"?
2.怎样理解与孙犁"抗日小说"相关的三个问题?
3.请指出丁玲和周立波"土改小说"的不同。

第二版后记

将《中国现代文学史》第二版的清样全部阅读并仔细校完,已是北京的隆冬。寒风不时光顾这座古老的都市,而摇动中的树木仍在顽强地生存。生命有如远逝的河流,一旦过去就不会再来,这不免使人感慨万端。这部教材的启动,距今已近十载。1997年春天,中国人民大学出版社人文编辑室主任陈泽春先生找我商量重新修订我系前辈学者林志浩先生主编的《中国现代文学史》,最初的设想,是主编署名不变,我和几位老师负责对该书的部分章节作一些修订、调整和补充。1995年我到人大中文系工作时,林先生已不在系里,一年后又寂寞故去,所以一直未与他谋面。20世纪70年代末,他主编的《中国现代文学史》曾是国内许多大学的必备教材,产生过很大影响。由于年代久远,一些内容需要补充,也在情理之中。所以,我欣然接受了这个任务,并已开始通读全书,准备一些案头的工作。后来,听说因为技术上的原因,"修订"一事最终搁浅。

当年秋天,陈泽春先生又动议另请一批老师重写一本,由我出面邀请。在这种情况下,我邀请了北京师范大学的刘勇教授、杨联芬教授,北京大学的孔庆东教授和吴晓东教授,中国人民大学中文系现当代文学教研室的武宝瑞教授、孙民乐教授,中国社会科学院文学研究所的范智红研究员,陈泽春先生和我一齐参加,在海淀黄庄附近的中国人民大学出版社,对准备编写的中国现代文学史的思路、叙述框架和体例等问题,进行了初步讨论。记得那天谈到很晚,而与会者又想乘着夜色匆匆回家,于是中国人民大学出版社为每个人准备了一份麦当劳,算是简单的晚餐。由于个人原因,参会的一些老师未能继续参与下一步工作。为扩大阵容,我又邀请了复旦大学的郜元宝教授、北京市社会科学院的张泉研究员、河南大学的沈卫威教授(现为南京大学教授)、山东师范大学的张光芒教授(现为南京大学教授)和我当时的研究生王德领、陈均参与此事。大概12月份,我到北京西三旗育新花园,与吴晓东、孔庆东教授用了一上午的时间，拟出了中国现代文学史大纲的初稿。然后，又将大纲寄给刘勇教授、郜元宝教授，听取他们的修改意见。之后，在大家意见的基础上，再次对大纲作了增补和修改，最终确定了大纲的各个章节，以及各位老师负责编写的工作。1998年3月到10月，我在韩国韩瑞大学做客座教授期间，写完了自己承担的绪论、第十八章和第十九章。等我年底回国，各位作者也先后写出了初稿。大概1999年9月，我和刘勇教授、孔庆东教授再次聚会，商量怎样修改和定稿。因吴晓东教授远在日本，郜元宝教授在澳大利亚，所以，由我们三人分别承担了全书修改、增补的工作。11月，经过修改的全部书稿都到了我手里，由我再通读全书，对它作最后审定。

　　由我、刘勇、吴晓东、孔庆东、郜元宝教授五人主编，多位朋友热情加盟的《中国现代文学史》2000年由中国人民大学出版社正式出版。之后，连年再版，迄今已印刷了七版，被多所大学采用，并受到本学科许多朋友的鼓励，这是我们原先没有想到的。2005年年初，由于教材已重印五次，更由于学科在不断发展，一些新的研究成果需要吸收，出版社建议收缩作者队伍，由以上五位主编对全书进行重新修订。出于友情，这是我很难接受的，但出版社的热忱，又无法拒绝。经过将近两年的重新分工和写作，第二版的《中国现代文学史》终于要与读者再次见面了。在该教材即将上市之际，我要特别向曾经参与过它的写作的张泉、沈卫威、杨联芬、张光芒等教授表示歉意，并对他们高水平的工作表示真诚感谢。另外，特别对本教材的责编陈泽春先生表示谢意，正是她勤奋、认真的工作，才使本教材顺利完成从初编版到第二版等头绪复杂的工作。同时，也要向我的研究生——现为北京十月文艺出版社的编辑王德领博士、中国传媒大学文学院的陈均博士一并表示谢意。

程光炜

2007年1月于北京森林大第

《中国现代文学史(第三版)》教学课件申请表

尊敬的老师：

您好！我们制作了与《中国现代文学史(第三版)》一书配套使用的教学课件光盘，以方便您的教学。在您确认将本书作为指定教材后，请您填好以下表格(可复印)，并盖上系办公室的公章，回寄给我们，您也可以加入我们的中国现当代文学教师QQ群254369982，从群共享中下载电子版的申请表，填好后发送到我们的邮箱zhangyaqiu@263.net、platoplato@126.com，我们将免费向您提供该书的教学课件光盘。我们愿以真诚的服务回报您对北京大学出版社的关心和支持！

您的姓名			
系		院/校	
您所讲授的课程名称			
每学期学生人数	_____人　_____年级　_____学时		
课程的类型	□ 全校公选课　　□ 院系专业必修课 □ 其他_____		
您目前采用的教材	作者_____　书名_____ 出版社_____		
您准备何时采用此书授课			
您的联系地址			
邮政编码			
您的电话(必填)			
E-mail(必填)			
目前主要教学专业、 科研方向(必填)			
您对本书的建议			

系办公室
盖　章

我们的联系方式：

北京市海淀区成府路205号北京大学出版社文史哲事业部　张雅秋/刘祥和
邮编：100871　电话：010-62752022　传真：010-62556201
邮箱：zhangyaqiu@263.net；platoplato@126.com　QQ：674503681
网址：http://www.pup.cn